Ya226

CALILA ET DIMNA,

ou

FABLES DE BIDPAI.

OUVRAGES de M. DE SACY,
QUI SE TROUVENT CHEZ LES MÊMES LIBRAIRES.

MÉMOIRES sur diverses antiquités de la Perse, et sur les médailles des Rois de la dynastie des Sassanides, traduits du persan de Mirkhond. Paris, de l'imprimerie du Louvre, 1793, in-4.º, figures, broché................... 15^f

CHRESTOMATHIE ARABE, ou Extraits de divers écrivains arabes, tant en prose qu'en vers, en arabe et en français. Paris, 1806, trois volumes in-8.º, brochés... 36.

GRAMMAIRE ARABE. Paris, 1810, deux volumes grand in-8.º, figures, brochés... 24.

CONTES TURCS, en langue turque, extraits du roman intitulé *les Quarante Visirs*, par feu M. Belletête. Paris, 1812, in-4.º, broché.......... 8.

CALILA ET DIMNA,

OU

FABLES DE BIDPAI,

EN ARABE;

PRÉCÉDÉES D'UN MÉMOIRE SUR L'ORIGINE DE CE LIVRE, ET SUR LES
DIVERSES TRADUCTIONS QUI EN ONT ÉTÉ FAITES DANS L'ORIENT,

ET SUIVIES

DE LA MOALLAKA DE LÉBID,

EN ARABE ET EN FRANÇOIS;

PAR M. SILVESTRE DE SACY.

ضالّة العاقل الحكمة يطلبها حيث كانت

A PARIS,

DE L'IMPRIMERIE ROYALE.

1816.

Se trouve à PARIS,

Chez DEBURE frères, Libraires du Roi et de la Bibliothèque du Roi, rue Serpente, n.° 7.

Au Roi.

Sire,

Lorsque j'ai ambitionné l'honneur d'offrir à Votre Majesté la première édition originale des Fables de Bidpaï, de ce livre antique à l'histoire duquel sont attachés les noms des plus illustres Souverains de l'Asie, je n'ai consulté que le besoin que j'éprouvois, d'exprimer, à la face de l'Europe savante, tout ce que je sentois si vivement de respect, d'amour et de dévouement pour le Monarque chéri que la Providence a chargé d'effacer tout-à-la fois, et le souvenir de nos funestes erreurs, et celui du terrible châtiment dont elles ont été punies.

Votre Majesté, Sire, toujours portée à protéger

et à favoriser les Lettres, a daigné accueillir ce vœu. Sa bonté, en comblant mes desirs, m'inspire la hardiesse de Lui dire, que, dans quelques circonstances que me place désormais la volonté de celui qui tient entre ses mains le sort de tous tant que nous sommes, toutes mes pensées, tous mes vœux, oserai-je ajouter tous mes foibles efforts, seront pour la durée, la félicité et la gloire du règne de Votre Majesté, et que si mes travaux obtiennent un seul de Ses regards,

Sublimi feriam sidera vertice.

Je suis avec le plus profond respect,

SIRE,

De Votre Majesté,

Le très-humble, très-obéissant et très-fidèle Serviteur et Sujet,

Le B.on SILVESTRE DE SACY.

AVERTISSEMENT.

Le principal objet que je me suis proposé, lorsque
j'ai entrepris la publication du texte Arabe du *Livre de
Calila et Dimna*, plus connu parmi nous sous le nom
de *Fables de Bidpai*, a été de fournir aux personnes qui
se livrent à l'étude des idiomes de l'Asie, un nouveau
moyen de s'exercer dans l'intelligence de la langue Arabe.
Le fragment de cet ouvrage qu'a publié le savant H. A.
Schultens, quoique peu correct, m'a toujours été fort
utile dans mes cours, pour la première année d'instruc-
tion de mes auditeurs. Je ne doute point que l'ouvrage
entier ne soit d'une utilité encore plus grande, sous ce
point de vue.

Mais ce n'est pas seulement aux élèves de l'École des
langues orientales et à la jeunesse studieuse que j'ai vou-
lu offrir cet antique monument de la sagesse de l'Orient.
J'ai pensé que tous les amateurs de ce genre de littéra-
ture liroient avec plaisir, dans la plus ancienne rédac-
tion qui soit parvenue jusqu'à nous, un livre dont la
renommée a rempli l'Orient et l'Occident, que les nations
les plus cultivées de l'Europe se sont empressées à l'envi,
depuis plusieurs siècles, de faire passer dans leurs langues,

et que les plus illustres souverains de l'Asie, Nouschi-réwan le juste, Mamoun, Mansour, Acbar, Soliman I, ont unanimement honoré de leurs suffrages.

Cette publication n'étant destinée qu'aux personnes qui peuvent lire l'original, et les fables de Bidpai étant d'ailleurs traduites dans la plupart des langues de l'Europe, j'ai cru inutile de donner avec le texte Arabe une nouvelle traduction; mais il m'a paru convenable de joindre à cette édition un Mémoire sur l'origine et l'histoire de ce livre célèbre. Ce Mémoire offrira aux lecteurs le résultat des nombreux travaux que j'ai faits pour éclaircir les nuages dont étoit encore couvert ce sujet, malgré le grand nombre, ou plutôt à cause du grand nombre d'écrivains qui en ont parlé, et qui n'ont souvent fait que propager des erreurs, ou en ajouter de nouvelles à celles dans lesquelles on étoit tombé avant eux.

Je ferai cependant observer ici que les diverses traductions Françoises que nous possédons des Fables de Bidpai, ont été faites, non sur le texte Arabe, mais sur la version Persane de Hosaïn Vaëz, intitulée *Anvari Sohaïli,* ou sur la version Turque qui a pour original cette même traduction Persane, et qui porte le titre de *Homayoun-namèh.* On peut consulter ce que j'ai dit sur ces traductions Françoises, dans le tome IX des Notices et Extraits des manuscrits de la bibliothèque du Roi, *part. I, p. 429 et suiv.* Aux renseignemens que l'on y trouvera, j'ajouterai seulement que la traduction de David

Sahid d'Ispahan, ou plutôt la traduction de Gaulmin, intitulée *le Livre des Lumières ou de la Conduite des Rois*, a été réimprimée à Bruxelles, conformément à l'édition de Paris, 1698, et sous la même date. J'ai aujourd'hui entre les mains un exemplaire de cette édition de Bruxelles.

Si je n'ai pas joint une traduction Françoise au texte Arabe des Fables de Bidpai, j'ai cru nécessaire de l'accompagner de notes critiques, dans lesquelles j'ai recueilli les variantes les plus importantes des manuscrits, et expliqué les passages qui pouvoient offrir quelques difficultés.

En même temps que j'offrois aux jeunes amateurs des langues de l'Orient, un ouvrage en prose, d'un style facile à entendre, j'ai cru qu'ils me sauroient gré de leur présenter aussi un des poëmes les plus estimés parmi ceux que les Arabes placent au premier rang de leur littérature, et qui portent le nom de *Moallaka*, parce qu'ils ont mérité d'être suspendus ou affichés aux portes du sanctuaire de la Mecque, de l'antique et vénérable Caaba. Plusieurs de ces poëmes fameux ont été publiés en original : la *Moallaka* de Lébid, que je donne ici, ne l'a été qu'en partie, et d'une manière peu satisfaisante. J'ai joint au texte le commentaire entier de Zouzéni. Une traduction Françoise de ce poëme m'a paru devoir aussi accompagner la publication du texte.

Je dois offrir ici mes remerciemens à M. Delagrange, employé à la bibliothèque de l'Arsenal, et l'un des plus

distingués entre mes anciens auditeurs, qui a bien voulu
se charger de copier le texte Arabe pour cette édition.
M. Delagrange, qui m'a donné par-là un témoignage pré-
cieux de sa reconnoissance, est déja connu par quelques
morceaux de littérature orientale, qu'il a publiés dans
divers ouvrages périodiques. Les Muses de l'Orient at-
tendent de lui des services plus importans, et je ne crains
point de dire que leur attente ne sera pas trompée.

  Puisse ce nouveau travail, qui a été pour moi une
consolation dans des jours d'affliction et d'effroi, et un
délassement au milieu d'occupations graves et pénibles,
mériter l'approbation des savans, et la reconnoissance de
ceux qui aspirent à le devenir! C'est la seule récompense
que je puisse encore ambitionner, après l'honneur que
m'a fait, en daignant en accepter l'hommage, le Prince
qui fait le bonheur et la gloire de la France,

      Quo nihil majus meliusve terris
      Fata donavêre bonique Divi,
      Nec dabunt, quamvis redeant in aurum
      Tempora priscum.
                                  [Hor. *Carm.* IV, 2.]

      Paris, 30 juin 1816.

MÉMOIRE

HISTORIQUE

Sur le Livre intitulé CALILA ET DIMNA.

Je pourrois, en publiant le texte Arabe du livre qui porte, chez les Orientaux, le nom de *Calila et Dimna*, et qui est plus connu parmi nous sous celui de *Fables Indiennes* ou *Fables de Bidpai* ou *Pilpai*, renvoyer les lecteurs qui desireroient connoître l'origine et l'histoire de cet ouvrage célèbre, aux diverses notices que j'ai publiées successivement des traductions Hébraïque, Persane et Latines de ce même livre, dans les tomes IX et X des Notices des manuscrits. Mais ce recueil étant entre les mains de peu de personnes, et d'ailleurs les résultats de mes recherches étant répandus dans plusieurs volumes, il m'a paru plus convenable de réunir ici ces résultats, et de les présenter à mes lecteurs, dégagés des discussions critiques auxquelles j'ai dû me livrer dans ces notices particulières.

Je dois avertir d'abord que tout ce que je dirai en général de l'histoire de ce livre, ne s'applique qu'au corps de l'ouvrage, dont la principale partie est les aventures de Calila et Dimna, et ne préjuge rien sur les doutes qu'on peut élever relativement à quelques livres ou chapitres qui paroissent n'avoir point appartenu primitivement à ce recueil, et y avoir été ajoutés après coup.

Origine Indienne du Livre de Calila et Dimna.

Une tradition généralement reçue attribue aux Indiens la première composition de ce recueil de fables. Quelques personnes,

A

il est vrai, l'attribuoient à Abd-allah ben-Almokaffa, comme nous l'apprend Ebn-Khilcan ; mais cette opinion isolée est contredite par le témoignage unanime d'une multitude d'écrivains Arabes et Persans, qui reconnoissent tous que cet Abd-allah ben-Almokaffa n'a fait que traduire ce livre du pehlvi ou de l'ancienne langue des Perses, en arabe, et qu'il avoit été apporté de l'Inde et traduit en pehlvi, sous le règne du grand Chosroës ou Khosrou Nou-schiréwan, par un médecin Persan nommé *Barzoui* ou *Barzouyèh*. Masoudi, historien Arabe de la première moitié du iv.e siècle de l'hégire, attribue le livre de Calila à un roi de l'Inde ; et la préface qui se lisoit à la tête de la traduction Pehlvie, et que le traducteur Arabe nous a conservée, ne laisse aucun doute sur l'origine Indienne de ce livre. Ferdousi a consigné cette même tradition dans le *Schah-namèh* ; et s'il est un fait que la critique la plus rigoureuse ne puisse contester, ce seroit assurément celui-là, quand même on n'auroit à faire valoir en sa faveur que cette imposante réunion de témoignages.

Mais nous pouvons aujourd'hui remonter encore plus près de la source de ces traditions historiques, depuis que les savans travaux des Anglois nous ont ouvert la carrière de la littérature Samscrite, et que nous possédons, tant en original que dans une traduction Angloise, les Fables de Vischnou-Sarma, ou le recueil d'apologues intitulé *Hitoüpadésa*.

Ce n'est point que je veuille dire que nous ayons dans ce livre Indien, l'original du livre de Calila. La différence qui est entre ces deux ouvrages est trop grande, pour que le dernier puisse être considéré comme une traduction ou une copie du premier ; mais aussi ils offrent trop de traits de ressemblance, pour qu'il soit permis de douter que, du moins, ils ont une source commune. La conséquence que je tire de ces ressemblances paroîtra encore plus forte, et l'objection fondée sur des différences que je suis loin de contester, sera considérablement atténuée, si l'on prend la peine de faire attention aux observations suivantes.

1.° Si l'on admet les traditions relatives à la mission de Barzouyèh dans l'Inde, et je ne vois pas pourquoi on se refuseroit à

admettre du moins le fonds de ce récit, on est autorisé à soutenir
que Barzouyèh rapporta de l'Inde, outre le livre de *Calila et
Dimna*, divers autres ouvrages du même genre (1), et qu'il en
composa un recueil auquel on donna le nom de *Livre de Calila
et Dimna*, parce que le récit des aventures de ces deux chacals
formoit la première et la principale partie de ce recueil. Cette
hypothèse, d'ailleurs très-naturelle, est fondée sur la nature même
de ce recueil : il suffit de l'ouvrir pour se convaincre qu'à l'ex-
ception des deux premiers chapitres, qui sont inséparables l'un
de l'autre et forment un seul tout, les autres n'ont, ni entre
eux, ni avec ces deux premiers, qui contiennent le récit des aven-
tures de Calila et Dimna, aucune liaison nécessaire ; qu'ils ne se
tiennent que par le cadre dans lequel l'auteur du recueil a jugé à
propos de les renfermer, en les mettant tous dans la bouche du
sage Bidpai qui les raconte au roi Dabschélim ; qu'enfin on eût
pu en retrancher plusieurs ou y en ajouter beaucoup d'autres, sans
altérer en rien la forme de ce recueil.

2.º Ce n'est pas simplement une conjecture, c'est un fait, que
le livre de Calila, tel que nous l'avons dans le texte Arabe que je
publie, contient plusieurs chapitres qui ne faisoient point partie du
recueil primitif. Ces chapitres ont été ajoutés dans la traduction
Pehlvie (2). C'est ce que nous assure Abou'lmaali Nasr-allah,
auteur de l'ancienne version Persane du livre de Calila, faite du
temps du sultan Gaznévide Bahram-schah. Ces chapitres ajoutés
sont au nombre de six ; mais il ne faut point tenir compte de
deux de ces chapitres, dont la composition ne peut être attribuée
aux Indiens : le premier est le récit de la mission de Barzouyèh

---

(1) C'est ce que prouvent évidemment
ce passage qu'on lit dans le texte Arabe,
p. 39. فلما فرغ من انتساخ الكتاب وغيره
مّما اراد من سائر الكتب كتب الي
et celui-ci qui se أنوشيروان يعلمه بذلك
lit p. 77 : فاقت على هذا الحال وانتخت كتبا
كثيرة وانصرفت من بلاد الهند وقد نخت
هذا الكتاب Dans l'un et dans l'autre de

ces deux passages, ainsi que dans quel-
ques autres, il est évidemment fait men-
tion de plusieurs livres Indiens copiés
par Barzouyèh.

(2) Les copistes ou les traducteurs ont
encore ajouté postérieurement de nou-
veaux chapitres à ceux qu'avoit traduits
du pehlvi Ebn-Almokaffa. *Voy.* Not. et
Extr. des manuscrits, t. X, part. 1.ʳᵉ,
p. 124.

dans l'Inde (1); le second, la vie de Barzouyèh. Il ne reste donc que quatre chapitres à supprimer, ce qui réduit à dix les chapitres traduits par Barzouyèh de l'indien en persan.

Alors, des quatorze chapitres qui forment le livre Arabe de *Calila et Dimna,* dix doivent être considérés comme traduits d'un original Indien ; ce sont les suivans, conformément à l'ordre observé dans cette édition Arabe :

V. Le Lion et le Taureau, ou le premier chapitre des aventures de Calila et Dimna.

VI. Le procès de Dimna, ou le second chapitre des mêmes aventures.

VII. La Colombe au collier.

VIII. Les Hiboux et les Corbeaux.

IX. Le Singe et la Tortue.

X. Le Moine et la Belette.

XI. Le Rat et le Chat.

XII. Le Roi et l'Oiseau.

XIII. Le Lion et le Chacal.

XV. La Lionne et le Cavalier.

Les chapitres ajoutés sont :

XIV. Les aventures d'Iladh, Baladh, Irakht et Kibarioun.

XVI. Le Moine et son Hôte.

XVII. Le Voyageur et l'Orfévre.

XVIII. Le Fils du Roi et ses Compagnons.

Quelques manuscrits attribuent ces quatre chapitres, d'une manière vague, aux Persans, c'est-à-dire, aux Persans du temps

---

(3) Dans ma notice de la version d'A-bou'lmaali Nasr-allah, j'ai supposé que le premier de ces chapitres étoit la préface du traducteur Arabe Ebn-Almokaffa, intitulée : باب عرض الكتاب ترجمة عبد الله بن المقفع, c'est-à-dire, Préface de ce livre, composée par Abd-allah ben-Almo-kaffa, p. 45. (Je ne rends point ici ترجمة

par *traduction*, parce que ce chapitre paroît être l'ouvrage d'Ebn-Almokaffa, comme on peut le voir dans le tome X des Notices des manuscrits, partie 1.re, p. 118.) J'ai changé d'opinion, et je pense aujourd'hui que ce premier chapitre est celui qui a pour titre : باب بعثة برزويه الى بلاد الهـنـد, p. 31.

de Nouschiréwan ; un manuscrit de Berlin en fait honneur à Buzurdjmihr, fils de Bakhtéghan.

3.° L'auteur du *Hitoupadésa* ou des Fables de Vischnou-Sarma annonce aussi avoir puisé les matériaux de son ouvrage dans un écrit plus ancien, intitulé *Pantcha-tantra*. Ce dernier ouvrage, il est vrai, n'est point entre nos mains, et nous ne pouvons vérifier par nous-mêmes ses rapports avec le livre de Calila ; mais nous devons en croire le savant M. Colebrooke, à qui la littérature Samscrite a tant d'obligations. Or, M. Colebrooke, dans la préface qu'il a mise à la tête de l'édition Samscrite du *Hitoupadésa*, donnée à Sérampore, en 1810, nous assure positivement avoir trouvé le plus grand rapport entre le *Pantcha-tantra* et le livre de Calila : encore est-il permis de supposer que ces rapports lui eussent paru et plus exacts et plus nombreux, s'il eût pris, pour objet de comparaison, le texte Arabe d'Ebn-Almokaffa, et non la traduction Persane de Hosaïn Vaëz, traduction qui porte le titre d'*Anvari Sohaili*, et dans laquelle l'original Arabe a éprouvé toute sorte de suppressions et d'interpolations. Je donnerai, à la suite de ce mémoire, un extrait de la préface de M. Colebrooke.

Toutes ces considérations réunies me paroissent plus que suffisantes pour répondre aux objections qu'on pourroit faire contre l'origine Indienne du livre de Calila ; objections qui, d'ailleurs, ne seroient fondées que sur le défaut de ressemblance parfaite entre le livre de *Calila et Dimna* et le *Hitoupadésa*, ou même, si l'on veut, le *Pantcha-tantra*.

Mais il est encore une raison décisive en faveur de l'origine Indienne de ce livre, c'est qu'à travers même le voile des traductions, et malgré l'espèce de transformation que ce livre a dû subir en passant de l'indien en pehlvi, du pehlvi en arabe, de l'arabe en persan, on y retrouve encore des caractères frappans de cette origine. Qu'il me soit permis de développer ici cette idée, en copiant ce que j'ai déjà dit ailleurs.

D'abord, on chercheroit inutilement, dans ce livre, des traces du magisme, du culte du feu et des élémens, de la rivalité d'Ormuzd et d'Ahriman, des anciennes traditions historiques et mythologiques de la Perse, des attributs et des fonctions des Amschaspands et des Izeds, du Zend-avesta et de son auteur. On n'y voit jamais (je parle ici de la version Arabe, la plus ancienne que nous connoissions) les noms de Cayoumarath, de Djemschid, de Dhohhak, de Féridoun, de Rostam, de Minotchehr et autres héros de la Perse. Ni Alexandre, ni Darius, n'y sont nommés; le *Neurouz*, ni aucune fête des Persans, n'y est rappelé. Les animaux symboliques décrits dans les livres de Zoroastre, gravés sur les ruines des anciens monumens de la Perse, ou sur les pierres fines que le temps a épargnées, sont inconnus à l'auteur de ce recueil.

Au contraire, les traces de l'indianisme, quoique peut-être affoiblies déjà et altérées dans la traduction Pehlvie, y sont en grand nombre. De là la fréquente mention des moines et des fakirs, l'abstinence du chacal religieux qui refuse de manger de tout ce qui a vie, la malédiction prononcée par un moine contre un serpent, dans l'apologue de la Grenouille et du Serpent; de là la métamorphose d'une souris en femme, par les prières d'un saint, et sa restitution à l'état de souris, par le même moyen (1); de là encore des noms propres d'animaux qui ont une signification dans la langue Indienne et n'en ont point, à notre connoissance, en persan, tels que *Dimna* ou *Damanaca* (2), *Schanzébèh* ou *Sanjavaca*;

---

(1) Cette fable ne se trouve point dans le *Hitoupadésa*, quoiqu'il y ait dans le IV.ᵉ livre une métamorphose d'une souris en chat, puis en chien, puis en tigre, et enfin en souris. La fable dont il s'agit est néanmoins bien d'origine Indienne, et elle se trouve, comme telle, dans la Mythologie des Indous, du colonel de Polier, t, II, p. 577.

(2) Il est certain que les Arabes prononcent ce mot *Dimna* ou *Dimnèh*. L'auteur du Kamous le dit positivement, et d'ailleurs on le fait rimer avec *mihna* محنة; mais rien n'empêche de croire qu'on le prononçoit en pehlvi *Damanah*, et que, si les Arabes l'ont prononcé *Dimna*, c'est qu'ils lui ont donné une forme Arabe et l'ont considéré comme analogue à دمنة

fumier, vestiges d'habitations, rancune. Le س final a été substitué au c indien; pour se conformer à l'usage de la langue Persane: il en est de même dans *Schanzébèh* شنزبه pour *Sanjavaca*. Ce س en persan, est analogue au ک *k* ou au چ *gh* des Arabes.

Quant à *Calila*, substitué à *Carataca*, il est moins aisé d'en rendre raison: je ne crois pas cependant impossible de justifier ce changement. Il est très-possible d'abord que, dans le pehlvi, on prononçât *Calalah* au lieu de *Calila*, et que cette dernière prononciation ait été admise par les Arabes, comme plus analogue aux formes de leur langue. En outre, le *r* du nom indien aura été changé en *l*, parce que cela étoit très-commun dans le pehlvi. Les inscriptions nous apprennent qu'on *titawi*, sorte d'oiseau dont le nom n'est ni persan ni arabe, mais bien indien, *tittéba;* de là enfin une mention fréquente des brahmes ou brahmanes.

La fable du Moine et de la Belette rappelle la familiarité des Indiens avec la mangouste, qui s'apprivoise facilement, vit dans les maisons comme le chat parmi nous, les purge des rats, des souris, des mulots, et est l'ennemi né des couleuvres et des serpens qu'elle saisit avec une adresse inexprimable. Il est vraisemblable que, dans l'original Indien, c'étoit de la mangouste qu'il s'agissoit dans cet apologue (2). Les singes et les tortues, souvent mis en scène dans ces fables, appartiennent plutôt à l'Inde qu'à la Perse.

Et qu'on n'objecte pas qu'il n'y est point question de Vischnou, de Crischna, des *avatara* ou incarnations, de toute la mythologie Indienne, et autres choses de ce genre. Si l'on prend, comme cela doit être, pour base de cet examen critique, la version Arabe, on verra qu'elle est écrite du style le plus simple, sans aucune érudition, et on en conclura, ou qu'il en étoit de même de l'original Indien, ou plutôt que Barzouyèh n'a pris de cet original que la morale, la politique et les apologues, et qu'il a supprimé tout ce qui avoit trait à la mythologie et à la croyance Indienne. On peut bien faire une semblable supposition, puisque la traduction du *Hitoupadésa* en persan, faite dans l'Inde par un musulman, il y a à peine cent soixante ans, est pareillement dépouillée de tout ce qui appartient à la religion de l'Inde.

disoit souvent, dans cette langue, *Ilan* et *Anilan* pour *Iran* et *Aniran*, *Minotchetl* pour *Minotchetr*, &c. Le *c* a été changé en *h*, comme dans *Dimnèh* et *Schanzébèh*. Il reste le *t*, dont le changement en *l* paroît difficile à justifier; mais on peut remarquer que beaucoup d'Indiens prononcent le *da*, de la série des consonnes qu'ils nomment *cérébrales*, comme un *r:* il en est sans doute de même du *ta* de *Carataca*, qui appartient à la même classe de consonnes. Si donc les Indiens prononçoient *Cararaca*, quoiqu'ils écrivissent *Carataca*, il est naturel que ce *t*

prononcé comme un *r*, se soit changé en *l* dans le pehlvi, et qu'on ait dit *Calalah*.

(2) *Voy.* Essais philosophiques sur les mœurs de divers animaux étrangers, p. 86; Paulin de Saint-Barthelemy, *Viaggio alle Indie orientali*, p. 154. La mangouste, quoi qu'en dise l'auteur des Essais, s'appelle *kirri* dans l'Inde. On l'y nomme aussi نيولي *niouli*, mot dérivé du samscrit *nakoula. Voy.* la note 325 de M. Wilkins sur le *Hitoupadésa.* Les voyageurs nomment souvent cet animal *ichneumon.*

Je ne crains donc point d'affirmer que toutes les règles de la saine critique assurent à l'Inde l'honneur d'avoir donné la naissance à ce recueil d'apologues, qui fait encore aujourd'hui l'admiration de l'Orient et de l'Europe elle-même.

La conclusion que je tire de tout ce que je viens d'exposer, n'est pas absolument que le *Pantcha-tantra* soit antérieur à Barzouyèh, ce qui cependant est extrêmement vraisemblable ; elle n'est pas même qu'avant Barzouyèh, tous les apologues que celui-ci réunit dans le livre de Calila, fussent déjà rassemblés, dans l'Inde, en un seul recueil. Tout ce que je prétends établir, c'est que les originaux des aventures de Calila et Dimna, et des autres apologues réunis à celui-là, avoient effectivement été apportés de l'Inde dans la Perse. Leur réunion en un seul corps d'ouvrage, la forme sous laquelle ils sont présentés, le cadre qui les renferme, purent être de l'invention de Barzouyèh, ou, si l'on veut, de Buzurdjmihr : cela est peu important. Je croirois cependant que, dès-lors, le dialogue entre Dabschélim et Bidpai, les questions du roi et les réponses du philosophe, formoient le cadre des aventures de Calila et Dimna, et que l'auteur Persan ne fit que renfermer d'autres apologues sous ce même cadre.

Traduction Pehlvie du Livre de Calila.

Que le livre de Calila, apporté de l'Inde en Perse par le médecin Barzouyèh, sous le règne de Nouschiréwan, ait été traduit en pehlvi à cette même époque, c'est, ce me semble, ce dont on ne sauroit raisonnablement douter. On a quelquefois attribué cette traduction à Buzurdjmihr ; mais je ne crains point de dire que c'est une méprise. Barzouyèh, selon toute apparence, ne rapporta pas de l'Inde les originaux Indiens des aventures de Calila et Dimna et des autres apologues dont il forma un seul recueil. Les témoignages historiques nous apprennent qu'il les traduisit en pehlvi, et que, de retour à la cour de Nouschiréwan, il en fit la lecture devant ce prince, ou du moins il les lui offrit. C'est d'ailleurs ce que l'on devroit supposer, quand même on ne le liroit

nulle

nulle part. Buzurdjmihr n'eut d'autre part à ce recueil, si nous en croyons le *Schah-namèh* et ce que nous lisons dans les prolégomènes mêmes du livre de Calila, que d'ajouter, à la tête de l'ouvrage, un chapitre où Barzouyèh est censé parler lui-même (1), et rendre compte de sa naissance, de son éducation et de sa vie, jusqu'à l'époque de son voyage dans l'Inde. Suivant les traditions conservées dans le *Schah-namèh*, Barzouyèh, au lieu d'accepter les présens et les faveurs dont vouloit le combler Nouschiréwan, demanda pour toute récompense que Buzurdjmihr fût chargé par le monarque de rédiger ce chapitre, et qu'on le plaçât à la tête du livre de Calila. Il voulut s'assurer l'immortalité, en attachant ainsi son nom à celui du prince et de son illustre ministre, et sur-tout à un livre qui lui paroissoit devoir se transmettre à la postérité la plus reculée. Ne semble-t-il pas entendre Aman prescrire à Assuérus le traitement dû à celui que le roi veut honorer, et exiger que le premier ministre devienne l'instrument de son triomphe!

Quoique j'adopte, pour le fond, les traditions consignées dans les prolégomènes du livre de Calila et dans le *Schah-namèh*, sur le voyage et les travaux de Barzouyèh, je ne prétends point qu'on doive ajouter foi à tous les détails. Il est possible que le voyage de Barzouyèh dans l'Inde n'ait point été fait par l'ordre de Nouschiréwan, et dans la seule vue de chercher à se procurer un livre dont la renommée étoit venue jusqu'en Perse; et si quelqu'un croit devoir révoquer en doute ces circonstances, bien que je ne voie aucune bonne raison de les nier, je les abandonne volontiers au jugement des lecteurs. Il n'en est pas de même du fond du récit; il me paroît impossible de ne pas l'admettre.

La traduction Pehlvie du livre de Calila a eu le sort de tout ce qui constituoit la littérature Persane, au temps de la dynastie

---

(1) C'est ce que dit aussi l'auteur du مجمل التواريخ. Il s'exprime ainsi, sous le règne de Nouschiréwan : ازیـن یــس فرستادن برزوی طبیب بود به هندوستان تا آنجا ماند مدّتها وبیر کشت وجیلت

کلیله ودمنه بایران آورد پیش شاه وذر برزوی بزرجمهر درآن فزود به فرمان شاه تاریخ او ضایع نکردد وذکری ماندش درعالم . Man. Pers. de la bibl. du Roi, n.° 62.

B

des Sassanides. Elle fut détruite en grande partie lors de la conquête de la Perse par les Arabes, et sacrifiée au zèle aveugle des premiers musulmans; et le peu qui échappa alors à la destruction, tomba dans l'oubli et disparut, lorsque la langue Pehlvie fut remplacée par l'arabe et le parsi, et que des traductions Arabes ou Persanes eurent mis quelques-uns des monumens de cette ancienne littérature, à la portée des successeurs plus éclairés de ces farouches et fanatiques propagateurs de l'islamisme.

D'Herbelot a dit que le جاودان خرد *Djawidan khired*, ou Sagesse éternelle, ouvrage de morale et de politique, attribué à l'ancien souverain de la Perse, *Houschenc*, étoit la même chose que le *Homayoun-namèh* همايون نامه; et comme ce dernier titre est celui que porte, dans la traduction Turque, le livre de Calila, cela a donné occasion à tous ceux qui, depuis ce célèbre orientaliste, ont parlé du livre de Calila, de supposer que ce même livre, dans la version Pehlvie, étoit intitulé *Djawidan khired*. Cette assertion me paroît sans nul fondement; je ne connois aucune autorité en sa faveur. Le *Djawidan khired* attribué à Houschenc, est un ouvrage entièrement différent du livre de Calila. J'ai dit ailleurs ce qui a pu donner lieu à cette méprise, qui, au surplus, n'est pas la seule dans laquelle d'Herbelot soit tombé en parlant du livre de Calila. Les écrivains qui l'ont copié, ne peuvent être invoqués comme autorités, et je ne crains point de dire que c'est une erreur qui ne doit plus être répétée.

Traduction Arabe du Livre de Calila, par Abd-allah ben-Almokaffa.

Beaucoup d'écrivains ont parlé d'une manière peu exacte de la traduction Arabe du livre de Calila et de son auteur. Sans nous arrêter à relever leurs erreurs, nous exposerons ce qui concerne cette traduction, en nous conformant aux autorités irrécusables que nous avons produites ailleurs.

Abd-allah, fils d'Almokaffa, dont le nom propre en persan étoit *Rouzbèh* روزبه, et qui a été mal-à-propos appelé par un grand nombre d'écrivains, *fils d'Almokanna*, étoit né dans la province de

Perse, et dans la religion des mages dont il fit long-temps profession.
Son père, appelé *Dadouyèh*, avoit été chargé, sous le gouvernement
du fameux Haddjadj ben-Yousouf, de la perception des impôts
dans l'Irak et la province de Farès. Comme il s'étoit rendu cou-
pable d'extorsions et de vexations dans l'exercice de sa place,
Haddjadj le fit mettre à la torture ; et sa main s'étant retirée par
l'effet des tourmens qu'il éprouva, on le surnomma depuis ce temps-
là مقفّع *Mokaffa ;* le verbe تقفّع signifiant en arabe, *se gripper,
se recroqueviller.* Son fils Abd-allah, dont il est question ici, étoit
attaché au service d'Isa ben-Ali, oncle paternel des deux premiers
khalifes de la maison d'Abbas, Saffah et Mansour. Ce fut entre
les mains d'Isa qu'Abd-allah abjura sa religion paternelle et em-
brassa l'islamisme. Son orthodoxie fut cependant toujours très-
suspecte. On l'accuse d'avoir travaillé, mais en vain, avec quelques
autres ennemis du mahométisme, à imiter, et même à surpasser
le style de l'Alcoran, que tout bon musulman doit tenir pour
inimitable, et pour supérieur à ce que peuvent produire les talens
humains les plus éminens.

On demandoit un jour à Abd-allah, fils d'Almokaffa, de qui
il avoit appris les règles de la civilité. J'ai été moi-même mon
maître, répondit-il ; toutes les fois que j'ai vu un autre faire
quelque bonne action, je l'ai imitée, et quand j'ai vu quelqu'un
faire une chose malhonnête, je l'ai évitée.

Abd-allah étoit naturellement enclin à la raillerie, et ce pen-
chant, auquel il s'abandonnoit imprudemment, ne contribua pas
peu à sa fin tragique, comme on le verra. On peut croire, d'après
cela, que le jugement que porta de lui le célèbre Khalil ben-Ah-
med, étoit bien fondé. Ces deux hommes savans s'étant un jour
rencontrés, on demanda à Khalil, lorsqu'ils se furent séparés, ce
qu'il pensoit d'Abd-allah. Il a, répondit-il, plus de science que
de jugement. Abd-allah, interrogé de même au sujet de Khalil,
décida qu'il avoit plus de jugement que de science.

A peine le khalife Mansour étoit-il sur le trône, qu'il eut à se
défendre contre un compétiteur redoutable, son oncle Abd-allah,

B 2

fils d'Ali. Celui-ci cependant, complètement battu en l'année 137 par les armées de Mansour, que commandoit Abou-Moslem, s'enfuit et se retira dans l'Irak, auprès de ses deux frères, Soleïman et Isa, dont le premier étoit gouverneur des provinces de Basra, Bahraïn et Oman, et le second gouvernoit la province d'Ahwaz. Soleïman et Isa sollicitèrent et obtinrent de Mansour la grâce de leur frère Abd-allah, et, s'étant chargés de rédiger l'acte d'amnistie que Mansour avoit consenti à lui accorder, ils vinrent pour cela à Basra, et confièrent la rédaction de cet acte à Abd-allah, fils d'Almokaffa, qui étoit secrétaire d'Isa, et qui passoit pour être très-habile dans la rédaction des actes contenant des stipulations ou engagemens réciproques. La manière dont Abd-allah s'acquitta de cette commission choqua Mansour, qui peut-être nourrissoit secrètement le projet de sacrifier, quand il en trouveroit l'occasion, son oncle Abd-allah, fils d'Ali, ce qu'il exécuta effectivement en l'année 139. Informé que l'acte d'amnistie avoit été rédigé par Abd-allah, fils d'Almokaffa, il envoya un ordre secret à Sofyan, fils de Moawia, gouverneur de la ville de Basra, de faire mourir le fils d'Almokaffa. Cet ordre ne pouvoit venir plus à propos pour Sofyan, qui avoit été très-souvent l'objet des railleries et des sarcasmes les plus piquans d'Abd-allah, fils d'Almokaffa, et qui avoit juré d'en tirer vengeance. Abd-allah s'étant présenté chez Sofyan, pour s'acquitter d'une mission dont l'avoit chargé Isa, fils d'Ali, Sofyan profita de cette occasion pour satisfaire sa vengeance et celle de Mansour; il fit prendre Abd-allah, puis ayant fait chauffer un four, il fit couper l'un après l'autre et jeter dans le four les membres de ce malheureux. Enfin, il y fit jeter tout son corps et fit fermer le four sur lui, en disant : Je n'ai encouru aucun blâme en faisant de toi un exemple, parce que tu es un impie, qui as corrompu les hommes. Il faisoit allusion aux soupçons d'athéisme, ou du moins de magisme, dont Abd-allah étoit assez généralement l'objet.

La mort d'Abd-allah, fils d'Almokaffa, ne pouvoit demeurer secrète. Ses protecteurs Soleïman et Isa, oncles de Mansour, informés qu'on l'avoit vu entrer dans la maison de Sofyan, et qu'il avoit disparu depuis cet instant, accusèrent Sofyan de sa mort, et le firent conduire lié et garotté devant Mansour. On fit comparoître les témoins, qui déposèrent que le fils d'Almokaffa étoit entré chez Sofyan, et qu'on ne l'avoit point vu sortir de cette maison. Le khalife dit d'abord qu'il examineroit cette affaire ; puis s'adressant aux témoins, il les intimida, en leur donnant à entendre qu'Abd-allah n'étoit pas mort, qu'il pouvoit, s'il le vouloit, le faire comparoître à l'instant même devant eux, et qu'alors il les mettroit à mort, comme faux témoins. En conséquence, ces gens-là rétractèrent leurs dépositions, et les deux princes Soleïman et Isa ne parlèrent plus de cette affaire, voyant bien que c'étoit par ordre de Mansour qu'Abd-allah, fils d'Almokaffa, avoit été tué.

Soleïman, fils d'Ali, étant mort en l'an 142, la fin tragique d'Abd-allah, fils d'Almokaffa, doit être antérieure à cette date. Je serois même porté à croire, d'après l'ensemble de tout ce récit, qu'elle précéda la mort du rebelle Abd-allah, fils d'Ali, tué, comme je l'ai dit, par ordre du khalife Mansour, en l'année 139.

Quoi qu'il en soit, on ne peut douter du moins que l'auteur du *Schah-naméh* ne soit tombé dans un anachronisme, en rapportant au khalifat de Mamoun la traduction Arabe du livre de Calila, puisque Mamoun n'a commencé à régner qu'en 198.

Le livre de Calila n'est pas le seul qui ait été traduit du pehlvi en arabe par Abd-allah, fils d'Almokaffa ; nous savons qu'il avoit aussi traduit en arabe les principales parties, peut-être même le corps entier, de l'ancienne histoire des Perses, et que ses traductions ont été l'une des sources où a puisé l'auteur du *Schah-naméh*. Il est aussi connu par des poësies Arabes ; le recueil intitulé *Hammasa* en contient un fragment.

Abd-allah ne se contenta pas de traduire le livre de Calila ; il y ajouta, à ce qu'il paroît, une préface.

La portion des prolégomènes du livre de Calila, qui me paroît appartenir incontestablement au traducteur Arabe, est celle qui, dans mon édition, est intitulée : باب عرض الكتاب ترجمة عبد الله بن المقفع , et qui a pour objet d'exposer dans quelle intention ce livre a été écrit, quelle utilité on peut retirer de sa lecture, et comment on doit le lire pour le faire avec fruit. J'ai développé ailleurs les motifs qui me déterminent à penser que ce chapitre est effectivement l'ouvrage du traducteur Arabe.

Quant à la traduction, il nous est impossible de dire jusqu'à quel point Abd-allah a pu s'écarter du texte Pehlvi. On ne peut se faire une idée de l'extrême variété qui règne dans les manuscrits de la version Arabe. Cette variété est telle qu'on est quelquefois tenté de croire qu'il existe plusieurs versions Arabes de ce livre, tout-à-fait différentes l'une de l'autre. J'aime mieux penser cependant qu'il n'y a eu qu'une seule traduction du pehlvi en arabe, celle d'Abd-allah, fils d'Almokaffa; mais que cette traduction a été dans la suite interpolée par les copistes ou par des hommes de lettres qui ont cru l'embellir en alongeant le récit, multipliant les incidens, y insérant de nouvelles fables, des proverbes, des allusions, soit à l'Alcoran, soit aux traditions, retranchant aussi parfois ce qui leur paroissoit manquer de justesse ou d'élégance, accommodant enfin l'ouvrage à leur goût ou à celui de leur siècle.

Les seuls moyens critiques qui s'offrent à nous, pour reconnoître ces interpolations, ce sont la version Grecque de Siméon Seth, qui doit avoir été faite vers l'an 1080 de J. C., et la version Persane d'Abou'lmaali Nasr-allah ben-Abd-alhamid: elles sont faites l'une et l'autre d'après l'arabe et sont certainement les plus anciennes de toutes celles que nous connoissons. La version Grecque de Siméon Seth, quoiqu'elle ne soit pas exempte d'interpolations, me paroît s'approcher beaucoup de la simplicité primitive de la traduction Arabe d'Abd-allah. Quant à la traduction Persane qui est au plutôt de l'an 510, l'auteur a lui-même pris beaucoup de libertés en la faisant, et d'ailleurs il est vraisemblable que dans le cours de trois siècles et demi, la version Arabe d'Abd-allah avoit déjà subi bien des altérations et des transformations.

Obligé d'opter entre les diverses rédactions que me présentoient six ou sept manuscrits que j'avois sous les yeux, j'ai cru que celle qui étoit la plus concise, qui offroit le moins d'allusions à la religion, aux opinions, à la littérature des Arabes, dont le récit enfin étoit plus simple, devoit être préférée, non précisément comme la meilleure, mais du moins comme celle qui devoit représenter le plus fidèlement l'ouvrage d'Abd-allah. Le manuscrit qui m'offroit cette rédaction étoit aussi le plus ancien, et il méritoit encore la préférence sous divers autres rapports. Malheureusement il avoit plusieurs lacunes assez mal restituées, et dans quelques endroits le récit paroissoit tronqué, soit par la négligence du copiste, soit par la faute d'un manuscrit plus ancien sur lequel a été copié celui-ci. Dans ces différens cas, j'ai eu principalement recours à deux manuscrits qui ont beaucoup de rapports entre eux, et dont la rédaction me semble tenir le second rang dans l'ordre des temps. Les autres manuscrits, ainsi que la version Persane de Nasr-allah, et la version Hébraïque, ou la traduction Latine qu'en a faite Jean de Capoue, m'ont servi assez souvent pour fixer mon choix entre les diverses leçons.

L'ordre des chapitres de la version Arabe n'est pas le même dans tous les manuscrits. Je ferai connoître ces différences.

A la tête de la version Arabe du livre de Calila, se trouve, et dans mon édition et dans presque tous les manuscrits, une introduction attribuée à un personnage appelé *Behnoud, fils de Sahwan*, et plus connu sous le nom d'*Ali, fils d'Alschah Farési*. Si ces noms ne sont pas supposés, cette introduction est l'ouvrage d'un Persan. Je ne la crois pas fort ancienne, parce qu'elle ne se trouve ni dans la version Persane de Nasr-allah, ni dans la version Grecque de Siméon Seth, ni dans la traduction Hébraïque attribuée au rabbin Joël (1).

---

(1). Le nom d'*Alschah* donné au père de Behnoud ou Ali m'avoit d'abord paru fort extraordinaire; mais il n'est pas sans exemple. J'ai trouvé dans le كتاب , ou Catalogue des écrivains Arabes des premiers siècles de l'hégire (Man. Ar. de la bibl. du Roi, n.° 874, *fol. 208 recto*), un homme de lettres, auteur de divers ouvrages, qui est appelé

ابن الشاه الظاهرى , *fils d'Alschah Dhahéri*, et dont le nom entier est أبو القسم على بن محمد بن الشاه الظاهرى *Abou'lkasem Ali*, *fils de Mohammed*, *fils d'Alschah Dhahéri*. L'auteur ajoute qu'il descendoit d'*Alschah, fils de Mical*. Il se pourroit que Behnoud fût de cette même famille.

Quoi qu'il en soit, cette introduction se lisant dans le plus ancien de nos manuscrits, je n'ai pas voulu l'omettre, quoique j'en fasse peu de cas. Je vais en donner une idée succincte.

Alexandre, après avoir soumis les rois de l'Occident, tourna ses armes vers l'Orient. Il triompha de tous les souverains de la Perse et des autres contrées qui osèrent lui résister. Dans sa marche pour entrer dans l'empire de la Chine, il fit sommer le prince qui régnoit alors sur l'Inde, et qui se nommoit *Four,* ou, suivant quelques manuscrits, *Fourek,* de reconnoître son autorité et de lui faire hommage. Four, au lieu d'obéir, se prépara à la guerre, et prit toutes les mesures propres à assurer son indépendance. Alexandre, qui n'avoit, jusque-là, éprouvé que de foibles résistances, instruit des préparatifs formidables du roi de l'Inde, craignit de recevoir, dans cette occasion, quelque échec qui terniroit la gloire de ses armes : les éléphans des Indiens lui inspiroient sur-tout une grande crainte. Il résolut donc d'avoir recours à la ruse ; et après avoir consulté les astrologues sur le choix du jour le plus favorable à l'exécution de ses desseins, il fit faire, par les plus habiles ouvriers qui suivoient son armée, des figures creuses de chevaux et de cavaliers en bronze : il fit remplir l'intérieur de ces figures de naphte et de soufre, et il ordonna qu'après les avoir revêtues de harnois et d'habits, on les plaçât sur le premier rang de son armée, et qu'au moment d'engager le combat on mît le feu aux matières inflammables qu'elles contenoient. Le jour choisi pour l'action étant arrivé, Alexandre fit faire une nouvelle sommation au roi Indien. Celui-ci n'y obéit pas plus qu'à la première, et les deux armées s'ébranlèrent. Four avoit placé ses éléphans sur la première ligne ; les gens d'Alexandre, de leur côté, firent avancer les figures de bronze qui avoient été chauffées. Les éléphans ne les eurent pas plutôt saisies avec leurs trompes, que, se sentant brûler, ils jetèrent par terre ceux qui les montoient et prirent la fuite, foulant aux pieds et écrasant tous ceux qu'ils rencontroient. Toute l'armée Indienne étant ainsi culbutée et mise en déroute, Alexandre appela à grands cris Four à un combat singulier. Le monarque Indien accepta le défi et se présenta

aussitôt

aussitôt sur le champ de bataille. Les deux champions combattirent une grande partie du jour, sans que la victoire se déclarât pour l'un ni pour l'autre. Alexandre commençoit à désespérer du succès, lorsque son armée, par ses ordres, poussa un grand cri. Le roi Indien, croyant que ses troupes étoient attaquées inopinément par des forces ennemies sorties d'une embuscade, se retourna pour voir ce que c'étoit, et Alexandre profitant de cet instant, lui porta un coup qui le précipita de son cheval ; d'un second coup, il l'étendit mort. L'armée Indienne recommença alors le combat, bien déterminée à périr ; cependant, vaincue de nouveau, elle céda aux promesses d'Alexandre. Le vainqueur, après avoir mis ordre aux affaires de ce pays, et en avoir donné le gouvernement à un de ses officiers, qu'il établit roi à la place de Four, quitta l'Inde pour suivre l'exécution de ses projets. A peine se fut-il éloigné, que les Indiens secouèrent le joug qu'il leur avoit imposé, et se choisirent pour souverain un homme de la race royale, nommé *Dabschélim*.

Lorsque Dabschélim se vit affermi sur le trône, la fortune l'ayant favorisé dans toutes ses entreprises, il s'abandonna à ses passions, et exerça sur ses sujets une tyrannie sans bornes. Il y avoit alors dans les états de Dabschélim, un brahmane nommé Bidpaï (1), qui jouissoit d'une grande réputation de sagesse, et que chacun consultoit dans les occasions importantes. Ce philosophe desirant ramener le prince, que l'orgueil de la domination avoit égaré, à des sentimens de justice et d'humanité, assembla ses disciples, afin de délibérer avec eux sur les moyens qu'il convenoit de prendre pour atteindre le but qu'il se proposoit. Il leur représenta qu'il étoit de leur devoir et de leur intérêt d'ouvrir les yeux au roi sur les vices de son administration ; et pour les convaincre que la foiblesse aidée d'une ruse adroite pouvoit réussir là où la force et la violence échoueroient, il leur cita la fable des Gre-

---

(1) Dans l'original ce nom est écrit *Baïdaba*, ce qui représente la prononciation Indienne *Veidava*. Ce nom est incontestablement d'origine Samscrite, soit qu'il signifie, comme je l'ai supposé, *lecteur du véda*, soit qu'il ne soit autre chose que *vidva*, *homme docte, savant.* Il a été corrompu dans les manuscrits et les traductions en mille manières, ainsi que celui de *Dabschelim. Voy.* les Notices et Extraits des man. tome IX, part. 1.re p. 397 et 403.

C

nouilles qui parvinrent à l'aide des Oiseaux à tirer vengeance de l'Éléphant qui les fouloit aux pieds. (1)

Les disciples de Bidpaï s'excusèrent tous de donner leur avis; mais ils représentèrent au philosophe les dangers auxquels l'exposeroit l'exécution de son entreprise hardie. Bidpaï leur déclara qu'il ne se désisteroit, par aucun motif que ce pût être, de son projet; qu'il iroit trouver le roi et lui faire des représentations; et il leur recommanda de se réunir de nouveau auprès de lui, lorsqu'ils apprendroient qu'il seroit de retour de la cour : après quoi il les congédia.

Bidpaï se présenta donc chez le roi. Admis à son audience, il le salua et demeura dans le silence. Dabschélim, étonné de ce silence, ne douta point que le philosophe n'eût à lui communiquer quelque affaire importante; il lui adressa le premier la parole, et l'invita à faire connoître le sujet pour lequel il étoit venu; mais il ne lui laissa pas ignorer que s'il se mêloit des affaires que les rois doivent se réserver, il ne manqueroit pas de punir son audace téméraire. Le philosophe, après avoir demandé et obtenu du roi la permission de lui parler avec franchise, commença par lui exposer que les qualités qui distinguent l'homme des autres animaux, ce sont la sagesse, la tempérance, la raison et la justice, qualités qui renferment toutes les vertus, et qui élèvent celui en qui elles se trouvent réunies, au-dessus de toutes les chances malheureuses de la fortune. Il dit ensuite que, s'il avoit hésité à prendre la parole, c'étoit un effet de la crainte respectueuse que lui inspiroit la présence du roi; que les sages ne recommandoient rien tant que le silence; mais que néanmoins il alloit user de la liberté que le roi lui avoit accordée. Puis entrant en matière, il reprocha à Dabschélim de ne point imiter les vertus de ses ancêtres, de la puissance desquels il avoit hérité, et d'appesantir au contraire sur ses sujets le joug de sa tyrannie, et il l'exhorta à changer de conduite. Dabschélim, outré de colère, lui fit de vifs reproches de sa témérité, et commanda qu'on le mît en croix;

(1) Cette fable se trouve dans le *Pantcha-tantra*, où elle fait partie du récit des aventures de Calila.

mais on ne se fut pas plutôt saisi du philosophe pour exécuter
l'ordre du roi, que celui-ci, changeant de résolution, révoqua son
arrêt et se contenta de faire jeter Bidpaï dans un cachot. A cette
nouvelle, les disciples du brahmane se dispersèrent et cherchèrent
leur sûreté dans des contrées éloignées. Un long espace de temps
s'écoula sans que Dabschélim se ressouvînt de Bidpaï, et que
personne osât prononcer devant le roi le nom du philosophe. Une
nuit cependant que le prince ne put prendre de sommeil, il ré-
fléchit sur les mouvemens célestes et le système de l'univers.
Comme il cherchoit inutilement à se rendre compte de quelque
problème relatif aux révolutions des astres, il se ressouvint de
Bidpaï, et se repentit de l'injustice qu'il avoit commise à son
égard. Sur-le-champ il l'envoya chercher, et lui ordonna de ré-
péter tout ce qu'il avoit dit la première fois. Bidpaï, après avoir
protesté de la pureté de ses intentions, obéit ; et Dabschélim l'ayant
écouté avec attention et avec des signes de repentance, lui fit
ôter ses liens, et lui déclara qu'il vouloit lui confier l'administra-
tion de son empire. Bidpaï ne consentit qu'avec peine à accepter
cette charge. La nouvelle de son élévation ne se fut pas plutôt
répandue, que ses disciples se hâtèrent de revenir de leur ban-
nissement volontaire, dans les états de Dabschélim ; et ils y éta-
blirent une fête à perpétuité, en mémoire de l'heureux changement
survenu dans la conduite du roi.

L'administration de Bidpaï eut, pour tout le royaume et pour le
souverain, les effets les plus heureux, et les vertus de Dabschélim
lui soumirent tous les rois de l'Inde, qui s'empressèrent à l'envi
de reconnoître sa suprématie. Pour Bidpaï, ayant rassemblé ses
disciples, il leur rendit compte des motifs qui l'avoient engagé à
exposer sa vie pour l'intérêt du royaume et le soin de sa propre re-
nommée, et les instruisit que le roi l'avoit chargé de composer un
livre qui contînt les préceptes les plus importans de la sagesse. Il
les engagea à écrire chacun sur le sujet qu'ils voudroient choisir,
et à lui soumettre leurs travaux, ce qu'ils lui promirent (1).

(1) Cette dernière phrase semble tout-à-fait déplacée, et ce qui suit paroît n'en
être que le développement.

Cependant Dabschélim, quand il se vit affermi sur son trône,
et lorsque sa bonne conduite lui eut soumis tous ses ennemis, as-
pira à un autre genre de gloire. Les rois ses prédécesseurs avoient
tous attaché leurs noms à quelque ouvrage composé par les sages
et les philosophes de leur temps : desirant laisser un semblable
monument de son règne, il ne trouva que Bidpaï qui pût remplir
ses vues ; l'ayant mandé près de lui , il lui fit part de ses in-
tentions, et le pria de s'occuper sans délai de la composition d'un
ouvrage qui, tout en paroissant uniquement destiné à former les
mœurs des particuliers, eût cependant pour véritable but d'ap-
prendre aux rois comment ils doivent gouverner, pour s'assurer
de l'obéissance et de la fidélité de leurs sujets. Il lui témoigna
aussi le desir que, dans cet ouvrage, les graves préceptes de la
morale et les austères leçons de la sagesse fussent mêlés à des
récits divertissans et à des anecdotes amusantes. A la demande
du brahmane, le roi lui accorda un an de délai pour exécuter
cet ouvrage, et lui assura les fonds nécessaires pour cette entre-
prise.

Bidpaï crut d'abord devoir assembler ses disciples et délibérer
avec eux sur la marche qu'il convenoit d'adopter pour remplir
à la satisfaction du roi le plan que ce prince avoit conçu ; mais il ne
tarda pas à reconnoître qu'il devoit renoncer à tout secours étran-
ger, et se charger lui-même de ce travail, en prenant seulement
avec lui, pour secrétaire, un de ses disciples. Ayant donc fait
provision de papier et des alimens nécessaires pour sa subsistance
et celle de son secrétaire pendant un an, il se renferma avec lui
dans un cabinet, dont l'accès fut interdit à tout autre. Là, le phi-
losophe s'occupant sans relâche du travail dont il s'étoit chargé,
dictoit à son disciple, puis revoyoit ce que celui-ci avoit écrit.
L'ouvrage fut exécuté ainsi, et composé de quatorze chapitres (1)

(1) Dans mon édition, il y a dix-huit
chapitres, parce que l'introduction de
Behnoud, l'histoire de la mission de Bar-
zouyèh dans l'Inde, la préface d'Abd-
allah ben-Almokaffa, et la vie de Bar-
zouyèh, écrite par Buzurdjmihr, sont
comptés pour autant de chapitres. Le livre
de Calila ne commence, à proprement
parler, qu'au V.ᵉ chapitre. On voit que
Behnoud regarde les quatorze chapitres
restans comme ayant fait partie, primiti-
vement, du livre de Calila.

qui, chacun, contenoient une question et la réponse à cette question. Tous les chapitres furent ensuite réunis en un seul livre, auquel Bidpaï donna le nom de *Livre de Calila et Dimna.* Bidpaï mit en scène, dans cet ouvrage, des animaux domestiques et sauvages et des oiseaux, afin que le commun des lecteurs y trouvât un amusement et un passe-temps agréable, tandis que les hommes sensés y puiseroient un sujet de réflexions solides : il voulut aussi que tout ce qui peut être utile à l'homme pour le réglement de sa conduite, l'administration de ses affaires, le gouvernement de sa famille, en un mot pour sa félicité en ce monde et en l'autre, s'y trouvât réuni, et qu'il y apprît à obéir aux souverains et à se garantir de tout ce qu'il importe à son bonheur d'éviter.

Bidpaï consacra le premier chapitre à représenter ce qui arrive à deux amis, lorsqu'un semeur de faux rapports s'introduit dans leur société : il voulut que son disciple le fît parler dans ce chapitre, conformément au plan adopté par le roi, en sorte que les préceptes de la sagesse y fussent joints à des récits amusans. Bidpaï cependant fit réflexion que la sagesse perd tout son prix quand elle se trouve associée à des discours frivoles. Rien ne lui paroissoit donc, ainsi qu'à son disciple, plus difficile que de remplir à cet égard le desir du roi, quand tout d'un coup il leur vint dans l'esprit d'employer pour interlocuteurs deux animaux. Par-là, tandis que le choix des personnages mis en scène offroit un sujet d'amusement, la sagesse se trouvoit dans les discours qu'on leur prêtoit. Ce plan réunissoit donc de quoi satisfaire le goût léger des ignorans et du vulgaire, et de quoi attirer l'attention des hommes sages.

Un an se passa de la sorte, sans que Bidpaï et son disciple interrompissent leur travail et sortissent de leur retraite. Au terme fixé, le roi fit demander à Bidpaï s'il avoit exécuté son engagement. Sur la réponse affirmative du brahmane, le roi convoqua une nombreuse assemblée des grands et des savans de son empire. Bidpaï s'y rendit, accompagné de son disciple ; et là, en présence du roi et de toute la cour, il fit lecture de tout son livre et expliqua au roi le sujet de chaque chapitre. Dabschélim,

au comble de la joie, dit à Bidpaï de lui demander telle récom-
pense qu'il voudroit: Le philosophe se contenta de demander
que ce livre fût transcrit, comme l'avoient été ceux des ancêtres
de Dabschélim, et gardé avec grand soin, de peur qu'il ne fût
transporté hors de l'Inde, et ne tombât entre les mains des Perses.
Le roi combla ensuite de présens les disciples de Bidpaï.

L'auteur termine cette introduction en disant que Nouschiré-
wan, ayant entendu parler du livre de Calila, n'eut point de
repos qu'il n'eût envoyé dans l'Inde, pour l'obtenir, le médecin
Barzouyèh, et que celui-ci se l'étant procuré à force d'adresse,
l'emporta avec lui à son retour de l'Inde, et le déposa dans les
trésors des rois de Perse.

L'introduction dont je viens de donner l'analyse, et qui, dans
mon édition, occupe trente et une pages, est tout-à-fait étrangère
à la rédaction primitive du livre de Calila (1). Il n'en est pas ainsi
du chapitre suivant, intitulé *De la mission de Barzouyèh dans
l'Inde :* on peut assurer qu'il se trouvoit dans la traduction Pehl-
vie ; mais il est incertain s'il fait partie du travail que Buzurdjmihr
fit à la demande de Barzouyèh et par l'ordre du roi, ou si, ce
qui est plus vraisemblable, il est indépendant de ce travail. Il
semble effectivement, par le récit même qu'on y lit, que Buzurdj-
mihr ne fut chargé de mettre par écrit que la portion de la vie
de Barzouyèh antérieure à sa mission dans l'Inde.

Les diverses traductions du livre de Calila présentent, dans ce
chapitre, une différence assez notable, relativement au motif qui
détermina la mission de Barzouyèh dans l'Inde. Dans la version
Espagnole, dont un fragment a été donné par Don Rodriguès de
Castro, ainsi que dans la traduction Latine de Jean de Capoue,
faite d'après la version Hébraïque, et enfin dans la traduction de
Raimond de Béziers, il est dit que ce fut Barzouyèh qui, ayant lu
dans un certain livre qu'il y avoit dans l'Inde des montagnes où
l'on trouvoit une herbe dont l'application rendoit la vie aux morts,
sollicita de Nouschiréwan la permission d'aller dans l'Inde, pour

(1) Elle est cependant intitulée *Cha-*
pitre 1.er, dans la table des chapitres, | p. 58; mais cette table varie beaucoup
suivant les divers manuscrits.

chercher cette herbe merveilleuse ; qu'arrivé dans ce pays, après
bien des recherches infructueuses, Barzouyèh reconnut enfin que
ce n'étoit là qu'une allégorie, et que, sous l'emblème de cette herbe,
il falloit entendre le livre de Calila, dont les sages leçons pou-
voient retirer les insensés de la mort de l'ignorance. Cette tra-
dition est aussi celle qu'a suivie l'auteur du *Schah-namèh*. Au
contraire, suivant notre texte Arabe, avec lequel sont d'accord
et la version Grecque de Siméon Seth et la traduction Persane
d'Abou'lmaali Nasr-allah, ce fut Nouschiréwan qui, ayant en-
tendu parler avec éloge du livre de Calila, envoya Barzouyèh
dans l'Inde, pour qu'il se procurât ce trésor de sagesse, et l'ap-
portât en Perse. Cependant Nasr-allah rapporte le même em-
blème, sans le rattacher aucunement à Barzouyèh et à sa mission
dans l'Inde.

Il est difficile de croire que cette allégorie ne se lût pas dans
quelques exemplaires de la version Arabe ; ce n'est guère que
de là qu'elle a pu passer dans la version Hébraïque et dans l'an-
cienne traduction Espagnole. On pourroit supposer qu'il en étoit
question dans un passage du chapitre dont nous parlons en ce
moment : on y lit en effet, page 44 de mon édition, que Bar-
zouyèh, dans sa jeunesse, avoit déjà fait un premier voyage dans
l'Inde, pour y rechercher des substances médicinales et des
simples, et que c'étoit dans ce voyage qu'il avoit acquis la con-
noissance de la langue et de l'écriture Indiennes (1). Mais cette
supposition est inutile ; car j'ai sous les yeux un manuscrit Arabe
du livre de Calila où se trouve, au commencement de ce cha-
pitre, le même récit qu'a suivi l'auteur du *Schah-namèh* ; c'est le
manuscrit 139 de S.ᵗ-Germain-des-Prés. Voici comment ce cha-
pitre commence dans ce manuscrit :

ذكروا انه انوشروان فى زمن الاعاجم ابن قباد الملك رجل يقال له

بر زويـه وكـان متطتبا وكـان رئيس اطبآء اهل المملكة وكانت له
من الملك مرتبة ومنزلة ومجلس معروف وكان مع ما فى يده من صناعـة
الطبّ عالما حكيما فرفع الى الملك يوما كتابا يذكر فيه يجد فى كتاب
الحكآء ان بارض الهند جبلا فيها اشجـار وانواع من النبـاتات ان عرفـت
وجمعت وخلطت استخـرج منها دوى يحيى به الموتى

Quoique ce passage soit fort corrompu, on en saisit facilement
le sens. Le voici :

On rapporte qu'il y avoit parmi les Persans, au temps du roi Nouschi-
réwan, fils de Kobad, un homme appelé Barzouyèh, qui exerçoit la
médecine, et étoit le chef de tous les médecins de la Perse. Il jouissoit
auprès du roi d'un rang très-distingué. Outre la pratique de la médecine,
dont il faisoit sa profession, il cultivoit les sciences et la philosophie. Un
jour il apporta au roi un livre où on lisoit qu'il étoit écrit dans les ouvrages
des philosophes que, sur une des montagnes de l'Inde, il croissoit
certains arbres et certaines plantes dont le mélange, quand elles avoient
été recueillies par un homme qui en eût la connoissance, et convenablement
amalgamées ensemble, formoit un médicament capable de rendre la vie
aux morts.

Le troisième chapitre de notre texte Arabe est l'introduction
du traducteur, Abd.-allah ben-Almokaffa. Il est intitulé
باب عرض الكتاب ترجـمـة عبد الله بن المقفّع c'est-à-dire, *Préface,*
ou plutôt, *Exposition du sujet de ce livre, composée par Abd-allah
ben-Almokaffa.* J'ai déjà dit que le mot ترجمة ne signifie pas ici
traduction : ce mot se prend souvent dans le sens de *article, chapitre,
paragraphe.* Rien n'est plus fréquent dans Ebn-Khilcan, et on en
trouve des exemples dans le livre même de Calila. Ainsi, page 58,
la table des chapitres est intitulée ترجمة الأبواب ; ainsi encore le
quatrième chapitre, qui est l'ouvrage du premier ministre Buzurdj-
mihr, est intitulé باب برزويه ترجمة برزجمهر.

Dans cette préface, Ebn-Almokaffa donne aux lecteurs quelques
avis utiles sur la manière de lire ce livre. Il veut d'abord qu'on ne
s'arrête

s'arrête pas au dehors des récits qu'on y lit; mais qu'au contraire on recherche le sens moral caché sous l'écorce des fables. En second lieu, il recommande de mettre en pratique les sages leçons que ce livre contient, quand une fois on les aura bien comprises, la science ne servant de rien, si on ne l'applique à la conduite de la vie, et ne rendant même que plus coupable et plus condamnable celui en qui elle reste stérile et sans fruit. L'homme sage doit, selon Ebn-Almokaffa, se proposer un but utile dans tout ce qu'il entreprend : il ne doit point se mettre en colère, lorsque Dieu permet qu'il lui arrive quelque accident, fâcheux en apparence, et qui, cependant, dans les vues de la providence, doit avoir pour lui un heureux résultat. Il ne faut pas néanmoins que la confiance en la providence l'empêche de travailler et de faire ses efforts pour se procurer ce dont il a besoin; mais ses efforts doivent toujours avoir pour principal objet les biens solides et durables. L'homme sensé doit encore se tenir en garde contre ses passions, ne pas ajouter foi aux paroles de tout le monde, ne point s'opiniâtrer dans les fausses démarches où l'erreur a pu l'entraîner, croire à l'inévitable effet des décrets du ciel, agir avec courage et persévérance, ne faire aux autres que ce qu'il voudroit qu'on lui fît, ne jamais chercher son avantage aux dépens d'autrui. Enfin Ebn-Almokaffa recommande encore aux lecteurs de ne pas se contenter de feuilleter superficiellement ce livre, pour en admirer les images; il veut qu'on le lise en entier, avec une sérieuse attention.

Il finit en disant que les auteurs de cet ouvrage se sont proposé quatre choses en le composant. La première a été de le rendre attrayant pour les jeunes-gens dont l'esprit est léger, en y faisant parler et agir diverses espèces d'animaux; la seconde, de fixer l'attention des princes, par les figures d'animaux qui y sont dessinées et coloriées; la troisième, que, à raison du plaisir que les hommes de toutes les classes prendroient à le voir et à le lire, il se multipliât par un grand nombre de copies, et se transmît ainsi à la postérité la plus reculée. Quant au quatrième objet, ajoute-t-il, qui est le vrai but de la composition de ce livre, il ne concerne que les philosophes. On sent que l'auteur veut parler des leçons de sagesse et de morale, cachées sous les emblèmes des fables.

Ce chapitre lui-même renferme un assez grand nombre d'apologues : il se termine, dans mon édition, comme dans le manuscrit que j'ai suivi, par la table des chapitres. On trouvera la traduction de cette table à la fin de cette Introduction.

Le quatrième chapitre a pour titre : *Chapitre de Barzouyèh, composé par Buzurdjmihr, fils de Bakhtégan.*

Ce chapitre, dans lequel Barzouyèh est censé rendre compte lui-même de ses premières années, commence ainsi :

« Voici ce que dit Barzouyèh, chef des médecins de la Perse,
» le même qui fut chargé de prendre une copie de ce livre, et qui
» le traduisit des livres des Indiens, ainsi qu'il a été dit précé-
» demment : Mon père étoit du nombre des militaires, et ma
» mère d'une des principales familles des Mages (1). Je naquis
» dans une grande aisance : de tous les enfans de mes père et
» mère, aucun ne leur fut plus cher que moi, et ils prenoient
» beaucoup plus de soin de moi que de tous mes frères. »

Le goût de Barzouyèh le porta de bonne heure à l'étude de la médecine ; et dès qu'il put exercer cet art, il résolut de s'y livrer tout entier, dans la seule vue de se rendre agréable à Dieu. Aussi ne recevoit-il aucun honoraire des malades auxquels il consacroit ses soins. Il ne portoit envie à aucun des médecins qui, inférieurs à lui en mérite, le surpassoient en richesses et en rang ; et si quelquefois le desir de les supplanter s'élevoit dans son ame, il se réprimandoit lui-même avec force, et rappeloit à sa pensée la vanité de tout ce qui est transitoire et passager. Il s'exhortoit à résister à la séduction des mauvais conseils ou des exemples dangereux de ses camarades et de ses amis. De ces réflexions, Barzouyèh passa à la considération des diverses religions qui partagent les hommes. Les réponses d'aucun de ceux auxquels il s'adressa pour dissiper ses doutes, ne l'ayant satisfait,

___

(1) Le mot زمزباني signifie proprement ceux qui parlent bas, entre les dents, et sans, pour ainsi dire, remuer les lèvres. C'est ce que les Parsis appellent *vadj*. C'est une pratique caractéristique des disciples de Zoroastre. *Voy.* Notices et Extraits des manuscrits, tom. X, partie 1.re, p. 155.

il résolut de rester attaché à la religion de ses pères ; mais sa résolution ne fut point durable ; et faisant de nouveau réflexion à la briéveté de la vie et à l'incertitude de l'heure de la mort dont l'homme est menacé à chaque instant, il pensa que le parti qu'il avoit à prendre étoit d'abandonner des recherches qui ne pouvoient fixer son incertitude, et de se borner à faire des actions que sa conscience approuvât, et qui eussent l'assentiment des hommes de toutes les religions. Il joignit à cette conduite une ferme croyance à une autre vie, et à des peines et des récompenses futures. Rien ne lui parut plus propre à faire le bonheur de l'homme, que la pratique de la vertu et l'exercice de la vie monastique, et il jugea que, préférer à ce bonheur solide et que rien ne peut nous ravir, des plaisirs frivoles et passagers, c'étoit une insigne folie. Plus il considéroit les joies du monde, plus elles lui inspiroient de dégoût. Les réflexions qu'il faisoit sur les avantages d'une vie religieuse et mortifiée, ne contribuoient au contraire qu'à accroître l'estime qu'il avoit conçue pour ce genre de vie. Il forma donc le projet de l'embrasser ; mais il étoit retenu par la crainte de ne pouvoir pas y persévérer, et de perdre, en aspirant à une plus haute perfection, les avantages que lui avoit procurés jusque-là l'exercice de sa profession. Que sont cependant, se disoit-il, les privations et les austérités de la vie religieuse, qui m'inspirent tant d'effroi, et que je crains de ne pouvoir pas supporter, en comparaison des maux qui accompagnent les plaisirs de cette vie ? Et d'ailleurs, quel plaisir peut-on trouver dans des jouissances qui doivent être sitôt détruites par la mort, et que suivra une éternité de peines et de tourmens ? Que sont, au contraire, quelques années de mortification et d'épreuves, lorsqu'elles doivent mener à un bonheur sans fin ! Ici Barzouyèh fait une peinture, aussi éloquente que vraie, des contradictions et des souffrances de toute espèce auxquelles l'homme est en proie, depuis l'instant de sa formation dans le sein de sa mère, jusqu'à son dernier soupir. Il en conclut que tout homme sensé doit toujours avoir l'éternité devant les yeux, et que quiconque agit autrement, est un fou, digne de compassion ou de mépris. Il lui paroît donc nécessaire de s'arracher aux voluptés du monde, pour ne s'occuper que de son sort dans l'éternité, sur-tout dans un siècle comme le sien, où, malgré les vertus et les talens du monarque qui gouverne l'empire avec sagesse et fermeté, toutes les choses du monde semblent reculer et aller en décadence; où le vice triomphe et la vertu est laissée dans l'oubli, la vérité est rebutée et le mensonge mis en honneur, les méchans jouissent du bonheur, et les hommes de bien sont malheureux et opprimés. Barzouyèh s'étonne de voir que les hommes, doués de raison et supérieurs à tout le reste des êtres créés, oubliant leur dignité, ne s'occupent que de choses frivoles, et négligent leurs véritables intérêts. Quelques satisfactions sensuelles et qui ne doivent durer qu'un instant, voilà pourtant, se dit-il, ce qui occupe toutes leurs facultés, et les détourne de soins bien plus importans. Barzouyèh cherche alors à quoi le genre humain mérite d'être comparé. On ne peut mieux l'assimiler, suivant lui, qu'à un homme qui, fuyant un éléphant furieux, est descendu dans un puits; il s'est accroché à deux rameaux qui en couvrent l'orifice, et ses pieds se sont posés sur quelque chose qui forme une saillie dans l'intérieur du même puits : ce sont quatre serpens qui sortent leurs têtes hors de leurs repaires; il aperçoit au fond du puits un dragon, qui, la gueule ouverte, n'attend que l'instant de sa chute pour le dévorer. Ses regards se portent vers les deux rameaux auxquels il est suspendu, et il voit à leur naissance deux rats, l'un noir, l'autre blanc, qui ne cessent de les ronger. Un autre objet cependant se présente à sa vue ; c'est une ruche remplie de mouches à miel. Il se met à manger de leur miel, et le plaisir qu'il y trouve lui fait oublier les serpens sur lesquels reposent ses pieds, les rats qui rongent les rameaux auxquels il est suspendu, et le danger dont il est menacé à chaque instant, de devenir la proie du dragon qui guette le moment de sa chute pour le dévorer. Son étourderie et son illusion ne cessent qu'avec son existence. Ce puits, c'est le monde, rempli de dangers et de misères. Les quatre serpens, ce sont les quatre humeurs dont le mélange forme notre corps, mais qui, lorsque leur équilibre est rompu, deviennent autant de poisons mortels : ces deux raïs, l'un noir, l'autre blanc, ce sont le jour et la nuit, dont la succession consume la durée de notre vie : le dragon, c'est le terme inévitable qui nous attend tous : le miel enfin, ce sont les plaisirs des sens, dont la fausse douceur nous séduit et nous détourne du chemin où nous devons marcher.

« Je me résolus donc, dit Barzouyèh en finissant, à demeurer » dans mon état, et à améliorer, autant qu'il seroit en moi, mes » actions, dans l'espérance qu'il viendroit un moment de ma vie » où je trouverois un guide pour me conduire, une puissance » capable de soumettre mon ame, et un chef qui mettroit ordre à » mes affaires. Je persistai dans cet état ; je transcrivis beaucoup de » livres, et je revins de l'Inde, après avoir mis par écrit celui-ci. »

Quoique, dans tous les manuscrits que j'ai eus sous les yeux, ce chapitre se termine ainsi, il manque certainement quelque chose dans les dernières lignes. L'auteur a dû dire :

« Je persistai dans cet état jusqu'au moment où je fus envoyé » dans l'Inde. Je me rendis dans ce pays, et j'y fis beaucoup de » recherches. Après y avoir transcrit plusieurs livres, et entre » autres celui-ci, je revins de l'Inde dans mon pays. »

C'est à-peu-près ce qu'on lit dans la version Persane de Nasrallah : les traductions de Siméon Seth, de Jean de Capoue et de Raimond de Béziers offrent la même omission que nous croyons apercevoir dans notre texte Arabe.

Ce chapitre contient plusieurs apologues. Il est extrêmement remarquable par le tableau qu'il nous offre de la situation morale de la Perse au temps de Nouschiréwan.

Nous avons déjà dit que l'ordre des chapitres n'étoit pas le même dans tous les manuscrits de la version Arabe d'Ebn-Almokaffa ; ajoutons que quelques manuscrits offrent aussi un chapitre qui ne se trouve pas dans les autres.

Un fragment de la version Arabe a été publié à Leyde en 1786, par H. A. Schultens, sous ce titre : *Pars versionis Arabicæ libri Colailah we Dimnah, sive fabularum Bidpai, philosophi Indi.* Schultens, induit en erreur par la forme du mot كليلة , a cru que c'étoit un diminutif Arabe ; c'est par cette raison qu'il l'a prononcé *Colaïlah*; mais c'est une faute, et la vraie prononciation est *Calila*, ainsi qu'il résulte d'un passage de la vie de Timour, *tom. II., p. 264* de l'édition de Manger, où ce nom rime avec les adjectifs féminins كليلة et جليلة.

De quelques autres Versions Arabes.

J'ai déjà dit que je ne connoissois aucune autre version Arabe du livre de Calila, que celle d'Abd-allah ben-Almokaffa, faite du temps du khalife Mansour. Si l'auteur du *Schah-namêh* et d'autres écrivains, sans doute d'après lui, ont parlé d'une traduction Arabe de ce même livre, faite sous le règne de Mamoun, comme de la première ou même de la seule qui existe, c'est une erreur évidente. Elle paroît venir de ce qu'un écrivain nommé *Sahel ben-Haroun*, Persan d'origine, et que d'Herbelot semble avoir confondu avec le vizir *Hasan ben-Sahel*, composa pour Mamoun, à l'imitation du livre de Calila et Dimna, un ouvrage intitulé *Thaléba et Afra* (1). Sahel se conforma en tout, dans cet ouvrage, à la disposition et aux divisions du livre de Calila. Il est fâcheux que cet ouvrage ne nous soit pas parvenu; il est vraisemblable que nous y trouverions quelques renseignemens sur l'histoire du livre de Calila, et sur les motifs qui avoient déterminé Sahel à composer un nouvel ouvrage sur le même plan. J'ignore si la composition de ce livre est antérieure à l'avénement de Mamoun au khalifat. Mamoun, né en l'année 170, mourut en 218, après vingt-trois ans de règne.

Vers le même temps, le livre de Calila fut mis en vers pour Yahya, fils de Djafar le Barmékide. Hadji Khalfa attribue ce travail à Sahel, fils de Nevbakht; d'autres l'attribuent à un personnage nommé *Abd-alhamid, fils d'Abd-alrahman*, ou plutôt *Abân, fils d'Abd-alhamid Lahiki*. L'ouvrage contenoit en tout quatorze mille vers, composés chacun de deux hémistiches rimant ensemble. L'auteur fut richement récompensé par Yahya et par ses fils, Fadhl et Djafar. Cette partie de l'histoire du livre de Calila est encore fort obscure.

(1) Le titre de cet ouvrage est assez incertain : les divers manuscrits varient beaucoup à cet égard.

Il existe une autre rédaction en vers du livre de Calila. Elle est intitulée درّ الحكم فى امثال الهند والعجم, c'est-à-dire, *les Perles des sages préceptes, ou Fables des Indiens et des Persans*, et doit contenir environ neuf mille distiques : elle a pour auteur *Abd-almoumin ben-Hasan*. Je n'en connois qu'un seul manuscrit qui a appartenu autrefois à M. le baron de Schwachheim, et se trouve aujourd'hui dans la bibliothèque Impériale de Vienne. Il y a une lacune de quelques pages dans ce manuscrit, et plusieurs transpositions qui viennent de ce que cette copie a été faite sur un manuscrit plus ancien dont quelques feuillets étoient déplacés. Le copiste ignorant ou étourdi n'a pas eu l'attention de replacer ces feuillets dans l'ordre convenable, avant de faire sa copie. J'ignore à quelle époque vivoit Abd-almoumin. J'ai fait faire pour mon usage une copie de ce manuscrit, copie dans laquelle j'ai remis à leur vraie place les portions qui étoient transposées.

J'ai cru pouvoir conclure d'un passage obscur de Hadji-Khalfa, passage qui est incontestablement altéré, que la traduction Arabe d'Abd-allah ben-Almokaffa avoit été revue ou abrégée sous le règne du khalife Mahdi, en l'année 165, pour Yahya, fils de Khaled le Barmékide, par un personnage nommé *Ali* et surnommé *Ahouni*, ou *Ahwani*, ou *Ahwazi* ; mais je dois avouer que ce n'est qu'une conjecture.

Version Grecque de Siméon Seth.

Je n'entrerai dans aucun détail sur cette version, dont l'auteur, *Siméon Seth*, ou plutôt *Siméon, fils de Seth*, connu par divers autres ouvrages, florissoit sous les empereurs Michel Ducas, Nicéphore Botoniate et Alexis Comnène, vers la fin du XI.e siècle ; il paroît avoir fait cette traduction par l'ordre du dernier de ces empereurs, monté sur le trône en 1081. Cette version a été traduite en latin par le P. Possin, d'après un manuscrit que lui avoit communiqué Léon Allatius, et il a fait imprimer sa traduction Latine à la fin du premier tome de Pachymer, sous ce titre : *Specimen sapientiæ Indorum veterum.*

Le texte Grec a été publié ensuite, avec une nouvelle version

Latine, à Berlin, en 1697, par Sébast. Godef. Starck, sous le titre suivant : *Specimen sapientiæ Indorum veterum, i. e. Liber ethno-politicus pervetustus, dictus arabicè* كليله ودمنه *, græcè* Στεφανίτης και Ἰχνηλάτης. Starck, n'ayant point trouvé, dans le manuscrit de Hambourg, sur lequel il a fait cette édition, les prolégomènes que Possin avoit traduits, n'a pu les donner. Ils ont été publiés, du moins en partie, en grec et en latin, à Upsal, en 1780, par les soins de P. Fab. Aurivillius, ou plutôt de J. Floder, sous la forme d'une thèse, et avec ce titre : *Prolegomena ad librum* Στε-φανίτης και Ἰχνηλάτης, *è cod. mscr. bibl. acad. Upsal. edita et latinè versa.* J'ai dit que ces prolégomènes ont été publiés en partie, parce qu'en effet ils sont incomplets, comme l'a soupçonné l'édi-teur, et comme chacun peut s'en assurer, en les comparant avec la version du P. Possin. Le premier prolégomène repond au cha-pitre du texte Arabe intitulé *De la mission de Barzouyèh dans l'Inde;* le second, à la *préface* ou exposition du traducteur Arabe Abd-allah ben-Almokaffa; le troisième, enfin, au chapitre concernant la vie de Bárzouyèh, et composé par Buzurdjmihr. Dans le second prolégomène, le traducteur Grec ne fait aucune mention d'Abd-allah ben-Almokaffa, à qui il est dû; mais il a conservé fidè-lement l'apologue de l'homme qui croyoit parler purement la langue Arabe, parce qu'il avoit appris par cœur quelques lignes écrites en cette langue, qu'un de ses amis lui avoit données, apo-logue qui indique un auteur Arabe (1).

Ce second prolégomène n'est point complet ; il se termine, *page 33*, par ces mots : ἔλαβε τὸν χιτῶνα αὐτῦ καὶ ἐνεδύσαῖο τῦτον, τὸν δὲ οἶνον ὑπέςρεψεν ἐν τῷ πίθει, qui répondent à ceux-ci du texte Arabe, *p. 51, lig. dern.* de mon édition : وغدا الرجل به كاسيا.

Ce qui suit, λέγεῖαι γὰρ ὅτι κλέπῖης, appartient au troisième prolégomène, ou à la vie de Barzouyèh, dont il manque ici plusieurs pages, et répond à ces mots du texte Arabe, *p. 64, l. 6* de mon édition : زعموا ان سارقا علا ظهر بيت رجل من الاغنيا.

---

(1) Cet apologue se trouve *p. 27;* il commence ainsi : Ἄνθρωπος δέ τις ἐζήῖει μαθῖν λέξιν, ἣ ἀπελθὼν πρός τινα τῆς ἑαυτῦ φίλων, βαςαζων ἣ κίπεινον χάρτην, ἠτήσαῖ· αὐτῷ ὅπως χράψῃ αὐῖῷ λέξιν ἀραβ.κήν.

Il y a encore, dans ce troisième prolégomène, d'autres lacunes considérables.

Il est à souhaiter qu'on publie de nouveau ces prolégomènes, d'après un manuscrit Grec plus complet (1)

Siméon paroît avoir ajouté quelquefois des sentences prises des livres saints ou des écrivains Grecs, dans sa traduction (2) : ce cas est rare et je n'oserois même pas affirmer la chose. Il a souvent substitué des noms de son imagination à ceux que lui offroit l'original Arabe.

C'est ainsi qu'il a substitué les noms Στεφανίτης et Ἰχνηλάτης, à *Calila* et *Dimna*. Le premier nom, Στεφανίτης, lui a été suggéré par la ressemblance de *Calila* كَلِيلَة, avec le mot *iclil* اكليل, *couronne* : le second, qui signifie *investigator, vestigia persequens*, lui a été pareillement suggéré par le rapport de *Dimna* دمنه, avec le mot *dimn* دمن que le Kamous explique par آثار الدار والناس *vestigia tentoriorum et hominum* (3).

Il a de même changé *Dabschélim* en Ἀβεσαλώμ (4), le génie préposé à la garde de la mer, en Néréis, Νηρηίς, et *Irakht* ايرأخت, nom d'une reine, en Πελάς ; il a introduit dans une fable qui ne se trouve point dans mon édition Arabe, un roi des rats, nommé Τρωγλοδύτης, et trois rats, ses conseillers, appelés Τυρεφάγος, Κρεοβόρης et Ὀθονοφάγης.

Je dois faire observer en passant que cette fable, qui forme le XIV.e chapitre de la version Grecque, n'est qu'une portion d'une fable beaucoup plus longue qui se lit dans plusieurs manuscrits Arabes de la traduction d'Ebn-almokaffa, mais qu'on ne retrouve,

(1) La bibliothèque du Roi possède deux manuscrits de la version Grecque de Siméon Seth, mais tous deux fort incomplets. Le premier est coté 2231 ; le second a appartenu à Huet, et ensuite à la bibliothèque de la maison professe des Jésuites ; il est intitulé Βιβλίον λεγόμενον ὁ Ἡχιλάτης.

(2) Les traces de christianisme et les allusions à des textes de l'écriture, sont assez fréquentes dans le manuscrit d'Upsal; dont Floder a publié les variantes.

(3) Suivant M. Wilkins, *Carattaca* signifie *celui qui mène une vie sans reproche*, et *Damanaca*, *celui qui corrige, qui dompte; qui châtie*. The Heetopades, p. 309.

(4) Je lis cependant dans un manuscrit de la bibliothèque du Roi, qui a appartenu à Huet, Δησαλώμ.

E

ni dans la version Hébraïque, ni dans les traductions Persanes, ni enfin dans la version Latine inédite de Raimond de Béziers.

Plus souvent Siméon Seth supprime tout-à-fait les noms propres. Ainsi il ne nomme ni *Bidpai* le philosophe, ni le taureau *Schanzébèh* شنزبه , ni le chacal *Rouzbèh* روزبه , ni le sage et saint reclus *Kibarioun* كباريون , ni la concubine *Hourkanat* حورقناة (4). Mais il n'entre pas dans mon plan de comparer ainsi chaque version avec le texte Arabe. Je m'arrête donc ici et je passe à la version Hébraïque.

De la Version Hébraïque attribuée au rabbin Joël.

J'ai traité fort au long, dans le tome IX des Notices et Extraits des manuscrits, de la version Hébraïque du livre de Calila, version attribuée, on ne sait trop pourquoi, à un rabbin nommé *Joël*. J'ai tiré de l'oubli un manuscrit incomplet de cette version, qui se trouve dans la bibliothèque du Roi, et qui est le seul dont on ait connoissance en Europe; et je suis entré dans de très-amples détails sur la traduction Latine de cette même version, traduction faite par un Juif converti, nommé *Jean de Capoue*, imprimée sous le titre de *Directorium humanæ vitæ, aliàs Parabolæ antiquorum sapientum*, et qui a été elle-même la source de diverses traductions ou imitations, en italien, espagnol et allemand. J'ai fait voir comment, dans cette traduction, le nom de *Dabschélim* a été changé en *Disles*, et celui de *Bidpai* en *Sandebad* ou *Sandebar*: j'ai rectifié les erreurs que l'on avoit commises plus d'une fois, en confondant la traduction Hébraïque du livre de Calila avec des fables ou le roman de Sandebar et d'autres ouvrages d'un genre différent; enfin, j'ai fait imprimer un chapitre entier de cette version.

La version Hébraïque contient deux chapitres qui ne font point partie du livre de Calila; ce sont les chapitres XVI et XVII. Ces

---

(1) On pourroit demander ce que c'est qu'un nom propre qui se trouve dans ce passage, p. 486 de l'édition de Starck : Βασιλεῦ, εἰς τὸν αἰῶνα Ζῆθι, que cet éditeur traduit ainsi : *Opto, Rex, ut ad Zethi* *ætatem pertingas.* La réponse est simple. Comment Starck n'a-t-il pas vu qu'il falloit lire ‏חי‎ *vivas*, et que le sens étoit : *Rex, vivas in sæculum !*

deux chapitres lui sont communs avec la version Latine de Raimond de Béziers. Le xvi.ᵉ chapitre est la fable des deux Cygnes et du Canard. Elle se trouve dans un seul des manuscrits Arabes de la bibliothèque du Roi ; mais le copiste a eu soin d'avertir qu'elle ne fait pas partie du livre de Calila. Le xvii.ᵉ chapitre, qui n'a que quelques lignes, et qui contient la fable de la Colombe et du Renard, ne se trouve dans aucun manuscrit Arabe, à ma connoissance.

Je ne dois point répéter ici ce que j'ai dit au sujet de cette traduction, sur laquelle je me réserve de revenir une autre fois, si je suis assez heureux pour que les recherches que je fais faire à Constantinople, Salonique et autres endroits du Levant, m'en procurent un exemplaire complet, au moyen duquel je puisse en fixer l'âge et reconnoître le nom de son auteur. Pour le moment, je dois me contenter de renvoyer à la notice que je viens d'indiquer.

De la Version Syriaque du Livre de Calila.

Je ne parle ici de la version Syriaque du livre de Calila, que pour que l'on ne croie pas que j'ignore la mention qu'en a faite le patriarche Ebed-jesu, dans son Catalogue des livres écrits en syriaque. Ce catalogue est l'unique autorité sur laquelle on a cru, jusqu'à présent, pouvoir établir l'existence de cette version Syriaque. Suivant Ebed-jesu, l'auteur de cette version, nommé *Bôud Periodeuta* ܚܘܪ ܦܪܝܘܕܐ , a composé divers ouvrages, principalement contre les Manichéens et les Marcionites. Ebed-jesu ajoute : ܘܗܘ ܗܘ ܦܣܩ ܡܢ ܗܢܕܘܝܐ ܟܠܝܠܐ ܘܕܡܢܝ ܘܡܢܝ . « Et » c'est lui qui a traduit de l'indien le livre de *Calilag et D..mnag.* »

Suivant Assemani, dans la *Bibl. Or. Clem. Vat.*, Boud vivoit sous le patriarche Ézechiel, vers l'an 510 (1), c'est-à-dire, sous le règne de Nouschiréwan, et précisément à l'époque où l'on peut

---

(1) *Bud, sive Buddas, Periodeutes, hoc est, presbyter circuitor, seu visitator, sub Ezechiele patriarcha, circa annum Chris-i 510 vivebat : Christianorum in Perside finitimisque Indiarum regionibus cu-ram gerens. Hinc sermonem Indicum calluisse dicitur, ex quo librum Calilagh et Damnagh syriacè reddidit.*

T. III, part. 1.ʳᵉ, p. 219.

rapporter la mission de Barzouyèh dans l'Inde et la traduction du livre de Calila en pehlvi. J'ignore dans quelle source Assémani a puisé ce qu'il dit du temps auquel vivoit Boud, et de la connoissance qu'il lui suppose de la langue Indienne; mais je ne puis me défendre d'un soupçon contre le témoignage d'Ebed-jesu, et je crains, je l'avoue, qu'il n'ait confondu Barzouyèh avec un moine chrétien, et n'ait attribué au second une traduction qui appartient au premier. Il me paroît peu vraisemblable qu'un prêtre chrétien eût traduit directement de l'indien un ouvrage tel que celui dont il s'agit, que cette traduction de l'indien en syriaque ait été faite précisément à la même époque à laquelle ce livre fut traduit de l'indien en pehlvi; enfin, que les deux traducteurs se fussent rencontrés dans la substitution du nom de *Calila* à l'indien *Carattaca*: car, dans *Calilag* et *Damnag*, le *g* final n'est que l'equivalent du *hé* ٥ final des Persans.

Peut-être y a-t-il une autre manière de lever ces difficultés; ce seroit de supposer que Barzouyèh étoit effectivement un moine chrétien, qui avoit été employé dans les contrées de l'Inde voisines de la Perse, et qui joignoit à la connoissance de sa langue naturelle et de la langue Syriaque, qui étoit celle de son église, la connoissance de celle de l'Inde, et que Nouschiréwan l'employa à traduire en pehlvi le livre de Calila. Ebed-jesu ne dit point que la traduction dont il parle fût en langue Syriaque; il en parle comme d'une chose connue de tout le monde, et il n'est point invraisemblable qu'il ait voulu dire que *Boud* est le même que Barzouyèh, auteur de la traduction du livre de Calila de l'indien en persan.

On sera très-porté, je pense, à admettre cette supposition, si l'on fait attention aux réflexions attribuées à Barzouyèh par Buzurdjmihr, et sur-tout à l'éloge qu'il fait de la vie monastique et du renoncement à toutes les choses du monde (1). J'ai toujours

---

(1) Barzouyèh n'auroit-il pas voulu parler obscurément de sa conversion au christianisme, dans cette phrase que Buzurdjmihr lui met dans la bouche : « Dans » l'espérance qu'il viendroit un moment » de ma vie où je trouverois un guide » pour me conduire, une puissance capable de soumettre mon ame, et un » chef qui mettroit ordre à mes affaires! « *Voy.* ci-devant, p. 29.

eu peine à concevoir que cette doctrine pût être celle d'un Perse, disciple de Zoroastre, d'autant plus que rien ne nous autorise à croire que les Perses aient eu, avant l'islamisme, des moines ou des solitaires. On comprendra facilement encore, dans cette supposition, comment le livre de Calila n'offre aucune trace des dogmes, des opinions ni du culte des disciples de Zoroastre. Barzouyèh chrétien a dû, sans doute par respect ou par ménagement pour le roi par l'ordre duquel il travailloit, éviter, dans son ouvrage, toute trace du christianisme; mais il a dû aussi en écarter tout ce qui auroit pu tenir à une religion profane qu'il devoit condamner.

On demandera sans doute pourquoi, dans cette supposition, Barzouyèh auroit été nommé *Boud* par Ebed-Jesu ou par les écrivains qu'il a consultés. Je n'ai pas de réponse positive à donner à cette question, mais on peut supposer que Barzouyèh étoit originaire ou même natif de l'Inde; qu'il portoit, dans ce pays, le nom de *Boud* ou *Boudda*; que dans la suite, ayant fixé son domicile en Perse, il y avoit pris le nom Persan برزويه, qui pouvoit signifier, en cette langue, *grand, élevé, beau* (1).

Des Versions Persanes, antérieures à celles d'Abou'lmaali Nasr-allah.

La plus ancienne version Persane du livre de Calila, dont il soit fait mention par les écrivains Orientaux, est celle qui fut entreprise sous le règne de l'émir Samanide Nasr, fils d'Ahmed, par ordre de son vizir Abou'lfadhl (ou Abou'lfazl) *Belami* ابو الفضل بلعمى ou *Belgami* يلغى. Il en est fait mention dans le *Schah-namèh*, en ces termes:

» Le livre de Calila resta ainsi en arabe jusqu'au temps de » Nasr. Lorsque ce prince régna sur le monde, l'excellent » Abou'lfazl, son visir, qui, en fait d'éloquence, étoit son

---

(1) Le nom de Barzouyèh برزويه peut être composé de برز et de ويه, mot qui entre dans beaucoup de noms Persans ou plutôt Pehlvis, comme مسكويه, سيبويه, داذويه, &c., et duquel paroissent se for-mer des adjectifs, à-peu-près comme de وش ou سان en persan moderne, et de *va* en samscrit. Le mot برز en persan, veut dire جمال, زيباى, بالاى, بلندى *hauteur, haute taille, parure, beauté.*

» trésorier, ordonna qu'on le traduisît en *parsi*, et (dans le
» dialecte de la cour, nommé) *déri*. Son ministère fut de peu de
» durée. »

Suivant une introduction au *Schah-namèh*, que je ne connois
que par la traduction de M. de Wallenbourg (1), publiée, après
sa mort, à Vienne, en 1810, Belami auroit lui-même fait cette
traduction, par ordre de l'émir Nasr. Nous apprenons aussi de
cette introduction que le même Abou'lfazl Belami avoit chargé le
poëte Dakiki de mettre en vers l'histoire des anciens rois de
Perse.

Quoi qu'il en soit, au surplus, de l'entreprise de Belami, pour
traduire ou faire traduire en persan le livre de Calila, il paroît
que cette traduction ne fut point exécutée, ou qu'elle fut inter-
rompue par la mort de ce vizir, amateur des lettres, comme
semble l'indiquer l'auteur du *Schah-namèh*. Il est d'autant plus
vraisemblable que cette traduction, ou ne parut point du tout,
ou resta incomplète, que Nasr-allah n'en fait aucune mention
dans sa préface, où il trace l'histoire du livre de Calila jusqu'à
son temps. Hadji-Khalfa paroît croire que le livre de Calila fut
traduit de l'arabe en persan par un savant de la cour de l'émir
Nasr; mais, sans doute, il a suivi, en cela, l'auteur du *Schah-*
namèh, qui semble le donner à entendre, quoiqu'il ne le dise
pas expressément.

Le même prince Samanide dont il vient d'être question chargea
le poëte Roudéghi de mettre en vers persans le livre de Calila,
et Roudéghi exécuta cet ordre.

Roudéghi, connu sous le nom d'*Oustad Abou'lhasan*, étoit né
aveugle; il vivoit à la cour de l'émir Nasr, mort en l'année 331

(1) Je trouve cette introduction à la
tête d'un manuscrit du *Schah-namèh*, ap-
porté de Perse par M. Jouannin; mais
elle est beaucoup plus concise que dans
l'exemplaire sur lequel M. de Wallen-
bourg a fait sa traduction, et il n'y est
point fait mention de *Belami*. L'auteur
de l'introduction qui se lit dans le ma-
nuscrit du *Schah-namèh* de M. Jouannin,
étoit bien peu instruit; car il suppose
qu'Abd-allah ben-Almokaffa, qu'il ap-
pelle *ben-Almokanna*, étoit vizir du kha-
life Mamoun.

(2) Dans la traduction de M. de Wal-
lenbourg on lit : *l'émir Sâd Ebou Nasr,*
fils d'Ahmad; mais il faut lire : *l'émir Saïd*
Nasr, fils d'Ahmed.

de l'hégire. L'auteur du *Schah-naméh*, Abou'lmaali Nasr-allah,
dans la préface de sa traduction Persane du livre de Calila ;
Daulet-schah Samarcandi, dans son histoire des poëtes Persans ;
Hadji-Khalfa et plusieurs autres écrivains, font mention de cette
traduction en vers de Roudéghi. Daulet-schah rapporte que
l'émir Nasr donna à Roudéghi, pour prix de ce travail, une
somme de 80,000 pièces d'argent. Je ne saurois dire si le texte
dont se servit Roudéghi étoit la version Arabe d'Ebn-Almo-
kaffa, ou la traduction Persane qu'avoit fait faire Belami.
L'auteur du *Schah-naméh* semble autoriser cette dernière opinion,
quand il dit :

  » Roudéghi mit en ordre les paroles qui, avant lui, étoient
» dispersées ; il perça ces perles qui, auparavant étoient pleines. »

  Je ne sais si ce poëme de Roudéghi s'est conservé ; aucun des
écrivains qui en parlent ne dit l'avoir eu sous les yeux.

  Entre cette traduction en vers Persans de Roudéghi et la ver-
sion Persane d'Abou'lmaali Nasr-allah, plusieurs autres savans
traduisirent encore en la même langue le livre de Calila. C'est
Nasr-allah qui nous l'apprend en ces termes :

  » Après la traduction Arabe du livre de Calila, par Ebn-
» Almokaffa, et après qu'il eut été mis en vers par Roudéghi,
» plusieurs autres personnes en firent des traductions, et chacun
» de ces traducteurs l'a rendu avec plus ou moins d'élégance, à
» proportion de ses talens ; mais il paroît que leur but a été bien
» plus de raconter des histoires et des aventures, que d'exposer
» des maximes sages et de développer des avis utiles, car ils ont
» mutilé et abrégé les discours instructifs, et se sont bornés à
» rapporter les récits. »

  C'est tout ce que nous savons de ces diverses traductions
Persanes, antérieures à celles d'Abou'lmaali Nasr-allah, de
laquelle je vais parler maintenant.

De la Version Persane du livre de Calila, faite par Abou'lmaali Nasr-allah.

  Deux siècles environ après Roudéghi, sous le règne de Bahram-

Not. et Extr. des man. t. IV, p. 225.

schah, prince en qui finirent la puissance et la gloire de la dynastie
des Gaznévides, et vers l'an 515 de l'hégire, ainsi que je l'ai
démontré ailleurs, le livre de Calila fut de nouveau traduit en
persan, d'après la traduction Arabe d'Ebn-Almokaffa. Abou'lmaali
Nasr-allah, fils de Mohammed, fils d'Abd-alhamid, auteur de
cette traduction, avoit passé sa jeunesse avec un grand nombre
d'hommes de lettres et de savans qui formoient la cour de ce
prince, et avoit conçu, dans leur société, un goût très-vif pour
l'étude et la culture des lettres. Les malheurs qui troublèrent les
premières années du règne de Bahram-schah ayant dispersé cette
société de beaux esprits, Nasr-allah ne connut plus d'autre délas-
sement que la lecture et l'étude. Sur ces entrefaites, un ami lui
ayant fait présent d'un exemplaire du livre de Calila, il prit tant
de plaisir à le lire, qu'il conçut le dessein de le traduire en per-
san. Voici de quelle manière il expose lui-même, et les motifs qui
le déterminèrent à entreprendre ce travail, et le plan qu'il a suivi
dans sa traduction :

« Comme aujourd'hui, dit-il, on a en général peu de goût
» pour la lecture des livres Arabes, que les hommes sont privés
» des sages sentences et des bons avis, et que même tout cela,
» pour le dire ainsi, a été effacé, il m'est venu dans l'esprit de
» traduire ce livre et d'en développer, avec toute l'étendue con-
» venable, le sens profond, en l'appuyant et le fortifiant de
» passages de l'Alcoran, de traditions, de bons mots, de vers et
» de proverbes, afin que ce livre, qui étoit comme un homme
» mort depuis quelques milliers d'années, fût rappelé à la vie,
» et que les hommes ne fussent pas privés des avantages pré-
» cieux qu'il peut leur procurer. »

Bahram-schah, instruit du travail qu'avoit entrepris Nasr-allah,
s'en fit lire un morceau. Il en fut tellement satisfait, qu'il ordonna
à ce savant d'achever la traduction et de la lui dédier.

La version de Nasr-allah ne devoit point être, comme on le
voit par la citation précédente, une simple traduction de l'arabe
d'Ebn-Almokaffa. La simplicité du texte Arabe n'étoit point du
goût des Persans, et le traducteur, qui étoit loin d'être modeste,

et

et qui vante beaucoup ses talens, vouloit faire paroître, dans cet ouvrage, la grande connoissance qu'il avoit de la langue et de la littérature Arabes. Il vouloit aussi embellir le récit, développer les leçons de morale ou de politique, enrichir les descriptions, orner le style de toutes les fleurs de l'éloquence et de toutes les couleurs de la rhétorique, en un mot accommoder l'original au goût de son siècle et de ses compatriotes; et l'on peut dire qu'il a effectivement déployé, dans ce travail, un riche fonds de talens et de connoissances. A force cependant de faire parade de son érudition, il a dû nuire en partie au succès de son ouvrage, ou du moins diminuer le nombre de ses lecteurs. On verra par la suite que ce que nous disons ici n'est point une pure supposition.

Nasr-allah n'a point cru, comme il le dit lui-même, devoir ajouter aucun ornement au chapitre attribué à Buzurdjmihr, et qui contient la vie de Barzouyèh jusqu'à sa mission dans l'Inde.

Dans les manuscrits de la version de Nasr-allah, le chapitre intitulé, dans le texte Arabe, *De la mission de Barzouyèh dans l'Inde*, se présente d'abord sous le titre d'*Introduction* مفح, et est

attribué au traducteur Arabe Abd-allah ben-Almokaffa. C'est, je crois, une erreur; il me paroît très-vraisemblable que cette introduction se trouvoit déjà à la tête de la traduction Pehlvie.

Ensuite vient, comme premier chapitre, la préface d'Ebn-Almokaffa, sur la manière de lire ce livre, pour le faire avec fruit; puis, comme second chapitre, la vie de Barzouyèh, attribuée à Buzurdjmihr. La préface d'Ebn-Almokaffa est beaucoup plus courte dans la version de Nasr-allah que dans l'original Arabe.

Le livre de Calila ne commence, à proprement parler, qu'au troisième chapitre, qui est le premier des aventures de Calila et Dimna.

Je m'écarterois de l'objet que je me suis proposé dans ce Mémoire, si je m'étendois davantage sur la traduction de Nasr-allah et sur le style dans lequel elle est écrite. Ceux qui voudront

F

en prendre une connoissance exacte, n'auront qu'à lire les divers
morceaux que j'ai insérés dans la notice des manuscrits de cette
version, publiée dans le tome X des Notices et Extraits des ma-
nuscrits. On y trouvera un chapitre tout entier du texte Persan,
avec les notes nécessaires pour en faciliter l'intelligence.

Je dois seulement dire ici que Nasr-allah termine sa traduction
par un assez long épilogue, que j'ai transcrit dans cette même
notice, et où il fait de nouveau son propre éloge et celui de
Bahram-schah.

De la traduction Persane de Hosaïn Vaëz Caschéfi, intitulée Anvari Sohaïli.

Jusqu'ici l'ouvrage qui est l'objet de ce Mémoire n'avoit été
connu des Arabes et des Persans, tant avant qu'après l'islamisme,
que sous le nom de *Livre de Calila et Dimna*. Nous allons main-
tenant le voir paroître sous un nouveau nom à chaque nouvelle
traduction.

Après ce que j'ai dit précédemment du mérite et de l'élégance
de la traduction Persane du livre de Calila, faite par Abou'lmaali
Nasr-allah, vers l'an 515 de l'hégire, on pourroit s'étonner que
quatre siècles après il en ait été fait une nouvelle traduction dans
la même langue; je dis une nouvelle traduction, il seroit plus
exact de dire une nouvelle rédaction, car l'auteur à qui nous en
sommes redevables, Hosaïn ben-Ali, surnommé *Vaëz*, c'est-à-
dire le prédicateur, et *Caschéfi*, parce qu'il est auteur d'un com-
mentaire de l'Alcoran en langue Persane, n'a point traduit de
nouveau le texte Arabe en persan; il s'est contenté de rajeunir et
de rendre plus facile, et en quelque sorte plus populaire, le style
de la version de Nasr-allah. Il faut l'entendre lui-même exposer le
but de son travail.

Après un éloge pompeux et très-amphigourique de la traduction
de Nasr-allah, il ajoute:

» Cependant, comme l'auteur a employé des termes peu
» usités, qu'il a orné son style de toutes les élégances de la langue
» Arabe, qu'il a accumulé des métaphores et des comparaisons

» de toute espèce, et alongé ses phrases, en les surchargeant de
» mots et d'expressions obscures, l'esprit de celui qui entend
» la lecture de ce livre ne jouit pas du plaisir que devroit lui pro-
» curer la matière qui y est traitée, et ne saisit pas la quintessence
» de ce que contient le chapitre qu'on lit : le lecteur lui-même
» peut à peine lier le commencement d'une histoire avec la fin,
» et la première partie d'une phrase avec la dernière. Cela amène
» nécessairement l'ennui, et finit par être à charge également à
» celui qui lit et à celui qui écoute, sur-tout dans un siècle aussi
» délicat que le nôtre, où les hommes se distinguent par une
» pénétration d'esprit telle, qu'ils veulent jouir du plaisir de saisir
» les pensées, avant, pour ainsi dire, qu'elles se montrent à visage
» découvert sur le théâtre des mots. Combien, à plus forte raison,
» ne doivent-ils pas être rebutés, quand, parfois, il faut feuilleter
» un dictionnaire ou faire des recherches pénibles pour décou-
» vrir le sens des expressions ! Peu s'en est fallu qu'à cause de
» cela un livre aussi précieux ne fût abandonné et laissé de côté,
» et que le monde ne demeurât entièrement privé des avantages
» qu'on peut retirer de sa lecture. »

Hosaïn Vaëz s'est proposé, comme on le voit, de rendre la
lecture du livre de Calila plus agréable à tout le monde, en la
rendant plus facile. Il ne s'est pas contenté de supprimer ou de
changer tout ce qui pouvoit arrêter un grand nombre de lecteurs,
il a encore ajouté au mérite primitif de l'ouvrage, en y insérant
un grand nombre de vers empruntés de divers poëtes, et en em-
ployant constamment ce style mesuré et cadencé, ce parallélisme
des idées et des expressions, qui, joint à la rime, constitue la
prose poétique des Orientaux, et qui, ajoutant un charme inex-
primable aux pensées justes et solides, diminue beaucoup ce que
les idées plus ingénieuses que vraies, les métaphores outrées,
les hyperboles extravagantes, trop fréquentes dans les écrits des
Persans, ont de rebutant et de ridicule pour le goût sévère et
délicat des Européens. Quoique le style de Hosaïn ne soit pas
exempt de ces défauts, on lit et on relit avec un plaisir toujours
nouveau son ouvrage, comme le Gulistan de Saadi.

Les changemens dont je viens de parler ne sont pas les seuls que Hosaïn Vaëz ait faits au livre de Calila; il en est deux très-importans dont je dois faire une mention particulière.

Le premier est celui qui a pour objet le titre du livre. Dans la version de ce livre par Nasr-allah, comme dans toutes celles qui en avoient été faites avant ce traducteur par les Persans et les Arabes, cet ouvrage étoit intitulé *Livre de Calila et Dimna.* Hosaïn intitula sa nouvelle rédaction, *Anvari Sohaïli* انوار سهيلى, c'est-à-dire *les lumières canopiques*, en l'honneur de l'émir Scheïkh Nizam-eddau-let-oueddin Ahmed Sohaïli, vizir du sultan Aboul'gazi Hosaïn Béhadur-khan, descendant de Tamerlan. On peut consulter sur la vie de ce sultan, mort en l'année 911 de l'hégire, le recueil des Notices et Extraits des manuscrits, *tome IV, page 262 et suiv.* Sohaïli a mérité, par ses talens, son goût pour les lettres et la protection qu'il accordoit à ceux qui les cultivoient, une place honorable dans l'histoire des poëtes Persans de Daulet-schah Samarcandi, et dans celle de Sam-mirza. Hosaïn Vaëz, dans sa préface, indique lui-même le sens figuré du titre qu'il a adopté, en comparant l'émir *Sohaïli* à l'étoile nommée *Sohaïl* ou Canope, dont le lever présage le bonheur et la puissance. Il adresse à l'émir ce vers persan:

Not. et Extr. des man. t. IV, p. 248 et 293.

تو سهيلى تا كجا تابى كجا طالع شوى
نور تو بر هر كه مى تابد نشان دولت است

» Tu es vraiment le Canope: par-tout où tu luis, par-tout où tu parois » sur l'horizon, tu es le présage du bonheur pour tous ceux sur qui tombe » l'éclat de ta lumière. »

L'autre changement, infiniment plus important, c'est la suppression des divers prolégomènes ou introductions qu'on lit dans la traduction Arabe d'Ebn-Almokaffa et dans la version Persane de Nasr-allah, et la substitution d'une autre introduction tout-à-fait nouvelle, et qui appartient entièrement à Hosaïn Vaëz. Cette introduction, qui est très-longue, écrite d'un style pour le moins aussi élégant que celui du reste de l'ouvrage, et entremêlée de beaucoup d'apologues, a été copiée par les traducteurs postérieurs. En voici le canevas d'une manière très-abrégée.

Un souverain de la Chine, nommé *Homayoun-fal* همایون فال, c'est-à-dire, *d'heureux augure*, se reposoit, après une partie de chasse, avec son premier ministre *Khodjestèh-raï*, c'est-à-dire, *d'un esprit béni*, au bord d'une eau fraîche, ombragée de toute part, et dont la situation délicieuse lui fit bientôt oublier toutes ses fatigues. Au milieu des merveilles de la nature qui s'offroient à lui de tout côté et fournissoient mille objets à son admiration, et à son vizir autant d'occasions de réflexions utiles et de sages avis, des essaims d'abeilles qui occupoient le tronc d'un vieil arbre fixèrent l'attention du prince. Le vizir lui fit connoître l'industrie de ce peuple laborieux et le régime de sa république. L'ordre admirable de son gouvernement, comparé avec les troubles que les passions et la diversité des intérêts suscitent dans la société humaine, suggérèrent au roi cette réflexion: que le parti le plus sage étoit d'abandonner le monde, et de passer ses jours dans la retraite. Le vizir combattit cette résolution: il représenta au prince que dieu ayant voulu que l'homme vécût en société, ce seroit s'opposer à ses desseins que de vivre loin de ses semblables, et que, pour remédier aux maux que les passions et les intérêts individuels pouvoient faire à la société, dieu avoit établi le gouvernement et les droits de l'autorité. Ceci amena tout naturellement des considérations sur les devoirs des souverains, et le vizir proposa, pour modèle d'un prince accompli, *Dabschélim*, roi de l'Inde, qui avoit acquis la gloire la plus solide et la plus durable, en se conduisant d'après les avis du sage *Bidpaï*.

Depuis long-temps Homayoun-fal desiroit connoître l'histoire de Dabschélim et de Bidpaï, dont il avoit entendu parler; il saisit cette occasion pour se la faire raconter par Khodjestèh-raï. Le vizir obéit et raconta l'histoire suivante:

Dabschélim avoit rendu son empire heureux et florissant par la sagesse de son administration. Parvenu au comble du bonheur, il employoit son repos à donner des fêtes, auxquelles il attiroit un grand nombre de sages et de savans, pour profiter de leurs

lumières. Un jour qu'il avoit mis lui-même la conversation sur la
libéralité, il fut si vivement frappé des éloges que chacun prodigua
à cette vertu, qu'ouvrant les portes de ses trésors, il distribua le
jour même des sommes immenses. La nuit suivante, il vit en
songe un vénérable vieillard qui lui dit que dieu vouloit récom-
penser sa libéralité, et lui ordonna de monter à cheval et de diriger
sa route vers le levant, lui annonçant qu'il trouveroit un trésor
immense qui assureroit son bonheur et sa tranquillité pour le
reste de ses jours.

Au lever de l'aurore, Dabschélim se met en route vers le
levant. Bientôt une grotte se présente à lui; il y est reçu par
un vieillard, et lorsqu'il veut se retirer, ce vieillard le prie d'ac-
cepter un trésor enfoui dans sa grotte. Dabschélim, au comble
de la joie, fait faire une fouille, et bientôt une multitude de
cassettes et d'écrins, remplis des bijoux du plus grand prix,
s'offrent à ses yeux. Un écrin, plus riche que les autres, attire son
attention : il étoit fermé à clef, et il fallut en rompre la serrure.
On y trouva un morceau d'étoffe de soie sur lequel étoient tracés
des caractères Syriaques. Après bien des recherches pour décou-
vrir un homme capable de les lire, on amena au roi un philo-
sophe qui les lut.

Cet écrit étoit le testament de Houschenc, ancien monarque
de la Perse : il contenoit quatorze avis pour la conduite des rois,
et se terminoit par une exhortation d'aller à l'île de Sérendib ou
Ceylan, pour y recevoir le développement de ces avis, et y
entendre le récit d'autant d'aventures propres à les confirmer.

Dabschélim distribua tous les trésors dont il venoit d'être mis
en possession, ne réserva pour lui que l'écrit précieux dont il
avoit entendu la lecture, et retourna dans sa capitale, bien résolu
de suivre l'indication qui lui étoit donnée, et d'entreprendre sans
délai le voyage de Sérendib.

Cependant il voulut en conférer auparavant avec deux de ses
vizirs qui jouissoient de toute sa confiance. Ici s'établit une longue
conférence entre le roi et les vizirs, sur l'utilité des voyages et sur
les inconvéniens et les dangers qui en sont inséparables. Le résultat

de cette conférence est l'acquiescement des deux vizirs au dessein de Dabschélim.

Le roi pourvut au gouvernement de ses états pendant son absence, et ne perdit pas un instant pour l'exécution de son entreprise. Arrivé à Sérendib, il se rendit, avec une suite peu nombreuse, à la montagne qui occupe le milieu de l'île, et là il trouva une grotte qu'habitoit un vénérable brahmine, nommé *Bidpai*. Bidpai, qui avoit connu par révélation le voyage de Dabschélim et l'objet de ce voyage, ne fit aucune difficulté de se prêter à ses desirs. Dabschélim lui proposa successivement les quatorze avis contenus dans le testament de Houschenc, et Bidpai lui développa, par des exemples, le sens de chacun d'eux.

Telle est en substance l'introduction imaginée par Hosaïn Vaëz, et que chacun peut lire dans l'ouvrage intitulé *Contes et fables Indiens*, où elle occupe 178 pages du premier volume.

Il seroit tout-à-fait inutile de pousser plus loin cet exposé de la rédaction du livre de Calila, par Hosaïn Vaëz, sous le titre d'*Anvari Sohaïli*. Les manuscrits en sont en grand nombre, et elle a été imprimée avec soin à Calcutta, en 1805.

De la nouvelle traduction Persane d'Abou'Ifazl, intitulée Eyari danisch.

Hosaïn Vaëz n'avoit entrepris, comme on l'a vu, la nouvelle rédaction Persane du livre de Calila, qu'il a intitulée *Anvari Sohaïli*, que pour mettre ce livre plus à la portée de ses contemporains, qui n'entendoient qu'avec peine la traduction de Nasr-allah. Le même motif engagea dans la suite le célèbre Abou'Ifazl ou Abou'Ifazel, vizir du grand-mogol Acbar, à entreprendre encore une nouvelle rédaction du même ouvrage en langue Persane.

Abou'Ifazl étoit un homme non moins distingué par son goût pour les lettres et l'étendue de ses connoissances, que par ses talens politiques et son administration. Ce vizir et son frère, nommé *Fizi*, traduisirent, par ordre d'Acbar, un grand nombre de livres Indiens en persan. Ils étoient, à ce qu'il paroît, d'origine Indienne : leur père se nommoit *Mobarec*. Abou'Ifazl avoit été envoyé dans le Décan par Acbar : rappelé par ce prince, il fut assassiné dans la route par une troupe de Rajepoutes, soudoyés par Djihanguir, en l'année 1011 de l'hégire.

Abou'lfazl a composé une histoire d'Acbar qu'il a conduite jusqu'à la quarante-septième année du règne de ce prince, et qui a servi de guide à Férischtah, pour cette partie de son histoire de l'Indoustan. Cette histoire d'Acbar est connue sous le nom d'*Acbar-namèh* اكبرنامه ; elle est divisée en trois parties, et la troisième partie, appelée *Ayini Acbari* آيين اكبر, est une description historique et statistique de l'empire Mogol. Dans cette troisième partie, Abou'lfazl parlant de la bibliothèque d'Acbar, et des livres que ce prince se faisoit lire ordinairement, s'exprime ainsi :

« Nasr-allah Moustavfi et Mevlana Hosaïn Vaëz avoient fait » des traductions Persanes du livre de *Calila et Dimna* ; mais » comme elles étoient remplies de métaphores outrées, et qu'elles » étoient écrites d'un style difficile à entendre, S. M. ordonna à » l'auteur du présent ouvrage d'en faire une nouvelle traduction » du persan (*plus littéralement,* de le revêtir d'une nouvelle robe » du persan) : il a intitulé cette traduction *Eyari danisch,* c'est-à- » dire, le Parangon ou la Pierre de touche de la science. »

Abou'lfazl répète la même chose, mais d'une manière plus détaillée, dans la préface de sa nouvelle traduction. Après y avoir fait, non sans tomber dans diverses erreurs, l'histoire du livre de Calila jusqu'au temps d'Acbar, il ajoute :

..« Les regards bienfaisans du souverain de notre siècle..... » Djélal-eddin Acbar, empereur conquérant, étant tombés sur ce » livre, ce chef-d'œuvre d'éloquence, ce recueil où sont offertes, » sous le masque de la fable, les maximes de l'ancienne sagesse, eut » le bonheur de plaire à Sa Majesté. Aussitôt le serviteur de cette » cour, Abou'lfazl, fils de Mobarec, dont l'humble soumission » est sans bornes, reçut l'ordre de faire une nouvelle rédaction de » l'*Anvari Sohaïli,* dans un style clair, en conservant l'ordre pri- » mitif du livre, mais en retranchant certaines expressions, et » raccourcissant les périodes de trop longue haleine..... : car,

bien

» bien que l'*Anvari Sohaïli*, si on le compare à la traduction
» connue sous le nom de *Calila et Dimna* (c'est-à-dire, à la tra-
» duction de Nasr-allah), se rapproche davantage du style de notre
» siècle, il n'est point cependant exempt de termes Arabes et de mé-
» taphores extraordinaires. En exécution de cet ordre impérial,
» qui n'est que l'interprète de la volonté divine, ce livre a été
» disposé dans le même ordre que l'*Anvari Sohaïli*; mais on y a
» compris deux chapitres que Mevlana Hosaïn Vaëz avoit retran-
» chés du livre connu sous le nom de *Calila et Dimna*, et qu'il n'a-
» voit point fait entrer dans sa nouvelle traduction. En effet, bien
» que ces deux chapitres n'appartiennent point à l'original de ce
» recueil, cependant ils renferment beaucoup de discours inté-
» ressans et pleins de vérité, dignes de plaire aux hommes de sens;
» et quand on feroit abstraction des oracles divins qui y sont rap-
» portés, puisque Barzouyèh, après bien des démarches pénibles,
» a formé ce recueil de maximes sages, et l'a traduit en pehlvi,
» il mérite qu'on respecte son ouvrage, d'autant plus que la ré-
» compense qui lui fut accordée pour cet important service, con-
» siste dans la conservation de ces deux chapitres. D'un autre
» côté, Buzurdjmihr a aussi acquis des droits sur ce recueil,
» auquel il a contribué; il semble donc qu'il y auroit de l'ingra-
» titude à retrancher ces deux chapitres. »

On connoît, par cet extrait de la préface d'Abou'lfazl, et la
nature de son travail et le plan qu'il a suivi. Les deux chapitres
retranchés par Hosaïn Vaëz, et qu'Abou'lfazl a cru devoir réta-
blir, sont la préface ou introduction du traducteur Arabe Abd-
allah ben-Almokaffa, sur la manière de lire ce livre, et la vie
de Barzouyèh, avant sa mission dans l'Inde, attribuée à Buzurdj-
mihr. Abou'lfazl, suivant en cela quelques manuscrits de la
version de Nasr-allah, a cru que Buzurdjmihr étoit auteur de ces
deux chapitres.

Ce qu'il est essentiel de remarquer, c'est qu'Abou'lfazl, tout
en rétablissant, dans sa nouvelle rédaction, ces deux chapitres
qui ne se trouvoient point dans l'*Anvari Sohaïli*, n'a pas cependant
voulu priver ses lecteurs de l'ingénieuse introduction imaginée par

G

Hosaïn Vaëz, je veux dire de l'aventure du roi *Homayoun-fal* et
du vizir *Khodjestèh-raï*, aventure par laquelle toutes les parties
de ce livre sont liées et comme renfermées dans un seul cadre. Il l'a
donc attachée à la fin du second chapitre qui contient la vie de
Barzouyèh, au moyen de la transition suivante : « Avant de passer
» au troisième chapitre, où commence proprement le sujet de ce
» livre, nous allons insérer ici une histoire qui lui servira comme
» d'introduction.

« Les joailliers du bazar des pensées et les essayeurs du royaume
» de l'éloquence ont rapporté qu'il y avoit à la Chine un roi dont
» le bonheur et l'heureuse fortune avoient rempli le monde de
» leur renommée, et dont la grandeur et la puissance souveraine
» étoient célébrées par tous les hommes, grands et petits. »

Abou'lfazl, dans cette introduction, a seulement changé le
nom de *Homayoun-fal* en celui de *Farrokh-fal*, qui signifie *de bon
augure*.

Il traduit aussi, comme Hosaïn Vaëz, le nom de *Bidpai* par
médecin compatissant, طبيب مهربان ; mais il n'ajoute pas, comme
le même Hosaïn, qu'il a entendu dire à quelques savans Indiens
que le nom de ce philosophe étoit *Pilpai* پيل پاى, ce qui se dit
en indien *Hasti-pat* هستى پات, c'est-à-dire, *pied d'éléphant* (1).

Abou'lfazl a terminé son ouvrage par un épilogue, duquel nous
apprenons qu'il a achevé cette rédaction en l'année 999 de l'hé-
gire. Il répète, dans cet épilogue, ce qu'il avoit déjà dit dans sa
préface, relativement aux motifs qui ont rendu cette nouvelle ré-
daction nécessaire, et à la manière dont il l'a exécutée ; puis il
fait l'éloge d'Acbar, et enfin il expose, dans un style obscur et
amphigourique, les raisons qui l'ont engagé à intituler son ou-
vrage *Eyari danisch* عيار دانش, c'est-à-dire, le Parangon ou la
Pierre de touche de la science. Le mot *éyar* عيار signifie propre-
ment un morceau d'or, d'un titre déterminé, qui sert de terme de
comparaison pour reconnoître, au moyen de la pierre de touche,
le titre de l'or que l'on veut essayer.

(1) *Hasti-pat* ne seroit-il pas une corruption grossière de *Hitoupadésa!*

J'ai publié, dans le tome X des Notices des manuscrits, divers extraits de l'ouvrage d'Abou'lfazl, et une portion du chapitre x, qui suffit pour que l'on puisse comparer cette nouvelle rédaction du livre de Calila avec celle de Hosaïn Vaëz et avec la traduction d'Abou'lmaali Nasr-allah.

De la Traduction Turque du Livre de Calila, intitulée Homayoun-namèh.

Hosaïn Vaëz avoit écrit l'*Anvari Sohaïli* vers le commencement du xe siècle de l'hégire. Dans la première moitié du même siècle, sous le règne de l'empereur Othoman Soliman I, l'ouvrage de Hosaïn fut traduit en turc par Ali Tchélébi, professeur à Andrinople, dans le collége fondé par Morad ou Amurat II. Ali le dédia à Soliman, et, par allusion à cette dédicace, il intitula sa traduction *Homayoun-namèh* هَمَایُون نَامَه , c'est-à-dire, Livre impérial. Ali fut promu ensuite, en récompense, dit-on, de ce travail, à la charge de kadhi de Brusse, l'une des premières charges de l'empire Othoman.

La traduction Turque d'Ali a dû lui coûter peu de peine. Elle est le plus souvent calquée sur la version Persane de Hosaïn Vaëz, dont elle conserve fréquemment toutes les expressions. La plupart des poésies Persanes dont Hosaïn Vaëz a embelli l'*Anvari Sohaïli* se retrouvent dans le *Homayoun-namèh*. Assez souvent néanmoins le traducteur Turc a supprimé les vers Persans dont le sens a quelque obscurité, et il y a substitué des vers Turcs. Les changemens et les suppressions qu'il a faits, donnent en général, sauf un petit nombre d'exceptions, une bonne idée de son goût, et il étoit digne assurément de traduire un écrivain tel que Hosaïn. Pour entendre couramment le *Homayoun-namèh*, il est indispensable de bien savoir l'arabe et le persan, et il n'est pas nécessaire d'être très-avancé dans la connoissance de la langue Turque. Néanmoins il seroit à souhaiter qu'on imprimât le *Homayoun-namèh*, pour l'usage des personnes qui apprennent le turc.

Le *Homayoun-namèh* étant en tout conforme à l'*Anvari Sohaïli*, je n'ai rien de plus à en dire, si ce n'est que nous apprenons de Hadji-Khalfa, qu'il a été abrégé et réduit environ au tiers par le mufti Yahya Effendi.

Des Imitations ou Traductions du Livre de Calila en diverses langues.

J'ai fait quelques recherches pour savoir si le livre de Calila avoit été traduit en arménien; j'ai lieu de croire qu'il ne l'a point été. Hadji-Khalfa semble en avoir connu une traduction Tartare; mais le passage sur lequel on fonde l'existence de cette traduction, me paroît obscur. On a parlé, d'une manière vague, d'une traduction de ce livre en langue Malabare, traduction qui se trouveroit à Munich : la chose est loin d'être avérée. Il a été traduit en malais, ainsi que nous l'apprenons par un Mémoire sur la langue et la littérature des nations Indo-chinoises, écrit par M. J. Leyden, et inséré dans le X.e tome des *Asiatick Researches*. La version d'Abou'lfazl ou *Eyari danisch*, a été traduite récemment en hindoustani, sous le titre de *Khired afrouz* خرد افروز , et doit avoir été imprimée à Calcutta. L'éditeur, M. le capitaine Thomas Roebuck, examinateur au collége de Fort-William, a dû mettre en tête de cette édition une préface écrite en anglois, dans laquelle il aura traité de l'histoire de ce livre.

Le *Hitoupadésa* a été traduit de l'original Samscrit en persan, sous le titre de *Mofarrih alkoloub* مفرّح القلوب , ou l'Électuaire des cœurs; et j'ai fait connoître cette traduction dans le tome X des Notices et Extraits des manuscrits : il a aussi été traduit ensuite du persan en hindoustani, sous le titre d'*Akhlaki hindi* اخلاق هندی ou Éthique Indienne, et imprimé en cette langue à Calcutta, en 1803. Enfin une nouvelle traduction a été faite du même livre, du samscrit en langue Mahratte, et elle a été imprimée à Calcutta en 1815; mais tout ceci est étranger au livre de Calila.

La traduction Latine de Jean de Capoue, faite d'après la version Hébraïque, paroît avoir servi d'original à diverses traductions ou imitations, en espagnol, italien et allemand. Outre cela, il y en a eu vraisemblablement une version Espagnole faite d'après le texte Arabe, et sur laquelle Raimond de Béziers a traduit ce livre en latin, en s'aidant aussi de la traduction de Jean de Capoue, par l'ordre de la reine Jeanne de Navarre, femme de Philippe-le-Bel. Les versions plus modernes du même livre, telles que la traduction Espagnole de Bratutti, la traduction Françoise de Galland et Cardonne, ont été faites d'après le *Homayoun-namèh*. Celle de David d'Ispahan, dont le véritable auteur est, je crois, Gaulmin, paroît avoir été faite d'après l'*Anvari Sohaïli*.

Au surplus, je ne dois point entrer ici dans l'examen de ces diverses traductions. J'ai éclairci, autant qu'il m'a été possible, plusieurs des questions auxquelles elles donnent lieu, dans mes Notices de la traduction Hébraïque, et de la version Latine inédite de Raimond de Beziers. On peut les consulter, ainsi que la dissertation de M. de Diez, écrite en allemand, et intitulée Ueber Inhalt und Vortrag, Entstehung und Schiksale des Königlichen Buchs ; mais cette dissertation doit être lue avec critique, pour ce qui est relatif à l'histoire littéraire du livre de Calila, l'auteur n'ayant pas eu à sa disposition les matériaux nécessaires pour éviter toute erreur, et ayant donné trop de poids à diverses conjectures qu'un examen plus attentif des sources ne nous permet pas d'admettre.

Je termine ici ce Mémoire, où je n'ai voulu que présenter succinctement les résultats d'une multitude de recherches aussi longues que laborieuses. Je ne regrette cependant ni le temps ni les peines qu'elles m'ont coûté, parce que j'ai la confiance d'avoir rectifié plusieurs erreurs, établi quelques vérités qui paroissoient problématiques, et ajouté des notions nouvelles à celles que nous possédions déjà sur un livre aussi remarquable par son antiquité, que par la réputation dont il est en possession depuis tant de siècles.

Je joins à ce Mémoire un extrait de l'Avertissement mis par M. Colebrooke à la tête de l'édition du texte Samscrit du *Hitoupadésa*, publiée à Sérampore. Je donne cet extrait traduit en françois, pour la commodité des lecteurs.

EXTRAIT

De l'Avertissement mis par M. Colebrooke en tête de l'Édition du Hitoupadésa *, publiée à Sérampore, en 1810.*

P. III. Dans la vue d'étendre et de faciliter l'étude de l'ancienne et savante langue de l'Inde, dans le collége de Fort-William, on a jugé convenable d'imprimer, dans l'original *Samscrit*, des ouvrages de peu d'étendue et faciles à entendre. Le premier dont on a fait choix et dont se compose le présent volume, a été traduit et publié, sous son titre de *Hitoupadésa*, ou Instruction salutaire, par M. Wilkins et par feu W. Jones, comme le texte d'une très-ancienne collection d'apologues, connue ordinairement, dans les nombreuses versions qui en existent, sous le nom de *Fables de Pilpay.* Le grand avantage que les étudians doivent trouver à pouvoir consulter des traductions correctes, lorsqu'ils commencent à faire connoissance avec la littérature Samscrite, a fait regarder cet ouvrage comme celui qu'il convenoit le mieux de choisir, quoiqu'il ne soit pas précisément le texte original d'où ces beaux et célèbres apologues ont été transportés dans la langue Persane et dans celles de l'Occident.

Dans la dernière ligne de la préface placée à la tête du *Hitoupadésa*, il est dit expressément qu'il a été tiré du *Pantchatantra* et d'autres écrits. Le livre que l'on désigne ainsi comme la principale source où cette collection
P. IV. de fables a été puisée, est divisé en cinq chapitres, ainsi que l'indique le sens de son nom. Il se compose, comme le *Hitoupadésa*, d'apologues qu'un savant brahme, nommé Vischnou Sarma, récite pour l'instruction de ses élèves, les fils d'un monarque Indien; mais il contient une plus grande variété de fables et un dialogue plus étendu que ce dernier ouvrage, compilé principalement d'après lui; et, en comparant le *Pantchatantra* avec les traductions Persanes des fables de Pilpay actuellement existantes, on trouve que, soit pour l'ordre des fables, soit pour la manière dont elles sont racontées, il s'accorde plus exactement avec ces traductions, que ne le fait le *Hitoupadésa*.

Pour faire cette comparaison, il a d'abord fallu débarrasser ces traductions de toutes les additions qui y ont été faites par les traducteurs. Ces additions ont été indiquées par Abou'lfazl, en même temps qu'il a tracé l'histoire de la publication de l'ouvrage, dans la préface de sa propre version, intitulée *Eyari danisch*, et par Hosaïn Vaēz, dans l'introduction de l'*Anvari Sohaïli*...........

Mettant donc de côté l'introduction dramatique par laquelle l'ouvrage Persan diffère du *Pantchatantra* et du *Hitoupadésa*, et commençant la comparaison par le troisième chapitre du livre de *Calila et Dimna*, on trouve que la fable du Bœuf et du Lion, avec tout le dialogue suivant entre les Chacals *Carattaca* et *Damanaca*, dont se compose le premier chapitre du *Pantchatantra*, s'accordent avec l'imitation Persane, à l'exception d'un petit nombre de transpositions, de l'omission de quelques apologues, et de l'insertion de quelques autres.

Ainsi la fable du Singe et du Coin du charpentier, qui est la première dans les deux ouvrages, est suivie immédiatement, dans le *Pantchatantra*, de celle du Chacal et du Tambour; mais les traducteurs Persans ont introduit ici un apologue différent. Ils ont placé l'histoire du Voleur et du Mendiant (du Fakir), avec les autres que celle-ci renferme, immédiatement après celle du Renard et du Tambour, au lieu que le *Pantchatantra* interpose en cet endroit un autre conte, dont l'omission, au surplus, ne sauroit être reprochée aux traducteurs comme un défaut de goût. Ils ont ensuite substitué deux fables (le Moineau, le Faucon et la Mer, et le Tyran corrigé) à l'histoire du mariage d'un Charron avec la Fille d'un roi.

Les trois fables suivantes sont semblables dans le samscrit et le persan; mais les deux qui viennent après (savoir le Pou et la Punaise, et le Chacal bleu) sont omises par les traducteurs, qui ont fait preuve de jugement en rejetant la première. La fable des trois Poissons a été placée à la suite de celles-ci par les auteurs Persans; elle est suivie de cinq autres qui ne se trouvent point dans le *Pantchatantra*, et auxquelles en succèdent trois, mises par l'auteur Samscrit immédiatement après la fable du Chacal bleu et celle des trois Poissons.

Ici le *Pantchatantra* introduit l'histoire d'un Éléphant que les Oiseaux, auxquels il avoit fait du mal, firent tuer par un Taon. Elle a été omise dans le persan, ainsi que la fable du Lion et du Léopard, qui la suit immédiatement.

Les autres apologues appartenant au premier chapitre, sont les mêmes dans les deux ouvrages, à l'exception de celui du Jardinier, de l'Ours et de la Mouche, qui est placé l'avant-dernier dans la traduction Persane, et qui ne se rencontre point dans le *Pantchatantra*.

On trouve aussi beaucoup de ces fables dans le *Hitoupadésa*; mais elles y sont disposées dans un ordre absolument différent, étant entremêlées avec d'autres et répandues dans les trois derniers chapitres de cette compilation.

Sans particulariser davantage les différences qui existent entre l'ouvrage

P. VIII.

Persan et le livre Samscrit, il suffit de dire que les cinq chapitres du *Pantcha-tantra* s'accordent, et par le sujet et par l'arrangement général des fables, avec les troisième, cinquième, sixième, septième, huitième et neuvième chapitres de l'*Eyari danisch*, et que plus de la moitié des fables contenues dans cette partie de l'ouvrage Persan, qui nous est donnée comme dérivée d'un texte Indien, correspondent exactement à des apologues semblables dans le samscrit. Dans la plupart des endroits où l'on remarque des omissions, il est aisé de former des conjectures sur le motif qui a déterminé à rejeter chacune des histoires originales. Quant à celles qu'on leur a substituées et à celles, en petit nombre, que contiennent les chapitres suivans, et qu'on ne convient pas expressément d'avoir ajoutées à l'ouvrage, elles peuvent avoir été prises, par le premier traducteur, de quelques autres livres Indiens (car il est sûr que Barzouyèh a apporté plus d'un livre de l'Inde), ou avoir été tirées par lui, sans qu'il en soit convenu, de différentes sources. Probablement son but fut plutôt de présenter au roi de Perse une collection agréable d'apologues, que de lui offrir une traduction rigoureusement fidèle d'un seul ouvrage Indien.

Nous pouvons donc conclure que le livre de *Calila et Dimna* Persan et l'*Eyari danisch* offrent une représentation suffisamment exacte de la traduction Arabe faite sur le pehlvi, et qu'après avoir mis de côté les additions avouées, nous devons trouver une grande ressemblance entre eux et l'ouvrage Indien. En comparant avec soin les deux ouvrages Samscrits, avec les parties qui appartiennent véritablement à la traduction Persane, il devient évident, comme nous l'avons déjà dit, que le *Pantchatantra* s'accorde mieux avec elles que le *Hitoupadésa*; et l'on ne peut guère hésiter à prononcer qu'il est le texte original de l'ouvrage apporté de l'Inde par les ordres de Nouschiréwan, il y a plus de douze cents ans.

Ce fait n'est pas sans importance pour l'histoire générale de la littérature Indienne, puisqu'il peut servir à établir l'existence, à une époque antérieure, d'auteurs cités dans le *Pantchatantra*, et, entre les autres, celle de l'illustre astrologue Varaha Mihira, cité par son nom dans un passage du premier chapitre.

P. XII.
Le *Hitoupadésa*, qui contient à-peu-près les mêmes fables, racontées d'une manière plus concise et dans un ordre différent, a été traduit en persan, à une époque comparativement bien récente, par Mevlana Tadj-eddin, qui a intitulé sa traduction *Mofarrih alkoloub*, et ne paroît pas, d'après sa préface, avoir remarqué que l'ouvrage qu'il traduisoit se rattachât en aucune manière, au livre de *Calila et Dimna*.

NOTICE

NOTICE

Des Manuscrits qui ont servi à l'édition du Texte Arabe
de Calila et Dimna.

Les manuscrits que j'ai consultés pour cette édition, sont au nombre de sept.

1.º Manuscrit Arabe de la bibliothèque du Roi, avec figures, acheté au Caire par Vansleb, coté 1483 A. Ce manuscrit, de format petit *in-folio*, ou grand *in-4.º*, paroît ancien : il a été écrit avec beaucoup de soin, et on y a mis toutes les voyelles. L'écriture a été effacée, en quelques endroits, par la vétusté ou par des accidens, et les mots effacés ont, le plus souvent, été mal restitués. Ce volume avoit un grand nombre de lacunes, qui ont été réparées par une main récente, assez mauvaise, et vraisemblablement par un copiste peu instruit. J'ai suivi ce manuscrit dans toutes les parties qui sont de la transcription primitive, autant qu'il m'a été possible, et j'ai vivement regretté qu'il se trouvât mutilé. Je ne le crois pas cependant exempt de fautes graves, et même d'omissions, ce qui tient, sans doute, à ce que le copiste l'aura transcrit d'après un manuscrit ancien qui pouvoit être défectueux. J'ai suppléé à ces omissions par le secours des manuscrits 1489 et 1502, et c'est aussi à ces manuscrits que je me suis principalement attaché pour le texte des parties restaurées, quand j'ai crû devoir abandonner le manuscrit 1483 A. J'avois d'abord eu l'intention d'indiquer, dans des notes, tous les passages où je m'étois écarté de ce manuscrit; mais j'ai dû renoncer à ce projet, qui m'eût entraîné dans un travail très-long, excessivement fastidieux et peu utile.

Le manuscrit ayant été restauré au commencement et à la fin,

H

on n'y trouve aucune note qui en indique l'âge. Sur cent quarante-six feuillets, vingt-deux environ sont des restaurations faites, je crois, à diverses époques et par différentes mains.

2.° Manuscrit Arabe de la bibliothèque du Roi, et précédemment de celle de Colbert, de format petit *in-folio*, coté 1489. Il a été acheté à Alep, en 1673.

Ce volume, composé de trois cent quarante-un feuillets, est écrit tout entier de la même main. Il étoit destiné à recevoir des figures ; mais elles n'ont point été exécutées, et les places où elles devoient être sont restées en blanc. Dans ce manuscrit, la rédaction est presque toujours plus longue que dans le numéro 1483 A. On y reconnoît manifestement des interpolations ; et souvent on voit qu'on a substitué des mots d'un usage plus commun, à des expressions moins usitées que l'on trouve dans le n.° 1483 A. L'auteur de cette rédaction paroît aussi s'être attaché à faire disparoître de légères contradictions, ou des incohérences, que contenoit le récit primitif ; mais quelquefois il s'est étendu outre mesure. Ce manuscrit a été écrit par un homme instruit, et il a été collationné ; il s'en faut beaucoup cependant qu'il soit exempt de fautes. Il m'a servi principalement pour les derniers chapitres, dans lesquels le n.° 1483 A et le n.° 1502 ne m'offroient qu'une mauvaise restauration.

3.° Manuscrit Arabe de la bibliothèque du Roi, de format petit *in-4.°*, contenant trois cent cinquante-trois pages, et coté 1502. Il a appartenu à Gaulmin.

La rédaction contenue dans ce manuscrit approche beaucoup de celle du manuscrit 1489 ; mais, à commencer de la page 281 jusqu'à la fin, c'est une restauration mal écrite et copiée par un ignorant. Ce manuscrit étoit destiné à recevoir des figures ; la place qu'elles devoient occuper est restée en blanc. J'ai souvent fait usage de ce manuscrit, plus souvent même que du n.° 1489, quand j'ai cru devoir abandonner la leçon du manuscrit 1483 A, dans les parties non restaurées. Quoiqu'il soit souvent fautif, il conserve certainement plus d'anciennes leçons, et le style y a été moins rajeuni que dans le n.° 1489. Il est fâcheux qu'il ait été mutilé de plusieurs chapitres : il ne porte aucune date, non plus que le précédent; mais je le crois plus ancien que le n.° 1489.

4.° Deux manuscrits Arabes de la bibliothèque du Roi, de format petit *in-4.°*, numérotés 1492 et 1501. Le premier, qui est orné de figures, a appartenu à la bibliothèque de Colbert, et a été acheté à Alep, en 1673 : il a été écrit en l'année 1080 de l'hégire (1669—70 de J. C.), et contient cent soixante-six feuillets. Le second a été écrit en 1053 (1643—4 de J. C.), et contient cent quatre-vingt-neuf feuillets. Les manuscrits 1492 et 1501 ont cela de particulier que le nom de Bidpai y est écrit تندبا ou تندبا. Dans le manuscrit 1501, le titre présente une autre singularité, c'est que l'ouvrage est attribué au *sage Buzurdjmihr, fils de Bakhtégan, philosophe Indien.* Ces derniers mots font voir que ce n'est qu'une méprise du copiste, qui a mis le nom de Buzurdjmihr au lieu de celui de Bidpai.

Je réunis ces deux manuscrits, parce que ce sont deux exemplaires d'une révision ou rédaction assez moderne. J'ignore si les versions Persanes de Nasr-allah et de Hosaïn Vaëz ont contribué aux altérations ou interpolations faites dans le texte Arabe primitif : je ne serois pas éloigné de le croire. Quoi qu'il en soit, dans la rédaction que contiennent ces deux manuscrits, quelques-uns des derniers chapitres, qui sont très-courts dans celle que j'ai suivie, sont devenus d'une longueur extrême, et par-tout on aperçoit des traces certaines d'additions, additions qui nuisent plus à l'ouvrage qu'elles n'en augmentent le mérite.

Ces deux manuscrits sont très-fautifs, sur-tout le n.° 1501. J'y ai eu assez souvent recours, pour m'assurer, lorsque les manuscrits 1483 A, 1489 et 1502 offroient diverses leçons, quelle étoit celle qui avoit en sa faveur l'autorité d'un plus grand nombre de manuscrits. Ils m'ont aussi quelquefois, mais rarement, servi à corriger ou à suppléer le texte du manuscrit 1483 A.

Le manuscrit 1501 ajoute, à la fin du livre de Calila, une fable intitulée باب العلجوم والبطة , *Chapitre du Cygne et du Canard,* mais qui seroit mieux appelée *Chapitre des deux Cygnes et du Canard.* Au reste, le copiste a soin d'avertir que c'est une addition faite au livre de Calila, mais qui n'en fait point partie. Il y a apparence cependant qu'elle y a été ajoutée, il y a long-temps; car elle se trouve dans la version Hébraïque et dans la traduction Latine de Jean de Capoue, où elle forme le seizième chapitre, et elle fait aussi partie du livre de Calila, dans la traduction Latine de Raimond de Béziers. On ne la voit point dans la traduction de Siméon Seth.

5.° Manuscrit Arabe de la bibliothèque de Saint-Germain-des-Prés, où il portoit le n.° 139, et auparavant de celle de M. de Coeslin, évêque de Metz, aujourd'hui de la bibliothèque du Roi. Ce manuscrit, de format *in-folio* ou grand *in-4.°*, est orné de figures. Il est d'une belle écriture; mais extrêmement incomplet et d'un usage très-difficile, parce qu'on l'a fait relier sans avoir mis les cahiers et les feuillets à leurs places. En outre, beaucoup de feuillets déchirés ont été réparés avec de grands morceaux de papier blanc, sans qu'on ait rétabli l'écriture enlevée.

Ce manuscrit est celui de tous qui pourroit le plus donner lieu de croire qu'il auroit existé deux traductions Arabes du livre de Calila, indépendantes l'une de l'autre : il présente en général une rédaction simple et courte, et qui, cependant, s'éloigne très-souvent de celle du manuscrit 1483 A. J'ai déjà dit que je ne croyois pas à l'existence de deux traductions Arabes, faites immédiatement du pehlvi. Si l'on admettoit une conjecture que j'ai proposée ailleurs, et qui m'a été suggérée par un passage corrompu de Hadji-Khalfa, on pourroit croire que ce manuscrit nous a conservé la nouvelle rédaction faite sous le khalifat de Mahdi, en l'année 165, pour Yahya, fils de Khaled le Barmékide, par Ali, surnommé *Ahwani* ou *Ahwazi*.

J'ai souvent consulté ce manuscrit; mais je n'en ai suivi les leçons que très-rarement, et quand elles se trouvoient confirmées par d'autres manuscrits.

6.° Manuscrit Arabe du Vatican, n.° 367, de format petit *in-8.°* Je n'ai eu que peu de temps sous les yeux ce manuscrit, qui m'a paru récent et assez fautif. Je n'en ai admis, je crois, qu'une seule leçon, dans un passage où je suivois principalement le manuscrit 1489, les deux manuscrits 1483 A et 1502 ne m'offrant, en cet endroit, que de mauvaises restaurations.

J'ai déjà observé que la version Grecque de Siméon Seth contient un chapitre qui ne se lit point dans beaucoup de manuscrits de la version Arabe et dans les traductions Persane et Hébraïque; c'est le chapitre du Roi des rats et de ses trois Conseillers. Ce chapitre cependant se trouve, et même d'une manière beaucoup plus étendue, dans les manuscrits Arabes n.ᵒˢ 1489 et 1502 : il se lit aussi dans le manuscrit du Vatican, que je n'ai pas en ce moment sous les yeux.

Je crois convenable de donner ici l'analyse de cet apologue.

Analyse de la Fable intitulée le Roi des rats.

Dabschélim ayant demandé à Bidpai quel soin on devoit apporter à la recherche d'un conseiller fidèle et sincère, et quelle utilité on pouvoit en retirer, le philosophe lui répond que rien n'est plus important qu'un tel choix, et qu'un conseiller sincère et fidèle est la plus grande ressource que l'homme puisse avoir dans les circonstances difficiles et dangereuses. Pour prouver cela, il cite l'exemple d'un roi des rats appelé *Mihrar*, qui avoit trois vizirs: l'un se nommoit *Zoudamad*, le second *Schiragh* et le troisième *Bagdad*. Un jour la conversation tomba sur cette question, s'il étoit possible ou non à la nation des rats de se délivrer de la crainte des chats, crainte dont les rats avoient hérité de leurs pères. Le roi soutint qu'il ne falloit pas se laisser intimider par l'exemple des siècles antérieurs, et qu'on ne devoit pas désespérer de trouver quelque moyen de se délivrer d'une terreur qui rendoit amères toutes les douceurs de la vie. Schiragh et Zoudamad applaudirent au discours du roi; mais Bagdad garda le silence. Son silence déplut au roi, qui lui en fit de vifs reproches. Bagdad, après s'être excusé, dit que, quant à lui, son avis étoit qu'il ne falloit élever une semblable question que dans le cas où le roi croiroit avoir trouvé un moyen sûr de réussir dans son projet; qu'autrement il ne falloit pas même y penser, parce que Dieu seul pouvoit changer les inclinations innées des animaux; que d'ailleurs, en voulant améliorer son sort, on risquoit souvent de le rendre pire, et de souhaiter en vain, après cela, de se retrouver au même état où l'on étoit avant ces hasardeuses tentatives. Le vizir ayant ajouté qu'on avoit un exemple de cela dans ce qui étoit arrivé à un certain roi, Mihrar voulut connoître cette histoire, et Bagdad la lui raconta ainsi:

Un certain roi, dont les états étoient situés sur les bords du Nil, avoit dans son royaume une haute montagne couverte d'arbres et remplie de sources. Les fruits qu'elle produisoit en abondance servoient à la nourriture de tous les animaux du pays. Dans cette montagne il y avoit un trou par lequel souffloient tous les vents qui se font sentir sur la terre, et tout auprès de ce trou étoit un superbe palais où avoient habité les ancêtres de ce roi. Le souffle des vents qui sortoient de l'ouverture voisine leur étoit fort désagréable ; néanmoins ils n'avoient jamais songé à abandonner ce palais et à transporter ailleurs leur résidence. Le roi conçut le dessein de boucher l'ouverture par laquelle les vents souffloient : il consulta son vizir qui chercha à le détourner d'un projet qui étoit au-dessus des forces humaines. Ces représentations furent mal accueillies du roi. Le vizir, pour donner plus de poids à ses objections, rapporta l'exemple d'un Ane, qui, pour avoir eu l'ambition d'avoir des cornes, se fit couper les oreilles. Le roi persistant néanmoins dans son projet, qui ne lui paroissoit présenter aucun autre risque que de ne pas avoir le succès désiré, le vizir n'insista pas davantage. Le roi ordonna donc à tous ses sujets de se rendre, en un certain jour de l'année où le vent avoit coutume d'être plus modéré, auprès de l'ouverture, de la remplir avec du bois, et de la fermer ensuite avec une forte digue construite en pierres et solidement bâtie.

La chose fut exécutée. Le vent cessa de souffler ; mais six mois ne s'étoient pas écoulés, qu'une sécheresse affreuse avoit détruit toute végétation, et qu'à deux cents parasanges à la ronde, tous les végétaux et les animaux avoient péri, les fleuves étoient à sec, et la peste avoit fait des ravages affreux parmi les habitans. Dans leur fureur, ceux qui avoient encore un souffle de vie fondirent sur le palais, tuèrent le Roi avec toute sa famille et son vizir, détruisirent la muraille qui bouchoit l'ouverture et mirent le feu aux bois dont on l'avoit remplie ; mais le feu ayant pris à ces bois, et le vent étant venu à souffler avec violence, il se forma un affreux incendie, qui, dans un espace de deux jours et deux nuits, consuma tout ce qui restoit encore dans ce pays, en sorte qu'il ne s'y trouva plus aucun être vivant, et aucune habitation qui ne fût anéantie.

Bagdad ayant achevé de raconter cette histoire, le roi ne se rendit point à ses représentations, et exigea que chacun de ses vizirs proposât son avis sur les moyens que l'on pourroit mettre en usage pour se délivrer de la crainte des chats. Il prit leurs avis, en commençant par celui qui étoit inférieur en rang aux deux autres. Celui-ci conseilla d'attacher une sonnette au cou à chaque chat, pour être averti de tous leurs mouvemens. Le second vizir réfuta cet avis, demandant quel étoit celui qui se chargeroit d'attacher les sonnettes au cou des chats : il proposa que le roi des rats, avec toute sa cour et toute la nation, se retirât dans le désert et y demeurât un an entier. Il ne doutoit point que les hommes, voyant que les chats leur devenoient inutiles par l'absence des rats, ne prissent le parti de les tuer ou de les chasser de leurs maisons. Le petit nombre qui pourroit survivre à ce désastre, devenu sauvage, ne paroîtroit plus dans la ville, et alors les rats pourroient y revenir en toute sureté. Cet avis ne fut point partagé par le troisième vizir : il ne pouvoit, ni admettre la supposition de la destruction totale des chats dans l'espace d'une année, ni comprendre comment la nation des rats supporteroit la disette à laquelle elle seroit exposée pendant un an de séjour dans le désert. Voici donc l'expédient qu'il proposa.

Le roi, dit-il, ordonnera à chaque rat de préparer, dans la maison qu'il habite, une excavation capable de contenir toute la nation, et d'y amasser la quantité de vivres nécessaire pour la subsistance de tous les rats du pays pendant dix jours. Cette excavation aura quatorze issues : sept conduiront hors des murs de la maison, et sept donneront entrée dans les appartemens où sont les meubles et les hardes du propriétaire. Quand cet ordre aura été exécuté, le roi se transportera avec tous les rats dans une maison appartenant à un homme riche, et où il y aura un chat. Nous commencerons alors à travailler, mais modérément : nous aurons soin de n'attaquer que les hardes et les meubles, et de ne toucher à rien de ce qui se mange. Le propriétaire, témoin de nos ravages, croira qu'un seul chat ne lui suffit pas ; il en prendra un second, puis un troisième ; et nous, de notre côté, nous nous efforcerons d'augmenter le dégât à mesure qu'il augmentera le nombre des chats. Le maître de la maison, observant cela, prendra le parti d'essayer si, en supprimant un chat, le dommage diminueroit : il en chassera donc un ; alors nous observerons de faire moins de ravage dans ses meubles. Bientôt un second chat disparoîtra, et nous diminuerons encore nos dévastations. Cet homme ne manquera pas de se débarrasser du troisième chat, et aussitôt nous quitterons tous sa maison, pour nous transporter dans une autre. Quand cela se sera répété dans plusieurs maisons, les hommes, convaincus que les chats leur font plus de tort qu'ils ne leur sont utiles, tueront tous les chats domestiques, et, non contens de cela, ils feront la chasse aux chats sauvages et les détruiront aussi. Ainsi nous serons entièrement délivrés de cet animal qui fait le sujet de nos craintes.

Le roi des rats approuva cet avis et le mit à exécution. L'événement répondit complètement à l'espoir que les rats en avoient conçu, et les chats devinrent tellement odieux aux habitans que, depuis ce temps, quand ils voyoient un meuble ou un habit endommagé, ou quelques provisions entamées, ils disoient : un chat n'auroit-il point passé par ici ! Si même une maladie épidémique attaquoit les hommes ou les animaux, ils se disoient : peut-être qu'un chat sera entré dans cette ville !

Telle est cette fable, qui ne se trouve que bien imparfaitement dans la version Grecque de Siméon Seth. On ne sauroit en louer beaucoup l'invention, et elle remplit assez mal le but pour lequel elle est racontée.

Dans la fable des deux Cygnes et du Canard, qui se lit dans le manuscrit 1501, se trouve insérée une fable du Roi des chats et de ses trois Vizirs ou Conseillers; mais elle n'a aucun rapport avec celle-ci.

Comme l'ordre des chapitres n'est pas le même dans les divers manuscrits Arabes du livre de Calila, je crois convenable d'indiquer ici l'ordre suivi dans chacun des manuscrits dont j'ai fait usage, à l'exception du manuscrit du Vatican, que je n'ai plus sous les yeux, et de celui de Saint-Germain-des-Prés n.° 139, dont les feuillets ont été tellement transposés qu'on ne peut point reconnoître avec certitude leur ordre primitif. Je néglige les divers prolégomènes, pour ne m'occuper que des chapitres qui appartiennent essentiellement à ce recueil.

Ordre des Chapitres des Manuscrits

1489.	1492.	1501 et 1502.
Aventures de Calila et Dimna.	Idem.....................	Idem.
Jugement de Dimna........	Idem.............	Idem.
La Colombe au collier......	Idem..............	Idem.
Les Corbeaux et les Hiboux...	Idem...............	Idem.
Béladh, Iladh et Irakht......	Le Singe et la Tortue.......	Idem.
Le Roi des rats (1)..........	Le Moine et la Belette.......	Idem.
Le Rat et le Chat	Idem....................	Béladh, Iladh et Irakht.
Le Roi et l'Oiseau..........	Idem....................	Le Rat et le Chat.
Le Lion et le Chacal........	Idem (2).................	Le Roi et l'Oiseau.
Le Singe et la Tortue.......	Béladh, Iladh et Irakht......	Le Lion et le Chacal.
Le Moine et la Belette.......	La Lionne et le Cavalier....	Le Voyageur et l'Orfévre.
La Lionne et le Cavalier.....	Le Moine et son Hôte.......	Le Fils du roi, &c.
Le Moine et son Hôte.......	Le Voyageur et l'Orfévre....	La Lionne et le Cavalier.
Le Voyageur et l'Orfévre.....	Le Fils du roi, &c..........	Le Moine et son Hôte.
Le Fils du roi et ses Compagnons	Le Roi des rats............	(3)

(1) Cette fable ne fait pas partie de cette édition.

(2) A partir d'ici, tout le reste du volume n'est qu'une assez mauvaise restauration,

(3) Le manuscrit 1501 ajoute ici la fable des deux Cygnes et du Canard, en avertissant qu'elle ne fait point corps avec ce recueil.

TABLE

TABLE DES CHAPITRES

DU LIVRE DE CALILA.

I

NOTES CRITIQUES

Pour le Texte Arabe du Livre de Calila et Dimna.

Page 3, ligne 3. L'espèce d'argument qui précède l'introduction attribuée à Ali ben-Alschah, contient en peu de mots l'analyse de tous les divers prolégomènes qui précèdent le livre de Calila, comme si tout cela étoit l'ouvrage d'Ali. Cet énoncé est faux. L'introduction d'Ali ne s'étend que jusqu'à l'histoire de la mission de Barzouyèh dans l'Inde, qui commence *page 31.*

Page 3, ligne 9. Au lieu de وأعتبر, on lit aussi وأفتن.

Page 4, ligne 5. Quelques manuscrits nomment le roi de l'Inde فورك, comme qui diroit *le petit Four* ou *Porus.*

Page 4, ligne 10. Cette expression قطع الليل est prise de l'Alcoran, *sur. XV, v. 65* de l'édition de Hinckelmann.

Page 6, ligne 13. Le sens de ces mots اوقع ذو القرنين فى عسكره صيحة عظيمة, est, je crois, qu'*Alexandre fit pousser un grand cri par son armée.* Le texte n'est pas aussi clair qu'on pourroit le desirer.

Page 7, ligne 3. Cette expression منحه اله أكنافهم est une formule assez souvent employée. Elle n'est point empruntée de l'Alcoran, et j'ignore quelle en est l'origine. Elle se trouve dans ma Chrestomathie Arabe, *tom. I, p. 350,* où on lit par erreur منحه. Il est vraisemblable que le sens est, *ils tournèrent le dos.* Au reste il paroît que le verbe منح s'emploie comme synonyme de فتح. *Voyez* la Vie de Timour par Ebn-Arabschah, édition de Manger, *tom. I, p. 434,* et *tom. II, p. 208.* Il se pourroit que cette formule dût son origine au traitement que Sapor fit souffrir aux Arabes vaincus, et qui lui valut le surnom de ذو الاكتاف. *Voyez* Mémoires sur diverses antiquités de la Perse, *p. 308.*

Page 8, ligne 8. Cette phrase وبى فا نروض a quelque chose d'embarrassé,

I 2

et je soupçonne que le texte est altéré. Je l'entends ainsi : « Nous autres
» philosophes, nous ne nous soumettons à supporter ces vices, lors-
» qu'ils se rencontrent dans les rois, que dans l'espérance de les ramener
» à une bonne conduite et à la pratique de la justice; si nous négli-
» geons de nous acquitter de ce devoir, nous nous exposons infaillible-
» ment à éprouver des désagrémens et à devenir l'objet des critiques
» les plus sensibles, parce que nous serons jugés par les insensés eux-
» mêmes, plus insensés qu'eux, et qu'à leurs yeux nous paroîtrons leur
» être inférieurs en mérite. »

Les trois manuscrits 1483 A, 1489 et 1502 n'offrent sur ce passage
aucune variante de quelque importance.

Page 9, ligne 9.   Les mots الحيوان البهيمي sont joints ici à des féminins, ce
qui peut paroître irrégulier. Cela a lieu souvent avec le mot حيوان,
comme nom collectif ou nom d'espèce. *Voyez* ma Grammaire Arabe,
tom. *II, p. 188, n.° 320.*

Page 10, ligne 10.   On voit ici le masculin et le féminin employés confu-
sément. C'est une irrégularité très-fréquente aussi dans Kazwini, et que
j'ai cru devoir conserver.

Page 10, ligne 15.   Il y a ici une ellipse. Le sens est : « Il ne pouvoit
» trouver le chemin qui devoit le conduire au lieu où étoient sa pâture et
» sa boisson, *en sorte qu'il n'avoit à manger* que ce qu'il pouvoit arracher
» avec ses lèvres, du lieu où il étoit. »

Ces mots الا ما يقتمه من موضعه ne se lisent pas dans les manuscrits 1489
et 1502. Peut-être faut-il lire يَقِّ, à la première forme, au lieu de
يقتم à la seconde forme.

Page 11, ligne 6.   Le verbe اعتطم, qui signifie certainement *périr*, manque
dans nos dictionnaires; mais on y trouve عَطِم, عاطِم et عَطوم, *periens.*

Page 12, ligne 12.   Traduisez ainsi, *Il demanda à parler à l'introducteur,*
c'est-à-dire, à l'officier chargé d'annoncer et d'introduire les personnes
qui se présentoient pour parler au roi.

Page 13, ligne 12.   On lit عقلا dans tous les manuscrits, et je n'ai pas
osé le changer : néanmoins je suis convaincu que l'auteur a écrit عقبا,
ce qui donne un parallélisme parfait pour le sens et pour les mots.

Page 13, ligne 14. On lit dans le manuscrit 1489 : ومن ظلم للحكمآء حقوقهم
عبّ من الجهـال : cette leçon me paroît préférable.

Page 14, ligne 8. Traduisez ainsi : « Quoique l'on ne puisse pas supposer
» qu'un homme tel que lui ait eu l'audace de s'ingérer dans les affaires
» d'état, dont la connoissance n'appartient qu'aux rois. » على ان a fré-
quemment le sens que je lui donne ici.

Page 15, ligne 7. Les mots وما يراه signifient: *Il fera ensuite ce qu'il jugera
à propos.* On dit dans le même sens وما بدا له.

Page 16, ligne 3. Il y a ici un passage fort obscur, et altéré dans la plu-
part des manuscrits, et peut-être dans tous. La leçon que j'ai adoptée,
et qui me paroît la moins mauvaise, doit être traduite ainsi : « Lorsqu'un
» homme possède ces qualités au degré le plus éminent, ni l'abondance
» de sa fortune ne le précipite dans des accidens fâcheux, par rapport
» à ce monde, et dans des revers, ni il ne se laisse aller à l'affliction,
» quand la providence ne permet pas que quelqu'une de ses jouissances
» demeure stable et se conserve. »

Peut-être vaudroit-il mieux substituer نعمة à نعمته, et lire ولا الى نقص
من عقباه ou من أخرته. Le sens seroit alors : « . . . . . ni l'accroissement de
» la fortune dont il jouit ne le précipite dans des accidens fâcheux par
» rapport à ce monde, et dans des pertes par rapport à l'autre vie,
» ni &c. »

Page 16, ligne 13. Les manuscrits 1489 et 1502 lisent افضل خلّة العلمآء,
au lieu de افضل خلّة العلم, et cette leçon est préférable.

Page 17, ligne 10. Le mot استطلّ ne présente pas un sens clair et satis-
faisant. Si cette dixième forme est, comme on peut le supposer, syno-
nyme de la première, le sens peut être : « La chose la plus excellente
» par laquelle l'homme peut se faire aimer et admirer, c'est sa langue. »
Mais la suite des idées repousse cette interprétation. Dans le manuscrit
1489 et dans les man. 1492 et 1501, on lit استعاذ, ce qui peut signifier :
» La chose la plus excellente entre celles dont l'homme doit prier Dieu
» de le garantir, c'est sa langue. » Si l'on admettoit cette leçon, je
pense qu'il faudroit lire اعضل, *la chose la plus fâcheuse,* au lieu de افضل,
la chose la plus excellente : il y auroit alors plus d'analogie entre les idées.

Le man. 1502 porte فافضل الكلام ما يستبطل به الانسان لسانـه leçon à laquelle on ne sauroit donner un sens raisonnable.

Puisque l'auteur vante les avantages du silence, on peut conjecturer qu'il avoit écrit وافضل ما استطل به الانسان امساك لسانـه « La plus » excellente des qualités par lesquelles l'homme peut se faire aimer et » admirer, c'est de retenir sa langue. » Le mot امساك omis aura rendu ce passage inintelligible. On peut aussi supposer que la vraie leçon est: واعضل ما استضل به الانسان لسانـه « La chose la plus fâcheuse entre » celles par lesquelles l'homme est égaré et entraîné dans sa perte, c'est » sa langue. » Les mots de la racine عضل ont souvent été corrompus par les copistes, qui ont aussi substitué fréquemment le ط au ض.

Page 17, ligne 11. Je traduis ainsi ce passage : « Entre les choses que je » me propose en ce moment, celle par laquelle il est convenable que je » commence, c'est (le vœu que je fais) que le fruit de mon action soit » tout entier pour le roi, et nullement pour moi ; je veux que l'utilité en » revienne au roi par préférence à moi-même, bien que je n'aie en vue, » dans tout ce que je lui dirai, que les intérêts de la vie future ; je » desire que tout le profit et toute la gloire en soient pour lui : quant à » moi, j'aurai rempli un devoir indispensable et de rigueur. »

Page 18, ligne 5. Le mot شكر se prend souvent dans le sens de *bonnes œuvres, acte de bienfaisance.* J'en ai vu plusieurs exemples dans des écrivains modernes.

Page 20, ligne 12. Ce passage où il est question de quatre choses indignes des rois, ne se trouve, comme on le lit ici, que dans les man. 1483 A et 1502. Dans les autres, il n'est question que de trois choses. Ici la quatrième est الرفق فى المحاورة, c'est-à-dire, *la familiarité dans la conversation.* Les mots suivans فان السفـه ليس من شأنهـا n'offrent point un sens clair. Le seul sens plausible qu'on puisse leur donner, est celui-ci : *car la sottise ne leur convient point,* c'est-à-dire, la trop grande familiarité dans la conversation est une sorte de sottise qui ne convient pas aux rois. Mais, plus j'y réfléchis, plus je me persuade que l'auteur avoit écrit الرفث *les paroles obscènes.* Ce léger changement donne un sens parfaitement juste. Le mot رفث, d'un usage assez rare, ayant été altéré et changé en رفق, les copistes suivans, qui ont trouvé que cela ne

donnoit pas un sens satisfaisant, auront supprimé tout-à-fait la qua-
trième chose.

Page 20, ligne 13. C'est encore seulement dans les deux manuscrits
1483 A et 1502, qu'on lit les mots بلاغـــا يكـن ولم qui paroissent dépla-
cés ici. Je soupçonne qu'il y a encore là une corruption. Peut-être
l'auteur avoit-il écrit بلاغ يكـن ولم *et il n'étoit point un diseur de paroles
frivoles.* Un copiste ignorant, croyant qu'il falloit prononcer بلّغ, aura
pensé qu'il y avoit une faute de grammaire, et aura écrit بلاغـا.

Page 21, ligne 14. On lit dans le man. 1489 : يقـوم ولا بـه مضطلع غيـر فاني
الا بك. Cela est plus clair ; mais je crois que la leçon que j'ai suivie, et
qui est celle des manuscrits 1483 A et 1502, est la leçon primitive.

Page 22, ligne 10. J'aimerois mieux lire : الملك راى حسـن مـن اس جـدـا مـا
في بيدا. On lit حسن dans le manuscrit 1489 ; et les manuscrits 1492
et 1501 présentent la leçon que je propose, si ce n'est qu'ils omettent
les mots في بيدا.

Page 23, ligne 2. Je soupçonne que l'auteur avoit écrit وانعقدت, au lieu
de وانقادت qu'on lit dans tous les manuscrits. Ce dernier verbe se dit
ordinairement des personnes, et non des choses. Aussi, pour se con-
former à cet usage, a-t-on substitué, comme on le voit dans les
manuscrits 1492 et 1501, ولاة الامور à الامور : c'est certainement une
correction postérieure.

Page 23, ligne 9. Les mots الشباب وكذلك ne se lisent que dans le manus-
crit 1483 A : tous les autres présentent des leçons différentes. Je
soupçonne que l'auteur avoit écrit كسكرة الشراب.

Page 24, ligne 1. Je traduis ainsi les premières lignes de cette page :
« Je n'ai pas voulu qu'après ma mort ou celle du roi, tout le monde
» sur la terre dît de moi : Le philosophe Bidpaï étoit contemporain du
» tyran Dabschélim, et il ne l'a point ramené des excès dans lesquels
» il étoit tombé ; et en vain prétendroit-on l'excuser, en disant que la
» crainte pour sa propre vie l'a empêché de parler à ce roi ; car il pouvoit
» s'enfuir et abandonner son voisinage. Pour moi, j'ai trouvé qu'il étoit
» bien dur de s'éloigner de sa patrie : j'ai donc pris la résolution d'ex-
» poser généreusement ma vie, &c. »

Page 28, ligne 4. On lit dans le manuscrit 1483 A : لــيكــون لــه فيــه حظ . Ce passage se lit différemment dans tous les divers manuscrits. J'ai substitué نظر الى à له, et cette correction m'a été suggérée par le manuscrit 1502, où on lit : ليكون فيه حظ لمن نظر فى الابواب كلهــا . Je ne serois pas éloigné néanmoins de croire qu'il y a ici quelque chose d'omis. Peut-être l'auteur avoit-il écrit : ليكون كل من نظر فى باب من الابواب له فيـه حظّ , c'est-à-dire, « Afin que toute personne qui jetteroit les » yeux sur un seul de ces chapitres, y trouvât une instruction utile. »

Page 29, ligne 5. Ces mots وعلمــوا انهــا السبب فى الذى وضع لــم , s'ils ne sont pas déplacés ou interpolés, doivent signifier : « Et ils ont reconnu » que les animaux (introduits et mis en scène dans ces fables) ne sont » que le moyen employé pour exprimer les vérités qu'on y a déposées » pour eux, » c'est-à-dire, pour les lecteurs. Mais je crois que la vraie leçon est celle du m. 1502 : فاصغت الحكمآء الى حكمـه وتركوا البهائم وعلمــوا انهــا السبب الــذى وضع لـه : « Les sages au contraire ont prêté l'oreille aux » maximes de ce livre ; ils ont laissé là les animaux, et ils ont reconnu que » ces maximes étoient le véritable objet en vue duquel il a été composé. »

Page 31, ligne 6. Je crois que le mot مستبشرا est une faute. C'est la leçon actuelle du manuscrit 1483 A. Dans le manuscrit 1489, on lit : مشتهرا ; ce passage ne se trouve point dans le manuscrit 1502. Je crois qu'on lisoit primitivement, dans le manuscrit 1483 A, متأثرا , et c'est certainement la vraie leçon.

Page 31, ligne 7. Au lieu de يقرّ قرار , le manuscrit 1502 porte ياخذ قرار , et le manuscrit 1489, يقرّه قرار . Peut-être cette dernière leçon mérite-t-elle la préférence. J'aimerois pourtant mieux lire يقرّ له قرار

Page 32, ligne 8. Je traduis ainsi ce passage : « Celui qui a reçu de Dieu » la raison, à qui elle a été donnée en partage, et dont le fond naturel » excellent a été aidé par l'instruction, recherche avec avidité ce qui » peut remplir son heureuse destinée. » On lit, dans le man. 1502, واغنى بصدق قريحته عن الادب , c'est-à-dire, « et qui, à cause de son excel-» lent fond naturel, peut se passer de l'instruction ; » mais cette idée est évidemment contraire à l'intention de l'auteur. Le man. 1483 A porte

porte الأدب قريحة بصدق واعين : c'est par conjecture que j'ai restitué ce texte comme je l'ai fait.

Dans le man. 1492, on lit : على بالمثابرة بنفسه واعانه به عليه ومن رُزقه فمن ٱلأدب . Quoique ceci me paroisse une correction postérieure, je crois y voir les traces d'une ancienne leçon. Je soupçonne que cette ancienne leçon étoit : الأدب طلب على وحرص قريحة بصدق واعين c'est-à-dire, « celui qui tient de Dieu la raison, à qui elle a été don-
» née en partage, qui a reçu le secours d'un bon naturel, et a recherché
» avidement l'instruction, jouira du bonheur en ce monde, &c. » Cette conjecture est confirmée par la version Persane de Nasr-allah, où on lit :

وهزك از فيض آسمانى وعقل غريـزى بهرمنـد شـد وبر كسب هنر مواظبت نمود وبـر تجازب متقدمـان عاقـل تامّل عاقـلانـه واجب ديد ارزوهـاى دنيا يابــــه

Page 35, ligne 11. Au lieu de حالك من, qu'on lit dans les deux manuscrits 1483 A et 1502, j'aimerois mieux حاجتك من ou حاجتك ما : cette dernière leçon est celle du manuscrit 1492.

Page 36, ligne 6. Le man. 1483 A porte يخطم لما والخزّى. C'est le seul qui présente cette leçon, de laquelle il résulte un sens absurde; mais elle me donne lieu de conjecturer que l'auteur avoit écrit : والخـزّى, ce qui donne un sens très-satisfaisant. يحطم عمّـا والتخـزّز يرضيم لما

Page 37, ligne 2. A commencer de ces mots انهيــت فلما jusqu'à ceux-ci الايجاز على, le texte est tellement corrompu dans les manuscrits 1483 A et 1502 (ce passage est omis dans le man. 1489), qu'il est difficile de l'entendre. J'ai combiné les leçons de ces deux manuscrits, de manière à en former un sens que l'on puisse supporter, et j'entends ainsi ce texte :
« Mais quand vous en êtes venu à me dire de vous-même que vous
» aviez deviné mon intention et l'objet de mon voyage, à me faire des
» offres de votre plein gré, et à m'exprimer l'empressement avec lequel
» vous avez saisi mes premières ouvertures, je me suis contenté de vous
» parler très-briévement, je vous ai fait connoître la plus importante
» de mes affaires en peu de paroles, et j'ai cru qu'il suffisoit de vous
» exposer la chose en raccourci. »

Dans le man. 1492, ce texte a été ainsi réformé : البك انهيتُ فلما

K

طرفا منه اكتفيت به انت عمّا سواه فعرفت باليسير الكثير لحسن قسمة الله عزّ وجلّ لك
فى العقل والادب فكفيتنى مونة الكلام والجواب بالاسعاف بالحاجة كما قد بدأت لك

Nasr-allah, dans sa version Persane, a paraphrasé ce passage, en sorte qu'on ne peut pas bien juger comment il lisoit dans le texte Arabe. Siméon Seth a rendu cet endroit d'une manière qui donne lieu de croire que le texte Arabe étoit peu intelligible dans le manuscrit dont il faisoit usage. Il met dans la bouche de l'Indien ce que notre texte attribue à Barzouyèh, et cela change entièrement l'ordre du dialogue.

On peut observer à cette occasion une de ces additions dans lesquelles, comme je l'ai dit ailleurs, ce traducteur Grec fait allusion à l'Ecriture sainte. Au lieu de cette phrase du texte Arabe : « Lorsqu'un » secret est confié comme un dépôt à un homme prudent et discret, » il est en sûreté, et celui qui en a fait la confidence voit son espoir » parfaitement rempli; il en est comme d'une chose précieuse qu'on » a renfermée dans une place forte », Siméon Seth dit : Καὶ ὁ σοφὸς, ὅτ᾽ ἂν προΐεσῖ μυσήριον, κỳ λάϐῃ ἥν ἑαυτῦ ζήτησιν ἐκ τῦ παθόντος, ὡμόιωται ἀνθρώπῳ οἰκοδομήσαντι ἥν ἑαυτῦ οἰκίαν ἐπὶ πέτραν ϛερεὰν, ἣ κϯτέϐη ἡ ϐροχὴ, κỳ οὐκ ἐσάλευσιν, ἢ ἐπὶ προς ἀσάλευτον, ὃ παρ᾽ ἀνέμων οὐ σαλεύεται. Voyez Matth. ch. 7, v. 24 et suiv.

Page 37, ligne 14. En combinant les diverses leçons des man. 1483 A, 1489 et 1502, je conjecture qu'il faut lire لا فانه به يتكلّم أن خليق انه معا
وبكتم ولا يخفى سرّ بين اثنين, et je traduis ainsi : « Quoique le mieux fût en- » core de ne point du tout parler d'un secret; car un secret connu de deux » personnes qui le savent et en font le sujet de leur conversation, ne » sauroit rester secret. En effet, si deux personnes parlent d'un secret, » il est impossible que, soit d'un côté, soit de l'autre, il ne se commu- » nique à un tiers : or tout secret qui est connu de trois personnes, » est infailliblement divulgué. »

Page 43, ligne 6. Ces mots وتنصيب البر والى حميد ومناعته signifient propre- ment que le roi vouloit que ce chapitre fût intitulé : Chapitre de Bar- zouyèh fils de tel et tel, médecin. Et en effet ce chapitre est mis dans la bouche de Barzouyèh, et il n'y est question que de son origine et de la manière dont il exerçoit la profession de médecin.

Page 43, ligne 12. Je traduis ainsi ce passage : « Fais tous tes efforts pour
» que le sujet de ce traité (ou chapitre) qui portera le nom de Barzouyèh ,
» paroisse à tous les lecteurs, grands et petits , supérieur à tous les
» autres chapitres , et mieux assorti au genre qui convient à cette sorte
» de science (c'est-à-dire à l'enseignement de la morale) : tu seras par
» suite de cela le plus heureux de tous les hommes , puisque tu auras
» seul et sans partage le mérite de la composition de ce chapitre. »

Le chapitre de Barzouyèh est appelé ici كتاب et non pas باب ,
parce qu'il forme un hors-d'œuvre , un écrit tout-à-fait distinct et séparé
du livre de Calila.

Page 45, ligne 9. Ni le traducteur Persan Nasr-allah , ni le traducteur
Hébreu et Siméon Seth n'ont rendu les mots du texte Arabe ان يُعقَل عنم.
Il est permis de croire que cette manière de s'exprimer leur a paru
insolite et obscure. Voici comment j'entends ce passage :

« C'est ici le livre de Calila et Dimna. C'est un de ces recueils de
» fables et d'apologues dans lesquels les sages de l'Inde ont , comme par
» l'effet d'une heureuse inspiration, fait entrer les discours et les maximes
» les plus importantes au succès de l'objet qu'ils se proposoient d'at-
» teindre (c'est-à-dire de l'instruction des hommes). En effet, les savans,
» de quelque religion qu'ils aient été, n'ont jamais cessé de desirer que
» *les hommes fussent instruits par eux ;* ils ont imaginé, pour parvenir à ce
» but, toute sorte d'artifices ; ils ont cherché des prétextes de tout genre
» pour avoir occasion de produire au grand jour les vérités qui étoient
» comme déposées en eux-mêmes. &c.

Page 45, ligne 13. « Ils ont trouvé dans cet artifice une voie détournée
» pour proposer ce qu'ils vouloient dire , et des sentiers écartés au
» moyen desquels ils pussent entrer en matière. »

اخذ من signifie, *commencer* . . . . . *s'insinuer* . . . . . *se mettre en train.*

Page 45, ligne 14. « Le jeune homme qui commence à étudier, apprend
» gaiement par cœur une chose qui se grave dans son esprit , sans
» qu'il sache trop ce que c'est ; il ne voit là rien autre chose qu'un
» livre écrit et orné de figures dont il est mis en possession. Il en est
» de lui alors comme d'un homme qui, au moment où il atteint l'âge
» mûr, trouve que ses père et mère lui ont amassé un trésor, et ont

» acquis pour lui des biens fonds, qui le dispensent de se fatiguer dans
» le métier qu'il a embrassé pour assurer sa subsistance ; de même ce
» jeune homme, au moyen des sages maximes qu'il a à sa disposition,
» n'a plus besoin d'aucun autre genre d'instruction. »

Page 46, ligne 7. Au lieu de الاجعال qu'on lit dans les man. 1483 A
et 1502, le man. 1489 porte الافعال. Je crois que c'est une correction
du copiste. J'entends par اجعال des *actions* : le verbe جعل avec les noms
d'action جُعَل et جعالة, est synonyme de صنع.

Page 47, ligne 5. Les mots وكانت مقالته لهم اوجبت الحجّة عليه signifient: « Le
» discours qu'il leur tint ne servit qu'à sa propre condamnation. » Le
man. 1502 ajoute عند ظنّه après عليه, ce qui donne un sens absurde,
à moins qu'on ne lise عند ظنّم ou عليم. Dans le manuscrit 1489 on lit:
فكانت قرآءته لها اوجبت الحجّة عليه عند ظنّه ; ce qui est également mauvais.
On pourroit lire: فكانت قرآءته لها اوجبت الحجّة عليم عند ظنّه « Il s'imagina
» que la lecture qu'il avoit faite de cette feuille, suffisoit pour les con-
» damner. » Je croirois volontiers que c'est là la vraie leçon.

Mais peut-être y a-t-il ici une omission et l'auteur avoit-il écrit :
» On lui demanda alors d'aller chercher cette feuille. Il le fit et se mit
» à la lire, comme un homme qui ne comprenoit pas ce qu'il lisoit.
» Ainsi la lecture qu'il en fit, le condamna. » Ce qui me porte à le
croire, c'est qu'on lit dans la traduction de Jean de Capoue : *Et ille*
lege, ut audiam. At ille, quum legeret, non intelligebat quid intendebant
per illud. Et sic sua lectura addebat super ejus culpam.

Page 49, ligne 2. Je pense que le sens de cet endroit est celui-ci : « L'homme
» qui possède la science ne trouve d'occasion d'en tirer utilité que par
» la pratique. » Je suppose que la restriction indiquée par الّا tombe
sur بالغل et que cela doit s'entendre comme s'il y avoit وان صاحب
العلم لا يعرض لينتفع به الا بالعل. Ce passage ne se trouve que dans les
man. 1483 A et 1502: dans le second on lit يعرض بالعقل, ce qui est
certainement une faute. Aucune des versions ne représente littéralement
le texte.

Page 49, ligne 4. Voici comment ce passage se lit dans les deux manuscrits 1483 A et 1502, les seuls où je le trouve : ولعله ان يكون قد حاسب نفسه فوجدها قد تركت اشيآء وجهّمت به فيها هو اعرف بضرّها فيه وعادتها من ذلك المسلك فى الطريق الخوف قد عرفته . Je ne crois pas qu'on puisse donner aucun sens à cela. Ni la version Persane de Nasr-allah, ni la traduction Grecque de Siméon Seth, ne fournissent aucun moyen de restituer le texte de cet endroit. Il paroît seulement que Nasr-allah a lu غارتها au lieu de عادتها . Dans la version Latine de Jean de Capoue on lit : *Sicut si dictum fuerit alicui, quoniam fuerit quidam sciens malam viam, et ivit per illam, diceret ipsum utique fuisse stultum, si cognosceret sua opera, sciret quoniam pejora sunt operibus illius qui novit malam viam, et ivit per eam.* C'est en prenant pour guide cette version, que j'ai restitué par conjecture le texte ; je l'entends ainsi : « Et peut-être, si cet » homme (qui ne fait pas usage de sa science pour régler ses actions), » fût entré en compte avec son ame, il auroit reconnu qu'elle s'étoit » livrée à des passions qui l'ont précipitée dans des choses dont il » connoissoit encore mieux les inconvéniens et les dommages funestes » à son ame, que cet homme qui avoit marché dans un chemin péril- » leux, et qu'il connoissoit pour tel.

Peut-être aurois-je dû mettre هى اعرف plutôt que هو اعرف . Au reste, je ne prétends pas que cette restauration ne laisse rien à desirer.

Page 51, ligne 2.   Il semble qu'il vaudroit mieux lire ساق ; mais j'ai suivi la leçon des deux manuscrits 1483 A et 1502. Le sens est : « Nous ne » devons point nous mettre en colère contre une personne que Dieu » conduit à nous, pour notre avantage, quoique nous nous attendions » à toute autre chose de la part de cette personne. »

Page 51, ligne 5.   Les deux manuscrits 1483 A et 1502 lisent يعود . Cette fable ne se lit point dans les man. 1489, 1492 et 1501. On lit, dans Siméon Seth, καὶ οὐδεὶς ἐδίδου αὐτῷ τι, et dans la version Latine de Jean de Capoue, *et negantibus sibi petitionem suam, rediit confusus ad domum suam.* On pourroit penser qu'il faut lire يجود au lieu de يعود : cependant je trouve encore ailleurs, *p. 62*, le verbe عاد construit avec la préposition ب ; et, par la comparaison de ces deux passages, je juge que dans cette construction عاد signifie *exercer, pratiquer* une vertu, un talent, comme عاود , que nos dictionnaires, lorsqu'il est construit avec l'accu-

satif de la chose, rendent par *assiduus, sedulus fuit in re.* Le verbe عاد,
suivi de la préposition بـ, doit, conformément à l'analogie grammati-
ticale, être synonyme de عاود suivi de l'accusatif.

Page 52, ligne 11. Ces mots حياتـه له وعليه signifient : « Sa vie, c'est-à-
» dire, l'usage qu'il fait de la vie, lui est en même temps profitable et à
» charge. » La réunion des deux prépositions لـ et على indique toutes
les conséquences ou les effets d'une chose, bons et mauvais.

Je pense que l'auteur avoit écrit : من كان سعيد لاخرته خاصّة حياتـه لـه
ومـن كان سعيد لاخرتـه ودنياه &c. c'est-à-dire : « Celui qui consacre son
» travail, d'une manière spéciale, aux intérêts de son sort dans l'autre
» monde, sa vie lui est profitable : celui qui travaille en même temps
» pour l'autre monde et pour celui-ci, sa vie lui est tout ensemble pro-
» fitable et nuisible : enfin celui qui travaille spécialement pour son
» bonheur en ce monde, sa vie lui est nuisible. »

Les copistes ont omis la première proposition ; mais la version de
Jean de Capoue n'offre pas cette omission.

Page 52, ligne 15. C'est la version Persane de Nasr-allah, qui m'a sug-
géré le mot الفرص altéré dans tous les manuscrits.

Page 53, ligne 1. Le sens de ce passage me paroît fort incertain. La leçon
que j'ai suivie est celle des man. 1483 A et 1502. Le man. 1489,
ainsi que d'autres, porte : لا يقبله عقلـه ولا يعرف استقامتـه فيـصدّق بـه
Je présume que c'est la vraie leçon ; elle signifie : « Il arrive souvent
» qu'un homme entend rapporter une chose qui répugne à sa raison,
» et ne lui paroît point conforme à la vérité, et que cependant il la
» croit. » Combien de gens en effet ont la foiblesse de se laisser inti-
mider par des préjugés ridicules, ou des récits invraisemblables, que
leur raison refuse d'adopter, et dont elle reconnoît la fausseté !

Je lis يختبر à la forme passive.

Page 56, ligne 3. Par تزاويق il faut entendre les peintures dont ce livre
est orné.

Page 56, ligne 15. Au lieu de حدت, on lit dans d'autres manuscrits
جنّت et جنّين : J'ai suivi la leçon du man. 1483 A, qui veut dire *les*

manières qui ont été définies et déterminées. L'auteur veut dire déterminées
par l'Alcoran.

Page 58, ligne 12. Le mot فيخلق se lit dans tous les manuscrits. Le sens
est : « En sorte que ce livre ne soit pas anéanti, et ne s'use pas par le
» laps du temps. » L'auteur dit que, comme toutes les classes de la
société liront ce livre avec plaisir, on en fera beaucoup de copies, et
qu'ainsi il sera incessamment renouvelé et reproduit.

Page 58, ligne 15. La table des chapitres est placée diversement dans les
manuscrits. Je l'ai mise ici pour me conformer à l'ordre du man. 1483 A,
que j'ai suivi de préférence dans cette édition.

Page 61, ligne 9. Au lieu de سددت qu'on lit dans le manuscrit 1483 A,
le man. 1502 porte شددت. Cela ne se lit dans aucun autre manuscrit.
J'ai cru devoir préférer la première leçon. Les deux manuscrits portent
وله اتباعا, comme je l'ai imprimé ; je conjecture cependant que la vraie
leçon est وله ابتغاء.

Page 62, ligne 11. Les man. 1483 A et 1502 lisent وإاعظم : j'ai préféré :
la leçon du manuscrit 1489, واغبط, *je ne portai point envie.* Dans la
version Persane de Nasr-allah et dans la version Latine de Jean de Ca-
poue, on lit au contraire que Barzouyèh se sentit porté à envier le bon-
heur de ceux qui, en pratiquant son art, avoient acquis de la gloire ou
des richesses ; et la suite semble justifier cette manière de lire.

Page 62, ligne 12. *Voyez* sur cette expression من لا يعود بصلاح ولا حسن
سيرة, la note sur la *page 51, ligne 5.*

Page 62, ligne 13. Les mots ولما تاقت نفسي الى غشيانهم doivent signifier
« Lorsque mon ame desiroit d'aller les trouver. » Dans le man. 1489,
on lit الى ان اغبطهم, et dans d'autres الى ان تغتبطهم ; mais je crois que c'est
une correction postérieure. La cupidité portoit Barzouyèh à rechercher
la société de ces gens-là, pour savoir comment ils étoient parvenus à
acquérir des honneurs et des richesses, et pour marcher sur leurs traces.
Aussi dit-il plus loin : إ لم اجد الى متابعة احد منهم سبيلا « Je ne trouvai point
» convenable de suivre l'exemple d'aucun d'entre eux. »

Page 64, ligne 2. Avant في استعمال, le manuscrit 1489 ajoute فتكوني, ce qui rend la phrase plus claire. Ce même mot se lit aussi dans le man. 1492, quoique le texte de ce passage y soit conçu en d'autres termes. Je pense donc qu'il faut lire ainsi.

Page 66, ligne 6. Au lieu de العذر, que j'ai admis d'après l'autorité de plusieurs manuscrits, on lit dans le manuscrit 1483 A العتب, ce qui peut signifier *reproche, censure, objection.* Je ne serois pas éloigné de croire que c'est là la vraie leçon : on pourroit aussi lire العيب. Le sens, en admettant l'une ou l'autre de ces deux dernières leçons, seroit : « Mais, lorsque je me mis à rechercher ce qu'il pouvoit y avoir de mau-
» vais et de répréhensible dans le parti que je venois de prendre, de
» rester attaché à la religion de mes pères et de mes aïeux, je ne me
» sentis plus la force de persister dans cette résolution. »

Page 66, ligne 9. Le sens de ce passage est : « Je pensai alors que le
» terme de la vie est proche, que nous devons promptement sortir de ce
» monde, que ses habitans sont immolés (souvent) en pleine santé ;
» et que le temps tranche sans retour le fil de leur vie. » La leçon du man. 1483 A, est conforme au texte imprimé, si ce n'est qu'il paroît y avoir eu primitivement اغتباط. C'est aussi la leçon des man. 1489 et 1502, si ce n'est que le premier lit بها اغتباط اهلها. Au lieu de يخرّم, on lit, dans le manuscrit 1489, يخرّم, et dans le manuscrit 1502, ذمّ. Ces deux derniers membres de la phrase sont omis dans les manuscrits 1492 et 1501, et dans la version de Jean de Capoue. Si l'on admettoit la leçon des manuscrits, اغتباط, le sens seroit *l'état heureux et fortuné des habitans du monde;* ce qui me paroît contraire à la suite des idées. Il n'est pas étonnant que des copistes ignorans aient substitué اغتباط et يخرّم, mots d'un usage plus ordinaire, à اعتباط et يخرّم . Tout ce passage est omis dans la version Persane de Nasr-allah.

Page 67, ligne 3. Cette fable présente quelque obscurité, parce que l'auteur a oublié de dire qu'on avoit comblé le puits ou la citerne. Dans le manuscrit 1489, le récit est plus clair, parce qu'on y lit ces mots : فانطلق الرجل الى المكان فوافق الجب قد رفع من مكانه فرجع الى المرأة فقال لها قـــد انتهيت الى السـرب فاذا الجبّ ليس هنـاك . Au surplus, cette addition me paroît une interpolation.

Page

Page 68, ligne 1. C'est par conjecture que j'ai substitué الخلوص بالاخـيـار à la leçon الخلوص والاختبار du man. 1483 A, et à celle du man. 1502, الخلوص بالاختبار . Ma conjecture, que j'ose dire certaine, est fondée sur la version Persane, où on lit وبنيكان بيوسم, et sur les man. 1492 et 1501, qui portent وصاحبت الاخيار .

Page 72, ligne 4. La leçon que j'ai suivie, لابّان ايّامه, est confirmée par la version Latine de Jean de Capoue, dans laquelle on lit : *Posteà vero dividuntur ejus membra usque ad consummationem numeri dierum suorum.*

Page 74, ligne 9. Le mot عزيزا signifie ici *grave, important.* Le sens est :
« Nous sommes privés aujourd'hui des choses dont la privation est pé-
» nible, et nous avons celles dont l'existence est fâcheuse et nuisible. »
J'aurois été tenté de supprimer ce mot, s'il ne se trouvoit dans tous les manuscrits, et s'il n'avoit encore en sa faveur le suffrage de la version de Jean de Capoue, où on lit : *Et perditur ab hominibus quod difficile erat perdi.*

Page 74, ligne 13. Il y a peu d'endroits, dans ce livre, où la vraie leçon soit aussi incertaine qu'elle l'est ici. On lit, dans le manuscrit 1483 A, واصبح المظلوم بالحيف مقبرا والظالم لنفسـه مشيطنا ; dans le manuscrit 1489, واصبح المظلوم بالحيف مقررا والظالم لنفسه مستطيبا ; dans le manuscrit 1502, فاصبح المظلوم بالحيف معترافا لظالم لنفسـه مستطلا ; dans le manuscrit 1492, واصبح المظلوم بالحمف مقرا والظالم بقوة البن متظاهرا . Dans la version de Jean de Capoue, on lit : *Et efficiuntur viæ nequitiæ splendidæ, justitiæ verò tene-brosæ.* Nasr-allah a traduit ainsi : ومظلوم محق ذليل (كشت) وظالم مبطل عزيز . La leçon que j'ai admise, et qui s'éloigne peu de celle du man. 1483 A, signifie : «L'opprimé aujourd'hui se reconnoît coupable de violence, et » l'oppresseur s'applaudit à lui-même. » *Voyez* sur le mot مستطلا ma note sur la *p. 17, ligne 10,* ci-devant *page 69.*

Page 75, ligne 15. Au lieu de فاذا حيّات, il vaut mieux lire فاذا بحيّات, ou bien فاذا هى حيّات, comme on lit dans le man. 1489.

Page 76, ligne 13. Les mots فى افنآء الاجل signifient à *consumer le temps déterminé pour la durée de la vie,*

Page 79, ligne 2. J'ai ajouté ثم النفير له : c'est la troisième des quatre

L

conditions requises, et la suite prouve la nécessité de cette restitution. Cette troisième condition est tout-à-fait omise dans les man. 1483 A et 1502. Dans les autres manuscrits on lit التميز, comme a imprimé Schultens, ou النفس; ce qui est encore plus mauvais.

L'omission dont il s'agit ici, est bien ancienne. On y a remédié dans les versions de Nasr-allah et de Siméon Seth, en introduisant une quatrième condition, qui ne se trouve pas dans notre texte Arabe.

Page 82, ligne 10. Au lieu de بين وتدين, leçon du man. 1483 A, on lit dans le manuscrit 1489, يوتدين, et dans le man. 1502, على وتدين. Je donnerois volontiers la préférence à la leçon du manuscrit 1489. Ce même manuscrit explique plus au long l'action du charpentier ; il dit : فرأى القرد النجار راكبا على الخشبة كالاسوار على الفرس وانه كلما وتد وتدا انتزع وتدا « Le singe vit que le charpentier se tenoit sur la pièce de bois, comme » un cavalier sur son cheval, et que toutes les fois qu'il mettoit un coin, » il en ôtoit un autre. » Ceci me paroît une addition postérieure.

Page 82, ligne 12. La leçon que j'ai suivie et qui est celle des manuscrits 1483 A et 1502, nous représente le singe assis sur la pièce de bois, de manière que le coin étoit derrière son dos. C'est tout le contraire, suivant les man. 1489 et 1492 où on lit seulement : ووجهه قبل الوتد *et son visage étoit tourné vers le coin.* Ceci paroît bien plus naturel, et l'on comprend alors facilement comment le singe ôta le coin, et se trouva pris dans la fente. La version Persane de Nasr-allah est plus détaillée, mais on ne peut pas juger comment ce traducteur a lu dans le texte Arabe. Dans la version de Jean de Capoue on lit : *apposuit sua posteriora versus scissuram ligni, faciem verò versus paxillum ;* d'où l'on peut conclure que le manuscrit du texte Arabe dont l'auteur de la version Hébraïque a fait usage, portoit : وجعل ظهره قبل شق الخشبة ووجهه قبل الوتد.

Page 83, ligne 10. La leçon اذ مال est celle du manuscrit 1483 A. Dans d'autres manuscrits on lit غير خامل الذكر : peut-être faut-il joindre ces deux leçons.

Page 83, ligne 15. Le texte de ce passage me paroît fort incertain, et au lieu de لمع on lit dans divers manuscrits لمح ou يخط. J'ai donné la préférence à la leçon du man. 1483 A, et je l'entends ainsi : « Sache

» que chaque homme a un certain degré de mérite et de valeur. Si un
» homme se trouve en possession de ce qui est dû au degré de mérite
» qu'il possède, il doit se contenter de son sort. Or nous autres, nous
» n'avons pas un degré de mérite qui puisse déprécier à nos yeux le sort
» dont nous jouissons.« Cela veut dire: Nous n'avons pas un mérite assez
distingué, pour que nous soyons autorisés à aspirer à un rang plus élevé.

Le mot منزلة est pris ici dans le sens de قدر *mérite, prix, valeur*, et
non dans le sens de مرتبة *dignité, rang dans la société*.

Page 84, ligne 8. Au lieu de كيف نقنع بها, on lit dans le man. 1489
ولا نقيم على منزلتنا; ce qui est, grammaticalement parlant, plus exact, les
pronoms ها dans بها et عنها n'ayant pas, dans la leçon des manuscrits
1483 A et 1502 que j'ai suivie, d'antécédent grammatical auquel on
puisse les rapporter. Cependant cet antécédent est renfermé virtuel-
lement dans ما فوقنا من المنازل, et je crois que la leçon du manus-
crit 1489 est une correction postérieure.

Page 85, ligne 9. J'ai suivi la leçon des man. 1483 A et 1502. Je crois
néanmoins que l'auteur a dû dire: « Ceux qui sont aujourd'hui admis
» à la familiarité du Roi, n'ont pas toujours joui de cette faveur et
» occupé ce rang; ils n'y sont parvenus qu'après avoir tenu auparavant
» un rang plus éloigné du prince. » C'est le sens que présentent la
plupart des manuscrits et qu'expriment les versions Persane, Grecque
et Hébraïque. Je pense donc que l'auteur peut avoir écrit : اعلم ان الذى
وقرب من السلطان كان ليس ذلك موضعه ولا تلك منزلته لكن دنا منه بعد البعد لانه كان
له حق وحرمة, ou d'une manière à-peu-près semblable.

Page 88, ligne 3. C'est par conjecture, et en m'appuyant de l'autorité
de la version Persane, dans laquelle on lit براه افكنا; que j'ai écrit
المبثوت. On lit dans les manuscrits 1483 A et 1489 النبوت, dans le
manuscrit 1502 النابت, dans le manuscrit 1492 المنفرد, dans un autre
المطروح. De ces diverses leçons des manuscrits, la dernière est la seule
qu'on puisse admettre. J'ai préféré المبثوت, parce que je pense que l'auteur
avoit écrit ainsi, et que ce mot ayant d'abord été corrompu et changé en
المنبوت qui ne vaut rien, les copistes y ont mis un autre mot, chacun
suivant leur caprice.

L 2

On lit dans le manuscrit 1489 يأخذه الرجل فيحك به اذنه « un homme le » ramasse, et s'en sert pour se gratter l'oreille ».

Page 88, ligne 6. Les mots تشبّ وترتفع ne paroissent pas convenir ici, ils seroient mieux appliqués à la *flamme*, qu'au *mérite* et à la *vertu*. Je les ai conservés, parce que c'est la leçon du man. 1483 A. Dans le manuscrit 1502 on lit الا ان تشيع وتعرف, et dans le manuscrit 1489, الا ان تستبين وتعرف. Je préfère la première de ces deux leçons.

Page 88, ligne 8. Je traduis ainsi ce passage : « Les sujets du royaume » ne se présentent à la porte du Roi, que dans l'espérance que le Roi » connoîtra la science qu'ils possèdent à un haut degré. » J'ai suivi le manuscrit 1483 A, si ce n'est que j'ai substitué تحضر à تجوز. Dans le manuscrit 1502, on lit : ان رعية الملك تتفانى ان تحضر بابه حذرا ان يعرف « Les sujets du roi se défendent de se présenter à ما عنده من الامر الوافر » sa cour, de crainte qu'il ne connoisse ce qu'ils ont de richesses abon- » dantes. » Le manuscrit 1489 offre une autre leçon qui donne un sens très-satisfaisant. La voici : ان رعية الملك ومن يحضر بابه جدراء ان يعرفون (يعرّفوا) الملك بما عندهم من الرأى والنصيحة « Les sujets du roi et ceux qui se » présentent à sa cour, doivent lui faire part des bons conseils et des » sages avis que leur esprit leur suggère. » Cette pensée est ensuite développée longuement ; mais tout cela me paroît une addition posté- rieure, comme il y en a un grand nombre dans ce manuscrit.

Page 89, ligne 9. Les manuscrits 1489 et 1502 portent ازداد الملك بـ اعجابا. La leçon du man. 1483 A que j'ai suivie, est également bonne ; mais il faut prononcer au passif أُعْجِبَ.

Page 92, ligne 9. Le mot فاجعله a été omis ici : il faut lire آتيك به فاجعله لك عبدا, ce qui donne un sens satisfaisant.

Page 93, ligne 16. J'ai ajouté, d'après la leçon des manuscrits 1489 et 1502, le mot ونظرى qu'on ne lit pas dans le manuscrit 1483 A.

Page 94, ligne 15. On pourroit croire qu'au lieu de وافا, comme on lit dans le manuscrit 1483 A, il faudroit lire وافاها, les verbes à la troisième forme ne s'employant guère sans régime. Mais cette correction n'est pas nécessaire : on trouve de même, *page 97, ligne 8,* وافا الناسك.

Page 95, ligne 1. On lit استقلّ dans le manuscrit 1483 A, استنقلا dans les manuscrits 1489 et 1492, et dans l'édition de Schultens, enfin امتلا dans le man. 1502. La leçon que j'ai adoptée pourroit signifier *resupi-nati sunt ;* car on trouve le verbe استقلت en ce sens, dans Avicenne, *tom. I, page 591, l. 20 ;* mais la position dans laquelle devoit être l'homme pour que la vieille femme lui insinuât le tuyau dans le fondement, ne permet pas d'adopter ce sens. On dit aussi اقلته استقلته الرعة et الرعة *corripuit eum tremor,* et par conséquent on peut dire au passif استقلّ رعة et اقتل : ce sens convient très-bien ici. Comme cette accep-tion du verbe استقلّ est peu usitée, les copistes y auront substitué استنقلا, mot d'un usage plus ordinaire.

Page 95, ligne 8. On lit dans le manuscrit 1489 : وامرتها ان تصير الى خليلها. Le manuscrit 1502 offre وتامره بالمصير اليها وتعلمه ان الاسكاف قد غاب عنها une leçon un peu différente, mais dont le sens est le même.

Page 96, ligne 15. Au lieu de تفكرت on lit dans le manuscrit 1483 A توصلت. Les man. 1489 et 1492, et l'édition de Schultens, portent فكرت. Peut-être توصلت est-il la vraie leçon, et le sens est-il, *sine inter-missione intenta fuit in excusatione excogitanda,* quoique les dictionnaires n'offrent point cette signification.

Page 97, ligne 1. Le manuscrit 1483 A est le seul où on lise ces mots ورفع الالتباس, et tout ce passage est conçu en d'autres termes dans les autres manuscrits, et dans les versions de Nasr-allah, de Siméon Seth et de Jean de Capoue. Je traduis ainsi le texte : « Elle réfléchit com-» ment elle pourroit trouver une excuse pour justifier aux yeux de » son mari et de sa famille l'amputation de son nez, et comment elle » pourroit dissiper ce que cette aventure offroit d'obscur et de suspect. »

Page 98, ligne 4. Dans le manuscrit 1483 A le texte est beaucoup plus court. On y lit seulement : فان امورا ثلثة العاقل جدير بالنظر فيهن والاحتيال يحهد فى البعد عنهن وانى لما نظرت فى الامر. Ce qui est intercalé dans ce texte est pris du man. 1502, et se trouve aussi, du moins en partie, dans les manuscrits 1489 et 1492.

J'ai imprimé والاستيثاق مما ينفع comme on lit dans le manuscrit 1483 A.

Le verbe استوثق se lit aussi dans le man 1492, mais il y est construit avec la préposition ب . Cependant l'auteur du Kamous dit positivement استوثق منه et explique cette expression par أخذ الوثيقة , c'est-à-dire prendre de quelqu'un un engagement solide, une obligation. C'est donc ici une expression figurée, qui signifie *s'assurer que ce qui nous est avantageux ne nous abandonnera pas, et nous gardera une inviolable fidélité.*

Page 98, ligne 15. J'ai suivi ici et dans toute la page 99, le man. 1502, auquel est conforme en grande partie le man. 1489. Cependant au lieu de خليق ان يشينه ويبصّره فى امره , on lit dans le manuscrit 1502 بشتنبه وتضعى عليه عامة فراسته , ce qui n'a aucun sens, et dans le man. 1489, لخليق ان يشينه ويبصّره ويصغر عليه , ce qui ne me paroît guère meilleur. Plus bas on lit dans le manuscrit 1502 : والذى ذكرت لك انه خليق ان يشينه ويبصّره فى امره . J'ai cru devoir adopter ici la même leçon.

Page 99, ligne 2. Toute cette page, depuis ces mots قال دمنه *l. 2,* jusqu'à ceux-ci واكثر اعوانا *l. 14,* ne se lit point dans le manuscrit 1483 A, et pourroit bien être une addition postérieure.

Le verbe أتى signifie *être attaqué, être enveloppé par l'ennemi.* L'auteur du Kamous dit : أتى فلان كعنى اشرف عليه العدوّ .

Page 100, ligne 6. Les mots وبلغ ذلك من الغراب signifient *cela fit impression sur le corbeau.* Cette signification du verbe بلغ suivi de la préposition من , est à peine indiquée dans les dictionnaires. C'est une formule elliptique, où il faut sous-entendre بعض مبلغ ou كلّ مبلغ ou toute autre chose semblable.

Page 100, ligne 14. Au lieu de ثم هرم فلم يستطع صيدا , on lit dans le manuscrit 1483 A : ثم انقطع المآء عن تلك الاجمة فنفد السمك فاضرّ ذلك بالعلـــوم . Cette leçon est tout-à-fait inadmissible.

Page 105, ligne 4. Dans ces mots فوثب اليه ليقاتله , les pronoms affixes se rapportent à l'image de lion, que le lion apercevoit dans l'eau; mais l'antécédent grammatical auquel ces pronoms doivent se rapporter, n'est point exprimé. La manière dont tout cet endroit est conçu dans le manuscrit 1502, paroît plus satisfaisante ; mais je conjecture que c'est une correction d'une main postérieure au traducteur. La voici :

فقال رالاسد) انطلق معى فاربنى هذا الاسد قال انا افرق منه الآن ان تجعلنى فى حضنك
حتى اريك فاحتضنه الاسد فقالت له الارنب اشرف على الجب فنظر الاسد فنظر خياله
وخيال الارنب فى حضنه فقالت الارنب هذا الاسد وهذا الارنب التى اخذهامنى فى حضنه
فوضع الاسد الارنب فوثب فى الجبّ لتقاتل خياله فغرق فى الجبّ وانقلبت الارنب الى اصحابها

Page 105, ligne 15. Au lieu de يجبع, le m. 1483 A lit يجبع, ce qui est une faute évidente.

Page 106, ligne 9. Dans le man. 1483 A on lit seulement : واستبان لى ذلك. Le man. 1489 lit : فاستبان لى فى ذلك منه نقيصة. J'ai suivi وسيكون لى وله. le manuscrit 1502.

Page 108, lignes 5 et 6. Le man. 1483 A, au lieu de والارهاق....الراى والجهد, présente un texte fautif et inintelligible. J'ai suivi les man. 1489 et 1502, qui offrent cependant quelque différence entre eux.

Page 108, ligne 15. Après من فرق, on peut ajouter avec les man. 1489 et 1502, او من حاجة.

Page 109, ligne 1. J'ai suivi les man. 1489 et 1502, ce passage فاذا &c. étant corrompu dans le man. 1483 A.

Page 109, lignes 3—14. Tout ceci, depuis واعلم jusqu'à على قراينه, ne se trouve point dans le man. 1483 A : je l'ai emprunté des man. 1489, 1492 et 1502.

Page 111, ligne 7. Il vaut peut-être mieux lire ان الفرس الماكول لا يزال صاحبه منه فى, comme le portent les man. 1489 et 1502.

Page 112, ligne 9. On pourroit lire ici لو قد نظر اليه حين يدخل عليه, en suivant la leçon des man. 1489 et 1502.

Page 113, ligne 11 et suiv. Dans ce passage ومن ذا الذى, j'ai combiné la leçon du man. 1483 A, avec celle du manuscrit 1502.

Page 113, ligne 14. Dans le man. 1483 A on lit فلم يُصِبْ ; les man. 1489 et 1502 portent فلم يفن. J'ai conservé la leçon du man. 1483 A, en en corrigeant la prononciation. Le sens est *et amore non est dementatus.* On pourroit aussi prononcer فلم يُصَبْ.

Page 114; ligne 7. Peut-être faut-il lire ما بيني وبينك من الودّ : je n'ai pas cru cependant cette correction nécessaire. Le man. 1489 porte : قد تعلم حقّك .قد تعلم حقّك على ودّ ما بيني وبينك , et le m. 1502 : على الودّ الذى بيني وبينك.

Page 114, ligne 9. Le manuscrit 1483 A lit : من ذمّتى من العهد والميثاق. Les man. 1489 et 1502 portent seulement من ذمّتى.

Page 114, ligne 15. Ces mots وفكر jusqu'à فاهمّ ذلك , sont pris du manuscrit 1502.

Page 115, lignes 4 — 7. J'ai suivi ici le manuscrit 1502, le sens étant incomplet dans le man. 1483 A.

Page 116, ligne 12. Le man. 1502 porte نظرا منى. La leçon du manuscrit 1483 A, بطرا منى *par étourderie de ma part*, m'a paru devoir être conservée.

Page 116, ligne 13. J'ai substitué انّا à اصا qu'on lit dans les man. 1483 A et 1502. Cette correction est confirmée par la version de Jean de Capoue qui porte *peccatum*. Les manuscrits 1483 A et 1502 lisent : اصّا ما إ اخالفه ; j'ai ajouté لاى. Peut-être ai-je eu tort ; car on pourroit traduire sans cette addition : « Je ne me trouve coupable en cela d'aucune » faute, tant que je ne l'ai contredit qu'à bonne intention. »

Page 116, ligne 14. Dans le man. 1483 A, on lit الا ما قد يندر. La leçon du man. 1489 est tout-à-fait différente. Le man. 1502 porte : الاماقد نذر ; من عاقبته مخالفة : je pense que le copiste a dû écrire من عاقبته. La version Persane d'Abou'lmaali porte : اشارتي نبوده است كه نه در آن منفعتى واز آن هيچ الا ما قد نذر . فابدي ظاهر حامل نبوده است . En lisant, comme je l'ai fait, الا ما قد نذر, le sens est : *je ne l'ai contredit que rarement.* Dans le man. 1492 on lit الا فيما يتدبّر فى عاقبته المنفعة والرشد : c'est certainement une correction récente.

Page 117, ligne 12. On lit ويهبط dans les manuscrits 1483 A et 1502, ce qui ne signifie rien. La leçon ويثبط, qui est la vraie, m'a été fournie par le man. 1489 où on lit : ويثبط الشم ويشمّ النبط.

Page 118, ligne 3. Prononcez للحين, comme porte le man. 1483 A.

Page 118, ligne 11. On lit dans le manuscrit 1483 A : وقد يشقّ على المحبّ . ان يشاور اللّئيم او يشاور الاصمّ . J'ai composé la leçon que j'ai admise, d'après celle

celle des divers man. et d'après la version Persane d'Abou'Imaali. Le mot يسارد, excellente leçon, m'a été fourni par les man. 1492 et 1501. Dans la version Persane on lit : وهركى نصيحت وخدمت كسى راكندكه قدرآن نداند چوآنكس باشدكه برامبد زرع درشورستان تخم پراكند وبا مرده مشاورت كند ودركوش كر مادرزاد غم وشادى كويد وبر اعمى صفت جمال خوب كند وبر روى آب روان معنى نويمد وبر صورت كرمابه بهوس تناسل عشق بازد

Page 119, ligne 5. Les man. 1483 et 1502 portent : كان محاورا فى اجمة على. طريق ممرّ الناس J'ai préféré la leçon du man. 1489, confirmée par les man. 1492 et 1501.

Page 119, ligne 15. On lit dans le man. 1483 A : وكان له اصحاب ثلثة ذيب وغراب. وابن آوى فلبثوا اياما. Cette leçon présentant une répétition déplacée, j'ai préféré celle des man. 1489 et 1502.

Page 120, ligne 14. On lit dans le man. 1483 A, ولكن قد وفعنا الراى; dans le man. 1489, ولكنا قد وقفنا لراى; enfin dans le man. 1502, ولكنا قد وقفنا على راى. La leçon des man. 1492 et 1501, ولكن قد دفع (وقع) هذا الراى. est une correction moderne. Celle que j'ai adoptée et qui s'éloigne peu de la leçon des man. 1483 A et 1489, signifie : « Nous avons été assez » heureux, grâces à Dieu, pour qu'il nous soit venu une bonne idée. » Il faut prononcer وُقِّفنا, au passif de la deuxième forme.

Page 121, ligne 1. J'ai suivi la leçon des man. 1492 et 1501, où on lit المقرع بينبا. Dans le man. 1489 on lit المرع, sans aucun point diacritique. Les man. 1483 A et 1502 portent المنفوع بينبا. Peut-être la vraie leçon est-elle المتنع بينبا. Les versions d'Abou'Imaali, de Siméon Seth et de Jean de Capoue ne fournissent aucun secours pour déterminer la vraie leçon; dans celle d'Abou'Imaali on lit : اين شبرميان ما اجنى است. Le verbe مرّع fort analogue à مرّج, signifie *immorari diù pascuo* : مرّع signifie *quærere cultum et herbosum locum.*

Cette phrase reste suspendue, et n'est point terminée. Mais loin d'être une faute, c'est une adresse de l'écrivain. Le corbeau ne devoit s'expliquer qu'à demi, de peur de trop choquer le lion.

Page 121, lignes 9 et 10. J'ai suivi le man. 1489, dont la leçon est plus conforme à la construction qu'exige le verbe افتدى.

M

Page 122, ligne 5. Au lieu de يقوّيك qui est la leçon du man. 1502, on lit dans le man. 1483 A, يقوم بك , et dans tous les autres يقمك .

Page 123, ligne 12. Dans les man. 1489, 1492 et 1501, on lit الين من القول . La leçon que j'ai suivie est celle des man. 1483 A et 1502.

Page 124, lignes 3—10. Tout ce qu'on lit ici, depuis قال دمنه jusqu'à وكيف كان ذلك , ne se trouve ni dans le man. 1483 A, ni dans le man. 1502. La suite du récit exige cependant tout cela ou quelque chose de semblable. J'ai emprunté ce passage des man. 1489, 1492 et 1501, et du man. de S. G. n.° 139, en en combinant les diverses leçons.

La fin de ce passage, ainsi que la fable suivante, jusqu'au commencement de la page 127, est omise dans le manuscrit 1489.

Page 124, ligne 14. Le man. 1483 A porte يا عاقل , ce qui est contraire au bon sens. J'ai suivi la leçon du man. 1492 et de celui de S. G. Dans le manuscrit 1502 on lit يا عاقا , ce qui ne signifie rien.

Page 125, ligne 1. Les mots تعنتك وتهددك sont pris du man. 1502. Ces mots avoient été effacés dans le man. 1483 A, et ont été fort mal restitués.

Page 127, ligne 10. Ce qu'on lit ici ثم ان دمنه , jusqu'à وتحبّ , est omis dans les man. 1483 A et 1502. Je l'ai pris des autres manuscrits, parce que cela sert à mieux lier le récit. Il est possible cependant que ce soit une addition postérieure au traducteur.

Page 128, ligne 5. Les mots ما بلغ sont pris du manuscrit 1502. Ils ne se trouvent ni dans le man. 1483 A, ni dans le man. 1489. J'ai eu tort, je crois, de les ajouter : car بلغ من est une formule elliptique autorisée par l'usage, et qui signifie, entre autres choses, *vaincre, dompter.* Voyez ma note sur la *page 100, ligne 6*, ci-devant *page 86.* Au surplus, cet endroit du manuscrit 1483 A est une restauration.

Page 128, ligne 6. Il faut traduire : *Il en est du Sultan, par rapport à ceux qui l'approchent, comme de la mer à l'égard de ses flots.*

Page 130, ligne 2. Le verbe خالف suivi de la préposition الى signifie, *venir chez quelqu'un en son absence, pour voir sa femme.*

Page 130, ligne 14. J'ai suivi le man. 1483 A, où on lit اكبره , c'est-à-dire,

Cela lui parut digne d'attention. Tous les autres man. emploient au lieu de ce mot une périphrase : on pourroit croire que dans quelques anciens manuscrits on lisoit انكره .

Page 133, ligne 9. J'ai ajouté dans le texte le mot صاحب, qui m'a paru nécessaire pour l'intelligence de ce passage, et qui a pu facilement être omis par les copistes.

Page 134, ligne 8 et suiv. Le texte des man. 1483 A et 1502 m'a paru incomplet ; j'y ai suppléé d'après les autres manuscrits.

Page 136, ligne 11. On lit dans le man. 1483 A : والناس الخلاص لى ولك ما. Au lieu de ولك le man. 1502 porte ذلك , et au lieu de وقر فى نفس الاسد il porte وقع : j'ai supprimé tout-à-fait ولك, qui m'a paru contraire au bon sens, et substitué وقر وقع, qui auroit pu cependant être conservé.

Page 137, ligne 5. Traduisez : *Le témoignage d'un homme n'est jamais plus fort que quand il dépose contre lui-même.*

Page 137, ligne 12. Ces mots من غيران تخبره باسمه sont pris du man. 1489 : ils ne se lisent pas dans le man. 1483 A.

Page 137, ligne 14 — page 138, ligne 3. Voici comment on peut entendre ce passage, dont le texte est louche et peut-être altéré. « Malgré cela, je préfère te révéler une chose qu'il peut être utile pour toi de savoir, quoiqu'il en doive résulter une conséquence fâcheuse » pour la multitude. En effet, leur persévérance à tromper le roi est une » chose qui ne sauroit les garantir du mal qu'ils attirent sur eux. Et d'ailleurs cela sert de prétexte aux insensés, pour couvrir du voile du » doute les actions honteuses qu'ils commettent : leur plus grande turpitude, c'est l'audace avec laquelle ils attaquent les hommes fermes » et vertueux. »

Le texte du man. 1489 ne diffère, sauf quelques fautes ou des variantes insignifiantes, de celui des man. 1483 A et 1502, qu'en ce qu'on y lit اقدامهم sans conjonction, tandis que dans les autres on lit واقدامهم. La suppression de la conjonction m'a paru rendre le texte moins obscur. Dans les autres manuscrits, le récit est tout-à-fait différent, et conforme à celui de la version Hébraïque. Mais je dois rapporter ce que m'offre la version Persane d'Abou'Imaali : مادز شیرکفت سخن علیها در فضیلت

عفو وجمال احسان مشهور است لکن در جرمهایکه اثر آن در فساد عام وضرر ان در عام

شایع نباشد وهرچه در آن متفرق شامل دینه شد و وصمت آن پادشاه را نیالود وموجب دلیری

دیگر مفسدان کشت ودل وجراءت متعدیان قوت نگرفت وهریك در بند کرداری ونا همواری

آنرا دستوری معتقد و نمو داری معتبر ساختند عفو واغماض وتجاوز را مجال نماند وتدارك آن

واجب بل فریضه کردد

» La mère du Lion dit: Tout le monde sait ce que les philosophes ont
» dit du mérite de la clémence, et de l'excellence de la bienfaisance ;
» mais cela ne doit s'appliquer qu'aux fautes dont les conséquences fâ-
» cheuses ne se font pas ressentir à l'universalité des hommes et n'em-
» brassent pas tout le monde. Tout ce qui a des effets pernicieux pour
» la société en général, et dont la honte retombe sur le roi, tout ce qui
» peut contribuer à enhardir les méchans et à relever l'audace des enne-
» mis de l'ordre, tout ce enfin qui peut servir de modèle en fait de crime
» et d'injustice, et que les scélérats peuvent prendre pour exemple, ne
» sauroit être l'objet de l'indulgence. Il n'est pas permis de fermer les
» yeux sur de tels crimes et de les laisser impunis: au contraire, c'est
» un devoir indispensable d'en châtier les auteurs. »

Dans cette paraphrase, on reconnoît un texte Arabe qui avoit beau-
coup de rapports avec le nôtre, mais offroit une suite d'idées différente.

Page 138, ligne 11. On lit dans le man. 1483 A وعلم علم . J'ai préféré la
leçon du man. 1489. Le sens en est le même, c'est-à-dire, *tandis
qu'il les connoît pour tels.*

Page 138, ligne 15. Au lieu de اذ یخطی , on lit dans le manuscrit 1483 A
اذ تخطی : Je pense que la vraie leçon est خطّا : cette cinquième forme
est synonyme de la quatrième اخطا . La particule de temps اذ exige après
elle le prétérit.

Page 139, ligne 4. Dans le man. 1483 A on lit فرجها , et en interligne نفسها .
J'ai préféré cette dernière leçon, qui est celle des man. 1489 et 1502.

Page 140, ligne 11 et suiv. On lit ici dans le man. 1483 A: وانا ضربت لك
هذا المثل لتعلم ان الغدر قد کذب وان الکذب مائة لصاحبه فلما سمع الغدر ذلك استحیا
منکسرا فقالت ام الاسد لدمنه وقام مخرج من عند الاسد مستحیا . Cette leçon est aussi

celle des man. 1489 et 1502, et il est vraisemblable que c'est la leçon pri-
mitive; mais en ce cas, ou il y a une lacune dans le texte précédent, ou
l'auteur n'a pas fait réflexion que Dimna ignoroit que c'étoit le Léopard
qui l'avoit dénoncé. Pour éviter cette invraisemblance, j'ai substitué au
texte du man. 1483 A, ce qu'on lit ici, d'après les man. 1492 et 1501.

Page 141, ligne 8 — page 142, ligne 1. Tout ceci, dans le man. 1483 A,
est une restauration assez inexacte. J'ai corrigé les fautes qui s'y
trouvoient, d'après les man. 1489 et 1502.

Page 141, ligne 13. Je traduis ainsi : « La mère du lion dit : Ceux-là d'entre
» vous mériteront le nom de savans, qui feront leur devoir à l'égard de
» Dimna. »

Page 144, ligne 8. Le nom جواش a été altéré par les copistes, en diverses
manières.

Page 144, ligne 11. On lit, dans le manuscrit 1483 A, ويرفعا ذلك اليه,
ce qui rend la construction de la phrase vicieuse. La leçon que j'ai suivie
est celle du man. 1502.

Page 145, ligne 8. J'ai supposé que le mot فعنها est une formule ellip-
tique semblable à فيها, et dont le sens est : *Mettez-vous à l'œuvre, com-
mencez à agir conformément à cela.* Je n'ai cependant aucun exemple de cette
formule, et la leçon que j'ai suivie ne se trouve que dans les man. 1483 A
et 1502. On peut aussi supposer que فعنها est ici pour فعند ذلك et
doit être joint à ce qui suit. On traduira en ce cas : *Alors le kadhi dit.*

Page 145, ligne 15. Les man. 1483 A, 1489 et 1502, lisent tous واحرى.
J'ai ajouté l'article, parce qu'il m'a semblé que le sens devoit être : « Et
» ce qui seroit le plus agréable au roi et à ses troupes, ce seroit de lui
» pardonner. » On peut cependant suivre la leçon des manuscrits, et
traduire : « En second lieu, si le coupable reconnoît sa faute, cela sera
» plus avantageux pour lui, et plus agréable au roi et à ses troupes, en
» ce qu'ils lui pourront pardonner. »

Page 146, ligne 1. Dans le man. 1489, on lit اسبابم وموذاتم عن, et dans
le man. 1502, اسباب مرواتم عن. Le sens est, qu'il faut renoncer à té-
moigner aucun égard aux méchans et aux scélérats, et rompre tout cé-

qui pourroit engager les hommes, grands et petits, à contracter avec eux des liaisons de politesse ou d'amitié.

Peut-être le mot مروانتم doit-il être supprimé.

Page 146, ligne 2. Après le mot والعاسة, on lit tout de suite dans les man. 1483 A et 1502 : زومن ارتكب ذلك اصانه ما اصاب الطبيب الذى قال; mais il est impossible d'admettre cette leçon, qui offre évidemment une lacune. J'ai suivi le manuscrit 1489, dont la leçon donne un sens suivi, si ce n'est que j'ai omis le mot وذريغة qu'on lit dans ce manuscrit après حجة. Il faut lire وذريعة, c'est-à-dire, *et un motif. Voy.* le Dictionnaire de Méninski.

Page 146, ligne 10. Au lieu de ذا اخطار, c'est-à-dire, *jouissant d'une grande célébrité,* on lit, dans le man. 1502, ذا حظ *très-heureux.*

Page 147, ligne 10. J'ai substitué والعامل à والعالم, qu'on lit dans les man. 1483 A et 1502.

Au lieu de الزلة que portent les deux man. 1483 A et 1489, on lit dans le man. 1502, الذلة; ce qui est certainement préférable.

Page 147, ligne 12. J'ai mis نفسه au nominatif, en me conformant aux man. 1489 et 1502. Le sens est : *Et il ne doit s'en prendre qu'à lui-même.* C'est comme s'il y avoit ونفسه هى الملومة.

J'ai écrit جزى, en suivant les man. 1489 et 1502, et j'ai supposé qu'il falloit prononcer جزى; Le manuscrit 1483 A semble porter جزى; dans les man. 1492 et 1501, on lit : وانما يجزى كل امرئ بعمله.

Page 147, ligne 13. La leçon الجبازين, que j'ai adoptée, n'est autorisée que par le man. de S. G. n.° 139. Les man. 1483 A, 1489 et 1502 portent الخنازير : dans les manuscrits 1492 et 1501, on lit حنديرس ou خنديرس, et ensuite وهو رأس الجبارين.

Dans la version de Siméon Seth, on lit πρωτομάγειρος, et dans celle de Jean de Capoue, *princeps coquorum.* On voit, par la suite du récit, que le personnage dont il s'agit étoit chargé de préparer la nourriture du Lion.

Page 148, ligne 4. On lit dans les deux manuscrits 1483 A et 1502,

عـلى ظاهـرٍ جسمـه وباطـنـه. J'ai suivi le manuscrit 1489, qui omet le
mot وباطنـه.

Page 150, ligne 4. Le man. 1483 A lit فضلا ان خاص ; c'est une faute.

Page 150, ligne 6. Le mot الباسور est sans point diacritique dans le man.
1483 A : dans le man. 1489 on lit الباسور. J'ai suivi la leçon du man.
1502. Ceci ne se lit ni dans les autres manuscrits, ni dans les versions
d'Abou'lmaali et de Siméon Seth. On lit dans la version de Jean de
Capoue, *herniosus.*

Page 150, ligne 12. On lit شعهرا dans les manuscrits 1483 A et 1502, et
سعهرا dans le man. 1489. Ce nom d'animal, qui manque dans nos dic-
tionnaires, se retrouve ailleurs dans ce même ouvrage. Dans les man.
1492 et 1501, on lit ابن آوى يسمى شهرج ; le man. 139 de Saint-Germain
écrit سهرج. Le mot شعهر est, je pense, la vraie leçon : il paroît que
c'est un des noms Arabes du chacal.

Page 151, ligne 4. On lit encore ici سعهرا dans le man. 1502. Dans les
manuscrits 1492 et 1501 on lit ابن آوى.

Le man. 1483 A porte seul روزبـه ; au lieu de روزبـه.

Page 152, ligne 12. Au lieu de فج, les manuscrits 1492 et 1501 portent
رسـل القاضى, et le man. de Saint-Germain n.° 139, صاحب الحيـن. Les
trois manuscrits 1483 A, 1489 et 1502, offrent le mot فج ; mais une
main postérieure a changé, dans le man. 1489, فج en ففج, et au moyen
des mots ajoutés tant en interligne qu'à la marge, a formé cette mauvaise
leçon : اذ جاء رسول الاسد ففج الباب وانطلق.

Le mot فج est persan d'origine et signifie *pedisequus*, *cursor*, comme
فيك et بيك. L'auteur du Kamous dit que les Arabes ont fait فج de
بيك ; voici ses termes : الفج معرّب بيك.

Page 153, ligne 6. Les man. 1489 et 1502 lisent الدفع عـن المظلومـين,
ce qui donne un sens absurde, puisque Dimna diroit qu'*il n'est point
de la justice des rois de prendre la défense des opprimés.* En lisant avec
le manuscrit 1483 A, الدفع بالظلومين, le sens est qu'*il n'est point de la
justice des rois de repousser les opprimés.*

Page 153, ligne 15. Le mot يقطعون signifie ici *décider*, *juger.* J'étois tenté d'y substituer يقفون ; mais les trois man. 1483 A, 1489 et 1502, sont tous d'accord.

Page 154, ligne 11. On lit dans les trois man. 1483 A, 1489 et 1502, فان اقم الخداع , si ce n'est que, dans les deux derniers, il y a عداع au lieu de خداع . Je crois cependant que le man. 1483 A portoit primitivement فى اقم الخداع , et il semble qu'il soit nécessaire de lire ainsi, ou bien فانها . Le sens est : « Si au contraire c'est une perfidie, c'est la plus » odieuse des perfidies, et telle qu'on n'en a jamais vu ni éprouvé de » pareille de la part de ceux qui font leur métier de tromper. »

Je prends ici ما comme particule négative. Si l'on conserve فان , le sens sera : « Si au contraire c'est une perfidie, la plus odieuse perfidie » est celle que l'on voit et que l'on éprouve de la part des hommes qui » font leur métier de tromper. » On sent que cela est faux : il faudroit, en ce cas, substituer à علم quelque autre mot, comme seroit par exemple اهل القضاء , *de la part des ministres de la justice.*

Page 154, ligne 15, et page 155, ligne 1. Voici le sens que je donne à ce passage : « Je n'entends point parler ici de malheur et d'affliction ; car » tu n'as jamais cessé d'être en grande estime pour la bonté de ton ju- » gement, tant auprès du roi qu'auprès de ses troupes, des grands et » des petits.... Le seul malheur pour toi dont j'entends parler, c'est » que tu aies été entraîné à mettre en oubli, dans mon affaire, la » justice et l'équité. »

Ce passage ne se lit que dans les manuscrits 1483 A et 1489, et on y lit البلا والمصيبة : c'est par erreur que le و a été omis dans l'impression.

Page 156, ligne 6. Dans le man. 1483 A on lit : « بلغة اللجة لانه كان » لسانه وان الرجل اعب بها . Cette leçon est bonne, pourvu qu'on la corrige ainsi : لانها كانت لسانه .

Page 156, ligne 15. Les man. 1489 et 1502 portent فى بيت , ce qui semble préférable.

Page 157, ligne 9. Ces mots وانما ضربت , jusqu'à والاخرة , ne se lisent ni dans le manuscrit 1483 A, ni dans le manuscrit 1489; ils sont pris du man. 1502.

Page 157, ligne 12. Je crois que على وجهه veut dire *en propres termes* : cela ne se lit pas dans le man. 1502; le man. 1489 porte بعينه .

Page

Page 157, ligne 13 — page 158, ligne 12. Tout ce passage est pris, à quelques corrections près, du man. 1502. Le récit paroît tronqué dans les man. 1483 A et 1489.

Page 159, ligne 4. On lit dans le man. 1483 A, وقتل جوعا وعطشا ومات اشرّ موتــة, et le chapitre se termine ainsi. Le man. 1489 diffère peu de cette leçon. J'ai suivi le man. 1502, si ce n'est que j'ai supprimé les derniers mots, يجعله عاجلا ويصير امره الى الهلكــة, qui se lient mal avec ce qui précède. En suivant l'indication des man. 1492 et 1501, on pourroit lire: آجلا وعاجلا ويصير الى البوار والهلكــة.

Page 163, ligne 8. Le man. 1483 A porte: ايها العاقل يرجو الناس ما اليه سبيل. J'ai préféré la leçon du man. 1489.

Page 163, ligne 13. Le mot اظهار n'est point dans le man. 1483 A; il est pris des man. 1489 et 1502.

Page 163, ligne 15 — page 164, ligne 4. Il manque ici, dans le man. 1483 A, plusieurs portions de phrases que le sens exige absolument, et que j'ai rétablies d'après les man. 1489 et 1502.

Ces sortes de corrections sont assez fréquentes, et il seroit trop long de les faire toutes observer.

Page 166, ligne 10. J'ai ajouté les mots فافعل ما تشآء, d'après le manuscrit 1489.

Page 167, ligne 8. On lit dans le man. 1489: الا رميت بــه الى احمابى مــن, et dans le man. 1502 : الا اكلتــه ورميت به الى احمابــه للجــردان. Peut-être faut-il lire : اكلتــه او رميت بــه.

Page 168, ligne 5. Traduisez : « Ce n'est pas sans doute pour rien, que » cette femme a changé du sésame mondé contre d'autre qui ne l'est » pas. »

Page 168, lignes 7 et 8. Les mots مــن قـصــب et ثم فــرش لى sont pris du man. 1502.

Page 169, ligne 14. C'est du man. 1502 que j'ai pris les mots مثال يمـثـل, qui rendent le sens plus clair.

Page 170, ligne 14. Le man. 1483 A porte: فانا نرى حالته وانه قد احتاج الى مــن يعوله. J'ai préféré la leçon du man. 1489.

N

Page 171, ligne 2. Dans le man. 1502 on lit : قعد به الفقر عمّا يسمو اليـه . La leçon que j'ai suivie est celle des man. 1483 A et 1489. Le sens est : *Le dénuement l'empêche de réussir dans ce qu'il veut.*

Page 171, ligne 7. Dans les man. 1483 A et 1489, on lit seulement والفقر داعيـة . J'ai suivi la leçon du man. 1502.

Page 171, ligne 13. On lit dans le man. 1483 A تخرج , et dans les deux manuscrits 1489 et 1502, تنطر . C'est par conjecture que j'ai substitué تخرج à تخرّج .

Page 172, ligne 2. J'ai imprimé جعل الناسك نصيبه , conformément aux man. 1489 et 1502 : dans le man. 1483 A, on lit seulement جعلها .

Page 173, lignes 2 — 4. Il manque ici plusieurs choses dans le man. 1483 A : j'ai suivi le man. 1502.

Page 173, lignes 6 et 7. J'ai suivi le man. 1483 A, si ce n'est que j'ai substitué الكفاية au mot الكفاية . J'aimerois mieux cependant la leçon du man. 1502 : لا ينبغي للعاقل ان يلتمس من الدنيا فوق الكفاف .

Page 174, ligne 10. Au lieu de ولا بقاء ظلّ , le manuscrit 1483 A porte ولا تفاضل , ce qui ne donne aucun sens.

Page 176, ligne 6. Le mot عنت , qui est incontestablement la bonne leçon, est pris des man. 1492 et 1501. On lit عيب dans les man. 1483 A et 1502, et غيث dans le man. 1489.

Page 177, ligne 9. J'ai ajouté les mots فى اقبال , d'après les man. 1492 et 1501 : ils ne se trouvent dans aucun des autres manuscrits, et cependant ils semblent nécessaires pour déterminer le sens de المستقرّ .

Page 177, ligne 11. Le sens est, je pense : *Ma crainte a pour objet la Tortue, &c.* La leçon du manuscrit 1483 A, que j'ai suivie, est différente de celle de tous les autres manuscrits. On lit dans le manuscrit 1502 : وما كان جدى الذى فرّق بينى وبين اهلى ومالى وبلدى ووطنى ليرضى حتى يفرّق بينى وبين ما كنت اعيش بـه من خدمة السلحفاة C'est-à-dire : « Ma mauvaise fortune, qui m'a contraint à abandonner » ma famille, mon bien, mon pays et ma maison, n'auroit pas été satis- » faite, si elle ne m'avoit encore ravi le bonheur que j'avois de vivre

» dans la société de la Tortue, &c. » Cette leçon, qui est, à de légères
différences près, celle de tous les autres manuscrits, se retrouve aussi
dans les versions d'Abou'lmaali, Siméon Seth et Jean de Capoue. Je
crois cependant que la leçon primitive est celle du man. 1483 A, et
que celle-ci est une correction postérieure qui n'a été faite que parce
qu'on a trouvé le mot حذرى obscur; car le mot حذر a encore été changé
quelques lignes plus bas en حزن, dans le man. 1489, et omis dans le
man. 1502.

Page 178, ligne 1 et suiv. Le sens de ce passage est plus développé dans la
leçon des autres manuscrits. Je traduis ainsi: « Telle qu'est la douleur que
» font éprouver des blessures et la déchirure des plaies qui étoient
» déjà fermées, telle est celle que ressent celui dont la plaie s'envenime
» par la perte des frères avec lesquels il vivoit en société. La Gazelle
» et le Corbeau dirent au Rat : Tes craintes sont aussi les nôtres; mais
» tes paroles, quelque éloquentes qu'elles soient, ne sont d'aucun se-
» cours à la Tortue. »

Page 181, ligne 15. J'ai substitué بالاناة à بالاناه que porte le man. 1483 A.

Page 182, ligne 9. Le man. 1483 A porte بل نـذلّ ونفارق. J'ai substitué
بل ان نفارق, parce que l'idée d'*avilissement* paroît contraire au sens. On
auroit pu cependant ne rien changer.

Page 183, ligne 11. J'ai suivi la leçon des man. 1489 et 1502, qui portent
من لم يلتمس الامر بنشر القتال. On lit dans le man. 1483 : من كره القتال
ce qui n'est pas clair.

Page 184, lignes 1—6. J'ai corrigé et suppléé ici le texte du man. 1483 A,
d'après la comparaison des divers manuscrits. Je crois que les mots
وانت ايها, jusqu'à سرّ, sont pris du man. du Vatican.

Page 184, ligne 15. On lit dans le man. 1483 A رحـمـة واقتلـهـا, ce qui
est bon, mais moins élégant, à cause de la répétition du mot اقتلـها.

Page 185, ligne 1. On lit dans le man. 1483 A من الزمانـة والعشا مع ما بها,
et cette leçon est appuyée par les man. 1492, 1501 et 1502. Le mot
الزمانـة ne se lit point dans le man. 1489, dont j'ai suivi la leçon.

Page 185, lignes 1—4. Tout ceci, depuis واشّة jusqu'à برايها, est une leçon composée de celles des man. 1489 et 1502 : je l'ai substituée à ce qu'on lit dans le man. 1483 A, et qui ne donne aucun sens. J'ai suivi principalement le man. 1502, en rétablissant la concordance grammaticale.

Page 186, ligne 13. Les mots فارسلنی البك peuvent paroître déplacés ici, le Lièvre n'étant censé rapporter que les paroles de la Lune. Ils ne se trouvent que dans le man. 1483 A, et dans ce manuscrit même, tout ce récit, depuis بارجلهـن, *page 186, ligne 7*, n'est qu'une restauration. Je n'ai pas voulu néanmoins supprimer ces mots, à cause de ceux-ci qu'on lit un peu plus loin, et qui se trouvent dans tous les manuscrits : وان كنت فى شك من رسالتی : ils supposent évidemment les précédens.

Page 188, lignes 7 et 8. Ces mots فان احببت, فانطلقا الیـه, jusqu'à الیـه, manquent dans le man. 1483 A : ils sont pris du man. 1502.

Page 188, ligne 11. Les mots قایا یصلی ont été effacés dans le m. 1483 A, et une main récente y en a substitué d'autres qui ne donnent aucun sens. Je les ai rétablis d'après les man. 1489 et 1502.

Page 189, lignes 1 — 7. Il y a ici plusieurs omissions dans le m. 1483 A : j'ai suivi le man. 1502.

Page 190, lignes 3 — 5, et ligne 10. J'ai encore restitué ici, d'après les man. 1489 et 1502, plusieurs choses omises dans le man. 1483 A.

Page 191, lignes 3 — 11. Tout cet endroit offre beaucoup d'omissions dans le man. 1483 A : j'ai suivi la leçon du man. 1489.

Page 191, ligne 10. Les mots فا كان اغنانی signifient : « Je pouvois » certes parfaitement bien me passer du chagrin que je me suis attiré » aujourd'hui, et de l'embarras où je me suis jeté.

Page 193, ligne 2. On lit dans le man. 1483 A : فلا اخبرك ان حالی. J'ai adopté le sens que présentent les man. 1489 et 1502, dont la rédaction est différente. On auroit pu mettre aussi : فلا اخبرك بـه فان حالی.

Page 194, lignes 3 — 7. J'ai abandonné ici le man. 1483 A, suivant lequel le premier Vizir auroit conseillé de conserver la vie au Corbeau, ce qui est contraire à la suite du récit. La leçon que j'ai admise est formée des diverses leçons des autres manuscrits.

Page 195, ligne 1. Les mots فاستيقظ التاجر بالتزامها اياه, sont omis dans le man. 1483 A : je les ai pris du man. 1502.

Page 198, ligne 1. Les mots يمرّوحها, jusqu'à وغلبته العبرة, sont empruntés du man. 1502.

Page 198, lignes 7 et 8. Il en est de même des mots وامر بالغراب, *ligne 7,* et de toute la *ligne 8.*

Page 199, ligne 1. On lit dans le man. 1483 A : ويه عوفانه يصير فى الحال بوما. J'ai préféré la leçon des man. 1489 et 1502.

Page 200, ligne 5. Je soupçonne qu'au lieu de جرم il faut lire حرّ . Dans les manuscrits, autres que le man. 1483 A, la rédaction est très-différente.

Page 200, ligne 14. Ces mots وانا يتـزوج للجـرذ الـفارة, sont pris du man. 1489.

Page 201, ligne 1. Le man. 1483 A porte : الى سيرتها الاولى ; je pense que l'auteur avoit écrit صورتها. J'ai suivi la leçon du man. 1502.

Page 202, ligne 2. On lit dans le man. 1483 A : روحا وعاقبته خبرا. J'ai corrigé cela par conjecture ; on pourroit lire aussi : روحا فى عاقبته وخيرا .

Page 202, ligne 3. Le mot مسا se lit dans les man. 1483 A, 1492, 1501 et 1502. Dans plusieurs manuscrits, il y a un *teschdid* sur le س . Je suppose qu'il vient de مسّ et signifie *affliction, fléau.*

Page 202, ligne 13. On lit dans le man. 1483 A, ظفر احد بالبغى, et dans le man. 1502, ظفر احد ببغى, ce qui ne donne aucun sens. J'ai adopté la leçon des man. 1492 et 1501.

Page 203, ligne 3. Le mot بالامـور est pris du man. 1502.

Page 203, ligne 7. J'ai ajouté غب d'après le man. 1489.

Page 204, ligne 11. Les mots فرغب, jusqu'à ورفعة, sont pris du manuscrit 1489, dont la leçon est confirmée par le man. 1502.

Page 205, lignes 6 et 7. J'ai substitué تزين à تزيد que porte le man. 1483 A, et ensuite على ان, à ان الا . Le man. 1502 porte تزين et ان, sans على ni الا . Cette leçon auroit pu être adoptée.

Au lieu de ما نحن الارض, *ligne 7*, on lit dans le manuscrit 1483 A, ما نحن الحجرة; cette leçon est absurde.

Page 206, ligne 5. Le man. 1483 A porte: تسمع الغيظ تسقط بينهم بكلمة. J'ai préféré la leçon du man. 1502.

Page 206, ligne 7. Je soupçonne, d'après quelques manuscrits, qu'il faut lire والمتابعة au lieu de والبالغة.

Page 207, ligne 12. J'ai mis, d'après les man. 1489 et 1502, ببعض عيوبه. Le man. 1483 A porte : يحال مجى اليم بغير العـلـة, ce qui ne donne pas un sens satisfaisant.

Page 207, ligne 15, et page 208, lignes 1 — 5. Tout ceci est pris du man. 1489, et est confirmé par la version Persane d'Abou'lmaali. J'ai seulement substitué, *page 208, ligne 2*, عزيز et ظلّ, à عروف et طلّ qu'on lit dans le manuscrit, et j'ai fait ces changemens d'après la version Persane.

Les manuscrits ne sont ici nullement d'accord.

Page 209, ligne 1 et suiv. A partir de ce chapitre, le récit est beaucoup plus long dans les man. 1489 et 1502, que dans le man. 1483 A.

Page 209, ligne 5. J'ai suivi ici le man. 1489. Dans le man. 1483 A, on lit : ومن لم يحسن المحافظة على حاجته كما حافظ على طلبتيهـا, ce qui est moins clair.

Page 211, lignes 1 — 15. Toute cette page est prise du man. 1489.

Page 212, lignes 5 et 6. Les mots لقد ادركى, jusqu'à مورط, manquent dans le man. 1483 A; ils sont pris des man. 1489 et 1502.

Page 212, lignes 8 et 9. C'est du manuscrit 1489 que j'ai pris les mots وقعت فيه, jusqu'à واني قد احتجبت.

Page 212, ligne 10 et suiv. Traduisez : « Tel est notre usage à nous autres » singes. Quand l'un de nous sort pour aller rendre visite à un ami, il » laisse son cœur avec sa famille ou dans le lieu de sa résidence, afin » que s'il nous arrive de regarder les femmes de nos amis, nous n'ayons » pas nos cœurs avec nous, quand nous portons nos regards sur » elles. »

Page 212, ligne 13. Les mots فان شمّت et le reste de la ligne sont pris du man. 1489.

Page 215, ligne 9. Au lieu de يعترف بزلته, ce qui est pris du man. 1502, on lit dans le man. 1483 A, يعرف قوله, leçon qui n'a pas de sens.

Page 215, ligne 12. Au lieu de ويعثر, ce qui est pris du man. 1489, on lit dans le man. 1483 A ويستقر.

Le sens de ce passage est, je crois : « Semblable à un homme qui » tombe en se heurtant contre la terre, et qui s'appuie sur cette même » terre pour se relever. »

Page 217, lignes 7 — 10. Depuis les mots واشتــرى خمّة أشهر, jusqu'à ceux-ci ارضا, j'ai suivi la leçon du man. 1502, corrigée à l'aide du manuscrit 1489.

Page 218, ligne 1. On lit dans le man. 1483 A : فان بتقبل منى والا ضربته. J'ai supprimé la négation و qu'omet le man. 1489. Cette négation est une sorte de pléonasme abusif dont j'ai parlé dans ma Grammaire Arabe, *tom. II, n.° 668, p. 364.*

Page 218, ligne 6. Le man. 1483 A porte : عينك مـن ابنك. J'ai suivi les man. 1489 et 1502, où on lit : اقعد عند الصى. Il pourroit se faire que la leçon du man. 1483 A fût une formule elliptique, dont le sens seroit : *Ne détourne point les yeux de dessus ton fils.*

Page 218, ligne 10. Les mots فتركك, jusqu'à البيت, sont pris du manuscrit 1502.

Page 218, ligne 14. Au lieu de ملوّنا, les man. 1489 et 1502 portent ملوّنـا مجتنبا. Une main récente a changé dans le manuscrit 1483 A en ملوّنا, ce que je préférerois volontiers.

Après طار عقله, le manuscrit 1483 ajoute وهام فى نفسه, ce qui a été omis mal-à-propos dans le texte imprimé.

Au lieu de وم يتثبّت et de ce qui suit, et qui est pris du man. 1502, on lit dans le man. 1483 A : وم يكتّب على ما ظنّ خبرا وضرب ابن عرس بعكاز وكان فى بنا, ce qui offre un sens moins clair.

Le verbe استروى signifie *réfléchir.*

Page 219, ligne 6. Les mots فقالت هذ ثمرة العلة, sont pris du man. 1502.

Page 220, ligne 10. On lit dans le manuscrit 1483 A : ولا تمنع عداوة ذا العقل. من عاداه من الاستنجاد به . Il y a quelques mots omis dans cette leçon.

Page 221, lignes 14 et 15. Ces deux lignes sont prises du manuscrit 1489. Ce qu'on lit dans le man. 1483 A, ne donne aucun sens.

Page 223, ligne 6. Le mot وتوانيت , et ceux-ci فما ذلك من فعل الصالحين , sont omis dans le manuscrit 1483 A : je les ai pris du man. 1502.

Page 223, lignes 9 — 13. Depuis فالذى حدث , jusqu'à عقوبة الغدر , le texte du man. 1483 A a été corrigé au moyen des man. 1489 et 1502.

Page 224, lignes 2 — 10. Tout ce passage est pris du man. 1502. On lit seulement dans le man. 1483 A : ولا يزال العاقل يرمى بعض حاجاته ببعض لالتماس النفع الحاصل منها . On auroit pu admettre cette leçon, pourvu qu'on eût lu يرتهن , au lieu de يرمى .

Page 225, lignes 4 — 6. Les mots وايس , jusqu'à منى شيئا , sont pris du manuscrit 1489.

Page 225, ligne 7. Depuis ces mots ثم حلف , jusqu'à la fin du chapitre, j'ai presque totalement abandonné le man. 1483 A, pour suivre le manuscrit 1489 , corrigé par le man. 1502.

Page 228, ligne 1. Le nom de l'oiseau est écrit فنزة dans les man. 1483 A, 1492, 1501, فنرة dans le man. 1489 et dans celui de S. G. n.° 1391, enfin قبرة dans le man. 1502. C'est sur l'autorité de la version Hébraïque que j'ai écrit فنزة .

Page 228, ligne 3. J'ai mis انقآء , au lieu de لقآء que porte le m. 1483 A, d'après les man. 1489 et 1501. Le sens d'ailleurs justifie le choix que j'ai fait de cette leçon.

Page 228, ligne 8. Au lieu de فالى الفرخ الغلام , ce qui est la leçon des manuscrits 1489 et 1502, on lit dans le man. 1483 A : فقالت هذا يرقى مع ابنى .

Page 228, ligne 13. Ce qu'on lit ici فنرق فى جوره , ne se trouve que dans le man. 1489. Dans le man. 1483 A on lit : فوثب من جوره . La grande variété des leçons des divers manuscrits, me persuade que la vraie leçon est فنرق , et que les copistes trouvant désagréable l'idée exprimée

par

par ce mot, en ont substitué une autre, suivant leur caprice. La même réflexion s'applique aux versions Persane, Hébraïque et Grecque.

Page 229, lignes 6 et 7. J'ai suivi la leçon du man. 1502; on lit dans le man. 1483 A: والفجور ولكل عظيم من الوزر يرتكبون يرون عظيم ما ياتونه من الوزر صغيرا.

Page 231, ligne 2. Au lieu de امانة الحقد احرص qui est la leçon des manuscrits 1489 et 1502, on lit dans le manuscrit 1483 A: امانة الحرص اشد, ce qui ne vaut rien.

Page 231, ligne 8. Le mot حفاظ signifie ici *le souvenir d'une ancienne amitié.* C'est ce qu'Abou'lmaali a exprimé ainsi: معرفت قديم وحبت مستقيم را بظن مجرد ضايع وبى ثمرت نكرداند, ce qui ne laisse aucun doute sur ce sens.

Page 232, lignes 1 et 2. Les mots وجد علّة sont pris des manuscrits 1489 et 1502, et substitués à اوقد عليه qu'on lit dans le man. 1483 A.

Page 232, ligne 14. Dans le man. 1483 A, on lit نواخذ. Les man. 1489, 1492 et 1501 portent: فلا تواخذنا ما اتاك به القدر. Peut-être la vraie leçon est-elle celle du man. 1483 A, pourvu que l'on prononce au passif نواخَذ, c'est-à-dire: « Nous ne serons par repris pour ce que nous » avons reçu du destin. »

Page 233, lignes 6 et 7. Les mots وقرب العدوّ بلّدء, sont omis dans le manuscrit 1483 A.

Page 233, lignes 8 et 9. Les mots فانا ما, jusqu'à من ذلك, manquent dans le manuscrit 1483 A : ils sont pris du man. 1489.

Page 233, ligne 11. Traduisez ainsi : « Celui-là n'a aucune vertu, qui n'a » pas la force de détourner la pensée des fâcheuses impressions que son » esprit a reçues, en sorte qu'il les oublie et qu'il cesse d'y faire attention, » au point d'en perdre tout-à-fait le souvenir. »

Page 234, ligne 9. On lit dans le man. 1483 A: ولكن عليه بالعل وتكلّفي. J'ai suivi le man. الاخذ بالحزم برايه والقوة فى علمه ومحاسبة نفسه فى ذلك. 1489, dont la leçon m'a paru plus facile à entendre.

Page 237, ligne 2 — page 238, ligne 2. Tout ce passage ne se lit point dans le man. 1483 A : il est pris des autres manuscrits combinés ensemble et corrigés l'un par l'autre.

O

Dans le man. 1502, ce chapitre fait partie de la portion restaurée, qui est très-fautive.

Le texte de cet endroit est trop altéré dans le man. 1483 A, pour que je puisse indiquer toutes les corrections dont il a eu besoin. Je noterai seulement les principales.

Page 239, lignes 3 — 8. Tout ce passage est horriblement corrompu dans le man. 1483 A.

Page 239, ligne 6. Dans les man. 1489, 1492 et 1502, on lit عند وغناته. J'ai corrigé غناته, en y substituant اغناته : je suis porté à croire cependant que cette correction n'étoit pas absolument nécessaire.

Page 240, ligne 2. La leçon que j'ai suivie est celle du man. 1502. Elle signifie : « Puisque le roi en est venu avec moi à ce point-là. » Dans le manuscrit 1492, on lit : اذ اتى الملك الى ذلك, ce qui est peut-être encore meilleur.

Page 240, lignes 8 et 9. Ceci est pris des man. 1489 et 1502.

Page 240, lignes 12 et 13. Ces mots وامره, jusqu'à ليعاد عليه, sont pris des man. 1492 et 1502. Mais c'est par erreur qu'on a imprimé احصن موضع طعامه واحرزه, au lieu de احصن مواضع طعامه واحرزه, comme on lit dans le man. 1492.

Page 240, ligne 15 — page 241, ligne 3. Il y a ici une omission dans le man. 1483 A. Je l'ai réparée en insérant, d'après le man. 1489, tout ce passage, depuis فان الملك سال jusqu'à فلما كان من الغد.

Page 241, ligne 8. Le sens est, je crois : « Car il est difficile de connoître » à fond les gens. »

Page 241, lignes 14 et 15. Ceci est pris du man. 1489.

Page 243, lignes 6 — 13. Depuis ces mots وليس احد, jusqu'à وراضيا عنه له, tout est pris du man. 1489.

Page 243, ligne 14. Les mots ان يستخونه sont pris du man. 1502.

Page 244, ligne 14. On lit, dans le man. 1483 A : الزاهد فى الآخرة والذى لا يوقن بالآخرة. C'est le manuscrit 1492 qui m'a fourni la leçon الزاهد فى الخير que le sens exige.

Page 245, lignes 1 — 8. Tout ceci est substitué au texte du manuscrit 1483 A, qui est inintelligible. Les mots والاولى لك ان تـراجـع ابـن اوى وتعطف عليـه sont pris du man. 1502 ; tout le reste m'a été fourni par le man. 1489.

Page 245, lignes 12—14. Les mots ومن كان غير, jusqu'à هـواه, sont pris du man. 1492.

Page 246, lignes 1 — 10. Cette fin du chapitre est tronquée dans le man. 1483 A. J'ai combiné la leçon de ce manuscrit, avec celles des man. 1489 et 1502.

Page 250, ligne 1. Les mots انا ميّت signifient : *Je suis mortel, je dois mourir un jour.* ميّت est pris en ce sens dans l'Alcoran.

Page 250, ligne 6. Le mot وجـوه signifie ici *les grands.* Le sens est : « Jouis paisiblement de ton empire, au milieu des grands de ton royaume, » qui font ta gloire et l'honneur de ta cour. »

Page 252, ligne 10. Après ما يجد, il faut sous-entendre من الغم والحزن.

Page 253, ligne 7. Le man. 1483 A porte شققت, ainsi que le man. 1492. On lit شفقت dans les man. 1489 et 1502, mais c'est par erreur qu'on a imprimé ainsi. J'avois adopté la première leçon, qui est préférable ; elle signifie : *Tu m'importunes par de telles questions.*

Page 253, ligne 13. Après الجوارى, le man. 1483 A ajoute والإمآء : ce mot a été omis par erreur.

Page 255, ligne 7 et page 258. Tout ce passage, qui contient l'exposé des songes et leur interprétation, est tronqué dans le man. 1483 A : j'ai suivi le man. 1489.

Page 257, lignes 5 — 9. Les mots ثم قال لايلاذ, jusqu'à ايها شآوت, sont pris des man. 1492 et 1502.

Page 257, lignes 12 et 13. C'est du man. 1489 que j'ai pris ces mots : وكان من ستـة, jusqu'à اياه.

Page 259, lignes 10 et 11. On lit dans le man. 1483 A : بفضل علـه فقال ; j'ai corrigé cela d'après le man. 1489.

Page 260, lignes 1 et 2. C'est encore le man. 1489 qui m'a fourni ce qu'on lit ici, depuis اذا انا, jusqu'à الشتآء.

Page 260, lignes 12—14. Les mots واذا فكرت, jusqu'a الى جانبها, sont pris du manuscrit 1489.

Page 261, lignes 4 et 5. C'est du man. 1489 que j'ai pris ce passage التى لا تجد, jusqu'à وانت ايضا.

Page 261, lignes 11 — 14. Ces quatre lignes sont prises du man. 1489.

Page 263, lignes 2 et 3. On lit dans le man. 1483 A تلقى et يلقون à l'actif. Je pense que ces mots signifient *être comme inspiré, recevoir comme par inspiration :* c'est pour cela que je les prononce au passif.

Page 264, ligne 14—page 265, ligne 2. Tout ceci, depuis فقال الملك jusqu'à والراى, est pris du man. 1489, et a été substitué à ce qu'on lit dans le man. 1483 A.

Page 266, ligne 4 — page 267, ligne 2. J'ai suivi ici le man. 1502, ce qu'on lit dans le man. 1483 A n'étant pas intelligible.

A commencer de ce chapitre, tout le reste du man. 1483 A est une assez mauvaise restauration.

Page 266, ligne 11. On lit اعتفرتم dans le man. 1492; j'ai préféré la leçon du man. 1502 : اعتفر signifie *se saisir de sa proie.* Le sens est : « Si » quelques-uns de ces gens-là échappent à une partie des châtimens » temporels qu'ils ont mérités, parce que la mort les surprend avant » que la punition due à leurs crimes les ait atteints, les peines de l'autre » vie s'emparent d'eux, et leur font éprouver des tourmens violens et » des terreurs effroyables, que ni la parole ni aucune description ne » peuvent exprimer. »

Page 267, lignes 13 et 14. Le verbe وجد construit avec la préposition على signifie غضب, et fait à l'aoriste يجد et يجد : construit avec la préposition ب, il signifie *aimer avec passion,* et aussi *être affligé au sujet de quelqu'un.* Dans cette dernière signification, il fait au prétérit وجد.

Page 267, ligne 15, et page 268, lignes 1 et 2. J'ai corrigé ici le manuscrit 1483 A, d'après les man. 1489, 1492 et 1502.

Page 268, ligne 13. Depuis ces mots , فلما راى ذلك ورشان , jusqu'à la fin du chapitre, j'ai suivi le man. 1502.

Page 270, lignes 12 et 13. Il manque ici quelque chose dans le manuscrit 1483 A: j'ai adopté la leçon du man. 1489.

Page 270, ligne 13 et suiv. Traduisez ainsi : « Tu es bien digne d'éprou-
» ver ce qui est arrivé au Corbeau, en punition de ce que tu as aban-
» donné ta propre langue, pour t'efforcer d'apprendre à parler en
» langue Hébraïque. »

Page 271, ligne 4. Dans le man. 1483 A, on lit اختلت : c'est par con-
jecture que j'ai mis اختلط, ce qui peut signifier : « Il s'embrouilla en
» mêlant les deux manières de marcher. »

Page 272, ligne 7 — page 273, ligne 4. Tout ceci, depuis وغدهم , est
pris du man. 1489.

Page 275, ligne 2. Les mots فيستوفى كنه فيعطيني بعضه sont pris du
man. 1489.

Page 276, lignes 1 et 2. Les mots فدعا الملك , jusqu'à شيئا , sont pris du
man. 1489.

Page 277, ligne 2 et suiv. Toute la fin de ce chapitre, depuis les mots
ثم قال الفيلسوف , est prise du man. 1502.

Page 278, ligne 14 — page 279, ligne 2. Ces mots ان امر الدنيا , jusqu'à
افضل الامور , sont pris du man. 1492.

Page 280, ligne 5. Au lieu de مولانها , on lit dans le manuscrit 1483 A
منزلها . La correction que j'ai adoptée m'a été suggérée par le man. 1492,
dont le récit est cependant bien moins concis.

Page 281, ligne 4. Les mots واحال عليهم اصحاب المركب بالباقى signifient :
« Il donna des mandats sur eux aux propriétaires du bâtiment, pour ce
» qu'il redevoit du prix de son acquisition. »

Page 281, lignes 12 et 13. J'ai corrigé ici, d'après les man. 1489, 1492
et 1502, le texte du man. 1483 A.

Pages 282, lignes 1 et 2. J'ai encore rectifié ici le texte du man. 1483 A,
d'après les autres manuscrits.

Page 283, ligne 6 — *page 284, ligne 2.* J'ai suivi ici le man. 1489. Plusieurs endroits du texte du man. 1483 A sont corrompus et inintelligibles.

Page 285, ligne 5. Les mots اقلا نرد عليها فياخذها sont pris du man. 1489.

Page 286. J'ai suivi, pour la conclusion de ce chapitre, le man. 1489. Il y a, dans le man. 1483 A, quelques lignes de plus, qui me paroissent une interpolation de quelque copiste.

NOTICE

SUR LE POËTE LÉBID,

Tirée de l'ouvrage intitulé Kitab alagani, *tome III.*

Voici la généalogie de Lébid, telle que la donne l'auteur du *Kitab alagani ;*

Lébid, fils de Rébia, fils de Malec, fils de Djafar, fils de Kélab, fils de Rébia, fils d'Amer, fils de Sasaa, fils de Moawia, fils de Becr, fils de Hawazen, fils de Mansour, fils d'Acrama, fils de Khasafa (1), fils de Kaïs, fils de Gaïlan, fils de Modhar.

هو لبيد بن ربيعة بن مالك بن جعفر بن كلاب بن ربيعة بن عامر

بن صعصعة بن معاوية بن بكر بن هوازن بن منصور بن عكرمة

بن خصفة بن قيس بن غيلان بن مضر

Rébia, père du poëte Lébid, étoit surnommé *Rébiat-almoktirin* ربيعة المقترين, c'est-à-dire, *le Rébia des indigens,* à cause de sa libéralité. Son oncle paternel, Abou-Béra (2) Amer, fils de Malec, est connu sous le surnom de *Molaïb-alasinna* ملاعب الاسنة, c'est-à-dire, *celui qui joute contre les lances,* à cause que le poëte Aus, fils de Hadjar, a dit à son sujet :

فلاعب اطراف الاسنة عامر   فراخ لها خطا الكتيبة اجمع

Amer a jouté contre les pointes des lances, tandis que la ligne entière de l'escadron avoit été enfoncée et avoit cédé à leur violence.

---

(1) Le manuscrit porte حصف, mais c'est une faute. Abou'lféda, Ebn-Kotaïba et Djewhari, dans le *Sihah,* écrivent tous unanimement خَصَفة.

(2) On lit dans notre texte, ابو نزار *Abou-Nézar ;* mais on trouve dans le *Sihah* de Djewhari, *Abou-Béra* ابو بزا, et c'est ainsi qu'il faut lire. *Voyez* aussi Reiske, *Prol. ad Moall. Thar.* p. xxx, et le *Kitab alagani,* ci-dessous.

La mère de Lébid se nommoit Tamira ; elle étoit fille de Zinbaa, de la tribu d'Abs.

Lébid est un des poëtes les plus célèbres du paganisme : il est du nombre de ceux qui ont vécu en partie dans le temps du paganisme, et en partie sous l'islamisme.

On rapporte que Lébid vint trouver le prophète avec les députés de la famille de Kélab, qu'il embrassa à cette occasion l'islamisme, qu'il accompagna ensuite le prophète dans sa fuite à Médine, et fut un sincère musulman. Il s'établit à Coufa sous le règne d'Omar, et y mourut vers la fin du règne de Moawia, âgé de cent quarante-cinq ans, dont il en avoit passé quatre-vingt-dix dans le paganisme.

Lorsqu'il eut atteint l'âge de soixante-dix-sept ans, il composa, dit-on, à ce sujet, les vers suivans :

قامت تَشَكَّى الى النفسُ مُجْهِشَـةً   وقد حملتُك سبعا بعــد سبعين

فان تــزادى ثلثا تبلـغى امــلا   وفى الــتـلاث وفاء للـثمانين (١)

Mon ame est venue m'adresser ses plaintes, fondant en larmes (et me disant) : Déjà je t'ai porté sept ans au-delà de soixante-dix ! Eh bien (lui ai-je répondu) si on t'accorde encore trois années, tu seras parvenue au dernier terme de l'espérance : car trois années compléteront pour toi le nombre de quatre-vingt.

Parvenu à quatre-vingt-dix ans, il dit :

كَانِى وقد جاوزت تسعين حِجّة (٢)   خلعت بها عـن منكبى ردائيا

Depuis que j'ai passé l'âge de quatre-vingt-dix ans, on diroit que, par

---

(1) Dans le manuscrit des *Moallakat* [ms. Ar. de la bibl. du Roi, n.º 1416], on lit حملتُك , et alors ces mots doivent nécessairement être mis dans la bouche de l'*ame*. S'ils étoient adressés par le poëte à son *ame*, il faudroit lire حملتُكِ . Les mots suivans تزادى et تبلغى se rapportent indubitablement à نفس l'*ame*, et, par conséquent, le second vers ne peut être mis que dans la bouche de Lébid.

J'ai donc dû supposer que les mots وقالت et قلت étoient sous-entendus.

(2) Les manuscrits de l'*Agani* portent عشرين au lieu de تسعين . J'ai corrigé cette faute d'après le manuscrit n.º 1416. Le même manuscrit donne ici trois vers au lieu d'un ; les voici :

كَانِّ وقــد جاوزت تسعين حِجّـــة

خلعت بهـا عـن عـذارى لجامى

ce

ce grand âge, j'ai ôté de dessus mes épaules le manteau qui me couvroit. (C'est-à-dire, je pense, *Je suis exposé nu et sans défense aux coups de la fortune.*)

A l'âge de cent dix ans, il dit de nouveau :

اليس فى ماية قد عاشها رجـــل   وفى تكامل عشر بعدهـــا عم

N'est-ce donc pas avoir vécu, que d'avoir prolongé ses jours cent ans, et encore dix autres années par-delà !

Arrivé à cent vingt ans, il dit (1) :

قد عشت دهرا قبل مجرى داحس   لو كان للنفس الجبوج خلـــود
ولقــد سـمْـت من الحيوة وطولهـا   وسؤال هذا الناس كـيف لبيد

J'ai vécu un siècle avant la course de Dahès : ah ! si l'ame que rien ne satisfait pouvoit vivre sans fin (2) ! Pour moi, je suis ennuyé de la vie et de sa longue durée ; je suis las d'entendre les hommes se demander : Comment se porte Lébid !

Enfin, quand il se vit âgé de cent quarante ans, il dit :

غلب الرجال وكـان غير مغلّب   دهــر طـويـل دائـم ممـــدود
يـوما أرى يـاتى علتّ ولـيـلـة (3)   وكلاهمــا بـعــد المضاء يعــود
وراه ياتى مثــل يوم لقيـمتـه   لم ينتقص وضعفت وهو يزيــد

Par le laps des années qui se sont succédées les unes aux autres, le temps a triomphé des hommes, sans avoir jamais éprouvé lui-même aucune perte. Je vois le jour et la nuit se remplacer alternativement ; je

رمتنى بنات الدهر من حيث لا ارى

فكيف مــن يرمى وليــس بــرامِ

فلـو اتـبـى أرى بنبل رايتهــا

ولكـتـبى أرى بغـيـر سهــام

« Depuis que j'ai passé l'âge de quatre-vingt-dix ans, on diroit que, par ce grand âge, j'ai ôté de dessus mes joues les courroies de la bride (qui servoient à parer les coups de mes ennemis). Les filles de l'infortune me lancent des traits, sans que je voie la main de laquelle ils partent : comment peut échapper celui sur lequel des traits pleuvent de toute part, et qui ne sauroit en lancer ! Encore si je voyois les traits qui me sont lancés ! Mais ce ne sont point des flèches auxquelles je sers de but. »

(1) J'abandonne ici le *Kitab alagani* pour suivre le man. Arabe n.° 1416.

(2) Je doute du sens de cet endroit.

(3) On lit ailleurs ce vers ainsi :

يوم اذا ياتى علـيـه وليـسلـة

P

les vois revenir après qu'ils sont passés; ils sont toujours tels que je les ai vus précédemment, et n'ont éprouvé aucune diminution. Tandis que je me suis affoibli, ils semblent avoir pris de nouvelles forces.

L'aventure suivante est racontée sur l'autorité d'Asmaï :

Amer, fils de Malec, qui avoit pour prénom *Abou-Béra*, et auquel on a donné le surnom de *Molaïb-alasinna*, s'étoit rendu avec la famille des Bénou-Djafar, auprès du roi Noman. Il avoit avec lui Lébid, fils de Rébia. Ils trouvèrent à la cour de Noman, Rébi, fils de Ziad, de la tribu d'Abs, dont la mère étoit Fatime, fille de Harschab. Rébi, avec un Syrien appelé *Zarahoun*, fils de Naufil, et un médecin nommé *Nitasi*, formoient la société habituelle de Noman, quand il vouloit faire débauche. Toutes les fois donc que les Arabes de la famille des Bénou-Djafar venoient à la cour du roi pour lui exposer leurs affaires, ils y trouvoient Rébi, et ils n'étoient pas plutôt sortis, que celui-ci parloit mal d'eux, et indisposoit le roi contre eux. Rébi réussit si bien à lui inspirer de l'aversion pour eux, qu'un jour ce prince, qui jusque-là leur avoit fait un accueil gracieux, les traita avec dureté. Ils sortirent donc de la cour transportés de colère. Lébid étoit resté avec leurs bagages pour avoir soin de leurs chameaux, et ignoroit ce qui s'étoit passé. Une nuit qu'il s'étoit rendu auprès d'eux, il les entendit parler de Rébi, et leur demanda de quoi il s'agissoit. Comme ils persistoient à lui en faire un secret, il jura qu'il ne garderoit plus leurs bagages et ne meneroit plus le matin leurs chameaux au pâturage, s'ils ne lui découvroient ce qu'ils vouloient lui tenir caché. Il faut savoir que la mère de Lébid étant orpheline, avoit été élevée dans la maison de Rébi. Ils lui dirent donc : Ton oncle maternel nous a ravi le cœur du roi, et l'a indisposé contre nous. Pouvez-vous, leur dit Lébid, faire en sorte que je me rencontre avec lui; je saurai bien le mettre hors d'état de vous nuire, et je vous vengerai de lui en lui tenant des discours piquans, après lesquels Noman ne voudra plus même le regarder. Nous voulons, lui dirent les Arabes de sa famille, éprouver auparavant de quoi tu es capable. Lébid se montrant prêt à subir telle épreuve qu'ils voudroient, ils lui dirent de faire une satire contre une plante potagère qui se trouvoit là devant eux, dont les rameaux étoient minces, qui avoit peu de feuilles, et ne s'élevoit presque point au-dessus de la terre. Cette plante étoit de l'espèce qu'on nomme *thériyya* [c'est-à-dire, humide]. Lébid obéit sur le champ et dit :

هذه الثرية التى لا تذكّى نارا ولا توهل دارا ولا تسرّ جارا عودها ضئيل

وفرعها ذليل وخيرها قليل اقبح البقول مرعًى واقصرها فرعا واشدّها

قلعا ملدها شاسع واكلها جايع والمقيم عليها قانم فالقوا بى اخا عبس

ارده عنكم بتعس ولاتركه من امره فى لبس

Cette *thériyya* qui n'est propre, ni à produire un feu vif et brillant, ni à alimenter une maison, ni à plaire à un voisin, a une tige grêle, un feuillage léger et peu de bonnes qualités : de tous les légumes c'est le moins bon à manger, le plus court en feuillage, le plus difficile à arracher : le temps de sa fraîcheur est déjà bien éloigné (1) ; celui qui le mange reste affamé, et quiconque en fait sa nourriture habituelle, peut se vanter d'une grande tempérance. Menez-moi près du frère d'Abs : je le repousserai loin de vous par mes paroles (2), et je le laisserai dans un embarras cruel.

Sa famille remit encore au lendemain à statuer sur sa demande, résolue à la lui refuser, s'il se laissoit aller au sommeil durant la nuit, et à la lui accorder, s'il passoit la nuit en veillant. Dans le premier cas, ses parens devoient être convaincus qu'il n'avoit fait que répéter des choses que sa mémoire lui avoit fournies ; dans le second, ils devoient croire que ce qu'il avoit dit étoit de son invention. Cette nouvelle épreuve tourna encore à l'avantage de Lébid (3). Ainsi le lendemain au matin, ils lui rasèrent la tête, à l'exception des cheveux qui tomboient sur son front, le revêtirent d'une tunique, et le conduisirent avec eux chez le roi. Ils

____

(1) Le mot ملدها qui est écrit نلدها dans un manuscrit, me paroit corrompu. Peut-être faut-il lire مولدها, *sa patrie primitive.*

(2) Un manuscrit porte بتعس, l'autre ينفى . Je pense qu'il faut écrire ينفى , et la rime favorise cette supposition.

(3) Le texte porte : فرمقرة فوجـــدوة
وقــد ركـب رجالا وهـو يكـرم وسطـه .
Je crois avoir saisi le sens de ce passage, mais, si je l'ai bien compris, il n'est pas de nature à être traduit. Dans un manuscrit on lit يكنم .

trouvèrent le prince à table, mangeant seul avec Rébi, fils de Ziad. Les appartemens étoient pleins de toute sorte de personnes. Les Bénou-Djafar ayant été introduits, exposèrent leur demande, dont ils sollicitoient une prompte décision. Rébi les ayant interrompus, Lébid prit la parole et dit :

اكـــل يوم هـامـتى مُقَرّعَــه   يا رُبّ هَيجا هِيَّ خيرٌ من دَعَـه

نحـــن بنوامّ البنـين اربَعَـــه   سيوفُ جـنّ وجفانٌ مُتــرَعَـــه

نحـن خِـيـارُ عامِرِ بنِ صَعصَعَه   والضـاربون الهـام تحـت الخَضعَـه

والطاعـمون للجفـنـة المُدَعدَعَـه   مهلاً ابَيتَ اللَعنَ لا تاكُل مَعَه

انّ آستـَـه من بَرَصٍ مُلَمّعَـه   وانّـه يُدخِلُ فـيـها أضبَعَـه

يُدخلهـا حتّى يوارى اِشجَعَـه   كانّـه يطلب شيئا ضيّعَـه (١)

Ma tête sera-t-elle donc menacée chaque jour, prince dont il vaut mieux éprouver la valeur guerrière que la douceur! Nous sommes les descendans de celle que quatre fois ont rendue mère autant d'enfans mâles (2), (nous sommes de cette famille) dont les glaives n'épargnent rien (3), dont les tables sont toujours couvertes de mets. Nous sommes l'élite de la descendance d'Amer, fils de Sasaa; c'est nous qui faisons tomber les têtes au milieu du tumulte des armes (4), qui offrons (aux indigens) des plats remplis de mets abondans (5). Prince, que Dieu te garantisse de toute malédiction! garde-toi de manger avec cet homme. Une lèpre maligne a teint de diverses nuances le tour de son fondement; il y plonge le doigt (6) jusqu'à la dernière phalange; on diroit qu'il cherche une chose qu'il a perdue.

(1) Les manuscrits portent صنعه, ce qui ne donne aucun sens, et n'offre pas la mesure requise.

(2) Le poëte dit *la mère des quatre enfans mâles*; mais Ebn-Kotaïba remarque que celle dont il s'agit ici est la femme de Malec ben-Djafar, et qu'elle eut cinq enfans mâles, savoir, Amer, Tofaïl, Rébia, Obaïda et Moawia. C'est, suivant lui, à cause de la rime que Lébid a dit *quatre* au lieu de *cinq*. Voy. *Mon. antiquis. hist. Ar.* p. 115.

(3) Mot à mot *sont foux.*

(4) Djewhari, dans le *Sihah*, cite ce vers de Lébid, et dit que, suivant les uns, خيضعه veut dire *le bruit des épées qui se choquent*, et, selon d'autres, *un casque*.

(5) Les manuscrits portent الحقبه, mais c'est une faute, et on doit lire الجفنه. Djewhari, au mot دعدع, fait observer qu'on dit جفنة مدعدعه, c'est-à-dire, مملوه, *son plat est plein.*

(6) Pour se gratter, à cause des démangeaisons qu'il éprouve.

Noman n'eut pas plutôt entendu ces vers, qu'il retira sa main des mets qui étoient devant lui, et ne voulut plus y toucher. Jeune homme, dit-il à Lébid, tu m'as soulevé le cœur, et fait prendre à dégoût ma nourriture; je n'ai jamais éprouvé rien de si désagréable que ce qui m'arrive aujourd'hui. Rébi s'approchant cependant de Noman, lui dit: Par dieu, il en a menti, ce fils d'un insensé; j'ai fait de sa mère tout ce que j'ai voulu. Quoi, lui dit Lébid, un homme tel que toi en auroit agi ainsi avec sa pupille et sa proche parente! Ma mère étoit de ces femmes qui n'agissent pas comme tu viens de le dire. Noman se hâta de terminer l'affaire des Bénou-Djafar et de les congédier; pour Rébi, il se retira aussitôt chez lui. Noman ne lui fit plus autant de largesses qu'auparavant, et il lui ordonna de retourner dans sa famille. Rébi pria le roi d'envoyer quelqu'un pour le visiter, et pour s'assurer qu'il n'étoit atteint d'aucun mal du genre de celui que lui avoit reproché Lébid; mais le roi, pour toute réponse, lui fit dire que tout ce qu'il faisoit pour se laver du reproche que lui avoit fait Lébid, étoit inutile, et lui intima de nouveau l'ordre de se retirer auprès de sa famille, ce qu'il fit. Dans cette sorte d'exil, Rébi, pour se venger du roi, lui adressa les vers suivans:

لَئِنْ رَحَلْتُ جِمَالِى لَاِلَى سِعَةٍ (١)   مَا مِثْلُهَا سَعَةٌ عَرْضًا وَلَا طُولَا

بِحَيْثُ لَوْ وَرَدَتْ لَخْمٌ بِاَجْمَعِهَا   لَمْ يَعْدِلُوا رِيشَهُ مِنْ اِبْنِ شَوِيلَا

تَرَى الرُّذَامَ اَحْرَازَ البُقُولِ بِهَا (٢)   لَا مِثْلَ رِعْيِكُمُ مِلْحًا وَغِشْوِيلَا

فَاثْبُتْ بِاَضْكَ بَعْدِى وَاخْلُ مُتَّكِئًا   مَعَ النِّطَاسِى طَوْرًا وَابْنِ نَوْفِيلَا

Certes, si je selle mes chameaux, ce sera pour me transporter dans un séjour où l'on jouit d'une aisance sans bornes, qu'on chercheroit vainement ailleurs. Quand la famille de Lakhm (3) y viendroit toute entière, toutes leurs richesses n'égaleroient pas le prix d'un seul vêtement du fils

---

(1) Les manuscrits portent لا الى سعة ce qui ne donne aucun sens.

(2) Le manuscrit porte احراز: la correction que j'ai faite est exigée par le sens et la mesure. On appelle اخراز البقول

suivant le *Sihah*, ce qui se mange sans être cuit, ما يؤكل غير مطبوخ.

(3) Les rois de Hira étoient de la famille de Lakhm.

de Samuel (1). Là, les bêtes de somme se nourrissent des plantes potagères (2) ; elles ne sont pas, comme chez vous, réduites à manger des herbes saumâtres ou nitreuses. Reste donc dans la terre de ta demeure que j'ai abandonnée, et contente-toi pour compagnons de table, tantôt de Nitasi, tantôt d'Ebn-Naufil.

Noman répondit sur le même ton à Rébi : il lui envoya ces vers, dont la mesure et la rime sont les mêmes que celles des vers de Rébi :

شرد برحلك عني حيث شئت ولا   تنكثرّ علي ودع عنك الاباطيلا

فقد ذكرت بشيء لست ناسيه   ما جاوزت (٣) مصرَ اهل الشام والنيلا

فما اتقاؤك منه بعد ما جزعت   هوج المطي به نحو ابن شهويلا

قد قيل ذلك ان حقًا وان كذبًا   فما اعتذارك من قول اذا قيلا

فالحق بحيث رايت الارض واسعة   فانشر بها الطرف ان عرضا وان طولا

Que ta monture en fuyant t'emporte loin de moi, par-tout où bon te semblera ; mais ne m'accable plus de tes discours, et renonce à tes vaines fanfaronnades. On a dit de toi une chose qui ne s'effacera jamais de ma mémoire, aussi long-temps que les habitans de la Syrie seront voisins de l'Égypte et du Nil. A quoi bon te défendre de cette inculpation, aujourd'hui que les pas précipités de tes chameaux l'ont emportée près du fils de Samuel ! Ce discours, vrai ou mensonger, a été tenu : que te sert-il de te disculper d'un reproche, quand une fois il a été prononcé ! Fixe ton séjour où il te plaira. La terre est vaste ; jette sur elle tes regards, et parcours en des yeux la longueur ou la largeur.

On attribue à Lébid d'autres vers satiriques contre Rébi ; mais quelques personnes les regardent comme supposés.

Lébid devenu musulman ne mit plus aucun prix aux poésies

(1) Je suppose qu'il faut lire شهويلا, et qu'il s'agit ici de Samuel, fils d'Adia, juif célèbre parmi les poëtes Arabes, à cause de sa fidélité. Schultens a publié des vers de Samuel, fils d'Adia, tirés du *Hammasa*, dans son édition de la Grammaire Arabe d'Erpenius. On peut consulter, sur Samuel, le *Poëmation Ibn Doreïdi*, de l'édition d'Aggée Haitsma, p. 191 et suiv.

(2) Le mot احرار البقول semble désigner des plantes potagères propres à la nourriture de l'homme, du genre de celles que nous nommons vulgairement *salades*.

(3) Les manuscrits portent جاوزت, ce qui est sans doute une faute.

qu'il avoit composées avant sa conversion, et il n'en parloit que malgré lui. On rapporte quelques faits qui prouvent cela.

Un jour, dit-on, Wélid fils d'Akaba, qui étoit gouverneur de Coufa, avoit réuni chez lui plusieurs personnes dont la profession étoit d'amuser une assemblée en racontant des aventures. Lébid étoit du nombre ; l'émir le pria de raconter ce qui lui étoit arrivé avec Rébi fils de Ziad à la cour de Noman. Cela appartient, lui répondit Lébid, au temps du paganisme : depuis ce temps-là, Dieu a envoyé l'islamisme. Je t'en conjure, lui dit l'émir. Dans ce siècle, on se faisoit une sorte de devoir de déférer à la demande d'un émir, quand il se servoit de cette expression, *je vous conjure.* Lébid se mit donc à conter son aventure. Il se trouvoit là un homme de la famille Arabe de Gani (1), qui, jaloux du mérite de Lébid, l'interrompit en disant : Nous n'avons point eu connoissance de cela. Je le crois bien, fils de mon père, lui dit Lébid ; ton père ne t'a jamais appris des choses comme celle-là. Ton père (2) étoit-il un personnage admis dans les lieux où ces choses-là se sont passées, pour qu'il lui fût possible de te les raconter ?

Lébid, dit-on, depuis sa conversion, ne se vanta qu'une seule fois de ce qui avoit fait sa gloire auparavant. Voici comment on raconte ce fait :

Lébid étoit un jour dans une place habitée par les Arabes de Gani : il étoit couché sur le dos et enveloppé dans son manteau, lorsqu'un jeune homme de la famille de Gani s'approchant, dit : Que Dieu maudisse Tofaïl pour avoir dit ces vers :

جزى الله عنّا جعفرا حيث اشرفت   بنا نعلنــا فى الواطمــين فزلّــت

ابـوا ان يمـلّــونا (٣) ولو ان اتمنّـا   تـلاق الذى يلـقــون منا لمّلّــت

---

(1) Djewhari dit que Gani est une famille ou tribu qui descend de Gatfan. Suivant Ebn-Kotaïba, Gani est un des fils d'Aasor, frère de Gatfan, et, comme lui, fils de Saad, fils de Kaïs-Gailan. Lébid descendoit de Khasafa, frère de Saad.

(2) On lit dans les manuscrits, وكان ابوك. Le copiste ou un lecteur instruit a indiqué, dans l'un des manuscrits, par

ce signe usité, م, qu'il y avoit là une faute. Il faut en effet lire او كان ابوك, ou bien وما كان ابوك.

(3) Au lieu de يملّونا, je lirois volontiers : يمتّونا ; mais peut-être مّل peut-il signifier : *être inquiet du sort de quelqu'un, se mettre en peine de le secourir.*

الى بُحُـنراتِ أذفأتْ واظلَـــتْ   فذو المال مــوفــور وكل مصعب (١)

وقالـت هـلمّـوا الدار حـتى تبيّنوا   وتجلى العمياء حـتى تجـلّـت (٢)

Que Dieu rende pour nous aux enfans de Djafar la reconnoissance qui leur est due (pour la manière dont ils nous ont traités), lorsque notre chaussure a glissé sur la terre que nous foulions aux pieds, et a causé notre chute (3). Ils ont refusé de venir à notre secours. Certes, si notre mère les avoit vus dans un état tel que celui où ils nous voyoient, elle en auroit été vivement affligée; riches ou pauvres, ils eussent été reçus dans des logemens où ils auroient trouvé la chaleur et un abri salutaire. Elle leur eût dit: Hâtez-vous d'entrer dans cette tente, jusqu'à ce que vous puissiez vous reconnoître, et que l'obscurité de la nuit se dissipe; (et elle les y eût retenus) jusqu'au lever du jour.

Je voudrois bien savoir, ajoutoit cet homme, quelle injure Tofaïl avoit reçue des enfans de Djafar, pour s'exprimer ainsi sur leur compte. Lébid entendant ce discours, ôta son manteau de dessus son visage, et dit: Fils de mon frère, vous êtes venu au monde dans un siècle où il y a une force publique établie pour protéger les hommes les uns contre les autres, des maisons de secours (4) d'où un employé sortant avec des besaces destinées au service de ces maisons, distribue la subsistance à ceux qui en ont besoin, enfin un trésor public où chacun reçoit le salaire auquel il a droit. Si vous eussiez vécu avec Tofaïl, au temps où il disoit cela, vous ne lui en auriez pas fait un reproche. Ensuite il se recoucha sur le dos, en disant: Mon Dieu, je vous demande pardon, et il ne cessa de répéter ces mots jusqu'à ce qu'il se leva.

Lébid, dit-on encore, passoit un jour dans la ville de Coufa, près d'un lieu où étoient rassemblés les Bénou-Nahal: il portoit un bâton sur lequel il s'appuyoit. Ils envoyèrent quelqu'un lui

---

(1) On lit dans un manuscrit مصبّب

(2) On lit dans un manuscrit تُبيّـتُـوا et عـمّا تجـلّت .

(3) A la lettre : « Lorsque nos souliers » nous ont réduits à être du nombre de » ceux qui marchent sur la terre, et ont » glissé. » Cela veut dire sans doute :

Lorsque, ayant perdu nos montures, et étant réduits à marcher à pied, nous avons glissé et nous sommes tombés.

(4) Le texte porte : وذار رزق يخـــرج Peut-être il y a-t-il là quelque faute : j'aimerois mieux lire فباني

demander

demander quel étoit le plus excellent des poëtes Arabes. Lébid répondit que c'étoit *le roi errant couvert d'ulcères* (1). Ils lui firent demander de nouveau de qui il entendoit parler ; à quoi il répondit qu'il vouloit dire Amrialkaïs. Prié par un nouveau message de dire quel étoit le meilleur poëte après Amrialkaïs, il répondit que c'étoit *le jeune homme de la famille de Becr, qui avoit été tué*, ou, suivant un autre récit, *le jeune homme de dix-huit ans*. Il fallut encore qu'il leur expliquât qu'il entendoit parler de Tarafa (2). Enfin, interrogé à quel poëte il donnoit le troisième rang : C'est, répondit-il, à *l'homme qui porte un bâton* (3), à cause de ces vers qu'il avoit lui-même composés :

وباذن الله ریـــٰی وجَّـــٰل   ان تقوی ربّنـا خیرُ نَفَل

بیدیـه لخیر ما شـاء فعَل   احمــد الله ولا نـد لــه

ناعم البال ومن شـاء اضَل   من هدا شَبّل لخیر اهتدی

La crainte de notre souverain maître est le butin le plus précieux : si je

---

(1) Reiske, dans ses Prolégomènes sur la Moallaka de Tarafa, a déjà observé que les Arabes désignent Amrialkaïs, à cause de ses infortunes et de ses voyages, sous le nom de الملك الضِّلِّيل, ce qu'il traduit *Rex planeta*. Amrialkaïs étoit fils de roi et appelé par sa naissance à régner. Son père le chassa d'auprès de lui, à cause de son libertinage et de son goût pour la poésie et les plaisirs. La mort de son père ne lui procura pas une meilleure fortune, et il fut obligé, dit-on, à chercher du secours auprès de l'empereur Grec, qui, après lui en avoir accordé, le fit périr en lui envoyant une robe empoisonnée. C'est cette dernière circonstance qui donne lieu à Lébid de le désigner par l'épithète de *couvert d'ulcères*, ذو القَرُوح : car Amrialkaïs, étant malade des suites de ce poison et se faisant porter dans une litière, a dit de lui-même :

لقد طمع الطّمّاع مـن بعد ارضـه

لیلبسی مـــن دائّم ما تلـبّسهـا

(2) On connoît la fin tragique de Tarafa, qui paya de sa vie ses vers satiriques et son imprudence. Reiske a rapporté fort au long cette aventure dans ses Prolégomènes sur la Moallaka de Tarafa. Reiske dit que Tarafa avoit vingt-six ans.

(3) Lébid se désigne lui-même par l'épithète de *porteur du bâton* مــاحــب الجـی : la même idée se retrouve dans des vers qui seront cités plus loin.

وبَدّلْتُ قرحا دامـیـا بعد صِّة

لعلّ هدایـاه تَــوَّلـَنَ أَبُـوُّسـا

« Un homme avide, du fond de son » pays lointain, a voulu me couvrir de la » maladie dont lui-même il est tout cou- » vert. Au lieu de la santé dont je jouis- » sois, je me suis vu attaquer d'un ulcère » sanguinolent. On diroit que ses dons se » sont changés en cruelles adversités. »

J'ai hasardé de corriger par conjecture ces vers qui se lisent dans les gloses du poëme d'Ebn-Doreïd, publié par Agg. Haitsma, p. 22.

marche lentement ou à pas précipités, c'est que Dieu le permet ainsi. Louanges à Dieu qui n'a point de rival ! le bien est entre ses mains, et il fait tout ce qu'il veut. Celui qu'il dirige, marche avec un esprit tranquille dans les sentiers de la vertu ; et il égare qui il lui plaît.

Suivant quelques traditions, Lébid, depuis sa conversion à l'islamisme, n'a fait que ce seul vers :

الحــمــد لله اذ لم يأتــنى اجــلى   حتّى لبستُ من الاسلام سربالا

Grâces soient rendues à Dieu de ce que l'heure de mon trépas n'est point arrivée, avant que je me fusse revêtu du manteau de l'islamisme.

Le khalife Omar ordonna un jour à Mogaïra, gouverneur de Coufa, de demander aux poëtes qui habitoient cette ville, qu'ils lui donnassent les poésies qu'ils avoient composées depuis leur conversion à l'islamisme. Mogaïra fit venir Aglab Adjali, poëte satirique, et lui demanda ce que desiroit Omar. Aglab lui chanta (le poëme qui commence ainsi) :

أَرَجَــزًا تــريد ام قصــيــدا   لقد طلبت هيّنا موجودا

Est-ce une satire que tu desires ! est-ce un poëme régulier ! tu demandes une chose facile et qu'il ne tient qu'à toi d'obtenir.

Ensuite Mogaïra fit venir Lébid, et lui dit : Récite-moi tes poésies. Est-ce que tu veux, lui dit Lébid, des choses mises en oubli ? il vouloit dire, des choses qui appartiennent au temps du paganisme. Non, lui dit Mogaïra, récite-moi ce que tu as composé depuis que tu es devenu musulman. Lébid se retira, copia le second chapitre de l'Alcoran, intitulé la Vache, puis l'apporta à Mogaïra, et dit en le lui présentant : Voilà ce que Dieu m'a donné pour me tenir lieu de la poésie. Mogaïra rendit compte de tout cela à Omar, qui diminua la solde d'Aglab de cinq cents pièces d'argent, et les ajouta à celle de Lébid. Aglab avoit précédemment deux mille cinq cents pièces ; il se plaignit à Omar de ce que pour le récompenser de lui avoir obéi, il diminuoit sa solde. Omar ayant égard à sa réclamation, lui rendit les cinq cents pièces qu'il lui avoit ôtées, mais il laissa la solde de Lébid fixée à deux mille cinq cents pièces. Moawia étant monté sur le trône, voulut réduire la solde de Lébid aux deux mille pièces qui étoient son ancien taux, et retrancher les cinq cents. Pour les deux bâtons (1), disoit-il, soit; mais à quoi bon ce comble? Hélas, lui dit Lébid, je ne serai plus aujourd'hui ou demain qu'une chouette (2): rendez-moi donc le nom, du moins, de ma solde, car peut-être n'en toucherai-je plus jamais la réalité, et alors vous aurez et les deux bâtons, et le comble. Moawia, touché de compassion, lui laissa la totalité de sa solde; mais Lébid ne vécut pas assez pour la toucher.

Lébid s'étoit rendu célèbre parmi les Arabes par sa générosité. Lorsqu'il vivoit encore dans le paganisme, il avoit fait serment qu'il donneroit à manger aux indigens, toutes les fois que la bise souffle-roit. Il avoit deux plats avec lesquels il se rendoit chaque jour, ma-tin et soir, au temple de sa tribu, et il distribuoit des alimens à ceux qui s'y trouvoient. Dans le temps que Wélid fils d'Akaba étoit gouverneur de Coufa, il arriva un jour que la bise souffla. Wélid monta dans la chaire, et dit en finissant la khotba: Votre frère Lébid, fils de Rébia, a fait vœu, dans le temps du paganisme, que la bise ne souffleroit point qu'il ne distribuât des alimens. C'est aujourd'hui un des jours où il doit remplir son vœu, car la bise se fait sentir. Aidez-le donc à s'en acquitter: pour moi, je veux vous en donner le premier l'exemple. Puis descendant de la chaire, il envoya à Lébid cent jeunes femelles de chameaux, et accom-pagna cet envoi des vers suivans:

أرَى الجَزَّارَ يَتَّخَذُ شَفرَتيهِ   اذا هبَّتْ رياحُ ابى عقيــلٍ

اثُمَّ الانَـفَ اضيَــدُ عامِـرىً   طويلِ الباعِ كَالسيفِ الصَقيلٍ

وَفِّ ابنُ الجَعفَرىّ بِحلفَتَينِهِ   على العيلَّاتِ والمالِ القليلٍ

---

(1) Je ne sais pas s'il faut prononcer عُودان, les deux bois, ou عُودان, les deux vieux chameaux. Peut-être عُود veut-il dire un côté du bât ou de la charge d'une bête de somme. Voici le texte:

وقــال العودان يعنى الالنين فــا بــال العلاوة يعنى للخمس ماية فقال لبيد اما انا

هامة اليوم او غـدا فاعدِّنى اسمها فلعلى لا اقبِضها ابدا. Les deux bois peuvent aussi signifier quelque chose d'analogue aux deux montans d'une moulure à mesurer le bois.

(2) Les Arabes croyoient que l'ame des morts paroissoit sous la figure d'une chouette.

بُنَخِّرُ الكُومِ اذ تُهِبَّتْ علَيْنِه   ذُويلٌ صَبَّا نُجاوِب بالأصيلِ(١)

Je vois le boucher aiguiser ses coutelas, lorsque se fait sentir le souffle des vents d'Abou-Akil (2); il porte la tête haute, le nez relevé; c'est un descendant d'Amer: son bras long ressemble à un glaive poli. Le fils du descendant de Djafar a été fidèle à ses sermens, malgré ses infirmités et son indigence: il a égorgé des chameaux, lorsque la bise dont les sifflemens se sont fait entendre au coucher du soleil, a traîné sur lui la queue de sa robe flottante.

Lébid ayant reçu ces vers, dit à sa fille: Réponds-lui; car j'ai déjà vécu long-temps, et c'est un effort au-dessus de mes forces de répondre à un poëte. Elle répondit donc par ces vers:

اذا هِبَّتْ رِياح بَنِى عِقَيْـل   دعَونا عِندَ هِبَّتِها الوليـدا

اشَمُّ الانـــف ارُوع عَبشَمِــيّا   اعان على مــروتِه لبيــدا

بامثــال الهِضاب كَأَنَّ رَكبـا   عليها مِن بَنِى حامٍ قُعودا

ابا وهـب جزاك الله خـيرا   نحَرناها واطعِمنا الثَريدا

فعِد ان الكريـم له مـعاذ   وظَنّى لا ابا لَك ان تعـودا

Lorsque les vents des Bénou-Akil ont fait sentir leurs (froides) haleines, nous avons eu recours à la générosité de Wélid, ce descendant d'Abd-schems, au nez relevé, à la figure noble et pleine de charmes. Il a aidé Lébid à remplir ses généreux engagemens, en lui envoyant des femelles de chameaux, que l'on prendroit pour des monticules sur lesquels se reposeroit une caravane des (noirs) enfans de Cham (3). Abou-Wahab, que Dieu te récompense et acquitte notre reconnoissance! Nous les avons égorgées; donne-nous maintenant un potage nourrissant. Renouvelle ta générosité: l'homme généreux se plaît à réitérer ses dons. Oui, tu la renouvelleras, homme illustre, j'en ai un ferme pressentiment.

Fort bien, ma fille, lui dit Lébid, en entendant ces vers, si ce n'est que tu lui as demandé qu'il nous donne à manger. On

---

(1) Ces vers sont du genre nommé بحر الوافر . La mesure est: مفاعلتن مفاعلتن مفاعَلْ .

(2) C'est sans doute le nom d'une tribu Arabe qui habitoit au nord-est de l'Ara-

bie ou de la Mésopotamie. J'aurois prononcé ce nom *Okail*, si la rime ne m'avoit démontré qu'il faut prononcer, comme je l'ai fait, *Akil*.

(3) Sans doute ces chameaux étoient gras et noirs.

ne rougit jamais, lui répondit-elle, de demander aux rois des générosités. Lébid reprit : Et en cela même, je reconnois encore mieux en toi un vrai poëte.

On dit que le célèbre poëte Ferazdak, passant un jour auprès de la mosquée des Bénou-Okaïsir, entendit un homme qui récitoit ce vers de la Moallaka de Lébid :

$$وجلا السيول عن الطلول كأنها   زبر تجد متونها اقلامها$$

Les torrens, entraînant la poussière qui couvroit ces vestiges d'habitations, les ont rendus à la lumière : ainsi la plume d'un écrivain renouvelle les traits des caractères que le temps avoit effacés.

Aussitôt Ferazdak se prosterna. Que veut dire cela, Abou-Farès, lui demanda-t-on? Il répondit : Vous autres, vous connoissez certains versets de l'Alcoran qu'on ne doit point entendre sans se prosterner ; moi je connois des vers auxquels est dû le même honneur.

Le khalife Motasem étant un jour dans une partie de débauche, un musicien se mit à chanter ces vers (1) :

$$وبنوا العباس لا ياتون لا   وعلى السنع خفّت نعم$$
$$زينت احلامكم احسابكم   وكذاك الحلم زين للكرم$$

Les enfans d'Abbas ne disent jamais *non*, le seul *oui* s'échappe facilement de leur bouche. L'éclat de leur naissance reçoit un nouveau lustre de leur douceur ; et la douceur est aussi l'ornement de la générosité.

Le khalife demanda de qui étoient ces vers. Le musicien répondit qu'ils étoient de Lébid. De Lébid, reprit le khalife ; et qu'y a-t-il de commun entre Lébid et les enfans d'Abbas? Le musicien avoua que Lébid avoit dit *les enfans de Reyyan ne disent jamais NON*, وبنوا الريان لا ياتون لا, et qu'il avoit substitué *les enfans d'Abbas* aux *enfans de Reyyan*. Le khalife lui sut gré de cette adresse, et lui fit des présens.

Motasem aimoit beaucoup les poésies de Lébid. Il demanda

___

(1) Ces vers sont du بحر الرمل, dont la mesure est فاعلاتن فاعلاتن فاعلا.

un jour s'il y avoit parmi ceux qui lui faisoient la cour, quelqu'un qui sût le poëme de Lébid, qui commence par ce vers :

بلينا وما تبلى النجوم الطوالــــع

Nous nous usons, tandis que les astres qui montent sur l'horizon, ne s'usent point.

Un de ceux qui étoient présens, ayant dit qu'il le savoit par cœur, Motasem lui ordonna de le réciter. Il obéit, et chanta les deux premiers vers de ce poëme (1) :

وتبـــقى للجبـــال بعـــدنا والمصانع   بلينا وما تبـــلى النجـــوم الطوالـــع

فــفارقنـــي جــار بــاربـــد (1) نافـــع   وقد كنت فى اكناف جار مضنّة

Nous nous usons, tandis que les astres qui montent sur l'horizon, ne s'usent point, et que les montagnes et les grands édifices nous survivent. Je vivois heureux, sous la protection d'un voisin très-précieux ; mais, par la séparation d'Arbed qui m'a quitté, j'ai perdu tous les avantages que me procuroit son voisinage.

A ces mots, Motasem se mit à pleurer, et fondit en larmes. Son frère Mamoun revenant à sa mémoire, il éprouva une vive émotion, et dit : Tel étoit mon frère, à qui Dieu fasse miséricorde ! Puis il s'en alla en récitant le reste du poëme que voici :

فكل امريٍّ يومًا به الدهر فاجع (1)   فــلا جَــزَعٌ ان فـــرّق الدهـــر بيننـــا

بهـا يوم خلوها وتغـدو بلاقـــع   وما النـاس الا كالديار واهلـها

كما ضمّ احدى الـراحتين الاصابع   ويمضـون ا سالًا ويخـلف بعدهم

(1) Ce poëme est du بحر الطويل. La mesure est : فعولن مفاعيلن فعولن مفاعلن.

(2) Les deux manuscrits de l'*Agani* portent بــاريـــة.

Dans un autre endroit du même livre, où l'auteur raconte la mort d'Arbed, et où l'on retrouve en partie ce poëme, on lit ainsi ce vers dans un des manuscrits :

وقد كنت فى اكنافى جار مضنّة

فـفارقنـــى جـــار باربع نافـــع

mais dans le second on lit :

وقد كـنت فى اكناف جار مضنّة

فـفارقنـى جـار بـاربـد نافـع

J'ai cru devoir adopter cette leçon.

(1) Suivant une autre leçon ,

فكل فتى يومًا الدهر به فاجع

يحور رماذا بعد ان هو ساطع (١)   وما المرء الّا كالشهاب وضوءه

وما المال الا عاريات ودايع   وما المرء الّا مضمرات من التقى

لزوم العصا تحنى عليه الاصابع   اليس ورائُ ان تراخت منيتــى

ادبّ كانّى كلّما قمت راكع   اخبّر اخبار القرون الّتى مضت

تقادم عهد القين والنصل قاطع   فاصبحت مثل السيف اخلق جفنه

علينا فدانٍ للطلوع وطالع   فلا تبعدنّ انّ المنيّة موعد (٢)

اذا رحّل الفتيان من هو راجع (٤)   اعاذل ما يدريــك الا تظنّيا (٣)

واىّ كريم لم تصبه القوارع   اتجزع ممّا احدث الدهرُ بالفتى

ولا زاجرات الطير ما الله صانع   لعمرك ما تدرى الضواربُ بالحصى

Mais il ne convient pas de s'abandonner à la tristesse, si le temps nous a séparés l'un de l'autre; car il n'est aucun mortel que le temps ne frappe à son tour. Il en est des hommes, comme des campemens et de ceux qui les habitent, au jour où ils les quittent, et où ces lieux se changent en de vastes solitudes. Ils s'en vont en troupes, et leurs habitations restent après eux, semblables à la paume de la main, lorsque (laissant échapper ce qu'ils tenoient), les doigts se reploient sur eux-mêmes (5). L'homme n'est qu'une flamme légère, et l'éclat qu'elle répand; après s'être élevée en l'air, elle se convertit bientôt en cendres: il ressemble aux bonnes résolutions que suggère la piété (6); les richesses aussi ne sont qu'un bien emprunté, un dépôt qu'il faut rendre. Si la mort a tardé à trancher le cours de ma vie, ne suis-je pas réduit à m'appuyer sur un bâton que saisissent mes doigts recourbés! Je raconte l'histoire des générations passées, en me traînant avec peine; et lorsque je fais un effort pour me redresser, ma tête est encore penchée

(1) Suivant une autre leçon,

يحور رماذا بعد اذ هو ساطع

(2) Suivant une autre leçon, يبعدن .

(3) Un des manuscrits lit قطينــا, l'autre تظنيا . J'avois déjà corrigé تطنيا, lorsque j'ai trouvé cette leçon, qui est la vraie, dans le récit de la mort d'Arbed.

(4) Suivant une autre leçon, اذا رحل السفار : le sens est le même.

(5) A la lettre, comme il arrive, lorsque les doigts se réunissent à l'une des paumes des mains.

(6) Cet hémistiche et le précédent manquent dans un des deux manuscrits de l'Agâni.

sur mes genoux. Je ressemble à une épée dont le fourreau est usé : le forgeron qui l'a fourbie a cessé depuis long-temps d'exister, et cependant sa lame coupe encore. Ne cherche pas à fuir : la mort est pour nous un inévitable rendez-vous ; (l'astre fatal) va paroître, il paroît. Censeur amer, qui t'a appris, si, quand le mortel est une fois parti de ce monde, il est un être qui le rende à la vie ! Qu'est-ce là qu'un vain préjugé ! Les coups dont la fortune frappe les humains, doivent-ils t'inspirer de l'effroi ! Quel est l'homme généreux qui ait échappé aux coups du sort ! J'en jure par tes jours, il n'est ni devin, ni augure, auquel les combinaisons des cailloux ou le vol des oiseaux révèlent ce que Dieu doit faire un jour.

Lébid étant près de mourir, dit à son neveu, le fils de son frère (car il n'avoit pas d'enfans mâles) : Mon fils, ton père n'est pas mort, il a cessé de vivre. Lorsqu'il aura rendu le dernier soupir, tourne-le du côté de la Kibla, enveloppe-le dans ses habits, et ne pousse aucun cri sur lui. Prends mes deux plats où j'avois coutume de préparer des alimens ; remplis-les et porte-les à la mosquée. Quand l'imam aura fini la prière, présente-les à ceux qui se trouveront là ; puis, lorsqu'ils auront mangé, invite-les à venir aux funérailles de leur frère. Après cela il chanta les vers suivans, empruntés d'un de ses poëmes (1) :

واذا دفنت اباك فاجعل فوقه خشبا وطينـا

وسقائفـا صمّـا رواسيهـا يسـدّدن الغضـونا

ليقين حرّ الوجه سفساف التراب ولن يقينا

Lorsque tu auras enseveli ton père, recouvre son cadavre de pièces de bois et de terre, et de forts madriers, dont le poids immobile fasse disparoître les rides de son corps, afin qu'ils préservent son visage de la poussière qui le souilleroit : soins inutiles ! ils ne sauroient l'en préserver.

Ces vers font partie d'un long poëme de Lébid.

Il dit aussi à ses deux filles, peu de momens avant sa mort :

تمنّى آبنتـاى ان يعيش ابوهمـا وهـل انا الّا من ربيـعة او مُـضَـرّ

فان حان يـومًا ان يموت ابوكـا فلا تخمشا وجها ولا تحلقا شَعَـرّ

(1) Ces vers sont du بحر الكامل, et de la mesure متفاعلن متفاعلاتن . متفاعلن متفاعلن متفاعلن

وقولا

وقولا هو المرء الذى لا حليفه   اضاع ولا حان الصديق ولا غـدر
الى الحول ثر آسم السلام عليكمـا   ومن يبك حولا كاملاً فقد اعتذر

Mes deux filles desirent que leur père vive toujours : suis-je donc
d'une autre espèce que les enfans de Rébia et de Modhar ! Si votre père
meurt un jour, mes enfans; gardez-vous de vous déchirer le visage ou
de raser votre chevelure; dites : C'étoit un homme qui jamais n'a aban-
donné son allié, ni trahi la confiance de son ami. Répétez ces paroles
jusqu'à ce qu'un an soit révolu; puis allez en paix : car celui qui a pleuré
un an entier, a satisfait à son devoir et ne mérite aucun reproche.

Ses filles accomplirent fidèlement ses ordres. Pendant un an ;
chaque jour, dès qu'elles s'étoient revêtues de leurs habits, elles
se rendoient au lieu qu'habitoient les enfans de Kélab, et y
pleuroient leur père. Ce temps écoulé, elles se retirèrent.

Lébid avoit un frère utérin nommé *Arbed*, fils de Kaïs, qui périt
d'un coup de foudre, au retour d'un voyage qu'il avoit fait auprès
de Mahomet. Arbed avoit inutilement cherché à surprendre Ma-
homet et à le tuer, et le prophète avoit appelé sur lui la vengeance
divine. Sa mort fut regardée comme l'effet des prières du pro-
phète. Arbed étoit considéré comme le chef de sa tribu.

Cet événement est raconté fort au long par l'auteur du *Kitab
alagani*, et il rapporte plusieurs élégies faites par Lébid sur la
mort d'Arbed. De ce nombre est celle dont j'ai rapporté plus
haut quelques vers.

R

MOALLAKA

DE LÉBID.*

Ils sont évanouis des lieux où elles avoient établi leur campement, les vestiges de leur demeure passagère; pour Mina, qui fut long-temps leur résidence, une affreuse solitude y règne aujourd'hui sur Goul, sur Ridjam, et sur les escarpemens de la montagne de Reyyan. Là, semblables aux caractères confiés au roc (dont la dureté résiste aux efforts des ans), les traces de leurs habitations ont reparu, découvertes par les torrens qui ont entraîné ce qui les déroboit aux regards (1). Depuis que ces lieux ont perdu leurs habitans, déjà plusieurs années se sont écoulées; plusieurs fois déjà les mois de la guerre ont succédé aux mois de la paix. Les constellations printanières ont versé sur ces campagnes désertes leurs rosées fécondes, et les nuées orageuses de l'été les ont inondées de leurs torrens d'eaux, ou rafraîchies de leurs douces ondées; tour à tour elles ont reçu le tribut et des nuages de la nuit (2), et de ceux qui obscurcissent le ciel au lever de l'aurore, ou qui, vers le coucher du soleil, font retentir au loin l'écho répété de la foudre. Là, la roquette sauvage se couvre de rameaux longs et vigoureux (3); la gazelle devient mère sur les deux rives du lit des torrens, et l'autruche y dépose ses œufs. Les

* Ce poëme est de la mesure appelée بحر الكامل. Chaque hémistiche est composé du pied متفاعلن répété trois fois. On y substitue souvent متفاعلن, ou, ce qui est la même chose مستفعلن.

(1) J'ai paraphrasé ce vers pour le rendre plus intelligible. Le sens en est exprimé d'une manière plus claire dans le huitième vers : *Les torrens entraînant la poussière, &c.*

(2) Les Arabes désignent ces diverses sortes de nuages par des noms différens. Le poëte indique ici les trois saisons qui partagent l'année; car les Arabes n'en distinguent ordinairement que trois : le printemps, l'été et l'hiver. Pendant l'hiver, c'est principalement durant la nuit que le ciel est couvert de nuages et qu'il pleut: les pluies du printemps tombent plus ordinairement le matin; et celles d'été, au coucher du soleil.

(3) Le mot ايهقان se trouve ainsi dans le *Sihah* de Djewhari; dans le *Ka-*

antilopes aux grands yeux y habitent paisiblement près de leurs tendres nourrissons, à peine sortis de leurs flancs, et qui un jour couvriront ces plaines de leurs nombreux troupeaux. Les torrens, entraînant la poussière qui couvroit les traces de ces demeures abandonnées, les ont rendues à la lumière : ainsi la plume d'un écrivain renouvelle les traits des caractères que le temps avoit effacés ; ainsi renaissent les cercles imprimés sur la peau, lorsque la main d'une femme instruite dans son art les couvre de nouveau de la poudre colorante que déjà elle y avoit répandue (1).

Je me suis arrêté près de ces ruines chéries, pour les interroger sur le sort de leurs anciens habitans. Mais hélas! pourquoi interroger des pierres sourdes et immobiles, qui ne peuvent produire que de vains sons inarticulés? Dans ces lieux, aujourd'hui nus et solitaires, habitoit autrefois un peuple nombreux. Ils les ont quittés au lever de l'aurore, ne laissant de vestiges de leur séjour, que les rigoles pratiquées pour l'écoulement des eaux, et le chaume (3) qui bouchoit les fentes de leurs pavillons. Ton cœur, ô Lebid, brûla pour les belles voyageuses de cette tribu, au moment où elles s'éloignoient, renfermées sous les voiles de coton qui couvroient leurs litières, et lorsque le bruit aigu des tentes chargées sur les chameaux et emportées avec vîtesse, frappoit tes oreilles. Elles s'éloignoient, dérobées à tous les yeux par les draperies qui enveloppoient les montans de leurs litières, et que recouvroient encore les voiles qui en revêtoient les contours, et

mous de Firouzabadi et dans Castell, il est écrit ايتهان . Par-tout il est expliqué par جمرجير برى . Mais il est bon de remarquer que Djewhari, qui cite ce vers de Lébid, et qui l'explique comme Zouzéni, en lisant فروع au nominatif, propose aussi une autre explication dans laquelle on prend فعال pour le duel du verbe فعل signifiant أنبت, produire, faire pousser, on lui donne pour sujet غول et رجام, et on lit فروع à l'accusatif.

(1) Il est question ici du tatouage. Zouzéni remarque que le mot نور signi-

fie de l'encre faite avec le noir de fumée, et que, suivant quelques-uns, il veut dire de l'indigo.

Le commentateur n'explique point le mot أثل, parce qu'il l'avoit expliqué précédemment à l'occasion du premier vers de la Moallaka de Tarafa. On trouvera tout ce qu'on peut desirer à ce sujet, dans les notes de Reiske sur cette Moallaka, p. 45.

(2) L'original porte le thomam. Le thomam figure toujours chez les poètes, au nombre des vestiges des campemens abandonnés.

l'étoffe destinée à garantir leurs têtes des ardeurs du soleil. Tandis qu'elles marchoient en troupes, on eût dit que leurs montures portoient des biches de Taudhih, ou des gazelles de Wedjra, lorsque pressées de jeter sur leurs faons un regard de tendresse, elles détournent le cou avec grâce (1). Elles ont hâté la course de leurs chameaux ; vus à travers les vapeurs qui s'élevoient de la plaine, et qu'ils ont laissées derrière eux, on les eût pris pour les gros tamarins ou pour les roches monstrueuses de la vallée de Beïscha.

Mais pourquoi te rappeler encore le souvenir de Nawara ? elle a fui loin de toi, et les liens qui te l'attachoient, ont tous été rompus. L'infidèle descendante de Morra (2) a établi sa demeure à Faïd ; puis changeant de séjour, elle est venue habiter les confins du Hedjaz (3) : comment donc pourrois-tu rechercher encore sa société ? Tantôt elle dresse sa tente dans les campagnes situées à l'orient des deux montagnes (4), ou à Mohaddjar ; tantôt Farda lui offre un asyle, et elle habite Rokham (5). Lorsqu'elle se rapproche du Yémen, la contrée de Sowaïa la reçoit ; sans doute Rihah-elkaher, et Tilkham sont les lieux qu'elle choisit pour y établir son séjour. Hâte-toi de rompre tout engagement avec celui dont l'attachement est sujet à l'inconstance : nul n'est moins propre aux liens de l'amitié que l'homme qui les brise avec violence (6). Prodigue tes bienfaits à celui qui t'offre une agréable société : si

(1) Le poëte compare ces femmes à des biches, à cause de la beauté de leurs yeux, et à des gazelles, à cause de la grâce de leur cou et de la douceur de leurs regards. C'est sur-tout lorsque la gazelle se retourne, que les grâces de son cou se déploient, et ses regards ne sont jamais plus doux que quand ils se portent sur son faon.

Dans le texte, اراٰمها عطفا est la même chose que s'il y avoit : وارامها عطف اباها mot à mot : et hinnuli earum convertunt eas ad se.

Le commentaire de Zouzéni ne développe pas bien ce genre de construction.

(2) Il y a deux familles de ce nom : l'une appartient à la tribu de Koreïsch ; l'autre descend de Kaïs-Gaïlan. Je pense

que c'est de cette dernière qu'il s'agit ici.

(3) Faïd est un lieu situé sur la route qui conduit de l'Irak et de Coufa à la Mecque.

(4) Ce sont les montagnes d'Adja et de Solma, habitées par les Arabes de Taï, et qui, suivant Abou'lféda, sont éloignées de trente-six milles de Faïd.

(5) Farda est le nom d'une montagne isolée ; et Rokham, lieu situé près de cette montagne, est présenté par le poëte comme en faisant partie.

(6) Suivant une autre leçon à laquelle le commentateur donne la préférence, le poëte a dit : L'homme le plus propre aux liens de l'amitié, est aussi celui qui sait les briser (quand il le faut).

son amitié vient à chanceler, si elle cesse d'être solide, tu seras toujours le maître d'en trancher les nœuds et de le fuir, monté sur un chameau que de pénibles voyages ont réduit à n'être plus qu'un squelette, dont le dos et la bosse sont maigres et décharnés, et qui cependant, malgré l'excès de son épuisement, malgré que ses os soient dépouillés de chair, et que les courroies qui attachent les semelles de cuir sous ses pieds, aient été rompues par ses courses longues et rapides, part encore avec gaieté dès qu'il sent la bride sur son cou. Tel le nuage qui, après avoir déchargé ses eaux, se détache d'une nuée rougissante, est emporté par l'Auster dans sa course précipitée; telle fuit encore la femelle de l'onagre, dont les mamelles s'emplissent déjà de lait, et qui porte dans son sein le dépôt que lui a confié le mâle aux cuisses blanchissantes, épuisé par les combats qu'il a livrés à ses rivaux, par les coups et les morsures qu'il a donnés et reçus. Couvert de blessures, il entraîne sa femelle sur les sommets des collines : sa résistance et les signes de grossesse qu'il remarque en elle, alarment son amour jaloux (1). Il monte avec elle sur les sommets sablonneux de Thalbout. De ce lieu qu'aucune hauteur ne domine, il porte ses regards sur toute la plaine : les bornes placées dans le désert pour diriger le voya-geur, sont l'objet de ses alarmes (2). Là ils ont enduré six mois entiers les rigueurs de l'hiver; privés de toute boisson, et n'ayant pour se désaltérer que le suc des herbes dont ils faisoient leur nourriture, ils ont long-temps souffert les tourmens de la soif; alors ils ont cherché leur soulagement dans une ferme et généreuse résolution : la fermeté d'une résolution est ce qui en assure le succès. Ils ont poursuivi leur course, malgré les buissons épi-neux dont les pointes aiguës leur déchiroient les talons, malgré le

---

(1) Le sens que j'adopte ici, n'est point indiqué par Zouzéni. Le mot وحام signi-fie les appétits déréglés d'une femelle dans le temps de la gestation. Le sens n'est donc pas, comme le dit le commentateur, *Sa résistance actuelle, si différente de l'empressement avec lequel elle reccvoit au-paravant ses caresses;* le poëte a voulu dire, ce me semble, que l'onagre vain-queur éloigne sa femelle de ses pareils, parce que le refus qu'elle fait de recevoir ses caresses, et les signes de grossesse qui se manifestent par ses appétits déréglés, lui font craindre qu'elle ne lui ait préféré un de ses rivaux.

(2) Il craint que quelque chasseur ne se soit mis en embuscade derrière ces pierres.

souffle brûlant des vents de l'été et leurs fatales ardeurs. On diroit que dans leur course rapide, l'onagre et sa femelle se disputent à l'envi une large nuée de poussière dont l'ombre ténébreuse vole sur leur tête, semblable à la fumée d'un feu agité par le vent du nord, et de qui la flamme dévore un bois sec mêlé à des buissons encore verts, ou à celle qui s'élève du faîte d'un haut et immense bûcher. Dans sa course, l'onagre chasse l'ânesse devant lui ; toujours il a soin qu'elle le précède, quand elle fuit avec lui. Arrivés au bord d'un ruisseau, ils traversent ses rives, et fendent les eaux d'une source remplie de roseaux épais et entrelacés.

Est-ce à cette ânesse que je comparerai ma monture (1), ou plutôt ne ressemble-t-elle pas à la biche au nez retroussé, dont un lion a dévoré le faon qu'elle avoit abandonné, se reposant du soin de sa sûreté sur le mâle qui marche à la tête du troupeau ? Ne trouvant plus son cher nourrisson, la tendre mère n'a cessé de parcourir les collines sablonneuses, et d'appeler par ses hurlemens ce jeune faon qui a été renversé sur la poussière, et de qui les membres ont été déchirés par des loups au poil gris, avides de carnage, et dont l'appétit cruel n'est jamais rassasié. Ils ont saisi l'instant où elle ne veilloit point sur lui ; elle a été frappée dans l'objet de sa tendresse ; car jamais les flèches de la mort ne s'é-garent et ne manquent leur but. Elle s'est éloignée, et a été surprise par des torrens d'eau que versoit sans cesse un ciel cou-vert de nuages épais : elle n'a eu pour abri qu'un tronc d'arbre, rabougri et isolé, à l'extrémité de quelques monceaux d'un sable mouvant qu'entraînoit sur elle la violence de l'ouragan. Au mi-lieu d'une nuit dont les voiles obscurs déroboient la lumière des astres, son dos a été continuellement inondé des eaux que les nuages versoient à grands flots ; et tandis qu'elle s'agitoit dans l'é-paisseur des ténèbres, la blancheur de son poil jetoit seule quelque éclat, comme la perle, enfant des mers, lorsque restée

(1) Le poëte avoit dit précédemment en adressant la parole, soit à un interlo-cuteur supposé, soit à lui-même : *Prodigue tes bienfaits . . . . tu seras toujours le maître d'en trancher les nœuds, et de le fuir monté* *sur un chameau.* Ici, il change de langage, et nous fait voir que c'étoit de lui-même qu'il parloit, et que c'est sa propre mon-ture qu'il décrit. Cette espèce de désordre convient bien à la plus haute poésie.

seule, elle vacille et roule sur la soie qui servoit précédemment de monture à un collier. Au matin, quand les ténèbres ont fait place à la lumière, la biche s'est hâtée de recommencer sa course vagabonde : ses pieds glissoient à chaque instant sur la terre battue par les orages de la nuit; sept jours et sept nuits entières, ivre de douleurs, elle a erré aux environs des marais de Soaïd. Elle renonçoit enfin à tout espoir, et ses mamelles auparavant pleines de lait étoient devenues sèches et arides : hélas! elle ne les avoit pas épuisées en allaitant son tendre nourrisson! lorsque tout-à-coup elle a entendu une voix humaine. Une terreur subite, dont elle n'aperçoit point l'auteur, l'a saisie : car la voix de l'homme est pour elle le présage de la mort; elle se croit à chaque instant menacée par devant et par derrière. Mais les chasseurs ont désespéré de l'atteindre avec leurs flèches; ils ont lâché contre elle ces chiens aux oreilles longues et pendantes, aux flancs maigres et effilés, ces chiens dressés à l'obéissance. Les cruels la serrent de près ; tournant contre eux ses bois terribles, aussi longs, aussi aigus que les lances travaillées par l'habile Samhar, elle fait effort pour les repousser : elle sait qu'autrement elle ne peut échapper à la mort qui la menace. Déjà elle a immolé Casab, couvert de sang; au même instant, se retournant contre Sokham, elle le laisse étendu sur la poussière.

Monté sur ce chameau, à l'heure où les vapeurs élevées par l'ardeur du soleil qui déjà est au quart de sa course, se jouent sur la plaine, et enveloppent comme d'un manteau le sommet des collines, j'accomplis les desseins que j'ai formés, sans en rien retrancher, et je ne m'en laisse détourner par aucune crainte, quand même ma conduite devroit être l'objet d'une amère censure. Nawara ignore-t-elle donc que je serre et que je tranche à mon gré les nœuds de l'amitié? ignore-t-elle que j'abandonne sans retour les lieux qui me déplaisent, à moins que le trépas ne frappe sa victime? (1) Ah! tu ne sais pas combien de fois j'ai consumé dans d'agréables entretiens, au milieu des délices et des plaisirs d'une

(1) Le poëte auroit dû dire, à moins que la mort ne se saisisse de mon ame. Au lieu de cela, il dit, d'une certaine ame. Cette expression vague donne une teinte de grandeur et de sublimité à une pensée très-ordinaire, et contient en même temps une sorte d'euphémisme.

société pleine de charmes, les heures d'une nuit fraîche; combien
de fois elles se sont écoulées pour moi, sous le toit du marchand
dont l'enseigne m'avoit attiré, lors même que son vin étoit au taux
le plus élevé. Là j'achetois à grand prix la liqueur conservée dans
des urnes brunes et antiques, ou puisée dans des amphores en-
duites d'une poix noire, dont le cachet avoit été brisé. Souvent
j'ai goûté dès le matin la douceur d'une liqueur vermeille, aux
sons mélodieux d'un luth dont les cordes obéissoient aux doigts
d'une musicienne consommée dans son art. Pour me livrer à ces
plaisirs, j'ai devancé l'oiseau dont le chant annonce le retour de
l'aurore, afin que déjà j'eusse vidé plusieurs fois la coupe, avant
le réveil des hommes qui consacrent au sommeil les premières
heures du jour. Souvent, au lever du soleil, j'ai protégé le voya-
geur contre la bise ou la froidure du matin, lorsque l'aquilon tenoit
entre ses mains les rênes des vents. Toujours j'étois le défenseur
des droits de la tribu; un cheval agile portoit mes armes, et sa
bride passée autour de mes reins me tenoit lieu de ceinture,
lorsque de grand matin je sautois sur son dos, lorsque je me tenois
en observation sur une colline poudreuse dont la poussière tou-
choit aux drapeaux de l'ennemi. J'y demeurois jusqu'à ce que
l'astre du jour plongeât sa main dans les noires obscurités de la
nuit, et que les ténèbres couvrissent de leurs voiles les passages
mal défendus et favorables aux projets de nos ennemis. Alors je
descendois dans la plaine, et mon généreux coursier y demeuroit
immobile à son poste, et la tête élevée: on eût dit le fût d'un
palmier, dépouillé de feuillage, et dont la hauteur fait reculer
d'effroi l'homme chargé de monter au faîte pour en cueillir les
dattes. Je l'ai habitué à courir avec autant et plus de vitesse que
l'autruche; lorsqu'il est échauffé, et que son corps ne pèse rien,
la selle s'agite sur son dos, un torrent d'eau coule sur son poitrail,
des flots d'une sueur écumante baignent ses sangles : alors même
il dresse la tête, il appuie sur la bride qui contient son ardeur, il la
frappe à coups redoublés. Telle une colombe qu'entraîne le vol ra-
pide de ses compagnes, se précipite vers les eaux pour s'y désaltérer.

A cette cour qui rassemble une foule d'étrangers, inconnus les
uns

uns aux autres, à cette cour dont tous ils recherchent les faveurs
et redoutent le blâme ; où se menacent à l'envi, de leurs implacables
haines, des lions altiers que l'on prendroit pour les génies malfai‑
sans de Bédhi (1), et dont les pieds ne reculent jamais, j'ai con‑
fondu leurs vaines prétentions, et reconnu leurs justes droits ; mais
les plus fiers d'entre eux n'ont pu se prévaloir contre moi de la
noblesse de leur origine.

Souvent aussi j'ai invité mes compagnons à partager entre eux
les membres d'un chameau que j'ai sacrifié à leur divertissement,
et j'ai voulu qu'ils consultassent le sort avec des flèches toutes
égales. Je n'ai laissé au sort que le choix de la victime, prêt à l'aban‑
donner toute entière à mes voisins assemblés, soit qu'il tombât sur
un animal stérile ou sur une mère féconde (2). Chez moi, l'hôte ou
l'étranger qui demande l'hospitalité, se croit dans la vallée de Té‑
bala, au milieu de ses plaines fertiles. La femme réduite à l'indi‑
gence, vient chercher un asyle près des cordages de ma tente : sous
des haillons qui la couvrent à peine, elle ressemble au chameau
dévoué à la mort et attaché près d'un tombeau, pour y périr de
faim et de langueur. Lorsque les vents se combattent dans la
plaine, les enfans orphelins de cette mère désolée, entourant ma
table, se plongent dans les canaux de ma bienfaisance.

Quand un même lieu réunit les tribus assemblées, toujours il
s'élève de notre sein un homme également propre aux grandes
et périlleuses entreprises, et à décider les querelles ; qui, dans le
partage du butin, assure les droits de sa famille et s'en rend le zélé
défenseur, tandis qu'il sacrifie généreusement les siens propres ; des
chefs dont la libéralité fournit à leurs compagnons les moyens de
se signaler par des actes de bienfaisance ; prodigues de bienfaits et
jaloux seulement de la gloire qui suit les plus nobles vertus, de

---

(1) *Bédhi* paroît ici un nom propre :
comme nom appellatif, ou plutôt comme
adjectif, ce mot signifie *un terrain aride,*
où il ne pousse point d'herbe.

(2) Lébid veut dire qu'il n'a pas em‑
ployé les flèches, comme c'est l'usage,
pour tirer au sort entre les joueurs les

lots formés des diverses parties de l'ani‑
mal ; mais qu'il s'en est servi pour tirer au
sort celui de ses chameaux qui seroit sa‑
crifié à ses convives, prêt à leur abandon‑
ner l'animal du plus grand prix, comme
celui qui a le moins de valeur.

S

cette gloire que, par leurs exemples, leurs aïeux leur ont appris
à regarder comme leur patrimoine; car chaque peuple reconnoît
des lois fondées sur l'usage, et un modèle auquel il se conforme.
Pour eux, jamais leur éclat ne sera terni; jamais leur conduite
ne sera altérée, parce qu'ils ne savent ce que c'est que de laisser
leur raison céder à la séduction de leurs passions.

O toi qui nous portes envie, contente-toi du partage qu'a fait
le roi souverain; car celui qui a distribué entre nous les qualités
et les penchans, les connoissoit parfaitement. Lorsqu'il a partagé
entre une troupe de familles rassemblées la fidélité et la bonne
foi, il nous en a départi la plus riche portion: il a construit pour
nous l'édifice élevé de la gloire; nos vieillards et nos jeunes gens
s'empressent d'en atteindre le faîte (1). Ce sont eux qui, au jour
de l'adversité, combattent pour la défense de la tribu; eux qui
montent à cheval pour la commander; eux qui jugent ses différens.
Ils sont bienfaisans comme le printemps; pour le malheureux qui
cherche un asyle auprès d'eux; pour la veuve au gré de qui les
années s'écoulent trop lentement. Ils ne forment tous ensemble
qu'une seule famille, unie par les liens les plus étroits, pour dé-
jouer les mauvais desseins des envieux qui voudroient les empê-
cher de s'entr'aider à propos, et de leurs indignes compatriotes
prêts à s'unir à leurs ennemis.

(1) On apprend par le commentaire de
Zouzéni, que quelques personnes placent
ce vers, il a construit pour nous &c. im-
médiatement après ces mots, parce qu'ils
ne savent pas ce que c'est que de laisser leur
raison céder à la séduction de leurs pas-
sions. C'est ainsi qu'on lit dans l'édition
de W. Jones, et je préférerois volontiers
cette disposition. Sans cela, on ne sait trop
à quoi rapporter les affixes de لهلمـ
ولهـم. Mais aussi alors il faut sous-
entendre الله Dieu, pour sujet du verbe.

SENTENCES MORALES

EXTRAITES DU *HAMMASA.*

قال سالم بن وابَصه

أحبّ الفتى ينفي الفواحش سمعه كأنّ به عن كل فاحشة وقرًا
سليمٌ دواعي الصدر لا باسطًا أذًى ولا مانعًا خيرًا ولا قائلاً هُجرًا
إذا ما أتَت من صاحبٍ لك زَلَّة فكن انت مُختالاً لزلَّـته عُذرًا
غنا النفس ما يكفيك من سدّ حاجة فان زاد شيئًا عاد ذاك الغنى فُقرًا

وقال رجل من قُرَيـح

متى ما يرى الناس الغَنِيّ وجائ فقير يقولوا عاجزٌ وجليـدٌ
وليس الغِنَى والفُقر من حيلةِ الفتى ولكن احاظٌ قُسِّمَتْ وجُدودٌ
إذا المَـرَ أغنتـه المروءة ناشِئًـا فمطلَبُها كهلاً عليـه شديدٌ
وكَـاين راينا من غَـنِيّ مَـذممٍ وصعلوكِ قـومٍ مات وهـو حميدٌ

وقال آخـــر

ايّاك والامرَ الذى ان تـوَسَّعَـتْ مَداخِـلُه ضاقـتْ عليك المصادرُ
فما حَسَنٌ أَن يَعذِرَ المَرُ نفسـه وليس له في سائـرِ الناسِ عاذرُ

وقال عَقيل بن عَلْقَمَـة

وللدهر اثوابٌ فكُن فى ثيـابِـه   كلبِسته يوماً أجَـدُ وأخلَـقَـا
وكن اكيسَ الكَيسى اذا كُنتَ فيهمِ   وان كنتَ فى الحَمقى فكن مثل احمقا

وقال عبد الله بن الزبير

لا أحسِبُ الشتر جارا لا يُفارقـنى   ولا أحـرَّ على ما فاتَـنى الوَجا
ولا نَزِلتُ من المَكـرُوه مَنزِلـةً   الّا وثَـقتُ بأن ألقى لهـا فَـرَجا

FIN.

تصحيح ما وقع من الغلطات
فى طبع هذا الكتاب

صحيفة	سطر	غلط	تصحيح
٣	٦	يلرم	يلزم
١٢	١٢	آذانه	آذانه
٣١	٨	خراين	خزاين
٤٧	٨	لنغسه	لنفسه
٥٥	١٢	قـــل	قال
٧٤	٣	نقرضان	يقرضان
٨٨	٩	وافرو قد	وافر وقد
٩٢	٧	تعى	تعباد
	٩	به لك	به فاجعله لك
١٠٢	١٤	فتبصر	فتبصر
١٤١	١٥	تنظروا	تنظرون
١٤٧	١	فأنام	فأنام
١٥٠	٥	وتلقينى	وتلقانى
١٥٥	١	المصية	والمصية
١٥٤	٦	بلغة	بلغة
١٧٤	١	قانه	قانه
١٧٩	١٢	قعات	قعات
١٩٩	٥	وطبتنك	وطيتنك
	١٠	ودركته	فادركته
٢٠٣	٣	المنال	المنال
٢٣٧	٧	من ان	مع ان
٢٥٣	٧	شققى	شققى

كتاب

كليلة ودمنة

كتاب

كليله ودمنه

ترجمه من البهلويّة الى العربيّة عبد الله بن المـقفّع

وقد اعتنى بتصحيحه وطبعه

العبد الفقير البارون سِلْوَيْسْترى دساسى

وذيّــله

بالقصيدة المعلّقة

للبيد بن ربيـــعة العامرى

مع شرح

الاستاذ الزوزنى

طبع

فى مدينة باريز المحروسة

بـــدار الطبــاعـــة الملكيّة المعـــوـن

ســنة ١٨١٦ المسيحيّة

بسم الله المبدئ المعيد

بعد حمد الله الحنّان المنّان ذى الجلال والفضل
والاحسان الذى كان قبل المكان والزمان ثم ابدع العالم
بان قال له كن فكان وبعد التوسّل اليه سبحانه وتعالى
باصفيائه العظام واوليائه الكرام فهذا ما يقول اضعف عباد
الله البارون سلوتيترى دسّاسى الفقير الى رحمة ربّه المنعم
المواسى ان كتاب كليله ودمنه مع ما له من الاشتهار التام
والاعتبار العامّ عند سكّان الممالك الشرقيّة وقطّان البلاد الغربيّه
حتى انتقل الى جميع الاطراف والاقطار فيما مضى من الدهور
والاعصار فانه الى زماننا هذا لم تُطبَع قط لا عندنا ولا عند
غيرنا الترجمة العربيّة التى ترجمها عبد الله بن المقفّع الكاتب
المشهور فى ايّام امير المؤمنين ابى جعفر المنصور وكان ابن
المقفّع قد نقل هذا الكتاب الى لسان العرب من الترجمة
البهلاويّة

البهلوية التي احدثها قبل الاسلام برزويه راس الاطبّاء فارس الحكيم الفاضل لكسرى انوشيروان الملك العادل المتفاضل ومن المعلوم ان كتاب كليله لا يُعرَف له عندنا اليوم نسخة اقدم من ترجمة ابن المقفّع المشهور اذ اضمحلّت وتلاشت الترجمة البهلوية المذكور وان قال قايل ان الاصل هو الكتاب الذى وضعته حكماء الهند لملك من ملوكهم وانه موجود الى اليوم فى بلادهم يقال له عندهم بانجه تانتره يعنى الخمسة ابواب رددنا له الجواب وقلنا انه وان لم يزعم الا الصواب فلا يمنع ذلك ترجمة ابن المقفّع ان تكون هى الاصل الذى نُقِل منه هذا الكتاب الاسنى الى كل من لغته المتداولة بين اهل الشرق والغرب من الاقصى والادنى فانى لما نظرت الى ما يُؤول من الفايدة الكامله والمنفعة الشامله الى كل من يتعلّم اللغة العربيّة من طايفتنا المسيحيّه اذا طُبع هذا الكتاب الجليل حتى يسهل لهم تحصيله بثمن قليل خطر فى بالى ان ابذل جهدى ومالى فى طبعه المتن الاولى ابتغاء مرضاة الله فى الدنيا والاخرى وشكرا

وشكرا له على ما افاض علیّ من نعمآئه الوافره وآلآئه الغامره وقد كان اجتمعت عندی من كتاب كلیله نسخ شتّی متّفقة السیاق والانتظام مختلفة العبارة والالفاظ وكانت من عددها نسخة قدیمة العهد عجیبة الخطّ غیر انه كان یوجد فیها مع جودتها بعض الغلطات وقد ذهبَتْ منها ایضا بتصریف الشهـور والایام اوراق جُعلَتْ عوضا عنها اوراق غیرها جدیدة العهد ردیة الخطّ لیست علی هیئة الباقی   والنسخة المذكورة هی التی اختَرتُها حتّی تكون هی الاصل المعتمد علیه عند طبع هذا الكتاب غیر انّی كلّما عثرتُ فیها علی غلطة او ما یشتبه علی القارئ فهمه قابلتها بما عندی من النسخ غیرها واثبتُّ ما رایت لفظه افصح ومعناه اوضح   وقد ذیّلت هذا الكتاب باضافتی الیه القصیدة المعلّقة التی انشدها لبید بن ربیعة العامری اشعر العرب فی الجاهلیة مع شرحهـا للاستاد الزوزنی فان هـذه القصیدة مشهـورة جدا عند اهل الشرق وهی من احسن القصائد   ولما تمّ طبع هـذا الكتاب ألممتُ ان اضمّ الیه ایضا

ايضا رسالة مختصرة ألّفتها فى اخبار كتاب كليله ودمنه وبحثت فيها عن اصله الاول الذى يقال عنه ان بعض البراهمة وضعه لملك قديم من ملوك الهند وبحثت فيها ايضا عن الترجمات المتواترة التى ترجمها على ممرّ الزمان بعض العلماء من اللغة الهندية الى البهلوية ثم من البهلوية الى العربية ثم من العربية الى العبرانية واليونانية والفارسية والتركية وغيرذلك من اللغات المتداولة بين امم الشرق ☆ وقد ألّفت هذه الرسالة فى لغتنا الفرانساوية حتى تكون منفعتها اعمّ عند اخواننا وعلماء بلادنا ونقلت ايضا القصيدة المعلّقة المذكورة من اللغة العربية الى الفرانساوية حتى يصير قراءةُ الاصل ودرسُه اسهلَ على من يتعلّم اللغة العربية من ابناء جنسنا ولكى لا يبقى محروما عن الالتذاذ بعجائب معانيها وغرائب محاويها من ليس عارفا بلسان العرب ☆ ثم انى اهديت هذا الكتاب للسعادة العليّة والحضرة السنيّة الملك المعظم والسلطان الاعظم ظلّ الله على العباد باسطِ بساطِ الاحسان على البلاد مجبّر المكسورين ملجاء المظلومين

المظلومين ناشر الوية العدل والانصاف على الامّة المسيحيّة الفاضل بالدين والاخلاص بين ملوك الملّة النصرانية الغرّة البيضاء على جبين الدنيا والتاج الازهر على فرق مملكته فرانسا العليّ ذى الاصل الجليل الطاهر صاحب الحسب الجميل الزاهر محبّ العلم والعلما مكرم الحكمة والحكما اعظم العظام اعصم العصام الملك بن الملك لويس الثامن عشر ادام الله بقاه وجعل بكل خير دنياه وعقباه واصلح به حال بلادنا وانعم بدوام ملكه علينا وعلى اولادنا فان سعادته لمملكة فرانسا بمنزلة النيّر الاعظم المشرق ولرعيّته واهل بلاده كالاب الارحم المشفق ثم اساله عزّ وجلّ ان يجعل تعبى هذا نافعا لاخوانى وان يغفر لى تقصيرى ونقصانى واتضرّع اليه بان يديم علىّ وعلى كل من يطالع هذا الكتاب كثرة الطافه ونعمه ويكفينا جميعنا شدّة عذابه ونقمه فانه ولىّ الخير والثواب وعندك احسن المصير وافضل المآب ٠

كتاب

كتاب

كليلة ودمنة

كتاب كليله ودمنه

بســـــم اللـــــه الرحمن الرحيم

مقدمــــة

قدّسها بجنود بن سحوان ويعرف بعلّي بن الشاه الفارسيّ ذكر
فيها السبب الذى من اجله عمل بَيْدَبا الفيلسوف الهندىّ
راس البراهمة لدبشليم ملك الهند كتابه الذى سمّاه كليله ودمنه
وجعله على السن البهايم والطير صيانة لغرضه فيه من العوامّ
وضنّا بما ضمّنه عن الطغام وتنزيها للحكمة وفنونها ومحاسنها وعيوبها
اذ هى للفيلسوف مندوحة وخاطره مفتوحة ولحبّيها تثقيف
ولطالبيها تشريف وذكر السبب الذى من اجله انفذ كسرى
انوشيروان بن قباد بن فيروز ملك الفرس برزويه راس الاطبّاء الى
بلاد الهند لاجل كتاب كليله ودمنه وما كان من تلطّف برزويه عند
دخوله

دخوله الى الهند حتى حضر اليه الرجل الذى استنسخهم له سرّا
من خزانة الملك ليلا مع ماوجد من كتب علماء الهند وقد ذكر
الذى كان من بعثة برزويه لمملكة الهند لاجل نقل هذا الكتاب
وذكر فيها ما يلزم على مطالعه من اتقان قراءته والقيام بدراسته
والنظر الى باطن كلامه وانه ان لم يكن كذلك لم يحصل على الغاية
منه وذكر فيها حضور برزويه وقراءة الكتاب جهرا وقد ذكر السبب
الذى من اجله وضع بزرجمهر بابا مفردا يسمّى باب برزويه
المتطبّب وذكر فيه شان برزويه من اول امره وآن مولده الى ان بلغ
التاديب واحبّ الحكمة واعتبر فى اقسامها وجعله قبل باب
الاسد والثور الذى هو اول الكتاب ۰

قال علىّ بن الشاه الفارسىّ كــان السبب الذى من اجله
وضع بيدبا الفيلسوف لدبشليم ملك الهند كتاب كليله ودمنه
ان الاسكندر ذا القرنين الرومىّ لما فرغ من امر الملوك الذين
كانوا بناحية المغرب سار يريد ملوك المشرق من الفرس
وغيرهم فلم يزل يحارب من نازعه ويواقع من واقعه ويسالم من

من وادعه من ملوك الفرس وهم الطبقة الاولى حتى ظفر عليهم
وقهر من ناواه وتغلّب على من حاربه فتفرّقوا طرايق وتمزّقوا خرايق
فتوجّه با لجنود نحو بلاد الصين فبدا فى طريقه بملك الهند ليدعوه
الى طاعته والدخول في ملّته وولايته وكان على الهند في ذلك
الزمان ملك ذو سطوة وباس وقوّة وسراس يقال له فور فلمّا بلغه
اقبال ذى القرنين نحوه تاهّب لمحاربته واستعدّ لمجاذبته وضمّ
اليه اطرافه وجدّ فى التالّب عليه وجمع له العدّة فى اسرع مدّة
من الفيلة المعوّدة للحروب والسباع المضرّاة للوثوب مع الخيول
المسروجة والسيوف القواطع والحراب اللوامع فلما قرب ذو القرنين
من فور الهندىّ وبلغه ما قد اعدّ له من الخيل التى كانّها قطع
الليل ممّا لم يلقه بمثله احد من الملوك الذين كانوا فى الاقاليم
فتخوّف ذو القرنين من تقصير يقع به ان عجّل المبارزة وكان ذو
القرنين رجلا ذا حيل ومكايد مع حسن تدبير وتجربة فراى اعمال
الحيلة والتمهّل واحتقر خندقا على عسكره واقام بمكانه لاستنباط
الحيلة والتدبير فى امره وكيف ينبغى له ان يقدم على الايقاع به
فاستدعى

فاستدعى بالمنجّمين وأمرهم بالاختيار ليوم موافق تكون له فيه سعادة لمحاربة ملك الهند والنصر عليه فاشتغلوا بذلك وكان ذو القرنين لا يمرّ بمدينة الّا اخذ الصنّاع المشهورين من صنّاعها بالحذق من كلّ صنف فنتجت له همّته ودلّته فطنته ان يتقدّم الى الصنّاع الذين معه ان يصنعوا خيلا من نحاس مجوفة عليها تماثيل من الرجال على بكر تجرى اذا دفعت سرّت سراعا واسران اذا فرغوا منها تحشى اجوافها بالنفط والكبريت وتلبس وتتقدّم امام الصفّ في القلب ووقت ما يلتقى الجمعان تضرم فيها النيران فانّ الفيلة اذا لفّت خراطيمها على الفرسان وهى حامية ولّت هاربة واوعز الى الصنّاع بالتشمير والانكماش والفراغ منها فجدّوا في ذلك وعجلوا وقرب ايضا وقت اختيار المنجّمين فاعاد ذو القرنين رسله الى فور بما يدعوه اليه من طاعته والاذعان لدولته فأجاب جواب مصرّ على مخالفته مقيم على محاربته فلــــــــــما رأى ذو القرنين عزيمته سار اليه بأهبته وقدّم فور الفيلة امامه ودفعت الرجال تلك الخيل وتماثيل الفرسان فأقبلت الفيلة نحوها ولفّت

ولقت خراطيمها عليها فلمــــــــا احسّت بالحران القت
من كان عليها وداستهم تحت ارجلها ومضت بهزومته هاربة
لا تلوى على شيء ولا تمرّ باحد الا وطئته وتقطّع فور وجمعه
وتبعهم اصحاب الاسكنــدر واثخنــوا فيهم الجـراح وصاح
الاسكندر يا ملك الهند ابرز الينا وأبق على عدّتك وعيالك ولا
تحملهم على الفناء فانه ليس من المروءة ان يرى الملك بعدّته فى
المهالك المتلفة والمواضع المجحفة بل يقيم بماله ويدفع عـنهم
بنفسه فابرز الىّ ودع الجند فاتينا قهر صاحبه فهو الاسعــد
فـــــــلما سمع فور من ذى القرنين ذلك الكلام دعته نفسه
لملاقاته طمعا فيه وظنّ ذلك فرصة فبرز اليه الاسكندر فتجاولا
على ظهور فرسيهما ساعات من النهار ليس يلقى احدهما من صاحبه
فرصة ولم يزالا يتعازكان فلما اعيا الاسكندر امره ولم يجد له
فرصة ولا حيلة اوقع ذو القرنين فى عسكره صيحة عظيمة ارتجّت
لها الارض والعساكر فالتفت فور عند ما سمع الزعقة وظنّها
مكيدة فى عسكر فعاجله ذو القرنين بضربة امالته عن سرجه وتبعه
باخرى

باخرى فوقع الى الارض فلما رات الهند ما نزل بهم وما صار
اليه ملكهم حملوا على الاسكندر فقاتلوه قتالا احبّوا معه الموت
فوعدهم من نفسه الاحسان ومنحة الله اكتافهم فاستولى على
بلادهم وملّك عليهم رجلا من ثقاته واقام بالهند حتى استوثق له
ما اراد من امرهم واتقان كلمتهم ثم انصرف عن الهند وخلّف ذلك
الرجل عليهم ومضى متوجّها نحوما قصد له فلـــا بعد ذو
القرنين عن الهند بجيوشه تغيّرت الهند عمّا كانوا عليه من طاعة
الرجل الذى خلّفه عليهم وقالوا ليس يصلح للسياسة ولا ترضى به
الخاصة والعامّة ان يملّكوا عليهم رجلا ليس هو منهم ولا من اهل
بيوتهم فانه لا يزال يستذلّهم ويستقلّهم واجتمعوا يملّكون عليهم
رجلا من اولاد ملوكهم فملّكوا عليهم ملكا يقال له دبشليم وخلعوا
الرجل الذى كان خلّفه عليهم الاسكندر فلـــا استوثق
له الامر واستقرّله الملك طغا وبغا وتجبّر وتكبّر وجعل يغزو من حوله
من الملوك وكان مع ذلك مويّدا مظفّرا منصورا فهابته الرعيّة فلما
راى ما هو عليه من الملك والسطوة عبث بالرعيّة واستصغر امرهم
واساء

وإساء السيرة فيهم وكان لا يرتقى حاله الا ازداد عتوّا فمكث على
ذلك برهة من دهره وكان فى زمانه رجل فيلسوف من البراهمة
فاضل حكيم يعرف بفضله ويرجع فى الامور الى قوله يقال له بَيْدَبا
فلما رأى الملك وما هو عليه من الظلم للرعيّة فكر فى وجه الحيلة
فى صرفه عمّا هو عليه وردّه الى العدل والانصاف فجمع لذلك
تلامذته وقال أتعلمون ما اريد ان اشاوركم فيه اعلموا انّى اطلت
الفكرة فى دبشليم وما هو عليه من الخروج عن العدل ولزوم الشرّ
ورداءة السيرة وسوء العشرة مع الرعيّة ونحن فما نروض انفسنا لمثل
هذه الامور اذا ظهرت من الملوك الّا لنردّهم الى فعل الخير ولزوم
العدل ومتى اغفلنا ذلك واهملناه لزمنا من وقوع المكروه بنا
وبلوغ المحذورات الينا اذ كنّا فى انفس الجهّال اجهل منهم وفى
العيون عندهم اقلّ منهم وليس الرأى عندى الجلاء عن الوطن
ولا يسعنا فى حكمتنا ابقاؤه على ما هو عليه من سوء السيرة وقبح
الطريقة ولا يمكننا مجاهدته بغير السنتنا ولو ذهبنا الى ان نستعين
بغيرنا لم تتهيّأ لنا معاندته وان احسّ منّا بمخالفة وانكارنا سوء
سيرته

سيرته لكان فى ذلك بوارنا وقد تعلمون ان بجاورة السبع والكلب
والحيّة والثور على طيب الوطن ونضارة العيش لغدر بالنفس وان
الفيلسوف لحقيق ان تكون همّته مصروفة الى ما يحصّن به نفسه
من نوازل المكروه ولواحق المحذور ويدفع المخوف لاستجلاب
المحبوب ولقد كنت اسمع ان فيلسوفا كتب لتلميذه يقول ان
بجاورة رجال السوء والمصاحبة لهم كراكب البحر هو وان سلم
من الغرق لم يسلم من المخاوف فاذا هو اورد نفسه موارد الهلاكات
ومصادر المخوفات عدّ من الحمير التى لا نفس لها لان الحيوان
البهيمىّ قد خصّت فى طبايعها بمعرفة ما تكتسب به النفع
وتوقّ المكروه وذلك انها لم نرها تورد انفسها موردا فيه هلكتها
وانها متى اشرفت على مورد مهلك لها مالت بطبايعها التّى ركبت
فيها شحّا بانفسها وصيانة لها الى النفور والتباعد عنه وقد جمعتكم
لهذا الامر لانّكم اسرتى ومكان سرّى وموضع معرفتى وبكم
اعتضد وعليكم اعتمد فانّ الوحيد فى نفسه والمنفرد برايه حيث
كان فهو ضايع ولا ناصر له على انّ العاقل قد يبلغ بحيلته ما
لا

لا يبلغ بالخيل والجنود والمثل في ذلك ان قنبرة اتّخذت ادحية

وباضت فيها على طريق الفيل وكان للفيل مشرب يتردّد اليه

فمرّ ذات يوم على عادته ليرد مورده فوطئ عشّ القنبرة وهشم

بيضها وقتل فراخها فلما نظرت ما ساءها علمت ان الذي نالها من

الفيل لامن غيره فطارت فوقعت على راسه باكية ثم قالت ايّها

الملك لم هشمت بيضي وقتلت فراخي وانا في جوارك افعلت

هذا استصغارا منك لامري واحتقارا لشاني قـــال هو الذي

حملني على ذلك فتركته وانصرفت الى جماعة الطير فشكت اليها

ما نالها من الفيل فقلــــن لها وما عسى ان نبلغ منه ونحن

طيور فقـــالت للعقاعق والغربان احبّ منكنّ ان تصرن معي اليه

فتفقؤا عينيه فانّي احتال له بعد ذلك بحيلة اخرى فاجابـــوها

الى ذلك وذهبوا الى الفيل فلم يزالوا ينقروا عينيه حتى ذهبوا

بهما وبقى لا يهتدى الى طريق مطعمه ومشربه الا ما يقمّه

من موضعه فــلما علمت ذلك منه جاءت الى غدير فيه ضفادع

كثيرة فشكت اليها ما نالها من الفيل قـــالت الضفادع ما

حيلتنا

حيلتنا نحن في عظم الفيل واين نبلغ منه قالت احبّ
سكنّ ان تصرن مسعى الى وهدة قريبة منه فتنقّوا فيها
وتصجّوا فانه اذا سمع اصواتكم لم يشكّ في الماء فيهوى فيها
فــــاجابوها الى ذلك واجتمعوا في الهاوية فسمع الفيل نقيق
الضفادع وقد اجهده العطش فاقبل حتى وقع في الوهدة
فاعتطم فيها وجاءت القنبرة ترفرف على راسه وقالت ايّها
الطاغي المغتر بقوّته المحتقر لاخرى كيف رأيت عظم حيلتي مع
صغر جثّتي عند عظم جثّتك وصغر همّتك فلـــيُشِرْ كل
واحد سكم بما يسنح له من الراى قـــالوا باجمعهم ايّها
الفيلسوف الفاضل والحكيم العادل انت المقدّم فينا والفاضل
علينا وما عسى ان يكون مبلغ راينا عند رايك وفهمنا عند فهمك
غير انّا نعلم ان السباحة في الماء مع التمساح تغرير والذنب
فيه لمن دخل عليه في موضعه والذي يستخرج السمّ من
ناب الحيّة فيبتلعه ليجرّبه على نفسه فليس الذنب للحيّة
ومن دخل على الاسد في غابته لم ياسن وثبته وهذا الملك
لم

لم تفرّعه النوايب ولم تؤدّبه التجارب ولسنا نامن عليك وعلى انفسنا سطوته وانّا نخاف عليك من سورته ومبادرته بسوء اذا لقيته بغير ما يحبّ فـــقال الحكيم بيدبا لعمرى لقد قلتم فاحسنتم لكنّ ذا الراى الحازم لا يدع ان يشاور من هو دونه او فوقه فى المنزلة والـراى الفـرد لا يكتفى به فى الخاصّة ولا ينتفع به فى العامّة وقد صحّت عزيمتى على لقاء دبشليم وقد سمعت مقالتكم وتبيّن لى نصيحتكم والاشفاق علىّ وعليكم غير انّى قد رايت رايا وعزمت عزما وستعـرفـون حديثى عند الملك وبجاوبـتى اياه فاذا اتّصل بكم خـروجى من عنك فاجتمعوا الىّ وصـــــرّفهم وهم يدعون له بالسلامة ثـــــم ان بيدبا اختاريوما للدخول على الملك حتى اذا كان ذلك الوقت القى عليه مسوحه وهى لباس البراهمــة وقصد باب الملك وسـال عن صاحب آذانه وارشد اليه وسلّم عليـه واعلمه وقال له انى رجـل قصدت الملك فى نصيحته فدخل الآذن على الملك فى وقته وقال بالباب رجل من

من البراهمة يقال له بيدبا ذكر ان معه للملك نصيحة فاذن له
فدخل ووقف بين يديه وكفّر وسجد له واستوى قايما وسكت
وفكر دبشليم فى سكوته وقال ان هذا لم يقصدنا الا لامرين
امّا ان يلتمس منّا شيئا يصلح به حاله او لامر لحقه فلم يكن
له به طاقة ثم قـــال ان كان للملوك فضل فى مملكتها فان
للحكماء فضل فى حكمتها اعظم لان الحكماء اغنياء عن الملوك
بالعلم وليس الملوك باغنياء عن الحكماء بالمال وقد وجدت
العلم والحياء آلفين متالّفين لا يفترقان متى فقـــد احدهما لم
يوجد الاخر كالمتصافيين ان عدم منها احد لم يطب صاحبه
نفسا بالبقاء بعد تاسّفا عليه ومن لم يستحى من الحكماء ويكرمهم
ويعرف فضلهم على غيرهم ويصونهم عن مواقف الوهنــة
وينزّههم عن المواطن الرذلة كان ممّن حرّم عقله وخسر دنياه
وظلم الحكماء حقوقهم وعدّ من الجهّال ثـــم رفع راسه الى
بيدبا وقال له نظرت اليك يا بيدبا ساكتا لا تعرض حاجتك
ولا تذكر بغيتك فقلت ان الذى اسكته هيبة سوّرته او حيرة
ادركته

ادركته وتاملت عند ذلك من طول وقوفك وقلت لم يكن لبيد با

ان يطرقنا على غير عادة الا لامر حرّكه لذلك فانه من افضل

اهل زمانه فهلا نسأله عن سبب دخوله فان يكن من ضيم ناله

كنت اولى من اخذ يده وسارع فى تشريفه وتقدّم فى

البلوغ الى مراده واعزاز وان كانت بغيته غرضا من اغراض

الدنيا انرت بارضايه من ذلك فيما احبّ وان يكن من امـر

الملك وممّا لاينبغى للملوك ان يبذلوه من انفسهم ولاينقادوا اليه

نظرت فى قدر عقوبته على ان مثله لم يكن ليجرئ على ادخال

نفسه فى باب مسئلة الملوك وان كان شيء من امور الرعيّة يقصد

فيه الى صرف عنايتى اليهم نظرت ما هو فان الحكماء لا يشيرون

الا بالخير والجهّال يشيرون بضّد وانا قد فسّحت لك فى الكلام

فلما سمع بيد با ذلك من الملك افرح عنه روعه وسرى عنه ما

كان وقع فى نفسه من خوفه وكبّره وسجد ثم قام بين يديه

وقال اوّل ما اقول اسال الله تعالى بقاء الملك على الابد ودوام ملكه

على الامد لانه قد جعل لى الملك فى مقاتى هذا محلّا جعله

شرفا

شرفا لى على جميع من بعدى من العلماء وذكرا باقيا على الدهر عند
الحكماء ثم اقبل على الملك بوجه مستبشرا به فرحا بما بدأ له اينه
وقال قد عطف الملك علىّ بكرمه واحسانه والامر الذى دعانى الى
الدخول على الملك وحملنى على المخاطرة لكلامه والاقدام الى
الملك نصيحة اختصصته بها دون غيره وسيعلم من يتّصل به
ذلك انّى لم اقصر عن غاية فيما يجب للمولى على الحكماء فان فتح
فى كلامى ووعاه عنّى فهو حقيق بذلك وما يراه وان هو القاه فقد
بلغت ما يلزمنى وخرجت من لوم يلحقنى قال الملك يا ايدبا
تكلّم بهما شئت فانّى مصغ اليك ومقبل عليك وسامع منك
حتى استفرغ ما عندك الى اخره واجازيك على ذلك بما انت اهله
قــال ايدبا انّى وجدت الامور التى اختصّ بها الانسان من
بين سائر الحيوان اربعة اشياء وهى جماع ما فى العالم وهى الحكمة
والعفّة والعقل والعدل والعلم والادب والروية داخلة فى باب
الحكمة والحلم والصبر والوقار داخلة فى باب العقل والحياء
والكرم والصيانة والانفة داخلة فى باب العفّة والصدق
والاحسان

والاحسان والمراقبة وحسن الخلق داخلة فى باب العدل وهن
هى المحاسن واضدادها هى المساوى فمتى كملت هذه فى واحد لم
تخرجه الزيادة فى نعمة الى سوء الحظّ من دنياء ولا الى نقص ولم
يتابّستف على ما لم يُعن التوفيق ببقايه ولم يحزنه ما تجرى به المقادير
فى ملكه ولم يدهش عند مكروه فالحكمة كنز لا يفنى على انفاق
وذخيرة لا يضرب لها بالاملاق وحلّة لا تخلق جدّتها ولذّة لا
تصرم مدّتها ولئن كنت عند مقامى بين يدى الملك اسمكت
عن ابتدايه بالكلام فان ذلك لم يكن منّى ألّا لهيبته والاجلال له
ولعمرى انّ الملوك لاهل ان يهابوا لا سيّما من هو فى المنزلة التى حلّ
فيها الملك عن منازل الملوك قبله وقد قالت العلماء الزم السكوت
فان فيه سلامة وتجنّب الكلام الفارغ فان عاقبته الندامة وحكى
ان اربعة من العلماء ضمّهم مجلس ملك فقال لهم ليتكلّم كل بكلام
يكون اصلا للادب فقال احدهم افضل خَلّة العلم السكوت
وقال الثانى ان من انفع الاشياء للانسان ان يعرف قدر منزلته
من عقله وقال الثالث انفع الاشياء للانسان ان لا يتكلّم بما لا
يعنيه

يعنيه قال الرابع اروح الامور على الانسان التسليم للمقادير واجتمع
في بعض الزمان ملوك الاقاليم من الصين والهند وفارس والروم
وقالوا ينبغي ان يتكلّم كل واحد منّا بكلمة تدوّن عنه على غابر
الدهر قال ملك الصين انا على ما لم اقل اقدر منّى على ردّ ما قلت
قال ملك الهند عجبت لمن يتكلّم بالكلمة فان كانت له لم تنفعه
وان كانت عليه اوبقته قال ملك فارس انا اذا تكلّمت بالكلمة
ملكتني واذا لم اتكلّم بها ملكتها قال ملك الروم ما ندمت على
ما لم اتكلّم به قط ولقد ندمت على ما تكلّمت به كثيرا والسكوت
عند الملوك احسن من الحذر الذى لا يرجع منه الى نفع وافضل
ما استظل به الانسان لسانه غير ان الملك اطال الله مدّته لما فسّح
لى في الكلام واوسع لى فيه كان اولى ما ابدأ به من الامور التى
هى غرضى ان يكون ثمة ذلك له دونى وانا اختصّه بالغاية قبلى
على ان العقبى هى ما اقصد فى كلامى له وانّما نفعه وشرفه راجع
اليه واكون انا قد قضيت فرضا وجب علىّ فاقول ايّـها
الملك انت فى منازل آبايك واجدادك من الجبابرة الذين اسّسوا
الملك

الملك قبلك وشيّدوه دونك وبنوا القلاع والحصون ومهّدوا
البلاد وقادوا الجيوش واستجاشوا العدّة وطالت لهم المـــدّة
واستكثروا من السـلاح والكراع وعاشوا الدهور في الغبطـة
والسرور فلم يمنعهم ذلك من اكتساب جميل الذكر ولا قطعهم عن
ارتكاب الشكر ولا استعمال الاحسان الى من خُوّلوه والارفاق بمن
وُلّوه وحسن السيرة فيما تقلّدوه مع عظم ما كانوا فيه من غنّ
الملك وسكرة الاقتدار وانك ايّها الملك السعيد جَدُّ الطالع
كوكب سعدك قد ورثت ارضهم وديارهم واموالهم ومنازلهم التى
كانت عدّتهم فاقمت فيما خُوّلت من الملك وورثت من الاموال
والجنود فلم تقم في ذلك بحقّ ما يجب عليك بـل طغيت وبغيت
وعتوت وعلوت على الرعيّة واسأت السيرة وعظمت منك البليّة
وكان الاولى والاشبه بك ان تسلك سبيل اسلافك وتتبـع اثار
الملوك قبلك وتقفو محاسن ما ابقوه لك وتقلع عمّا عان لازم لك
وشينه واقع بك وتحسّن النظر برعيّتك وتسنّ لهم سنن الخير الذى
يبقى بعدك ذكره ويُعقبك الجميل فخُن ويكون ذلك ابقى على
السلامة

السلامة وادوم على الاستقامة فان الجاهل المغترّ من استعمل فى
امور البطر والامنيّة والحازم اللبيب من ساس الملك بالمداراة
والرفق فانظر ايّها الملك ما القيت اليك ولا يثقلنّ ذلك عليك فلم
اتكلّم بهذا ابتغاء عوض تجازينى به ولا التماس معروف تكافينى فيه
ولكنّى اتيتك ناصحا مشفقا عليك فلمـــا فرغ بيدبا من مقالته
وقضى نصاحته ارعب قلب الملك فاغلظ له فى الجـــواب
استصغارا لامره وقال لقد تكلّمت بكلام ما كنت اظن انّ احدا
من اهل مملكتى يستقبلنى بمثله ولا يقدم على ما اقدمت عليه
فكيف انت مع صغر شانك وضعف مُنّتك وعجز قوّتك ولقد
اكثرت اعجابى من اقدامك علىّ وتسلّطك بلسانك فيما
جاوزت فيه حدّك وما اجد شيئا فى تاديب غيرك ابلغ من
التنكيل بك فذلك عبر وموعظة لمن عساه ان يبلغ ويروم
ما رمت انت من الملوك اذا اوسعوا لهم فى بجالسهم ثـــــم
امرٌبه ان يقتل ويصلـــب فلمـــا مضوا به فيمـا امر فكّر فيما
امرٌبه فاحجم عنه ثم امرٌبحبسه وتقييده فلمّا حبس انفذ فى
طلب

طلب تلامذته ومن كان يجتمع اليه فهربوا فى البلاد واعتصموا
بجزاير البحار فمكث بيدبا فى حبسه اياما لا يسئل الملك عنه ولا
يلتفت اليه ولا يجسر احد ان يذكره عنده حتى اذا كان ليلة
من الليالى سهر الملك سهرا شديدا فطال سهره ومدّ الى الفلك
بصره وتفكّر فى تفلّك الفلك وحركات الكواكب فاغرق الفكر فيه
فسلك به الى استنباط شىء عرض له من امور الفلك والمسئلة
عنه فذكر عند ذلك بيدبا وتفكّر فيما كلّمه به فارعوى لذلك وقال
فى نفسه لقد اسأت فيما صنعت بهذا الفيلسوف وضيّعت
واجب حقّه وحملنى على ذلك سرعة الغضب وقد قالت
العلماء اربعة لا ينبغى ان تكون فى الملوك الغضب فانه اجدر
الاشياء مقتا والبخل فان صاحبه ليس بمعذور مع ذات يده
والكذب فانه ليس لاحد ان يخاون والرفق فى المحاورة فان السفه
ليس من شانها وانّى اتى الىّ رجل نصح لى ولم يكن بـلاغـا
فعاملته بضدّ ما يستحقّ وكافيته بخلاف ما يستوجب وما كان
هـذا جزاؤه منّى بل كـان الواجب ان اسمـع كـلامـه
وانتقاد

وانقاد لما يشير به ثـمّ انفذ فى ساعته من ياتيه به فلمّا مثل بين
يديه قال له يا بيدبا الست الذى قصدت الى تقصير همّتى
وعجّزت رايى فى سيرق بما تكلّمت به آنفا قــــال له بيدبا ايها
الملك الناصح الشفيق والصادق الرفيق امّا نبّأتك بما فيه
صلاح لك ولرعيّتك ودوام ملكك لك قــــال له الملك يا بيدبا
اعد علىّ كلامك كله ولا تدع منه حرفا الا جئت به فجعل بيدبا
ينثر كلامه والملك مصغ اليه وجعل دبشليم كلّما سمع منه شيئا
ينفكت الارض بشىء كان فى يده ثم رفع طرفـــه الى بيدبا
واسن بالجلوس وقال له يا بيدبا انّى قد استعذبت كلامك وحسن
موقعه من قلبى وانا ناظر فى الذى اشرت به وعامل بما امرت ثم
امر بقيوده فحلّت والقى عليه من لباسه وتلقّاه بالقبول فـــقال بيدبا
يا ايّها الملك ان فى دون ما كلّمتك به نهاية لمثلك قــال صدقت
ايّها الحكيم الفاضل وقد ولّيتك من مجلسى هذا الى جميع
اقاصى مملكتى فـــقال له ايّها الملك اعفنى عن هذا الامر فانّى غير
مضطلع بتقويه الآبك فاعفاه عن ذلك فلـــمّا انصرف علم ان
الذى

الذى فعله ليس براى فبعث فردّه وقال انّى فكرت فى اعفايك
فيما عرضته عليك فوجدته لا يقوم الا بك ولا ينهض به غيرك ولا
يضطلع به سواك فلا تخالفنى فيه فاجابه بيدبا الى ذلك وكــان
عادة ذلك الزمان اذا استكتبوا وزيرا ان يعقدوا على راسه تاجا
ويركب فى اهل المملكة ويطاف به فى المدينة فامر الملك ان يفعل
بيدبا ذلك فوضع التاج على راسه وركب فى المدينة ورجع
فجلس بمجلس العدل والانصاف ياخذ للدنّى من الشريف
ويساوى بين القوىّ والضعيف وردّ المظالم ووضع سنن العدل
واكثر من العطا والبذل واتصــل الخبر بتلامذته بجـاءوه
من كل مكان فرحين بما جدّد الله له من جديد راى الملك
فى بيدبا وشكروا الله تعالى على توفيق بيدبا فى ازالة دبشليم
عمّا كان عليه من سوء السيرة واتّخذوا ذلك اليوم عيدا يعيّدون
فيه فهو الى اليوم يعيّدونه فى بلاد الهند ثــم ان بيدبا لما اخلا
فكره من اشتغاله بدبشليم تفرغ لوضع كتب السياسة ونشط
لها فعمل كتبا كثيرة فيها من دقيق الحيل ومـضى الملك على
ما

ما رسم له بيدبا من حسن السيرة والعدل فى الرعيّة فرغبت
اليه الملوك الذين كانوا فى نواحيه وانقادت له الامور على
استوائها وفرحت به رعيّته واهل مملكته ثــم ان بيدبا جمع
تلامذته فاحسن صلتهم ووعد لهم وعدا جميلا وقال لهم لست
اشكّ انه وقع فى نفوسكم وقت دخولى على الملك ان قلتم انّ بيدبا
قد ضاعت حكمته وبطلت فكرته اذ عزم على الدخول على هذا
الجبّار والطاغى فقد علمتم نتيجة رايى وصحّة فكرى وانّى لم اته
جهلا به لانّى كنت اسمع من الحكماء قبلى تقول ان الملوك لها
سكرة وكذلك الشباب فالملوك لا تفيق من السكر الا بمواعظ
العلماء وادب الحكماء والواجب على الملوك ان يتّعظوا بمواعظ
العلماء والواجب على العلماء تقويم الملوك بالسنتها وتاديبها بحكمتها
واظهار الحجّة البيّنة اللازمة لهم ليرتدعوا عمّا هم عليه من الاعوجاج
والخروج عن العدل فوجدت ما قالت العلماء فرضا واجبا على
الحكماء للملوك ليوقظوهم من سنة سكرتهم كالطبيب الذى يجب
عليه فى صناعته حفظ الاجساد على صحّتها او ردّها الى الصحّة
فكرهت

فكرهت ان يموت او اموت وما يبقى على الارض الا من يقول
انه كان بيدبا الفيلسوف فى زمان دبشليم الطاغى فلم يردّه عمّا
كان عليه فان قال قايل انه لم يمكنه كلامه خوفا على نفسه
فالهرب منه ومن جوان والازعاج عن الوطن شديد فرايت ان
اجود بحياتى فاكون قد اتيت فيما بينى وبين الحكماء بعدى عذرا
فحملتها على التغرير والظفر بما اريك وكان من ذلك ما انتم
معاينوه فانه يقال فى بعض الامثال انه لم يبلغ احد مرتبة الا
باحدى ثلاث إما بمشقّة تناله فى نفسه وإما بوضيعة فى ماله
او وكس فى دينه ومن لم يركب الاهوال لم ينل الرغايب
وان الملك دبشليم قد بسط لسانى فى ان اضع كتابا فيه من
ضروب الحكمة فليضع كل واحد منكم فى اىّ فنّ شاء
وليعرضه علىّ لانظر مقدار عقله واين بلغ من الحكمة فهمه
قالوا ايّها الحكيم الفاضل واللبيب العاقل والذى
وهب لك ما منحك من الحكمة والعقل والادب والفضيلة ما
خطر هذا بقلوبنا ساعة قط وانت رئيسنا وفاضلنا وبك شرفنا
وعلى

وعلى يدك انتعشنا ولكن سنجهد انفسنا فيما امرت ومكـــــث
الملك على ذلك من حسن السيرة زمانا يتولّى ذلك له بيدبا ويقوم
به ثـــــمّ ان الملك دبشليم لما استقرّ له الملك وسقط عنه النظر فى
امور الاعداء بما قد كفاه ذلك بيدبا صرف همّته الى النظر فى الكتب
التى وضعتها فلاسفة الهند لآبائه واجداده فوقع فى نفسه ان
يكون له ايضا كتاب مشروح يُنسب اليه تُذكر فيه ايّامه كما ذكر
آباؤه واجداده من قبله فلما عزم على ذلك علم انه لا يقوم ذلك
الّا ببيدبا فدعاه وخلا به وقال له يا بيدبا انّك حكيم الهند
وفيلسوفها وانّى فكّرت ونظرت فى خزاين الحكمة التى كانت للملوك
قبلى فلم ار فيهم احدا الّا وقد وضع كتابا يذكر فيه ايّامه وسيرته
وينبّئ عن ادبه واهل مملكته فمنه ما وضعه الملوك لانفسهـــا
وذلك لفضل حكمةٍ فيها ومنه ما وضعته حكماؤها واخاف ان
يلحقنى ما لحق اوليك ممّا لا حيلة لى فيه ولا يوجد فى خزاينى
كتاب اذكر به بعدى وانسب اليه كما ذكر من كان قبلى بكتبهم
وقد احببت ان تضع لى كتابا بليغا تستفرغ فيه عقلك يكون
ظاهر

ظاهرٍ سياسة العامّة وتأديبها وباطنه اخـلاق الملـوك
وسياستها للرعيّة على طاعة الملك وخدمته فيسقط بذلك عنّي
وعنهم كثير ممّا نحتاج اليه في معاناة الملك واريد ان يبقى لي
هذا الكتاب بعدى ذكرا على غابر الدهور فـلما سمع بيدبا
كلامه خرّ له ساجدا ورفع راسه وقال ايّها الملك السعيد جدّ
علا نجمك وغاب نحسك ودامت ايّامك انّ الذى قد طُبـع
عليه الملك من جودة القريحة ووفور العقل حرّكه لعـالى الامـور
وسَمَت به نفسه وهِمّته الى اشرف المراتب منزلةً وابعـدِها غايةً
وادام الله سعادة الملك واعانه على ما عزم من ذلك واعاننى على
بلوغ مراده فليامر الملك بما شاء من ذلك فانّى صاير الى غرضه
مجتهد فيه برأيي قـــــال له الملك يا بيدبا لم تزل موصوفا بحسن
الراى وطاعة الملوك فى امورهم وقد اختبرت منك ذلك واخترت
ان تضع هذا الكتاب وتعمل فيه فكرك وتجهد فيه نفسك بغاية ما
تجد اليه السبيل وليكن مشتملا على الجدّ والهزل واللهو والحكمة
والفلسفة فكــــــرّ له بيدبا وسجد وقال قد اجبت الملك ادام
الله

الله ايامه الى ما امرنى به وجعلت بينى وبينه اجلا قـــال وكم
هو الاجل قـــال سنة قـــال قد اجّلتك وامر له بجايزة سنيّة
تعينه على عمل الكتاب فـــبقى بيدا مفكّرا فى الاخذ فيه وفى اىّ
صورة يبتدى فيه وفى وضعه ثم ان بيدبا جمع تلامذته وقال لهم
ان الملك قد ندبنى لامر فيه فخرى وفخركم وفخر بلادكم وقد جمعتكم
لهذا الامر ثم وصف لهم ما سأل الملك من امر الكتاب والغرض الذى
قصد فيه فلم يقع لهم الفكر فيه فــالما لم يجد عندهم ما يريده فكّر
بفضل حكمته وعلم ان ذلك امرُ انّما يَتِمّ باستفراغ العقل واعمال
الفكر وقال ارى السفينة لا تجرى فى البحر الّا بالملّاحين لانّهم
يعدّلونها وانّما تسلك اللّجّة بمدبّرها الذى تقوّى بامرها ومتى شُحِنت
بالركاب الكثيرين وكثر ملّاحوها لم يومن عليها من الغرق ولم يــــزل
يفكّر فيما يعمله فى باب الكتاب حتّى وضعه على الانفراد بنفسه مع
رجل من تلامينه كان يثق به فخلا به منفردا معه بعد ان اعدّ من
الورق الذى كانت تكتب فيه الهند شيئا ومن القوت ما يقوم به
وتلمينه تلك المّة وجلسا فى مقصورة وردما عليهما الباب ثم بدا
فى

فى نظم الكتاب وتصنيفه ولم يزل هو يملى وتلاميذه يكتب ويرجع هو فيه حتّى استقرّ الكتاب على غاية الاتقان والاحكام ورتّب فيه اربعة عشر بابا كل باب منها قايم بنفسه وفى كل باب مسئلة والجواب عنها ليكون لمن نظر فيه حظّ وضمّن تلك الابواب كتابا واحدا وسمّاه كتاب كليله ودمنة ثــــمّ جعل كلامه على السن البهايم والسباع والطير ليكون ظاهره لهوا للخواصّ والعوامّ وباطنه رياضة لعقول الخاصّة وضمّنه ايضا ما يحتاج اليه الانسان من سياسة نفسه واهله وخاصّته وجميع ما يحتاج اليه من امر دينه ودنياه وآخرته واولاه ويخصّه على حسن طاعته للملوك ويجنّبه ما تكون مجانبته خيرا له ثــــمّ جعله باطنا وظاهرا كرسم ساير الكتب التى برسم الحكمة فصار الحيوان لهوا وما ينطق به حكما وادبا فـــــــلما ابتدى بيدبا بذلك جعـــل اوّل الكتاب وصف الصديق كيف يكون صديقان وكيف تقطع المودّة الثابتة بينهما بحيلة ذى النميمة وامر تلاميذ ان يكتب على لسان بيدبا مثل ما كان الملك شرطه فى ان جعله لهوا وحكمة فذكر بيدبا ان

ان الحكمة متى دخلها كلام الغفلة افسدها واستجهل
حكمتها فلم يزل هو وتلميذ يعملان الفكر فيما ساله الملك حتّى
قتق لهما العقل ان يكون كلامهما على لسان بهيمتين فوقع لهما
موضع اللهو والهزل بكلام البهايم وكانت الحكمة ما نطقا به
فاصغت الحكماء الى حِكمه وتركوا البهايم واللهو وعلموا انها السبب
فى الذى وُضع لهم ومالت اليه الجهّال عجبا من محاورة بهيمتين ولم
يشكّوا فى ذلك واتخذوه لهوا وتركوا معنى الكلام ان يفهموه ولم
يعلموا الغرض الذى وُضع له لان الفيلسوف انّما كان غرضه فى
الباب الاول ان يخبر عن تواصل الاخوان كيف تتأكّد المودّة بينهم
على التحفّظ من اهل السعاية والتحـرّز ممّن يوقع العداوة بين
المتحابّين ليجرّ بذلك نفعا الى نفسه فلم يزل بيدبا وتلميذ فى
المقصورة حتّى استتمّ عمل الكتاب فى مدّة سنة فلـــــــــــما تمّ
الحول انفذ اليه الملك ان قد جاء الوعد فماذا صنعت فانفذ اليه
بيدبا انّى على ما وعدت الملك فليأمرنى بحمله بعد ان يجمع
اهل المملكة لتكون قراءتى هذا الكتاب بحضرتهم فلما رجع
الرسول

الرسول الى الملك سُرّ بذلك ووعّدك يوما يجمع فيه اهل المملكة ثم نادى فى اقاصى بلاد الهند ليحضروا قراءة الكتاب فلما كان ذلك اليوم امر الملك ان ينصب لبيدبا سرير مثل سرير وكراسى لابناء الملوك والعلماء وانفذ فاحضر فلما جاءه الرسول قام فلبس الثياب التى كان يلبسها اذا دخل على الملوك وهى المسوح السود وحمّل الكتاب تلاميذَ فلما دخل على الملك وثبوا الخلايق باجمعهم وقام الملك شاكرا فلما قرب من الملك كفّر له وسجد ولم يرفع راسه قـــــــال له الملك يا بيدبا ارفع راسك فان هذا يوم هناء وفرح وسرور واس الملك ان يجلس فحين جلس لقراءة الكتاب ساله الملك عن معنى كل باب من ابواب الكتاب والى اىّ شىء قصد فيه فاخبره بغرضه فيه وفى كل باب فازداد الملك سنه تعجّبا وسرورا فقـــــال له يا بيدبا ما عدوت الذى فى نفسى وهذا الذى كنت اطلب فاطلب ما شئت وتحكّم فـــــدعا له بيدبا بالسعادة وطول الجدّ وقال ايّها الملك اما المال فلا حاجة لى فيه واما الكسوة فلا اختار على لباسى هذا شيئا ولست اخلى الملك من حاجة قـــــال الملك يا

يا بيدبا ما حاجتك فكل حاجة لك قِبَلنا مقضيّة قــــال يامر الملك
ان يدوّن كتابى هــذا كما دوّن آباؤه واجـداده كتبهم ويامر
بالاحتياط عليه فانّى اخاف ان يخرج من بلاد الهند فيتناوله اهل
فارس اذ علموا به فالملك يامر ان لا يخرج من بيت الحكمة ثـم
دعا الملك بتلامذته واحسن لهم الجوايز ثــــــــــم انه لما ملك
كسرى انوشيروان وكان مستبشرا بالكتب والعلم والادب والنظر
فى اخبار الاوايل وقع له خبر الكتاب فلم يقرّ قرارُ حتى بعث برزويه
الطبيب وتلطّف حتى اخرجه من بلاد الهند فاقرّ فى خزاين فارس۞

باب بعثة برزويه الى بلاد الهند۞

اما بعد فان الله تعالى خلق الخلق برحمته ومنّ على عباده
بفضله وكرمه ورزقهم ما يقـدرون به على اصلاح معايشهم فى
الدنيا ويدركون به استنقاذ ارواحهم من العذاب فى الآخــرة
وافضل ما رزقهم الله تعالى ومنّ به عليهم العقل الذى هو الدعامة
لجميع الاشياء والذى لا يقـدر احد فى الدنيا على اصلاح
معيشته

معيشته ولا احراز نفع ولا دفع ضرر الّا به وكذلك طالب الآخرة
المجتهد في العمل المنجّي به روح لا يقدر على اقام عمله واكماله
الّا بالعقل الذى هو سبب كل خير ومفتاح كل سعادة فليس
لاحد غنّى عن العقل والعقل مكتسب بالتجارب والادب وله
غريزة مكنونة فى الانسان كامنة كالنار فى الحجر لا تظهر ولا يرى ضوؤها
حتّى يقدح ما قادح من الناس فاذا قُدحت ظهرت طبيعتها
وكذلك العقل كامن فى الانسان لا يظهر حتى يظهره الادب وتقوّيه
التجارب ومن رُزق العقل ومُنّ به عليه واعين صدق قريحته
بالادب حرص على طلب سعد جدّ وادرك فى الدنيا امله وحاز
فى الآخرة ثواب الصالحين وقـــــــد رزق الله الملك السعيد
انوشيروان من العقل افضله ومن العلم اجزله ومن المعرفة بالامور
اصوبها وسدّده من الافعــال اسدّها ومن البحث عن الاصول
والفروع انفعه وبلّغه من فنون اختلاف العلم وبلوغ منزلــــة
الفلسفة ما لم يبلغه ملك قط من الملوك قبله حتّى كان فيما طلب
وبحث عنه من العلم ان بلغه عن كتاب بالهند علم انه اصل كل
ادب

ادب وراس كل علم والدليل على كل منفعة ومفتاح عمل الآخرة وعلمها ومعرفةُ النجاة من هولها فامر الملك وزيره بـزرجـمهـر ان يبحث له عن رجل اديب عاقل من اهل مملكته بصير بلسان الفارسيّة ماهر بكلام الهند ويكون بليغا باللسانين جميعا حريصا على طلب العلم مجتهـدا فى استعمال الادب مبادرا فى طلب العلم والبحث عن كتب الفلسفة فاتاه برجل اديب كامل العقل والادب معروف بصناعة الطبّ ماهر بالفارسيّة والهنديّة يقال له برزويه فلما دخل عليـة كفّر له وسجـد بـيـن يديـة فقـال له الملك يا برزويه انّى قد اخترتك لما بلغنى من فضلك وعلمك وعقـلك وحرصك على طلب العلم حيث كان وقد بلغنى عَن كتاب بالهند مخزون فى خزاينهم وقصّ عليه ما بلغـه عنه وقال له تجهّـز فانّى مرحّل بك الى ارض الهند فالطف بعقلك وحسـن ادبك وناقِد رايك لاستخراج هذا الكتاب من خزاينهم ومن قِبل علمـائـهم فتستفيد بذلك وتفيدنا وما قدرت عليه من كتب الهند ممّا ليس فى خزايننا منه شى ء فاحمله معك وخذ معك من المال ما تحتاج اليه

اليه وعجّل ذلك ولا تقتصّر فى طلب العلـوم وان اكثرت فيه
النفقة فان جميع ما فى خزاينى مبذول لك فى طلب العلوم وامر
باحضار المنجّمين فاختاروا له يوما يسير فيه وساعة صالحة يخرج
فيها وحمل معه من المال عشرين جرابا كل جراب فيه عشرة الف
دينار فــــــلما قدم برزويه بلاد الهند طاف بباب الملك
ومجالس السوقة وسأل عن خواصّ الملك والاشراف والعلمـاء
والفلاسفة فجعل يغشاهم فى منازلهم ويتلقّاهم بالتحيّة ويخبرهم
بانه رجل غريب قدم بلادهم لطلب العلوم والادب وانه يحتاج
الى معاونتهم فى ذلك فلم يزل كذلك زمانا طويلا يتأدّب عن علمـاء
الهند بما هو عالم بجميعه وكانّه لايعلم منه شيـئـا وهو فيما بين ذلك
يستر بغيته وحاجته واتّخذ فى تلك الحالة لطول مقامـه اصدقاء
كثيرة من الاشراف والعلماء والفلاسفة والسوقة ومن اهل كل
طبقة وصناعة وكان قد اتّخذ من بين اصدقائه رجلا واحدا
قد اتّخذه لسرّه وما يحبّ مشاورته فيه للذى ظهـر له من فضله
وأدبه واستبان له من صحّة إخائه وكان يشاوره فى الامور ويرتاح
اليه

إليه في جميع ما أهمّه الّا انّه كان يكتم مـــنه الامر الذى قدم
من اجله لكى يبلوه ويخبره وينظر هل هو اهل ان يُطلعه على سرّه
فـــــقال له يوما وهما جالسان يا اخى ما اريد ان اكتمك
من امرى فوق الذى كتمتك فاعلم انّى لامر قدمت وهو غير الذى
يظهر منّى والعاقل يكتفى من الرجل بالعلامات من نظره حتّى يعلم
سرّ نفسه وما يضمر قلبه عليه قـــال له الهندىّ انّى وان لم أكن
بدأتك واخبرتك بما جئتَ له واياه تريد وانّك تكتم امرا تطلبه
وتظهر غيره فما خفى علىّ ذلك منك ولكنّى لرغبتى فى إخائك
كرهت ان اواجهك به وانه قد استبان ما تخفيه منّى فاما اذ قد
اظهرت ذلك وافصحت به وبالكلام فيه فانّى مخبرك عن نفسك
ومظهر لك سريرتك ومعلّمك من حالك الـتى قدمت لهـا فانّك
قدمت بلادنا لتسلبنا كنوزنا النفيسة فتذهب بها الى بلادك
وتسرّ بها ملكك وكان قدومك بالمكر والخديعة ولكنّى لمّا رأيت
صبرك ومواظبتك على طلب حاجتك والتحفّظ من ان يسقط
منك الكلام مع طول مكثك عندنا بشىء يستدلّ به على سريرتك
وامرك   * ه

وأمرك ازددت رغبة فى إخائك وثقة بعقلك فأحببت مودّتك فإنّى
لم ارَ فى الرجال رجلا هو ارصن سنك عقلا ولا احسن ادبا ولا اصبر
على طلب العلم ولا اكتم بسرّه سنك ولا سيّما فى بلاد غربة
ومملكة غير مملكتك وعند قوم لا تعرف سنّهم وانّ عقل الرجل
ليبين فى ثمان خصال الاولى منها الرفق والثانية ان يعرف الرجل
نفسه فيحفظها والثالثة طاعة الملوك والتحرّى لما يرضيهم والرابع
معرفته الرجل ووضع سرّه وكيف ينبغى ان يطلع عليه صديقه
والخامسة ان يكون على ابواب الملوك اديبا ملق اللسان
والسادسة ان يكون لسرّه وسرّ غيره حافظا والسابعة ان يكون
على لسانه قادرا فلا يتكلّم الّا بما يأمن تبعته والثامنة ان كان
بالمحفل لا يتكلّم الّا بما يُسأل عنه فمن اجتمعت فيه هذه الخصال
كان هو الداعى الخير الى نفسه وهذه الخصال كلّها قد
اجتمعت فيك وبانت لى سنك فالله تعالى يحفظك ويعينك على ما
قدمت له فمصادقتك ايّاى لتسلبنى كنزى وفخرى وعلمى
فانك اهل بان تسعف بحاجتك وتشفّع بطلبتك وتعطى سؤلك
فـــــــقال

فـــــقال له برزويه انّى قد كنت هيّأت كلامًا كثيرا
وشعبت له شعوبا وانشأت له اصولا وطُرُقًا فلمّا انتهيت الى ما
بداتنى به من اطّلاعك على امرى والذى قدمت له والقيتّه
على من ذات نفسك ورغبتك فيما القيت من القول اكتفيتُ
باليسير من الخطاب معك وعرفت الكبير من امورى بالصغير من
الـكلام واقتصرت به معك على الايجـاز ورايت من اسعـافك
ايّاى بحاجتى ما دلّنى على كرمك وحسن وفائك فان الـكلام اذا
القى الى الفيلسوف والسرّ اذا استودِع اللبيب الحافظ فقد حُصّن
وبُلغ به نهايةَ امل صاحبه كما يُحصّن الشىء النفيس فى القلاع
الحصينة قـــال له الهندىّ لاشىء افضل من المودّة ومن خلصت
مودّته كان اهلا ان يخالطه الرجل بنفسه ولا يدّخر عنه شيئا ولا
يكتمه سرّا فان حفظ السرّ راس الادب فاذا كان السرّ عند الامين
الكتوم فقد احترز من التضييع معماه خليون ان لا يتكلّم به ولا يتمّ
سرّ بين اثنين قد علماه وتفاوضاه فاذا تكلّم بالسرّ اثنان فلابدّ
من ثالث من جهة احدهما او من جهة الاخر فاذا صار الى الثلثة فقد
شاع

شاع وذاع حتّى لا يستطيع صاحبه ان يجحد ويكابر عنه كالغيم

اذا كان منقطعا فى السماء فقال قايل هذا غيم منقطع لا يقدر راحد

على تكذيبه وانا فقد يداخلنى من مودّتك وخلطتك سرور لا

يعدله شيء وهذا الامر الذى تطلبه منّى اعلم انه من الاسرار التى

لا تكتم فلا بدّ ان يفشو ويظهر حتى يتحدّث به الناس فاذا فشا

فقد سعيت فى هلاكى هلاكا لا اقدر على الفدا منه بالمال

وان كثر لان ملكنا فظّ غليظ يعاقب على الذنب الصغير اشدّ

العقاب فكيف مثل هذا الذنب العظيم واذا حملتنى المودّة التى

بينى وبينك فاسعفتك بحاجتك لم يردّ عقابه عنّى شيء قـــال برزويه

ان العلماء قد مدحت الصديق اذا كتم سرّ صديقه واعانة

على الفوز وهذا الامر الذى قدست له لمثلك ذخرته وبك ارجـو

بلوغه وانا واثق بكرم طباعك ووفور عقلك واعلم انك لا تخشى منّى

ولا تخاف ان ابديه بل تخشى اهل بيتك المطيفين بك وبالملك ان

يسعوا بك وانا ارجو ان لا يشيع شيء من هذا الامر لانّى انا ظاعن

وانت مقيم وما اقمت فلا ثالث بيننا فتعاهدا على هذا جميعا

فاجابه

فأجابه الهندىّ الى ذلك الكتاب والى غيره من الكتب فاكتبّ
على تفسير وتقله من اللسان الهندىّ الى اللسان الفارسىّ واتعب
نفسه وانصب بدنه ليلا ونهارا وهو مع ذلك وجل وفزع من ملك
الهند خايف على نفسه من ان يذكر الملك الكتاب فى وقت ولا
يصادفه فى خزانته فلمّا فرغ من انتساخ الكتاب وغيره ممّا اراد
من ساير الكتب كتب الى انوشيروان يعلمه بذلك فلما وصل اليه
الكتاب سرّ بذلك سرورا شديدا ثم تخوّف بمعاجلة المقادير ان تنغّص
عليه فرحه فكتب الى برزويه يامر بتعجيل القدوم فسار برزويه
متوجّها نحو كسرى فلما راى الملك ما قد مسّه من الشحوب والتعب
والنصب قال له ايّها العبد الناصح الذى ياكل ثمرت ما قد
غرس ابش وقرّ عينا فانّ مشرفك وبالغ بك افضل درجة وامر
ان يريح بدنه سبعة ايّام فلمّا كان اليوم السابع امر الملك ان
يجتمع اليه الامراء والعلماء فلما اجتمعوا امر برزويه بالحضور فحضر
ومعه الكتب ففتحها وقرأها على من حضر من اهل المملكة فلمّا
سمعوا ما فيها من العلم فرحوا فرحا شديدا وشكروا الله على ما
رزقهم

رزقهم ومدحوا برزويه واثنوا عليه وامر الملك ان تفتح لبرزويه خزاين
اللؤلؤ والزبرجد والياقوت والذهب والفضّة وامر ان ياخذ من
الخزاين ما شاء من مال او كسوة وقـــــــال يا برزويه انّى قد امرت ان
تجلس على مثل سريرى هذا وتلبس تاجا وتتروّس على جميع
الاشراف فسجد برزويه للملك ودعا له وطلب من الله وقال اكرم
الله تعالى الملك كرامتر الدنيا والآخرة واحسن عنّى ثوابه وجزاءه
فانّى بحمد الله مستغن عن المال بما رزقنى الله على يَدَى الملك
السعيد الجدّ العظيم الملك ولا حاجة لى بالمال لكن لمّا كلّفنى ذلك
وعلمت انه يسرّ انا امضى الى الخزاين فآخذُ منها طلبا لمرضاته
وامتثالا لامر ثـــــــــمّ قصد خزانة الثياب فاخذ منها نختا من
ظرايف خراسان من ملابس الملوك فــلمّا قبض برزويه ما اختان
ورضيه من الثياب قال اكرم الله الملك ومدّ فى عمن ابد الابد ان
الانسان اذا اُكرم وجب عليه الشكر وان كان قد استوجبه تعبا
ومشقّة فقد كان فيها رضا الملك واما انا فما لقيته من عناء وتعب
ومشقّة لِما اعلم ان لكم فيه الشرف يا اهل هذا البيت فانّى لم ازل والى
هذا

۳

هذا اليوم تابعا رضاكم ارى العسير فيه يسيرا والشاقّ هيّنا والنصب والاذى سرورا ولذّة لِما اعلم انّ لكم فيه رضا وقربة عندكم ولكنّى اسأل ايّها الملك حاجة تسعفنى بها وتعطينى فيها سؤلى فانّ حاجتى يسيرة وفى قضائها فايدة كثيرة قـــال انوشيروان قل فكل حاجة لك قِبَلنا مقضيّة فانك عندنا عظيم ولو طلبت مشاركتنا فى ملكنا لفعلنا ولم نردد طلبتك فكيف ما سوى ذلك فقل ولا تحتشم فان الامور كلها مبذولة لك قـــال برزويه ايّها الملك لا تنظر الى عناى فى رضاك وانكماشى فى طاعتك فانّما انا عبدك يلزمنى بذل مهجتى فى رضاك ولو لم تجزنى لم يكن ذلك عندى عظيما ولا واجبا على الملك ولكن لكرمه وشرف منصبه عمد الى مجازاتى وخصّنى واهل بيتى بعلوّ المرتبة ورفع الدرجة حتّى لو قدر ان يجمع لنا بين شرف الدنيا والآخرة لفعل فجزاه الله عنّا افضل الجزاء قـــال انوشيروان اذكر حاجتك فعلىّ ما يسرّك فقـــال برزويه حاجتى ان يامر الملك اعلاه الله تعالى وزيره بزرجمهر بن البختكان ويُقسم عليه ان يعمل فكره

ويجمع

ويجمع رأيه ويجهد طاقته ويفرغ قلبه في نظم تأليف كلام مُتقَن
مُحكم ويجعله بابا يذكر فيه أمري ويصف حالي ولا يدع من المبالغة
في ذلك أقصى ما يقدر عليه ويأمر إذا استتمّ أن يجعله أوّل
الأبواب التي تقرأ قبل باب الأسد والثور فإنّ الملك إذا فعل
ذلك فقد بلغ بي وبأهلي غاية الشرف وأعلى المراتب وأبقى لنا
ما لا يزول ذكر باقيا على الأبد حيث ما قرئ هذا الكتاب
فلمـــــــــــــــا سمع كسرى أنوشيروان والعظماء مقالته وما
سمت إليه نفسه من محبّة أبقاء الذكر فاستحسنوا طلبته واختيار
فقال كسرى حبّا وكرامة لك يا برزويه إنك أهل أن تسعف
بحاجتك فما أقلّ ما قنعت به وأيسرَ عندنا وإن كان خطرُه
عندك عظيما ثـــــــــمّ أقبل أنوشيراون على وزيره بزرجمهر فقال
له قد عرفتَ مناصحة برزويه لنا وتجشّمه المخاوف والمهالك فيما يقرّبه
منّا وأتعابه بدنه فيما يسرّنا وما أتى ألينا من المعروف وما أفادنا الله
على يده من الحكمة والأدب الباقي لنا فنحن وما عرضنا له من خزائننا
لنجزيه بذلك على ما كان منه فلم تمِل نفسه إلى شيء من ذلك وكان
بغيته

بغيته وطلبته منّا امرا يسيرا راءه هو الثواب منّا له والكراسة
الجليلة عنك فانّى احبّ ان تتكلّم فى ذلك وتسعفه بحاجته
وطلبته واعلم ان ذلك ممّا يسرّنى ولا تدع شيئا من الاجتهاد
والمبالغة الا بالغته وان نالتك فيه مشقّة وهو ان تكتب بابا مضارعا
لتلك الابواب التى فى الكتاب وتذكر فيه فضل برزويه وكيف كان
ابتداء امر وشانه وتنسبه اليه والى حسبه وصناعته وتذكر فيه
بعثته الى بلاد الهند فى حاجتنا وما افدنا على يديه من هنالك
وشرّفنا به وفضّلنا على غيرنا وكيف كان حال برزويه وقدومه من
بلاد الهند فقل ما تقدر عليه من التقريظ والاطناب فى مدحه
وبالغ فى ذلك افضل المبالغة واجتهد فى ذلك اجتهادا يسنّ
برزويه واهل المملكة وان برزويه اهل لذلك منّى ومن جميع اهل
المملكة ومنك ايضا لمحبّتك للعلوم واجهد ان يكون غرض هذا
الكتاب الذى ينسب الى برزويه افضل من اغراض تلك الابواب
عند الخاصّ والعامّ واشدّ مشاكلة بحال هذا العلم فانك اسعد
الناس كلّهم بذلك لانفرادك بهذا الكتاب واجعله اول الابواب فاذا
انت

انت عملته ووضعته فى موضعه اعلمنى لاجمع اهل المملكة وتقرؤه
عليهم فيظهر فضلك واجتهادك فى محبتنا فيكون لك بذلك فخر
فلمّا سمع بزرجمهر مقالة الملك خرّ له ساجدا وقال ادام الله لك
ايّها الملك البقاء وبلّغك افضل منازل الصالحين فى الآخرة والاولى
لقد شرّفتنى بذلك شرفا ثمّ خرج بزرجمهر من عند الملك
فوصف برزويه من اوّل يوم دفعه ابواه الى المعلّم ومضيّه الى بلاد الهند
فى طلب العقاقير والادوية وكيف تعلّم خطوطهم ولغتهم والى ان
بعثه انوشيروان الى الهند فى طلب الكتاب ولم يدع من فضايل برزويه
وحكمته وخلايقه ومذهبه امرا الّا ونسقه واتى به باجود ما يكون من
الشرح ثمّ اعلم الملك بفراغه منه فجمع انوشيروان اشراف
قومه واهل مملكته وادخلهم اليه وامر بزرجمهر بقراءة الكتاب
وبرزويه قايم الى جانب بزرجمهر وابتدأ بوصف برزويه حتّى انتهى
الى آخر ففرح الملك بما اوتى به برزجمهر من الحكمة والعلم ثم اثنى
الملك وجميع من حضره على بزرجمهر وشكروه ومدحوه وامر له
الملك بمال جزيل وكسوة وحلى واوانى فلم يقبل من ذلك شيئا غير
كسوة

كسوة كانت من ثياب الملوك ثــــــمّ شكر له ذلك برزويه وقبّل
راسه ويك واقبل برزويه على الملك وقال ادام الله لك الملك والسعادة
فقد بلغت بي وباهلى غاية الشرف بما امرت بزرجمهر من صنعته
الكتاب فى اسرتى وابقاء ذكرى ۞

باب عرض الكتاب ترجمة عبد الله بن المقفّع ۞

هذا كتاب كليله ودمنه ومنه وهو ممّا وضعته علماء الهند من الامثال
والاحاديث التى الهموا ان يدخلوا فيها ابلغ ما وجدوا من القول
فى النحو الذى ارادوا ولم تزل العلماء من اهل كل ملّة يلتمسون
ان يُعقَل عنهم ويحتالون فى ذلك بصنوف الحيل ويبتغون فى
اخراج ما عندهم العلل حتى كـــان من تـلك العلل وضعُ هذا
الكتاب على افواه البهايم والطير فاجتمع لهم بذلك خلال اِنّا هم
فوجدوا منصرفا فى القول وشعوبا ياخذون منها واِنّا الكتاب فجمع
حكمة ولهوا فاختان الحكماء لحكمته والسفهاء للهوة والمتعلّم من
الاحداث منشط فى حفظ ما صار اليه من امر يربط فى صدن ولا
يدرى

يدرى ما هو بل عرف انه قد ظفر من ذلك بمكتوب مرقوم وكان كالرجل الذى لما استكمل الرجوليّة وجد ابويه قد كنزا له كنوزا واعتقدا له عقدا استغنى بها عن الكد ح فيما يعمله من امر معيشته فاغناه ما اشرف عليه من الحكمة عن الحاجة الى غيرها من وجوه الادب ولمـــــن قرأ هذا الكتاب ان يعرف الوجوه التى وُضعت له والى اىّ غاية جرى مؤلّفه فيه عند ما نسبة الى البهايم واضافه الى غير مفصح وغير ذلك من الاجعال التى جعلها شالا واشالا وامثالا وان قاريه متى لم يفعل ذلك لم يدر ما اريد بتلك المعانى ولا اىّ ثمرة يجتنى منها ولا اىّ نتيجة تحصل له من مقدّمات ما تضمّنه هذا الكتاب وانّه من كان غايته استتمام قراءته الى آخره دون معرفة ما يقرأ منه لم يعُدْ عليه شىء يرجع اليه نفعه ومـــــن استكثر من جمع العلوم وقراءة الكتب من غير اعمال الروية فيما يقرّوه كان خليقا ان يصيبه ما اصاب الرجل الذى زعمت العلماء انه اجتاز ببعض المفاوز فظهر له موضع آثار الكنوز فجعل يحفر ويطلب فوقع على شىء من عين وورق فقال فى نفسه ان انا اخذت فى نقل هذا المال قليلا

قليلا قليلا طال عليّ وقطعني الاشتغال بنقله واحرانِ عن اللذّة بما
اصبت منه ولكن سأستأجر اقواما يحملونه الى منزلى واكون انا
اخرهم ولا يكون بقى وراى شىء يشغل فكرى بفعله ونقله واكون
قد استظهرت لنفسى فى اراحة بدنى عن الكدّ بيسير اجرةٍ اعطيها
لهم ثم جاء بالحمّالين فجعل يحمل كل واحد منهم ما يطيق فينطلق
به الى منزله فيفوز به حتّى اذا لم يبق من الكنز شىء انطلق خلفهم
الى منزله فلم يجد فيه شيئًا من المال لا قليلا ولا كثيرا واذا كل
واحد من الحمّالين قد فاز بما حمله لنفسه ولم يكن له من ذلك الّا العناء
والتعب لانه لم يفكّر فى آخر امره وكـــــذلك من قرأ هذا الكتاب
ولم يفهم ما فيه ويعلم غرضه ظاهرا وباطنا لم ينتفع بما بدا له من
خطّه ونقشه كما لو انّ رجلا قدّم له جوز صحيح لم ينتفع به الّا ان
يكسر وكـــان ايضا كالرجل الذى طلب علم الفصيح من
كلام الناس فأتى صديقا له من العلماء له علم بالفصاحة فاعلمه
حاجته الى علم الفصيح فرسم له صديقه فى صحيفة صفراء فصيح
الكلام وتصاريفه ووجوهه فانصرف المتعلّم الى منزله فجعل يكثر
قراءتها

قراءتها ولا يقف على معانيها ثم انه جلس ذات يوم في محفل من
اهل العلم والادب فاخذ في محاورتهم فجرت له كلمة اخطأ فيها
فقال له بعض الجماعة انك قد اخطأت والوجه غير ما تكلّمت به
فقال كيف اخطئ وقد قرأت الصحيفة الصفراء وهي في منزلي
فكانت مقالته لهم اوجبت الحجّة عليه وزاده ذلك قربا من الجهل
وبعدا من الادب ثـــمّ ان العاقل اذا فهم هذا الكتاب وبلغ نهاية
علمه فيه ينبغى له ان يعمل بما علم منه لينتفع به ويجعله مثالا لا
يحيد عنه فاذا لم يفعل ذلك كان مثله كالرجل الذى زعموا ان سارقا
تسوّر عليه وهو نايم في منزله فعلم به فقال والله لاسكتنّ حتى انظر ما
ذا يصنع ولا اذعن ولا اعلمه انّى قد علمت به فاذا بلغ مراده قمت اليه
فنغّصت ذلك عليه ثـــمّ انه امسك عنه وجعل السارق يتردّد
وطال تردّدُه في جمعه ما يجد فغلب الرجل النعاس فنام وفرغ
اللصّ مما اراد وامكنه الذهاب واستيقظ الرجل فوجد اللصّ قد
اخذ المتاع وفاز به فاقبل على نفسه يلومها وعرف انه لم ينتفع بعلم
موضع اللصّ اذ لم يستعمل في امن ما يجب وقـــد يقال ان العالم
لا

لا يتمّ الا بالعمل وان العلم كالشجرة والعمل فيه كالثمرة وانّما صاحب العلم يُعرّض بالعمل لينتفع به وان لم يستعمل ما يعلم فليس يسمّى عالما ولو ان رجلا كان عالما بطريق مخوف ثم سلكه على علم به سمّى جاهلا ولعلّه ان يكن قد حاسب نفسه وجدها قد ركبت اهواء هجمت بها فيما هو اعرف بضررها فيه واذا اتّها من ذلك السالك فى الطريق المخوف الذى قد عرفه ومن ركب هواه ورفض ما ينبغى ان يعمل بما جرّبه هو او علّمه غيره كان كالمريض العالم بردّى الطعام والشراب وجيّد وخفيفه وثقيله ثم يحمله الشره على اكل ردية وترك ما هو اقرب الى النجاة والتخاّص من علّته واقلّ الناس عذرا فى اجتناب عمود الافعال وارتكاب مذمومها من ابصر ذلك وميّزه وعرف فضل بعضه على بعض كما انّه لو ان رجلين احدهما بصير والاخر اعمى ساقهما الاجل الى حفرة فوقعا فيها كانا اذ صارا فى قعرها بمنزلة واحدة غير ان البصير اقلّ عذرا عند الناس من الضرير اذ كانت له عينان يبصر بهما وذاك بما صار اليه جاهل غير عارف وعلى العالم ان يبدأ بنفسه

بنفسه ويؤدّبها بعلمه ولا تكون غايته اقتناوه العلم لمعاونة غيره
ويكون كالعين التى يشرب الناس ماءها وليس لها فى ذلك شىء من
المنفعة وكدودة القزّ التى تحكم صنعتها ولا تنتفع به فقد ينبغى لمن
طلب العلم ان يبدأ بعظة نفسه ثم عليه بعد ذلك ان يقبسه فان
خلا لا ينبغى لصاحب الدنيا ان يقتنيها ويقبسها منها العلمُ والمالُ
ومنها اتّخاذ المعروف وليس للعالم ان يعيب امرءًا بشىء فيه مثله
ويكون كالاعمى الذى يعيّر الاعمى بعماه وينبغى لمن طلب امرا
ان يكون له فيه غاية ونهاية ويعمل بها ويقف عندها ولا يتمادى فى
الطلب فانه يقال من سار الى غير غاية فيوشك ان يقطع به مطيّته
وانه كان حقيقا الا يعنى نفسه على طلب ما لا حدّ له وما لم ينله احد
قبله ولا يتأسّف عليه ولا يكون لدنياه مؤثرا على آخرته فانه من لم
يعلق قلبه بالغايات قلّت حسرته عند مفارقتها وقد يقال فى امرين
يجملان بكل احد احدهما النسك والاخر المال وقد يقال فى امرين لا
يجملان بكل احد الملك ان يشارك فى ملكه والرجل ان يشارك فى
زوجته فالخلّتان الاوليان مثلهما مثل النار التى تحرق كل حطب
يقذف

يقذف فيها والخلّتان الاخريان كالماء والنار اللذان لايمكن اجتماعهما

وليـــس ينبغى للعاقل ان يغيظ احدا ساق الله اليه صنعا

وقد كان راجيا منه غير ذلك ومن امثال هذا ان رجلا كان به

فاقة وجوع وعرى فاجهاه ذلك ان سأل من اقاربه واصدقائه فلم

يكن عند احد منهم فضل يعود به عليه فبينما هو ذات ليلة فى

منزله اذ بصر بسارق فى منزله فقال والله ما فى منزلى شىء أخاف

عليه فليجهد السارق جهك فبينما السارق يجول اذ وقعت يك

على غابية فيها حنطة فقـــال السارق والله ما احبّ ان

يكون عنائى الليلة باطلا ولعلّى لا اصل الى موضع اخر ولكن

ساحمل هذه الحنطة ثم بسط قميصه ليصبّ عليه الحنطة فقال

الرجل يذهب هذا بالحنطة وليس ورائى سواها فيجتمع علىّ

مع العرى ذهاب ما كنت اقتات به وما يجتمعان والله هاتان

الخلّتان على احد الا اهلكتاه ثم صاح بالسارق واخذ هراوة

كانت عند راسه فلم يكن للسارق حيلة الا الهرب منه وترك

قميصة ونجا بنفسه وغدا الرجل به كاسيا وليـــس ينبغى ان

يركن

يركن الى مثل هذا ويدع ما يجب عليه من الحذر والعمل في مثل
هذا لصلاح معاشه ولا ينظر الى من تؤاتيه المقادير وتساعك على
غير التماس منه وان اوليك في الناس قليل والجمهور منهم من
اتعب نفسه في الكدّ والسعى فيما يصلح امن وينال به ما اراد
وينبغى ان يكون حرصه على ما طاب كسبه وحسن نفعه ولا
يتعرّض لما يجلب عليه العناء والشقاء فيكون كالحمامة التى تفرخ
الفراخ فتوخذ وتذبح ثم لا يمنعها ذلك ان تعود فتفرخ موضعها
وتقيم بمكانها فتوخذ الثانية من فراخها فتذبح وقد يقال ان الله
تعالى قد جعل لكل شيء حدّا يوقف عليه ومن تجاوز في الاشياء
حدّها اوشك ان يلحقه التقصير عن بلوغها ويقال من كان سعيه
لآخرته ودنياه فحياته له وعليه ومن كان سعيه لدنياه خاصّة فحياته
عليه ويقال في ثلثة اشياء يجب على صاحب الدنيا اصلاحها
وبذل جهك فيها منها امر معيشته ومنها ما بينه وبين الناس ومنها
ما يكسبه الذكر الجميل بعك وقد قيل في امور من كنّ فيه لم يستقم له
عمل منها التوانى ومنها تضييع الفرص ومنها التصديق لكل خبر
ورتّ

وربّ مخبر بشيء عقله ولا يعرف استقامته فيصدّقه وينبغى
للعاقل ان يكون لهواه متّهما ولا يقبل من كل احد حديثا ولا يتمادى
فى الخطا اذا التبس عليه امر حتى يتبيّن له الصواب وتستوضح له
الحقيقة ولا يكون كالرجل الذى يجور عن الطريق فيستمرّ على
الضلال فلا يزداد فى السير الا جهدا وعن القصد الا بعدا
وكالرجل الذى تقذى عينه فلا يزال يحكّها حتى ربّما كان ذلك
الحكّ سببا لذهابها ويجب على العاقل ان يصدّق بالقضاء
والقدر ويأخذ بالحزم ويحبّ للناس ما يحبّ لنفسه ولا يلتمس
صلاح نفسه بفساد غيره فانه من فعل ذلك كان خليقا ان يصيبه
ما اصاب التاجر من رفيقه فانه يقال انه كان رجل تاجر وكان له
شريك فاستاجرا حانوتا وجعلا متاعهما فيه وكان احدهما قريب
المنزل من الحانوت فاضمر فى نفسه ان يسرق عدلا من اعدال
رفيقه ومكر الحيلة فى ذلك وقال ان اتيت ليلا لم آمن ان احمل عدلا
من اعدالى او رزمة من رزمى ولا اعرفها فيذهب عنائى وتعبى
باطلا فاخذ رداءه والقاه على العدل الذى اضمر اخذه ثم انصرف
الى

إلى منزله وجاء رفيقه بعد ذلك ليصلح اعداله فوجد رداء شريكه
على بعض اعداله فقال والله هذا رداء صاحبي ولا احسبه الآ قد
نسيه وما الرأى ان ادعه هاهنا ولكن اجعله على رزمه فلعله
يستبقني إلى الحانوت فيجد حيث يحب ثم اخذ الرداء فالقاه على
عدل من اعدال رفيقه وقفل الحانوت ومضى إلى منزله فلما جاء الليل
اتى رفيقه ومعه رجل قد واطأه على ما عزم عليه وضمن له جُعلا
على حمله فصار إلى الحانوت فالتمس الازار في الظلمة فوجد على
العدل فاحتمل ذلك العدل واخرجه هو والرجل وجعلا يتراوحان
على حمله حتى اتى منزله وربى نفسه تعبا فلما اصبح افتقد فاذا به
بعض اعداله فندم اشد الندامة ثم انطلق نحو الحانوت فوجد
شريكه قد سبقه اليه ففتح الحانوت وفقد العدل فاغتم لذلك غما
شديدا وقال واسوءتاه من رفيق صالح قد ايتمنى على ماله وخلفنى
فيه ما ذا يكون حالى عنك ولست اشك في تهمته اتاى ولكن قد
وطنت نفسى على غرامته ثم اتى صاحبه فوجده مغتما فسأله عن
حاله فقال إنى قد افتقدت الاعدال وفقدت عدلا من اعدالك ولا
اعلم

اعلم بسببه واني لا اشكّ في تهمتك ايّاى واني قد وطّنت نفسى
على غرامته فقال له يا اخى لا تغتمّ فان الخيانة شرّ ما عمله الانسان
والمكر والخديعة لا يوديان الى خير وصاحبهما مغرور ابدا وما عاد
وبال البغى الا على صاحبه وانا احد مَن مكر وخدع واحتال فقال
له صاحبه وكيف كان ذلك فاخبره بخبره وقصّ عليه قصّته فقال
له رفيقه ما مثلك الا مثل اللصّ والتاجر فقال له وكيف كان ذلك
قـــــال زعموا ان تاجرا كان له في منزله خابيتان احداهما مملوّة
حنطة والاخرى مملوّة ذهبا فترقّبه بعض اللصوص زمانا حتّى
اذا كان بعض الايّام تشاغل التاجر عن المنزل فاغتفله اللصّ
ودخل المنزل وكمن في بعض نواحيه فلما همّ باخذ الخابية التى فيها
الدنانير اخذ التى فيها الحنطة وظنّها التى فيها الذهب ولم يزل
في كدّ وتعب حتى اتى بها منزله فلما فتحها وعلم ما فيها ندم قـــــال
له الخائن ما ابعدت المثل ولا تجاوزت القياس وقد اعترفت بذنبى
وخطاى عليك وعزيز علىّ ان يكون هذا كهذا غيران النفس
الرديّة تأمر بالفحشاء فقبل الرجل معذرته واضرب عن توبيخه وعن
الثقة

الثقة به وندم هو عند ما عاين من سوء فعله وتقديم جهله وقد ينبغي للناظر في كتابنا هذا ان لا تكون غايته التصفّح لتراويقه بل يشرف على ما يتضمّن من الامثال حتى يأتي الى آخر ويقف عند كل مثل وكلمة ويعمل فيها رويّته ويكون مثل الاخوة الثلثة الذين خلّف لهم ابوهم المال الكثير فتنازعوه بينهم فاما الاثنان الكبيران فانهما اسرعا في اتلافه وانفاقه في غير وجهه واما الصغير فانه عند ما نظر ما صارا اليه اخواه من اسرافهما وتخلّيهما من المال اقبل على نفسه يشاورها وقال يا نفسي انّما المال يطلبه صاحبه ويجمعه من كل وجه لبقاء حاله وصلاح معاشه ودنياه وشرف منزلته في اعين الناس واستغنائه عمّا في ايديهم وصرفه في وجهه من صلة الرحم والانفاق على الولد والافضال على الاخوان اذ لم يتولّد له فمن كان له مال ولا ينفقه في حقوقه كان كالذي يعدّ فقيرا وان كان موسرا وان هو احسن امساكه والقيام عليه لم يعدم الامرين جميعا من دنيا تبقى عليه وحمد انضاف اليه ومتى قصد انفاقه على غير الوجوه التي حُدّث لم يلبث

يلبث ان يتلفه ويبقى على حسرة وندامة ولكنّ الرأي ان امسك
هذا المال فانى ارجو ان ينفعنى الله به وبغنى اخوتى على يدىّ
فاما هو مال ابى ومال ابيهما وان اولى الانفاق على صلة الرحم
وان بعد فكيف باخوتى فانفذ فاحضرهما وشاطرهما بماله وكذلك
يجب على قارئ هذا الكتاب ان يديم النظر فيه والا فيكون مثله
مثل الصيّاد الذى كان فى بعض الخلجان وكان ذات يوم فى
الماء صايدا اذ بصر فى الماء صدفة فتوهّمها شيئا فالقى شبكته فى
البحر فاشتملت على سمكة كانت قوت يومه فخلاها وقذف نفسه
فى الماء لياخذ الصدفة فلما اخرجها وجدها فارغة لا شىء فيها
ممّا ظنّ فندم على ترك ما فى يدٍ للطمع وتأسّف على مافاته فلمّا
كان فى اليوم الثانى تنحّى عن ذلك المكان والقى شبكته فاصاب
حوتا صغيرا وراى ايضا صدفة سنيّة فلم يلتفت اليها وساء ظنّه
بها فتركها فاجتاز بها بعض الصيّادين فاخذها فوجد فيها درّ
تساوى اموالا وكذلك الجهّال على اغفال امر التفكّر والاغترار فى
امر هذا الكتاب وترك الوقوف على اسرار معانيه والاخذ بظاهر دون

دون

دون الاخذ بباطنه ومن صرف همّته الى النظر في ابواب الهزل كرجل اصاب ارضا طيّبة حُرّت وحبّا صحيحا فزرعها وسقاها حتى اذا قرب خيرها واينعت تشاغل عنها بجمع ما فيها من الزهر وقطع الشوك فاهلك بتشاغله ما كان احسن فايدة واجمل عايدة

وينبغي للناظر في هذا الكتاب ان يعلم انه ينقسم على اربعة اغراض احدها ما قُصد فيه الى وضعه على السنة البهايم غير الناطقة ليسارع الى قراءته اهل الهزل من الشبّان فتستمال به قلوبهم لانه الغرض بالنوادر من جِيَل الحيوانات والثاني اظهار خيالات الحيوانات بصنوف الاصباغ والالوان ليكون انسا لقلوب الملوك ويكون حرصهم عليه اشدّ للنزهة في تلك الصور والثالث ان يكون على هذه الصفة فيّتخذ الملوك والسوقة فيكثر بذلك انتساخه ولا يبطل فيخلون على مرور الايّام ولينتفع بذلك المصوّر والناسخ ابدا والغرض الرابع الاقصى وذلك بخصوص بالفيلسوف خاصّة ۞

انقضى باب عرض الكتاب وهذه ترجمة الابواب ۞

الباب الاوّل مقدّمة الكتاب ترجمة علىّ بن الشاه الفارسى ۞

الباب

الباب الثاني باب بعثة برزويه الى بلاد الهند لانتساخ كتاب كليله ودمنه ۰

الباب الثالث باب عرض الكتاب ترجمة عبد الله بن المقفّع ۰

الباب الرابع باب برزويه المتطبّب ترجمة بزرجمهر بن البختكان ۰

الباب الخامس باب الاسد والثور وهو مثل المتحابّين يقطع بينهما الكذوب ۰

الباب السادس باب الفحص عن امر دمنه وما كان من معاذيرين ۰

الباب السابع باب الحمامة المطوّقة وهو مثل اخوان الصفا ۰

الباب الثامن باب البوم والغربان وهو مثل العدوّ الذى لا يغترّ به ۰

الباب التاسع باب القرد والغيلم وهو مثل الذى ظفر بالحاجة ثم اضاعها ۰

الباب العاشر باب الناسك وابن عرس وهو مثل الذى يستعجل فى الامر قبل البيان ۰

الباب

باب

باب برزويه ترجمة بزرجمهر بن البختكان ۞

قال برزويه رأس الاطبّاء فارس وهو الذى تولّى انتساخ هـذا
الكتاب وترجمه من كتب الهند وقد مضى ذكر ذلك من قبل فيما
مضى ان ابى كان من المقاتلة وكانت امّى من عظماء بيوت الزمازمة
وكان منشاى فى نعمة كاملة وكنت اكرم ولد ابوىّ عليهما وكانا
بى اشدّ احتفاظا من دون اخوتى حتّى اذا بـلـغت سبع سنين
اسلمانى الى المؤدّب فلما حذقت الكتابة شكرت ابوىّ ونظرت فى
العلم فكان اوّل ما ابتدأت به وحرصت عليه علم الطب لانى كنت
عرفت فضله وكلما سددت منه علما ازددت فيه حرصا وله اتّباعا
فلما همّت نفسى بمداواة المرضى وعزمت على ذلك امرت نفسى ثم
خيّرتها بين الامور الاربعة التى يطلبها الناس واليها يرغبون ولها
يسعون فقلت اىّ هذه الخلال ابتغى فى علمى وايّها احرى بى
فادرك منه حاجتى المال ام الذكر ام اللذّات ام الآخرة وكنت وجدتّ
فى كتب الطبّ ان افضل الاطبّاء من واظب على طبّه لايبتغى
الا

الا الآخرة فرأيت ان اطلب الاشتغال بالطب ابتغاء الآخرة لئلا
اكون كالتاجر الذى باع ياقوتة ثمينة بخرزة لا تساوى شيئًا مع انى قد
وجدت فى كتب الاولين ان الطبيب الذى يبتغى بطبّه اجر
الآخرة لا يمنعه ذلك حظّه من الدنيا وان مثله مثل الزارع الذى
يعمر ارضه ابتغاء الزرع لا ابتغاء العشب ثم هى لا محالة نابت فيها
الوان العشب مع يانع الزرع فاقبلت على مداواة المرضى ابتغاء
اجر لآخرة فلم ادع مريضا ارجو له البرء واخر لا ارجوه ذلك الّا
انى اطمع ان يخفّ عنه بعض المرض الّا بالغت فى مداواته ما
امكننى القيام عليه بنفسى ومن لم اقدر القيام عليه وصفت له ما
يصلح واعطيته من الدواء ما يتعالج به ولم ارد ممّن فعلت معه
ذلك جزاء ولا مكافأة ولم اغبط احدا من نظرائى الذين هم دونى فى
العلم وفوقى فى الجاه والمال وغيرهم ممّن لا يعود بصلاح ولا حسن
سيرة قولا ولا عملا ولما تاقت نفسى الى غشيانهم وتمنّت منازلهم
اثبت لها الخصومة فقلت لها يا نفس اما تعرفين تعبك من ضرّك
الا تنتبهين عن تمنّى ما لا يناله احد الّا قلّ انتفاعه به وكثر عناؤه
فيه

فيه واشتدّت المؤونة عليه وعظمت المشقّة لديه بعد فراقه يا نفسى

اما تذكرين ما بعد هذه الدار فينسيك ما تشرهين اليه منها الا

تستحيين من مشاركة الفجّار فى حبّ هذه العاجلة الفانية التى من

كان فى يده شىء منها فليس له وليس ببان عليه فلا يألفها

الّا المغترّون الجاهلون يا نفس انظرى فى امرك وانصرفى عن هذا

السفه واقبلى بقوّتك وسعيك على تقديم الخير وايّاك والشرّ

واذكرى ان هذا الجسد موجود لافاتٍ وانه مملوٌ اخلاطا فاسدة

قذرة تعقدها الحياة والحياة الى نفاد كالصنم المفصّلة اعضاؤه اذا

ركّبت ووُضعت يجمعها مسمار واحد يشدّ بعضها بعضا فاذا

اخذ ذلك المسمار تساقطت الاوصال يا نفس لا تغترّى بصحبة

احبّايك واصحابك ولا تحرصى على ذلك كل الحرص فان صحبتهم على

ما فيها من السرور كثيرة المؤونة وعاقبة ذلك الفراق ومثلها مثل

الغرفة التى تستعمل فى جدّتها السخونة المرّة فاذا انكسرت صارت

وقودا يا نفس لا يحملنّك اهلك واقاربك على جمع ما تهلكين فيه

ارادةَ صلتهم فاذا انت كالدخنة الارجة التى تحترق ويذهب

اخرون

اخرون بريحها يا نفسِ لا يبعد عليك امر الآخرة فتميلى الى العاجلة
فى استعجال القليل وبيع الكثير باليسير كالخواجه الذى كان له
ملء بيت من الصندل فقال ان بعته موازنة طال علىّ فباعه جزافا
بابخس الثمن فلـــــــا رايت ذلك لم اجد الى متابعة احد منهم
سبيلا وعرفت انى ان صدّقت احدا منهم لا علم لى بحاله كنت
فى ذلك كالمصدّق المخدوع الذى زعموا ان سارقا علا ظهر بيت
رجل من الاغنياء وكان معه جماعة من اصحابه فاستيقظ صاحب
المنزل من وطيم فعرّف امرأته ذلك فقال لها رويدا انّى لاحسب
اللصوص علوا على البيت فايقظينى بصوت يسمعه اللصوص وقولى
الا تخبرنى ايّها الرجل عن اموالك هذه الكثيرة وكنوزك العظيمة فاذا
نهيتك عن هذا السؤال فالحّ علىّ بالسؤال ففعلت المرأة ذلك
وسألته كما امرها ونصت اللصوص الى سماع قولهما قال لها الرجل
ايتها المرأة قد ساقك القدر الى رزق واسع كثير فكلى واسكتى ولا
تسئلى عن امر ان اخبرتك به لم آمن ان يسمعه احد فيكون فى
ذلك ما اكره وتكرهين ثم قالت المرأة اخبرنى ايّها الرجل فلعمرى
ما

ما بقربنا احد يسمع كلامنا فقال لها فانّى نخبرك لير اجمع هذة
الاموال الا من السرقة قالت وكيف كان ذلك وما كنت تصنع
قال ذلك لعلمِ اصبته فى السرقة وكان الامر علىّ يسيرا وانا آمن
من ان يتّهمنى احد او يرتاب بى قالت فاذكر لى ذلك قال كنت
اذهب فى الليلة المقمرة انا واصحابى حتّى اعلوداز بعض الاغنياء
مثلنا فانتهى الى الكوة التى يدخل منها الضوّ فارقى بهذن الرّقية
وهى شولم شولم سبع مرّات واعتنق الضوّ فلا يحسّ بوقوعى احد
فلا ادع مالا ولا متاعا الا اخذته ثم ارقى بتلك الرقية سبع مرّات
واعتنق الضوّ فيجذبنى فاصعد الى اصحابى فنمضى سالمين
آمنين فلما سمع اللصوص ذلك قالوا قد ظفرنا الليلة بما نريد من
المال ثم انهم اطالوا المكث حتّى ظنّوا ان صاحب الدار وزوجته
قد هجعا فقام قايدهم الى مد خل الضوّ وقال شولم شولم سبع مرّات
ثم اعتنق الضوّ لينزل الى ارض المنزل فوقع على امّ راسه منكّسا
فوثب اليه الرجل بجراوته وقال له من انت قال انا المصدّوق
المخدوع المغترّ بما لا يكون ابدا وهذن ثمرته فـــلما تحرّرت من
تصديق

تصديق ما لا يكون ولم آمن إن صدّقته أن يوقعنى فى مهلكة
عدت الى طلب الاديان والتماس العدل منها فلم اجد عند احد
ممّن كلّمته جوابا فيما سألته عنه فيها ولم ار فيما كلّمونى به شيئـا
يحقّ لى فى عقلى ان اصدّق به ولا ان اتّبعـه فقلت لمّا لم اجد
ثقة آخذُ منه فالـراى ان الـزم دين آبآى واجدادى الذى
وجدتهم عليه فلمّا ذهبت التمس العذر لنفسى فى لـزوم دين
الآبآء والاجداد لم اجد لها على الثبوت على دين الآبآء طاقة بل
وجدتها تريد ان تفرغ للبحث عن الاديان والمسـئلة عنها وللنظر
فيها فهجس فى قلبى وخطر على بالى قرب الاجل وسرعة انقطاع
الدنيا واعتباط اهلها وتخرّم الدهر حياتهم ففكّرت فى ذلك وقلت
اما انا فكانّى الرجل الذى زعموا انه علق امرأة ذات بعل وان تلك
المرأة حفرت له سربا من بيتها الى الطريق وجعلت باب ذلك السرب
عند جبّ الماء وفعلت ذلك خوفا من بعلها او غيره ممّن تخافه
فتكون اذا ارتابت من احد تخرج الرجل من ذلك السرب فاتّفق
ذات يوم ان الرجل كان عندها وبلغها ان زوجها بالباب فقالت
للرجل

للرجل على عجل منها وخيفة بادر اخرج من السرب الذى عند
جبّ الماء فانطلق الرجل الى ذلك المكان فلم يجد جبّ الماء
فرجع اليها وقال لها ان الجبّ الذى ذكرت لى ان السرب عنده
ليس هناك فقالت له ايّها المائق وما تصنع بالجبّ انا دللتك به
لتعرف السرب فحيث قد عرفته فاذهب عاجلا فقال لها لما ذكرت
الجبّ وليس هو هناك فقالت له ايّها الاحمق انج ودع عنك
الحمق والتردّد فقال لها كيف امضى وقد خلّطت علّى
وذكرت الجبّ وليس هناك فلم يزل على مثل هذه الحال حتّى
دخل ربّ البيت فاخذه واوجعه ضربا ورفعه الى السلطان
فلمــــــا خفت من التردّد والتحوّل رايت الّا اتعرّض لما اتخوّف
منه المكروه وان اقتصر على عمل تشهد النفس انه يوافــق كل
الاديان وكففت فكرى عن القتل والضرب وطرحت نفسى عن
المكروه والغضب والسرقـة والخيانة والكذب والبهتان والغيبة
واضمرت فى نفسى ان لا ابغى على احد ولا اكذب بالبعث ولا
القيامة ولا الثواب ولا العقاب وزايلت الاشرار بقلبى وحاولت
الجلوس

٩

الجلوس بالاخيار يجهدى ورايت الصلاح ليس كمثله صاحب
ولا قرين ووجدت مكسبه اذا وفّق الله واعان يسيرا ووجدته يدلّ
على الخير ويشير بالنصح فعل الصديق بالصديق ووجدته لا
ينقص على الانفاق منه بل يزداد جِدّة وحسنا ووجدته لا خوف
عليه من السلطان ان يغصبه ولا من الماء ان يغرقه ولا من النار ان
تحرقه ولا من اللصوص ان تسرقه ولا من السباع وجوارح الطيران
تمزّقه ووجدت الرجل الساهى اللاهى المؤثر اليسير يناله فى يومه
ويعدمه فى غده على الكثير الباقى نعيمة يصيبه ما اصاب التاجر
الذى زعموا انه كان له جوهر نفيس فاستأجر لثقبه رجلا فى اليوم
بماية دينار وانطلق به الى منزله ليعمل واذا فى ناحية البيت صنج
موضوع فقال التاجر للصانع هل تحسن تلعب بالصنج قال نعم
وكان بلعبه ماهرا فقال له التاجر دونك والصنج فأسمعنا ضربك
به فاخذ الرجل الصنج ولم يزل يسمع التاجر الضرب الصحيح
والصوت الرفيع والتاجر يشير بيك وراسه طربا حتى امسى فلما
حان الغروب قال الرجل للتاجر مرلى بالاجرة فقال له التاجر وهل
عملت

عملت شيئًا تستحقّ به الاجرة فقال له عملت ما امرتنى به وانا
اجيرك وما استعملتنى عملت ولم يزل به حتى استوفى منه ماية
دينار وبقى جوهر غير مثقوب فلم ازدد فى الدنيا وشهواتها نظرًا
الّا ازددت فيها زهادة ومنها هربًا ووجدت النسك هو الذى يمهّد
للمعاد كما يمهّد الوالد لولد ووجدته هو الباب المفتوح الى النعيم
المقيم ووجدت الناسك قد تدبّر فعلته بالسكينة فشكر وتواضع
وقنع فاستغنى ورضى ولم يهتمّ وخلع الدنيا فنجا من الشرور
ورفض الشهوات فصار طاهرًا واطّرح الحسد فوجبت له المحبّة
وسخت نفسه بكل شيء واستعمل العقل وابصر العاقبة فامن
الندامة ولم يخف الناس ولم يدبّ اليهم فسلم منهم فلم ازدد فى امر
النسك نظرًا الا ازددت فيه رغبة حتى هممت ان اكون من اهله ثم
تخوّفت ألا اصبر على عيش الناسك ولم آمن إن تركت الدنيا
واخذت فى النسك أن اضعف عن ذلك ورفضت اعمالًا كنت
ارجو عايدتها وقد كنت اعمالها فانتفع بها فى الدنيا فيكون مثلى فى
ذلك مثل الكلب الذى مرّ بنهر وفى فيه ضلع فراى ظلّه فى الماء
فاهوى

فاهوى ليأخذ ما كان معه ولم يجد فى الماء شيئًا فهبت
النسك مهابة شديدة وخفت من الضجر وقلّة الصبر واردت الثبوت
على حالتى التى كنت عليها ثم بدا لى ان اقيس ما اخاف ان لا اصبر
عليه من الآذى والضيق والخشونة فى النسك وما يصيب صاحب
الدنيا من البلاء وكان عندى انه ليس شىء من شهوات الدنيا
ولذّاتها الا وهو متحوّل الى الآذى ومولّد للحزن فالدنيا كالماء الملح
الذى لا يزداده شاربه شربا الا ازداد عطشا وهى كالعظم الذى
يصيبه الكلب فيجد فيه ريح اللحم فلا يزال يطلب ذلك
اللحم حتى يدمى فاه وكالحداة التى تظفر بقطعة من اللحم فيجتمع
عليها الطير فلا تزال تدور وتدأب حتى تعيا وتعطب فاذا تعبت
القت ما معها وكالكوز من العسل الذى فى اسفله السمّ
الذى يذاق منه خلاوة عاجلة وآخر موت ذعاف وكأحلام
النايم التى يفرح بها الانسان فى نومه فاذا استيقظ ذهب الفرح
فــــــلما فكّرت فى هذه الامور رجعت الى طلب النسك
وهزّنى الاشتياق اليه ثم خاصمت نفسى اذ هى فى شرورها
سارحة

سارحة وقد لا تثبت على امر تعزم علیة كقاضٍ سمع من خصم
واحد فحكم له فلما حضر الخصم الثانى عاد الى الاول وقضا علیه
ثم نظرت فى الذى اكابد من احتمال النسك وضیقه فقلت ما
اصغر هذه المشقّة فى جانب روح الابد وراحته ثم نظرت فیما
تشره الیه النفس من لذّة الدنیا فقلت ما اسرّ هذا واوجعه وهو
یدفع الى عذاب الابد واهواله وكیف لا یستحلى الرجل مرارة
قلیلة تعقبها حلاوة طویلة وكیف لا تمرّ علیه حلاوة قلیلة تعقبها
مرارة دائمة وقلت لو ان رجلا عرض علیه ان یعیش مایة
سنة لا یاتى علیه یوم واحد الا بضع منه بضعتا ثم اعید علیه
من الغد غیر انه یشرط له اذا استوفى السنین المایة نجا من كل الم
وآذى وصار الى الامن والسرور كان حقیقا ان لا یرى تلك السنین
ولا شیئا منها وكیف یابى الصبر على ایّام قلایل یعیشها فى
النسك وآذى تلك الایام قلیل یعقب خیرا كثیرا فلنعلم ان الدنیا
كلها بلاء وعذاب او لیس الانسان انّما یتقلّب فى عذاب الدنیا
من حیث یكون جنینا الى ان یستوفى ایّام حیاته فاننا نجد فى كتب
الطبّ

الطبّ ان الماء الذى يقدّر منه الولد السوىّ اذا وقع فى رحم
المرأة يختلط بدمها ومائها فيثخن ويغلظ ثم يمخض الريح ذلك الماء
والدم حتى تتركه كالجبن ثم كالرايب الثخين الغليظ ثم تقسم فيه
اعضاء الولد لابّان ايّامه فان كانت انثى فوجهها قِبَل وجه امّها
وان كان ذكرا فوجهه قِبَل ظهر امّه ويداه على وجنتيه وذقنه
على ركبتيه وهو منقبض فى المشيمة كلّها صُرّة مصرور وهـــــو
يتنفّس من متنفّس ضيّق شاقّ عليه وليـــــس من عضوا وهو
مقمّط بقماط فوقه حرّ البطن وثقله وتحته ما تحته من الظلمـــــة
والضيق وهو منوط بمعًا من سرّته الى سرّة امّه ومن ذلك المعا يمصّ
ويقتبس الطعام فهو بهذ المنزلة فى الظلمة والضيق الى يوم ولادته
واذا كان ابّان المخاض والولادة سُلِّطت ريح على رحم المرأة فتهب
للجنين قوّة يقدر بها على الحركة فيضرب براسه قِبَل المخرج من
ضيقه وحرجه فـــــاذا وقع الى الارض فاصابته ريح او لمسته يد
وجد لذلك من الالم ما يجده الانسان اذا سلخ جلك ثم هو
فى انواع العذاب ان جاع فليس به استطعام او عطش فليس به
استسقاء

استسقاء او وجع فليس به استغاثة مما يلقى من الوضع والحمل
واللف والدهن والمسح ان انيم على ظهره لم يستطع تقلّبا ثم يلقى
اصناف العذاب ما دام رضيعا فاذا افلت من عذاب الرضاع
اخذ بعذاب الادب فاذيق منه الوانا من عنف المعلّم وهجر الدرس
وسأمة الكتابة ثم له من الدواء والحمية والاسقام والاوجاع اوفى حظّ
فاذا ادرك كانت همّته فى جمع المال وتربية الولد وخاطرة الطلب
والسعى والكدّ والتعب وهو مع ذلك يتقلّب مع اعدايه الباطنين
اللازمين له وهى الصفراء والسوداء والريح والبلغم والدم والسمّ
المميت والحيّة اللادغة مع الخوف من السباع والهوامّ مع صرف
الحرّ والبرد والمطر والرياح ثم انواع عذاب الهرم لمن يبلغ اليه فلو لم
يخف من هذه الامور شيئًا وكان قد امن ووثق السلامة منها فلم
يفكر فيها لوجب عليه ان يعتبر بالساعة التى يحضره فيها الموت
فيفارق الدنيا ويتذكر ما هو نازل به فى تلك الساعة من فراق
الاحبّة والاهل والاقارب وكلّ مضنون به من الدنيا والاشراف
على الهول العظيم بعد الموت فلو لم يفعل ذلك لكان حقيقا ان

يعدّ

يعدّ عاجزا مفرطا حبّا للدناءة واللوم فمن ذا الذى يعلم ولا يحتال
لعدٍ جهدَ حيلته ويرفض ما ينشغله ويلهيه من شهوات الدنيا
وغرورها ولا سيّما فى هذا الزمان الشبيه بالصافى وهو كدر فانه
وان كان الملك حازما عظيم المقدرة رفيع الهمّة بليغ الفحص عدلا
مرجوّا صدوقا شكورا رحب الذراع مفتقدا مواظبا مستمرّا عالما
بالناس والامور محبّا للعلم والخير والاخيار شديدا على الظلمة
غير جبان ولا خفيف القياد رفيقا بالتوسّع على الرعيّة فيما يحبّون
والدفع لما يكرهون فانّا قد نرى الزمان مدبرا بكل مكان فكأنّ
امور الصدق قد نُزعت من الناس فاصبح ما كان عزيزا ققدُه
مفقودا وموجودا ما كان ضايرا وجوده وكانّ الخير اصبح ذابلا
والشرّ ناضرا وكان الفهم اصبح قد زالت سُبله وكانّ الحقّ ولّى
كسيرا واقبل الباطل تابعه وكان اتباع الهوى واضاعة الحكم
اصبح بالحكّام موكّلا واصبح المظلوم بالحيف مقرّا والظالم لنفسيه
مستطلّا وكان الحرص اصبح فاغرا فاه من كل جهة يتلقّف ما
قرب منه وما بعد وكانّ الرضى اصبح مجهولا وكانّ الاشـرار
يستأنّسون

يستأثّرون السماء وكان الاخيار يريدون بطن الارض واصبحت
المروّة مقذوفا بها من اعلى شرف الى اسفل درك واصبحت
الدناءة مكرّمة ممكّنة واصبح السلطان منتقلا عن اهل الفضل
الى اهل النقص وكان الدنيا جذلة مسرورة تقول قد غيّبتُ
الخيرات واظهرت السيّئات فلمّا فكّرت فى الدنيا وامورها وان
الانسان هو اشرف الخلائق فيها وافضله ثم هو لا يتقلّب الا فى
الشرور والهموم عرفت انه ليس انسان ذو عقل الا وقد اغفل هذا
ولم يعمل لنفسه ويحتل لنجاتها فعجبت من ذلك كل العجب ثـمّ
نظرت فاذا الانسان لا يمنعه عن الاحتيال لنفسه الا لذّة صغيرة
حقيرة غير كبيرة من الشمّ والذوق والنظر والسمع واللمس لعلّه
يصيب منه الطفيف او يقتنى منه اليسير فاذا ذلك يشغلــه
ويذهب به عن الاهتمام لنفسه وطلب النجاة لها فالتمست للانسان
مثلا فاذا مثله مثل رجل نجا من خوف فيل هائج الى بئر فتدلّى
فيها وتعلّق بغصنين كانا على سمائها فوقعت رجلاه على شىء
فى طىّ البئر فاذا حيّات اربع قد اخرجن رؤسهنّ من احجارهنّ ثم
نظر

نظر فاذا في قعر البئرتين فاتح فاه منتظر له ليقع فياخذه فرفع
بصره الى الغصنين فاذا في اصلهما جرذان اسود وابيض وهما
نقرضان الغصنين دائبين لايفتران فبينما هو في النظر لامره
والاهتمام لنفسه اذ بصر قريبا منه كوارة فيها نحل عسل فذاق
العسل فشغلته حلاوته والجته لذته عن الفكرة في شيء من امره
وان يلتمس الخلاص لنفسه ولم يذكر ان رجليه على حيّات اربع
لا يدرى متى يقع عليهنّ ولم يذكر ان الجرذين دائبان في قطع
الغصنين ومتى انقطعا وقع على التنّين فلم يزل لاهيا غافلا مشغولا
بتلك الحلاوة حتى سقط في فم التنّين فهلك فشبّهتُ البئر للدنيا
المملوءة آفات وشرورا ومخافات وعاهات وشبّهتُ الحيّات الاربع
بالاخلاط الاربعة التي في البدن فانها متى هاجت او احدها
كانت كحمة الافاعى والسمّ المميت وشبّهت الجرذين الاسود
والابيض بالليل والنهار اللذان هما دائبان في افناء الاجل وشبّهت
التنّين بالمصير الذى لابدّ منه وشبّهت العسل بهذه الحلاوة
القليلة التى يرى الانسان ويطعم ويسمع ويشمّ ويلمس ويتشاغل
عن

عن نفسه ويلهو عن شانه ويصدّ عن سبيل قصدك فحينئذٍ صار
امرى إلى الرضى بحالى واصلاح ما استطعت اصلاحة من عملى
لعلّى ان اصادف باقى ايّامى زمانا اصيب فيه دليلا على هداى
وسلطانا على نفسى وقواما على امرى فاقمت على هذه الحال
وانتسخت كتبا كثيرة وانصرفت من بـلاد الهند وقد نسخت
هذا الكتاب ۞

انقضى باب برزويه المتطبّب ۞

باب

باب الاسد والثور
وهو اوّل الكتاب ۞

قال دبنشليم الملك لبيدبا الفيلسوف وهو راس البراهمة اضرب لى
مثلا لمتحابّين يقطع بينهما الكذوب المحتال حتى يحملهما على
العداوة والبغضاء قــــــــال بيدبا اذا ابتلى المتحابّان بان
يدخل بينهـما الكذوب المحتال لم يلبثا ان يتقاطعا ويتدابرا ومن
امثال ذلك انّه كان بارض دستاوند رجل شيخ وكان له ثلاث بنين
فلما بلغوا اشدّهم اسرعوا فى مال ابيهم ولم يكونوا احترفوا حرفة
يكسبون لانفسهم بها خيرا فلامهم ابوهم ووعظهم على سوء فعلهم
وكان من قوله لهم يا بنىّ ان صاحب الدنيا يطلب ثلاثة امور
لن يدركها الا باربعة اشياء امّا الثلاثة التى يطلب فالسعة فى الرزق
والمنزلة فى الناس والزاد للآخرة وامّا الاربعة التى يحتاج اليها فى
درك هذه الثلاثة فاكتساب المال من احسن وجه ثم يكون
حسن

حسن القيام فيما اكتسب منه ثمّ التثمير له ثمّ انفاقه فيما يصلح
المعيشة ويُرضى الاهل والاخوان فيعود منفوعة فى الآخر فمن
ضيّع شيئًا من هذه الاحوال لم يدرك ما اراد من حاجته لانه ان لم
يكسب لم يكن له مال يعيش به وان هو كان ذا مال واكتساب ثمّ
لم يحسن القيام به اوشك المال ان يفنى ويبقى معدمًا وان هو وضعه
ولم يستثمن لم تمنعه قلّة الانفاق من سرعة الذهاب كالكحل الذى
لا يوخذ منه الّا اغبار الميل ثم هو مع ذلك سريع فناؤه وان انفقه
فى غير وجهه ووضعه فى غير موضعه واخطأ به مواضع استحقاقه
صار بمنزلة الفقير الذى لا مال له ثم لم يمنع ذلك ماله من التلف
بالحوادث والعلل التّى تجرى عليه كحبس الماء الذى لا تزال المياه
تنصبّ فيه فان لم يكن له مخرج ومغيض ومتنفّس يخرج الماء منه
بقدر ما ينبغى خرب وسال ورزّ من نواحى كثيرة وربّما انبثق البثق
العظيم فذهب الماء ضياعا ثمّ ان بنى الشيخ اتّعظوا
بقول ابيهم واخذوا به وعلموا ان فيه الخير وعملوا عليه فانطلق
اكبرهم نحو ارض يقال لها ماميون فاتى فى طريقه على اسكان فيه
وحل

وحل كثير وكان معه عجلة يجرّها ثوران يقال لاحدهما شنزبه
والآخر بنده فوحل شنزبه فى ذلك المكان فعالجه الرجل واصحابه
حتى بلغ منهم المجهد فلم يقدروا على اخراجه فذهب التاجر
وخلف عنك رجلا يشارفه لعلّ الوحل ينشف فيتبعه بالثور فلما
بات الرجل بذلك المكان تبرّم به واستوحش فترك الثور والتحق
بالتاجر فاخبره ان الثور قد مات وقال له ان الانسان اذا انقضت
مدّته وحانت منيّته فهو وان اجتهد فى التوقّى من الامور التى
يخاف فيها على نفسه الهلاك لم يغن ذلك عنه شيئا وربّما عاد
اجتهاده فى توقّيه وحذرٍ وبالآ عليه كالذى قيل ان رجلا سلك
مفازة فيها خوف من السباع وكان الرجل خبيرا بوعث تلك الارض
وخوفها فاتّما سار غير بعيد اعترض له ذئب من احدّ الذياب
واضراها فلما راى الرجل ان الذئب قاصده نحوه خاف منه ونظر
يمينه وشمالا ليجد موضعا يتحرّز فيه من الذئب فلم ير الا قرية
خلف وادٍ فذهب مسرعا نحو القرية فلما اتى الوادى لم ير عليه
قنطرة وراى الذئب قد ادركه فالقى نفسه فى الماء وهو لا
يحسن

يحسن السباحة وكاد ان يغرق الا ان بصر به قوم من اهل القرية
فتواقعوا لاخراجه فاخرجوه وقد اشرف على الهلاك فلمّا حصل
الرجل عندهم وامن على نفسه من غائلة الذئب راى على شطّ
الوادى بيتا مفرّدا فقال ادخل هذا البيت فاستريح فيه فلمّا دخله
وجد جماعة من اللصوص قد قطعوا الطريق على رجل من التجّار
وهم يقتسمون ماله ويريدون قتله فلمّا راى الرجل ذلك خاف على
نفسه ومضى نحو القرية فاسند ظهره الى حائط من حيطانها ليستريح
ممّا حلّ به من الهول والاعياء اذ سقط الحائط عليه فمات قــــــال
التاجر صدقت قد بلغنى هذا الحديث وامّا الثـور فانه خلص
من مكانه وانبعث فلم يزل فى مرج مخصب كثير الماء والكلاء فلمّا
سمن وامن جعل يخور ويرفع صوته بالخوار يطلب البقرات وكان
قريبا منه اجمة فيها اسد عظيم وهو ملك تلك الناحية ومعه
سباع كثير وذياب وبنو آوى وثعالب وفهود ونمور وكان هذا
الاسد منفردا برايه دون اخذ براى احد من اصحابه فلمّا سمع خوار
الثور ولم يكن راى ثورا قط ولا سمع خوان كان مقيما مكانه لا يبرح
ولا

ولا ينشط بل يوتى برزقة كل يوم على يد جنك وكان فيمن معه من
السباع ابنا آوى يقال لاحدهما كليله والاخر دمنة وكانا ذوى دهاء
وعلم وادب فقــــــال دمنة لاخيه كليله يا اخى ما شان الاسد
مقيما مكانه لا يبرح ولا ينشط قــــــــال له كليله ما شانك
انت والمسـئلة عن هذا نحن على باب ملكنا آخذين بما احب
وتاركين ما يكره ولسنا من اهل المرتبة التى يتناول اهلُها كلامَ
الملوك والنظرَ فى امورهم فامسك عن هذا واعلم انه من تكلَّف
من القول والفعل ما ليس من شانه اصابه ما اصاب القرد من النجار
قــــــــال دمنة وكيف كان ذلك قــــــــال كليله زعموا ان
قردا راى نجّارا يشقّ خشبة بين وتدين وهو راكب عليها فاعجبه
ذلك ثم ان النجّار ذهب لبعض شانه فقام القرد وتكلَّف ما ليس
من شغله فركب الخشبة وجعل ظهره قِبل الوتد ووجهه قِبل الخشبة
فتدلَّت خصيتاه فى الشقّ ونزع الوتد فلزم الشقّ عليهما فخرّ
مغشيًّا عليه ثم ان النجّار وافاه فرآه موضعه فاقبل عليه يضربه
فكان ما لقى من النجّار من الضرب اشدّ ممّا اصابه من الخشبة قــال
دمنة

دينه قد سمعت ما ذكرت ولكن اعلم ان كل من يدنو من الملوك
ليس يدنو منهم لبطنه وانما يدنو منهم ليسرّ الصديق ويكبت
العدوّ وان من الناس من لا مروة له وهم الذين يفرحون بالقليل
ويرضون بالدون كالكلب الذى يصيب عظما يابسا فيفرح به
واما اهل الفضل والمروة فلا يقنعهم القليل ولا يرضون به دون ان
تسمو به نفوسهم الى ما هم اهل له وهو ايضا لهم اهل كالاسد الذى
يقترس الارنب فاذا راى البعير تركها وطلب البعير الا ترى ان
الكلب يبصبص بذنبه حتى ترمى له الكسرة وان الفيل المعترف
بفضله وقوّته اذا قدّم اليه علفه لا يعتلفه حتى يُمسح ويتملّق فمن
عاش ذا مال وكان ذا فضل وإفضال على اهله واخوانه
فهو وان قلّ عمن طويل العمر ومن كان فى عيشه ضيق وقلّة
وامساك على نفسه وذويه فالمقبور احيا منه ومن عمل لبطنه وقنع
وترك ما سوى ذلك عُدّ من البهايم قـــــــــــال كليلة
قد فهمت ما قلت فراجع عقلك واعلم انّ لكل انسان منزلة
وقدرا فان كان فى منزلته التى هو فيها متماسكا كان
حقيقا   ١١ *

حقيقا ان يقنع وليس لنا من المنزلة ما يُحطّ حالنا التى نحن عليها

قــــال دمنه ان المنازل متنازعة مشتركة على قدر المروة

فالمرء ترفعه مروته من المنزلة الوضيعة الى المنزلة الرفيعة و من لا

مروة له يُحطّ نفسه من المنزلة الرفيعة الى المنزلة الوضيعة وان

الارتفاع الى المنزلة الشريفة شديد والانحطاط منها هيّن كالحجر

الثقيل رفعه من الارض الى العاتق عسير ووضعه الى الارض

هيّن فنحن احقّ ان نروم ما فوقنا من المنازل وان نلتمس ذلك

بمروتنا ثم كيف نقنع بها ونحن نستطيع التحويل عنها قــــال

كليله فما الذى اجتمع علية رايك قــــال دمنه اريد

ان اتعرّض للاسد عند هذه الفرصة فان الاسد ضعيف الراى

ولعلّى على هذه الحـــال ادنو منه فاصيب عنده منزلة ومكانة

قــــال كليله وما يدريك ان الاسد قد التبس عليه امره

قــــال دمنه بالحسّ والراى اعلم ذلك منه فان الرجل

ذا الراى يعرف حال صاحبه وباطن امره بما يظهر له من دلّه وشكله

قــــال كليله فكيف ترجو المنزلة عند الاسد ولست بصاحب

السلطان

السلطان ولا لك علم بخدمة السلاطين قـــــال دمنه الرجل
الشديد القوىّ لا يُعجِن الحمل الثقيل وان لم تكن عادته الحمل
والرجل الضعيف لا يستقلّ به وان كان ذلك من صناعته قـــال
كليله فان السلطان لا يتوخّى بكرامته فضلاء من بحضرته
ولكنّه يؤثر الادنى ومن قرب منه ويقال ان مثل السلطان فى ذلك
مثل شجر الكرم الذى لا يعلق الّا باكرم الشجر وكيف
ترجو المنزلة عند الاسد ولست تدنو منه قـــــال دمنه قد
فهمت كلامك جميعه وما ذكرت وانت صادق لكن اعلم
ان الذى هو قريب من السلطان ولا ذلك موضعه ولا تلك
منزلته كمن دنا منه بعد البُعد وله حقّ وحرمة وانا ملتمس
بلوغ مكانهم بجهدى وقد قيل لا يواظب على باب السلطان
الّا من يطرح الانفة ويحمل الآذى ويكظم الغيظ ويرفق بالناس
فاذا وصل الى ذلك فقد بلغ مراده قـــال كليله هبك وصلت
الى الاسد فما توفيقك عند الذى ترجو ان تنال به المنزلة
عنده والحظوة لديه قـــــــال دمنه لو قد دنوت منه وعرفت
اخلاقه

اخلاقه فرفقت فى متابعته وقلة الخلاف عليه واذا اراد امرا هو
فى نفسه صواب زيّنته له وصبّرته عليه وعرّفته بما فيه من النفع
والخير وشجّعته عليه وعلى الوصول اليه حتّى يزداد به سرورا واذا
ازاد امرا يخاف عليه عليه ضرّ وشينه بصّرته بما فيه من الضرّ والشين
واوقفته على ما فى تركه من النفع والزين بحسب ما اجد اليه
السبيل وانا ارجو ان ازداد بذلك عند الاسد مكانة ويرى منّى
ما لا يراه من غيرى فان الرجل الاديب الرفيق لو شآء ان يبطل حقّا
او يحقّ باطلا لفعل كالمصوّر الماهر الذى يصوّر فى الحيطان صورا
كانّها خارجة وليست بخارجة واخرى كانّها داخلة وليست بداخلة
قـــــــال كليله امّا ان قلت هذا او قلت هذا فانى اخاف
عليك من السلطان فان صحبته خطرة وقد قالت العلماء ان
امورا ثلثة لا يجترىُٔ عليهنّ الا اهوج ولا يسلم منهنّ الاقليل وهى
صحبة السلطان وائتمان النساء على الاسرار وشرب السمّ للتجربة
وانّما شبّه العلماء السلطان بالجبل الصعب المرتقى الذى فيه
الثمار الطيّبة والجواهر النفيسة والادوية النافعة وهو مع ذلك
معدن

معدن السباع والنمور والذياب وكل ضار مخوف فالارتقاء اليه
شديد والمقام فيه اشدّ قـــــــــــال دمنه صدقت فيما ذكرت
غيرانه من لم يركب الاهوال لم ينل الرغايب ومن ترك الامر الذى
لعلّه يبلغ فيه حاجته هيبةً ومخافة لما لعلّه ان يتوقّاه فليس ببالغ
جسيما وقد قيل ان خصالا ثلثة لن يستطيعها احد الّا بمعونة من
علوّ همّة وعظيم خطر منها عمل السلطان وتجارة البحر ومناجزة
العدوّ وقد قـــــــالت العلماء فى الرجل الفاضل الرشيد ان لا
يُرَى الا فى مكانين ولا يليق به غيرهما إما مع الملوك مكرما
او مع النسّاك متعبّدا كالفيل امّا جماله وبهاؤه فى مكانين امّا
تراه وحشيّا او مركبا للملوك قـــــــــــال كليله نار الله لك فيما
عزمت عليه ثـــــــم ان دمنه انطلق حتى دخل على الاسد
فسلّم عليه فقـــــال الاسد لبعض جلسائه من هذا فقـال فلان ابن
فلان قـــــال قد كنت اعرف اباه ثـــــــــم سأله اين تكون
قـــــــال لم ازل مرابطا بباب الملك رجاء ان يحضر امر فاعين
الملك فيه بنفسى ورايى فانّ ابواب الملوك تكثر فيها الامور التى
يحتاج

يحتاج فيها الى الذى لا يوبه له وليس احد يصغر امــره الا
وقد يكــون عنك بعض الغناء والمنافع على قدره كشبه العــود
المبثوث فى الارض ربّما نفع فياخذه الرجل فيكون عدّته عند
الحاجة اليه فــلمّا سمع الاسد قول دمنه اعجبه وظنّ ان عنك
نصيحة ورايا فاقبل على من حضر فقال ان الرجل ذا العلم والمروة
يكون خامل الذكر خافض المنزلة فتابى منزلته الّا ان تشبّ وترتفع
كالشعلة من النار يضربها صاحبها وتابى الّا ارتفاعا فــلمّا
عرف دمنه ان الاسد قد عجب منه قال ان رعيّته الملك تحضر
باب الملك رجاء ان يعرف ما عنده ما من علم وافره وقد يقــال ان
الفضل فى امرين فضل المقاتل على المقاتل والعالم على العالم وان
كثرة الاعوان اذا لم يكونوا مختبرين ربّما تكون مضرّة على العمل
فان العمل ليس رجاؤه بكثرة الاعوان ولكن بصلاحى الاعوان ومثل
ذلك مثل الرجل الذى يحمل الحجر الثقيل فيقتل به نفسه ولا يجد
له ثمنا والرجل الذى يحتاج الى الجذوع لا يجزئه القصب وان كثر
فانت الآن ايّها الملك حقيق الّا تحقر بروة انت تجدها عند رجل
صغير

صغير المنزلة فان الصغير ربّما عظم كالعصب يوخذ من الميّتة فاذا
عمل منه القوس اكرم عليه الملوك وتحتاج اليه فى الباس
واللهو واحبّ دمنه ان يُرى القوم ان ما ناله من كرامة الملك انّما
هو لرايه ومروته وعقله لانّهم عرفوا قبل ذلك ان ذلك لمعرفته اباه
فـ ـــــــــ قال ان السلطان لا يقرّب الرجال لقرب ابائهم ولا
يبعدهم لبعدهم ولكن ينبغى ان ينظر الى كل رجل بما عنده لانه
لا شىء اقرب الى الرجل من جسده فمن جسده ما يَدْوَى حتى يوذيه
ولا يدفع ذلك عند الا بالدواء الذى ياتيه من بعد فلـ ـــــــــ ا
فرغ دمنه من مقالته هذى اعجب الملك به اعجابا شديدا واحسن
الردّ عليه وزاد فى كرامته ثم قال لجلسائه ينبغى للسلطان ان لا يلجّ
فى تضييع حقّ ذوى الحقوق والناس فى ذلك رجلان رجل طبعه
الشراسة فهو كالحيّة ان وطئها الواطئ فلم تلدغه لم يكن جديرا
ان يغرّ ذلك منها فيعود فى وطئها ثانية فتلدغه ورجل اصل
طباعه السهولة فهو كالصندل البارد الذى اذا افرط فى حكّه صار
حارًا موذيا ثـ ـــــــــ م ان دمنه استانس بالاسد وخلابه فقال له يوما
أرى

ارى الملك قد اقام فى مكان واحد لا يبرح منه فما سبب ذلك
فبينماهما فى هذا الحديث اذ ظار شنزبه خوارا شديدا فهيّج الاسد
وكره ان يُخبر دمنه بما ناله وعلم دمنه ان ذلك الصوت قد ادخل
على الاسد ريبة وهيبة فسأله هل راب الملك سماعُ هذا الصوت
قـــــــال لم يربنى شىء سوى ذلك قـــــــال دمنه قـــــــال ليس
الملك بحقيق ان يدع مكانه لاجل صوت فقد قالت العلماء انّه
ليس من كل الاصوات تجب الهيبة قـــــــال الاسد وما مثل
ذلك قـــــــال دمنه زعموا ان ثعلبا اتى اجمة فيها طبل
معلّـق على شجرة وكلّما هبّت الريح على قضبان تلك الشجرة
حرّكتها فضربت الطبل فسمع له صوت عظيم مبهر فتوجّه
الثعلب نحوه لاجل ما سمع من عظيم صوته فلما اتاه وجده ضخما
فايقن فى نفسه بكثرة الشحم واللحم فعالجه حتى شقّه فلما رآه اجوف
لا شىء فيه قال لا ادرى لعلّ افشل الاشياء اجهرها صوتا واعظمها
جثّة وانّما ضربت لك هذا المثل لتعلم ان هذا الصوت الذى
راعنا لو قد وصلنا اليه لوجدناه ايسر ممّا فى انفسنا فان شاء
الملك

الملك بعثني واقام بمكانه حتّى آتيه ببيان هذا الصوت فوافــق
الاسد قوله فاذن له بالذهاب نحو الصوت فـــــــانطلق
دمنه الى المكان الذى فيه شنزبه فلمـــــــا فصل دمنه
من عند الاسد فكر الاسد فى امر وندم على ارسال دمنه حيث
ارسله وقال فى نفسه ما اصبت فى ائتمانى دمنه وقد كان ببابى
مطروحا فان الرجل اذا كان يحضر باب الملك وقد ابطلت
حقوقه من غير جرم كان سنه او كان مبغيّا عليه عند سلطانه او
كان عنك معروفا بالشن والحرص او كان قد اصابه ضرّ وضيق
فلم ينعشه او كان قد اجترم جرما فهو يخاف العقوبة منه او كان يرجو
فى شىء يضرّ الملك وله منه نفع او يخاف فى شىء ممّا ينفعه ضرّا
او كان لعدوّ الملك سِلْما ولسلمه حربا فليس السلطان بحقيق
ان يعجل بالاسترسال الى هولاء والثقة بهم والائتمان لهم فانّ دمنه
داهية اديب وقد كان ببابى مطروحا محفوّا ولعلّه قد اجتمل علىّ
بذلك ضغنا ولعـــلّ ذلك يحمـله على خيانتى واعانة عدوّى
ونقيصتى عنك ولعلّه صادف صاحب الصوت اقوى سلطانا منّى
فرغب

فرغب اليه عنّي وبميل معه علّي ثم قـــــــام من مكانه فمشى

غير بعيد فبصر بدمنه مقبلا نحوه فطابت نفسه بذلك ورجع الى

مكانه ودخل دمنه على الاسد فقال له ما ذا صنعت وما ذا رايت

قـــــــال رايت ثورا هو صاحب الخوار والصوت الذى سمعته

قـــــال فما قوّته قـــــــال لا شوكة له وقد دنوت منه وحاورته بحاورة

الاكفاء فلم يستطع لى شيئا قـــــال الاسد لا يغرّنك ذلك منه

ولا يصغرنّ عندك امره فان الريح الشديدة لا تعبى بضعيف

الحشيش كلّنها تحطم طوال النخل وعظيم الشجر قـــــــال دمنه

لا تهابنّ ايّها الملك منه شيئا ولا يكبرنّ عليك امره فانا آتيك به

لك عبدا سامعا مطيعا قـــــــال الاسد دونك وما بدا لك

فـــــــانطلق دمنه الى الثور فقال له غير هائب ولا مكترث ان

الاسد ارسلنى اليك لآتيه بك وامرنى إن انت عجلت اليه طائعا

أن أومنك على ما سلف من ذنبك فى التاخّر عنه وتركك

لقآءه وان انت تاخّرت عنه واجتمت ان اعجّل الرجعة اليه

فاخبره قـــــــال له شنزبه ومن هو هذا الاسد الذى ارسلك

الى

الىّ واين هو وما حاله قـــــال دمنه هو ملك السباع وهو بمكان
كذا وكذا ومعه جند كثير من جنسه فـــــرعب شنزبة من
ذكر الاسد والسباع وقال ان انت جعلت لى الامان على نفسى
اقبلت معك اليه فاعطاه دمنه من الامان ما وثق به ثمّ اقبل والثور
معه حتى دخلا على الاسد فاحسن الاسد الى الثور وقرّبه وقال له
متى قدست هذه البلاد وما اقدمكها فـــــقصّ شنزبة علية قصّته
فقـــــال له الاسد احببنى والزمنى فانى مكرمك فدعا له الثور واثنى
عليه ثـــــمّ ان الاسد قرّب شنزبة واكرمه وانس به وائتمنه
على اسرار وشاون فى امره ولم تزده الايّام الا عجبا به ورغبة لـه
وتقريبا منه حتى صار اخصّ اصحابه عنك منزلة فـــــلمّا راى
دمنه ان الثور قد اختصّ بالاسد دونه ودون اصحابه وانه قد صار
صاحب رايه وخلواته ولهوه حسك حسدا عظيما وبلغ منه غيظه
كل مبلغ فشكى ذلك الى اخية كليله وقـــــال له الا تعجب
يا اخى من عجز رايى وصنعى بنفسى ونظرى فيما ينفع الاسد
واغفلت نفع نفسى حتى جلبت الى الاسد ثورا غلبنى على منزلتى
قـــــال

قـــــال كليله قد اصابك ما اصاب الناسك قـــــال
دمنه وكيف كان ذلك قـــــال كليله زعموا ان ناسكا اصاب
من بعض الملوك كسوة فاخرة فبصر به سارق فطمع فى الثياب
فاتى الى الناسك فـــــقال له انى اريد ان اصحبك فاتعلّم منك وآخذ
عنك فاذن له الناسك فى صحبته فصحبه بتشبّها به ورفق له فى
خدمته حتى اذا ظفر به اخذ تلك الثياب فذهب بها فلمّـــــا
فقد الناسك ثيابه علم ان صاحبه قد اخذها فتوجّه فى طلبه
نحو مدينة من المدن فمرّ فى طريقه بوعلين يتناطحان حتى قد
سالت دماؤهما فجاء ثعلب يلغ من تلك الدماء فبينما هو فى
ولوغه تلك الدماء اذ اقبل عليه الوعلان بنطاحهمـــا فقتلاه
ومضى الناسك حتى دخل تلك المدينة فلم يجد فيها قرى الا
بيت امراة فنزل بها واستضاف بها وكانت للمراة جارية تؤاجرهـا
وكانت الجارية قد علقت رجلا وهى له مريدة وقد اضرّ ذلك بمولاتها
فاحتالت لقتل الرجل فى تلك الليلة التى استضاف بها ان الناسك
ثم ان الرجل وافا فاسقته من الخمر حتى سكر ونام ونامت الجارية
الى

الى جانبه فلما استقلّا نوما عمدت الى سمّ كانت قد اعدّته فى قصبة
لتنفخه فى دبر الرجل فلما ارادت ذلك بدرت من دبر الرجل ريح
فعكست السمّ الى حلق المراة فوقعت ميّتة وكل ذلك بعين الناسك
وسمعه فلمـــــا راى ذلك خرج يبتغى منزلا غيره فاستضاف
برجل اسكاف فاتى به اسراته وقال لها انظرى الى هذا الناسك
واكرمى مثواه وقوى بخدمته فقد دعانى بعض اصدقائى للشرب
عنك ثم انطلق ذاهبا وكـــان للمراة خليل والسفير بينهما امراة
حجّام فارسلت امراة الاسكاف الى امراة الحجّام تامرها بالمصير اليها
وتعرّف خليلها خلوّ وجهها وقالت ان زوجى قد ذهب ليشرب
عند بعض اصدقائه ولن يعود الا سكرانا فقولى له يسرع الكرّة ثم
ان خليل المراة جاء فقعد على الباب ينتظر الاذن وجاء الاسكاف
سكرانا فراى الرجل وارتاب به ودخل مغضبا الى امراته فاوجعها
ضربا ثم اوثقها فى اسطوانة فى المنزل وذهب فنام لا يعقل وجاءت
امراة الحجّام تعلمها ان الرجل قد اطال الجلوس فما ذا تامرين فقالت
لها ان شئت فاحسنت الىّ وحلّيتنى وربطتِك مكانى حتى انطلق
الى

الى خليلى واعجل العودة فاجابتها امراة الحجّام الى ذلك وحلّتها
وانطلقت الى خليلها واوثقت هى نفسها مكانها فاستيقظ الاسكاف
قبل ان تعود زوجته فناداها باسمها فلم تجبه امراة الحجّام وخافت
من الفضيحة أن ينكر صوتها ثم دعاها ثانية فلم تجبه فامتلأ غيظا
وحنقا وقام نحوها بالشفرة فجدع انفها وقال خذى هذا فاتحفى
به صديقك وهو لا يشكّ فى انها امراة ثم جاءت امراة الاسكاف
فرأت صنع زوجها بامراة الحجّام فساءها ذلك واكبرته وحلّت وثاقها
فانطلقت الى منزلها بجذوعة الانف وكل ذلك بعين الناسك
وسمعه ثـم ان امراة الاسكاف جعلت تبتهـل وتدعـو على
زوجها الذى ظلمها ثم رفعت صوتها ونادت زوجها ايّها الفاجر
الظالم قم فانظر كيف صنعـك بى وصـنع الله بى كـيف
رحمنى وردّ انفى صحيـا كـماكان فقـام واوقد المصباح
ونظر فاذا انـف زوجتـه صحيح فاستغفر اليها وتاب من ذنبه
واستغفر الى ربّه واتسـت امراة الحجّام فانها لمّا وصلت
الى منزلها تفكّرت فى طلب العذر عند زوجها واهلها فى
جذع

جذع انفها ورفع الالتباس فلما كان عند السحر استيقظ الحجّام
فقال لامراته هاتي متاعى كلّه فانّي اريد المضىّ الى بعض الاشراف
فاتته بالموسى فقال لها هاتي الآلة جميعها فلم تاته الا بالموسى
فغضب حين اطالت التكرار ورماها به فالقت نفسها الى الارض
وولولت وصاحت انفى انفى وجلبت حتى جاء اهلها واقرباؤها
فراوها على تلك الحال فاخذوا الحجّام فانطلقوا به الى القاضى فقال
له القاضى ما حملك على جذع انف امراتك فلم تكن له حجّة يحتجّ
بها فامر به القاضى ان يقتصّ منه فلما قدّم للقصاص وافا الناسك
فتقدّم الى القاضى وقال له ايّها الحاكم لا يشتبهنّ عليك هذا
الامر فان اللصّ ليس هو الذى سرقنى وان الثعلب ليس
الوعلان قتلاه وان البغىّ ليس السمّ قتلها وان امراة الحجّام ليس
زوجها جذع انفها وانّما نحن فعلنا ذلك بانفسنا فسأله القاضى
عن التفسير فاخبره بالقصّة فامر القاضى باطلاق الحجّام
قال دمنة قد سمعت هذا المثل وهو شبيه بامرى ولعلّى
ما ضرّنى احد سوى نفسى ولكن ما الحيلة قال كليلة
اخبرنى

۱۳

اخبرني عن رايك وما تريد ان تعزم عليه في ذلك قـــــــال دمنه
امّا انا فلست اليوم ارجو ان تزداد منزلتي عند الاسد عليه
ولكن التمس ان اعود الى ما كانت حالى فان امورا ثلثة العاقل
جدير بالنظر فيها والاحتيال لها بجهن منهـــــــــا النظر فيما
مضى من الضرّ والنفع ان يحترس من الضرّ الذى اصابه فيما
سلف ليلّا يعود الى ذلك الضرر ويلتمس النفع الذى مضى
ويحتال لمعاودته ومنهـــــــا النظر فيما هو مقيم فيه من المنافع
والمضارّ والاستيثاق ممّا ينفع والهرب ممّا يضرّ ومنهـــــــــا
النظر في مستقبل ما يرجو من قبل النفع وما يخاف من قبل الضرّ
فليستتم ما يرجو ويتوقّ ما يخاف بجهن وانّـــــــــى لما نظرت
في الامر الذي به ارجو ان تعود منزلتي وما غُلبت عليه ممّا كنت
فيه لم اجد حيلة ولا وجها الا الاحتيال لآكل العشب هذا
حتى افرّق بينه وبين الحيوة فانه ان فارق الاسد عادت لى منزلتي
ولعلّ ذلك يكون خيرا للاسد فان افراطه في تقريب الثور خليق
ان يشينه ويضرّ في اســـره قـــــــال كليله ما ارى على
الاسد

الاسد فى رايه فى الثور ومكانه منه ومنزلته عنك شينا ولا شرّا
قــــــــال دمنه انّما يؤتى السلطان ويفسد امره من قبل ستّة
اشياء الحرمان والفتنة والهوى والفظاظة والزمان والخُرق فامّا
الحرمان فأنه يحرم صالح الاعوان وانصحاء والساسة من اهل الراى
والنجدة والامانة ويترك التفقّد ممّن هو كذلك وامّا الفتنة فهـو
تحارب الناس ووقوع الحرب بينهم وامّا الهوى فالاغـرام بالنساء
والحديث واللهو والشراب والصيد وما اشبه ذلك وامّا الفظاظة
فهى افراط الشدّة حتى يجمع اللسان بالشتم واليد بالبطش فى
غير موضعهما وامّا الزمان فهو ما يصيب الناس من السنين من
الموتان ونقص الثمرات والغزوات واشباه ذلك وامّا الخُرق فاعمل
الشدّة فى موضع اللين واللين فى موضع الشدّة وان الاسد قد
اغرم بالثور اغراما شديدا هو الذى ذكرت لك انه خليق ان يشينه
ويضرّه فى امره قــــــــال كليله وكيف تطيق الثور وهو اشدّ
منك واكرم على الاسد منك واكثر اعوانا قــــــال دمنه
لا تنظر الى صغرى وضعفى فان الامور ليست بالضعف ولا القوّة
ولا

ولا الصغر ولا الكبر في الجنّة فربّ صغير ضعيف قد بلغ بحيلته

وده هائه ورايه ما يعجز عنه كثير من الاقوياء اولم يبلغك ان غرابا ضعيفا

احتال للاسود حتى قتله قـــال كليله وكيف كان ذلك قـــال

دمنه زعموا ان غرابا كان له وكر في شجرة على جبل وكان قريبا منه

جحر حيّة اسود فكان الغراب اذا فرخ عمد الاسود الى فراخه

فاكلها فبلغ ذلك من الغراب واحزنه فشكى ذلك الى صديق

له من بنات آوى وقـــال له اريد مشاورتك في امر قد عزمت

عليه قـــال وما هو قال الغراب قد عزمت ان اذهب الى الاسود

اذا نام فانقر عينه فافقؤها لعلّي استريح منه قـــال ابن آوى بئس

الحيلة احتلت فالتمس امرا تصيب فيه بغيتك من الاسود من غير

ان تغرّر بنفسك وتخـــاطر بها وايّاك ان يكون مثلك مثل العلجوم

الذى اراد قتل السرطان فقتل نفسه قـــال الغراب وكيف كان

ذلك قـــال ابن آوى زعـــموا ان علجوما عشّش في اجمة كثيرة

السمك فعاش بها ما عاش ثم هرم فلم يستطع صيدا فاصابه جوع

وجهد شديد فجلس حزينا يلتمس الحيلة في امر فمرّ به سرطان

فراى

فرأى حالته وما هو عليه من الكآبة والحزن فدنا منه وقال ما لى أراك
أيّها الطاير هكذا حزينا كئيبا قال العلجوم وكيف لا أحزن وقد
كنت أعيش من صيد ما هاهنا من السمك وإنّي قد رأيت اليوم
صيّادَين قد مرّا بهذا المكان فقال أحدهما لصاحبه انّ هاهنا سمكا
كثيرا أفلا نصيده أوّلا أوّلا فقال الآخر انّى قد رأيت فى مكان كذا
سمكا أكثر من هذا السمك فلنبدأ بذلك فاذا فرغنا منه جئنا الى
هاهنا فأفنيناه وقد علمت انّهما اذا فرغا ممّا ثمّ انتهيا الى هذه
الأجمة فاصطادا ما فيها فاذا كان ذلك فهو هلاكى ونفاد مدّتى
فانطلق السرطان من ساعته الى جماعة السمك فأخبرهنّ
بذلك فأقبلن الى العلجوم فاستشرنه وقلن له انّا اتيناك لتشير علينا
فانّ ذا العقل لا يدع مشاورة عدوّه قال العلجوم أمّا مكابرة
الصيّادَين فلا طاقة لى بها ولا أعلم حيلة الّا المصير الى غدير قريب
من هاهنا فيه سمك ومياه عظيمة وقصب فان استطعتنّ الانتقال
اليه كان فيه صلاحكنّ وخصبكنّ فقلن له ما يمنّ علينا بذلك
غيرك فجعل العلجوم يحمل فى كل يوم سمكتين حتى ينتهى بهما
الى

الى بعض التلال فياكلاهما حتى اذا كان ذات يوم جاء لاخذ
السمكتين فجاءه السرطان فقـــال له انّى ايضا قد اشفقت من مكانى
هذا واستوحشت منه فاذهب بى الى ذلك الغدير فاحتمله وطاربه
حتى اذا دنا من التلّ الذى ياكل السمك فيه نظر السرطان
فرأى عظام السمك مجموعة هناك فعلم ان العلجوم هو صاحبها
وانه يريد به مثل ذلك فقـــال فى نفسه اذا القى الرجل عدوّه فى
المواطن التى يعلم انّه فيها هالك سوا قاتل او لم يقاتل كان حقيقا ان
يقاتل عن نفسه كرما وحفاظا ثـــمّ اهوى بكلبتيه على عنق
العلجـوم فعصره فمات وتخلّص السرطان الى جماعة السمك
فاخبرهنّ بذلك وامّــا ضربت لك هذا المثل لتعلم ان بعض
الحيلة مهلكة للمحتال ولكنّى ادلّك على امر ان انت قدرت عليه
كان فيه هلاك الاسود من غير ان تهلك به نفسك وتكون فيه
سلامتك قـــال الغراب وما ذاك قـــال ابن آوى تنطلق
فتبصر فى طيرانك لعلّك ان تظفر بشىء من حلى النساء فتخطفه
ولا تزال طائرا واقعا بحيث لا تفوت العيون حتى تاتى حجر الاسود
فترمى

فترمى بالحلى عنك فاذا رأى الناس ذلك اخذوا حليهم واراحوك
من الاسود فـــانطلق الغراب متعلّقا في السماء فوجد امرأة من
بنات العظماء فوق سطح تغتسل وقد وضعت ثيابها وحليها ناحية
فانقضّ واختطف من حليها عقدا وطاربه فتبعه الناس ولم يزل طائرا
واقعا بحيث رآه كل احد حتّى انتهى الى جحر الاسود فالقى العقد
عليه والناس ينظرون اليه فلمّــا اتوه اخذوا العقد وقتلوا الاسود
وانمــا ضربت لك هذا المثل لتعلم ان الحيلة تُجزئ بما لا تُجزئ
القوّة قــال كليله ان الثور لو لم يجتمع مع شدّته رأيه لكان كما
تقول ولكن له مع شدّته وقوّته حسن الرأى والعقل فما ذا تستطيع
له قــــال دمنه ان الثور لكما ذكرت في قوّته ورأيه ولكنّه سقترّلي
بالفضل وانا خليق ان اصرعه كما صرعت الارنب الاسد قــــال
كليله وكيف كان ذلك قــال دمنه زعمـــوا ان اسدا
كان في ارض كثيرة المياه والعشب وكان في تلك الارض
من الوحوش في سعة المياه والمرعى شيء كثير الّا انّه لم يكن ينفعها
ذلك لخوفها من الاسد فاجتمعت واتت الى الاسد فقالت له انّك
لتصيب

لتصيب منّا الدابّة بعد الجهد والتعب وقد راينا لك رايا فيه
صلاح لك وامن لنا فان انت امنتنا ولم تُخفنا فلك علينا فى
كل يوم دابّة نرسل بها اليك فى وقت غذائك فـــــرضى
الاسد بذلك وصالح الوحوش عليه ووفين له به ثـــمّ ان ارنبا
اصابتها القرعة وصارت غداء الاسد فقالت للوحوش ان انتنّ
رفقتنّ بى فيها لا يضرّكنّ رجوت ان اريحكنّ من الاسد فقالت
الوحوش وما الذى تكلّفينا من الامور قـــالت تامرنّ الذى
ينطلق بى الى الاسد ان يمهلنى ريثما أُبطئ عليه بعض الابطاء
فـــقلن لها ذلك لك فـــانطلقت الارنب متباطئة حتى
جاورت الوقت الذى كان يتغدّى فيه الاسد ثـــمّ تقدّمت
اليه وحذها رويدا وقد جاع فغضب وقام من مكانه نحوها فقــال
لها من اين اقبلت قـــالت انا رسول الوحوش اليك بعثتنى ومعى
ارنب لك فتبعنى اسد فى بعض تلك الطريق فاخذها منّى
وقال انا اولى بجنّ الارض وما فيها من الوحش فقلت انّ
هذا غداء الملك ارسلنّ به الوحوش معى اليه فلا تعصبنّيه فسبّك
وشتمك

وشتمتك فاقبلت مسرعة لاخبرك فقـــال الاسد انـــطلقى معى
فارينى موضع هذا الاسد فـــانطلقت الارنب الى جبّ فيه
ماء غامر صافٍ فاطّلعت فيه وقالت هذا المكان فاطّلع الاسد
فراى ظلّه وظلّ الارنب فى الماء فلم يشكّ فى قولها ووثب اليه
ليقاتله فغرق فى الجبّ فـــانقلبت الارنب الى الوحوش فاعلمتهنّ
صنيعها بالاسد قـــال كليله ان قدرت على هلاك الثور بشىء
ليس فيه مـضرّة للاسد فشانك فان الثور قد اضرّ بى وبك
وبغيرنا من الجند وان انت لم تقدر على ذلك الّا بهلاك الاسد
فلا تقدم عليه فانّه غدر منّى ومنك ثـــــــمّ ان دمنه ترك
الدخول على الاسد ايّاما كثيرة ثم اتاه على خلوة منه
فقـــال له الاسد ما حبسك عنّى منذ زمان لم ارك لخير كان
انقطاعك قـــال دمنه خيرا فليكن ايّها الملك قـــال الاسد وهل
حدث امر قـــال دمنه حدث ما لم يكن الملك يريد ولا احد
من جند قـــال وما ذاك قـــال كلام فظيع قـــال اخبرنى به
قـــال دمنه انّ كلام يكرهه سامعه يَنْجِع عليه قائله وانّك ايّها
الملك

الملك لذو فضيلة ورأيك يدلّ على ان يوجعنى ان أقول ما تكره
وأثق بك ان تعرف نصحى وأثارى ايّاك على نفسى وانه ليعرض
لى انك غير مصدّقى فيما اخبرك به ولكنّى اذا تذكّرت وتفكّرت
ان نفوسنا معاشر الوحوش متعلّقة بك لم اجد بدّا من اداء الحقّ
الذى يلزمنى وان انت لم تسألنى وخفت ان لا تقبل منّى فانه يقال
من كتم السلطان نصيحته والاخوان رأيه فقد خان بنفسه
قـــــــال الاسد فما ذاك قـــــــال دمنه حدّثنى الامين
الصدوق عندى ان شنزبه خلا برؤوس جندك وقال قد خبرت
الاسد وبلوت رأيه ومكيدته وقوّته فاستبان لى ان ذلك يؤول منه
الى ضعف وعجز وسيكون لى وله شان من الشان فلمّا بلغنى ذلك
علمت ان شنزبه خوّان غدّار وانّك قد اكرمته الكرامة كلّها
وجعلته نظير نفسك وهو يظنّ انه مثلك وانّك متى زلت عن
مكانك صار له ملكك ولا يدع جهدا الا بلغه فيك وقد كان
يقـــال اذا عـرف الملك من الرجل انّه قد ساواه فى المنزلة والحال
فليصرعه فان لم يفعل به ذلك كان هو المصروع وشنزبه اعلم
بالامور

بالامور وابلغ فيها والعاقل هو الذى يحتال للامـور قبل تمـامـه
ووقوعه فانك لا تامن ان يكون ولا تستدركه فانّه يقال
الرجـــال ثلثة حازم واحزم منه وعاجز فاحد الحازمين من
اذا نـزل به الامر لم يدهش له ولم يذهب قلبه شعاعا ولم تعى به
حيلته ومكيدته التى يرجو بها المخرج منه واحزم من هذا المتقدّم
ذو العدّة الذى يعرف الابتلاء قبل وقوعه فيعظمه اعظاما ويحتال
له حيلة حتّى كانّه قد لزمه فيحسم الداء قبل ان يبتلى به ويدفع
الامر قبل وقوعه وامّا العاجز فهو فى تردّدٍ وتمنٍّ وامان حتّى يهلك
ومن امثال ذلك مثل السمكات الثلث قـــال الاسد وكيف كان
ذلك قــال دمنه زعموا ان غديرا كان فيه ثلاث سمكات كيّسـة
واكيس منها وعاجزة وكان ذلك الغدير بنجوةٍ من الارض لا يكاد
يقربه احد وبقربه نهر جار فاتّفق انه اجتاز بذلك النهر صيّادان
فابصرا بالغدير فتواعدا ان يرجعا اليه بشباكهما فيصيدا ما فيه
من السمك فسمع السمكات قولهما فامّا اكيسهنّ لما سمعت قولهما
ارتابت بها وتخوّفت منهما فلم تعرّج على شىء حتّى خرجت من
المكان

۱۴

المكان الذى يدخل فيه الماء من النهر الى الغدير وراتا الكيّسة الاخرى
فانها مكثت مكانها حتّى جاء الصيّادان فلمّا راّهما وعرفت با
يريدان ذهبت لتخرج من حيث يدخل الماء فاذا بجما قد سدّا ذلك
المكان حينئذ قالت فرّطت وهذه عاقبة التفريط فكيف الحيلة على
هذه الحال وقلّ ما تنج حيلة العجلة والارهان غير ان العاقل لا
يقنط من منافع الراى ولا ييأس على حال ولا يدع الراى والجهد
ثـمّ انها قاومت فطفت على وجه الماء منقلبة على ظهرها تارة
وتارة على بطنها فاخذاها الصيّادان فوضعاها على الارض بين
النهر والغدير فوثبت الى النهر فنجت وامّا العاجزة فلم تزل فى اقبال
وادبار حتّى صيدت قـال الاسد قد فهمت ذلك ولا اظنّ الثور
يغشّنى ولا يرجو لى الغوائل وكيف يفعل ذلك ولم يرمنى سوء قط
ولم ادع خيرا الّا فعلته معه ولا امنية الّا بلّغته ايّاها قـــال
ومنه ان اللئيم لايزال نافعا ناجعا حتّى يرفع الى المنزلة التى ليس
لها باهل فاذا بلغها التمس ما فوقها ولا سيّما اهل الخيانة والفجور
فانّ اللئيم الفاجر لا يخدم السلطان ولا ينصح له الا من فرق
فاذا

فاذا استغنى وذهبت الهيبة عاد الى جوهره كذنب الكلب الذى
يربط ليستقيم فلا يزال مستويا ما دام مربوطا فاذا حلّ انحنى وتعوّج
كما كان واعلم ايّها الملك انه من لم يقبل من نصحائه ما يثقل عليه
ممّا ينصحون له لم يحمد رايه كالمريض الذى يدع ما يبعث له
الطبيب ويعمد الى ما يشتهيه وحقّ على موازر السلطان ان يبالغ
فى التحضيض له على ما يزيد سلطانه قوّة ويزيّنه والكفّ عمّا يضرّه
ويشينه وخير الاخوان والاعوان اقلّهم مداهنة فى النصيحة وخير
الاعمال احلاه عاقبة وخير النساء الموافقة لبعلها وخير الثناء ما كان
على افواه الاخيار واشرف السلطان ما لم يخالطه بطر وخير الاخلاق
اعونها على الورع وقـد قيل لوان امرءا توسّد النار وافترش
الحيّات كان احقّ ان يهنيه القوم منه ان يحسّ من صاحبه بعداوة
يريد بها نفسه ويروح واعجز الملوك آخذهم بالهوينا واقلّهم نظرا فى
مستقبل الامور واشبههم بالفيل المغتلم الذى لا يلتفت الى شىء
فان احزنه امر تهاون به وان اضلع الامور حمل ذلك على قرائنه
قـــــال له الاسد لقد غلظت فى القول وقول الناصح مقبول
محمول

محمول وان كان شنزبه معاديا لى كما تقول فانه لا يستطيع لى ضرّا
وكيف يقدر على ذلك وهو آكل عشب وانا آكل لحم وانّما
هو لى طعام وليس منه علىّ مخافة ثم ليس الى الغدر به سبيل
بعد الامان الذى جعلته له وبعد اكرامى له وثنائى عليه وان
غيّرت ما كان منّى وبدّلته سقّهت رايى وجهّلت نفسى وغدرت
بذمتى قــــال دمنه لايغرّنّك قولك هو لى طعام وليس علىّ منه
مخافة فانّ شنزبه ان لم يستطعك بنفسه احتال لك من قبل غيره
ويقال ان استضاف بك ضيف ساعة من نهار وانت لا تعرف اخلاقه
فلا تامنه على نفسك ولا تامن ان يصلك منه او بسببه ما اصاب
القملة من البرغوث قــــال الاسد وكيف كان ذلك قــــال دمنه
زعموا ان قملة لزمت فراش رجل من الاغنياء دهرا فكانت تصيب
من دمه وهو نائم لا يشعر وتندّب دبيبا رفيقا فمكثت كذلك
حينا حتّى استضافها ليلة من الليالى برغوث فقالت له بت الليلة
عندنا فى دم طيّب وفراش ليّن فاقام البرغوث عندها حتّى
اذا اوى الرجل الى فراشه وثب عليه البرغوث فلدغه لدغة
ايقظته

ايقظته واطارت النوم عنه فقام الرجل واسرجا يفتّش فراشة
فنظر فلم ير الا القملة فاخذت فقصعت وفرّ البرغوث
وانّما ضربت لك هذا المثل لتعلم ان صاحب الشرّ لا
يسلم من شرّه احد وان هو ضعف وان ذلك جاء الشرّ بسببه وان
كنت لا تخاف من شنزبه فخف غيره من جندك الذين قد
حملهم عليك وعلى عداوتك فوقع فى نفس الاسد كلام دمنه فقال
فما الذى ترى اذا وبماذا تشير قال دمنه ان الضرس لا يزال
ماكولا ولا يزال صاحبه منه فى الم واذى حتّى يفارقه والطعام
الذى قد عفن فى البطن الراحة فى قذفه والعدوّ المخوف دواؤه
قتله قال الاسد لقد تركتنى اكره بجاورة شنزبه ايّاى وانا برسل
اليه وذاكره له ما وقع فى نفسى منه ثم آمره باللحاق حيث احبّ
فكره دمنه ذلك وعلم انّ الاسد متى كلّم شنزبه فى ذلك
وسمع منه جوابا عرف بطل ما اتى به واطلع على غدره وكذبه ولم
يخف عليه امره فقال للاسد انّا ارسالك الى شنزبه فلا اراه لك
رايا ولا حزما فلينظر الملك فى ذلك فانّ شنزبه متى شعر بهذا
الامر

الامر خفت ان يعاجل الملك بالمكابرة وهو ان قاتلك قاتلك مستعدًا وان فارقك فارقك فراقا يليك منه النقص ويلزمك منه العار مع ان ذوى الرأى من الملوك لا يعلنون عقوبة من لم يعلن ذنبه ولكن لكل ذنب عندهم عقوبة فلذنب العلانيّة عقوبة العلانيّة ولذنب السرّ عقوبة السرّ قــــال الاسد ان الملك اذا عاقب احدا عن ظنّة ظنّها من غير تيقّن بجرمه فلنفسه عاقب وايّاها ظلم قـــــال دمنه امّا اذا كان هذا راى الملك فلا يدخلنّ عليك شنئه الّا وانت مستعدّ له وايّاك ان تصيبك منه غرّة او غفلة فانّى لا احسب الملك حين يدخل عليه الّا سيعرف انّه قد همّ بعظيمة ومن علامات ذلك انّك ترى لونه متغيّرا وترى اوصاله ترعد وتراه ملتفتا يمينا وشمالا وتراه يحرّ قرنيه فعل الذى همّ بالنطاح والقتال قـــــال الاسد ساكون منه على حذر وان رأيت منه خبرا يدلّ على ما ذكرت علمت ان ما فى امره شكّ فــــــلمّا فرغ دمنه من تحميل الاسد على الثور وعرف انه قد وقع فى نفسه ما كان يلتمس وان الاسد سيتحـــذر الثور

الثور وينهّياً له اراد ان ياتي الثور ليغريه بالاسد واحبّ ان يكون
اتيانه من قبل الاسد مخافة ان يبلغه ذلك فيتاذّى به فقال ايّها
الملك الآتى شنزبه فانظر الى حاله واسره واسمع كلامه لعلّى أن
اطلع على سرّه فأطلعُ الملك على ذلك وعلى ما يظهر لى منه
فــــاذن له الاسد فى ذلك فــانطلق فدخـل على شنزبه
كالكئيب الحزين فلمّــا رآه الثور رحّب به وقال ما كان سبب
انقطاعك عنّى فانّى لم ارك منذ ايام اسلامة هى قــــال دمنه
ومتى كان من اهل السلامة من لا يملك نفسه وامرُه بيد غيره
ممّن لا يوثَق به ولا ينفكّ على خطر وخوف حتى ما من ساعة تمّر
ويأمن فيها على نفسه قــال شنزبه وما الذى حدث قــــال
دمنه حدث ما قدّر وهو كائن ومن ذا الذى غالب القدر ومن ذا
الذى بلغ من الدنيا جسيما من الامور فلم يبطر ومن ذا الذى بلغ
مُناه فلم يغترّ ومن ذا الذى تبع هواه فلم يخسر ومن ذا الذى
حادث النساء فلم يُصبّ ومن ذا الذى طلب من اللئام فلم يحرم ومن
ذا الذى خالط الاشرار فسلم ومن ذا الذى صحب السلطان قدام
له

له منه الامن والاحسان ولقد صدق الذى قال مثل السلاطين فى
قلّة وفائهم لمن صحبهم وسخاوة انفسهم عن من فقدوا من قراينهم
كمثل البغى كلّما فقدت واحدا جاء اخر قــــال شنزبه انّى اسمع
منك كلاما يدلّ على انّه قد رابك من الاسد ريب وهالك منه امر
قـــــال دمنه اجل لقد رابنى منه ذلك وليس هو فى امر نفسى
قـــــال شنزبه ففى نفس من رابك قــــال دمنه قد تعلم ما
بينى وبينك وتعلم حقّك علىّ وما كنت جعلت لك من العهد
والميثاق ايّام ارسلنى الاسد اليك فلم اجد بدّا من حفظك
وإطلاعك على ما اطّلعت عليه مّما اخاف عليك منه قـــــال شنزبه
وما الذى بلغك قـــــال دمنه حدّثنى الخابر المصدّق الذى لا
مرية فى قوله انّ الاسد قال لبعض اصحابه وجلسائه قد اعجبنى سمن
الثور وليس لى الى حياته حاجة فانا آكله ومطعم اصحابى من لحمه
فلمّا بلغنى هذا القول وعرفت غدره وسوء عهده اقبلت اليك
لاقضى حقّك وتحتال انت لامرك فـــــلمّا سمع شنزبه كلام
دمنه وتذكّر ما كان دمنه جعل له من العهد والميثاق وفكر فى امر
الاسد

الاسد ظنّ انّ دمنه قد صدقه ونصح له ورأى انّ الامر شبيه
بما قال دمنه فاهتّه ذلك وقال ما كان للاسد ان يغدر بى ولم
آتِ اليه ذنبا ولا الى احد من جنده منذ صحبته ولا اظنّ الاسد
الّا قد حُمِّل علىّ بالكذب وشبّه عليه امرى فانّ الاسد قد
صحبه قوم سوء وجرّب منهم الكذب وامورًا هى تصدّق عنك ما
بلغه من غيرهم فانّ صحبة الاشرار ربّما اورثت صاحبها سوء ظنّ
بالاخيار وحمّلته تجربته على الخطاء كخطاء البطة التى زعموا انّها
رات فى الماء ضوء كوكب فظنّه سمكة فحاولت ان تصيدها
فلمّا جرّبت ذلك مرارا علمت انّه ليس بشىء يصاد فتركته
ثمّ رات من غد ذلك اليوم سمكة فظنّت انّها مثل الذى راته
بالامس فتركتها ولم تطلب صيدها فان كان الاسد بلغه عنّى
كذب فصدّقه علىّ وسمعه فىّ فما جرى على غيرى يجرى علىّ
وان كان لم يبلغه شىء واراد السوء بى من غير علّة انّ ذلك لمن
اعجب الامور وقد كان يقال ان من العجب كيف يطلب الرجل
رضا صاحبه ولا يرضى واعجب من ذلك ان يلتمس رضاه
فيسخط

فيسخط فاذا كانت الموجدة عن علّة كان الرضا موجودا
والعفو ماملا واذا كانت عن غير علّة انقطع الرجاء لان العلّة
اذا كانت الموجدة فى ورودها كان الرضا ماملا فى صدورها وقد
نظرت فلا اعلم بينى وبين الاسد جرما ولا صغير ذنب ولا كبيرا
ولعمرى ما يستطيع احد اطال صحبة صاحب ان يحترس فى كل
شىء من امره ولا يتحفّظ من التيقّظ ان لا يكون منه صغيرة ولا
كبيرة يكرهها صاحبه ولكنّ الرجل ذا العقل وذا الوفا اذا سقط
عنك صاحبه سقطة نظر فيها وعرف قدر مبلغ خطائه عمد اكان
او خطاء ثم ينظر هل فى الصفح عنه امر يخاف ضررن وشينه فلا
يؤاخذ صاحبه بشىء يجد فيه الى الصفح عنه سبيلا فان كان
الاسد قد اعتقد علىّ ذنبا فليست اعابه الاّ انّى خالفت عليه فى
بعض رايه بطّرأ امنّى ونصيحةً له فعساه يكون قد انزل امرى على
الجراة عليه والمخالفة له ولا اجد لى فى هذا المحضر اثما ما لانى لم
اخالفه فى شىء الاّ ما قد ندر من مخالفة الرشد والمنفعة والدين ولم
اجاهر بشىء من ذلك على رؤوس جنده وعند اصحابه ولكنّى
كنت

كنت أخلو به وأكلّمه سرّاً كلام الهائب الموقّر وعلمت أنّه
من التمس الرخص من الاخوان عند المشاورة ومن الاطبّاء عند
المرض ومن الفقهاء عند الشبهة أخطأ منافع الرأى وازداد فيما
وقع فيه من ذلك تورّطاً وحمل الوزر وان لم يكن هذا فعسى أن
يكون ذلك من بعض سكرات السلطان فان مصاحبة السلطان
خطرة وان صوحبوا بالسلامة والثقة والمودّة وحسن الصحبة وان لم
يكن هذا فبعض ما أوتيت من الفضل قد جعِل لى فيه الهلاك
وان لم يكن هذا ولا هذا فهو اذاً من نواقع القضاء والقدر الذى
لا يدفع والقدر هو الذى يسلب الاسد قوّته وشدّته ويدخله القبر
وهو الذى يحمل الرجل الضعيف على ظهر الفيل المغتلم وهو
الذى يسلّط على الحيّة ذات الحُمّة من ينزع حُمّتها ويلعب بها
وهو الذى يحرّم العاجز ويثبّط الشهم ويوسع على المقتِّر ويشجّع
الجبان ويجبّن الشجاع عند ما تعتريه المقادير من العِلل التى
وُضعت عليها الاقدار قـــال دمنه أن ارادة الاسد بك ليست
من تحميل الاشرار ولاسكرة السلطان ولا غير ذلك ولكنّها الغدر
والفجور

والفجور منه فانه فاجر خوّان غدّار طعمه حلاوة واخرها سمّ مميت قـــــال شنزبه فاراني قد استلذذت الحلاوة اذ ذقتها وقد انتهيت الى اخرها الذى هو الموت ولولا الحين ما كان بقاى عند الاسد وهو آكل لحم وانا آكل عشب فانا فى هذه الورطة كالنحلة التى تجلس على ورد النيلوفر اذ تستلذ ريحه وطعمه فتحبسها تلك اللذّة فاذا جاء الليل ينضمّ عليها فتتلجلج فيها وتموت ومن لم يرض من الدنيا بالكفاف الذى يغنيه وطمحت عينه الى ما سوى ذلك ولم يتخوّف عاقبتها كان كالذباب الذى لا يرضى بالشجر والرياحين ولا يقنعه ذلك حتى يطلب الماء الذى يسيل من اذن الفيل فيضربه الفيل بآذانه فيهلكه ومن يبذل ودّه ونصيحته لمن لا يشكره فهو كمن يبذر فى السباخ ومن يُشِر على المعجب كمن يشاور الميّت او يسارر الاصمّ قـــــال دمنه دع عنك هذا الكلام وآحتَل لنفسك قـــــال شنزبه بأىّ شىء أحتال لنفسى اذا اراد الاسد أكلى معما عرّفتنى من رأى الاسد وسوء اخلاقه واعلـــــم انه لو لم يزد بى الا خيرا ثمّ اراد اصحابه بمكرهم وفجورهم

وجورهم هلاكى لقدروا على ذلك فانه اذا اجتمع المكر الظلمة
على البرىّ الصحيح كانوا خلقاء ان يهلكوه وان كانوا ضعفاء وهو
قوىّ كما اهلك الذئب والغراب وابن آوى الجمل حين اجتمعوا
عليه بالمكر والخديعة والخيانة قـــــــال دمنة وكيف كان ذلك
قـــــــال شتربة زعموا ان اسدا كان فى اجمة بجاورا لطريق
من طرق الناس وكان له اصحاب ثلاثة ذئب وغراب وابن آوى
وان رعاة مرّوا بذلك الطريق ومعهم جمال فتخلّف منها جمل
فدخل تلك الاجمة حتّى انتهى الى الاسد فقـــــــال له الاسد من
اين اقبلت قـــــــال قال من موضع كذا قـــال فما حاجتك قـــال
ما يامرنى به الملك قـــــــال تقيم عندنا فى السعة والامن
والخصب فـــــاقام الاسد والجمل معه زمانا طويلا ثـــــــمّ ان
الاسد مضى فى بعض الايام لطلب الصيد فلقى فيلا عظيما
فقاتله قتالا شديدا وافلت منه مثقلا مثخنا بالجراح يسيل منه
الدم وقد خدشه الفيل بانيابه فلمّا وصل الى مكانه وقع لا
يستطيع حراكا ولا يقدر على طلب الصيد فلبث الذئب
والغراب

والغراب وابن آوى ايّاما لا يجدون طعامًا لأنّهم كانوا

ياكلون من فضلات الاسد وطعامه فاصابهم جوع شديد وهزال

وعرف الاسد ذلك منهم فقـــال لقد جهدتّم واحتجتم الى ما

تاكلون فقـــالوا لا يهمّنا انفسنا لكنّا نرى الملك على ما نراه فليتنا

نجد ما ياكله ويصلحه قـــال الاسد ما اشكّ فى نصيحتكم ولكن

انتشروا لعلّكم تصيبون صيدا فاكسبكم ونفسى منه فخـرج

الذئب والغراب وابن آوى من عند الاسد فتنحّوا ناحية وايتمروا

فيما بينهم وقالوا ما لنا ولهذا الآكـل العشب الذى ليس شانه

من شاننا ولا رأيه من راينا ألا ننزيّن للاسد فياكله ويطعمنا من لحمه

قـــال ابن آوى هذا ممّا لا نستطيع ذكره للاسد لانّه قد آمن

الجمل وجعل له من ذمّته قـــال الغراب انا اكفيكم امر الاسد

ثمـم انطلق فدخل على الاسد فقـــال له الاسد هل اصبت

شيـئا قـــال الغراب انّما يصيب من يسعى ويبصر ونحن

فلا سعى لنا ولا بصر لما بنا من الجوع ولكن قد وفقنا لراى

واجتمعنا عليه ان وافقنا الملك فنحن مجيبون قـــال الاسد

وما

وما ذاك قــــال الغراب هذا الجمل آكــل العشب المتمرّغ
بيننا من غير منفعة لنا منه ولا ردّ عائدة ولا عمل يُعقِب مصلحة
فلمّــا سمع الاسد ذلك غضب وقــال مـا اخطأ رأيَك وما اعجز
مقالَك وابعدَك من الوفا والرحمة وما كنت حقيقا ان تجترئ على
نحذ المقــالة وتستقبلني بهذا الخطـاب سعا علمت انى قد آمنت
الجمل وجعلت له من ذمّتى اولم يبلغك انه لم يتصدّق متصدّق
بصدقة هى اعظم اجرًا ممّن آمن نفسا خائفة وحقن دما مهدور
وقد آمنته ولست بغادر به قــــال الغراب انى لاعرف ما يقول
الملك ولكنّ النفس الواحدة يفتدى بها اهل البيت واهل البيت
تفتدى بهم القبيلة والقبيلة يفتدى بها اهل المصر واهل المصر
فدى الملك وقد نزلت بالملك الحاجة وانا اجعل له من ذمّته نخرجا
على ان لا يتكلّف الملك ذلك ولا يليه بنفسه ولا يامر به احدا
ولكنّا نحتال بحيلة لنا وله فيها اصلاح وظفر فـسكت الاسد عن
جواب الغراب عن هذا الخطاب فلمّــا عرف الغراب اقرار الاسد
أتى اصحابه فقــــال لهم قد كلّمت الاسد فى اكله الجمل على ان

نجتمع

نجتمع نحن والجمل عند الاسد فنذكر ما اصابه ونتوجّع له اهتماما
منّا بامر وحرصا على صلاحه ويعرّض كل واحد منّا نفسه عليه
لياكله فيرّة الاخوان ويسقّه رايه ويبيّن الضرر فى اكله فاذا
فعلنا ذلك سلمنا كلّنا ورضى الاسد عنّا فـــفعلوا ذلك وتقدّموا
الى الاسد فـــقال الغراب قد احتجت ايّها الملك الى ما يقوّيك
ونحن احـــقّ ان نهب انفسنا لك فانّا بك نعيش فاذا هلكت
فليس لاحد منّا بقاء بعدك ولا لنا فى الحياة من خير فلياكلنى
الملك فقد طبت بذلك نفسا فـــاجابه الذئب وابن آوى ان
اسكت فلا خير للملك فى اكلك وليس فيك شبع قـــال ابن
آوى لكن انا اشبع الملك فلياكلنى فقد رضيت بذلك وطبت
عنه نفسا فـــردّ عليه الذئب والغراب بقولهما انك لمنتن قذر
قـــال الذئب انى لست كذلك فلياكلنى الملك فقد سمحت
بذلك وطبت عنه نفسا فاعترضه الغراب وابن آوى وقالا قد
قالت الاطبّاء من اراد قتل نفسه فلياكل لحم ذئب فـــظنّ
الجمل انه اذا عرض نفسه على الاكل التمسوا له عذرا كما التمس
بعضهم

بعضهم لبعض الاعذار فيسلم ويرضى الاسد عنه بذلك وينجو من
المهالك فقال لكن انا فى للملك شبع ورتع ولحمى طيّب هنّى وبطنى
نظيف فلياكلنى الملك ويطعم اصحابه وخدمه فقد رضيت
بذلك وطابت نفسى عنه وسمحت به فـــقال الذئب والغراب
وابن آوى لقد صدق الجمل وكرم وقال ما عرف ثـــمّ انهم وثبوا
عليه فمزّقوه وانّمـــــــا ضربت لك هذا المثل لتعلم انه ان كان
اصحاب الاسد قد اجتمعوا على هلاكى فانى لست اقدر ان
امتنع منهم ولا احترس وان كان راى الاسد لى على غير ما هم
عليه من الراى فىّ فلا ينفعنى ذلك ولا يغنى عنّى شيئًا وقد
يقال خير السلاطين من عدل فى الناس ولوان الاسد لم يكن فى
نفسه لى الا الخير والرحمة لغيّرته كثرة الاقاويل فانها اذا كثرت لم
تلبث دون ان تذهب الرقّة والرافة الا ترى ان الماء ليس كالقول
وان الحجر اشدّ من الانسان فالماء اذا دام انحدان على الحجر لم
يلبث حتى يثقبه ويوثّر فيه وكذلك القول فى الانسان قــــال
دمنة فما ذا ترى ان تصنع الان قـــال شنزبة ما ارى الا
الاجتهاد

الاجتهاد والمجاهدة بالقتال فانه ليس للمصلّى فى صلاته ولا
للمتصدّق فى صدقته ولا للورع فى ورعه من الاجر ما للمجاهد
عن نفسه اذا كانت مجاهدته على الحقّ قـــال دمنه لا ينبغى
لاحد ان يخاطر بنفسه وهو يستطيع غير ذلك ولكنّ ذا الراى جاعل
القتال آخر الحِيَل وبادٍ قبل ذلك بما استطاع من رفق وتحمّل
وقد قيل لا تحقرنّ العدوّ الضعيف المهين ولا سيّما اذا كان ذا
حيلة ويقدر على الاعوان فكيف بالاسد على جرأته وشدّته
فانّ من احقر عدوّه لضعفه اصابه ما اصاب وكيل البحر
من الطيطوى قـــال شنزبه وكيف كان ذلك قـــال دمنه
زعموا ان طائرا من طيور البحر يقال له الطيطوى كان وطنه على
طفّ البحر ومعه زوجته له فلمّا جاء اوان تفريخهما قالت الانثى
للذكر لو التمسنا مكانا حريزا نفرّخ فيه فانى اخشى من وكيل
البحر اذا مدّ الماء ان يذهب بفراخنا فـــقال لها افرخى مكانك
فانه موافق لنا والماء والزهو منّا قريب قــالت له يا غافل ليحسن
نظرك فانى اخاف وكيل البحر ان يذهب بفراخنا فـــقال لها افرخى
مكانك

مكانك فانه لا يفعل ذلك فـقالت له ما اشدّ تغنّتك وتهدّدك ايّاه
الاتعرف نفسك وقدرك فـابى ان يطيعها فلما اكثرت عليه
ولم يسمع قولها قالت له ان من لم يسمع قول الناصح يُصِبْه ما
اصاب السلحفاة حين لم تسمع قول البطّتين قـال الذكر وكيف
كان ذلك قـالت الانثى زعموا ان غديرا كان عنك عشبٌ وكان
فيه بطّتان وكان فى الغدير سلحفاة بينها وبين البطّتين سوّدة
وصداقته فاتّفق ان غيض ذلك الماء فجاء البطّتان لوداع السلحفاة
وقالتا السلام عليك فاتّنا ذاهبتان عن هذا المكان لاجل نقصان
الماء عنه فـقالت انّما يبين نقصان الماء علي مثلى التى كانّى السفينة
لا اقدر على العيش الا بالماء فاما انتما فتقدران على العيش
حيث كنتما فاذهبا بى معكما قـالتا لها نعم قـالت كيف
السبيل الى حملى قـالتا ناخذ بطرفى عود وتتعلّقين بوسطه
ونطير بك فى الجوّ وايّاك اذا سمعت الناس يتكلّمون ان تنطقى
ثـمّ اخذتاها فطارتا بها فى الجوّ فقال الناس عجب سلحفاة بين
بطّتين قد حملتاها فلمّـا سمعت ذلك قالت فقا الله اعينكم ايّها
الناس

الناس فلمّا فتحت فاها بالنطق وقعت الى الارض فماتت قال
الذكر قد سمعت مقالتك فلا تخافى وكيل البحر فلمّا مدّ الماء
ذهب بفراخهما فقالت الانثى قد عرفت فى بدء الامر ان هذا كاين
قال الذكر سوف انتقم منه ثمّ مضى الى جماعة الطير فقال
لهنّ انكنّ اخواتى وثقاتى فأعنّنى قلن ما ذا تريد ان نفعل
قـــال تجتمعن وتذهبن معى الى سائر الطير فنشكو اليهنّ ما
لقيت من وكيل البحر ونقول لهنّ انكنّ طير مثلنا فأعنّنا فقلن له
جماعة الطير ان العنقاء هى سيّدتنا وملكتنا فاذهب بنا اليها حتى
نصير بها فتظهر لنا فنشكو اليها ما نالك من وكيل البحر ونسالها
ان تنتقم لنا منه بقوّة مِلْكها ثـــمّ انهنّ ذهبن اليها مع الطيطوى
فاستغثن اليها وحعن بها فتراءت لهنّ فاخبرنها بقصّتهنّ وسالنها
ان تصير معهنّ الى محاربة وكيل البحر فاجابتهنّ الى ذلك فلمّـــا
علم وكيل البحر ان العنقاء قد قصدته فى جماعة الطير خاف من
محاربة ملك لا طاقة له به فردّ فراخ الطيطوى وصالحه فرجعت
العنقاء عنه وانمّـــا حدثتك بهذا الحديث لتعلم ان القتال مع
الاسد

الاسد لا أراه لك رأيا قال شنزبه فما انا بمقاتل الاسد ولا
ناصب له العداوة سرّا ولا علانيّة ولا متغيّر له عمّا كنت عليه
حتى يبدو لى منه ما اتخوّف فاغالبه فـــكون دمنه قوله وعلم ان
الاسد ان لم ير من الثور العلامات التى كان ذكرها له اتهمه واساء به
الظنّ فـــقال دمنه لشنزبه أذهب الى الاسد فستعرف حين
ينظر اليك ما يريد منك قال شنزبه وكيف اعرف ذلك قال
دمنه سترى الاسد حين تدخل عليه مقعيا على ذنبه رافعا
صدره اليك مادّا بصره نحوك قد صرّ اذنيه وفغر فاه واستوى
للوثبة قال شنزبه ان رأيت هذه العلامات من الاسد عرفت
صدقك فى قولك ثـــمّ ان دمنه لما فرغ من تحميل الاسد على
الثور والثور على الاسد توجّه الى كليله فلما التقيا قال كليله الى
ما انتهى عملك الذى كنت فيه قال دمنه قريبا من الفراغ
على ما أُحبّ وتحبّ ثـــمّ ان كليله ودمنه انطلقا جميعا ليحضرا
قتال الاسد والثور وينظرا ما يجرى بينهما ويعاينا ما يؤول اليه
أمرهما وجـــاء شنزبه فدخل على الاسد فرآه مقعيا كما وصفه له
دمنه

دمنه فقــال ما صاحب السلطان الا كصاحب الحيّة التى فى
صدن لا يدرى متى تهيج به ثــمّ ان الاسد نظر الى الثور فراى
الدلالات التى ذكرها له دمنه فلم يشكّ انه جاء لقتاله فواثبه ونشا
بينهما الحرب واشتدّ قتال الثور والاسد وطال وسالت بينهما
الدماء فلمّــا راى كليله ان الاسد قد بلغ منه ما بلغ قال لدمنه
انّما السلطان باصحابه والبحر بامواجه وما عظتى وتاديبى ايّاك
الا كما قال الرجل للطائر لا تلتمس تقويم ما لا يستقيم ولا تعالج
تاديب من لا يتادّب قــال دمنه وكيف كان ذلك قــال كليله
زعموا ان جماعة من القردة كانوا سكانا فى جبل فالتمسوا فى ليلة
باردة ذات رياح وامطار نارا فلم يجدوا فراوا يراعة تطير كانها
شرارة نار فظنّوها نارا وجمعوا حطبا كثيرا فالقوه عليها وجعلوا
ينفخون طمعا ان يوقدوا نارا يصطلون بها من البرد وكان قريبا
منهم طائر على شجرة ينظرون اليه وينظر اليهم وقد راى ما
صنعوا فجعل يناديهم ويقول لا تتعبوا فان الذى رايتموه ليس بنار
فلمّا طال ذلك عليه عزم على القرب منهم لينبّهاهم عمّا هم فيه فمرّبه
رجل

رجل فعرف ما عزم عليه فقال له لا تلتمس تقويم ما لايستقيم فان الحجر المانع الذى لا ينقطع لا تجرّب عليه السيوف والعود الذى لاينحنى لا يعمل منه القوس فلا تتعب فـــابى الطائر ان يطيعه وتقدّم الى القردة ليعرفهم ان اليراعة ليست بنار فتناوله بعض القردة فضرب به الارض فمات فهـــذا مثلى معك فى ذلك ثمّ قد غلب عليك الحبّ والفجور وهما خلّتا سوء والحبّ شرّهما عاقبة ولهذا مثل قـــال قـــال دمنه وما ذلك المثل قـــال كليله زعموا ان خبّا ومغفّلا اشتركا فى تجارة وسافرا فبينما هما فى الطريق اذ تخلّف المغفّل لبعض حاجته فوجد كيسا فيه الف دينار فاخذ فاحتسّ به الخبّ فرجعا الى بلدهما حتى اذا دنيا من المدينة قعدا لاقتسام المال فقـــال المغفّل خذ نصفها واعطنى نصفها وكان الخبّ قد قرّر فى نفسه ان يذهب بالالف جميعها فقال له لا نقتسم فان الشركة والمفاوضة اقرب الى الصفاء والمخالطة ولكن آخذ نفقة وتاخذ مثلها وندفن الباقى فى اصل هذه الشجرة فهو مكان حريز فاذا احتجنا جئنا انا وانت فناخذ حاجتنا منه ولا

ولا يعلم بموضعنا احد فاخذنا منها يسيرا ودفنا الباقى فى اصل دوحة ودخلنا البلد ثمّ ان الحبّ خالف المغفّل الى الدنانير فاخذها وسوّى الارض كما كانت وجاء المغفّل بعد ذلك باشهر فقال للحبّ قد احتجت الى نفقة فانطلق بنا ناخذ حاجتنا فقام الحبّ معه وذهبا الى المكان فحفرا فلم يجدا شيئا فاقبل الحبّ على وجهه يلطمه ويقول لا تغترّ بصحبة صاحب خالفتنى الى الدنانير فاخذتها فجعل المغفّل يحلف ويلعن آخذها ولا يزداد الحبّ الاشنّة فى اللطم وقال ما اخذها غيرك وهل شعر بها احد سواك ثمّ طال ذلك بينهما فترافعا الى القاضى فاقتصّ القاضى قصّتهما فادّعى الحبّ ان المغفّل اخذها وجحد المغفّل فقال للحبّ الك على دعواك بيّنة قال نعم الشجرة التى كانت الدنانير عندها تشهد لى ان المغفّل اخذها وكان الحبّ قد امر اباه ان يذهب فيتوارى فى الشجرة بحيث اذا سئل اجاب فذهب ابو الحبّ فدخل جوف الشجرة ثمّ ان القاضى لمّا سمع ذلك من الحبّ اكبر وانطلق هو واصحابه والحبّ والمغفّل معه حتى وافى الشجرة فسألها عن

عن الخبر فقال الشيخ من جوفها نعم المغفّل اخذها فلما سمع القاضى
ذلك اشتدّ تعجّبه فدعى بحطب وامر ان تحرق الشجرة فاضرمت
حولها النيران فاستغاث ابو الحبّ عند ذلك فاخرج وقد اشرف
على الهلاك فسأله القاضى عن القصة فاخبره بالخبر فاوقع بالحبّ
ضربا ولابيه صفعا واركبه مشهورا وغرّم الحبّ الدنانير فاخذها
واعطاها المغفّل وانّما ضربت لك هذا المثل لتعلم ان الحبّ
والخديعة ربّما كان صاحبهما هو المغبون وانك يا دمنه جامع للحبّ
والخديعة والفجور وانّى احشى عليك ثمرة عملك معا انك لست
بناج من العقوبة لانك ذو لونين ولسانين وانّما عذوبة ماء الانهار
ما لم تبلغ الى البحار وصلاح اهل البيت ما لم يكن فيهم المفسد
وانه لا شىء اشبه بك من الحيّة ذات اللسانين التى فيها السمّ فانه قد
يجرى من لسانك كسمّها وانّى لم ازل لذلك السمّ من لسانك خائفا
ولما يحلّ بك ستوقّعا والمفسد بين الاخوان والاصحاب كالحيّة
يربّيها الرجل ويطعمها ويمسحها ويكرمها ثم لا يكون له منها غير
اللذع وقد يقال الزم ذا العقل وذا الكرم واسترسل اليهما وايّاك
ومفارقتهما

ومفارقتهما واحبب الصاحب اذا كان عاقلا كريما او عاقلا غير
كريم فالعاقل الكريم كامل والعاقل غير الكريم احببه وان كان
غير محمود الخليقة واحذر من سوء اخلاقه وانتفع بعقله والكريم
غير العاقل الزمه ولا تدع مواصلته وان كنت لا تحمد عقله
وانتفع بكرمه وآنفعه بعقلك والفرار كل الفرار من اللئيم الاحمق
واني بالفرار منك لجدير وكيف يرجو اخوانك عندك كريما وودّا
وقد صنعت بملكك الذى اكرمك وشرّفك ما صنعت وان
مثلك مثل التاجر الذى قال ان ارضا تاكل جرذانها ماية منّ
حديدا ليس بمستنكر لبزاتها ان تختطف الاغيلة قـال دمنه
وكيف كان ذلك قـال كليله قـال انه كان بارض كذا تاجر
فاراد الخروج الى بعض الوجوه لابتغاء الرزق وكان عنك ماية من
حديدا فاودعها رجلا من اخوانه وذهب فى وجهه ثم قدم بعد
ذلك بمدّة فجاء والتمس الحديد فقـال له انه قد اكلته الجرذان
فقـال قد سمعت انه لا شىء اقطع من انياب الحديد ففرح
الرجل بتصديقه على ما قال وادّعى ثـمّ ان التاجر خرج فلقى
ابنا

ابنا للرجل فاخذن وذهب به الى منزله ثـــــم رجع اليه الرجل من
الغد فقال له هل عندك علم من ابنى فــــقال له التاجر اتى لما
خرجت من عندك بالامس رايت بازيا قد اختطف صبيّا
ولعلّه ابنك فلــــطم الرجل على راسه وقال يا قوم هل سمعتم او
رايتم ان البزاة تختطف الصبيان فــــقال نعم وان ارضا تاكل
جرذاهـا ماية مّن حديدا ليس بـعجب ان تختطف بزاتها
الافيلة قــــال له الرجل انا اكلت حديدك وهذا ثمنه فاردد
علىّ ابنى واّنمـــا ضربت لك هذا المثل لتعلم ان اذا صاحَبَ احد
صاحبا وغدر بمن سواه فقد علم صاحبه انه ليس عنك للمودّة
موضع فلا شىء اضيع من مودّة تمنح من لا وفاء له وحباء يصطنع
عند من لا شكر له وادب يحمل الى من لا يتأدّب به ولا يسمعه
وسرّ يستودع عند من لا يحفظه فان صحبة الاخيار تورث الخير
وصحبة الاشرار تورث الشرّ كالريح اذا مرّت بالطيب حملت طيبا
واذا مرّت بالنتن حملت نتنا وقد طال وثقل كلامى عليك
فـــانتهى كليله من كلامه الى هذا المكان وقـــد فرغ الاسد
من

من الثور ثــــمّ فكر فى قتله بعد ان قتله وذهب عنه الغضب
وقال لقد فجعنى شنزبه بنفسه وقد كان ذا عقل ورأى وخلق كريم
ولا ادرى لعلّه كان بريّا او مكذوبا عليه فــــــزن وندم على
ما كان منه وتبيّن ذلك فى وجهه وبصر به دمنه فترك مجاورة
كليله وتقدّم الى الاسد فقـــــال له ليهنك الظفر اذا أهلك الله
اعداءك فما ذا يحزنك ايّها الملك قـــال انا حزين على عقل شنزبه
ورايه وأدبه قـــــال له دمنه لا ترحمه ايّها الملك فان العاقل لا يرحم
من يخافه وان الرجل الحازم ربّما بغض الرجلَ وكرهه ثم قرّبه وأدناه
لما يعلم عنك من الغنى والكفاية فعلَ الرجلِ المتكان على الدواء
الشنيع رجاء منفعته وربّما احبّ الرجل وعزّ عليه فأقصاه وأهلكه
مخافة ضرر كالذى تلدغه الحيّة فى اصبعه فيقطعها ويتبرّى
منها مخافة ان يسرى سمّها الى بدنه فــــرضى الاسد بقول دمنه
ثـــــمّ علم بعد ذلك بكذبه وغدن وفجون فقتله شرّ قتلة ٥
انقضى باب الاسد والثور ٥

باب

باب الفحص عن امر دمنه ۞

قال دبشليم الملك لبيدبا الفيلسوف قد حدّثتني عن الواشي الماهر بالمحال كيف يفسد بالنميمة المودّة الثابتة بين المتحابّين فحدّثني ان رايت بما كان من حال دمنه والى ما آل مآله بعد قتل شنزبه وما كان من معاذين عند الاسد واصحابه حين راجع الاسد رايه في الثور وادخل النميمة على دمنه وما كانت حجّته التي احتجّ بها قبــــال الفيلسوف انا وجدت في حديث دمنه ان الاسد حين قتل شنزبه ندم على قتله وذكر قديم صحبته وجسيم خدمته وانه كان اكرم اصحابه عليه واخصّهم منزلة لديه واقربهم وادناهم اليه وكان يواصل به المشورة دون خواصّه وكان من اخصّ اصحابه عنك بعد الثور النمر فاتّفـــق انه امسى النمر ذات ليلة عند الاسد فخرج من عنك جوف الليل يريد

يريد منزله فاجتاز على منزل كليله ودمنه فلمّا انتهى الى الباب
سمع كليله يعاتب دمنه على ما كان منه ويلومه فى النميمة
واستعمالها مع الكذب والبهتان فى حقّ الخاصّة وعرف النمر
عصيان دمنه وترك القبول له فوقف يستمع ما يجري بينهما فكان
فيما قال كليله لدمنه لقــد ارتكبت مركبا صعبا ودخلت مدخلا
ضيّقا وجنيت على نفسك جناية موبقة وعاقبتها وخيمة وسوف
يكون مصرعك شديدا اذا انكشف للاسد امرك واطّلع عليه
وعرف غدرك وحالك وبقيت لا ناصر لك فيجتمع عليك الهوان
والقتل مخافة شرّك وحذرا من غوايلك فلست بمتّخذك بعد
اليوم خليلا ولا مفشٍ اليك سرًّا لان العلماء قد قالوا تباعد ممّن
لا رغبة فيه وانا جدير بمباعدتك والتماس الخلاص لى مّما وقع
فى نفس الاسد من هذا الامر فلـــــا سمع النمر هذا من كلامهما
ذهب راجعا فدخل على امّ الاسد فاخذ عليها العهود والمواثيق
انها لا تفشى بما يسرّ اليها فعـــــاهدته على ذلك فاخـــبرها
بما سمع من كلام كليله ودمنه فلـــــا اصبحت دخلت على
الاسد

الاسد فوجدته كئيبا حزينا مهموما لما ورد عليه من قتل شنزبه
فقالت له ما هذا الهمّ الذي قد اخذ منك وغلب عليك قـــال
يحزنني قتل شنزبه اذا تذكّرت صحبته ومواظبته معي وما كنت اسمع
من مؤامرته واسكن اليه في مشاورته واقبل من مناصحته قـالت
امّ الاسد ان اشدّ ما شهد امرؤ على نفسه وهذا خطأ عظيم
كيف اقدمت على قتل الثور بلا علم ولا يقين ولو لا ما قالت
العلماء من اذاعة الاسرار وما فيها من الاثم والشنار لذكرت لك
واخبرتك بما علمت قـــال الاسد ان اقوال العلماء لها وجوه
كثيرة ومعان مختلفة واني لاعلم صواب ما تقولين وان كان
عندك رأي فلا تطويه عني وان كان قد اسرّ اليك احد سـرّا
فاخبريني به واطلعيني عليه وعلى جملة الامر فـاخبرته بجميع
بما القاه اليها النمر من غير ان تخبر باسمه وقالت اني لم اجهل
قول العلماء في تعظيم العقوبة وتشديدها وما يدخل على الرجل
من العار في اذاعة الاسرار ولكنّي احببت ان اخبرك بما فيه المصلحة
لك وان وصف خطاه وضرن اىي العامّة فاصرارهم على خيانة الملك
ممّا

ممّا لا يدفع الشرّ عنهم وبه تحتجّ السفهآء ويدخلون الشبهة على ما
يكون من اعمالهم القبيحة واشدّ معارهم اقدامهم على ذى الحزم
فلمّا قضت امّ الاسد هذا الكلام فاستدعى اصحابه وجند
فأدخلوا عليه فلمّا وقف دمنه بين يدى الاسد وراى ما هو
عليه من الحزن والكآبة التفت الى بعض الحاضرين فقال ما
الذى حدث وما الذى احزن الملك فالتفتت امّ الاسد اليه
وقالت قد احزن الملك بقاؤك ولو طرفة عين ولن يدعك بعد
اليوم حيّا قال ما ترك الاوّل للاخير شيئًا لانّه يقال اشدّ
الناس فى توقّى الشرّ يصيبه الشرّ قبل المستسلم فلا يكونن الملك
وخاصّته وجنوده المثل السوء وقد علمت ان قد قيل من صحب
الاشرار وهو يعلم علمهم كان اذاه من نفسه ولذلك انقطعت النسّاك
بانفسها عن الخلق واختارت الوحدة على المخالطة وحبّ العمل لله على
حبّ الدنيا واهلها ومن يجزى بالخير خيرًا وبالاحسان احسانًا
الّا الله ومن طلب الجزآء على الخير من الناس كان حقيقًا ان يحظى
بالحرمان اذ يخطى الصواب فى خلوص العمل لغير الله وطلب الجزآء
من

من الناس وان احقّ ما رغبت فيه رعيّة الملك هو بحاسن الاخلاق
ومواقع الصواب وجميل السِيَر وقد قالت العلماء ان صدّقوا ما
ينبغى ان يكذّب وكذّب ما ينبغى ان يصدّقوا اصابه ما اصاب
المرأة التى بذلت نفسها لعبدها حتى فضحها بالتلبيس عليها
قـــال الاسد وكيف كان ذلك قـــال دمنه زعموا انّه كان
فى بعض المدن تاجر وكانت له امرأة ذات حسن وجمـال وكان
الى جنب التاجر رجل مصوّر ماهر وكان هو لامرأة التاجر خليلا
فـــقالت له يوما ان استطعت ان تحتال بحيلة اعلم بها مجيّك
من غير نداء ولا ايماء ولا ما يُرتاب به من فعلك وفعلى قـــال
المصوّر عندى من الحيلة ما سألت با يسرّك ويقر عينك ان
عندى ملاءة فيها من تهاويل الصور وتماثيل الصنعة فانا البسها
حين مجيى اليك ومتراى لك فيها ثـــمّ انّ المصوّر لبس الملاءة
وتراى للمرأة فعلمت بمكانه فخرجت اليه وفرحت به وتهيّأت له فبصر
بهما فى تلك الحالة عبد للمرأة فعجب من ذلك وتحيّر وكان هذا
العبد لامة المصوّر خليلا فطلب الملاءة منها وسألها ذلك وقال
اريد

*١٨

اريد ان اريها لصديق لى لاسرّ بذلك واسرع الكرّة بردّها قبل
ان يعلم به مولاك فاعطته امة المصوّر الملاءة فلبسها العبد واتى
سيّدتد على نحو ما كان ياتيها المصوّر فلمّا رأته لم تشكّ فى مجيّه
ولم ترتب به انه خليلها فاتت اليه وبذلت له نفسها فقضى حاجته
منها وبالغ غرضه ثمّ رجع بالملاءة الى امة المصوّر فدفعها
اليها فوضعتها موضعها وكان المصوّر عن بيته غائبا فلمّا
جنّ الليل عاد الى منزله فلبس الملاءة على عادته وتراءى للمرأة فلمّا
شاهدت ذلك وثبت اليه وقالت لقد اسرعت الكرّة الم تكن عندى
وقد قضيت حاجتك فما ذا العود فلمّا سمع المصوّر كلامها
رجع الى منزله فدعا جاريته فتواعدها بالقتل او لتخبره بالحقيقة
فاخبرته بالقصّة فاخذ الملاءة فاحرقها وانمّا ضربت لك
هذا المثل ارادة ان لا يعجل الملك فى امرى بشبهة ولست
اقول هذا كراهة للموت فانه وان كان كرهها فلا منجأ منه وكل
حىّ هالك ولو كانت لى ماية نفس واعلم ان هواء الملك باتلافهن
طبت له بذلك نفسا فقال بعض الجند لم ينطق بهذا حبّه
الملك

الملك ولكن لنفسه والتمس العذر لها فـــقال له دمنه ويلك
وهل علىّ فى التماس العذر لنفسى عيب وهل احد اقرب الى
الانسان من نفسه واذا لم يلتمس لها العذر لمن يلتمسه لقد ظهر
منك ما لم تكن تملكه من الحسد والبغضاء ولقد عرف من سمع
منك انك لا تحب لاحد خيرا وانك عدوّ نفسك فمن سواها فمثلك
لا يصلح ان يكون مع البهايم فضلا ان يكون مع الملك وان
يكون ببابه فلمـــا اجابه دمنه بذلك خرج مكتئبا حزينا
مستحييا فـــقالت امّ الاسد لدمنه لقد عجبت منك ايها المحتال
لقلّة حياتك وكثرة تحتك وسرعة جوابك لمن كلمك قــال دمنه
لانّك تنظرين الىّ بعين واحدة وتسمعين منّى باذن واحدة مع ان
شقاوة جدّى قد زوت عنّى كل شىء حتى لقد سعوا الى الملك
بالنميمة علىّ ولقد صار من بباب الملك لاستخفافهم به وطول
كرامته اياهم وما هم فيه من العيش والنعمة لا يدرون فى اىّ
وقت ينبغى لهم الكلام ولا متى يجب عليهم السكوت قـالت الا
تنظروا الى هذا الشقىّ مع عظم ذنبه كيف يجعل نفسه بريّا كمن
لا

لا ذنب له قــــال دمنه ان الذين يعملون غير اعمالهم كالذى
يضع الرماد موضعا ينبغى ان يضع فيه الرمل ويستعمل فيه
السرجين والرجل الذى يلبس لباس المرأة والمرأة التى تلبس
لباس الرجل والضيف الذى يقول انا ربّ البيت والذى ينطق
بين الجماعة بما لا يسأل عنه وانّما الشقىّ من لا يعرف الامور والناس
ولا يقدر على دفع الشرّ عن نفسه ولا يستطيع ذلك قـــالت
امّ الاسد أتظنّ ايّها الغادر المحتال بقولك هذا انّك تخدع الملك
ولا يسجنك قـــال دمنه الغادر الذى لا يأمن عدوّه مكرَه واذا
استمكن من عدوّه قتله على غير ذنب قـــالت امّ الاسد ايّها
الغادر الكذوب أتظنّ انّك ناجٍ من عاقبة كذبك وانّ محالك
هذا ينفعك مع عظم جرمك قـــال دمنه الكذوب الذى يقول
ما لم يكن ويأتى بما لم يُقَل ولم يفعل وكلامى واضح مبين
قـــالت امّ الاسد العلماء منكم من قضى حاجته فيه ثـــمّ نهضت
فخرجت فدفع الاسد دمنه الى القاضى فامر القاضى بحبسه فالتى
فى عنقه حبل وانطلق به الى السجن فلمّـــا انتصف الليل أخبر
كليله

كليله ان دمنه فى الحبس فاتاه مستخفيا فلمّا رآه وما هو عليه
من ضيق القيود وحرج المكان بكا وقال له ما وصلت الى ما
وصلت اليه الا لاستعمالك الغلطة واضرابك عن العظة ولكن لا
بدّ لى من انذارك والنصيحة لك والمسارعة اليك فى خلوص
الرغبة فانه لكل مقام مقال ولكل موضع مجال ولو كنتُ قصّرت
فى عظتك حين كنت فى عافية لكنت اليوم شريكك فى ذنبك
غير ان العجب دخل منك مدخلا قهر رايك وغلب على عقلك
وكنتُ اضرب الامثال كثيرًا واذكرك قول العلماء وقد قالت
العلماء ان المحتال يموت قبل اجله قال دمنه قد عرفت صدق
مقالتك وقد قالت العلماء لا تجزع من العذاب اذا وقفت منك
على الخطية ولأن تعذّب فى الدنيا بجرمك خير من ان تعذّب
فى الآخرة بجهنّم مع الاثم قال كليله قد فهمت كلامك ولكنّ
ذنبك عظيم وعقاب الاسد شديد اليم وكان بقربهما فى
السجن فهد معتقل يسمع كلامهما ولا يريانه فعرف معاتبة كليله
لدمنه على سوء فعله وما كان منه وان دمنه مقرّ بسوء عمله
وعظيم

وعظيم ذنبه فحفظ المجاوبة بينهما وكتمها ليشهد بها ان سُئل
عنها ثـــمّ ان كليله انصرف الى منزله ودخلت امّ الاسد
حين اصبحت على الاسد فقالت له يا سيّد الوحوش حوشيت
ان تنسى ما قلت بالامس وانك امرت به لوقته وارضيت به ربّ
العباد وقد قالت العلماء لا ينبغى للانسان ان يتوانا فى الجدّ
للتقوى بل ولا ينبغى ان يدافع بذنب الاثيم فلـما سمع الاسد
كلام اته امر ان يحضر النمر وهو صاحب القضاء فلما حضر
قـــال له ولجواش العادل اجلسا فى موضع الحكم وناديا فى الجند
صغيرهم وكبيرهم ان يحضروا وينظروا فى حال دمنه ويبحثوا عن
شانه ويفحصوا عن ذنبه ويثبتوا قوله وعذن فى كتب القضاء
وارفعا الىّ ذلك يوما فيوما فلما سمع النمر وجواش العادل وكان هذا
الجواش عمّ الاسد قالا سمعًا وطاعةً لما امر الملك وخرجا من عنك
فعملا بمقتضى ما تقدّم به اليهما حتى اذا مضى من يوم جلسوا
فيه ثلث ساعات امر القاضى ان يؤتى بدمنه فاتى به فاقيم بين
يديه والجماعة حضور فلـما استقرّ به المكان نادى سيّد الجمع
باعلا

باعلاء صوته ايّها الجمع انكم قد علمتم ان سيّد السباع لم يزل

منذ قتل شنزبه خاسر النفس كثير الهمّ والحزن يرى انه قد

قتل شنزبه بغير ذنب وانه اخذ بكذب دمنه وتميته وهذا

القاضى قد أمر ان يجلس مجلس القضاء ويبحث عن شان دمنه

فمن علم منكم شيئًا فى امر دمنه من خير او شرّ فليقل ذلك

وليتكلّم بذلك على رؤوس الجمع والاشهاد ليكون القضاء فى امر

بحسب ذلك فاذا استوجب القتل فالتثبّت فى امر اولى والعجلة

من الهوى ومتابعة الاصحاب على الباطل ذلّ فعندها قــــــال

القاضى ايّها الجمع اسمعوا قول سيّدكم ولا تكتموا ما عرفتم من امر

واحذروا فى الستر عليه ثلث خصال اما احداهنّ وهى افضلهنّ

الّا تزدروا فعله ولا تعدّوه يسيرا فمن اعظم الخطايا قتل البرىّ

الذى لا ذنب له بالكذب والنميمة ومن علم من امر هذا الكذاب

الذى اسلم البرىّ بكذبه وتميته شيئًا فستر عليه فهو شريكه فى

الاثم والعقوبة والــــثانية اذا اعترف المذنب بذنبه كان اسلم

له والاحرى للملك وجنك ان يعفوا عنه ويصفحوا والــــثالثة

ترك

ترك مراعاة اهل الذمّ والفجور وقطع اسباب مروّاتهم وسوّدّاتهم
عن الخاصّة والعامّة فمن علم من امر هذا المحتال شيئًا فليتكلّم به
على رؤوس الاشهاد ممّن حضر ليكون ذلك حجّة وقد قيل أنه من
كتم شهادة ميّت الجم بلجام من نار يوم القيمة فليقل كلّ واحد
منكم ما علم فلمّا سمع ذلك الجمع كلامه امسكوا عن القول فقال
دمنه ما يُسكتكم تكلّموا بما علمتم واعلموا ان لكلّ كلمة جوابا وقد
قالت العلماء من يشهد بما لم يرَ ويقول ما لا يعلم اصابه ما اصاب
الطبيب الذى قال لما لا يعلمه انى اعلمه قتالت الجماعة وكيف
كان ذلك قتال قتال دمنه زعموا انه كان فى بعض المدن طبيب له
رفق وعلم وكان ذا احطار فيما يجرى على يديه من المعالجات
فكبر ذلك الطبيب وضعف بصن وكان لملك تلك المدينة ابنة
قد زوّجها لابن اخ له فعرض لها ما يعرض للحوامل من الاوجاع
فجىء بهذا الطبيب فلمّا حضر سأل الجارية عن وجعها وما تجد
فاخبرته فعرف داءها ودواءها وقال لو كنت ابصر لجمعت
الاخلاط على معرفتى باجناسها ولا اثق بذلك احدا غيرى وكان
فى

فى المدينة رجل سفيه فبلغه الخبر فأتاهم وادّعى علم الطبّ
واعلمهم انه خبير بمعرفة اخلاط الادوية والعقاقير عارف بطبايع
الادوية المركّبة والمفردة فامر الملك ان يدخل خزانة الادوية فياخذ
من اخلاط الدواء حاجته فلمّا دخل السفيه الخزانة وعرضت عليه
الادوية ولا يدرى ما هى ولا له بها معرفة فاخفى فى جملة ما اخذ
منها صرّة فيها سمّ قاتل لوقته وخلطه فى الادوية ولا علم له به
ولا معرفة بجنسه فلمّا تمّت اخلاط الادوية سقى الجارية
منه فماتت لوقتها فلمّا عرف الملك ذلك دعا بالسفيه فسقاه من
ذلك الدواء فمات من ساعته وانمـا ضربت لكم هذا المثل
لتعلموا ما يدخل على القائل والعامل من الزلّة فى الشبهة والخروج
عن الحدّ فمن خرج منكم عن حقّ اصابه ما اصاب ذلك الجاهل
ونفسه الملوثة وقد قالت العلماء ربّما جزى المتكلّم بقوله والكلام
بين ايديكم فانظروا الانفسكم فتتكلّم سيّد الختبارين لادلاله وتيهه
بمنزلته عند الاسد فقال يا اهل الشرف من العلماء اسمعوا مقالتى
وعوا باخلاسكم كلامى فالعلماء قالوا فى معنى الصالحين الهـم
يُعرّفون

يُعرَفون بسيماهم وأنتم معاشر ذوى الاقتدار بحسن صنع الله
لكم وتمام نعمته لديكم تعرفون الصالحين بسيماهم وصورهم
وتخبرون الشيء الكبير بالشيء الصغير وهاهنا أشياء كثيرة تدلّ
على هذا الشقّى دمنه وتخبر عن شنّ فاطلبوها على ظاهر جسمه
لتستيقنوا وتسكنوا الى ذلك قـــــال القاضى لسيّد الخبّازين
قد علمت وعلم الجماعة الحاضرون أنّك عارف بما فى الصور من
علامات السوء ففسّر لنا ما تقول واطلعنا على ما ترى فى صورة
هذا الشقّى فـــاخذ سيّد الخبّازين يذمّ دمنه وقـــــال ان
العلماء قد كتبوا واخبروا انه من كانت عينه اليسرى اصغر
من عينه اليمنى وهى لا تزال تختلج وكان انفه مائلا الى جنبه الايمن
فهو شقّى خبيث جامع للخبّ والفجور فلمـــــا سمع دمنه ذلك
قـــــال ما مثلك الا مثل رجل قال لامرأته انظرى الى عورتك
وبعد ذلك انظرى الى عورة غيرك قـــــال وكـيف كان ذلك
قـــــال دمنه زعموا ان مدينته اغار عليها العدوّ فقتل وسبا
وغنم وانطلق الى بلاده فاتفق انه كان مع جندىّ ممّا وقع فى
قسمته

قنمته رجل حرّاث ومعه امرأتان له وكان هذا الجندىّ يسيء
اليهم فى الطعام واللباس فذهب الحرّاث ذات يوم ومعه امرأتاه
يحتطب للجندىّ وهم عراة فاصابت احدى المرأتين فى طريقها
خرقة بالية فوضعتها على سَوْءَتِها ثمّ قالت لزوجها الا تنظر الى
هذه الفاعلة كيف لا تستحيى وتستر عورتها فقال لها زوجها لو
بدات بالنظر الى نفسك وان جسمك عارٍ كله لما عيّرت صاحبتك بما
هو يعينه فيك وشـــــأنك عجب ايّها القذر ذو العلامات الفاضحة
القبيحة ثمّ العجب من جرآءتك على طعام الملك وقيامك بين يديه
بما بجسمك من القذر والقبح ومعا تعرفه انت ويعرفه غيرك من
عيوب نفسك اقتتكلّم فى النقىّ الجسم الذى لا عيب فيه ولست
انا وحدى اطّلع على عيبك لكنّ جميع من حضر قد عرف ذلك
وقد كان يجزنى عن اظهار ما بينى وبينك من الصداقة فانّا اذ
قد كذبت علىّ وبهتّنى فى وجهى وقمت بعد اوزق فقلت ما قلت
فىّ بغير علم على رؤوس الحاضرين فانى اقتصر على اظهار ما اعرف
من عيوبك وتعرفه الجماعة وحقٌّ على من عرفك حقّ معرفتك ان
يمنع

يمنع الملكَ من استعماله اتاك على طعامه فاوكلّفت ان تعمل
الزراعة كنت جديرا بالخذلان فيها فالاحرى بك ان لا تدنو
الى عمل من الاعمال وان لا تكون دبّاغا ولا حجّاما لعاتّى فضلا عن
خاصّ خدمة الملك قــــــــال سيّد الخبّازين اولى تقول هن
المقالة وتلقيتى بهذا الملقى قـــــــال دمنه نعم وحقّا قلت فيك
واياك اعنى ايّها الاعرج المكسور الذى فى استه الناسور الافدع
الرجل المنفوخ البطن المدَلّى الخصيتين الافلح الشفتين السيّئ
المنظر والمخبر فلـــــــــمّا قال ذلك دمنه تغيّر وجه سيّد الخبّازين
واستعبر واستحيا وتلجلج لسانه واستكان وفتر نشاطه فــقال
دمنه حين رأى انكسان وبكاءه انّما ينبغى ان يطول بكاؤك اذا
اطّلع الملك على قذرك وعيوبك فعزلت عن طعامه وحال بينك
وبين خدمته وابعدك عن حضرته ثــــــــمّ ان شعهرا كان
الاسد قد جرّبه فوجد فيه امانة وصدقا فامن ان يحفظ ما يجرى
بينهم ويطلعه على ذلك فقام الشعهر فدخل على الاسد فحدّثه
بالحديث كلّه على جليّته فامر الاسد بعزل سيّد الخبّازين عن عمله
وتقدّم

وتقدّم ان لا يدخل عليه ولا يرى وجهه وامر بدسنه ان يسجن وقد
مضى من النهار اكثن وجميع ما جرى وقالوا وقال قد كتب
وختم عليه بخاتم النمر ورجع كل واحد منهم الى منزله ثـــمّ
ان شعهرا كان يقال له روزبه كان بينه وبين كليله إخاء ومودّة وكان
عند الاسد وجيهـا وعليه كريما واتّفق ان كليله اخذ القيام
اشفاقًا وحذرًا على نفسه واخيه فمات فانطلق هذا الشعهر الى
دمنه فاخبره بموت كليله فبكا وحزن وقال ما أصنع بالدنيا بعد
مفارقة الاخ الصفّى وبعدُ فقد وثقت بنعمة الله تعالى واحسانه
الىّ بما رايت من اهتمامك ومراعاتك لى وقد علمت انك رجائى وركنى
فيما انا فيه فاريد من انعامك ان تنطلق الى مكان كذا فتنظر الى
ما جمعته انا واخى بحيلتنا وسعينا ومشيّة الله تعالى فتأتينى به
فـــفعل الشعهر ما امر به دمنه فلـمّا وضع المال بين يديه
اعطاه شطرا وقـــال له انك على الدخول والخروج على الاسد
اقدر من غيرك فتفرّغ لشانى واصرف اهتمامك الىّ واسمع ما
أُذكّره عند الاسد اذا رُفع اليه ما يجرى بينى وبين الخصوم
وما

وما يبدو من امّ الاسد فى حقّى وما ترى من متابعة الاسد لها
ومخالفته ايّاها فى امرى واحفظ ذلك كلّه فـــاخذ الشعير ما اعطاه
دمنه وانصرف عنه على هذا العهد فانطلق الى منزله فوضع المال
فيه ثــــمّ ان الاسد بكّر من الغد فجلس حتى اذا مضى من النهار
ساعتان استاذن عليه اصحابه فاذن لهم فدخلوا عليه ووضعوا
الكتاب بين يديه فلمّا عرف قولهم وقول دمنه دعا بامّه فقرأ عليها
ذلك فلمّا سمعت ما فى الكتاب نادت باعلا صوتها ان انا اغلظت فى
القول فلا تلمنى فانك لست تعرف ضرّك من نفعك اليس هذا ممّا
كنت انهاك عن سماعه لانه كلام هذا المجرم المسىء الينا الغادر
بذمّتنا ثـــمّ انها خرجت مغضبة وذلك بعين الشعير الذى
اخاه دمنه وبسمعه جميعَ ما قالت امّ الاسد فخرج فى اثرها مسرعا
حتى اتى دمنه فحدّثه بالحديث فبينما هو عنده اذ جآء فيج
فانطلق بدمنه الى المجمع عند القاضى فلمّا مثل بين يدى القاضى
استفتح سيّد المجلس فقال يا دمنه قد انبأنى بخبرك الامين الصادق
وليس ينبغى لنا ان نفحص عن شانك اكثر من هذا لان العلماء
قالوا

قالوا ان الله تعالى جعل الدنيا سبباً ومصدِّقاً للآخرة لانها دار
الرسل والانبياء الدالّين على الخير الهادين الى الجنّة الداعين الى
معرفة الله تعالى وقد ثبت شانك عندنا واخبرنا عنك من وثقنا
بقوله الا ان سيّدنا امرنا بالعود في امرك والفحص عن شانك وان
كان عندنا ظاهراً بيّناً قــــــال دمنه اراك ايها القاضي لم
تتعوّد العدل في القضاء وليس في عدل الملوك الدفع بالمظلومين
ومن لا ذنب له بل المخاصمة عنهم والذبّ فكيف ترى ان اقتل
ولم اخاصم وتعجل ذلك موافقة لهواك ولم تمضِ بعدُ ثلثة ايام
ولكن صدق فيّ النبي قال ان الذي تعوّد عمل البر هيّن عليه عمله
وان اضرّ به قـــــال القاضي الا نجد في كتب الاولين ان القاضي
العدل ينبغي له ان يعرف عمل المحسن والمسيء ليجازى المحسن
باحسانه والمسيء باساءته فاذا ذهب الى هذا الازداد المحسنون حرصاً
على الاحسان والمسيئون اجتنابا للذنوب والرأي لك يا دمنة ان
تنظر الذي وقعت فيه وتعترف بذنبك وتتقرّب وتتوب فــلجاته
دمنة ان صلحى القضاة لا يقطعون بالظن ولا يعملون به الا في
الخاصّة

الخاصّة ولا فى العامّة لعلمهم ان الظنّ لا يغنى من الحقّ شيئا
وانتم ان ظننتم انّى مجرم فيما فعلت فانّى اعلم بنفسى منكم وعلى
بنفسى يقين لا اشكّ فيه وعلمكم بى كل الشكّ وانّما قبح امرى عندكم
انّى سعيت بغيرى فما عذرى عندكم اذا سعيت بنفسى كاذبا
عليها فاسلمتها للقتل والعطب على معرفة منّى ببراءتى وسلامتى
ممّا قُرفت به ونفسى اعظم الانفس علىّ حرمة واوجبها حقّا فلو
فعلت هذا باقصاكم وادناكم لما وسعنى فى دينى ولا حسن
بى فى مروّتى ولا حقّ لى ان افعله فكيف افعله بنفسى فاكفف
ايّها القاضى عن هذه المقالة فانّها ان كانت منك نصيحة فقد
اخطأت موضعها وان كانت خديعة فان اقبح الخداع ما نظرّته
وعرفته من اهله مع ان الخداع والمكر ليس من اعمال صالحى
القضاة ولا ثقات الولاة واعلم ان قولك ممّا يتّخذ منه الجهّال والاشرار
سنّة يقتدون بها لان امور القضاء ياخذ بصوابها اهل الصواب
وبخطائها اهل الخطا والباطل والقليلوا الورع وانا خائف عليك
ايّها القاضى من مقالتك هذ اعظم الرزايا والبلايا وليس من البلاء
والمصيبة

المصيبة إنّك لم تزل فى نفس الملك والجند والخاصّة والعامّة
فاضلا فى رأيك مُقنعا فى عدلك مرضيّا فى حكمك وعفافك
وفضلك وأمّا البلاء كيف أنسيت ذلك فى أمرى أوما بلغك عن
العلماء أنّهم قالوا من ادّعى علم ما لا يعلم وشهد على الغيب
أصابه ما أصاب البازيار القاذف زوجة مولاه قال القاضى
وكيف كان ذلك قال دمنه زعموا انه كان فى بعض المدن
رجل من المرازبة مذكور وكانت له امرأة ذات جمال وعفاف وكان
للرجل بازيار ماهر خبير بعلاج البزاة وسياستها وكان هذا البازيار
عند هذا الرجل بمكان خليل بحيث انه أدخله دان وأجلسه
مع حرمة فاتّفق ان البازيار راود زوجة مولاه عن نفسها فأبت
عليه وتسخّطت لذلك وتمعّر وجهها واحمرّت خجلا وزاد استئناعها
عليه وحرص عليها بكلّ الحرص وعمل الحيلة فى بلوغ غرضه
منها وضاقت عليه أبواب الحيل فخرج يوما الى الصيد على عادته
فأصاب فرخَىْ بغا فأخذهما وجاء بهما الى منزله وربّاهما فلمّا كبرا
فرّق بينهما وجعلهما فى قفصين وعلّم أحدهما يقول رأيت البوّاب
مضاجعا

مضاجعا لمولاتي على فراش سيّدي وعلّم الاخر انّا انا فلا اقول

شيئًا ثمّ ادّبهما بذلك حتى اتقناه وحذّقناه في ستّة اشهر فلمّا

بلغ الذي اراد منهما جماهما الى استاده فلمّا رآهما اعجباه ونطقا

بين يديه فاطرباه الّا انه لم يعلم ما يقولان لان البازيار قد علّمهما بلغة

البلخيّين وان المرزبان اعجب بهما اعجابا شديدا وحظى البازيار

عنك بذلك حظوة كريمة فامر امرأته بالاحتياط عليهما والمراعاة

لهما ففعلت المرأة ذلك واتّفق بعد مدّة ان قدم على الرجل قوم

من عظماء بلخ فتنوّق لهم في الطعام والشراب وجمع من اصناف

الفواكه والتحف شيئًا كثيرا وحضر القوم فلمّا فرغوا من الطعام

وشرعوا في الحديث اشار المرزبان الى البازيار ان ياتي بالببغاتين

فاحضرهما فلمّا وضعتا بين يديه صاحتا بما كانتا علّمتا فعرف

اولئك العظماء ما قالتا فنظر بعضهم الى بعض ونكسوا رؤوسهم

حياء وخجلا فسألهم الرجل عمّا تقولان فامتنعوا ان يقولوا ما قالتا

فالحّ عليهم واكثر السؤال عمّا قالتا فقالوا انّما تقولان كذا وكذا

وليس من شاننا ان نأكل من بيت يعمل فيه الفجور فلمّا قالوا

ذلك

ذلك امرهم الرجل ان يكلّموا الطيرين بلسان البلخيّة بغير ما نطقتا
به ففعلوا ذلك فلم يجد وهما تعرفان غير ما تكلّمتا به وبان لهم
وللجماعة حصانة المرأة وبراءتها ممّا رميت به ووضح كذب البازيار
فامر المرزبان بالبازيار ان يدخل عليه فدخل عليه وكان على
يد بازٍ اشهب فصاحت به المرأة من داخل البيت ايّها العدوّ
لنفسه انت رايتنى على ما ذكرت وعلّمت به البغاتين قـال
نعم انا رايتك على مثل ما تقولان فوثب البازى الى وجهه ففقأ عينه
بخاليبه فقالت المرأة بحقّ اصابك هذا انه لجزآء من الله تعالى
بشهادتك على ما لم تر عينك واتّمـا ضربت لك هذا المثل ايّها
القاضى لتزداد علما بوخامة عاقبة الشهادة بالكذب فى الدنيا
والآخرة فلمّـا سمع القاضى ذلك من لفظ دمنه نهض فرفعه
الى الاسد على وجهه فنظر فيه الاسد ثم دعا باتّه فعرضه عليهـا
فـقالت حين تدبّرت كلام دمنه للاسد لقد صار اهتمامى
بما اتخوّف من احتيال دمنه لك بمكر ودهائه حتى يقتلك او
يفسد عليك امرك اعظم من اهتمامى بما سلف من ذنبه اليك فى
الغشّ

الغشّ والسعاية حتى قتلت صديقك بغير ذنب فـــوقع قولها فى
نفسه فقال لها اخـــبرينى عن الذى اخبرك عن دمنه بما اخبرك
فيكون حجّة لى فى قتلى دمنه فــــقالت لأكون ان افشى سرّ من
استكتمنيه فلا يهنئنى سرورى بقتل دمنه اذا تذكّرت انى استظهرت
عليه بركوب ما نهت عنه العلماء من كشف السرّ ولكنّى اطالب الذى
استودعنيه ان يحـاللنى من ذكر لك ويقوم هو بعلمه وما سمع منه
ثـــمّ انصرفت وارسلت الى النمرو ذكرت له ما يحقّ عليه من تزيين
الاسد وحسن معاونته على الحقّ واخراج نفسه من الشهادة التى
لا يكتمها مثله مع ما يحقّ عليه من نصر المظلومين وتثبيت حجّة
الحقّ فى الحيوة والممات فان العلماء قد قالت من كتم حجّة ميّت
اخطئ حجّته يوم القيامه فـــلم تزل به حتى قام فدخل على الاسد
فشهد عنده بما سمع من اقرار دمنه فلــــما شهد النمر بذلك
ارسل الفهد المحبوس الذى سمع اقرار دمنه وحفظه الى الاسد
فقال ان عندى شهادة فاخرجوه فشهد على دمنه بما سمع من
اقرار فـــــقال لهما الاسد ما منعكما ان تقوما بشهادتكما وقد
علمتما

علمتا امرنا واهتمامنا بالفحص عن امر دمنه فـسقال كل واحد منهما
قد علمنا ان شهادة الواحد لا يوجب حكما فكرهنا التعرّض لغير
ما يمضي به الحكم حتى اذا شهد احدنا قام الاخر بشهادته فـقبل
الاسد قولهما وامر بدمنه ان يقتل في حبسه فقتل اشرّ قتلة
فمــن نظر في هذا فليعلم ان من اراد منفعة نفسه بضرّ غين
بالخلابة والمكر فانّه سيجزى على خلابته وسكن ⁂

انقضى باب الفحص عن امر دمنه ⁂

باب

باب الحمامة المطوّقة ۞

قال دبشليم الملك لبيدبا الفيلسوف قد سمعت مثل المتحابين كيف قطع بينهما الكذوب والى ما اذا صار عاقبته امنوا من بعدُ فحدّثنى ان رأيت عن اخوان الصفاء كيف يبتدى تواصلهم ويستمتع بعضهم ببعض قسال الفيلسوف ان العاقل لا يعدل بالاخوان شيئًا فالاخوان هم الاعوان على الخير كلّه والمؤاسون عند ما ينوب من المكروه وسـن امثال ذلك مثل الحمامة المطوّقة والجرذ والظبى والغراب قسال الملك وكيف كان ذلك قــال بيدبا زعموا انه كان بارض سكاوند جين عند مدينة داهر مكان كثير الصيد ينتابه الصيّادون وكان فى ذلك المكان شجرة كثيرة الاغصان ملتفّة الورق فيها وكر غراب فبينما هو ذات يوم ساقط فى وكر اذ بصر بصيّاد قبيح المنظر سيّئ الخلاق على عاتقه شبكة وفى يدّ عصا مقبلا نحو الشجرة فذُعِر منه الغراب وقال لقد ساق هذا الرجل الى هـذا المكان امّا حَينى اوّ

او حَين غيري فلاثبتنّ مكاني حتّى انظر ما ذا يصنع ثـــمّ انّ الصيّاد نصب شبكته ونثر عليها الحبّ وكمن قريبًا منها فلم يلبث الّا قليلاً واذا قد مرّت به حمامة يقال لها المطوّقة وكانت سيّدة الحمام ومعها حمام كثير فعميت هى واصحابها عن الشرك فوقعن على الحبّ يلتقطنه فعلقن فى الشبكة كلّهنّ واقبل الصيّاد فرحًا مسرورًا فجعلت كلّ حمامة تضطرب فى حبائلها وتلتمس الخلاص لنفسها قـــالت المطوّقة لا تخاذلن فى المعالجة ولا تكن نفس احداكنّ اهمّ اليها من نفس صاحبتها ولكن نتعاون جميعًا فنقلع الشبكة فينجو بعضنا ببعض فقـــلعن الشبكة جميعهنّ بتعاونهنّ وعلين فى الجوّ ولم يقطع الصيّاد رجاءه منهنّ وظنّ انّهنّ لا يجاوزن الا قريبًا ويقعن فـــقال الغراب لاتبعهنّ وانظر ما يكون منهنّ فـــالتفتت المطوّقة فرأت الصيّاد يتّبعهنّ فقالت للحمام هذا الصيّاد مجدّ يطلبكنّ فان نحن اخذنا فى الفضاء لم يخفَ عليه امرنا ولم يزل يتّبعنا وان نحن توجّهنا الى العمران خفِى عليه امرنا وانصرف ولى بمكان كذا جرذ هو لى اخ فلو انتهينا اليه قطع

قطع عنّا هذا الشرك فـــفعلن ذلك وايس الصيّاد منهنّ
وانصرف وتبعهنّ الغراب فلمّا انتهت الحمامة المطوّقة الى الجرذ
امرت الحمام ان يسقطن فوقعن وكانت للجرذ ماية جحر للمخاوف
فناداته المطوّقة باسمه وكان اسمه زيرك فـــاجابها الجرذ من جحن
من انت قـــالت انا خليلتك المطوّقة فـــاقبل اليها الجرذ
يسعى فقـــال لها ما اوقعك فى هذه الورطة قـــالت له الم تعلم
انه ليس من الخير والشرّ شىء الّا وهو مقدّر على من تصيبه
المقادير وهى التى اوقعتنى فى هذه الورطة فقد لا يمتنع من القدر
من هو اقوى منّى واعظم امرًا وقد ينكسف الشمس والقمر اذا
قُضِى ذلك عليهما ثـــمّ ان الجرذ اخذ فى قرض العقد الذى
فيه المطوّقة فـــقالت له المطوّقة آبدأ بقطع عقد سائر الحمام وبعد
ذلك اقبل على عقدى فـــاعادت ذلك عليه مرارًا وهو لا يلتفت
الى قولها فلمّـــا اكثرت عليه القول وكرّرت قال لها القد كرّرت القول
علىّ كانّك ليس لك فى نفسك حاجة ولا لك عليها رحمة ولا ترعين
لها حقًّا قـــالت انّى اخاف إن انت بدأت بقطع عقدى أن
تمل

تمَّل وتكسل عن قطع ما بقى وعرفت أنّك إن بدأت بهنّ قبلى وكنتُ
أنا الاخير لم ترض وإن ادركك القتور أن ابقى فى الشرك قــال
الجردذ هذا ممّا يزيد الرغبة والمودّة فيك ثــمّ انّ الجردذ اخذ فى
قرض الشبكة حتّى فرغ منها. فانطلقت المطوّقة وجماسها معها
فلمّــا راى الغراب صنع الجردذ رغب فى مصادقته فجاء وناداه
باسمه فاخرج الجردذ رأسه فقـال له ما جاحتك قــال انّى اريد
مصادقتك قــــال الجردذ ليس بينى وبينك تواصل واثّما العاقل
ينبغى له ان يلتمس ما يجد اليه سبيلا ويترك التماس ما ليس اليه
سبيل فاثّما انت الآكل وانا طعام لك قــال الغراب انّ اكلى
ايّاك وان كنتَ لى طعامًا ممّا لا يغنى عنّى شيئًا وانّ مودّتك آنَسُ
لى ممّا ذكرتَ ولستَ بحقيق اذا جئتُ اطلب مودّتك ان تردّنى
خائبًا فانّه قد ظهر لى منك من حسن الخلق ما رغبنى فيك وان
لم تكن تلتمس اظهار ذلك فانّ العاقل لا يخفى فضله وان هو اخفاه
كالمسك الذى يكتم ثمّ لا يمنعه ذلك من النشر الطيّب والارج
الفائح قــال الجردذ انّ اشدّ العداوة عداوة الجوهر وهى عداوتان
منها

منها ما هو متجاز كعداوة الفيل والاسد قاته ربّما قتل الاسد الفيل او الفيل الاسد ومنهـا ما هو من احد الجانبين على الاخر كعداوة ما بيني وبين السنّور وبيني وبينك فـــان العداوة التى بيننا ليست تضرّك وانمـا ضررها عائد علىّ فان المآء لو اطيل اسخانه لم يمنعه ذلك من اطفائه النار اذا صبّ عليها وانمـــا مصاحب العدوّ ومصانعه كصاحب الحيّة يحملها فى كمّه والعاقل لا يستأنس الى العدوّ والاريب قـــال الغراب قد فهمت ما تقول وانت خليق ان تاخذ بفضل خليقتك وتعرف صدق مقالتى ولا تصعب علىّ الامر بقولك ليس الى التواصل بيننا سبيل فان العقلآء الكرام لا يبتغون على معروف جزآءً والمودّة بين الصالحين سريع اتّصالها بطىّ انقطاعها ومثل ذلك مثل الكوز الذهب بطىّ الانكسار سريع الاعادة هيّن الاصلاح ان اصابه ثلم او كسر والمودّة بين الاشرار سريع انقطاعها بطىّ اتّصالها ومثل ذلك مثل الكوز الفخار سريع الانكسار ينكسر من ادنى عيب ولا وصل له ابدًا والكريم يودّ الكريم واللئم لا يودّ احدًا الّا عن رغبة

رغبة او رهبة وانا الى ودّك ومعروفك محتاج لانّك كريم وانا لازم بابك غير ذائق طعامًا حتى تواخيني قــال الجرذ قد قبلت إخآءك فاني لم اردّ احدًا عن حاجة قط وانّما بدأتك بما بدأتك به ارادة التوثّق لنفسي فان انت غدرت بي لم تقل انّي وجدت الجرذ سريع الانخداع ثــمّ خرج من حجن فوقف عند الباب فقــال له الغراب ما يمنعك من الخروج اليّ والاستئناس بي اوفي نفسك بعدُ سىّ ريبة قـــال الجرذ انّ اهل الدنيا يتعاطون فيما بينهم امرين ويتواصلون عليهما وهي ذات النفس وذات اليد فالمتباذلون ذات النفس فهم الاصفيآء وامّا المتباذلون ذات اليد فهم المتعاونون الذين يلتمس بعضهم الانتفاع ببعض ومن كان يصنع المعروف لبعض منافع الدّنيا فانّما مثله فيما يبذل ويعطى كمثل الصيّاد والقائد الحبّ للطير لا يريد بذلك نفع الطير وانّما يريد نفع نفسه فتعاطي ذات النفس افضل من تعاطي ذات اليد واني وثقت منك بذات نفسك ومنحتك من نفسي مثل ذلك وليس يمنعني من الخروج اليك سوء ظنّ بك ولكن قد عرفت انّ لك احبابًا جوهرهم كجوهرك

كجوهرك وليس رأيهم فى كرأيك قـــال الغراب انّ من علامة
الصديق ان يكون لصديق صديقه صديقًا ولعدوّ صديقه عدوًّا
وليس لى بصاحب ولا صديق من لا يكون لك محبًّا وانّه يهون
عليّ قطيعة من كان نذلك ثــمّ انّ الجرذ خرج الى الغراب فتصافحا
وتصافيا وانس كل واحد منهما بصاحبه حتّى اذا مضت لهم ايّام
قـــال الغراب للجرذ انّ جحرك قريب من طريق الناس واخاف ان
يرميك بعض الصبيان بجر ولى مكان فى عزلة ولى فيه صديق من
السلاحف وهو بخصب من السمك ونحن واجدون هناك ما
نأكل فاريد ان انطلق بك الى هناك لنعيش آمنين قـــال الجرذ انّ
لى اخبارًا وقصصًا ساقصّها عليك اذا انتهينا حيث تريد فافعل
ما تشاء فـــاخذ الغراب بذنب الجرذ وطاربه حتّى بلغ به حيث
اراد فلـمّــا دنا من العين التى فيها السلحفاة فبصرت السلحفاة
بغراب ومعه جرذ فذعرت منه ولم تعلم انّه صاحبها فناداها
فخرجت اليه وسألته من اين اقبلت فاخبرها بقصّته حين تبع
الحمام وما كان من امن وامر الجرذ حتّى انتهى اليها فلـمّــا سمعت
السلحفاة

السلحفاة شأن الجرذ عجبت من عقله ووفائه ورحّبت به وقالت
له ما ساقك الى هذه الارض قال الغراب للجرذ اقصص على
الاخبار التى زعمت انّك تحدّثنى بها فاقصصها علىّ مما سألت
السلحفاة فانّها عندك بمنزلتى فبدأ الجرذ وقال كان منزلى
اوّل امرى بمداورت فى بيت رجل ناسك وكان خاليًا من الاهل
والعيال وكان يؤتى فى كلّ يوم بسلّة من الطعام فيأكل منها
حاجته ويعلّق الباقى وكنت ارصد الناسك حتّى يخرج واثب الى
السلّة فلا ادع فيها طعامًا الّا اكلته وارمى به الى الجرذان فجهد
الناسك مرارًا ان يعلّق السلّة مكانًا لا اناله فلم يقدر على ذلك حتّى
نزل به ذات ليلة ضيف فاكلا جميعًا ثمّ اخذا فى الحديث
فقال الناسك للضيف من اىّ ارض اقبلت واين تريد الان
وكان الرجل قد جاب الآفاق ورأى عجائب فانشأ يحدّث الناسك
عمّا وطئ من البلاد ورأى من العجائب وجعل الناسك خلال ذلك
يصفّق بيديه لينفرنى عن السلّة فغضب الضيف وقال انا
احدّثك وانت تهزأ بحديثى فما حملك على ان سألتنى فاعتذر
اليه

اليه الناسك وقال انّما اصفّق بيدى لانفر جُرذًا قد تحيّرت فى امرٍ
ولست اضع فى البيت شيئًا الّا واكله فقال الضيف جرذ
واحد يفعل ذلك ام جرذان كثير فقال الناسك جرذان البيت
كثير لكنّ فيها جرذا واحدا هو الذى غلبنى فما استطيع له حيلةً
قال الضيف لقد ذكّرتنى قول الذى قال لامرٍ باعت هذه المرأة
سمسمًا مقشورًا بغير مقشور قال الناسك وكيف كان ذلك قال
الضيف نزلتُ مرّةً على رجل بمكان كذا فتعشّينا ثمّ فرش لى وانقلب
الرجل على فراشه مع زوجته وبينى وبينهما خِدْر من قصب فسمعت
الرجل يقول فى آخر الليل لامرأته انّى اريد ان ادعو غدًا رهطًا ليأكلوا
عندنا فاصنعى لهم طعامًا فقالت المرأة كيف تدعو الناس
الى طعامك وليس فى بيتك فضل عن عيالك وانت رجل لا تبقى
شيئًا ولا تدّخر قال الرجل لا تندى على شيءٍ اطعمناه
وانفقناه فانّ الجمع ولا دّخار ربّما كانت عاقبته كعاقبة الذئب قال
المرأة وكيف كان ذلك قال الرجل زعموا انّه خرج ذات يوم
رجل قانص ومعه قوسه ونشابه فلم يجاوز غير بعيد حتّى رمى ظبيا
فحمله

فحمله ورجع طالبًا منزله فاعترضه خنزير برّى فرماه بنشابة نفذت فيه فادركه الخنزير وضربه بانيابه ضربة اطارت من يده القوس ووقعا ميّتين فاتى عليهم ذئب. فقال هذا الرجل والظبى والخنزير يكفينى اكلهم مدّة ولكن ابدأ بهذا الوتر فآكله فيكون قوت يومى فعالج الوتر حتّى قطعه فلمّا انقطع طارت سية القوس فضربت حلقه فمات. وانّما ضربت لك هذا المثل لتعلمى انّ الجمع والادّخار وخيم العاقبة فقالت المرأة نعم ما قلت وعندنا من الارز والسمسم ما يكفى ستّة انفار او سبعة فانا غادية على صنعة الطعام فادعُ من احببت واخذت المرأة حين اصبحت سمسمًا فقشرته وبسطته فى الشمس ليجفّ وقالت لغلام لهم اطرد عنه الطير والكلاب وتفرّغت المرأة لصنعها وتغافل الغلام عن السمسم فجاء كلب فغاث فيه فاستقذرته المرأة وكرهت ان تصنع منه طعامًا فذهبت به الى السوق فاخذت به مقايضةً سمسمًا غير مقشور مثلًا بمثل وانا واقف فى السوق فقال رجل لامرٍ باعت هذه المرأة سمسمًا مقشورًا بغير مقشور وكذلك قولى فى هذا الجرذ الذى ذكرت

ذكرتَ أنّه على غير علّة ما يقدر على ما شكوت منه فالتمس لى

فأسًا لعلّى احتفر حجن فاطّلع على بعض شأنه فـاستعار الناسك

من بعض جيرانه فأسًا فاتى به الضيف وأنا حينئذٍ فى حجر غير

حجرى اسمع كلامهما وفى حجرى كيس فيه مايّة دينار لا ادرى

من وضعها فاحتفر الضيف حتّى انتهى الى الدنانير فاخذها

وقـال للناسك ما كان هذا الجرذ يقوى على الوثوب حيث كان

يثب الّا بهذه الدنانير فانّ المال جُعِل قوّةً وزيادة فى الراى

والتمكّن وسترى بعد هذا انّه لا يقدر على الوثوب حيث كان يثب

فلمـــا كان من الغد اجتمع الجرذان التى كانت معى فقالت قد

اصابنا الجوع وانت رجاؤنا فانطلقتُ وسعى الجرذان الى المكان

الذى كنت أثب منه الى السلّة فحاولت ذلك مرارًا فلم اقدر عليه

فاستبان للجرذان نقص حالى فسمعتهنّ يقلن انصرفن عنه ولا

تطمعن فيما عنده فانّا نرى له حالا لا نحسبه الّا وقد احتاج الى

من يعوله فتركنى وحقن باعدائى وجفوّنى واخذن فى غيبتى

عند من يعـادينى ويحسدنى فقلت ما نفسى ما الاخـوان ولا

الاعوان

الاعوان ولا الاصدقاء الّا بالمال ووجدت من لا مال له اذا اراد
امرًا قعد به العدم عمّا يريد كالماء الذى يبقى فى الاودية من
مطر الشتاء لا يمرّ الى نهر ولا يجرى الى مكان فتشربه ارضه
ووجدت من لا اخوان له لا اهل له ومن لا ولد له لا ذكر له ومن
لا مال له لا عقل له ولا دنيا ولا آخرة له لانّ الرجل اذا افتقر
قطعه قرائبه واخوانه فان الشجرة النابتة فى السباخ الملكولة
من كل جانب كحال الفقير المحتاج الى ما فى ايدى الناس ووجدت
الفقر رأس كلّ بلاء وداعيةً لصاحبه الى كلّ مقت ومعدنَ النميمة
ووجدت الرجل اذا افتقر اتّهمه من كان له مؤمنًا واسآء به الظنّ من
كان يظنّ فيه حسنا فان اذنب غيره كان هو للتهمة موضعًا وليس
من خلّة هى للغنى مدح الّا وهى للفقير ذمّ فان كان شجاعًا قيل
اهوج وان كان جوّادًا سمّى مبذرًا وان كان حليمًا سمّى ضعيفًا
وان كان وقورا سمّى بليدا فالموت اهون من الحاجة التى تحوج
صاحبها الى المسئلة ثمّ لاسيّما مسئلة الاشحّاء واللئام فانّ الكريم
لو كلّف ان يدخل يده فى فم الافعى فيُخرج منه سمًّا فيبتلعه كان
ذلك

ذلك اهون عليه واحبّ اليه من مسئلة البخيل اللئيم وقـد كنت
رأيت الضيف حين اخذ الدنانير فقاسمها الناسك جعل الناسك
نصيبه فى خريطة عند رأسه لمّا جنّ الليل فـطمعت ان اصيب
منها شيئًا فارّده الى حجرى ورجوت ان يزيد ذلك فى قوتى او
يراجعنى بعض اصدقائى فاتيت الى الناسك وهو نائم حتى
اتيت الى عند رأسه ووجدت الضيف يقظانًا وبيك قضيب
فضربنى على رأسى ضربة موجعة فسعيت الى حجرى فلمـا سكن
عنّى الالم هيّجنى الحرص والشره فخرجت طمعًا كطمعى الاول
واذا الضيف يوصدنى فضربنى بالقضيب ضربة اسالت منّى
الدم فتقلّبت ظهرًا لبطن الى حجرى فخررت مغشيًّا علىّ فاصابنى
من الوجع ما بعّض الىّ المال حتى لا اسمع بذكره الا تداخلنى
من ذكر المال رعلة وهيبة ثم تذكّرت فوجدت البلاء فى الدنيا اتّما
يسوقه الحرص والشن ولا يزال صاحب الدنيا فى بليّة وتعب
ونصب ووجدت تجشّم الاسفار البعيدة فى طلب الدنيا اهون
على من بسط اليد الى السخىّ بالمال ولم اركالرضا شيئًا فصار
امرى

اسرى الى ان رضيت وقنعت وانتقلت من بيت الناسك الى
البريّة وكان لى صديق من الحمام فسيقت اليّ بصداقته صداقة
الغراب ثــــــمّ ذكر لى الغراب ما بينك وبينه من المودّة
واخبرنى انه يريد أتيانك فاحببت ان آتيك معه فكرهت الوحدة
فانّه لا شىء من سرور الدنيا يعدل محبة الاخوان ولا فيها
غمّ يعدل البعد عنهم وجرّبت فعلمت انّه لا ينبغى للملتمس من
الدنيا غيرُ الكفاف الذى يدفع به الاذى عن نفسه وهو يسير
من المطعم والمشرب اذا اعين بصّحةٍ وسعةٍ ولو انّ رجلاً وُهبت
له الدنيا بما فيها لم يك ينتفع من ذلك الا بالقليل الذى يدفع
به عن نفسه الحاجة فاقبلت مع الغراب اليك على هذا الرأى
وانا لك اخ فلتكن منزلتى عندك كذلك فلمّــــا فرغ الجرذ من
كلامه اجابته السلحفاة بكلام رفيق وقالت قد سمعت كلامك
وما احسن ما تحدّثت به الّا انّى رأيتك تذكر بقايا امور هى فى
نفسك وآعلم انّ حسن الكلام لا يتمّ الا بحسن العمل وانّ المريض
الذى قد علم دواء مرضه ان لم يتداوَ به لم يغنِ علمه به شيئًا ولم
يجد

يجد لدابّه راحةً ولا خفّةً فاستعمل رأيك ولا تحزن لقلّة المال فان
الرجل ذا المروة قد يكرم على غير مال كالاسد الذى يهاب وان
كان رابضًا والغنيّ الذى لا مروة له يهان وان كان كثير المال
كالكلب لا يحفل به وان طوّق وخلخل فلا تكبرنّ عليك غربتك
فانّ العاقل لا غربة له كالاسد الذى لا ينقلب الّا معه قوّته فلتحسن
تعاهدك لنفسك فانّك اذا فعلت ذلك جآءك الخير يطلبك كما
يطلب المآء انحداره وانّما جُعل الفضل للحازم البصير واتّما
الكسلان المتردّد فانّ الفضل لا يصحبه كما انّ المرأة الشابّة لا
تطيب لها صحبة الشيخ الهرم وقد قيل فى اشياء ليس لها ثبات
ولا بقاء ظلّ الغمامة فى الصيف وخلّة الاشرار وعشق النسآء والنبا
الكاذب والمال الكثير فالعاقل لا يحزن لقلّته ولكن ماله عقله وما قدّم
من صالح عمله فهو واثق بانه لا يسلب ما عمل ولا يؤاخذ بشىء
لم يعمله وهو خليق ان لا يغفل عن امر آخرته فان الموت لا يأتى الّا
بغتةً ليس له وقت موقّت وانت عن موعظتى غنيّ بما عندك من
العلم ولكن رأيت ان اقضى من حقك فانت اخونا وما قِبَلَنا لك
مبذول

مبذول فلمــــا سمع الغراب كلام السلحفاة للجرذ ومرورودها عليه
والطافها اتاه فرح بذلك وقال لقد سررتني وأنعمت عليّ وانت
جديرة ان تسرّ نفسك بمثل ما سررتني به وان اولى اهل الدنيا
بشّة السرور من لا يزال ربعه من اخوانه واصدقائه من الصالحين
معمورًا ولا يزال عنك منهم جماعة يسرّهم ويسرّونه ويكون من وراء
امورهم وحاجاتهم بالمرصاد فان الكريم اذا عثر لا يأخذ بيده الّا الكرام
كالفيل اذا وحل لا تخرجه الّا الفيلة فــبينما الغراب في كلامه اذ
اقبل نحوهم ظبي يسعى فذعرت منه السلحفاة فغاصت في الماء وخرج
الجرذ الى حجره وطار الغراب فوقع على شجرة ثمّ ان الغراب تحلّق
في السماء لينظر هل للظبي طالب فنظر فلم ير شيئًا فنادى الجرذ
والسلحفاة وخرجا فقالت السلحفاة للظبي حين رأته ينظر الى الماء
اشرب ان كان بك عطش ولا تخف فانّه لا خوف عليك فـــدنا
الظبي فرحّبت به السلحفاة وحيّته وقالت له من اين اقبلت قــال
كنت اكون بهذه الصحارى فلم تزل الاساورة تطاردني من
مكان الى مكان حتى رأيت اليوم شيخًا فخفت ان يكون قانصًا
قالت

قالت لا تخف فإنا لم نر هاهنا قانصًا قطّ ونحن نبذل لك
ودّنا ومكاننا والماءُ والمرعى كثير عندنا فارغب فى صحبتنا فأقام
الظبى معهم وكــــان لهم عريش يجتمعون فيه ويتذاكرون
الاحاديث والاخبار فبينما الغراب والجرذ والسلحفاة ذات يوم فى
العريش غاب الظبى فتوقّعوه ساعة فلم يأت فلمّا ابطأ اشفقوا ان يكون
قد اصابه عنت فقالا الجرذ والسلحفاة للغراب انظر هل ترى ممّا
يلينا شيئًا فتحلّق الغراب فى السماء فنظر فاذا الظبى فى الحبائل
مقتنصًا فانقضّ مسرعًا فاخبرهما بذلك فقالت السلحفاة والغراب
للجرذ هذا امر لا يُرجَى فيه غيرُك فاغث اخاك فســــعى الجرذ
مسرعًا فاتى الظبى فقال له كيــــف وقعت فى هذه الورطة وانت
من الاكياس قـــال الظبى هل يغنى الكيس مع المقادير
شيئًا فـــبينما هما فى الحديث اذ وافتهما السلحفاة فقال لها
الظبى ما اصبت بمجيّك الينا فان القانص لو انتهى الينا وقد قطع
الجرذ الحبائل استبقتّه عدوًا وللجرذ اجحار كثين والغراب يطير
وانت ثقيلة لا سعى لك ولا حركة واخاف عليك القانص قـــالت
لا

لا عيش مع فراق الاحبّة واذا فارق الاليف اليفه فقد سُلِب فؤادَه
وحُرِم سرورَ وغشى بصن فلم ينته كلامها حتى وافى القانص
ووافق ذلك فراغ الجرذ من قطع الشرك فنجا الظبى بنفسه وطار
الغراب متحلّقًا ودخل الجرذ بعض الاحجار ولم يبق غير السلحفاة
ودنا الصيّاد فوجد حباله مقطّعة فنظر يمينًا وشمالًا فلم يجد غير
السلحفاة تدبّ فأخذها وربطها فلم يلبث الغراب والجرذ والظبى
ان اجتمعوا فنظروا القانص قد ربط السلحفاة فاشتدّ حزنهم
وقــــــال الجرذ ما أرانا نجاوز عقبةً من البلآء الّا صِرنا فى اشدّ
منها ولقد صدق الذى قال لا يزال الانسان مستمرًّا فى اقباله
ما لم يعثر فاذا عثر لجّ به العثار وان مشى فى جَدَد الارض
وحِذرى على السلحفاة خير الاصدقآء خلّتها التى خلّتها ليست للمجازاة
ولا لالتماس مكافأة ولكنّها خلّة الكرم والشرف خلّةٌ هى افضل من
خلّة الوالد لولك خلّةٌ لا يزيلها الّا الموت ويح لهذا الجسد الموكّل
به البلآء الذى لا يزال فى تصرّف وتقلّب ولا يدوم له شىء
ولا يلبث سعد امر كما لا يدوم للطالع من النجوم طلوع ولا للآفل

منها

منها أفول لكن لا يزال الطالع منها آفلًا والآفل طالعًا وكما تكون
آلام الكلوم وانتقاض الجراحات كذلك من قرحت كلومه بفقد اخوانه
بعد اجتماعهم بهم فقـــــال الظبي والغراب للجرذ انّ حذرنا
وحذرك وكلامك وان كـان بليغًا فانّه لا يغني عن السلحفاة
شيئًا وانّه كما يقال انّما يختبر الناس عند البلآء وذو الامانة عند
الاخذ والعطاء والاهل والولد عند الفاقة والاخوان عند النوائب
قـــال الجرذ ارى من الحيلة ان تذهب ايها الظبي فتقع بمنظر
من القانص كـأنّك جريح ويقع الغراب عليك كانّه يأكل منك
واسعى انا فاكون قريبًا من القانص مراقبا له لعلّه ان يرى ما
معه من الآلة ويضع السلحفــاة ويقصدك طامعًا فيك راجيًا
تحصيلك فاذا دنا منك ففرّ عنه رويدًا بحيث لا ينقطع طمعه
منك وأمكِنْه من اخذك مرّة بعد مرّة حتى يبعد عنّا وآنح منه
هذا النحو ما استطعت فانّي ارجو الّا ينصرف الّا وقد قطعتُ
الحبائل عن السلحفاة وانجو بها فـفعل الغراب والظبي ما امرهما به
الجرذ وتبعهما القانص فاستجنّ الظبي حتى ايعث عن الجرذ والسلحفاة
والجرذ

والجرذ مقبل على قطع الحبائل حتى قطعها ونجا بالسلحفاة وعاد القانص مجهودًا لاغبًا فوجد حباله مقطَّعة ففكر فى امره مع الظبى المتطلّع فظنّ انّه خولط فى عقله وفكر فى امر الظبى والغراب الذى كانّه يأكل منه وتقريض حباله فاستوحش من الارض وقال هذه ارض جنّ او سحرة فرجع موليًّا لا يلتمس شيئًا ولايلتفت اليه واجـــتمع الغراب والظبى والجرذ والسلحفاة الى عريشهم سالمين آمنين كاحسن ما كانوا عليه فـــاذا كان هذا الخلق مع صغره وضعفه قد قدر على التخلّص من مرابط الهلكة مرّة بعد اخرى بمودّته وخلوصها وثبات قلبه عليها واستمتاع بعضهم ببعض فالانسان الذى قد اعطى العقل والفهم والألهم الخير والشرّ ومُنح التمييز والمعرفة اولى واحرى بالتواصل والتعاضد فهـــذا مثل اخوان الصفا وائتلافهم فى الصحبة ٭

انقـــضى باب الحمامة المطوّقة ٭

باب   ٭۲۳

باب البوم والغربان

قـــال دبشليم الملك لبيدبا الفيلسوف قد سمعت مثل اخوان الصفا وتعاونهم فاضرب لى مثل العدوّ الذى لا ينبغى ان يُغتّر به وان اظهر تضرّعا وملّقًا فـــال الفيلسوف من اغترّ بالعدوّ الذى لم يزل عدوّا اصابه ما اصاب البوم من الغربان قـــال الملك وكيف كان ذلك قـــال بيدبا زعموا انه كان فى جبل من الجبال شجرة من شجر الدوح فيها وكر الف غراب وعليهنّ والٍ من انفسهنّ وكان عند هذه الشجرة كهف فيه الف بومة وعليهنّ والٍ منهن فخرج ملك البوم لبعض غدواته وروحاته وفى نفسه العداوة لملك الغربان وفى نفس الغربان وملكها مثل ذلك للبوم فاغار ملك البوم فى اصحابه على الغربان فى اوكارها فقتل وسبى منها خلقا كثيرا وكانت الغارة ليلًا فلمّا اصبحت الغربان اجتمعت الى ملكها فقلن له قد علمت ما لقينا الليلة من ملك البوم وما منّا الا من اصبح قتيلا او جريحا او مكسور الجناح او منتوف الريش او مقطوف الذنب واشدّ

واشدّ ممّا اصابنا ضرًّا علينا جراحتهنّ علينا وعلمهن بمكاننا وهنّ عائداتٌ الينا غير منقطعات عنّا لعلمهن بمكاننا فانّما نحن لك ولك ايّها الملك فانظر لنا ولنفسك وكــان فى الغربان خمس معترفٌ لهنّ بحسن الرأى يُسند اليهنّ فى الامور ويلقى عليهنّ ازمّة الاحوال وكان الملك كثيرًا ما يشاورهنّ فى الامور ويأخذ بآرآءهنّ فى الحوادث والنوازل فقـــال الملك للاوّل من الخمس ما رأيك فى هذا الامر قال رأىٌ قد سبقتنا اليه العلمآء وذلك انّهم قالوا ليس للعدوّ الحنق الّا الحرب منه قـــال الملك للثانى ما رايك انت فى هذا الامر قــــال ما رأى ما رأى هذا من الحرب قـــال الملك لا ارى لكما ذلك رأيًا ان نرحل عن اوطاننا ونخليها لعدوّنا من اوّل نكبة اصابتنا منه ولا ينبغى لنا ذلك ولكن نجمع امرنا ونستعدّ لعدوّنا ونذكى نار الحرب فيما بيننا وبين عدوّنا ونحترس من الغرّة اذا اقبل الينا فنلقاه مستعدّين ونقاتله قتالاً غير راجعين فيه ولا حابسين عنه وتلقى اطرافنا اطراف العدوّ ونتحرّز بحصوننا وندافع عدوّنا بالاناة منّ وبالجلاد اخرى حيث نصيب فرصتنا وبغيتنا

وبغيتنا وقد ثنينا عدوّنا عنّا ثمّ قال الملك للثالث ما رأيك انت قال ما ارى ما قالا رأيًا ولكن نبثّ العيون ونبعث الجواسيس ونرسل الطوالع بيننا وبين عدوّنا فنعلم هل يريد صلحنا ام لا ام يريد حربنا ام يريد الفدية فان رأينا امن اسرطامع في مال لم نكن الصلح على خراج نؤدّيه اليه في كلّ سنة ندفع به عن انفسنا ونطمئنّ في اوطاننا فانّ من آراء الملوك اذا اشتدّت شوكة عدوّهم فخافوه على انفسهم وبلادهم ان يجعلوا الاموال جنّة البلاد والملك والرعيّة قال الملك للرابع فما رأيك في هذا الصلح قال لا اراه رأيًا بل ان نفارق اوطاننا ونصبر على الغربة وشثّة المعيشة خير من ان نضيع احسابنا ونخضع للعدوّ الذي نحن اشرف منه مع انّ البوم لو عرضنا ذلك عليهنّ لما رضين منّا الّا بالشطط ويقال في الامثال قارب عدوّك بعض المقاربة لتنال حاجتك ولا تقاربه كلّ المقاربة فيجترئ عليك ويضعف جندك وتذلّ نفسك ومثل ذلك مثل الخشبة المنصوبة في الشمس اذا املتها قليلًا زاد ظلّها واذا جاوزت بها الحدّ في امالتكها

امالتكها نقص الظلّ وليس عدوّنا راض منّا بالدون فى المقاربة فالرأى لنا ولك المجاربة فـــال الملك للخامس ما تقول انت وما ذا ترى القتال ام الصلح ام الجلاء عن الوطن قـال امّا القتال فلا سبيل للمرء الى قتال من لايقوى به وقد يقال انّه من لا يعرف نفسه وعدوّه وقاتل من لا يقوى به حمل نفسه على حتفها مع انّ العاقل لا يستصغر عدوًّا فانّ من استصغر عدوّه اغتّر به ومن اغتّر بعدوّه لم يسلم منه وانا للبوم شديد الهيبة وان اضربن عن قتالنا وقد كنت اهابها قبل ذلك فانّ الحازم لا يأمن عدوّه على كلّ حال ان كان بعيدًا لم يأمن سطوته وان كان مكثبًا لم يأمن وثبته وان كان وحيدًا لم يأمن مكره واحزم الاقوام واكيسهم من كرن القتال لاجل النفقة فيه فانّ ما دون القتال النفقة فيه من الاموال والقول والعمل والقتال النفقة فيه من الانفس والابدان فلا يكوننّ القتال من رأيك ايّها الملك للبوم فان من قاتل من لا يقوى به فقد غرّر بنفسه فاذا كان الملك حصّنًا للاسرار متخيّرًا للوزراء مهيبًا فى اعين الناس بعيدًا من ان يقدر عليه كان خليقًا ان لا يسلب

يسلَبُ صحيحٍ ما أوتى من الخير وانت ايّها الملك كذلك وقد
استشرتنى فى امرِ جوابُك بنّى فى بعضه علانيّة وفى بعضه سرّ
وللاسرار منازلُ منها ما يدخل فيه الرهط ومنها ما يستعان
فيه بالقوم ومنها ما يدخل فيه الرجلان ولست ارى لهذا السرّ
على قدرِ منزلته ان يشارك فيه الا اربعة آذان ولسانان فنهض
الملك من ساعته وخلا به فاستشان فكان اول ما سأله عنده انّه
قـــال هل تعلم بدء عداوةٍ ما بيننا وبين البوم قـــال نعم كلمة
تكلّم بها غراب قـــال الملك وكيف كان ذلك قـــال الغراب
زعموا انّ جماعة من الكراكى لم يكن لها ملك فاجمعت اسرها
على ان يملّكن عليهنّ ملك البوم فبينما هى فى جمعها اذ وقع لها
غراب فقالت لو جاءنا هذا الغراب لاستشرناه فى امرنا فلـــم
يلبثن دون ان جاءهنّ الغراب فاستشرنه فـــقال لو انّ الطير
بادت من الاقاليم وفقد الطاؤوس والبطّ والنعام والحمام من العالم
لما اضطررتنّ الى ان تملّكن عليكنّ البوم التى هى اقبح الطير منظرًا
واسوأها خلقًا واقلّها عقلاً واشدّها غضبًا وابعدها من كلّ رحمة
مع

مع عمالها وما لها من العشى بالنهار واشدّ من ذلك واقبح واقبح امورها سفهها وسوء اخلاقها الّا ان ترين ان تملّكنها وتكنّ انتنّ تدبّرن الامور دونها برأيكنّ وعقولكنّ كما فعلت الارنب التى زعمت ان القمر ملكها ثم عملت برأيها قـــالت الطير وكيف كان ذلك قـــال الغراب زعموا انّ ارضًا من اراضى الفيلة تتابعت عليها السنون واجدبت وقلّ ماؤها وغارت عيونها وذوى نبتها ويبس شجرها فاصاب الفيلة عطش شديد فشكون ذلك الى ملكهنّ فارسل الملك رسله ورواده فى طلب المآء فى كلّ ناحية فرجع اليه بعض الرسل فاخبر انّى قد وجدت بمكان كذا عينًا يقال لها عين القمر كثيرة المآء فتوجّه ملك الفيلة باصحابه الى تلك العين ليشرب منها هو وفيلته وكانت العين فى ارض للارانب فوطئن الارانب فى اجحارهنّ فاهلكن منهنّ كثيرًا فاجتمعت الى ملكها فقلن له قد علمت ما اصابنا من الفيلة فقـــال ليُحضِرْ كلّ ذى رأى رأية فـــتقدّمت ارنب من الارانب يقال لها فيروز وكان الملك يعرفها بحسن الرأى والادب فـــقالت ان رأى الملك ان يبعثنى الى

الى الفيلة ويرسل معى امينًا ليرى ويسمع ما اقول ويرفعه الى الملك فـــقال لها الملك انت امينة ونرضى بقولك فانطلقى الى الفيلة وبلّغى عنّى ما تريدين واعلمى ان الرسول برأيه وعقله ولينه وفضله يخبر عن عقل المرسل فعليك باللين والمؤاتاة فانّ الرسول هو الذى يليّن الصدور اذا رفق ويخشّن الصدور اذا خرق ثـــمّ انّ الارنب انطلقت فى ليلة قمـراء حتّى انتهت الى الفيلة وكرهت ان تدنو منهنّ مخافةً ان يطأها بارجلهنّ فيقتلنها وان كنّ غير متعمّدات ثمّ اشرفت على الجبل ونادت ملك الفيلة وقالت له انّ الـــقمر ارسلنى اليك والرسول غير ملوم فيما يبلغ وان اغلظ فى القول قـــال ملك الفيلة فما الرسالة قـــالت يقول لك انّه من عرف فضل قوّته على الضعفاء فاغترّ بذلك بالاقوياء كانت قوّته وبالاً عليه وانت قد عرفت فضل قوّتك على الدوابّ فغرّك ذلك فعمدت الى العين التى تسمّى باسمى فشربت منها وكدّرتها فارسلنى اليك فانذرك ان لا تعود الى مثل ذلك وانّك ان فعلت اغشى بصرك واتلف نفسك وان كنت فى شكّ من رسالتى فهلّمّ الى العين

العين من ساعتك فاتّى موافيك بها فــعجب ملك الفيلة
من قول الارنب فانطلق الى العين مع فيروز الرسول فلمّا نظر اليها
رأى ضوء القمر فيها فـــقالت له فيروز الرسول خذ بخرطومك
من المآء فاغسل به وجهك واسجد للقمر فـــادخل الفيل
خرطومه فى المآء فتحرّك فخُيّل للفيل انّ القمر ارتعد فـــقال
ما شأن القمر ارتعد اتراه غضب من ادخالى خرطمتى فى المآء
قــالت فيروز الارنب نعم فسجد الفيل للقمر مرّة اخرى وتاب
اليه ممّا صنع وشرط ان لا يعود الى مثل ذلك هو ولا احد من
فيلته قــــال الغراب ومعما ذكرتُ من امر البوم انّ فيها الحُبّ
والمكر والخديعة وشرّ الملوك الخادع ومن ابتلى بسلطان خادع
وُحده مه اصابه ما اصاب الارنب والصقرد حين احتكما الى السِّنّور
فــــالت الكراكى وكيف كان ذلك قـــال الغراب كان لى
جار من الصفاردة فى اصل شجرة قريبة من وكرى وكان يكثر
مواصلتى ثمّ فقدته فلم اعلم اين غاب وطالت غيبته عنّى فجاءت
ارنب الى مكان الصفرد فسكنتة فكرهت ان اخاصم الارنب
فلبثت

فلبثت فيه زمانًا ثمّ انّ الصفرد عاد بعد زمان فأتى منزله فوجد
فيه الارنب فـــقال لها هذا المكان لى فانتقلى عنه قـــالت
الارنب المسكن لى وتحت يدى وانت مدّعٍ له فان كان لك حقّ
فاستعدّ علىّ قـــال الصفرد القاضى منّا قريب فآمُرى بنا اليه
قـــالت الارنب ومن القاضى قـــال الصفرد انّ بساحل البحر سنّورا
متعبّدًا يصوم النهار ويقوم الليل كلّه ولا يؤذى دابّةً ولا يهريق دمًا
عيشه من الحشيش وممّا يقذفه اليه البحر فان احببت تحاكمنا اليه
ورضينا به قـــالت الارنب ما ارضانى به اذا كان كما وصفت فانطلقا
اليه فتبعتهما لانظر الى حكومة الصوّام القوّام ثـــمّ انّهما ذهبا
اليه فلمّا بصر السنّور بالارنب والصفرد مقبلَين نحوه انتصب
قائمًا يصلّى واظهر الخشوع والتنسّك فعجبا لما رأيا من حاله
ودنيا منه هايبين له وسلّما عليه وسألاه ان يقضى بينهما فامرهما ان
يقصّا عليه القصّة ففعلا فـــقال لهما قد بلغنى الكبر وثقلت
اذناى فادنيا منّى فأسمعانى ما تقولان فـــدنيا منه واعادا عليه
القصّة وسألاه الحكم فـــقال قد فهمت ما قلتما وانا ببتديكما
بالنصيحة

بالنصيحة قبل الحكومة بينكما فأنا آمركما بتقوى الله وإن لا تطلبا
الا الحق فإن طالب الحق هو الذي يفلح وإن قضي عليه وطالب
الباطل مخصوم وإن قُضي له وليس لصاحب الدنيا من دنياه
شيء لا مال ولا صديق سوى العمل الصالح يقدّمه فذو العقل
حقيق ان يكون سعيه في طلب ما يبقى ويعود نفعه عليه غدا وان
يمقت بما سوى ذلك من أمور الدنيا فان منزلة المال عند العاقل
بمنزلة المدر ومنزلة النساء اللاتي يملكهنّ بمنزلة الافاعى المخوفة ومنزلة
الناس عنك فيما يحبّ لهم من الخير ويكن من الشرّ بمنزلة نفسه
ثـــمّ ان السنّور لم يزل يقصّ عليهما من جنس هذا واشباهه
حتى انسا اليه واقبلا عليه ودنيا منه ثمّ وثب عليهما فقتلاهما
قـــال الغراب ثمّ ان البوم يجمع معا وصفت لكن من الشوم
سائر العيوب فلا يكوننّ تمليك البوم من رأيكن فلـــا سمع الكراكى
ذلك من كلام الغراب اضربن عن تمليك البوم وكان هناك بوم
حاضر قد سمع ما قالوا فقال للغراب لقد وترتنى اعظم الترة ولا
اعلم سلف بينّي اليك سوء اوجب هذا ام لا وبعد فاعلم ان الغأس
يقطع

يُقطع به الشجر فيعود ينبت والسيف يقطع اللحم ويعود فيندمل واللسان لا يندمل جرحه ولا تؤسا مقاطعه والنصل من السهم يغيب في اللحم ثمّ ينترع فيخرج وأشباه النصل من الكلام اذا وصلت الى القلب لم تنترع ولم تستخرج ولكلّ حريق مطفئ فللنار الماء وللسمّ الدواء وللحزن الصبر وللعشق الفُرقة ونار الحقد لا تخبو ابدا وقد غرستم معاشر الغربان بيننا وبينكم شجر الحقد والعداوة والبغضاء فلمّا قضى البوم بمقالته ولّى مغضبًا فاخبر ملك البوم بما جرى وما كان من قول الغراب ثمّ ان الغراب ندم على ما فرط منه وقال والله لقد خرقت في قولي الذى جلبت به العداوة والبغضاء على نفسى وقومى وليتنى لم اخبر الغراب بهذا الحال ولا اعلمتها بهذا الامر ولعلّ اكثر الطير قد رأى اكثر ممّا رأيت وعلم اضعاف ما علمت فمنعها من الكلام بمثل ما تكلّمت اتقاء ما لم أتّق والنظر فيما لم انظر فيه من حذار العواقب لا سيّما اذا كان الكلام الذى يلقى منه سامعه وقائله المكروه وما يورث الحقد والضغينة فلا ينبغى لاشباه هذا الكلام ان تسمّى كلامًا ولكن سهامًا والعاقل وان

وإن كان واثقًا بقوّته وفضله فلا يحمله ذلك على أن يجلب العداوة
على نفسه اتّكالاً على ما عنك من الرأى والقوّة كما أنّه وإن كان
عنك الترياق لا ينبغى له أن يشرب السمّ اتّكالاً على ما عنك وصاحب
حسن العمل وإن قصر به القول فى مستقبل الأمر كان فضله بيّنا
فى العاقبة والاختبار وصاحب حسن القول وإن أعجب الناسَ
منه حسنُ صفته للأمور لم يحمد غبّ أمر وأنا صاحب القول
الذى لا عاقبة له أوليس من سفهى اجترائى فى التكلّم فى
الأمر الجسيم لا أستشير فيه احدا ولا ارتأى فيه وإنه من لم
يستشر النصحآء الأوليآء وعمل برأيه من غير تكرار النظر والروية لم
يغتبط بمواقع رأيه فما كان اغنائى عمّا كسبت يوبى هذا وما
وقعت فيه من الهمّ وعـــــاتب الغراب نفسه بـهذا الكـلام
وأشباهه وذهب فهــذا ما سألتنى عنه من ابتدآء العداوة بيننا
وبين البوم وإمّا القتال فقد علمت رأيى فيه وكراهتى له ولكنّ عندى
من الرأى والحيلة غير القتال ما يكون فيه الفرج ان شآء الله تعالى
فإنّه رُبّ قوم قد احتالوا بآرائهم حتّى ظفروا بما ارادوا ومن ذلك
حديث

حديث الجماعة الذين ظفروا بالناسك واخذوا عريضه قـال
الملك وكيف كان ذلك قــال الغراب زعموا ان ناسكًا اشترى
عريضًا ضخمًا ليجعله قربانًا فانطلق به يقوده فبصر به قوم من المكرة
فائتمروا بينهم ان يأخذوه من الناسك فعرض له احدهم فقال له
ايجــــا الناسك ما هذا الكلب الذى معك ثـــم عرض له
الاخر فقال لصاحبه ما هذا ناسكًا لانّ الناسك لا يقود كـلبًا
فلم يزالوا مع الناسك على هذا ومثله حتى لم يشكّ انّ الذى
يقوده كـلب وانّ الذى باعه سخّر عينه فاطلقه من يد فاخذ
الجماعة المحتالون ومضوا به وانمـــا ضربت لك هذا المثل لما
ارجو ان نصيب من حاجتنا بالرفق والحيلة وانّى اريد من الملك
ان ينقرنى على رؤوس الاشهاد وينتف ريشى وذنبى ثمّ يطرحنى
فى اصل هذه الشجـرة ويرتحل الملك هو وجنوده الى مكان كذا
فـفعل الملك بالغراب ما ذكر ثمّ ارتحل عنه فجـعل الغراب يَئِنّ
ويهمس حتى سمعنه البوم ورأينه يَئِنّ فاخبرن ملكهنّ بذلك فقصد
قصدن ليسئله عن الغربان فلمـــا دنا منه امر بومًا ان يسئله
فقال

فقال له من انت واين الغربان فـــقال امّا اسمى فغفلان وامّا ما
سألتنى عنه فانّى احسبك ترى ان حالى حال من لايعلم الاسرار فـقيل
لملك البوم هذا وزير ملك الغربان وصاحب رأيه فنسأله باىّ
ذنب صنع به ما صنع فـــسئل الغراب عن امره فقال ان مَلكنا
استشار جماعتنا فيكن وكنت يومئذٍ بمحضر من الامر فقال ايّها
الغربان ما ترون فى ذلك فقلت ايّها الملك لا طاقة لنا بقتال البوم
لانّهن اشدّ بطشًا واحدّ قلبًا منّا ولكن ارى ان نلتمس الصلح
ثمّ نبذل الفدية فى ذلك فان قبلت البوم ذلك منّا والّا هربنا فى
البلاد واذا كان القتال بيننا وبين البوم كان خيرا لهنّ وشرّا لنا
فالصلح افضل من الخصومة وامرتهنّ بالرجوع عن الحرب وضربت
لهنّ الامثال فى ذلك وقلت لهنّ ان العدوّ الشديد لا يردّ بأسَه
وغضبه مثلَ الخضوع له ألا ترين الى الحشيش كيف يسلم من
عاصف الريح للينه واتيانه حيث اتت فعصينني فى ذلك وزعمن
انّهن يردن القتال واتّهمنني فيما قلت وقلن انّك قد مالأت البوم
علينا ورددن قولى وتصيحتى وعذّبنني بهذا العذاب وتركى الملك

وجنوده وارتحل ولا علم لى بجن بعد ذلك فلمـــا سمع ملك البوم
مقالة الغراب قال لبعض وزرائه ما تقول فى الغراب وما ترى فيه
قـــال ما ارى إلّا المعاجلة له بالقتل فان هذا افضل عدد الغربان
وفى قتله لنا راحة من مكره وفقدُ على الغربان شديد ويقال من
ظفر بالساعة التى فيها ينجح العمل ثمّ لا يعاجله بالذى ينبغى له
فليس بحكيم ومن طلب الامر الجسيم فأمكنه ذلك فاغفله فاته الامر
وهو خليق ان لا تعود الفرصة ثانية ومن وجد عدوّه ضعيفًا
ولم ينخن ندم اذا استقوى ولم يقدر عليه قـــال الملك لوزير
اخر ما ترى انت فى هذا الغراب قـــال ارى ألا تقتله فان
العدوّ الذليل الذى لا ناصر له اهل ان يستبقا ويرحم ويصفح
عنده لا سيّما المستجير الخائف اهل ان يؤمن كالتاجر الذى عطف
على سارق لمكان امرأته قـــال الملك وكيف كان ذلك قـــال
الوزير زعموا انه كان تاجر كثير المال والمتاع وكانت له امرأة ذات
جمال وان سارقًا تسوّر بيت التاجر فدخل فوجده نائمًا ووجد
امرأته مستيقظة فذعرت من السارق ووثبت الى التاجر فالتزمته
واعتنقته

واعتنقته وقد كان بودّه لو دنت منه يومًا ما فاستيقظ التاجر
بالتزامها ايّاه فقال من اين لى هذه النعمة ثمّ بصر بالسارق فقال
ايّها السارق انت فى حلّ ممّا اخذت من مالى ومتاعى ولك
الفضل بما عطفت قلب زوجتى على معانقتى قال ملك البوم
لوزير اخر من وزرائه ما تقول فى الغراب قال ارى ان تستبقيه
وتحسن اليه فانّه خليق ان ينصحك والعاقل يرى معاداة بعض
اعدائه بعضًا ظفرًا حسنًا واشتغال بعض العدوّ ببعض خلاصًا
ونجاة كنجاة الناسك من اللّص والشيطان حين اختلفا عليه
قال الملك وكيف كان ذلك قال الوزير زعموا انّ ناسكًا اصاب
من رجل بقرة حلوبة فانطلق بها يقودها الى منزله فعرض له لصّ
اراد سرقها وتبعه شيطان يريد اختطافه فقال الشيطان للّص
من انت قال انا اللّص اريد ان اسرق هذه البقرة من الناسك
اذا نام فمن انت قال انا الشيطان اريد اختطافه اذا نام
واذهب به فانتهيا على هذا الى المنزل فدخل الناسك منزله ودخل
خلفه وادخل البقرة فربطها فى زاوية المنزل وتعشّى ونام فاقبل
اللّص

اللّص والشيطان يأتمران فيه واختلفا على من يبدأ بشغله اوّلاً
فـــقال الشيطان للّص ان انت بدأت باخذ البقرة ربّما استيقظ
وصاح واجتمع الناس فلا اقدر على اخذ فانظرنى ريثما آخذ
وشأنك وما تريد فاشفعن اللّص إن بدأ الشيطان باختطافه ربّما
استيقظ فلا يقدر على اخذ البقرة فقال لا بل انظرنى انت حتّى آخذ
البقرة وشأنك وما تريد فـلـم يزالا فى المجادلة هكذا حتّى نادى اللّص
اتّها الناسك انتبه فهذا الشيطان يريد اختطافك ونادى الشيطان
اتّها الناسك انتبه فهذا اللّص يريد أن يسرق بقرتك فانتبه الناسك
وجيرانه باصواتهما وهرب الخبيثان قـــال الوزير الاوّل الذى اشار
بقتل الغراب اظنّ ان الغراب قد خدعكنّ ووقع كلامه فى نفس الغبى
منكنّ موقعه فتردن ان تضعن الراى غير بوضعه فمهلاً مهلاً اتّها
الملك عن هذا الراى ولا تكوننّ كالتّجار الذى كـذّب بما رأى
وصدّق بما سمع وانخدع بالمحال قـــال الملك وكيف كان ذلك
قـــال الوزير زعموا انّه كـان رجل تجار وكان له امرأة يحبّها
وكانت قد علقت رجلاً وعلم التّجار بذلك وقيل له فى معناه فاحبّ
ان

أن يرى ذلك عيانًا ليقابل امرأته بحقّ فقال لها إني أريد الذهاب الى
قرية كذا وهي منّا على فراسخ لبعض عمل السلطان فاعدّي لى
زادًا ففرحت المرأة كيف يذهب ويخلو وجهها لخليلها ثـــــمّ
لما اراد الخروج قال لامرأته استوثقى من الباب والممرّ وأراها
انه يخرج وعطف الى مكان خفيّ خلف الباب فاختفى فيه
فانسلّ فدخل البيت الذى فيه سرقك واختفى تحت السرير ثمّ
انّ المرأة ارسلت الى خليلها أنّ آيتنا فاتاها وخلا بها على فراش
زوجها طول ليله ثـــمّ انّ النجّار غلبه النعاس فنام فمدّ رجله
فخرجت من تحت السرير فلمّا رأتها زوجته عرفتها فايقنت بالشّر
فقالت لخليلها سلني وارفع صوتك وسلني ايّما أحبُّ اليك زوجك
او أنا فسـألها فقالت ما يضطرّك الى هذه المسألة ألم تعلم انّا
معاشر النساء انما نريد الاخلاء لقضاء الشهوة فقط ولا نلتفت الى
احسابهم ولا انسابهم ولا الى ما يتغيّر من امورهم واما الزوج فهو
بمنزلة الوالد والاخ فقبّح الله امرأة لا يكون زوجها عديل نفسها ولا
متّعتك بعد هذا بلذّة فلمّـــا سمع زوجها كلامها رقّ لها
واخذته

وأخذته الرحمة وغلبته العبرة ووثق منها بالمودّة ولم يبرح مكانه
حتى اصبح وايقن ان الرجل قد ذهب ثمّ خرج من تحت السرير
فوجد امرأته نائمة فقعد عند راسها يروّحها فلمّا انتبهت قال
لها يـا حبيبة قلبي نامى فقد بتّ ساهرة ولولا كراهة ما يسوءك
لكان بيني وبين ذلك الرجل خطب وامر شديد وانّما ضربت
لك هذا المثل ارادة الّا تكون كذلك التجار الذى كذب بما رأى
وصدّق بما سمع فــلمّا يلتفت الملك الى قوله وامر بالغراب
ان يحمل الى منازل البوم ويكرم ويستوصى به خيرا ثمّ اتّ
الغراب قال للملك يوما وعند جماعة من البوم وفيهنّ الوزير الذى
اشار بقتله ايّها الملك قد علمت ما جرى على من الغربان وانه لا
يستريح قلبي دون اخذى بثارى منهنّ وانّى قد نظرت فى ذلك
فاذا بى لا اقدر على ما رمت لانّى غراب وقد روى عن العلماء انّهم
قالوا من طابت نفسه بان يحرقها فقد قرّب لله اعظم القربان لا
يدعو عند ذلك بدعوة الا استجيب له فان رأى الملك ان يامرنى
فاحرق نفسى وادعو ربّى ان يحوّلنى بوما فاكون اشدّ عداوةً
وضراوةً

وضراوةً على الغربان لعلّى انتقم منهنّ قـــال الوزير الذى
اشار بقتله بما اشبهك فى خيرما تظهر وشرّ ما تخفى الّا بالخمرة
الطيّبة الطعم والريح المنقع فيها السمُّ ارأيت لو احرقنا جسمك
بالنار كان جوهرك وطباعك متغيّرة اوليست تدور حيث ما
درت وتصير بعد ذلك الى اصلك وطبيتك كالفارة التى خُيّرت
فى الازواج بين الشمس والريح والسحاب والجبل فلم يقع
اختيارها الّا على الجرذ قـــيل له وكيف كان ذلك قـــال زعموا
انه كان ناسك مستجاب الدعوة فبينما هو ذات يوم جالس على
ساحل البحر اذ مرّت به حداة فى رجلها فِرص فارٍ فوقعت منها
عند الناسك ودركته لها رحمة فاخذها ولفّها فى ورقة وذهب
بها الى منزله ثـــمّ خاف ان تشقّ على اهله تربيتها فدعا ربّه ان
يحوّلها جارية فتحوّلت جارية حسنآء فانطلق بها الى امرأته فقال
لها هذه ابنتى فاصنعى معها صنيعك بولدى فلمّا بلغت مبلغ
النسآء قـــال لها الناسك يا بنيّة انّك قد ادركت ولا بدّ لك من
زوج فاختـــارى من احببت حتى ازوّجك به فقـــالت امّا اذ
خيّرتنى

خيّرتنى فانّى اختار زوجًا يكون اقوى الاشياء فــــقال الناسك لعلّك تريدين الشمس ثمّ انطلق الى الشمس فقال ايّها الخلق العظيم لى جارية وقد طلبت زوجًا يكون اقوى الاشياء فهل انت متزوّجها فــقالت الشمس انا ادلّك على من هو اقوى منّى السحاب الذى يغطينى ويردّ جرم شعاعى ويكسف اشعّة انوارى فــــذهب الناسك الى السحاب فقال له ما قال للشمس فــقال السحاب وانا ادلّك على من هو اقوى منّى فاذهب الى الريح التى تقبل بى وتدبر وتذهب بى شرقًا وغربًا فجــاء الناسك الى الريح فقال لها كقوله للسحاب فـــــقالت وانا ادلّك على من هو اقوى منّى وهو الجبل الذى لا اقدر على تحريكه فمــــضى الى الجبل فقال له القول فــاجابه الجبل وقال له انا ادلّك على من هو اقوى منّى الجرذ الذى لا استطيع الامتناع منه اذا خرقنى واتّخذنى مسكنًا فانـطلق الناسك الى الجرذ فقال له هل انت متزوّج هذه الجارية فــقال وكيف اتزوّجها وجحرى ضيّق ولمّا يتزوّج الجرذ الفارة فــدعا الناسك ربّه ان يحوّلها فارة كما كانت وذلك برضا الجارية

الجارية فاعادها الله الى عنصرها الاول فانطلقت مع الجزر فهذا مثلك ايّها المخادع فلـم يلتفت ملك البوم الى ذلك القول ورفق بالغراب ولم يزده له الّا اكرامًا حتى اذا طاب عيشه ونبت ريشه واطّلع على ما اراد ان يطّلع عليه راغ روغةً فاتى اصحابه بما رأى وسمع فقال للملك انّى قد فرغت ممّا كنت اريد ولم يبق الّا ان تسمع وتطيع قـــال له انا والجند تحت امرك فاختكم كيف شئت قـــال الغراب انّ البوم بمكان كذا فى جبل كثير الحطب وفى ذلك الموضع قطيع من الغنم مع رجل راع ونحن مصيبون هناك نارًا ونلقيها فى اثقاب البوم وتقذف عليها من يابس الحطب ونتراوح عليها ضربًا باجنحتنا حتّى تضطرم النار فى الحطب فمن خرج منهن احترق ومن لم يخرج مات بالدخان موضعه فـفعل الغربان ذلك فاهلكن البوم قاطبة ورجعن الى منازلهنّ سالمات آمنات ثـــمّ انّ ملك الغربان قال لذلك الغراب كيف صبرت على صحبة البوم ولا صبر للاخيار على صحبة الاشرار فـقال الغراب ذلك ايّها الملك لكذلك ولكن العاقل اذا اتاه الامر الفظيع العظيم

العظيم الذى يخاف فيه الجائحة على نفسه؛ وقوبه لم يجزع من شدّة
الصبر عليه لِما يرجوان يُعقبه صبنِ روح العاقبة وخيرا ولم يجد
لذلك مسّا ولم تكره نفسه الخضوع لمن هو دونه حتّى يبلغ حاجته
فيغتبط بعقب امرِه وعاقبة صبنِ فـقال الملك اخبرنى عن عقول
البوم فـسال الغراب لم اجد فيهنّ عاقلاً الّا الذى كان يحثّهنّ
على قتلى وكان حرصهنّ مرارًا فكنّ اضعف شىءٍ رأيا فلم ينظرن
فى امرى ويذكرن انّى قد كنت ذا منزلة فى الغربان وانّى اعدّ من
ذوى الرأى ولم يتخوّفن مكرى وحيلتى ولا قبلن من الناصح
الشفيق ولا اخفين دونى اسرارهنّ وقد قالت العلماء ينبغى للملك
ان يحصّن امون من اهل النميمة ولا يطّلع احد منهم على مواضع
سرّ فـقال الملك ما اهلك البوم فى نفسى الّا البغى وضعف
رأى الملك وموافقته ووزراء السوء فـقال الغراب صدقت ايّها الملك
انّه قلّ ما ظفر احد بغَى ولم يطغ وقلّ ما حرص الرجل على النساء
ولا افتضح وقلّ من اكثر من الطعام الا مرض وقلّ من وثق
بوزراء السوء وسلم من ان يقع فى المهالك وكان يقال لا يضمعنّ ذوّ
البر

الكبر فى حسن الثناء ولا الحبّ فى كثرة الصديق ولا السّيّءُ
الادب فى الشرف ولا الشحيح فى البرّ ولا الحريص فى قلّة الذنوب
ولا الملك المحتال المتهاون بالامور الضعيف الوزراء فى ثبات ملكه
وصلاح رعيّته قـــال الملك لقد احتملت مشقّة شديدة فى
تصنّعك للبوم وتضرّعك لهن قـــال الغراب انّه من احتمل مشقّة
يرجو نفعها ونجّا عن نفسه الانفة والحميّة ووطنها على الصبر
حمد غبّ رأيه كما صبر الاسود على حمل ملك الضفادع على ظهره
وشبع بذلك وعاش قـــال الملك وكيف كان ذلك قـــال الغراب
زعموا انّ اسود من الحيّات كبر وضعف بصره وذهبت قوّته
فلم يستطع صيدًا ولم يقدر على طعام وانه انساب يلتمس شيئًا
يعيش به حتى انتهى الى عين كثيرة الضفادع قد كان يأتيها قبل
ذلك فيصيب من ضفادعها فرمى نفسه قريبًا مظهرًا للكأبة والحزن
فـــقال له ضفدع ما لى اراك ايّها الاسود كئيبًا حزينًا
قـــال ومن احرى بطول الحزن منّى وانما كان اكثر معيشتى
ممّا كنت اصيب من الضفادع فابتليت ببلاء وحرّمت علّى
الضفادع

الضفادع من اجله حتّى اتّى اذا التقيت ببعضها لا اقدر على
امساكه فــانطلق الضفدع الى ملك الضفادع فبشّره بما
سمع من الاسود فــاتى ملك الضفادع الى الاسود فقال له كيف كان
امرك قــــال سعيت منذ ايام فى طلب ضفدع وذلك عند
المساء فاضطرته الى بيت ناسك ودخلت فى اثره فى الظلمة وفى
البيت ابن للناسك فاصبت اصبعه فظننت انّها الضفدع
فلدغته فمات فخرجت هاربًا فتبعنى الناسك فى اثرى ودعا علىّ
ولعننى وقال كما قتلت ابنى البرىّ ظلمًا وتعدّيا كذلك ادعو
عليك ان تذلّ وتصير مركبًا لملك الضفادع فلا تستطيع اخذها
ولا اكل شىء منها الّا ما يتصدّون به عليك ملكها فاتيت
اليك لتركبنى مقرًّا بذلك راضيًا فـــرغب ملك الضفادع فى
ركوب الاسود وظنّ ان ذلك فخر له وشرف ورفعة فـــركبه
واستطاب له ذلك فـــقال له الاسود قد علمت ايّها الملك انّى محروم
فاجعل لى رزقًا اعيش به قــــال ملك الضفادع لعمرى لا بدّ
لك من رزق يقوم بك اذ كنت مركبى فامر له بضفدعين يؤخذان
فى

في كلّ يوم ويدفعان اليه فعاش بذلك ولم يضرّن خضوعه للعدوّ الذليل بل انتفع بذلك وصار له رزقًا ومعيشة وكذلك كان صبري على ما صبرت عليه التماس هذا النفع العظيم الذى اجتمع لنا فيه الامن والظفر وهلاك العدوّ والراحة منه ووجدت صرعة اللين والرفق اسرع واشدّ استئصالًا للعدوّ من صرعة المكابرة فان النار لا تزيد بحدّتها وحرّها اذا اصابت الشجرة على ان تحرق ما فوق الارض منها والمآء ببرده ولينه يستأصل ما تحت الارض منها ويقال اربعة اشيآء لا يستقلّ قليلها النار والمرض والعدوّ والدين قـال الغراب وكلّ ذلك كان من رأى الملك وادبه وسعادة جدّ وانّه كان يقال اذا طلب اثنان امرًا ظفر به منهما افضلهما مروّة فان اعتدلا في المروّة فاشدّهما عزمًا فان استويا في العزم فاسعدهما جدّا وكان يقال من حارب الملك الحازم الاريب المتضرّع الذى لا تبطن السّرّآء ولا تدهشه الضّرّآء كان هو داعى الحتف الى نفسه ثمّ لا سيّما اذا كان مثلك ايّها الملك العالم بفرض الاعمال ومواضع الشقّة واللين والغضب والرضا والمعاجلة والاناة الناظر في امر يومه وغد وعواقب

وعواقب اعماله قـال الملك للغراب بل برأيك وعقلك ونصيحتك
ويمن طالعك كان ذلك فان رأى الرجل الواحد العاقل الحازم ابلغ
فى هلاك العدو من الجنود الكثين من ذوى الباس والنجدة والعدد
والعدة وان من عجيب امرك الى طول لبثك بين ظهرانى البوم
تسمع الكلام الغليظ ثم لم تسقط بينهن بكلمة قـال الغراب لم ازل
متمسكا بادبك ايّها الملك احبّ البعيدَ والقريب بالرفق واللين
والمبالغة والمواتاة قــال الملك اصبحتُ وقد وجدتك صاحب
العمل ووجدت غيرك من الوزراء اصحاب اقاويل ليس لها عاقبة
حميدة فقد منّ الله علينا بك منّة عظيمة لم نكن قبلها نجد لذّة
الطعام والشراب ولا النوم ولا القرار وكان يقال لا يجد المريض لذّة
الطعام والنوم حتى يبرأ ولا الرجل الشرن الذى قد اطمعه سلطانه
فى مال وعمل فى يك حتى ينجبن ولا الرجل الذى قد الحّ عليه
عدوّه وهو يخافه صباحًا ومساءً حتى يستريح منه قلبه ومن وضع
الحمل الثقيل عن يديه اراح نفسه ومن امن عدوّه ثلج صدن
قــال الغراب اسأل الله الذى اهلك عدوّك ان يمتّعك بسلطانك
وان

وان يجعل في ذلك صلاح رعيّتك ويشركهم في قرّة العين بملكك فانّ الملك اذا لم يكن في ملكه قرّة عيون رعيّته فمثله مثل زنمة العنز التي يمصّها الجدي وهو يحسبها حلمة الضرع فلا يصادف فيها خيرًا قال الملك أيّها الوزير الصالح كيف كانت سيرة البوم وملكها في حروبها وفيما كانت فيه من امورها قال الغراب كانت سيرته سيّئة بطر واشر وخيلاء وعجز وفخر مع ذلك وكلّ اصحابه ووزرائه شبيه به الّا الوزير الذي كان يشير عليه بقتلي فانّه كان حكيمًا اريبًا فيلسوفًا حازمًا عالمًا قلّ ما يُرى مثله في الصرامة والعقل وجودة الرأي قال الملك وايّ خصلة رأيت منه كانت أدلّ على عقله قال خلّتان احداهما رأيه في قتلي والاخرى انّه لم يكن يكتم صاحبه نصيحته وان استقلّها ولم يكن كلامه كلام عنف ولكنّه كلام رفق ولين حتى انّه ربّما اخبر ببعض عيوبه ولا يصرّح بحال بل يضرب له الامثال ويحدّثه بعيب غير فيعرف عيبه فلا يجد ملكه الى الغضب عليه سبيلًا وكان ممّا سمعته يقول لملكه انّه قال لا ينبغي للملك ان يغفل عن امر فانّه

امر

امر جسيم لا يظفر به من الناس الّا قليل ولا يدرك الّا بالحزم فان الملك عزيز فمن ظفر به فليحسن حفظه وتحصينه فانه قد قيل أنه في قلّة بقائه بمنزلة بقاء الظلّ عن ورق النيلوفر وهو في خفّة زواله وسرعة اقباله وادبار كالريح وفي قلّة ثباته كاللبيب مع اللئام وفي سرعة اضمحلاله كحباب الماء من وقع المطر فهــــذا مثل اهل العداوة الذين لا ينبغي ان يغترّ بهم وان هم اظهروا تودّدًا وتضرّعًا ۞

انقضى باب البوم والغربان ۞

باب

باب القرد والغيلم

قــال دبشليم الملك لبيدبا الفيلسوف قد سمعت هذا المثل فاضرب لى مثل الرجل الذى يطلب الحاجة فاذا ظفر بها اضاعها قــال الفيلسوف انّ طلب الحاجة اهون من الاحتفاظ بها ومن ظفر بحاجته ثمّ لم يحسن القيام بها اصابه ما اصاب الغيلم قــال الملك وكيف كان ذلك قــال بيدبا زعموا ان قردًا كان ملك القردة يقال له ماهر وكان قد كبر وهرم فوثب عليه قرد شابّ من بيت المملكة فتغلّب عليه واخذ مكانه فخرج هاربًا على وجهه حتّى انتهى الى الساحل فوجد شجرة من شجر التين فارتقا اليها وجعلها مقامه فبينما هو ذات يوم يأكل من ذلك التين اذ سقطت من يده تينة فى المآء فسمع لها صوتا وايقاعا فجعل يأكل ويرمى فى المآء فاطربه ذلك فاكثر من تطريح التين فى المآء وثمّ غيلم كلّما وقعت تينة اكلها فلمّا كثر ذلك ظنّ انّ القرد انّما يفعل ذلك لاجله فرغب فى مصادقته وانس اليه وكلّمه والفــه كل

كل واحد منهما صاحبه وطالت غيبة الغيلم عن زوجته فجزعت
عليه وشكت ذلك الى جارة لها وقالت قد خفت ان يكون قد
عرض له عارض سوء فاغتاله فــقالت لها ان زوجك بالساحل
قد الف قردًا والفه القرد فهو مؤاكله ومشاربه ثــمّ انّ الغيلم
انطلق بعد مدّة الى منزله فوجد زوجته سيّئة الحال مهمومة فقال
لها الغيلم ما لى اراك هكذا فــاجابته جارتها وقالت انّ زوجتك
مريضة مسكينة وقد وصفوا لها الاطبّاء قلب قرد وليس لها دواء
سواه قــال الغيلم هذا امر عسير من اين لنا قلب قرد ونحن فى
الماء ولكن سأشاور صديقى ثمّ انطلق الى ساحل البحر فــقال له
القرد يا اخى ما حبسك عنّى قــال له الغيلم ما حبسنى عنك الا
حيائى كيف انا اجازيك على احسانك الىّ واريد ان تتمّ احسانك الىّ
بزيارتك لى فى منزلى فاتى ساكن فى جزيرة طيّبة الفاكهة فاركب
ظهرى لاسبح بك فــرغب القرد فى ذلك ونزل فركب ظهر الغيلم
فسبح به حتّى اذا اسبح به عرض له قبيح ما اضمر فى نفسه من الغدر
فنكس راسه فــقال له القرد ما لى اراك مهتمًّا قــال الغيلم انّما
همّى

همّی لانّی ذكرت ان زوجتی شديدة المرض وذلك يمنعنی من كثير
ممّا اريد ان ابلغه من كرامتك والطافك قـــال القرد ان الذی
اعرف من حرصك على كرامتی يكفيك مؤنة التكلّف قـال الغيلم
اجل ومضى بالقرد ساعة ثمّ توقّف به ثانيةٌ فـــساء ظنّ القرد
وقال فی نفسه ما احتباس الغيلم وابطاؤه الا لامرٍ ولست آمنا ان
يكون قلبه قد تغيّر لی وحال عن مودّتی فاراد بی سوء فانه لاشیء
اخفّ واسرع تقلّبا من القلب وقد يقال ينبغی للعاقل ان لا يغفل
عن التماس ما فی نفس اهله وولك واخوانه وصديقه عند كل
امر وفی كل لحظة وكلمة وعند القيام والقعود وعلى كل حال فان
ذلك كلّه يشهد على ما فی القلوب وقد قالت العلماء اذا دخل
قلب الصديق من صديقه ريبة فلياخذ بالحزم فی التحفّظ منه
وليتفقّد ذلك فی لحظاته وحالاته وان كان ما يظنّ حقًّا ظفر بالسلامة
وان كان باطلا ظفر بالحزم ولم يضرّ ذلك ثمّ قال للغيلم ما الذی
يحبسك وما لی اراك مهتمًّا كانّك تحدّث نفسك مرّة اخرى قـــال
يحمّنی انك تأتی منزلی فلا توافی اسرى كما احبّ لانّ زوجتی مريضة
قال

قــال القرد لا تهتمّ فانّ الهمّ لا يغنى عنك شيئًا ولكن التمس ما
يصلح زوجتك من الادوية والاغذية فانّه يقال ليبذل ذو المال ماله
فى ثلثة مواضع فى الصدقة وفى وقت الحاجة وعلى النسآء
قــال الغيلم صدقت وقد قالت الاطبّآء انّه لا دوآء لها الا قلب
قرد فــقال القرد فى نفسه واسوتاه لقد ادركنى الحرص والشره
على كبر سنّى حتى وقعت فى شرّ مورط ولقد صدق الذى قال
يعيش القانع الراضى مستريحًا مطمئنًّا وذو الحرص والشره يعيش
ما عاش فى تعب ونصب وانّى قد احتجت الى عقلى فى التماس
المخرج ممّا وقعت فيه ثــمّ قال للغيلم وما منعك ان تعلمنى حتى كنت
احمل قلبى معى وهذه سنّة فينا معاشر القردة اذا خرج احدنا لزيارة
صديق خلّف قلبه عند اهله او فى موضعه لننظر اذا نظرنا الى
حرم المزور وما قلوبنا معنا قــال الغيلم واين قلبك الآن قــال
خلّفته فى الشجرة فان شئت فارجع بى الى الشجرة حتى اتيك به
فـفرح الغيلم بذلك ثمّ رجع بالقرد الى مكانه فلمّا قارب الساحل
وثب عن ظهره فارتقى الشجرة فلمّا ابطأ على الغيلم ناداه يا خليلى
احمل

احمل قلبك وانزل فقد جبستنى فـقال القرد هيهات اتظنّ

انّى كالحمار الذى زعم ابن آوى انه لم يكن له قلب ولا اذنان

قـال الغيلم وكيف كان ذلك قـال القرد زعموا انه كان اسد

فى اجمة وكان معه ابن آوى ياكل من فواضل طعامه فاصاب

الاسد جرب وضعف شديد وجهد فلم يستطع الصيد فـقال

له ابن آوى ما بالك يا سيّد السباع قد تغيّرت احوالك قـال

هذا الجرب الذى قد اجهدنى وليس له دواء الّا قلب حمار

واذناه قـال ابن آوى ما ايسر هذا وقد عرفت بمكان كذا حمارًا

مع قصّار يحمل عليه ثيابه وانا اتيك به ثـمّ دلف الى الحمار

فاتاه وسلّم عليه فقال له ما لى اراك مهزولًا قـال ما يطعمنى

صاحبى شيئًا فقـال له وكيف ترضى المقام معه على هذا قـال

فمالى اين اذهب فلست اتوجّه وجهة الّا اضرّبى انسان فكذّنى

واجاعنى قـال ابن آوى فانا ادلّك على مكان معزول عن الناس

لا يمرّ به انسان خصب المرعى فيه اتان لم تر عينٌ مثلها حسنًا

وسمنًا وهى محتاجة الى الفحل قـال الحمار وما يحبسنا عنها

فانطلق

فانطلق بنا اليها فــــانطلق به ابن آوى نحو الاسد وتقدّم
ابن آوى ودخل الغابة على الاسد فاخبر بمكان الحمار فخرج اليه
فاراد ان يثب عليه فلم يستطع لضعفه وتخلّص الحمار منـه
فأفلت هَلِعًا على وجهه فلمّـــــا رأى ابن آوى ان الاسد لم
يقدر على الحمار قال له اعجـزت يا سيّد السباع الى هذه الغاية
فــقال له ان جئتنى به مرّة اخرى فلن ينجو منّى ابدا فمـضى
ابن آوى الى الحمار فقال له ما الذى جرى عليك ان الاتانة لشدّة
غلمتها وهيجانها وثبت عليك ولو ثبتّ لها للانت لك فلمّـــا سمع
الحمار بذكر الاتانة هاجت غلمته ونهق واخذ طريقه الى الاسد
فــسبقه ابن آوى الى الاسد واعلمه بمكانه وقال له استعدّ له فقد
خدعتّه لك فلا يدركنّك الضعف النوبة فانه ان افلت فلن يعود
معى ابدا فجـــاش جأش الاسد لتحريض ابن آوى له وخرج الى
موضع الحمار فلمّا بصربه عاجله بوثبة افترسه فيها ثـــمّ قال
قد ذكّرت الاطبّاء انه لا يؤكل الا بعد الغسل والطهور فاحتفظ
به حتى اعود فآكل قلبه واذنيه واترك ما سوى ذلك قوتا لك
فلمّا

فلمـا ذهب الاسد ليغتسل عمد ابن آوى الى الحمار فاكل قلبه
واذنيه رجاء ان يتطير الاسد منه فلا ياكل منه شيئًا ثـمّ ان
الاسد رجع الى مكانه فقال لابن آوى اين قلب الحمار واذناه قـال
ابن آوى الم تعلم انه لو كان له قلب واذنان لم يرجع اليك بعد ما
افلت ونجا من الهلكة واتمـا ضربت لك هذا المثل لتعلم انّى
لست كذلك الحمار الذى زعم ابن آوى انه لم يكن له قلب واذنان
ولكنّك احتلت علىّ وخدعتنى فخدعتك بمثل خديعتك
واستدركت فارط امرى وقد قيل الذى يفسـد الحلم لا يصلحه
الا العلم قـــال الغيلم صدقت الا ان الرجل الصالح يعترف
بزلّته واذا اذنب ذنبا لم يستحى ان يؤوّب وان وقع فى ورطته
امكنه التخلّص منها كالرجل الذى يعثر على الارض وعلى الارض
ينهض ويعتمد فهـــذا مثل الرجل الذى يطلب الحاجه فاذا
ظفر بها اضاعها ه

انقضى باب القرد والغيلم ه

باب

باب الناسك وابن عرس ۞

قـــال دبشليم الملك لبيذبا الفيلسوف قد سمعت هذا المثل فاضرب لى مثل الرجل العجلان فى امره من غير روية ولا نظر فى العواقب قـــال الفيلسوف انه من لم يكن فى امره متثبتا لا يزل نادما ويصير امره الى ما صار اليه الناسك من قتل ابن عرس وقد كان له. ودودا قـــال الملك وكيف كان ذلك قـــال الفيلسوف زعموا ان ناسكا من النسّاك كان بارض جرجان وكانت له امرأة جميلة لها معه صحبة فمكثا زمانا لم يرزقا ولدا ثم حملت منه بعد الاياس فسرّت المرأة وسرّ الناسك بذلك فحمد الله تعالى وسأله ان يكون الحمل ذكرا وقال لزوجته ابشرى فانّى ارجو ان يكون غلاما لنا فيه منافع وقرّة عين اختار له احسن الاسماء واحضر له سائر الادباء فــقالت المرأة ايّها الرجل على ان تتكلّم بما لا تدرى هل يكون ام لا وس فعل ذلك اصابه ما اصاب الناسك المهريق على راسه السمن والعسل قـــال لها وكيف كان ذلك

ذلك قـــــالت زعموا انّ ناسكا كان يجري عليه من بيت رجل
تاجر في كلّ يوم رزق من السمن والعسل وكان ياكل منه قوته
وحاجته ويرفع الباقي ويجعله في جرّة فيعلقها في وتد في ناحية
البيت حتى امتلأت فــبينما الناسك ذات يوم مستلقى على
ظهره والعكاز في يده والجرّة معلّقة على راسه تفكّر في غلاء السمن
والعسل فقال سأبيع ما في هذه الجرّة بدينار واشتري به عشرة
اعنز فيحبلن ويلدن في كلّ خمسة اشهر بطنا ولا يلبث ان
يصير غنما كثيرا اذا ولدت اولادها ثـــمّ حرّر على هذا النحو
بسنين فوجد ذلك اكثر من اربعماية عنز فقال انا اشتري بها
ماية من البقر بكل اربعة اعنز ثورا او بقرة واشتري ارضا وبذرا
واستأجر اكرة وازرع على الثيران وانتفع بالبان الاناث ونتاجها
فلا تاتي علىّ خمس سنين الّا وقد اصبت من الزرع مالا كثيرا فابني
بيتا فاخرا واشتري اماء وعبيدا واتزوّج امرأة جميلة ذات حسن
وادخل بها فتحبل ثمّ تاتي بغلام سرىّ نجيب فاختار له احسن
الاسماء فاذا ترعرع ادّبته واحسنت تأديبه واشدّد عليه في ذلك
فان

فان يقبل منّي والّا ضربته بهذه العكّاز وأشار بيده الى الجرّة فكسرها

فسأل ما كان فيها على وجهه وانّما ضربت هذا المثل لكى لا

تعجل بذكر ما لا ينبغى ذكره وما لا تدرى هل يصحّ ام لا يصحّ

فاتّعظ الناسك بما حكت زوجته ثمّ انّ المرأة ولدت غلامًا

جميلًا ففرح به ابوه وبعد ايّام حان لها ان تطهّر فقالت المرأة

للناسك اقعد عند ابنك حتّى اذهب الى الحمّام فاغتسل واعود

ثمّ انّها انطلقت الى الحمّام وخلّفت زوجها والغلام فلم يلبث

ان جاءه رسول الملك يستدعيه ولم يجد من يخلّفه عند ابنه غير

ابن عرس داجن عنده كان قد ربّاه صغيرًا فهو عنده عديل ولد

فتركه الناسك عند الصبىّ واغلق عليهما البيت وذهب مع

الرسول فخرج من بعض احجار البيت حيّة سوداء فدنت من الغلام

فضربها ابن عرس فوثبت عليه فقتلها ثمّ قطعها وامتلأ فمه من

دمها ثمّ جاء الناسك وفتح الباب فالتقاه ابن عرس كالمشير له بما

صنع فلمّا رآه ملوّثًا بالدم طار عقله وظنّ انّه قد خنق ولده ولم

يتثبّت فى امره ولم يسترو فيه حتّى يعلم بغير ما ظنّ من ذلك

ولكن

ولكن عجل على ابن عرس وضربه بعكاز كان فى يده على امّ رأسه
فماتت ودخل الناسك فرأى الغلام سليمًا حيًّا وعنده اسود مقطّع
فلمّا عرف القصّة وتبيّن له سوء فعله فى العجلة لطم على رأسه
وقال ليتنى لم ارزق هذا الولد ولم اغدر هذا الغدر ودخلت
امرأته فوجدته على تلك الحال فقالت له ما شأنك فاخبرها الخبر
وحبسن فعل ابن عرس وسوء مكافاته له فـــــقالت هذه ثمرة
العجلة فهـــــذا مثل من لا يتثبّت فى امره بل يفعل اغراضه
بالسرعة والعجلة ۞

انقضى باب الناسك وابن عرس ۞

باب   *۲۸

باب الجرذ والسنور

قال دبشليم الملك لبيدبا الفيلسوف قد سمعت هذا المثل فاضرب لى مثل رجل كثر اعداؤه واحدقوا به من كل جانب فاشرف معهم على الهلاك فالتمس النجاة والمخرج بموالاة بعض اعدائه ومصالحته فسلم من الخوف واين ثم وفا لمن صالحه منهم قــــال الفيلسوف ان المودّة والعداوة لا تثبتان على حالة واحدة ابدًا وربّما حالت المودّة الى العداوة وصارت العداوة ولاية ولهذا حوادث وعلل وتجارب وذو الرأى يُحدِث لكلّ ما يُحدَث رأيا جديدًا إنّا من قِبَل العدوّ فبالباس وانّا من قِبَل الصديق فبالاستئناس ولا تمنع ذا العقل عداوة كانت فى نفسه لعدوّه من مقاربته والاستنجاد به على دفع مخوف او جرّ مرغوب ومن عمل فى ذلك بالحزم ظفر بحاجته ومثل ذلك مثل الجرذ والسنور حين وقعا فى الورطة فنجيا باصطلاحهما جميعا من الورطة والشدّة قــــال الملك وكيف كان ذلك قــــال بيدبا زعموا انّ شجرة

شجرة عظيمة كان فى اصلها حجر سنّور يقال له رومى وقريبا منه
حجر جرذ يقال له فريدون وكان الصيّادون كثيرًا يتداولون ذلك
المكان يصيدون فيه الوحش والطير فنزل ذات يوم صيّاد فنصب
حباله قريبًا من موضع رومى فلم يلبث ان وقع فيه فخرج الجرذ
يدبّ ويطلب ما يأكل وهو حذر من رومى فبينما هو يسعى
اذ بصر به فى الشرك فسرّ واستبشر ثمّ التفت فرأى خلفه ابن
عرس يريد اخذه وفى الشجرة بومًا يريد اختطافة فتحيّر فى امره
وخاف ان رجع ورآءه اخذه ابن عرس وان ذهب يمينًا وشمالًا
اختطفه البوم وان تقدّم امامه افترسه السنّور فقال فى نفسه هذا
بلاء قد اكتنفنى وشرور تظاهرت علىّ ونحن قد احاطت بى
وبعدُ فمعى عقلى فلا يفزعنى امرى ولا يحوّلنى شأنى ولا يلحقنى
الدهش ولا يذهب قلبى شعاعًا فالعاقل لا يفرق عنه رأيه ولا
يعزب عنه ذهنه على حال وانّما العقل شبيه بالبحر الذى لا يدرك
غوره ولا يبلغ البلآء من ذى الرأى مجهوده فيهلكه ولا الرجآء ينبغى
ان يبلغ منه مبلغا يبطره ويسكره فيعمى عليه امره ولست ارى
لى

لى من هذا البلآء مخلصًا الّا مصالحة السنّور فانّه قد نزل به من
البلآء مثل ما قد نزل بى او بعضه ولعلّه ان سمع كلامى الذى
اكلّمه به وروعى عنّى فصيح خطابى وبعض صدقى الذى لا
خلاف فيه ولا خداع معه فهمه وطمع فى معونتى اتّاه فنخلص
جميعًا ثمّ انّ الجرذ دنا من السنّور فقال له كيف حالك قــال
له السنّور كما تحبّ فى ضنف وضيق قــال وانا اليوم شريكك
فى البلآء ولست ارجو لنفسى خلاصًا الّا بالذى ارجو لك فيه
الخلاص وكلامى هذا ليس فيه كذب ولا خديعة وابن عرس
ها هو كامن لى والبوم يرصدنى وكلاهما لى ولك عدوّ فان انت
جعلت لى الامان قطعت حبائلك وخلّصتك من هذه الورطة فاذا
كـان ذلك تخلّص كلّ واحد منّا بسبب صاحبه كالسفينة
والركّاب فى الجرّ فبالسفينة ينجون وبهم تنجو السفينة فلمّــا
سمع السنّور كلام الجرذ وعرف انّه صادق قال له ان قــولك هذا
لشبيه بالحقّ وانا ايضا راغب فيما ارجولك ولنفسى به الخلاص
ثمّ انك ان فعلت ذلك ساشكرك ما بقيت قــال الجرذ فانّى
سادنو

سادنو منك فاقطع الحبائل كلّها الّا حبلاً واحدًا ابقيه لاستوثق لنفسى منك ثـمّ اخذ فى تقريض حبائله ثـمّ انّ ابوم وابن عرس لمّا رأيا دنوّ الجرذ من السنّور ايسا منه وانصرفا ثـمّ انّ الجرذ ابطأ على رومى فى قطع الحبائل فقال له ما لى لا اراك نجدًّا فى قطع حبائلى فان كنت قد ظفرت بحاجتك فتغيّرت عمّا كنت عليه وتوانيت فى حاجتى فما ذلك من فعل الصالحين فانّ الكريم لايتوانا فى حقّ صاحبه وقد كان لك فى سابق مودّتى من الفائدة والنفع ما قد رأيت وانت حقيق ان تكافينى بذلك ولا تذكر العداوة التى بينى وبينك فالذى حدث بينى وبينك من الصلح حقيق ان ينسيك ذلك مع ما فى الوفا من الفضل والاجر وما فى الغدر من سوء العاقبة فانّ الكريم لا يكون الاشكورا غير حقود بتنسيه الخلّة الواحدة من الاحسان الخلال الكثير من الاساءة وقد يقال ان اعجل العقوبة عقوبة الغدر ومن اذا تضرّع اليه وسئل العفو لم يرحم ولم يعف فقد غدر قـــال الجرذ انّ الصديق صديقان طامع ومضطرّ وكلاهما يلتمسان المنفعة ويحترسان من المضرّ

المضّن فامّا الطامع فيسترسل اليه ويؤيس فى جميع الاحوال وامّا
المضطرّ ففى بعض الاحوال يسترسل اليه وفى بعضها يتحذّر منه ولا
يزال العاقل يرتهن منه بعض حاجاته لبعض ما يتّقى ويخاف وليس
عاقبة التواصل من المتواصل الا لطلب عاجل النفع ومأموله وانّا
وانّى لك بما جعلتُ لك ومعترس منك مع ذلك من حيث اخافك
تخوّفا ان يصيبنى منك ما الجأنى خوفه الى مصالحتك والجأك الى
قبول ذلك منّى فان لكل عمل حينا فما لم يكن منه فى حينه فلا عاقبة
له وانا قاطع حبائلك كلها غير انّى تارك عقلة واحدة ارتهنك
بها ولا اقطعها الا فى الساعة التى اعلم انك فيها عنّى مشغول
وذلك عند معاينتى الصيّاد ثــمّ انّ الجرذ اخذ فى قطع
حبائل السّنور فبينما هوكذلك اذ وافا الصيّاد فقـــال له السّنور
الآن جاء الجدّ فى قطع حبائلى فــاجهد الجرذ نفسه فى القرض
حتّى اذا فرغ وثب السّنور الى الشجرة على دهش من الصيّاد
ودخل الجرذ بعض الاحجار وجاء الصيّاد فاخذ حبائله مقطّعة
ثمّ انصرف خائبا ثــمّ انّ الجرذ خرج بعد ذلك وكره ان يدنو
من

من السّرور فناداه السّرور ايّها الصديق النّاصح ذو البلآء الحسن
عندى ما منعك من الدنوّ الىّ لاجازيك بحسن ما اسديت الىّ هلمّ
الىّ ولا تقطع إخآئ فانّه من اتّخذ صديقًا وقطع إخآءه واضاع
صداقته حرم ثمرة إخائه وايس من نفعه الاخوان والاصدقآء وان
يدك عندى لا تُنسَى وانت حقيق ان تلتمس مكافاة ذلك متّى
ومن اخوانى واصدقآئ ولا تخافنّ متّى شيئًا واعلم ان ما قِبَلى
لك مبذول ثــمّ حلف واجتهد على صدقه فيما قال فــناداه
الجرذ ربّ صداقة ظاهرة باطنها عداوة كامنة وهى اشدّ من
العداوة الظاهرة ومن لم يحترس منها وقع موقع الرجل الذى
يركب ناب الفيل المغتلم ثمّ يغلبه النعاس فيستيقظ تحت فراسن
الفيل فيدوسه ويقتله وانما سمّى الصديق صديقًا لما يرجى
من نفعه وسمّى العدوّ عدوّا لما يخاف من ضرّ والعاقل اذا رجى
نفع العدوّ اظهر له الصداقة واذا خاف ضرّ الصديق اظهر له
العداوة الا ترى تتابع البهايم اتّهاقها رجآء البانها فاذا انقطع
ذلك انصرفت عنها وربّما قطع الصديق عن صديقه بعض
ما

٢٩

ما كان يصله فلم يخف شرّه لأن أصل أمره لم يكن عداوة فأما
من كان أصل أمره عداوةً جوهريّة ثمّ أحدث صداقتة
لحاجة حملته على ذلك فانّه اذا زالت الحاجة التى حملته على
ذلك زالت صداقتة فتحوّلت عداوة وصار الى أصل أمره كالماء
الذى يسخّن بالنار فاذا رفع عنها عاد باردا وليس من أعدائى
عدوّ اضرّ لى منك وقد اضطرّنى وايّاك حاجة الى ما أحدثنا
من المصالحة وقد ذهب الأمر الذى احتجتَ الىّ واحتجتُ
اليك فيه وأخاف أن يكون مع ذهابه عودة العداوة ولا خــيــر
للضعيف فى قرب العدوّ القوىّ ولا للذليل فى قرب العدوّ
العزيز ولا أعلم لك قِبَلى حاجة الّا أن تكون تريد اكلى ولا
الثقة بك فانّى قد علمت أن الضعيف المحترس من العدوّ القوىّ
أقرب الى السلامة من القوىّ اذا اغترّ بالضعيف واسترسل
اليه والعاقل يصالح عدوّه اذا اضطرّ اليه ويصانعه ويظهر له
ودّه ويريه من نفسه الاسترسال اليه اذا لم يجد من ذلك بدّا ثمّ
يعجل الانصراف عنه حين يجد الى ذلك سبيلا واعلم أن سريع
الاسترسال

الاسترسال لا تقال عثرته والعاقل يبغى لمن صالحه من عدوّه بما
جعل له من نفسه ولا يثق به كلّ الثقة ولا يأمنه على نفسه مع
القرب منه وبعُد عنه ما استطاع وانا اودّك من بعيد واحبّ لك
البقاء والسلامة ما لم اكن احبّه لك من قبلُ ولا عليك ان
تجازينى على صنيعى الا بمثل ذلك اذ لا سبيل الى اجتماعنا
والسلام ۞

انقضى باب الجرذ والسنّور ۞

باب الملك والطائر فنزة ۞

قـــال دبشليم الملك لبيدبا الفيلسوف قد سمعت هذا المثل
فاضرب لى مثل اهل التِرات الذين لا بدّ لبعضهم من اتّقآء بعض
قـــال بيدبا زعموا ان ملكًا من ملوك الهند كان يقال له بريدون
وكان له طائر يقال له فنزة وكان له فرخ وكان هذا الطائر وفرخه
ينطقان باحسن منطق وكان الملك بهما مُعجبا فـــامر بهما ان
يجعلا عند امرأته واسرها بالمحافظة عليهما واتّفــق ان امرأة الملك
ولدت غلاما فالف الفرخُ الغلامَ وكلاهما طفلان يلعبان جميعا
وكان فنزة يذهب الى الجبل كل يوم فيأتى بفاكهة لا تعرف فيطعم
ابن الملك شطرها ويطعم فرخه شطرها فاسرع ذلك فى نشوهما وزاد
فى شبابهما وبان عليهما اثرن عند الملك فازداد لفنزة اكراما
وتعظيما ومحبّة حتى اذا كان يوم من الايّام وفنزة غائب فى اجتنآء
الثمر وفرخه فى حجر الغلام فذرق فى حجره فغضب الغلام واخذ
الفرخ فضرب به الارض فمات ثـــمّ ان فنزة اقبل فوجد فرخه مقتولا
فصاح

فصاح وحزن وقال قبحا بالملوك الذين لا عهد لهم ولا وفآء ويل
لمن ابتلى بصحبة الملوك الذين لا حميتة لهم ولا حرمتة ولا يحبّون
احدا ولا يكرم عليهم الّا اذا طمعوا فيما عندك من غنآء واحتاجوا
الى ما عندك من علم فيكرمونه لذلك فاذا ظفروا بحاجتهم منك فلا
ودّ ولا إخآء ولا احسان ولا غفران ذنب ولا معرفتة حقّ هم الذين
امرهم على الرّيآء والفجور وهم يستصغرون ما يرتكبون به من عظيم
الذنوب ويستعظمون اليسير اذا خولفت فيه اهواؤهم ومنهم
هذا الكفور الذى لا رحمتة له الغادر باليفه واخيه ثـمّ وثب فى
وجه الغلام ففقأ عينه ثمّ طار فوقع على شرقتة المنزل ثـمّ انّه
بلغ الملك ذلك فجزع اشدّ الجزع ثمّ طمع ان يحتال له فوقف
قريبا منه وناداه وقال له انّك آمن يا فنزة فانزل فــــقال له ايّها
الملك انّ الغادر مأخوذ بغدن وانّه ان اخطأه عاجل العقوبة لم
يخطِه الآجل حتى انّه يدرك الاعقاب واعقاب الاعقاب وانّ ابنك
غدر بابنى فعجلت له العقوبة قـال الملك قد لعمرى غدرنا بابنك
فانتقمت منّا فليس لك قِبَلنا ولا لنا قبلك وتر مطلوب فارجع
الينا

الينا آمنا قـــال فنزة لست براجع اليك ابدا فان ذوى الرأى قد نهوا عن قرب الموتور فانّه لا يزيدك لطفُ الحقود ولينه وتكرمته ايّاك الّا وحشته منه وسوء ظنّ به فانّك لا تجد للحقود الموتور امانا هو اوثق لك من الذعر منه ولا اجود من البعدِ عنه والاحتراس منه اولى وقد كان يقال انّ العاقل يعدّ ابويه اصدقاء والاخوة رفقاء والازواج الّفًا والبنين ذِكرا والبنات خصماء والاقارب غرماء ويعدّ نفسه فريدا وانا الفريد الوحيد الغريب الطريد قد تزوّدتُّ من عندكم من الحزن عبئًا ثقيلا لا يحمله معى احد وانا ذاهب فعليك منّى السلام قـــال له الملك انّه لو لم يكن اجترزت منّا صنعنا بك او كان صنيعك بنا من غير ابتداء منّا بالغدر كان الامر كما ذكرت وانّا اذ كنّا نحن بدأناك فما ذنبك وما الذى يمنعك من الثقة بنا هلمّ فارجع فانّك آمن قـــال فنزة اعلم انّ الاحقاد لها فى القلوب مواقع ممكنة موجعة فالالسن لا تصدق عن القلوب والقلب اعدل شهادةً من اللسان على القلب وقد علمتُ انّ قلبى لا يشهد للسانك ولا قلبك للسانى قـــال الملك الم تعلم انّ الضغائن

الضغائن والاحقاد تكون بين كثير من الناس فمن كان ذا عقل
كان على إماتة الحقد أحرص منه على تربيته قال فنزة ان ذلك
لكما ذكرت وليس ينبغى لذى الرأى مع ذلك ان يظنّ ان الموتور
الحقود ناسٍ ما وترَه ولا مصروف عنه وذو الرأى يتخوّف المكر
والخديعة والحيل ويعلم ان كثيرا من العدوّ لا يستطاع بالشدّة
والمكابرة حتى يصطاد بالرفق والملاينة كما يصطاد الفيل الوحشىّ
بالفيل الداجن قال الملك انّ العاقل الكريم لا يترك إلفه ولا
يقطع اخوانه ولا يضيع الحفاظ وان هو خاف على نفسه حتّى انّ
هذا الخلق يكون فى اوضع الدوابّ منزلة فقد علمتَ انّ اللعّابين
يلعبون بالكلاب ثم يذبحونها ويأكلونها ويرى الكلب الذى قد
الفهم ذلك فيمنعه من مفارقتهم الفه لهم قال فنزة انّ الاحقاد
مخوفة حيث ما كانت فاخوفها واشدّها ما كان فى انفس الملوك
فانّ الملوك يدينون بالانتقام ويرون الدرك والطلب بالوتر مكرمةً
وفخرًا فانّ العاقل لا يغترّ بسكون الحقد اذا سكن فانّما مثل الحقد
فى القلب اذا لم يجد محرّكا مثل الجمر المكنون ما لم يجد حطبا فليس
ينفكّ

ينفك الحقد متطلّعا الى العلل كما تبتغي النار الحطب فاذا وجد
علّة استعر استعار النار فلا يطفئه حسن كلام ولا لين ولا رفق
ولا خضوع ولا تضرّع ولا مصانعة ولا شىء دون تلف الانفس
مع انّه ربّ واتر يطمع فى مراجعة الموتور بما يرجوان يقدر عليه
من النفع له والدفع عنه ولكنّى أنا اضعف عن ان اقدر على
شىء يذهب به ما فى نفسك ولو كانت نفسك لى على ما تقول
ما كان ذلك عنّى مغنيًا ولا ازال فى خوف ووحشة وسوء ظنّ
ما اصطحبنا فليس الرأى بينى وبينك الّا الفراق وانا اقرأ عليك
السلام قـــال الملك لقد علمْت انّه لا يستطيع احد لاحد ضرًّا
ولا نفعا وانّه لا شىء من الاشياء صغير ولا كثير يصيب احدا الّا
بقضآء وقدر معلوم وكما انّ خلق ما يُخلق وولادة ما يولد وبقآء ما يبقى
ليس الى الخلايق منه شىء كذلك فنآء ما يفنى وهلاك ما يهلك
وليس لك فى الذى صنعت بابنى ذنب ولا لابنى فيما صنع بابنك
ذنب انّما كان ذلك كلّه قدرا مقدورا وكلانا له علّة فلا تؤاخذ بما
اتانا به القدر قـــال فنزة انّ القدر لكما ذكرت لكن لا يمنع ذلك
الحازم

الحازم من توقّي المخاوف والاحتراس من المكان ولكنّه يجمع تصديقا
بالقدر وأخذا بالحزم والقوّة وأنا أعلم أنّك تكلّمني بغير ما في
نفسك والأمر بيني وبينك غير صغير لأن ابنك قتل ابني وأنا
فقأت عين ابنك وأنت تريد أن تشتفي بقتلي وتختلني عن نفسي
والنفس تأبى الموت وقد كان يقال الفاقة بلاء والحزن بلاء وقرب
العدوّ بلاء وفوات الأحبّة بلاء والسقم بلاء والهرم بلاء ورأس
البلايا كلّها الموت وليس أحد بأعلم بما في نفس الموجع الحزين
ممّن ذاق مثل ما به فأنا بما في نفسي عالم بما في نفسك للمثل
الذي عندي من ذلك ولا خير لي في صحبتك فإنّك لن تتذكّر
صنيعي بابنك ولن أتذكّر صنيع ابنك بابني إلّا أحدث ذلك
لقلوبنا تغييرا قال الملك لا خير في من لا يستطيع الإعراض عن
ما في نفسه وينساه ويجمله حتى لا يذكر منه شيئا ولا يكون له
في نفسه موقع قال إنّ الرجل الذي في باطن قدمه قرحة
أن هو حرص على المشي لا بدّ أن تنكأ قرحته والرجل الأرمد
العين إذا استقبل بها الريح تعرّض لأن تزداد رمدا وكذلك الواتر
إذا

اذا دنا من الموتور فقد عرّض نفسه للهلاك ولا يستطيع صاحب الدنيا الّا توقّي المهالك والمتالف وتقدير الامور وقلّة الاتّكال على الحول والقوّة وقلّة الاغترار بمن لا يأمن فاتّه من اتّكل على قوّته فحمله ذلك على ان يسلك الطريق المخوف فقد سعى فى حتف نفسه ومن لا يقدّر طعامه وشرابه وحمّل نفسه ما لا تطيق ولا تحمل فقد قتل نفسه ومن لم يقدّر لقمته وعظّمها فوق ما يسع فوه فربّما غصّ بها فمات ومن اغترّ بكلام عدوّه وانخدع له وضيّع الحزم فهو اعدا لنفسه من عدوّه ولــيس لاحد النظر فى القدر الذى لا يدرى ما يأتيه منه ولا ما يصرف عنه ولكنّ العمل بالحزم والاخذ بالقوّة ومحاسبةَ نفسه فى ذلك والعاقل لا يخاف احدا ما استطاع ولا يقيم على خوف وهو يجد مذهبا وانا كثير المذاهب وارجو ان لا اذهب وجها الا اصبت فيه ما يغنينى فانّ خلالاً خمسا من تزوّدهنّ كفينه فى كلّ وجه وانسنه فى كلّ غربة وقرّبن له البعيد واكسبنه المعاش والاخوان اوّلهنّ كفّ الاذى والثانية حسن الادب والثالثة مجانبة الريب والرابعة كرم الخلق والخامسة النبل

النبل فى العمل واذا خـاف الانسان على نفسه شيئا طابت نفسه
عن المال والاهل والولد والوطن فانّه يرجو الخلف من ذلك كله
ولا يرجو عن النفس خلفا وشرّ المال ما لا انفاق منه وشرّ الازواج
التى لا تؤاتى بعلها وشرّ الولد العاصى العاقّ لوالديه وشرّ الاخوان
الخاذل لاخيه عند النكبات والشدايد وشرّ الملوك الذى يخافه
البرى ولا يواظب على حفظ اهل مملكته وشرّ البلاد بلادا لا
خصب فيها ولا امن وانــه لا امن لى عندك ايّها الملك ولا
طمأنينة لى فى جوارك ثـــمّ ودّع الملك وطار فهــــذا مثل
ذوى الاوتار الذين لا ينبغى لبعضهم ان يثق ببعض ۞

انقضى باب الملك والطائر ۞

باب الاسد والشعهر الناسك وهـو ابـن آوى *

قـــال دبشليم الملك لبيدبا الفيلسوف قد سمعت هذا المثل فاضرب لى مثل الملك الذى يراجع من اصابته عقوبة من غير جرم او جفوة من غير ذنب قـــال الفيلسوف ان الملك لو لم يراجع من اصابته منه جفوة عن ذنب او غير ذنب ظلم او لم يظلم لأضرّ ذلك بالامور ولكنّ الملك حقيق ان ينظر فى حال من ابتلى بذلك ويخبر ما عنده من المنافع فان كان ممن يوثق به فى رأيه وامانته فان الملك حقيق بالحرص على مراجعته فانّ الملك لا يستطاع ضبطه الّا مع ذوى الرأى وهم الوزرآء والاعوان ولا ينتفع بالوزرآء والاعوان الا بالمودّة والنصيحة ولا سودّة ولا نصيحة الا لذوى الرأى والعفاف واعمال السلطان كثيرة والذين يحتاج اليهم من العمّال والاعوان كثيرون ومن يجمع

ا

يجمع منهم ما ذكرت من النصيحة والعفاف قليل والمثل في ذلك مثل الاسد وابن آوى قـــال الملك وكيف كان ذلك قـــال الفيلسوف زعموا ان ابن آوى كان يسكن في بعض الدحال وكان متألّها متعفّفا مع بنات آوى وذياب وثعالب ولم يكن يصنع ما يصنعن ولا يغير كما يُغِرن ولا يُجريق دما ولا يأكل لحما فخاصمه تلك السباع وقلن لا نرضى بسيرتك ولا رأيك الذي انت عليه من تألّهك من ان تألّهك لا يغنى عنك شيئا وانت لا تستطيع ان تكون الّا كأحدنا تسعى معنا وتفعل فعلنا فما الذي كفّك عن الدماء وعن اكل اللحم قـــال ابن آوى ان صحبتى ايّاكنّ لا توؤثّمنى اذا لم اوثّم نفسى لان الآثام ليست من قِبَل الاماكن والاصحاب ولكنّها من قبل القلوب والاعمال ولوكان صاحب المكان الصالح يكون عمله فيه صالحا وصاحب المكان السيّئ يكون عمله فيه سيّئا اذا كان من قتل النساك في محرابه لم يأثم ومن استحياه في معركة القتال اثم وانّى انّما صحبتكنّ بنفسى ولم اصحبكنّ بقلبى واعمالى لانّى اعرف ثمرة الاعمال فـثبت ابن آوى على حاله تلك

تلك واشتهر بالنسك والتألّه حتّى بلغ ذلك اسدا كان ملك تلك
الناحية فرغب فيه وفي ما بلغه عنه من العفاف والنزاهة والزهد
والامانة فارسل اليه يستدعيه فلمّا حضر كلّمه وانسه ثـمّ دعاه
بعد ايّام الى صحبته وقال له تعلم انّ عمّالى كثير واعوانى جمّ غفير
وانا مع ذلك الى الاعوان محتاج وقد بلغنى عنك عفاف فازددت
فيك رغبة وانا موليّك من عملى جسيما ورافعك الى منزلة شريفة
وجاعلك من خاصتى قـال ابن آوى ان الملوك احقّاء باختيار
الاعوان فيما يهتمّون به من اعمالهم وامورهم وهم احرى الّا يكرهوا
على ذلك احدا فان المكره لا يستطيع المبالغة فى العمل وانّى لعمل
السلطان كارهٌ وليس لى به تجربة ولا بالسلطان رفق وانت ملك
السباع وعندك من اجناس الوحوش عدد كثير فيهم اهل نبل وقوّة
ولهم على العمل حرص وعندهم به وبالسلطان رفق فان استعملتهم
اغنوا عنك واغتبطوا الانفسهم بما اصلبهم من ذلك قـال الاسد
دع عنك هذا فانّى غير معفيك عن العمل قـال ابن آوى امّا
يستطيع خدمة السلطان رجلان لستُ بواحد منهما لئّلا فاجن
مصانع

مصانع ينال حاجته بشجون ويسلم بمصانعته وانّا مغفّل لا
يحسد احد فمن اراد ان يخدم السلطان بالصدق والعفاف فلا
يخلط ذلك بمصانعته فقل ان يسلم على ذلك لانّه يجتمع عليه
عدوّ السلطان وصديقه بالعداوة والحسد اما الصديق فينافسه
في منزلته ويبغي عليه فيها ويعاديه لاجلها واما عدوّ السلطان
فيضطغن عليه لنصيحته لسلطانه وإغنائه عنه فاذا اجتمع عليه
هذان الصنفان فقد تعرّض للهلاك قـــال الاسد لا يكوننّ
بغى اصحابي عليك وحسدهم ايّاك ممّا يعرض في نفسك فانت
معي وانا اكفيك ذلك وابلغ لك في الكرامة لهمّتك قـــال
ابن آوى ان كان الملك يريد الاحسان اليّ فليدعني في هذه البرّية
اعيش آمنا قليل الهمّ ارضى بعيشي من الماء والحشيش فانّي قد
علمت ان صاحب السلطان يصل اليه من الاذى والخوف في
ساعة واحدة ما لا يصل الى غيره في طول عمره وان قليلا من
العيش في امن وطمأنينة خير من كثير من العيش في خوف ونصب
قـــال الاسد قد سمعت مقالتك فلا تخف شيئا ممّا اراك تخاف
منه

منه ولست اجد بدّا من الاستعانة بك فى اسرى قــال ابن آوى
امّا اذ اتى بى الملك الى ما لتى فليجعل لى عهدا إن بغى على احد من
اصحابه ممّن هو فوقى ويخافنى على منزلته او من هو دونى وينازعنى
على منزلتى فذكر عند الملك منهم ذاكر بلسانه او على لسان
غيرى ما يريد به تحميل الملك علىّ أن لا يعجل فى اسرى وأن
يتثبّت فيما يُرفع اليه ويُذكَر عنك من ذلك ويفحص عنه ثمّ
ليصنع ما بدا له فاذا وثقت منه بذلك اعَنْتُم بنفسى فيما يحبّ
وعملت له فيما اولانى بنصيحته واجتهاد وحرصت على ان لا
اجعل له على نفسى سبيلا قــــال الاسد لك ذلك علىّ وزيادة
ثــمّ ولّاه خزائنه واختصّ به دون اصحابه وزاد فى كرامته فلمّـا
رأى اصحاب الاسد ذلك غاظهم وساءهم فاجمعوا كيدهم وكان
الاسد قد اعدّ لحما اسطنابه ثمّ استطرفه واسره بالاحتفاظ به وان
يرفعه فى احصن موضع طعامه واحرزه ليعاد عليه فاخذوه من
موضعه وحملوه الى بيت ابن آوى فخبوه فيه ولا علم له به ثــمّ
حضروا يكذبونه ان جرت فى ذلك حال فلمّـا كان من الغد ودعا
الاسد

الاسد بغدآئه فقد ذلك اللحم فالتمسه ولم يجد وابن آوى لم يشعر
بما صنع فى حقّه من المكيدة فحضر الذين عملوا المكيدة وقعدوا
فى المجلس فان الملك سأل عن اللحم وشدّد فيه وفى المسألة عنه
ثمّ نظر بعضهم الى بعض فقال احدهم قول المخبر الناصح انّه لا بدّ
لنا من ان نخبر الملك بما يضرّ وينفعه وان شقّ ذلك على من
يشقّ عليه وانّه بلغنى انّ ابن آوى هو الذى ذهب باللحم الى
منزله قال الاخر لا اراه يفعل هذا ولكن انظروا وافحصوا فانّ
معرفة الخلايق شديدة فقال الاخر لعمرى ما تكاد السرائر
ان تعرف واظنكم ان فحصتم عن هذا وجدتم اللحم ببيت ابن
آوى وكلّ شيء يذكر من عيوبه وخيانته نحن احقّ ان نصدّقه
قال الاخر لئن وجدنا هذا حقّا فليست بالخيانة ولكن مع
الخيانة كفر النعمة والجرأة على الملك قال الاخر انتم اهل العدل
والفضل لا استطيع ان اكذّبكم ولكن سيبين هذا لو ارسل
الملك الى بيته من يفتّشه قال اخر ان كان الملك مفتّشا منزله
فليعجل فان عيونه وجواسيسه مبثوثة بكلّ مكان ولم يزالوا

فى

فى هذا الكلام واشباهه حتى وقع فى نفس الاسد ذلك فامر بابن
آوى فحضر فـــقال له اين اللحم الذى امرتك بالاحتفاظ به
قـــال دفعته الى صاحب الطعام ليقرّبه الى الملك فدعا الاسد
بصاحب الطعام وكان ممّن شايع وبايع مع القوم على ابن آوى
فقال ما دفع الى شيًّا فارسل الاسد امينًا الى بيت ابن آوى
ليفتّشه فوجد فيه ذلك اللحم فاتا به الاسد فدنا من الاسد ذئب
لم يكن تكلّم فى شىء من ذلك وكان يُظهر انّه من العدول الذين
لا يتكلّمون فيما لا يعلمون حتى يتبيّن لهم الحقّ فقال بعد ان
اطّلع الملك على خيانة ابن آوى فلا يعفونّ عنه فانّه ان عفا عنه
لم يطّلع الملك بعد ها على خيانة خائن ولا ذنب مذنب فامـــر
الاسد بابن آوى ان يُخرَج ويُحتفَظ به فـــقال بعض جلساء الملك
انّى لأعجب من رأى الملك ومعرفته بالامور كيف يخفى عليه
امر هذا ولم يعرف خِبّه وخِداعته واعجب من هذا انّى اراه
سيصنح عنه بعد الذى ظهر منه فـــارسل الاسد بعضهم رسولا
الى ابن آوى يلتمس منه العذر فرجع اليه الرسول برسالة كاذبة
اخترعها

اخترعها فغضب الاسد من ذلك وامر بابن آوى ان يقتل
فـــعلمت امّ الاسد انّه قد عجل فى امر فارسلت الى الذين
امروا بقتله ان يؤخّروه ودخلت على ابنها فـــقالت يا بنىّ باىّ
ذنب امرت بقتل ابن آوى فـــاخبرها بالامر فـــقالت يا بنىّ
عجلت وانّما يسلم العاقل من الندامة بترك العجلة وبالتثبّت والعجلة
لا يزال صاحبها يجتنى ثمرة الندامة وضعفِ الرأى وليس احد
احوج الى التؤدّة والتثبّت من الملوك فان المرأة بزوجها والولد
بوالديه والمتعلّم بالمعلّم والجند بالقايد والناسك بالدين والعامّة
بالملوك والملوك بالتقوى والتقوى بالعقل والعقل بالتثبّت والاناة
وراس الكل الحزم وراس الحزم للملك معرفة اصحابه واثرالهم منازلهم
على طبقاتهم واتهامه بعضهم على بعض فانّه ان وجد بعضهم الى
هلاك بعض سبيلا لفعل وقد جرّبت ابن آوى وبلوت رأيه وامانته
وسروته ثمّ لم تزل مادها له راضيا عنه وليس ينبغى للملك ان
يستخونه بعد ارتضائه ايّاه وائتمانه له ومنذ مجّيه والى الآن لم
يطّلع له على خيانة الّا على العفّة والنصيحة وما كان من رأى
الملك

الملك ان يعجل عليه لاجل طابق لحم وانت ايّها الملك حقيق
ان تنظر في حال ابن آوى ولتعلم انّه لم يكن يتعرّض للحم
استودعته ايّاه ولعلّ الملك إن فحص عن ذلك ظهر له أنّ ابن آوى
له خصماء هم الذين ائتمروا بهذا الامر وهم الذين ذهبوا باللحم الى
بيته فوضعوه فيه فانّ الحداة اذا كان في رجلها قطعة لحم اجتمع
عليها سائر الطير والكلب اذا كان معه عظم اجتمعت عليه الكلاب
وابن آوى كان الى اليوم نافعًا وكان معتملا لكلّ ضرر في جنب
منفعة تصل اليك ولكلّ عناء يكون لك فيه راحة ولم يكن
يطوى دونك سرّ فـ سبينما امّ الاسد تقصّ عليه هذه المقالة اذ
دخل على الاسد بعض ثقاته فاخبر ببراءة ابن آوى فـ قالت امّ
الاسد بعد ان اطّلع الملك على براءة ابن آوى فهو حقيق ان لا
يرخص لمن سعى به لئلّا يتجرّؤوا على ما هو اعظم من ذلك ولكن يعاقبهم
عليه لكيلا يعودوا الى مثله فانّه لا ينبغي للعاقل ان يراجع في اسر
الكفور للحسنى المجري على الغدر الزاهد في الخير والذي لا يوقن
بالآخرة وانّه يُجزَى بعمله وقد عرفت سرعة الغضب وفرط الهفوة
ومن

ومن سخط باليسير لم يبلغ رضاه بالكثير والاولى لك ان تراجع
ابن آوى وتعطف عليه ولا يؤيسك من مناصحته ما فرط منك
اليه من الاساءة فان من الناس من لا ينبغى تركه على حال من
الاحوال وهو من عُرف بالصلاح والكرم وحسن العهد والشكر
والوفاء والمحبة للناس والسلامة من الحسد والبعد من الاذى
والاحتمال للاخوان والاصحاب وان ثقلت عليه منهم المؤونة واما
من ينبغى تركه فهو من عُرف بالشرارة ولوم العهد وقلّة الشكر
والوفاء والبعد من الرحمة والورع والجحود لثواب الآخرة وعقابها
وقد عرفت ابن آوى وجرّبته وانت حقيق بمواصلته فـــدعا
الاسد بابن آوى واعتذر اليه ممّا كان منه ووعده خيرا وقال
انّى معتذر اليك وراذك الى منزلتك فـــقال ابن آوى انّ شرّ
الاخلّاء من التمس منفعة نفسه بضرّ اخيه ومن كان غير ناظر له
كنظره لنفسه او كان يريد ان يرضيه بغير الحقّ واتّباع هواه
وكثير ما يقع ذلك بين الاخلّاء وقد كان من الملك الىّ ما علم
فلا يغلظنّ على نفسه ما أخبّرن به انّى به غير واثق وانه لا ينبغى
لى

لى ان احببه فان الملوك لا ينبغى لهم ان يصحبوا من عاقبوه
اشدّ العقاب ولا ينبغى لهم ان يرفضوه اصلا فان ذا السلطان
اذا عزل لكان مستحقًا للكرامة فى بعد منه واقصآء له فـلـم
يلتفت الاسد الى كـلامه ثمّ قال له اتى قد بلوت طباعك
واخلاقك وجرّبت امانتك ووفآءك وصدقك وعرفت كذب
من محل بك وانّ منزلك من نفسى بمنزلة الاخيار الكرمآء والكريم
تنسيه الخلّة الواحدة من الاحسان الخلال الكثيرة من الإسآءة
وقد عدنا الى الثقة بك فعد الى الثقة بنا فانّه كاين لنا ولك بذلك
غبطة وسرور فعـاد ابن آوى الى ولاية ما كان يلى واضعف
له الملك الكرامة ولم تزده الايّام الّا تقرّبا من السلطان ۞
انقضى باب الاسد وابن آوى ۞

باب

باب ايـلاذ

وبـلاذ وايـراخـــت ۞

قـــال دبشليم الملك لبيدبا الفيلسوف قد سمعت هذا المثل
فأخبرني بأيّ الاشياء احقّ الملك ان يكرم نفسه ويحفظ سلطانه
ويثبّت ملكه بالحلم ام بالمروة ام بالشجاعتة ام بالجود قـــال بيدبا
انّ احقّ مـا يحفظ به الملك ملكـه الحلم وبه تثبت السلطنة
والحلم رأس الامور وبلاكها واجود ما كان فى الملوك كالذى
زعموا انّه كان ملك يدعى بلاذ وكان له وزير يدعى ايلاذ وكان
متعبّدا ناسكا فنام الملك ذات ليلة فرأى فى منامه ثمانية احلام
افزعته فاستيقظ مرعوبا فدعى بالبراهمة وهم النسّاك ليعبّروا رؤياه
فلـــا حضروا بين يديه قصّ عليهم ما رأى فقالوا باجمعهم لقد
رأى الملك عجبا فان امهلنا سبعة ايّام جئناه بتأويله قـــال
الملك قد امهلتكم فخرجوا من عنك ثمّ اجتمعوا فى منزل احدهم
وائتمروا

وائتمروا بينهم وقالوا قد وجدتم علمًا واسعًا تدركون به ثأركم
وتنتقمون من عدوّكم وقد علمتم أنّه قتل منّا بالامس اثنى عشر
الفا وقد أطلعنا على سرّ وسألَنا تفسير رؤياه فهالوا نغلظ له القول
ونخوّفه حتى يحمله الفرق والجزع على ان يفعل الذى نريد ونامره
ونقول ادفع الينا احبّاءك ومن يكرم عليك حتى نقتلهم فانّا قد
نظرنا فى كتبنا فلم نرَ ان يُدفَع عنك ما رأيت لنفسك وما وقعت
فيه من هذا الشرّ الّا بقتل من نسمّى لك فان قال الملك ومن
تريدون ان تقتلوا سمّوهم لى قلنا نريد الملكة ايراخت امّ جوير
المحمودة اكرم نسآئك عليك ونريد جوير احبّ بنيك اليك
وافضلهم عندك ونريد ابن اخيك الكريم وايلاذ خليلك
وصاحب امرك ونريد كال الكاتب صاحب سرّك وسبيقك
الذى لا يوجد مثله والفيل الابيض الذى لا تلحقه الخيل والفرس
الذى هو مركبك فى القتال ونريد الفيلين الاخرين العظيمين
اللذان يكونان مع الفيل الذكر ونريد البختى السريع القوىّ ونريد
كباريون الحكيم الفاضل العالم بالامور لننتقم بما فعل بنا ثمّ نقول
له

له انّما ينبغى لك ايّها الملك ان تقتل هولآء الذين سمّيناهم لك
ثمّ تجعل دمآءهم فى حوض تملأه ثمّ تقعد فيه فاذا خرجت من
الحوض اجتمعنا نحن معاشر البراهمة من الآفاق الاربعة نجول
حولك فنرقيك ونتفل عليك ونمسح عنك الدّم ونغسلك بالمآء
والدهن الطيّب ثمّ تقوم الى منزلك البهى فيدفع الله بذلك البلآء
الذى نتخوّفه عليك فان صبرت ايّها الملك وطابت نفسك عن
احبّآئك الذين ذكرنا لك وجعلتهم فداك تخلّصت من البلآء
واستقام لك ملكك وسلطانك واستخلفت من بعدهم من احببت
وان انت لم تفعل تخوّفنا عليك ان يغصب ملكك او تهلك فان
هو اطاعنا فيما نامر قتلناه اىّ قتلة شئنا فلمّا اجمعوا امرهم على
ما ائتمروا به رجعوا اليه فى اليوم السابع وقالوا له ايّها الملك انّا نظرنا
فى كتبنا فى تفسير ما رأيت وفحصنا عن الرأى فيما بيننا فليكن لك
ايّها الملك الطاهر الصالح الكرامة ولسنا نقدر ان نعلّمك ما رأينا
الّا ان تخلينا فـــــاخرج الملك من كان عنك وخلا بهم فحدّثوه
بالذى ائتمروا به فقال لهم الموت خير لى من الحيوة ان انا قتلت
هولآء

هؤلآء الذين هم عديل نفسى وانا ميّت لا محالة والحيوة قصيرة
ولست كلّ الدهر ملكا وانّ الموت عندى وفراق الاحبّاء بسوآء
قالوا له البرهميّون ان انت لم تغضب اخبرناك انّك لم تقل
صوابا حين تجعل نفس غيرك اعزّ عندك من نفسك فاحتفظ
بنفسك وملكك واعمل هذا الذى لك فيه الرجآء العظيم على ثقة
ويقين وقرّ عينا بملكك فى وجوه مملكتك الذين شرفت وكرمت
بهم ولا تدع الامر العظيم وتأخذ بالضعيف فتهلك نفسك ايثارا
لمن تحبّ واعلم ايّها الملك انّ الانسان انّما يحبّ الحيوة محبّة لنفسه
وانّما قوام نفسك بعد الله تعالى بملكك وانّك لم تنل ملكك الّا
بالمشقّة والعنا الكثين فى الشهور والسنين وليس ينبغى ان
ترفضه ويهون عليك فاستمع كلامنا فانظر لنفسك ودع ما سواها
فانّه لا خطر له فلمّا رأى الملك انّ البرهميّين قد اغلظوا له فى
القول واستجرؤا عليه فى الكلام اشتدّ غمّه وحزنه وقام من بين
ظهرانيهم ودخل الى حجرته فخرّ على وجهه يبكى ويتقلّب كما تتقلّب
السمكة اذا خرجت من المآء وجعل يقول فى نفسه ما ادرى اىّ
الامرين

الامرين اعظم فى نفسى الهلكة ام قتل احبّائى ولن انال الفرح ما
عشت وليس ملكى بباقٍ علّى الى الابد ولست بالمصيب سوّى
فى ملكى وانّى لزاهد فى الحيوة اذا لم أر ايراخت وكيف اقدر
على القيام بملكى اذا هلك وزيرى ايلاذ وكيف اضبط امرى اذا
هلك فيلى الابيض وفرسى الجواد وكيف أُدعَى مِلكا وقد قتلت
من اشاروا به البراهمة وما اصنع بالدنيا بعدهم ثـمّ ان الحديث
فشا فى الارض بحزن الملك وهمّه فلمّا رأى ايلاذ ما نال الملك من
الهمّ والحزن فكّر بحكمته ونظر وقال ما ينبغى لى ان استقبل الملك
فاسأله عن هذا الامر الذى قد ناله من غير ان يدعونى ثـمّ
انطلق الى ايراخت فقال انّى منذ خدمت الملك والى الآن لم
يعمل عملا الّا بمشورتى ورأيى وأراه يكتم عنّى امرا لا اعلم ما هو
ولا أراه يظهر منه شيأ وانّى رأيته خاليا مع جماعة البرهميّين منذ
ليال وقد احتجب عنّا فيها وانا خائف ان يكون قد اطلعهم على
شىءٍ من اسرار فلست آمَنَهم ان يشيروا عليه بما يضرّ ويدخل
عليه منه السوء فقلوبى وادخلى عليه فاسئليه عن امرى وشأنه
واخبرينى

واخبريني بما هو عليه واعليني فاني لست اقدر على الدخول اليه فلعلّ
البرهميين قد زيّنوا له امرا وحملوه على خُطّة قبيحة وقد علمت انّ
من خُلق الملك انه اذا غضب لا يسئل احدا وسواء عندك صغير
الامور وكبيرها فـقالت ايراخت انّه كان بيني وبين الملك
بعض العتاب فلست بداخلة عليه في هذه الحال فـقال لها
ايلاذ لا تحملي عليه الحقد في مثل هذا ولا يخطرنّ على بالك
فليس يقدر على الدخول اليه احد سواك وقد سمعته كثيرا
يقول ما اشتدّ غمّي ودخلت عليّ ايراخت الا سرّى ذلك عنّي
فقووى اليه واصفحى عنه وكلّميه بما تعلمين انّه تطيب به نفسه
ويذهب الذي يجد واعليني بما يكون جوابه فانّه لنا ولاهل المملكة
اعظم الراحة فـانطلقت ايراخت فدخلت على الملك فجلست
عند رأسه فقالت ما الذي بك ايّها الملك المحمود وما الذي سمعت
من البراهمة فانّي أراك محزونا فاعلمني ما بك فقد ينبغي لنا نحزن
معك ونؤاسيك بأنفسنا فـقال الملك ايّها المرأة لا تسئليني عن
امري فتزيديني غمًّا وحزنا فانّه امر لا ينبغي ان تسئليني عنه
قالت

قـــالت اوقد نزلتُ عندك بمنزلة من يستحـق هذا انّما احمد
الناس عقلا من اذا نزلت به النازلة كـان لنفسـه اشدّ ضبطا
واكثرهم استمـاعا من اهل النصـح حتّى ينجـو من تلك النازلة
بالحيلة والعقل والبحث والمشاورة فعظيم الذنب لا يقنط من الرحمة
ولا تُدخلنّ عليك شيـئـا من الهمّ والحزن فانّهـما لا يردّان شيـئـا
الّا انّهـمـا ينحـلان الجسم ويشفيان العدوّ قـــال لهـا الملك لا
تسئلينى عن شىءٍ فقد شفقتِ علىّ والذى تسئليني عنه لا
خير فيه لانّ عافيته هلاكى وهلاكك وهلاك كثير من اهل
مملكتى ومن هو عديل نفسى وذاك انّ البراهمة زعموا انّه لا بدّ
من قتلك وقتل كثير من اهل سوّدّتى ولا خير فى العيش بعدكم
وهل احد يسمع بهذا الّا اعتراه الحزن فلمّـا سمعت ذلك
ايراحت جزعت ومنعها عقلها ان تظهر للملك جزعا فقالت ايّها
الملك لا تجزع فنحن فنحن لك الفداء ولك فى سوآى ومثلى من الجوارى
ما تقرّ به عينك ولكنّى اطلب منك ايّها الملك حاجةً يحملنى على
طلبتها حبّى لك وايثارى ايّاك وهى نصيحتى لك قـــال الملك وما
هى

هى قالت اطلب منك ان لا تثنى بعدها الى البراهمة حتّى تتثبّت

فى امرك ثمّ تشاور فيه ثقاتك مرارا فان القتل امر عظيم ولست

تقدر ان تحيى من قتلت وقد قيل فى الحديث اذا لقيت جوهرا

لا خير فيه فلا تلقيه عن يدك حتّى ترّيه من يعرفه وانت ايّها الملك

لا تعرف اعداءك واعلم انّ البراهمة لا يحبّونك وقد قتلت منهم

بالامس اثنى عشر الفا ولا تظنّ انّ هولآء ليسوا من اولئك ولعمرى

ما كنت جديرا ان تخبرهم بروياك ولا ان تطلعهم عليها وقالوا

لك ما قالوا لاجل الحقد الذى بينك وبينهم لعلّهم يهلكونك

ويهلكون احبّاءك ووزيرك فيبلغون قصدهم منك فاظنّك لو

قبلت منهم فقتلت من اشاروا بقتله ظفروا بك وغلبوك على

ملكك فيعود الملك اليهم كما كان فانطلق الى كباريون الحكيم فهو

عالم فطن فاخبرن عمّا رأيت فى رؤياك وسائله عن وجهها وتأويلها

فلمّا سمع الملك ذلك سرّى عنه ما كان يجد من الغمّ فامر بفرسه

فسرج فركبه ثمّ انطلق الى كباريون الحكيم فلمّا انتهى اليه

نزل عن فرسه وسجد له وقام مطأطأ الرأس بين يديه فقال له.

الحكيم

الحكيم ما بالك ايها الملك وما لي أراك متغيّر اللون، فقال له
الملك انّي رأيت في المنام ثمانية احلام فقصصتها على البراهمة
وانا خائف ان يصيبني من ذلك عظيم امر فيما سمعت من تعبيرهم
لرؤياي واخشى ان اغصب على ملكي او ان اغلب عليه فقال
له الحكيم وان شئت قصصت عليّ احلامك وان شئت قصصتها
عليك واخبرتك بما رأيت جميعه قال الملك بل من فيك احسن
قال لا يحزنك ايها الملك هذا الامر ولا تخف منه امّا السمكتان
الحمراوان اللتان رأيتهما قائمتين على اذنابهما فانّه ياتيك رسول
من ملك هيمون بدرجين مكلّلين بالدرّ والياقوت قيمتهما اربعة
آلاف رطل من ذهب فيقوم بين يديك وامّا الوزّتان اللتان
رأيتهما طارتا من وراء ظهرك فوقعتا بين يديك فانّه ياتيك من
ملك بلخ فرسان ليس على الارض مثلهما فيقومان بين يديك
وامّا الحيّة الّتي رأيتها تدبّ على رجلك اليسرى فانّه ياتيك
من ملك صنجين من يقوم بين يديك بسيف خالص الحديد لا
يوجد مثله وامّا الدم الّذي رأيت كانّه خضب به جسدك فانّه

فانّه ياتيك من مسلك كازرون من يقوم بين يديك بلباس معجب
يسمّى حلّة ارجوان يضىء فى الظلمة واتّا ما رايت من غسلك
جسمك بالماء فانّه ياتيك من بلك زهرين من يقوم بين يديك بثياب
كتّان من لباس الملوك واتّا ما رأيت انك على جبل ابيض
فانّه ياتيك من مسلك كيدور من يقوم بين يديك بفيل ابيض لا
تلحقه الخيل واتّا ما رأيت على رأسك شبيها بالنار فانّه ياتيك
من مسلك ارزن من يقوم بين يديك باكليل من ذهب مكلّل بالدرّ
والياقوت واتّا الطين الذى رأيته ضرب رأسك منقان فلست
مفسّرا ذلك اليوم وليس بضارّك ولا توجلنّ منه ولكنّ فيه بعض
السخط والاعراض عمّن تحبّه فهـ ـذا تقسير رؤياك ايها الملك
واتّا هذه الرسل والبود فانّهم ياتونك بعد سبعة ايّام جميعا
فيقومون بين يديك فلتّا سمع الملك ذلك سجد الكباريون ورجع
الى منزله فلتّا كان بعد سبعة ايّام جاءت البشاير بقدوم الرسل
فخرج الملك فجلس على التخت واذن للاشراف وجاءته الهدايا كما
اخبين كباريون الحكيم فلتّا رأى الملك ذلك اشتدّ عجبه وفرحه

من

من علم كبارهم وقال ما وُفِّقت حين قصصتُ رؤياى على البراهمة
فأمروني بما امروني به ولولا ان الله تعالى تداركني برحمته لكنت
قد هلكت واهلكت وكذلك لا ينبغي لكلّ احد ان يسمع الّا من
الاخلّاء ذوى العقول وانّ ايراخت اشارت بالخير فقبلتُه ورأيت
به النجاح فضعوا الهديّة بين يديها تاخذ منها ما اختارت ثـمّ
قال لايلاذ خذ الاكليل والثياب واحملها واتبعني بها الى
مجلس النساء ودعى الملك ايراخت وحورقناه اكرم نساءه بين
يديه فقال لايلاذ دع الكسوة والاكليل بين يدى ايراخت لتاخذ
ايّها شاءت فـوضعت الهدايا بين يدى ايراخت فاخذت منها
الاكليل واخذت حورقناه كسوةً من اخر الثياب واحسنها وكان
من عادة الملك ان يكون ليلةً عند ايراخت وليلةً عند حورقناه
وكان من سنّة الملك ان تهيّى له الامرأة التى يكون عندها فى ليلتها
أرزًا بحلاوة فتطعمه ايّاه فـساق الملك ايراخت فى نوبتها وقد
صنعت له ارزًا فدخلت عليه بالصحفة والاكليل على رأسها
فـعلمت حورقناه بذلك فغارت من ايراخت فلبست تلك الكسوة

وسرّت

ونثرت بين يدى الملك وتلك الثياب تضىء عليها مع نور وجهها كما
تضىء الشمس فلمــا رآها الملك اعجبته ثمّ التفت الى ايراخت
فقال انّك جاهلة حين اخذت الاكليل وتركت الكسوة التى
ليس فى خزائننا مثلها فلمــا سمعت ايراخت مدح الملك
لجورقناه وثناءه عليها وتجهيلها هى وذمّ رأيها اخذها من ذلك
الغين والغيظ فضربت بالصحفة رأس الملك فسال الارز على وجهه
فــقام الملك من مكانه ودعا بايلاذ فقال له الا ترى وانا ملك العالم
كيف حقرتنى هذه الجاهلة وفعلت بى ما ترى فانطلق بها
فاقتلها ولا ترجعها خــرج ايلاذ من عند الملك وقال لا اقتلها
حتّى يسكن عنه الغضب فالمرأة عاقلة سديقة من الملكات ليس لها
عديل فى النساء وليس الملك بصابر عنها وقد خلّصتُه من الموت
وعملت اعمالا صالحة ورجاؤنا فيها عظيم ولست آمنه ان يقول
لم توخّر قتلها حتّى تراجعنى ولست حتّى انظر رأى الملك
فيها ثانيةً فان رأيته نادما حزينا على ما صنع جئت بها حيّة
وكنت قد عملت عملا عظيما واتجات ايراخت من القتل
وحفظت

وحفظت قلب الملك واتّخذت عند عامّة الناس بذلك يدا وان رأيته فرحا مستريحا مصوّبا رأيه فى الذى فعله وامر به فقتلها لا يفوت ثـــمّ انطلق بها الى منزله ووكّل بها خادما من اسنّائه واسرع بخدمتها وحراستها حتّى ينظر ما يكون من اسرها وامر الملك ثـمّ خضب سيفه بالدّم ودخل على الملك كالكئيب الحزين فقال ايّها الملك انّى قد امضيت امرك فى ايراخت فـلم يلبث الملك ان سكن عنه الغضب وذكر جمال ايراخت وحسنها واشتدّ اسفه عليها وجعل يعزّى نفسه عنها ويتجلّد وهو مع ذلك يستحيى ان يسـأل ايلاذ أحقّا امضى امرى فيها ام لا ورجا لما عرف من عقل ايلاذ الّا يكون قد فعل ذلك ونظر اليه ايلاذ بفضل عقله فعلم الذى به فـــقال له لا تهتمّ ولا تحزن ايّها الملك فانّه ليس فى الهمّ والحزن منفعة ولكنّهما ينحلان الجسم ويفسدانه فاصبر ايّها الملك على ما لست بقادر عليه ابدا وان احبّ الملك حدّثتم بحديث يسليه قـــال حدّثنى قـــال ايلاذ زعموا ان حمامتين ذكر وانثى ملئا عشّهما من الحنطة والشعير فـقال الذكر للانثى

للانثى انّا اذا وجدنا فى الصحارى ما نعيش به فلسنا ناكل
ممّا هاهنا شيئًا فاذا جاء الشتاء ولم يكن فى الصحارى شيء
رجعنا الى ما فى عشّنا فاكلناه فرضيت الانثى بذلك وقالت
له نعم ما رأيت وكــان ذلك الحبّ نديًّا حين وضعاه فى
عشّهما فانطلق الذكر فغاب فلمّا جاء الصيف يبس الحبّ
وانضمر فلمّا رجع الذكر رأى الحبّ ناقصا فقال لها اليس كنّا
جمعنا رأينا على ان لا نأكل منه شيئًا فلم اكلته فجــعلت
تحلف انّها ما اكلت منه شيئًا وجعلت تعتذر اليه فلم
يصدّقها وجعل ينقرها حتى ماتت فلمّا جاءت الامطار ودخل
الشتاء تندّى الحبّ وامتلأ العشّ كما كان فلمّا رأى الذكر ذلك
ندم ثمّ اضطجع الى جانب حمامته وقال ما ينفعنى الحبّ والعيش
بعدك اذا طلبتك فلم اجدك ولم اقدر عليك واذا فكرت فى امرك
وعلمت انى قد ظلمتك فــلم يطعم طعاما ولا شرابا حتى مات الى
جانبها والعاقل لا يعجل فى العذاب والعقوبة ولا سيّما من يخاف
الندامة كما ندم الحمام الذكر وقــــد سمعت ايضا ان رجلا
دخل

دخل الجبل وعلى رأسه كانّ من العدس كانّ فوضع الكانّ من ظهر
ليستريح فنزل قرد من شجرة فاخذ ملء كفّه من العدس وصعد
الى الشجرة فسقطت من يده حبّة فنزل فى طلبها فلم يجدها
وانتثر ما كان فى يده من العدس اجمع وانت ايضا ايّها الملك
عندك ستّة عشر الف امرأة تدّع ان تلهو بهنّ وتطلب التى لا تجد
فلمّا سمع الملك ذلك خشى ان تكون ايراخت قد هلكت فقال ايّها
ايلاذ من كلمة واحدة فعلت ما امرتك به من ساعتك وتعلّقت بكلمة
واحدة كانت سيّى ولم تتثبّت فى الامر قال ايلاذ ان الذى
قوله واحد لا يختلف هو الله الذى لا تبديل لكلماته ولا اختلاف
لقوله قال الملك لقد افسدت امرى وشدّدت حزنى بقتل
ايراخت قال ايلاذ اثنان ينبغي لهما ان يحزنا الذى يعمل الاثم
فى كل يوم والذى لا يعمل خيرا قط لان فرحهما فى الدنيا
ونعيمهما قليل وندامتهما اذا يعاينان الجزاء طويلة لا يستطاع
احصاؤها قال الملك لئن رأيت ايراخت حيّة لا احزن على
شىء ابدا قال ايلاذ اثنان لا ينبغي لهما ان يحزنا المجتهد فى
البر

البرّ كل يوم والذى لم يأثم قط قال املك ما انا بناظر الى
ايراخت اكثر ممّا نظوت قـال ايلاذ اثنان لا ينظران الاعمى
والذى لا عقل له وكما ان الاعمى لا ينظر السمآء ونجومها وارضها
ولا ينظر القرب والبعد كذلك الذى لا عقل له لا يعرف الحسن
من القبح ولا الحسن من المسىء قـال الملك لو رأيت ايراخت
لاشتدّ فرحى قـال ايلاذ اثنان هما الفرحان البصير والعالم
فكما ان البصير يبصر امور العالم وما فيه من الزيادة والنقصان
والقريب والبعيد فكذلك العالم يبصر البرّ والاثم ويعرف عمل
الآخرة ويتبيّن له نجاته ويهدى الى صراط مستقيم قـال الملك
يتبغى لنا ان نتباعد منك يا ايلاذ ونأخذ الحذر والاتقآء قـال
ايلاذ اثنان ينبغى ان يتباعد منهما الذى يقول لا برّ ولا اثم
ولا عقاب ولا ثواب ولا شىء على ممّا انا فيه والذى لا يكاد يصرف
بطنه عمّا ليس له بمحرم ولا اذنه عن استماع السوء ولا فرجه عن
نساء غيره ولا قلبه عمّا تهمّ به نفسه من الاثم والحرص قـال الملك
صارت يدى من ايراخت صفرًا قـال ايلاذ ثلثة اشيآء اصفار
النهر

النهر الذى ليس فيه ماء والارض التى ليس فيها ملك والمرأة التى
ليس لها بعل قـال الملك انّك يا ايلاذ لتُلقّى بالجواب قـال
ايلاذ ثلثة تُلقون الجوابَ الملك الذى يعطى ويقسم من خزائنه
والمرأة المُهداة الى من تهوى من ذوى الحسب والرجل العالم الموفّق
للخير ثـمّ قال لما رأى الملك قد اشتدّ به الامر ايّها الملك انّ
ايراخت بالحيوة فلمّـا سمع الملك ذلك اشتدّ فرحه وقال يا ايلاذ
امّا منعنى من الغضب ما اعرف من نصيحتك وصدق حديثك
وكنت ارجو لمعرفتى بعلمك ألّا تكون قد قتلت ايراخت فانّها
وان كانت اتت عظيمـا واغلظت فى القول فلم تأته عداوةً ولا
طلب مضنّ ولكنّها فعلت ذلك للغين وقد كان ينبغى لى ان
اعرض عن ذلك واحتمله وليكنّك يا ايلاذ اردت ان تختبرنى
وتتركنى فى شكّ من امرها وقد اتّخذت عندى افضل الايدى
وانا لك شـاكر فانطلق فأتنى بها فخـرج من عند الملك فأتى
ايراخت وامرها ان تتزيّن ففعلت ذلك وانطلق بها الى الملك
فلمّـا دخلت سجدت له ثمّ قامت بين يديه وقالت احمد الله
تعالى

تعالى ثمّ احمد الملك الذى احسن الىّ قد اذنبت الذنب العظيم
الذى لم اكن للبقاء اهلا بعد فوسعهُ حلمهُ وكرمُ طبعهِ ورأفتهُ
ثمّ احمد ايلاذ الذى أخّر امرى وانجانى من الهلكة لعلمه برأفة
الملك وسعة حلمه وجوده وكرم جوهن ووفا عهدك وقــــــال
الملك لايلاذ ما اعظم يدَك عندى وعند ايراخت وعند العامّة
اذ قد احييتها بعد ما امرتُ بقتلها فانت الذى وهبها لى اليوم
فانّى لم ازل واثقا بنصيحتك وتدبيرك وقد ازددت اليوم عندى
كراسةً وتعظيما وانت محكّم فى ملكى تعمل فيه بما ترى وتحكم
عليه بما تريد فقد جعلت ذلك اليك ووثقت بك قــــال ايلاذ
ادام الله لك اىّها الملك الملكَ والسرور فلستُ بمحمود على ذلك
فانّما انا عبدك لكنّ حاجتى ان لا يعجل الملك فى الامر الجسيم
الذى يندم على فعله وتكون عاقبته الغمّ والحزن ولا سيّما فى
مثل هذه الامرأة الناصحة المشفقة التى لا يوجد فى الارض مثلها
فـــقال الملك بحقّ قلت يا ايلاذ وقد قبلت قولك ولست عاملا
بعدها عملا صغيرا ولا كبيرا فضلا عن مثل هذا الامر العظيم الذى
سلت

سلمت منه الا بعد المؤانس والنظر والتردّد ومشاورت اهل المودّة
والرأى ثـمّ احسن الملك جائزت ايلاذ وبكّنه من اولئك البراهمة
الذين اشاروا بقتله فاطلق بجم السيف وقرّت عين الملك وعيون
عظمآء اهل مملكته وحمدوا الله واثنوا على كاريون لسعة علمه
وفضل حكمته لانّ بعلمه خلص الملك ووزين الصالح وامرأته
الصالحة ۞

انقضى باب ايلاذ وبلاذ وايراخت ۞

باب اللبؤة والاسوار والشعهر ۞

قــال دبشليم الملك لبيدبا الفيلسوف قد سمعت هذا المثل فاضرب لي مثلا عن من يدع ضرّ غير اذا قدر عليه لما يصيبه من الضرّ ويكون له في ما ينزل به واعظ وزاجر عن ارتكاب الظلم والعداوة من غيره قــال الفيلسوف انّه لا يقدم على طلب ما يضرّ بالناس وما يسوءهم الا اهل الجهالة والسفه وسوء النظر في العواقب من امور الدنيا والآخرة وقلّة العلم بما يدخل عليهم في ذلك من حلول النقمة ويلزمهم من تبعة ما اكتسبوا ممّا لا تحيط به العقول وان سلم بعضهم من بعض بمنيّته عرضت قبل نزول وبال ما صنعوا اعتفرتهم الاخرى بما ينقطع فيه الكلام والوصف من الشدّة وعظم الهول وربّما اتّعظ الجاهل واعتبر بما يصيبه من المضنّ من الغير فارتدع عن ان يغشى احدا بمثل ذلك من الظلم والعدوان

والعدوان ورزِقَ نفعَ ما كفَّ عنه في العاقبة فنظير ذلك حديث
اللبؤة والاسوار والشعهر قـــال الملك وكيف كان ذلك قـــال
الفيلسوف زعموا انّ لبوة كانت في غيضة ولها شبلان وانّها
خرجت في طلب الصيد وخلفتهما في كهفهما فمرّ بهما اسوار
فحمل عليهما ورباها فقتلهما وسلخ جلد يهما فاختقبهما وانصرف
بهما الى منزله ثمّ انّها رجعت فلّما رأت ما حلّ بهما من الامس
الفظيع اضطربت ظهرا لبطن وصاحت وضجّت وكان الى جنبها
شعهر فلّما سمع ذلك من ضياحها قال لها ما هذا الذى تصنعين
وما نزل بك اخبريني فـــقالت اللبؤة شبلايَ مرّ بهما اسوار
فقتلهما وسلخ جلديهما فاختقبهما ونبذهما بالعرا قبـــال لها
الشعهر لا تضجّى وانصفى من نفسك واعلمى انّ هذا الاسوار لم
يات اليك شيئـا الا وقد كنت تفعلين بغيرك مثله وتأتين الى
غير واحد مثل ذلك ممّن كان يجْد بجميه ومن يعزّ عليه مثل ما
تجْدين بشبليك فاصبري من غيرك كما صبو غيرك منك فلّقم
قد قيل كما تدين تدان ولكل عمل ثمن من الثواب والعقاب وهما
على

على قدر فى الكثير والقلّة كالزرع اذا حضر الحصاد اعطى على
حسب بذر قـــالت اللبؤة بيّن لى ما تقول وافصح قــال
الشعهر كم اتى لك من العمر قـــالت اللبؤة مأية سنة قــال
الشعهر ما كان قوتك قالت اللبؤة لحم الوحش قال الشعهر
من كان يطعمك ايّاه قـالت اللبؤة كنت اصيد الوحش واكله
قـــال الشعهر رأيت الوحوش التى كنت تاكلين اما كان لها
آبـآء وامّهات قـــالت بلى قـال الشعهر فما بالى لا ارى ولا
اسمع لتلك الآبـآء والامّهات من الجزع ما اسمع لك اما انّه لم
ينزل بك ما نزل الا لسوء نظرك فى العواقب وقلّة تفكّرك فيهـا
وجهالتك بما يرجع عليك من ضرّها فلـــا سمعت اللبؤة ذلك من
كلام الشعهر عرفت ان ذلك ممّا جنب على نفسها وان عملها
كان جورا وظلما فتركت الصيد وانصرفت عن اكل اللحم
الى اكل الثّمار والنسك والعبادة فلــا رأى ذلك ورشان كان
صاحب تلك الغيضة وكان عيشه من الثّمار قال لها قد كنت
اظنّ ان الشجر عامنا هذا لم تحمل لقلّة المآء فلمّا ابصرتك
تأكلينها

تأكلينها وأنت آكلة اللحم تركت رزقك وطعامك وما قسم الله
لك وتحوّلت الى رزق غيرك وانتقصته ودخلت عليه فيه علمت
ان الشجر العام اثمرت كما كانت تثمر قبل اليوم وأمّا اتى ذلك من
قبلك فويل للشجر وويل للثمار وويل لمن عيشه منها ما اسرع
هلاككم اذا دخل عليهم فى ارزاقهم وغلبهم عليها من ليس له فيها
حظّ ولا نصيب فلمّا سمعت اللبؤة ذلك من كلام الورشان تركت
أكل الثمار وأقبلت على أكل الحشيش والعبادة وأمّا ضربت
لك هذا المثل لتعلم انّ الجاهل ربّما انصرف بضرّ يصيبه عن
ضرّ الناس كاللبؤة التى انصرفت لما لقيت فى شبليها عن اكل
اللحوم ثمّ عن اكل الثمار بقول الورشان وأقبلت على النسك
والعبادة والناس أحقّ بحسن النظر فى ذلك فانّه قد قيل ما لا
ترضاه لنفسك فلا تصنعه لغيرك فانّ فى ذلك العدل وفى العدل
رضى الله تعالى ورضى الناس ۞

انقضى باب اللبؤة والاسوار والشعهر ۞

باب

باب الناسك والضيف ۞

قـــال دبشليم الملك لبيدبا الفيلسوف قد سمعت هذا المثل فاضرب لى مثل الذى يدع صنعة الذى يليق به ويشاكله ويطلب غيرن فلا يدركه فيبقى حيرانا متردّدا قـــال الفيلسوف زعموا انّه كان بارض الكرخ ناسك عابد مجتهد فنزل به ضيف ذات يوم فدعا الناسك لضيفه بتمر ليطرفه ايّاه فاكلا منه جميعا ثمّ قال الضيف ما احلا هذا التمر واطيبه فليس فى بلادى التى اسكنها مع انّى لست راغبا فى التمروان بلادنا كثيرة الاثمار فما حاجتة مع كثرة ثمارها الى التمر مع وخامتة وقلّة موافقته للجسد فــــقال له الناسك انّه لا يعدّ حليما من طلب ما لا يجد وانّك سعيد الجدّ اذ قنعت بالذى تجد وكان هذا الناسك يتكلّم بالعبرانيّة فاستحسن الضيف كلامه واعجبه فتكلّف ان يتعلّمه وعالج فى ذلك نفسه ايّاما فـــقال الناسك لضيفه ما اخلقك ان تقع ممّا تركت من كلامك وتكلّفت من كلام العبرانيّة فى مثل ما

ما وقع فيه الغراب قال الضيف وكيف كان ذلك قـــال الناسك
زعموا انّ غرابا رأى حجلة تدرج وتمشى فاعجبته مشيتها وطمع ان
يتعلّمها فراض على ذلك نفسه فلم يقدر على احكامها وائس منها
واراد ان يعود الى مشيته التى كان عليها فاذا هو قد اختلط وتخلّع
فى مشيته وصار اقبح الطير مشيا واتّمـــا ضربت لك هذا المثل
لما رأيت منك انّك تركت لسانك واقبلت على لسان العبرانيّة
وهو لا يشاكلك واخاف ان لا تدركه وتنسى لسانك وترجع الى
اهلك وانت اشرّهم لسانا فانّه قد قيل انّه يعدّ جاهلا من تكلّف
من الامور ما لا يشاكـــله وليس من عمله ولم يؤدّب به عليه آباؤه
واجداده من قبل ﴿

انقضى باب الناسك والضيف ﴿

باب

باب السائح والصائغ ۞

قال دبشليم الملك لبيدبا الفيلسوف قد سمعت هذا المثل فاضرب لى مثلاً عن الذى يضع المعروف غيرَ موضعه ويرجو الشكر عليه قـال الفيلسوف ان الملوك وغيرهم ينبغى لهم ان يضعوا المعروف عند من يرجا شكره وصدقه وعفافه ولا ينظروا الى اقاربهم واهل خاصّتهم فانّهم انّما شرّفوا بتشريف الملوك ايّاهم ولكن ينبغى لهم ان يجرّبوا الناس صغارهم وكبارهم فى شكرهم وحفظهم الودّ وغدرهم وقلّة شكرهم ثمّ يضعوا المعروف عندهم على قدر ما يرون منهم فان الطبيب الرفيق لايكتفى فى مداواة المرضى بالمعاينة فقط ولكنّه ينظر الى البول ويجسّ العروق ثمّ يكون العلاج على قدر ما يرى من اوجاعهم ويحقّ المرء اللبيب ان وجد قوما ذوى مهانة لهم وفا وشكر ومن البهائم على مثل ذلك ان يحسن فيما بينه وبينهم لعلّه يحتاج اليهم يوما من الدهر فيكافوه عليه فان العاقل ربّما حذر الناس ولم يأمن على نفسه احدًا منهم وقد ياخذ ابن عرس فيد خله كنّه

كمّه ويأخذ الطير فيضعه على يده وقد قيل لا ينبغى لذى
العقل ان يحتقر صغيرا ولا كبيرا من الناس ولا من البهائم ولكنّه
جدير بان يبلوهم ويكون ما يصنع اليهم على قدر ما يرى منهم
وقد مضى فى ذلك مثل ضربه بعض الحكماء قبال الملك وكيف
كان ذلك قبال الفيلسوف زعموا ان جماعة احتفروا ركيّة
فوقع فيها رجل صائغ وحيّة وقرد وببر وسرّ بهم رجل سائح فاشرف
على الركيّة فبصر بالرجل والحيّة والببر والقرد ففكر فى نفسه وقال
لست اعمل لآخرتى عملا افضل من ان اخلّص هذا الرجل من
بين هولآء الاعدآء فاخذ حبلا وادلاه الى الببر فتعلّق به القرد لخفّته
فخرج ثمّ دلّاه ثانية فالتقّت به الحيّة فخرجت ثمّ دلّاه الثالثة
فتعلّق به الببر فاخرجه فشكرن له صنيعه وقلن له لا تُخرج هذا
الرجل من الركيّة فانّه ليس شىء اقلّ من شكر الانسان ثمّ هـذا
الرجل خاصّة ثـــمّ قال له القرد انّ منزلى فى جبل قريب من
مدينة يقال لها نوادرخت فقال له الببر انا ايضا فى اجمة الى جانب
تلك المدينة وقالت الحيّة انا ايضا فى سور تلك المدينة فان
انت

انت مررت بنا يوما من الدهر واحتجت الينا فصوّت علينا حتّى نأتيك فنجزيك بما آتيت الينا من المعروف فلم يلتفت السائح الى ما ذكروا له من قلّة شكر الانسان ودلّا الحبل فاخرج الصانع فسجد له وقال له لقد اوليتني معروفا فان اتيت يوما من الدهر بمدينة توادرخت فاسأل عن منزلي فانا رجل صانع لعلّى اكافيك بما صنعت الىّ من المعروف فـانطلق الصانع الى مدينته وانطلق السائح الى جانبه فـعرض بعد ذلك ان السائح اتّفقت له حاجة الى تلك المدينة فانطلق فاستقبله القرد فسجد له وقبّل رجليه واعتذر اليه وقال ان القرود لا يملكون شيـئا ولكن اقعد حتّى اتيك وانطلق القرد واتاه بفاكهة طيّبة فوضعها بين يديه فاكل منها حاجته ثـــمّ ان السائح انطلق حتّى دنا من باب المدينة فاستقبله البر فخرّ له ساجدا وقال له انك قد اوليتني معروفا فاطمئنّ ساعة حتّى اتيك فانطلق البر فدخل فى بعض الحيطان الى بنت الملك فقتلها واخذ حليها فاتاه به من غير ان يعلم السائح من اين هو فـقال فى نفسه هذه البهائم قد اولتني بهذا

بجذا الجزآء فكيف لو قد اتيت الى الصائغ فانه ان كان معسرا لا
يملك شيئا فسيبيع هذا الحلي فيستوفي ثمنه فيعطيني بعضه
ويأخذ بعضه وهو اعرف بثمنه فـانطلق السائح فاتى الى
الصائغ فلمّا رآه رحّب به وادخله الى بيته فلمّا بصر بالحلى معه
عرفه وكان هو الذى صاغه لابنة الملك فقال للسائح اطمئنَّ
حتّى اتيك بطعام فلست ارضى لك ما فى البيت ثمّ خرج
وهو يقول قد اصبت فرصتي اريد ان انطلق الى الملك وادلّه
على ذلك فتحسن منزلتي عنده فـانطلق الى باب الملك فارسل
اليه ان الذى قتل ابنتك واخذ حليها عندى فـارسل
الملك واتى بالسائح فلمّا نظر الحلى معه لم يعهله وامر به ان
يعذّب ويطاف به فى المدينة ويصلب فلمّا فعلوا به ذلك
جعل السائح يبكى ويقول بأعلى صوته لواني اطعت القرد والحيّة
والببر فيما امرتني به من قلّة شكى الانسان لم يصر امرى الى هذا
البلآء وجعل يكرّر هذا القول فسمعت بمقالته تلك الحيّة
فخرجت من جحرها فعرفته فاشتدّ عليها امرن فجعلت تحتال فى
خلاصه

خلاصة فانطلقت حتى لدغت ابن الملك فدعا الملك اهل العلم
فرقوه ليشفوه فلم يغنوا عنه شيئاً ثمّ مضت الحيّة الى اخت
لها من الجنّ فاخبرتها بما صنع السائح اليها من المعروف وما وقع
فيه فرقّت له وانطلقت الى ابن الملك وتخايلت له وقالت له انّك
لا تبرأ حتّى يرقيك هذا الرجل الذى قد عاقبتموه ظلماً
وانطلقت الحيّة الى السائح فدخلت الية السجن وقالت له
هذا ما كنت نهيتك عنه من اصطناع المعروف الى هذا
الانسان ولم تطعنى واتته بورق ينفع من سمّها وقالت له اذا
جآءوا بك لترقى ابن الملك فاسقه من مآء هذا الورق فانّه يبرأ واذا
سألك الملك عن حالك فاصدقه فانّك تنجوا ان شآء الله تعالى
وانّ ابن الملك اخبر الملك انّه سمع قائلاً يقول انّك لن تبرأ حتّى
يرقيك هذا السائح الذى حبس ظلماً فدعا الملك بالسائح وامره
ان يرقى ولدك فقال لا احسن الرقى ولكن اسقيه من مآء هذه
الشجرة فابرئه باذن الله تعالى فسقاه فبرئ الغلام ففرح الملك
بذلك وسأله عن قصّته فاخبره فشكرن الملك واعطاه عطيّة
حسنة

حسنة وامر بالصائغ ان يصلب فصلبوه لكذبه وانحرافه عن
الشكر ومجازاته الفعل الجميل بالقبيح ثمّ قال الفيلسوف للملك
ففى صنيع الصائغ بالسائح وكفرن له بعد استنقاذه ايّاه وشكر
البهائم له وتخليص بعضها ايّاه عبرة لمن اعتبر وفكرة لمن افتكر
وادبًا فى وضع المعروف والاحسان عند اهل الوفا والكرم قربوا
او بعدوا لما فى ذلك من صواب الرأى وجلب الخير وصرف
المكروه ۞

انقضى باب السائح والصائغ ۞

باب

باب ابن الملك واصحابه ۞

قـــال دبشليم الملك لبيدبا الفيلسوف قد سمعت هذا المثل فان كان الرجل لا يصيب الخير الا بعقله ورأيه وتثبته في الامور كما يزعمون فما شأن الرجل الجاهل يصيب الرفعة والخير والرجل الحكيم العاقل قد يصيب البلآء والضرّ قـــال بيدبا كما ان الانسان لا يبصر الّا بعينيه ولا يسمع الّا باذنيه كذلك العمل انّما هو بالحلم والعقل والتثبّت غير ان القضآء والقدر يغلب على ذلك ومثل ذلك مثل ابن الملك واصحابه قـــال الملك وكيف كان ذلك قـــال الفيلسوف زعموا انّ اربعة نفرا اصطحبوا فى طريق واحدة احدهم ابن ملك والثانى ابن تاجر والثالث ابن شريف ذو جمال والرابع ابن اكّار وكانوا جميعا محتاجين وقد اصابهم ضرر وجهد شديد فى موضع غربة لا يملكون الّا ما عليهم من الثياب فبينما هم يمشون اذ فكروا فى امرهم وكان كلّ انسان منهم راجعا الى طباعه وما كان يأتيه منه الخير قـــال ابن الملك ان امر الدنيا كلّه بالقضآء

بالقضآء والقدر والذى قدّر على الانسان يأتيه على كلّ حال
والصبر للقضآء والقدر وانتظارهما افضل الامور وقال ابن التاجر
العقل افضل من كلّ شىء وقال ابن الشريف الجمال افضل ممّا ذكر
ثمّ قال ابن الاكّار ليس فى الدنيا افضل من الاجتهاد فى
العمل فلمّا قربوا من مدينته يقال لها مطرون جلسوا فى ناحية
منها يتشاورون فقالوا لابن الاكّار انطلق فاكتسب لنا
باجتهادك طعاما ليومنا هذا فانطلق ابن الاكّار وسأل
عن عمل اذا عمله الانسان يكتسب فيه طعام اربعة نفر فعرّفوه انّه
ليس فى تلك المدينة شىء اعزّ من الحطب وكان الحطب منها
على فرسخ فانطلق ابن الاكّار فاحتطب ظنّا من الحطب واتى
به المدينة فباعه بدرهم واشترى به طعاما وكتب على باب
المدينة عمل يوم واحد اذا اجهد فيه الرجل بدنه قيمته درهم
ثمّ انطلق الى اصحابه بالطعام فاكلوا فلمّا كان بالغد قالوا
ينبغى للذى قال انّه ليس شىء اعزّ من الجمال ان تكون نوبته
فانطلق ابن الشريف ليأتى المدينة ففكر فى نفسه وقال انا لست
احسن

احسن عملا فما يدخلنى المدينة ثمّ استحى ان يرجع الى اصحابه

بغير طعام وهم بمفارقتهم فانطلق حتّى اسند ظهره الى شجرة

عظيمة فحمله النوم فنام فمرّت به امرأة رجل من عظماء المدينة

وبصرت به فاعجبها حسنه فارسلت خادمتها وامرتها ان تأتيها به

فانطلقت الجارية الى الغلام وامرته ان يتبعها الى مولاتها فظلّ لهان

عندها فى ارغد عيش فلمّا كان عند المساء اجازته بخمسمأية

درهم فخرج وكتب على باب المدينة جمال يوم واحد يساوى

خمسمأية درهم واتى بالدراهم الى اصحابه فلمّــا اصبحوا فى اليوم

الثالث قالوا لابن التاجر انطلق انت فاطلب لنا بعقلك وتجارتك

ليومنا هذا شيئا فانطلق ابن التاجر فلم يزل حتّى بصر بسفينة

من سفن البحر كثير المتاع قد قدمت الى الساحل فخرج اليها

جماعة من التجار يريدون يتباعون ممّا فيها من المتاع فجلسوا

يتشاورون فى ناحية من المركب وقال بعضهم لبعض ارجعوا

يومنا هذا لا نشترى منهم شيئا حتّى يكسد المتاع عليهم

فيرخصوه علينا مع اننا محتاجون اليه وسيرخص فخــالف

الطريق

الطريق وجاء الى اصحاب المركب فابتاع منهم ما فيه بمائة دينار
نسيئةٍ واظهر انّه يريد ينقل متاعه الى مدينة اخرى فلمّا سمع
التجّار ذلك خافوا ان يذهب ذلك المتاع من ايديهم فاربحوه على
ما اشتراه مائة الف درهم واحال عليهم اصحابَ المركب بالباقى وحمل
ربحه الى اصحابه وكتب على باب المدينة عقل يوم واحد ثمنه مائة
الف درهم فلمّا كان فى اليوم الرابع قالوا لابن الملك انطلق انت
واكتسب لنا بقضائك وقدرك فـــانطلق ابن الملك عتّى اتى
الى باب المدينة فجلس على دكّة فى باب المدينة واتّفق ان ملك
تلك الناحية مات ولم يخلف ولدا ولا احدا ذا قرابة فمرّوا عليه
بجنازة الملك ولم يُحزنه وكلّهم يحزنون فانكروا حاله وشتمته البوّاب
وقال له مَن انت يا كلب او ما يجلسك على باب المدينة ولا نراك
تحزن لموت الملك وطـــرده البوّاب عن الباب فلمّا ذهبوا عاد الغلام
فجلس مكانه فلمّا دفنوا الملك ورجعوا بصرَ به البوّاب فغضب
وقال له الم انهَك عن الجلوس فى هذا الموضع واخذه فحبسه فلمّا
كان من الغد اجتمع اهل تلك المدينة يتشاورون فى من يملّكونه
عليهم

عليهم وكلّ سنهم يتطاول بنظر صاحبه ويختلفون بينهم فـقال

لهم البوّاب انّى رأيت امس غلاما جالسا على الباب ولم أَن يحزن

لحزننا فكلّمته فلم يجبني فطردته عن الباب فلمّا عدت رأيته جالسا

فادخلته السجن مخافة ان يكون عينا فـبعثّت اشراف اهل

المدينة الى الغلام فجاؤوا به وسألوه عن حاله وما اقدسه الى

مدينتهم فـقال انا ابن ملك فويران وانّه لمّا مات والدى غلبنى

اخى على الملك فهربت من يده حذرا على نفسى حتّى انتهيت الى

هذه الغاية فلمّا ذكر الغلام ما ذكر من امر عرفه من كان يغشى

ارض ابيه منهم واثنوا على ابيه خيرا وان الاشـراف اختاروا

الغلام ان يملّكوه عليهم ورضوا به وكـان لاهل تلك المدينة

سنّة اذا ملّكوا عليهم ملكا حملوه على فيل ابيض وطافوا به

حوالى المدينة فلمّا فعلوا به ذلك مرّ بباب المدينة فرأى الكتابة

على الباب فامر ان يكتب ان الاجتهاد والجمال والعقل وما اصاب

الرجل فى الدنيا من خير وشرّ انّما هو بقضاء وقدر من الله عزّ

وجلّ وقد اعتبر ذلك بما ساق الله الىّ من الكرامة والخير ثمّ

انطلق

انطلق الى مجلسه فجلس على سرير ملكه وارسل الى اصحابه الذين
كان معهم فاحضرهم فاشرك صاحب العقل مع الوزراء وضمّ
صاحب الاجتهاد الى اصحاب الزرع وامر لصاحب الجمال بمال
كثير ثمّ نفاه كيلا يفتن النساء ثـمّ جمع علماء ارضه وذوى
الرأى منهم وقال لهم انا اصحابى فقد تيقّنوا ان الذى رزقهم الله
سبحانه وتعالى من الخير انّما هو بقضاء وقدار وانّما احبّ ان
تعلموا ذلك وتستيقنوه فان الذى منحنى الله وهيّأه لى انّما كان
بقدر ولم يكن بجمال ولا عقل ولا اجتهاد وما كنت ارجو
اذا طردنى اخى ان يصيبنى ما يعيشنى من القوت فضلا عن
ان اصيب هذه المنزلة وما كنت اؤمّل ان اكون بها لانّى قد
رأيت فى هذه الارض من هو افضل منّى حسنا وجمالا واشدّ
اجتهادا وافضل رأيا فساقنى القضاء الى ان اعتريت بقدر ومن الله
وكـان فى ذلك الجمع شيخ فنهض حتّى استوى قائما وقال
انّك قد تكلّمت بكلام عقل وحكمة وبلغت حسن ظنّنا فيك
ورجاءنا لك وقد عرفنا ما ذكرت وصدّقناك فيما وصفت والذى

ساق

ساق الله اليك من الملك والكرامة كنت اهلا له لما قسم الله تعالى
لك من العقل والرأى وان اسعد الناس فى الدنيا والآخرة من
رزقه الله رأيا وعقلا وقد احسن الله الينا اذ وفقك لنا عند موت
ملكنا وكرّمنا بك ثـمّ قام شيخ اخر سائح فحمد الله عزّ وجلّ
واثنى عليه وقال انّى كنت اخدم وانا غلام قبل ان اكون سائحا
رجلا من اشراف الناس فلمّا بدا لى رفض الدنيا فارقت ذلك
الرجل وقد كان اعطانى من اجرتى دينارين فاردت ان اتصدّق
باحدهما واستبقى الاخر فاتيت السوق فوجدت مع رجل من
الصيّادين زوج هدهد فساومته بهما فابى الصيّاد ان يبيعهما
الّا بدينارين فاجتهدت ان يبيعنيهما بدينار واحد فابى فقلت
فى نفسى اشترى احدهما واترك الاخر ثمّ فكرت وقلت لعلّهما أن
يكونا زوجين ذكرا وانثى فافرّق بينهما فادركنى لهما رحمة
فتوكّلت على الله وابتعتهما بدينارين واشفقت إن ارسلتهما فى
ارض عامرة أن يصادا ولا يستطيعا يطيران ممّا لقيا من الجوع
والهزل ولم آمن عليهما الآفات فانطلقت بهما الى مكان كثير المرعى
والاشجار

والاشجار بعيد عن الناس والعمار فارسلتهما فطارا ووقعا على
شجرة مثمرة فلما صارا فى اعلاها شكوا الى وسمعت احدهما يقول
للاخر لقد خلّصنا هذا السائح من البلاء الذى كنا فيه واستنقذنا
ونجانا من الهلكة وانّا لخليقان ان نكافيه بفعله وان فى اصل هذه
الشجرة جرّة مملوّة دنانير افلا ندلّه عليها فياخذها فـقلت
لهما كيف تدلّانى على كنز لم تر العيون وانتما لا تبصران الشبكة
فقالا انّ القضاء اذا نزل صرف العيون عن موضع الشىء وغشى
البصر وانّما صرف القضاء عيننا عن الشرك ولم يصرفها عن هذا
الكنز فـاحتفرت واستخرجت البرنيّة وهى مملوّة دنانير فدعوت
لهما بالعافية وقلت لهما الحمد لله الذى علّمكما ممّا رأى وانتما
تطيران فى السماء واخبرتمانى بما تحت الارض فـقالا لى ايّها
العاقل اما تعلم انّ القدر غالب كلّ شىء لا يستطيع احد ان
يتجاوزه وانا اخبر الملك بذلك الذى رأيته فان امر الملك اتيته
بالمال فاودعته فى خزائنه فـقال الملك ذلك لك وسوفّر عليك ه
فلمـا انتهى المنطوق بالفيلسوف والملك الى هذا الموضع
سكت

سكت الملك فقال الفيلسوف للملك عشت أيّها الملك ألف سنة
وملكت الأقاليم السبعة وأُعطيت من كلّ شيء سببا وبلغتّه
في سرور منك وقرّة عين من رعيّتك ومساعدة من القضاء
والقدر فإنّك قد كمل فيك الحلم والعلم وذكى منك العقل والحفظ
وتمّ فيك البأس والجود واتّفق منك العمل والقول بعون الملك
المعبود ۝

تمّ كتاب كليلة ودمنه

شرح

شرح
قصيدة لبيد المعلقة

للقاضي الامام السيّد

ابي عبد الله الحسين بن احمد بن الحسين الزوزني ٭

قصيدة

قصيدة
لبيد بن ربيعة
المعلقة
✿

قال لبيد بن ربيعة العامرّى

عَفَتِ الدِّيارُ مَحَلُّها فَمُقامُها   بِمِنًى تَأَبَّدَ غَوْلُها فَرِجامُها

عفى لازم ومتعدٍّ يقال عفت الريح المنزل وعفى المنزل نفسه عَفْوًا وعُفُوًّا وعَفاء وهو فى البيت لازم والمَحَلّ من الديار ما حَلَّ لأيّام معدودة والمُقام منها ما طالت به الاقامة ومنا موضع بمِنى ضرْبيّ غير منى لِلحرم ومنى ينصرف ولا ينصرف ويذكّر ويؤنّث وتأَبَّد توحّش وكذلك ابد بيانه وباتّه ابوذّا والغَوْل والرِّجام جبلان معروفان ومنه قول اوس بن حجر

زعمتم انّ غَوْلا والرِّجام لكم   ومنعجا فاذكروا فالامر مشترك

يقول الشاعر عفت ديار الاحباب ومحت منازلهم ما كان منها للحلول دون الاقامة وهذه الديار كانت بالموضع المسمّى بمنى وقد توحّشت الديار الغولية والديار الرجامية منها لارتحال قطّانها واحتمال سكّانها والكناية اى الضمير فى غولها ورجامها راجعة الى الديار وقوله تأبّد غولها اى ديار غولها وديار رجامها تحذف المضاف ✿

فَمَدافِعُ الرَّيّانِ عُرِّيَ رَسْمُها   خَلَقًا كَما ضَمِنَ الوُحِىَّ سِلامُها

المدافع اماكن يندفع عنها الماء من الرَّى والاخياف الواحد مدفع والرَّيّان جبل معروف ومنه قول جرير

يا

يا حبّذا جبل الريّان من جبل ∗∗∗ وحبّذا ساكن الريّان من كانا

والتعرية مصدر عرّيته عرّيته فعرّى وتعرّى والوحى الكتابة والفعل وحى يحى والوحى الكتاب
والجمع الوحىّ والسلام الحجارة الواحدة سلمة بكسر اللام فدافع معطوف على قوله غولها يقول
توحّشت الديار الغولية والديار الرجامية وتوحّشت مدافع جبل الريّان لارتحال الاحباب عنها
واحتمال للجيران منها ثم قال وقد توحّشت وغيّر رسومُ هذ الدار فعرّيت خَلَقا وانّما عرّاها
السيول ولم تنمح بطول الزمان فكانّه كتاب نمّق حجرا ∗∗∗ شبّه بقاء الاثار لقدم الايّام ببقاء
الكتاب فى الحجر وكانوا يكتبون فى الحجارة لتبقى كتابتهم ونصب خلقا على الحال والعامل
فيه عرّى والمضمر الذى اضيف اليه سلام عائد الى الوحّى ⊕

دِمَنٌ تَجَرَّمَ بَعْدَ عَهْدِ أَنِيسِهَا ∗∗∗ حِجَجٌ خَلَوْنَ حَلَالُهَا وحَرَامُهَا

التجرّم التكمّل والانقطاع يقال تجرّمت السنة وسنة محرّمة اى مكمّلة والعهد اللقاء والفعل
عهد يعهد والحِجج جمع حجّة وهى السنة واراد بالحرام الاشهر الحُرم وبالحلال اشهر الحِلّ والخلوّ
المضىّ ومنه الامم الخالية ومنه قول اه عزّ وجلّ وقد خلت القرون من قبل يقول هى آثار
قد تمّت وكملت وقد انقطعت بعد عهد سكّانها بها سنون مضت الاشهر الحُرم واشهر الحِلّ منها
وتحرير المعنى قد مضت بعد ارتحالهم عنها سنون بكمالها خلون المضمر فيه راجع الى الحِجج
وحلالها بدل من الحِجج وحرامها معطوف عليه والسنة لا تعدو الاشهر الحُرم واشهر الحِلّ فعبّر
عن معنّ السنة بصبّها ⊕

رُزِقَتْ مَرَابِيعَ النُّجُومِ وَصَابَهَا ∗∗∗ وَدْقُ الرَّوَاعِدِ جَوْدُهَا فَرِهَامُهَا

مرابيع النجوم الانواء الربيعيّة وهى المنازل التى تحلّها الشمس فصل الربيع والواحد مرباع
والصوب الاصابة يقال صاب امرو واصاب بمعنّ والودق المطر وقد ودقت السماء تدق ودْقا
اذا امطرت والجود المطر التام العام وقال ابن الانبارى هو المطر الذى يُروى اهله وقد جاد
المطر يجود جودا والرواعد ذوات الرعد من السحاب واحدتها راعدة والرهام والرِزم جمعا رهمة
وهى المطر التى فيها لين رشّ يقول رزقت الديار والدمن امطار الانواء الربيعيّة فامرعت
واعشبت واصابها مطر ذوات الرعود من السحائب ما كان منه عامّا بالغا مرضيا اهله وما كان
منه ليّنا سهلا وتحرير المعنى ان تلك الديار مخضرّة معشبة لتزاد فى الامطار المختلفة عليها ⊕

٣٧

مِنْ كُلِّ سَارِيَةٍ وَغَادٍ مُدْجِنٍ ۞ وَعَشِيَّةٍ مُتَجَاوِبٍ إِرْزَامُهَا

السارية السحابة الماطرة ليلا والجمع السواري   والمدجن الملبس آفاق السماء بظلامه لفرط
كثافته والدَّجن إلباس الغيم آفاق السماء وقد ادجن الغيم   والارزام التصويت قد ارزمت
الناقة اذا رغبت والاسم الرزمة   ثم فصّل تلك الامطار فقال هى من كل مطر سحابة سارية ومطر
سحاب غاد يلبس آفاق السماء بكثافته وتراكمه وسحابة عشيّة تتجاوب اى اصواتها تتجاوب اى كان رعودها
تتجاوب   جمع لها امطار السنة لان امطار الشتاء اكثرها يقع ليلا وامطار الربيع اكثرها يقع
غداة وامطار الصيف اكثرها يقع عشاء كذا يزعم ومفسّروا هذا البيت ۞

قَعَلاً فُرُوعُ الأَيْهُقَانِ وَأَطْفَلَتْ ۞ بِالجَلْهَتَيْنِ ظِبَاؤُهَا وَنَعَامُهَا

الايهقان بفتح الهاء وضمها ضرب من النبت وهو الجرجير البرّى   واطفلت اى صارت ذوات
اطفال   والجلهتان جانبا الوادى الواحدة جلهة وهى الجانب   ثم اخبر عن اصحاب الديار
واعشابها فقال فعلت بها فروع هذا الضرب من النبت واصبحت الظباء والنعام ذوات اطفال
ولكنّه عطف النعام على الظباء فى الظاهر لزوال اللبس ومنه قول الشاعر

اذا ما الغانيات برزن يوما ۞ وزجّجن الحواجب والعيونا

اى وكحلن العيون وقول الاخر

تراه كان الله يجدع انفه ۞ وعينيه ان مولاه صار له وفر

اى وبفقأ فقأ عينيه وقول الاخر

يا ليت زوجك قد غدا ۞ متقلّدا سيفا ورمحا

اى وحاملا رمحا   ولا يضبط نظائر ما ذكرنا وزعم كثير من ائمة النحويّين البصريّين منم
والكوفيّين ان هذا المذهب شائع فى كل موضع وليرجح ابو الحسن الاخفش ان المعوّل فيه على
السماع ۞

وَالعِينُ سَاكِنَةٌ عَلَى أَطْلَائِهَا ۞ عُوذًا تَأَجَّلَ بِالفَضَاءِ بِهَامُهَا

العين واسعات العيون   والطلا ولد الوحش من حين يولد الى ان يأتى عليه شهر والجمع الاطلاء
ويستعار لولد الانسان وغيره   والعوذ الحديثات النتاج والواحدة عائذ مثل عائط وعوط وحائل
وحول

وحول ويازل وينزل وفاره وفره وجمع الفاعل على فُعّل قليل نُقول فيه على الحفظ والإجل القطيع
من بقر الوحش وللجمع الآجال والتاجّل صيرورتها اجلا اجلا والقفاء العذراء والبهام اولاد
الضان اذا انفردت واذا اختلطت اولاد المعز باولاد الضان قيل للجميع بهــام واذا انفردت
اولاد المعز من اولاد الضان لم تكن بهاما وبقر الوحش بمنزلة الضان وشاء الجبل بمنزلة المعز
عند العرب وواحد البهام بهمة وواحد البقر بمة ويجمع البهام على البهامات بقول والبقر
الواسعات العيون قد سكنت واقامت على اولادها توضعها حال كونها حدبثانا النتاج واولادها
تصير قطيعا قطيعا في تلك العذراء فالمغزى من هذا الكلام انها صارت بمعنى الوحش بعد
كونها بمعنى الانس ونصب عوذا على الحال من العين ۞

وَجَلَا السُّيُولُ عَنِ الطُّلُولِ كَأَنَّها ۞ زُبُرٌ تُجِدُّ مُتُونُها أَقْلَامُها

جلا كشف يجلو جلّاه وجلوتُ العروس جلوةً من ذلـك وجلوتُ النبيق جلّاءً مقلتُه منه
ايضًا والسيول جمع سيل مثل بيت وبيوت وشيج وشيوخ والطلول جمع طلل والزبر جمع زبور
وهو الكتاب والزبر الكتابة والزبور قعول بمعنى المفعول بمنزلة الركوب والحلوب بمعنى المركوبة
والمحلوبة والاجداد والتجديد بمعنى واحد يقول وكشفت السيول عن اطلال الديار فاظهرتها
بعد سنر التراب ايّاها فكأنّ الديار كُتُب تُجَدِّد الأقلام كتابتها شبّه كشف السيول عن
الاطلال التى غطاها التراب بتجديد الكتاب سطور الكتاب الدارس وظهور الاطلال
بعد دروسها بظهور السطور بعد دروسها واقلام مضافة الى ضمير زبر واسم كان ضمير الطلول ۞

أَوْ رَجْعُ وَاشِمَةٍ أُسِفَّ نَؤُورُها ۞ كِفَفًا تَعَرَّضَ فَوْقَهُنَّ وِشَامُها

الرجع الترديد والتجديد وهو من قولهم رجعته رجعًا ورجع يرجع رجوعًا وقد فسّرنا الواشمة
والاسفاف الذرّ من قولهم سَفّ زيد السويق بسَفّة سفًّا واسففته المويق وغيره ثم
يقال اسففت الدواء للجرح والكحل العين النؤُر النقس المتّخذ من دخان السراج والناز وقيل
هو النيلج والكفف جمع كفّة وهى الدارات وكل مستدير كِفّة بكسر الكاف وجمعها
كِفف وكل مستطيل كُفّة بضمّ الكاف وجمعها كُفف كذا حكى الائمّة تعرّض واعرض ظهر
ولاح والوشام جمع وَشم شبّه ظهور الاطلال بعد دروسها بتجديد الكتابة او تجديد الوشم يقول
كأنها زبر او ترديد واشمة وشما قد ذرّت نؤورها فى دارات ظهر الوشام فوقها فاعادتها كما تعين

تعيد الميول الاطلال الى ما كانت عليه فجعل اظهار الميل الاطلال كاظهار الواشمة الوشم وجعل
دروسها كدروسه نورها ام ما لم يتم فاعله وكففا هو المفعول الثاني بقى على انتصابه بعد
اسناد الفعل الى المفعول وشامها فاعل تعرّض وقد اضيف الى ضمير الواشمة ۞

وَقَفْتُ أَسْأَلُهَا وَكَيْفَ سُؤَالُنَا صُمًّا خَوَالِدَ مَا يَبِينُ كَلَامُهَا

الصم الصلاب والواحد والواحدة اصمّ وصمّاء خوالد بواق يبين يظهر بان يبين بيانا وابان قد
يكون معنى اظهر وقد يكون معنى ظهر زكذلك بيّن وتبيّن قد يكون معنى ظهر وقد يكون
معنى عرف واستبان كذلك فالاول لازم والاربعة الباقية قد تكون لازمة وقد تكون متعدية
قولهم بيّن الصبح الذى ذى عينين اى ظهر فهو هاهنا لازم ويسروى فى البيت ما يبين كلامها بفتح
الياء وضمها معنى ظهر يقول وقفت اسال الطلول عن قطانها وسكّانها ثم قال وكيف سوالنا
عجارة صلابا بواق لا يظهر كلامها اى كيف يجدى هذا السوال على صاحبه وكيف ينتفع به
السائل لوّح الى ان الداعى الى هذا السوال فرط الكلف والشغف وغاية الوله وهذا مستحبّ
فى النسيب والمرثية لان الهوى والمصيبة تذهلان صاحبها ۞

غَرِيَتْ وَكَانَ بِهَا الْجَمِيعُ فَأَبْكَرُوا مِنْهَا وَعُودِرَ نُؤْيُهَا وَثُمَامُهَا

بكرت وابكرت من المكان وابتكرت وبكّرت بمعنى اى سرت منه بكرة والمغادرة الترك غادرت
الشىء تركته وخلّفته ومنه الغدير لانه ماء قد تركه السيل وخلّفه وللجمع الغدران والاغدرة
النؤى نهير يحفر حول البيت لينصبّ اليه الماء من البيت وللجمع نؤى وأنآء وتقلب فيقال آناء
مثل أبآر وآبار وآرآء وآرآ والثمام ضرب من الشجر رخو يسدّ به خلل البيت يقول عريت
الطلول من قطانها بعد كونهم جميعم بها فصاروا منها بكرة وتركوا النؤى والثمام اى لم يبق
من منازلكم منهم آثار الا النؤى والثمام وأنّما لم يحملوا الثمام لانه لا يعوزهم فى مجالهم ۞

شَاقَتْكَ ظُعْنُ الْحَيِّ حِينَ تَحَمَّلُوا فَتَكَنَّسُوا قُطْنًا تَصِرُّ خِيَامُهَا

الظعن تخفيف الظُعن وهى جمع الظعون وهو البعير الذى عليه هودج وفيه امراة وقد يكون الظعن
جمع ظعينة وهى المراة الظاعنة مع زوجها ثم يقال لها وهى فى بيتها ظعينة ويجمع بالظعائن
ايضا والتكنّس دخول الكناس والاستكبان به والقطن جمع قطين وهو للجماعة والقطن
واحد

واحد والصرير صوت الباب والرحل وغير ذلك يقول حملتك على الأشواق والحنين نساء الحيّ
أو مراكبهنّ يوم ارتحل الحيّ ودخلوا فى الكنس جعل الهوادج للنساء بمنزلة الكنس للوحش ثم
قال وكانت خيامهم المحمولة تصرّ لحدّتها وتلخيص المعنى دعتك الى الاشتياق والنزاع وحملتك
عليهما نساء القبيلة حين دخلت هوادج جماعات فى حال صرير خيامهنّ المحمولة أو دخلن
هوادج غُطّيت بثياب القطن والقطن عندهم من الثياب الفاخرة الخمير فى تكتّموا لحيّ والخمير
الذى أضيف اليه لخيام للظعن وقطنا منصوب على الحال ان جعلته جمع قطين ومفعول به ان
جعلته قطنا ۞

مِنْ كُلِّ تَخْفُوفِ يُظِلُّ عَصِيَّـــــــةً   زَوْجٌ عَلَيْهِ كِلَّـةٌ وَقِرَامُهَـا

حتّى الهودج وغيرة بالثياب اذا غُطى به وحفّ الناس حول الشىء احاطوا به   اظلّ الجدارُ
الشىء اذا كان فى ظلّ الجدار   والعصىّ هنا عيدان الهودج   والزوج النمط من الثياب وللجمع
الازواج   والكلّة الستر الرقيق وللجمع الكلل   والقرام الستر وللجمع القرم   ثم فصّل الظعن
فقال هى من كلّ هودج حقّ بالثياب يظلّ عيدانه نمط ارسل عليه ثم فصّل الزوج فقال هو
كلّة وعبّر بها عن الستر الذى يلقى فوق الهودج لثلّا تؤذى الشمس صاحبه وعبّر بالقرام عن
الستر المرسل على جوانب الهودج   وتحرير المعنى ان الهوادج محفوفة بالثياب فعيدانها تحت
ظلال ثيابها والخمر بعد القرام للعصىّ ۞

زُجَلًا كَأَنَّ نِعَاجَ تُوْضِـحَ فَوْقَهَـا   وَظِبَاءَ وَجْرَةَ عُطَّفًا أَرْآمُهَـا

الزجل للجماعات والواحدة زجلة   والنعاج اناث بقر الوحش والواحدة نعجة   ووجرة موضع
بعينه   والعُطّف جمع عاطف من العطف الذى هو التحرّم او من العطف الذى هو الثنى   والآرام
جمع رئم وهو الظبى الخالص البياض   يقول تحملها جماعات كأنّ اناث بقر الوحش فوق الابل شبّه
النساء فى حسن الاعين والمشى بها او بظبى وجرة فى حال ترحّمها على اولادها او فى حال
عطفها اعناقها للنظر الى اولادها   شبّه النساء بالظباء فى هذه الحال لان عيونها احسن ما
تكون فى هذه الحال لكثرة مائها   وتحرير المعنى انه شبّه النساء ببقر توضح وظباء وجرة
فى كل اعينها   نصب زجلا على الحال والعامل فيها تحملوا   ونصب عطفا على الحال ورفع
آرامها لانه فاعلة والعامل فيها الحال المادّة ممنّ الفعل ۞

حَفَزَتْ وَزَايَلَهَا السَّرَابُ كَأَنَّهَا أَجْزَاعُ بِيشَةَ أَثْلُهَا وَرِضَامُهَا

الحفز الدفع والفعل حفز يحفز والاجزاع جمع جزع وهو منعطف الوادى وبيشة واد بعينه والاثل شجر يشبه الطرفاء الا انه اعظم منها والرضام الحجارة العظام الواحدة رضمة ورَضَمة وللجنس رَضْم ورَضَم يقول دُفِعَت الظُّعن اى الركاب اى ضربت لنَجَة فى السير وفارقتها قطع السراب اى لاحت خلال قطع السراب ولمعت فكانت الظعن منعطفات وادى بيشة اثلها واحجارها العظام شبّهها فى العظم والعِظم بها والمعنى الذى اضيف البه اثل ورضام لبيشة

بَلْ مَا تَذَكَّرُ مِنْ نَوَارَ وَقَدْ نَأَتْ وَتَقَطَّعَتْ أَسْبَابُهَا وَرِمَامُهَا

نَوَار ام امراة نسب بها والنأى البعد والرمام جمع رُمّة وهى قطعة من الحبل خلق ضعيف ثم اضرب عن صفة الديار ووصف حال احمال الاحباب بعد امامها واخذ فى كلام اخر من غير ابطال لما سبق وبل فى كلام الله تعالى لا يكون الا بهذا المعنى لانه لا يجوز منه سبحانه ابطال كلامه واكذابه فقال مخاطبا نفسه اى شى تتذكر من نوار فى حال بعدها وتقطّع اسباب وصالها ما قوى منها وما ضعف

مُرِّيَّةٌ حَلَّتْ بِفَيْدَ وَجَاوَرَتْ أَهْلَ الحِجَازِ فَأَيْنَ مِنْكَ مَرَامُهَا

مُرِّيَّة منسوبة الى مرّة فَيْد بلدة معروفة ولم يصرفها لاجتماعها التانيث والتعريف وصرفها سائغ ايضا لانها مصوغة على اخفّ اوزان الاسماء فعادلت لخفّة احد السببين فصارت كانه ليس فيها الا سبب واحد والسبب الواحد لا يمنع الصرف وكذلك حكم كل اسم كان على ثلاثة احرف ساكن الاوسط مجتمعا للتانيث والتعريف نحو هند ودعد وانشد النحويون

لم تَتَلَفَّعْ بِفَضْلِ مِئْزَرِهَا دَعْدٌ ولم تُغْذَ دَعْدُ فِي العُلَبِ

الا ترى الشاعر كيف جمع اللغتين فى هذا البيت يقول نوار امراة من مرّة حلّت بهن البلدة وجاورت اهل الحجاز يريد انها تحلّ بفيد احيانا وتجاور اهل الحجاز احيانا وذلك فى فصل الربيع وايام الانتجاع لان الحال بفيد لا يكون مجاورا اهل الحجاز لان بينها وبين الحجاز مسافة بعيدة ثم قال فاين منك مطلبها اى تعذّر عليك مطلبها لان بين بلادك وفيد والحجاز مسافة بعيدة وتيها

وتيها وقذفا   وتلخيص المعنى انه يقول هى مربّة تتردّد بين الموضعين وبينها وبين بالذدك
بعد فانى بتيسّر لك طلبها والوصول اليها ۞

بِمَشَارِقِ الجَبَلَيْنِ أَوْ بِمُحَجِّرٍ   فَتَضَمَّنَتْهَا فَرْدَةٌ فَرِجَامُهَا

عنى بالجبلين جبلى طىّ اجا وسلمى   والمُحَجِّر جبل اخر   وفردة جبل منفرد عن سائر الجبال
حتى بـ لانفراده عن الجبال   ورَخام ارض متصلة بفردة ولذلك اضافها اليها   يقول حلّت
نوار بمشارق اجا وسلمى اى تلى المشارق او حلّت بمحجّر فتضمّنتها فردة او الارض
المتّصلة بها وهى رخام   وانما يعنى منازلها عند حلولها بعيد وهذه الجبال قريبة منها بعيدة من
الحجاز   وتضمّن الموضع فلانا اذا حصل فيه وضمّنته فلانًا اذا حصّلته فيه مثل قولك ضمّنته
القبر فتضمّنه القبر ۞

فَصَوَائِقٌ إِنْ أَيْمَنَتْ فَمَظِنَّةٌ   مِنْهَا رَحَافُ القَهْرِ أَوْ طِلْخَامُهَا

يقال امن الرجل اذا اتى اليمن مثل اعرق الرجل اذا اتى العراق واخيف اذا اتى خيف مِنّى
ومَظِنّة الشىء حيث يُظنّ كونه فيه وهو من الظنّ بالظآء واما قولهم علّق مَظِنّة من
الضنّ بالضاد اى هو شىء نفيس يُبخل به   صوائق موضع معروف   ورحاف القهر بالرآء غير
المعجمة موضع معروف ومنهم من رواه بالزاى المعجمة   وطلخام موضع معروف ايضا   يقول
وان انجبعت نحو اليمن فالظنّ انها تحلّ بصوائق وتحلّ من بينها برحاف القهر او بطلخام
وهما خاصّان بالاضافة الى صوائق   وتلخيص المعنى انها ان اتت اليمن حلّت برحاف القهر
او طلخام من صوائق ۞

فَأَقْطَعُ لُبَانَةَ مَنْ تَعَرَّضَ وَصْلُهُ   وَلَشَرُّ وَاصِلِ خُلَّةٍ صَرَّامُهَا

اللبانة الحاجة   والخُلّة المودّة المتناهية والخِلّة والخليل ولكلّ واحد   والصَّرام القطّاع فقال
من الصَّرم وهو القطع والفعل صرم يصرُم   ثم اضربى عن ذكر نوار واقبل على نفسه
مخاطبا اِيّاها فقال اقطع اربك وحاجتك ممّن كان وصله معرّضا للزوال والانتقاص ثم قال وشرّ
من وصل محبّة او حبيبا من قطعها اى وشرّ واصل الاحباب والمحبّات قطّاعها يذمّ من كان وصله فى
معرض الانتكاث والانتقاص ويبروى ولخير واصل وهذا اوجه الروايتين وامثلها اى خبر واصل
المحبّات

الحبّات والاحباب اذا رجا خيرهم قطاعها اذا بيّس منه قوله لبانة من تعرّض اى لبانتك منه لان قطع لبانته منك ليس البك ۞

وَآحَبُّ المُجَامِلِ بِالجَزِيلِ وَصَرْمُهُ نَابٍ إِذَا ظَلَعَتْ وَزَاغَ قَوَائِمُهَا

حبوته بكذا احبوه جباء اذا اعطيته ايّاه والمجامل المصانع ويروى الحامل الذى يتحمّل اداك كما تتحمّل اذاه بالجزيل اى بالودّ الجزيل والجزالة الكمال والتام واصلها الضخم والغلظ والفعل جزل يجزل والنعت جزل وجزيل ومنه حطب جزل وحطب جزيل وعطاء جزل وجزيل وقد اجزل عطيته وقرّها وكثّرها والصّرم القطيعة والظّلع تمزّ فى الدوابّ والزيغ الميل والازاغة الامالة وقوام الشىء وقوامه ما يقوم به يقول وآحب من جاملك وصانعك واداراك بودّ كامل وافر ثمّ قال وقطيعته باقية ان ظلعت خلّته ومال قوامها اى ان ضعفت اسبابها ودعائمها اى ان حال الجامل عن كرم العهد فانت قادر على صرمه وقطيعته والمضمر الذى اضيف اليه قوامها لخلّة وكذا المضر فى ظلعت ۞

بِطَلِيحِ أَسْفَارٍ تَرُوكُنَ بَقِيَّةً مِنْهَا فَأَحْنَقَ صُلْبُهَا وَسَنَامُهَا

الطلح والطليح المُعبى وقد طلحت البعير اطلحه طلحا اذا أعييته فطليح فعيل فى معنى مفعول بمنزلة الجريح والقريح والقتيل وطلح فعل فى معنى مفعول بمنزلة الذبح واللطح بمعنى المذبوح والملطوح واسفار جمع سفر والاحناق الضمر والبآء فى قوله بطليح من صلة وصرمُهُ يقول اذا زال قوام خلّته تقدر على قطيعته بناقة اعيتها الاسفار وتركت بقيّة من لحمها وقوّتها فضمر صلبها وسنامها وتلخيص المعنى فانت تقدر على قطيعته بركوب ناقة اعتادت الاسفار ومرنت عليها ۞

وَإِذَا تَعَالَى لَحْمُهَا وَتَحَسَّرَتْ وَتَقَطَّعَتْ بَعْدَ الْكَلَالِ خِدَاشُهَا

تعالى لحمها ارتفع الى رؤس العظام من الغلاء وهو الارتفاع ومنه قولهم غلا السعر يغلو غلاء اذا ارتفع وتحسّرت صارت حسيرة اى كالّة معيبة عارية عن اللحم والخدام جمع خدم والخدّام جمع خذمة وهى سيور يشدّ بها النعال الى ارساغ الابل يقول واذا ارتفع لحمها الى رؤس عظامها

عظامها واعيين وعرّيت عن اللحم وتقطّعت السيور التى شدّت بها نعالها الى ارساغها بعد
اعيائها   وجواب اذا فى البيت الذى بعد ۞

فَكَلَّهَا هِبَابٌ فِي الزِّمَامِ كَأَنَّهَا   صَهْبَاءُ خَفَّ مَعَ الجَنُوبِ بَجَهَامُهَا

الهباب النشاط   والصهباء للحمراء يريد كأنها سحابة صهباء محدثة من الموصوف   وحقّ يخفّ
خفوفا اسرع وللجهام السحاب الذى قد اراق ماءه   يقول فكلها فى مثل هذا النشاط فى حال نطاق فى السير فى
حال قود زمامها فكانها فى شرعة سيرها سحابة حمراء قد ذهبت الجنوب يقطعها التى هراقت
ماءها فانفردت عنها وتلك اسرع ذهابا من غيرها ۞

أَوْ مُلْمِعٌ وَسَقَتْ لِأَحْقَبَ لَاحَهُ   طَرْدُ الفُحُولِ وَضَرْبُهَا وَكِدَامُهَا

ألمعت الاتان فهى ملمع اشرق طبيها باللبن   وسقت حملت وسق يسق يسقا   والاحقب العير
الذى فى وركيته بياض او فى خاصرتيه   ولاحه ولوحه غيّره ويروى طرد الفحول وضربها
وعدامها   والفحول والفحال والفحالة جموع فحل   والكدام يجوز ان يكون بمنزلة الكدم وهو
العضّ ويجوز ان يكون بمعنى المكادمة وهى المعاضّة يقول كانها صهباء او اتان اشرقت
اطباؤها باللبن وقد حملت تولّبا لفحل احقب قد غيّر وهزل ذلك الفحل طرده الفحول وضربه
ايّاها وعضه او طرد الفحول وضربها وعضها ايّاه   وتلخيص المعنى انها تشبه فى شدّة سيرها هذه
السحابة او هذه الاتان التى حملت ولدا لمثل هذا الفحل الشديد الغيرة عليها فهو يسوقها
سوقا عنيفا ۞

يَعْلُو بِهَا حَدَبَ الإِكَامِ مُسَحَّجٌ   قَدْ رَابَهُ عِصْيَانُهَا وَوِحَامُهَا

الاكام جمع أكمّ والاكّم والأكّم جمع أكمّة وجمع الإكام على الأكّم   وحدبها
ما احدودب منها   والسحج القشر والحنش العنيف والتسحيج مبالغة السحج   والوحام والوحام
والوحم اشتهاء للحبلى الشئ والفعل وحمت تحم وتحم وبقدّم وهذا القياس مطرد فى فعل
يفعل من معتل الفاء   يقول يعلو هذا الفحل الاتان الاكام اتعابا لها وابعادا لها عن
العزل وقد شكّكته فى امرها عصيانها ايّاه فى حال حملها واشتهاؤها ايّاه قبلها والفحل العير
المسحّج ۞

باحزة
٣٨

بِأَحِرَّةِ الثَّلَبُوتِ يَرْبَأُ فَوْقَهَا ۞ قَفْرُ الْمَرَاقِبِ خَوْفُهَا آرَامُهَا

الاحرة جمع حزيز وهو مثل العقى   والثلبوت موضع بعينه   رباب القوم وربات لم أربأ رئمًا كنت رئيمها لهم   والقفر الخالى والجمع القفار   والمراقب جمع مرقب والموضع الذى يقوم عليه الرقيب ويريد بالمراقب الاماكن المرتفعة   والآرام أعلام الطريق والواحدة إرم   يقول يعلو العير بالاتان الاكام فى قفاف هذا الموضع ويكون رقيبا لها فوقها فى موضع خالى الاماكن المرتفعة فانها يخاف اعلامها اى يخاف استنار الصيادين باعلامها   وتلخيص المعنى انما بهذا الموضع والعير يعلو اكامه لينظر الى اعلامها هل يرى صائدا استنر بعلم منها يريد ان يربئها ۞

حَتَّى إِذَا سَلَخَا جُمَادَى سِتَّةً ۞ جُزْأً فَطَالَ صِيَامُهُ وَصِيَامُهَا

سلخت الشهار وغيره اسلخه سلخا مرّ عليّ وانسلخ الشهر نفسه   جمادى اسم للشتاء سمّى به لجمود الماء فيه ومنه قول الشاعر

فى ليلةٍ من جُمادَى ذاتِ أنْديَةٍ ۞ لا يُبصِرُ الكلبُ من ظَلْمائِها الطُّنُبا

اى من الشتاء   جزا الوحش جيزا جزأً اكتفى بالرطب عن الماء   والصيام الامساك فى كلام العرب ومنه الصوم المعروف لانه امساك عن المفطرات   يقول اقاما بالثلبوت حتى مرّ عليهما الشتاء ستة اشهر وجاء الربيع فاكتفيا بالرطب عن الماء وطال امساك العير وامساك الاتان عنه ستة بدل من جمادى لذلك نصبها وأراد ستة اشهر فحذف لدلالة الكلام عليه ۞

رَجَعَا بِأَمْرِهِمَا إِلَى ذِى مِرَّةٍ ۞ حَصِدٍ وَنَجَّحَ صَرِيمَةً إِبْرَامُهَا

الياء فى بامرها زائدة ان جعلتيت رجعا من الرجع اى رجعا امرهما الى استبداه وان جعلته من الرجوع كانت الياء للتعدية   المرة القوة وجمع المرر واصلها قوة الفتل والابرام احكام الفتل والحصيد المحكم والفعل حصيد يحصد وقد احصدت الشئ اى احكمته والنجح والفلاح حصول المراد   والصريمة العزيمة التى صرمها صاحبها عن سائر عزائمه بالجدّة فى امضائها

امضانها وللجمع الصرائم والابرام الاحكام يقول اسند العبر والاتان امرها الى عزم او رأى محكم ذى قوّة وهو عزم العبر على الورود قال وانما يحصل المرام باحكام العزم ⊙

وَرَّى دَوَابِرَهَا السَّفَى وَتَهَيَّجَتْ رِيحُ المَصَايِفِ سَوْمَهَا وَسِهَامَهَا

الدوابر مآخير للحوافر والسفى شوك البُهْمَى وهى ضرب من الشوك مالع الشوى صِعَابُها واهتاج اهتياجا وتهيّج تحرّك ونشأ وهيّته نهيجا وهيّجته تهييجا والمصايف جمع المصيف وهو الصيف والسوم المرور والفعل سام يسوم والسهام والسهام شلّة للحرّ يقول وأصاب شوك البهى مآخير حوافرها وتحرّكت ريح الصيف مرورها وشلّة حرّها يتبيّن بهذا الى انقضاء الربيع وجىّ الصيف واحتياجها الى ورود الماء ⊙

فَتَنَازَعَا سَبِطاً يَطِيرُ ظِلَالُهُ كَدُخَانِ مُشْعَلَةٍ يَشُبُّ ضِرَامَهَا

التنازع مثل التجاذب والسبط الممتد الطويل كدخان مشعلة اى نار مشعلة لحذف الموصوف شبّ النار واشتعالها واحد والفعل منه شبّ يشبّ والضرام دقاق الحطب واحدها ضَرَم وواحد الضَرِيم ضَرْمَة وقد ضُومِّت النار واضرمت وتضرّمت التهبت واضرمتها وضرّمتها انا سبطا اى غبارا سبطا لحذف الموصوف يقول فتجاذب العبر والاتان فى عدوها نحو الماء غبارا ممتدا طويلا كدخان نار موقدة تشعل النار فى دقاق حطبها وتلخيص المعنى انه جعل الغبار الساطع بينهما بعدوها كثوب بتجاذبانه ثم شبّهه فى كثافته وظلمته بدخان نار موقدة ⊙

مَشْمُولَةً عُلِثَتْ بِنَابِتِ عَرْفَجٍ كَدُخَانِ نَارٍ سَاطِعٍ أَسْنَامُهَا

مشمولة هبّت عليها ريح الشمال وقد شُمِلَ الشيء اصابته الشمال والعَلْثُ الخلط والفعل عَلَثَ يَعْلِثُ بالغين والعين جميعا والنابت القِضى ومنه قول الشاعر
وُوَطِّئْتِنا وَطْأً عَلَى حَنَقٍ وَطْءَ المُقَيَّدِ نَابِتَ الهَرْمِ
اى غضة والعرفج ضرب من الشجر ويروى عُلِثَتْ بنابت اى اوضع فوقها والاسنام جمع سنام ويروى اسنامها وهو الارتفاع والرفع جميعا يقول هذا النار قد اصابتها الشمال وقد خُلِطَت بالحطب

بالحطب اليابس والرطب الغض كدخان نار قد كان قد ارتفع اعاليها وسنام الشيء اعلاه شبّه الغبار الساطع من قوائم العير والاتان بنار قد اوقدت بحطب يابس تسرع فيه النار وحطب غض وجعلها كذلك ليكون دخانها اكثف فيشبهه الغبار الكثيف ثم جعل هذا الدخان الذى شبّه الغبار به كدخان نار قد سطع اعاليها فى الاضطرام والالتهاب ليكون الدخان اكثر وجرى مشمولة لانها صفة لمشعلة ۞

فَمَضَى وَقَدَّمَهَا وَكَانَتْ عَادَةً مِنْهُ إِذَا هِيَ عَرَّدَتْ إِقْدَامُهَا

التعريد التأخّر والجبن والاقدام ههنا بمعنى التقدمة لذلك أنّ فعلها اى وكانت تقدمة الاتان عادة من العير وهذا مثل قول الشاعر

غفرنا وكانت من سجيّتنا الغفر

اى وكانت المغفرة من سجيّتنا قال رويشد بن كثير الطائى

يا ايّها الراكب المزجى مطيّته سائل بنى اسد ما هذه الصوت

اى ما هذه الاستغاثة لان الصوت مذكّر يقول فى العير نحو الماء وقدّم الاتان لئلّا تتأخّر وكانت تقدمة الاتان عادة من العير اذا تأخّرت هى اى اذا خاف العير تأخّرها ۞

فَتَوَسَّطَا عُرْضَ السَّرِيِّ وَصَدَّعَا مَسْجُورَةً مُتَجَاوِزًا قُلَّامُهَا

العرض الناحية والسرى النهر الصغير والجمع الاسرية والتصديع التشقيق والتجر الملأ اى عينا مجورة تحذف الموصوف لما دلّت عليه الصفة والقلّام نوع من النبت يقول فتوسّط العير والاتان جانب النهير الصغير وشقّا عينا مملوّة ماء قد تجاوز قلّامها اى قد كثر هذا الضرب من النبت عليها وتحرير المعنى انها قد وردا عينا ممتلئة ماء قد خلا فيها من عرض نهرها وقد تجاوز نبتها ۞

حَفُوفَةٌ وَسْطَ الْيَرَاعِ يُظِلُّهَا مِنْهُ مُصَرَّعُ غَابَةٍ وَقِيَامُهَا

اليراع القصب والغاية الاجمة والجمع الغابه والمصرّع مبالغة المصروع والقيام جمع قائم يقول قد شقّا عينا قد حفّت بضروب النبت والقصب فى وسط القصب يظلّها
منه

من القصب ما شُرع من غابتها وما قام منها يريد انها فى ظلّ قصب مصروع معصرُوع وبعضه قائم ۞

أَفَتِلكَ أَم وَحشِيَّةٌ مَسبُوعَةٌ خَذَلَت وَهَادِيَةُ الصِّوَارِ قَوَامُها

مسبوعة قد اصابها السباع بافتراس ولدها والهادية المتقدّمة والمتقدّم ايضا فيكون التّاء اذا للمبالغة والصوار والصيار القطيع من بقر الوحش وللجمع الصيران وقوام الشئ ما يقوم به هو يقول افتلك الاتان المذكورة تشبه ناقتى فى الاسراع ام المهر ام بقرة وحشيّة قد افترس السبع ولدها حين خذلته وذهبت ترعى مع صواحبها وقوام امرها الفحل الذى ينقدّم القطيع من بقر الوحش وتحرير المعنى ان ناقتى تشبه تلك الاتان او هذه البقرة التى خذلت ولدها وذهبت ترعى مع صواحبها وجعلت هادية الصوار قوام امرها فافترس السباع ولدها فاسرعت فى السير طالبة لولدها ۞

خَنسَآءُ ضَيَّعَتِ الغَرِيرَ فَلَم يَرِم عُرضَ الشَّقَائِقِ طَوفُها وَبُغَامُها

الخنس تأخّر فى الارنبة والغرير ولد البقرة الوحشيّة وللجمع فرار على غير قياس والرّنم البراح والفعل رام يريم والعرض الناحية والشقائق جمع شقيقة وهى ارض صلبة بين رملين والبغام صوت رقيق يقول هذه البقرة الوحشيّة قد تاخّرت ارنبتها والبقر كلها خنس وقد ضيّعت ولدها اى خذلته حتى افترسته السباع فذلك تضييعها ايّاه ثم قال ولم يبرح طوفها وخوارها نواحى الارضين الصلبة فى طلبه وتحرير المعنى ضيّعته حتى صادته السباع فطلبته طائفةً وصائحةً فيها بين الرمال ۞

لِمُعَفَّرٍ قَهدٍ تَنَازَعَ شِلوَهُ غُبسٌ كَوَاسِبُ لَا يُمَنُّ طَعَامُها

العفر والتعفير الالقآء على العفر والعَفر وهما اديم الارض والقهد الابيض والتنازع التجاذب والشلو العضو وقيل هو بقيّة الجسد وللجمع الاشلآء والغبس جمع اغبس وغبسآء والغبسة لون كلون الرماد والمنّ القطع والفعل منّ يَمُنّ ومنه قوله تعالى لهم اجر غير ممنون ومنه سقى الغبار منينا لانقطاع بعض اجزائه عن بعض والدهر والمنيّة منونا لقطعها اعمار الناس وغيرهم يقول هى تطوف وتبغم لاجل جوذر ملقى على الارض ايمص قد تجاذبت اعضآءه ۞

امعشآءه ذياب اوكلاب غبس لا يقطع طعامها اى لا تغتر فى الاصطياد فينقطع طعامها هـذا
اذا جعلت غبسا من صفة الذياب وان جعلتها من صفة الكلاب فمعناه لا يقطع اعمايها
طعامها وتحرير المعنى انها تجیّ فى الطلب لاجل فقدها ولدها قد القى على ادم الارض
وافترسته كلاب او ذياب موايد قد اعتادت الاصطياد وبقر الوحش بيض ما خلا وجوهها
واكارعها لذلك قال تهد والكحب العبيد فى البيت ۞

صَادَفْنَ مِنْهَا غِرَّةً فَأَصَبْتَهَا ۝ اِنَّ المَنَايَا لَا تَطيشُ سِهَامُهَا

الغرّة الغفلة والطيش الاخراف والعدول يقول صادفت الكلاب او الذياب غفلة من البقرة
فاصبن تلك الغفلة او تلك البقرة بافتراس ولدها اى وجدتها غافلة عن ولدها فاصطادنه ثم
قال ان الموت لا تطيش سهامه اى لا يخلص من هجومه واستعار له سهاما واستعار للاخطاء
لفظ الطيش لان السهم اذا اخطأ الهدف فقد طاش عنه ۞

بَانَتْ وَأَسْبَلَ وَاكِفٌ مِن دِيمَةٍ ۝ تُروِى الخَمَايِلَ دَائِمًا تَسجَالُهَا

الواكف والوكفان واحد والفعل منهـا وكف يكف اى قطر والديمة مطرة تدوم واقلها
نصف يوم وليلة وللجمع ديم وقد دیَّمت السحابة اذا كان مطرها ديمـة واصل دیمة ديومة فقلبت
الواو ياء لسكونها ولانكسار ما قبلها ثم قلبت فى الدم جمـلاً على القلب فى الواحد الخمايل
جمع خميلـة وهى كل رملة ذات نبت عند اكثر الائمة وقال جماعـة منهم هى ارض ذات
شجر والنجام بمعنى الهجم والهجوم ويقال بجيم الدمع وغيره يهجم تهجا فهجم هو يهجم هجوما
اى صبّه فانصبّ يقول بانت البقرة بعد فقدها ولدها وقد اسبل مطر واكف من مطر
دائم يبروى الرمال المنبتة او الارضين التى بها انحدار فى حال دوام سكبها المآء اى بانت فى
مطر دائم الهطلان وواكف يجوز ان يكون صفة مطر ويجوز ان يكون صفة سحاب ۞

تَجتَافُ أَصلاً قَالِصًا مُتَنَبِّذًا ۝ بِعُجُوبِ أَنقَآءَ يَمِيلُ هَيَامُهَا

الاجتياف الدخول فى جوف الشى ويسروى تجتاب بالبآء اى تلبس والتنبّذ التنحّى من
التنبة والنّبة زهما الناحية والعجب اصل الذنب وللجمع العجوب فاستعاره لاصل النقا والنقا
الكثيبين من الرمـل والتثنية نقوان ونقيان وللجمع انقآء والهيام ما لا يتماسك بومن الرمل
وامله

واصله من هام یعیم   یقول وقد دخلت البقرة الوحشیّة فی جوف أصل شجر منبطحٌ عن سائر الشجر قد فاضت اغصانها وذلك الشجر فی اصول کثبان من الرمل بحیل ما لا یتقابلس منها علیها لهطلان المطر وهبوب الریح   وتحریر المعنی انها تستتر من البرد والمطر باغصان الشجر ولا یقیها البرد والمطر لتقلّصها وتنهالُ کثبان الرمل علیها مع ذلك ۞

یَعْلُو طَریقَةً سَنِّهَا مُتَواتِرٌ   فی لَیْلَةٍ کَفَرَ النُّجُومُ غَمامُهَا

طریقة المتن خطّ من ذنبها الی عنقها   والکَفْر التغطیة والستر   یقول یعلو صلبها قطر متوال متواتر فی لیلة یسترُ غمامها نجومها ۞

وَنَضَی وُ فی وَجْهِ الظَّلامِ مُنِیرٌ   کَجُمانَةِ البَحْرِیِّ سَلَّ نِظامُهَا

الاسّاءة والانارة یتعدّی فعلها ویلزم وهما لازمان فی البیت   ووجه الظلام اوّله وکذلك وجه النهار   والجمان والجمانة دُرّة مصوغة من الفقّة ثم یستعار للدرّ واصله فارسی معرّب وهؤكان بقول وتضیء هذه البقرة فی اوّل ظلام اللیل کدرّة الصدف البحری او الرجل البحری حین سلّ النظام منها   شبّه البقرة فی تلألؤ لونها بالدرّة وانّما حتّی ما یمثل نظامها اشارة الی انها تعدو ولا تستقرّكما تتحرّك وتنتقل الدرّة التی سلّ نظامها وانّما شبّهها بها لانها بیضاء مثلاّئة ما خلا اکارعها ووجهها ۞

حَتّی إذا انْحَسَرَ الظَّلامُ وَأَسْفَرَتْ   بَکَرَتْ تَزِلُّ عَنِ النَّرَی أَزْلامُهَا

الانحار الانکشاف والانجلاء   الاسفار الاضاءة اذا لزم فعلها الفاعل   والازلام قوائمها جعلها ازلاما لاستوائها ومنه سمّیت القداح ازلاما والتزلیم التسویة وواحد الازلام زَلم وزلم والزُلّة والزَلّة القلّة ومنه قولهم هو العبد زلمة وزلَمة ای قلّة قدّ العبید   یقول حتّی اذا انکشف وانجلی ظلام اللیل واضاء بکرت البقرة الوحشیّة من مأواها فتنزل قوائمها عن التراب البدی لکثرة المطر الذی اصابه لیلا ۞

عَلِهَتْ تَرَدَّدُ فی نَهاءِ ضُعائِدٍ   سَبْعاً تُؤامًا کامِلاً أیّامُهَا

العَلَه والهَلَع الانهماك فی الحزع والبحر ویسروی تَبلَّد ای تَخَیَّر وتَنَبَّع   والنَهاء جمع نهی ونهی وهو

وهو الغدير وكذلك الأنهاء وصعائد موضع بعينه والتوّأم جمع تَوْأم يقول امعنت فى الجزع
وترّددت متحيّرة فى وهاد هذا الموضع ومواضع غدرانه سبع ليال توام الأيام وقد كملت أيام تلك
الليالى اى ترّددت فى طلب ولدها سبع ليال بأيامها وجعل أيامها كاملة اشارة الى انّها كانت
من أيام الصيف وشهور الحرّ ۞

حَتَّى إِذَا يَئِسَتْ وَأَسْحَقَ جَالِنٌ   لَمْ يُبْلِهِ إِرْضَاعُهَا وَفِطَامُهَا

الإحاق الأخلاق والتحقّق للخلق   والخالق الضرع الممتلئ لبنا   يقول حتى اذا يئست البقرة من
ولدها وصار ضرعها الممتلئ لبنا خلقا لانقطاع لبنها   ثم قال ولم يبل ضرعها ارضاعها ولدها
وفطامها اتّاء وانّا ابلاء فقدها اتّاء ۞

وَتَوَجَّسَتْ رِزَّ الأَنِيسِ فَرَاعَهَا   عَنْ ظَهْرِ غَيْبٍ وَالأَنِيسُ سَقَامُهَا

الرزّ الصوت الخفىّ   والأنيس والإنس والأناس والناس واحد   راعها افزعها   والسقام والسقم
واحد والفعل سقم يَسقَم والنعت سقيم وكذلك النعت ممّا كان من افعال باب فعل يفعل
من العلل والادواء نحو مريض   يقول فسمعت البقرة صوت الناس فافزعها ذلك وانّا
سمعته عن ظهر غيب اى لم ترَ الانيس   ثم قال والناس سقام الوحش ودآؤها لانهم يصيدونها
وينقصون منها نقص السقم من الجسد   وتحرير المعنى انها سمعت صوتا ولم تر صاحبه فخافت
ولا غرو ان خافت عند سماعها صوت الناس لان الناس يبيدونها ويهلكونها سقاما   والتقدير
فسمعت رزّ الانيس من ظهر غيب فراعها والانيس سقامها ۞

فَغَدَتْ كِلَا الفَرْجَيْنِ تَحْسِبُ أَنَّهُ   مَوْلَى المَخَافَةِ خَلْفُهَا وَأَمَامُهَا

الفرج موضع المخافة والفرج ما بين قوائم الدواب فما بين اليدين فرج وما بين الرجلين فرج
وللجمع فروج   وقال ثعلب ان المولى فى هذا البيت بمعنى الاولى بالشىء كقوله تعالى النار
هى مولاكم اى هى الاولى بكم   يقول فغدت البقرة وهى تحسب ان كلا فرجيها مولى المخافة
اى موضعها وصاحبها او تحسب ان كلا فرج من فرجيها هو الاولى بالمخافة منه   وتحرير المعنى
انها لم تبقَ على ان صاحب الرزّ خلفها ام أمامها فغدت فزعة من عورة لا تعرف منهما من
مهلكها وقال الأعمى اراد بالمخافة الكلاب ومولاها صاحبها اى غدت وهى لا تعرف ان
الكلاب

الكلاب والكلاب خلفها او امامها فى تظنّ كل جهة من الجهتين موضعا للكلاب والكلاب
والغير الذى هو اسم ان عائد الى كلا وهو مفرد اللفظ وان كان يتضمّن معنى التثنية ويجوز حمل
الكلام بعد على لفظه مرّة وعلى معناه اخرى والحمل على اللفظ اكثر وتشبيها كلا اخوين
سبّى وكلا اخوين سبّاى وقال الشاعر

كلاهُما حِين جَدَّ الجَرىُ بَينَهُما   قَدْ أَقْلَعا وكِلا أَنفَيْهِما رابِى

حمل اقلعا على معنى كلا وحمل رابيا على لفظه قال اله تعالى عزّ وجلّ كلتا الجنتين اتت
اكلها حملا على لفظ كلتا وكلنا فى هذين الحكمين كل لانه مفرد اللفظ وان كان
معناه جمعا ويحمل الكلام بعد على لفظه ومعناه وكلاهما كثير قال اله تعالى وكل اتوه
داخرين فهذا محمول على المعنى وقال اله تعالى ان كل من فى السموات والارض الا اتى
الرحمن عبدا وهذا محمول على اللفظ وموى الخافة فى محل رفع لانه خبر انّ وخلفها وامامها
خبر مبتداء محنوى وتقديره هو خلفها وامامها ويكون تفسيرا كلا الفرجين ويجوز ان يكون
بدلا من كلا الفرجين وتقديره قعدت كلا الفرجين خلفها وامامها تحسب انه موى الخافة

حَتّى إذَا يَئِسَ الرُّماةُ وأَرْسَلُوا   غُضْفًا دَواجِنَ قَافِلاً أَعْصَامُهَا

الغُضف من الكلاب المسترخية الآذان والغَضف استرخاء الاذن يقال كلب اغضف وكلبة
غضفاء وهو مستعمل فى غير الكلاب استعارة فيها   والدواجن المعلّمات   والقفول اليبس
واعصامها بطونها وقيل بل سواجيرها وهى قلادة من الحديد والجلود وغير ذلك   يقول حتى
اذا يئس الرماة من البقرة وعلموا ان سهامهم لا تنالها وارسلوا كلابا مسترخية الاذان معلّمة
ضوامر البطون او يابسة السواجير

فَلَحِقَنَ وَاعْتَكَرَتْ لَها سَدَرِيَّةٌ   كَالسَّمْهَرِيَّةِ حَدُّها وتَمَامُهَـا

عكر واعتكرا اى عطف   المدريّة طرف قرنها   والسمهريّة من الرماح منسوبة الى سمهر
وهو رجل كان بقرية تسمّى خطّا من قرى البحرين وكان متقنا ماهرا فنصب اليه الرماح
الجيّدة   يقول فلحقت الكلاب البقرة وعطفت ولها قرن يشبه الرماح فى حدّتها وتمام طولها اى
اقبلت البقرة على الكلاب وطعنتها بهذا القرن

لِتَذُودَهُنَّ وَأَيْقَنَتْ ان لَمْ تَذُدْ   أَنْ قَدْ أَحَمَّ مِنَ الْحُتُوفِ حِمَامَهَا

الذَّوْد الكَفِّ والرَّد   والاحام والاجام القرب   والحتف قضاء الموت وقد بمَّى الهلاك
حتفا   والحمام تقدير الموت يقال حَمَّ كذا اى قدّر   يقول عطفت البقرة وكرّت لتردّ وتطرد
الكلاب عن نفسها وايقنت انها ان لم تذدها قرب موتها من جملة حتوف للحيوان اى ايقنت انها
ان لم تطرد الكلاب قتلتها الكلاب ۞

فَتَقَصَّدَتْ مِنْهَا كِسَابًا فَضَرَّجَتْ   بِدَمٍ وَغُودِرَ فِي المَكَرِّ سُخَامُهَا

أَقْصَد وتقصَّد قتل   كِساب مبنية على الكسر اسم كلبة وكذلك خام وقد روى بالحاء   يقول
فقتلت البقرة كِساب من جملة تلك الكلاب فحمّرتها بالدم وتركت خاما فى موضع كرّها صريعا
اى قتلت هذين   والتضريج التغمير بالدم ضرّجه فتضرّج   ويريد بالمكرّ موضع كرّها ۞

فَبِتِلْكَ إِذْ رَقَصَ اللَّوَامِعُ بِالضُّحَى   وَاجْتَابَ أَرْدِيَةَ السَّرَابِ إِكَامُهَا

يقول فبتلك الناقة اذ رقص اللوامع اى لوامع السراب بالضحى اى تحرّكت ولبست الاكام
ادرعة من السراب   وتحرير المعنى فبتلك الناقة التى اشبهت البقرة والاتان الملح اقطع
جوابى فى الهواجر ورقص لوامع السراب ولبس الاكام ارديته كناية عن اضطرام الهواجر ۞

أَقْضِى اللُّبَانَةَ لَا أُفَرِّطُ رِيبَةً   أَوْ أَنْ يَلُومَ بِحَاجَتِي لُوَّامُهَا

اللبانة للحاجة   والتفريط التضييع وتقدمة العجز والريبة التهمة   واللُّوام مبالغة اللائم واللُّوام جمع
اللائم   يقول بركوب هذه الناقة واتعابها فى حرّ الهواجر اقضى وطرى ولا افرّط فى طلب
بغيتى ولا ادع ريبة الا ان يلومنى لائم   وتحرير المعنى انه لا يقصر ولكنه تمكنه الاحتراز
عن لوم اللُّوام ايّاه   واو فى قوله او ان يلوم معنى الاّ ان يلوم ومنه قولهم لالزمنّه او يعطينى
حقّى وقال امرؤ القيس

فَقُلْتُ لَهَا لَا تَبْكِى عَيْنَكِ اِنّمَا   نُحَاوِلُ مُلْكًا أَوْ نَمُوتَ فَنُعْذَرَا

اى الاّ ان نموت ۞

او

أَوَلَمْ تَكُنْ تَدْرِي نَوَارُ بِأَنَّنِي ۞ وَصَّالُ عَقْدِ حَبَائِلٍ جَذَّامُهَا

الحبائل جمع لحبالة وهي مستعارة للعهد والمودّة هاهنا وللجذم القطع والفعل جذم يجذم وللجذام مبالغة لجاذم ثم رجع الى التشبيب بالعشيقة فقال أوَلَمْ تكن نوار اني وصّال عقد العهود والمودّات وقطّاعها يريد انه يصل من استحق الصلة ويقطع من استحق القطيعة ۞

تَرَوُّكُ أَمْكِنَةٍ إِذَا لَمْ أَرْضَهَا ۞ أَوْ يَعْتَلِقْ بَعْضَ النُّفُوسِ حِمَامُهَا

يقول اني تراك اماكن اذا لم أرضها الا ان يرتبط نفسي حمامها فلا حكمها البراح واراد ببعض النفوس نفسه هذا أوجه الأقوال واحسنها ومن جعل بعض النفوس بمعنى كل النفوس فقد اخطأ لان بعضا لا تفيد العموم والاستيعاب وتحرير المعنى اني لا تراك الاماكن اجتويها واقلبها الا ان اموت ۞

بَلْ أَنْتِ لَا تَدْرِينَ كَمْ مِنْ لَيْلَةٍ ۞ طَلْقٍ لَذِيذٍ لَهْوُهَا وَنِدَامُهَا

ليلة طلق وطلقة ساكنة لا حرّ فيها ولا قرّ والندام جمع ندم مثل الكرام في جمع كريم والندام ايضا المنادمة مثل الجدال والجادلة والندام في البيت يحتمل الوجهين أضرب عن الاخبار الى المخاطبة فقال بل أنت يا نوار لا تعلمين كم من ليلة ساكنة غير مؤذية لا يجرّ ولا يبرد لذيذ اللهو والندماء أو المنادمة وتحرير المعنى بل أنت تجهلين كثرة الليالي التي طابت لي واستلذذت ذو لهوي وندمائي فيها أو منادمتي الكرام فيها ۞

قَدْ بِتُّ سَامِرَهَا وَغَايَةَ تَاجِرٍ ۞ وَأَتَيْتُ إِذْ رُفِعَتْ وَعَزَّ مُدَامُهَا

الغاية راية ينصبها الخمّار ليعرف مكانه واراد بالتاجر الخمّار وأتيت المكان اتيته والمدام والمدامة الخمر سقيت فيها لانها قد ادمت في دنها يقول قد بت محدّث تلك الليلة اي كنت اسامر ندمائي واحدّثهم فيها ثم رب راية خمّار اتيتها حين رفعت ونصبت وغلت خمرها وقلّ وجودها يمتدح بكونه لسان أصحابه ويكونه جوادا لاشترائه غالية لندمائه ۞

أَعَلِى السِّبَآءِ بِكُلِّ أَدْكَنَ عَاتِقٍ   أَوْ جَوْنَةٍ قُدِحَتْ وَفُضَّ خَتَامُهَا

سَبَأْتُ لِلْخَمْرِ أَشْتَرِيهَا سَبْأً وَسِبَآءً وَسَبَأً أَشْتَرِيتُهَا   أَغْلَيْتُ الشَّيْءَ اشْتَرِيتِهِ غَالِيًا وَصَيَّرْتُهُ غَالِيًا
أَوْ وَجَدْتُهُ غَالِيًا   وَالْأَدْكَنُ الَّذِي فِيهِ دُكْنَةٌ كَالْخَمْرِ الْأَدْكَنُ أَرَادَ بِكُلِّ زِقٍّ أَدْكَنَ   وَلِلْجَوْنَةِ السَّوْدَآءِ
أَرَادَ أَوْ خَابِيَةٍ سَوْدَآءَ قُدِحَتْ   وَالْقَدْحُ الْغَرْفُ   وَالْفَضُّ الْكَسْرُ   وَالْخَتَامُ وَالْخِتَامُ وَالْخَاتَامُ وَالْخَتَامُ
وَاحِدٌ   يَقُولُ اشْتَرِى لِلْخَمْرِ غَالِيَةَ السِّعْرِ بِاشْتِرَآءِ كُلِّ زِقٍّ أَدْكَنَ أَوْ خَابِيَةٍ سَوْدَآءَ قَدْ فُضَّ خَتَامُهَا
وَاغْرِفُ مِنْهَا   وَتَحْرِيرُ الْمَعْنَى اشْتَرِى لِلْخَمْرِ لِلنُّدَمَآءِ عِنْدَ غَلَآءِ السِّعْرِ وَاشْتَرِى كُلَّ زِقٍّ مُقَيَّرٍ
وَخَابِيَةٍ مُقَيَّرَةٍ وَإِنَّمَا تُقَيَّرُ لِئَلَّا يَرِقَّهَا مَا فِيهَا وَلِيُسْرِعَ إِصْلَاحُهَا وَانْتِفَاعُهُ مَتَى يَشَآءُ إِدْرَاكُهُ   وَقَوْلُهُ
قُدِحَتْ وَفُضَّ خَتَامُهَا فِيهِ تَقْدِيمٌ وَتَأْخِيرٌ تَقْدِيرُهُ فُضَّ خَتَامُهَا وَقُدِحَتْ لِأَنَّهُ لَمْ يُكْسَرْ خَتَامُهَا
لَا يُمْكِنُ اغْتِرَافُ مَا فِيهَا مِنَ الْخَمْرِ ۝

وَصَبُوحٍ صَافِيَةٍ وَجَذْبِ كَرِينَةٍ   بِمُؤَثَّرٍ تَأْتَالُهُ إِبْهَامُهَا

الْكَرِينَةُ الْجَارِيَةُ الْعَوَّادَةُ وَلِلْجَمِيعِ الْكَرَائِنُ   وَالِائْتِبَالُ الْمُعَالَجَةُ   وَأَرَادَ بِالْمُؤَثَّرِ الْعُودَ   يَقُولُ
وَكَمْ صَبُوحِ خَمْرٍ صَافِيَةٍ وَجَذْبِ عَوَّادَةٍ عُودًا مُؤَثَّرًا يُعَالِجُهُ إِبْهَامُ الْعَوَّادَةِ   وَتَحْرِيرُ الْمَعْنَى كَمْ مِنْ
صَبُوحِ خَمْرٍ صَافِيَةٍ اسْتَمْتَعْتُ بِاصْطِبَاحِهَا وَضَرْبِ عَوَّادَةٍ عُودَهَا اسْتَمْتَعْتُ بِالْإِصْغَآءِ إِلَى أَغَانِيهَا ۝

بَاكَرْتُ حَاجَتَهَا الدَّجَاجَ بِسُحْرَةٍ   لِأُعَلَّ مِنْهَا حِينَ هَبَّ نِيَامُهَا

يَقُولُ بَادَرْتُ الدِّيُوكَ لِحَاجَتِي إِلَى الْخَمْرِ أَيْ تَعَاطَيْتُ شُرْبَهَا قَبْلَ أَنْ صَرَخَ الدِّيكُ لِأَسْقِيَ مِنْهَا
مَرَّةً بَعْدَ أُخْرَى حِينَ اسْتَيْقَظَ نِيَامُ الْخَمْرَةِ   وَالْخَمْرَةُ وَالْخَمْرُ بِمَعْنًى   وَالدَّجَاجُ اسْمٌ لِلْجِنْسِ يَعُمُّ
ذَكَرَهُ وَأُنْثَاهُ وَالْوَاحِدَةُ دَجَاجَةٌ وَجَمْعُ الدَّجَاجَةِ دُجٌّ وَالدِّجَاجُ بِكَسْرِ الدَّالِ لُغَةٌ غَيْرُ مُخْتَارَةٍ   وَتَحْرِيرُ
الْمَعْنَى بَادَرْتُ صِيَاحَ الدِّيكِ لِأَسْقِيَ مِنَ الْخَمْرِ سَقْيًا مُتَتَابِعًا ۝

وَغَدَاةِ رِيحٍ قَدْ وَزَعْتُ وَقِرَّةٍ   قَدْ أَصْبَحَتْ بِيَدِ الشَّمَالِ زِمَامُهَا

الْقِرَّةُ وَالْقُرُّ الْبَرْدُ   يَقُولُ وَكَمْ مِنْ غَدَاةٍ تَهُبُّ فِيهَا الشَّمَالُ وَهِيَ أَبْرَدُ الرِّيَاحِ وَيَبْرُدُ قَدْ مَلَكَتِ
الشَّمَالُ زِمَامَهُ قَدْ كَفَفْتُ عَادِيَةَ الْبَرْدِ عَنِ النَّاسِ بِنَحْرِ الْجَزُورِ لَهُمْ   وَتَحْرِيرُ الْمَعْنَى وَكَمْ مِنْ بَرْدٍ
كَفَفْتُ غَرْبَ عَادِيَتِهِ بِإِطْعَامِ النَّاسِ الْجَزُورَ ۝

وَلَقَدْ

وَلَقَدْ حَمَيْتُ الحَيَّ تَحْمِلُ شِكَّتِي فُرُطٌ وِشَاحِي إِذْ غَدَوْتُ لِجَامُهَا

الشِّكَّة السلاح   والفُرُط الفرس المتقدّم السريع   والوِشَاح والاشاح بمعنى وللجمع الوُشُح   يقول
ولقد حميت قبيلتي في حال حمل فرس متقدّم سريع سلاحي ووشاحي لجامها إذ غدوت
يريد انه يلقي لجام الفرس على عاتقه ويخرج منه يده حتى يصير له بمنزلة الوشاح   يريد
انه يتوشّح بلجامها لفرط الحاجة اليه حتى لو ارتفع صراخ لجم الفرس وركبه سريعا   وتحرير
المعنى ولقد حميت قبيلتي وانا على فرس اتوشّح بلجامها اذا نزلت لاكون متعبّأً لركوبها ⟐

فَعَلَوْتُ مُرْتَقِبًا عَلَى ذِى هَبْوَةٍ حَرِجٍ إِلَى أَعْلَامِهِنَّ قَتَامُهَا

المُرْتَقَب المكان المرتفع الذى يقوم عليه الرقيب   والهبوة الغبرة   والحَرِج والحَرْج الضيّق
جدّاً   والاعلام للجبال والرايات   والقَتَام الغبار   يقول فعلوت مكانا عاليا
اى كنت ربيئة لهم على ذى هبوة وقد قرب قتام الهبوة الى اعلام فِرَق الاعداء وقبائلهم اى
ربأت لهم على جبل قريب من جبال الاعداء او من راياتهم ⟐

حَتَّى إِذَا أَلْقَتْ يَدًا فِي كَافِرٍ وَأَجَنَّ عَوْرَاتِ الثُّغُورِ ظَلَامُهَا

الكافر الليل سُمّى به لكفره الاشياء اى لستره لها والكفر والاجنان والستر بمعنى   والثغر
موضع المخافة وللجمع الثغور وعوراته اشدّ مخافة   يقول حتى اذا القت الشمس يدها فى الليل
اى ابتداءت فى الغروب وعبّر عن هذا المعنى بالقاء اليد لان من ابتدأ بالشىء قيل القى يدا
فيه وستر الظلام مواضع المخافة   والضمير الذى بعد ظلامها للعورات وتحرير   المعنى حتى
اذا غربت الشمس واظلم الليل ⟐

أَسْهَلَتْ وَانْتَصَبَتْ كَجِذْعٍ مُنِيفَةٍ جَرْدَاءَ يَحْصُرُ دُونَهَا جُرَّامُهَا

اسهل اى اتى الارض من السهل   والمنيفة الطويلة العالية   والجرداء القليلة السعف والليف
مستعارة من الجرداء من الجبل   والحصر ضيق الصدر والفعل حَصِر يَحْصَر   والجُرَّام جمع الجارم
وهو الذى يجرم النخل اى يقطع حمله   يقول لما غربت الشمس واظلم الليل نزلت من المرقب
واتيت

وأنبت مكانا سهلا وانتصبت الفرس اى رفعت عنقها كجذع نخلة طويلة عالية بفيق صدور الذين يريدون قطع حملها لعزم وضعفهم عن ارتقائها شبّه عنقها فى الطول مثل هذه النخلة وقوله كجذع منيفة اى كجذع نخلة منيفة ۞

رَفَعَتْهَا طَرْدَ النَّعَامِ وَفَوْقَـــهُ حَتَّى إِذَا سَخُنَتْ وَخَفَّ عِظَامُهَا

رفّعتها مبالغة رفعت والطَّرْد والطَّرد لغتان جيّدتان والشَّلّ والشَّلَل مثل الطَّرْد والطَّرد يقول حملت فرسى وكلّفتها عدوا مثل عدو النعام او كلّفتها عدوا يصلح لامطياد النعام حتى اذا حرّت فى الجرى وخفّ عظامها فى السير ۞

قَلِقَتْ رِحَالَتُهَا وَأَسْبَلَ نَحْرُهَــا وَابْتَلَّ مِنْ زَبَدِ الْحَمِيمِ حِزَامُهَا

القلق سرعة الحركة والرحال شبه سرج يتّخذ من جلود الغنم باصوافها ليكون اخفّ فى الطلب والهرب وللجمع الرحائل واسبل مطّر والحميم العرق يقول قد اضطربت رحالها عن ظهرها من اسراعها فى عدوها ومطر نحرها وابتلّ حزامها من زبد عرقها اى من عرقها ۞

تَرْقَى وَتَطْعُنُ فِي الْعِنَانِ وَتَنْثَنِي وِرْدَ الْحَمَامَةِ إِذْ أَجَدَّ حَمَامُهَا

رقى يرقى رقيا صعد وعلا والانثناء الاعتماد والحمام ذوات الاطواق من الطير واحدتها حمامة وتجمع للحمامة على الحمامات وللحمام ايضا يقول ترفع عنقها نشاطا فى عدوها حتى كأنّها تطعن بعنقها فى عنانها وتعتمد فى عدوها الذى يشبه فى عدوها حين جدّ الحمام الذى هى فى جملتها فى الطيران لما الحّ عليها من العطش شبّه سرعة عدوها بسرعة طيران الحمام اذا كانت عطشى ۞

وَكَثِيرٍ غُرَبَاؤُهَا مَجْهُولَـــةٍ تُرْجَى نَوَافِلُهَا وَيُخْشَى ذَأْمُهَا

الذيم والذام العيب يقول وربّ مقامة او قبّة او دار كثرت غرباؤها وغاشيتها وجهلت اى لا يعرف بعض الغرباء بعضا ترجى عطاياها ويخشى عيبها بفتقر بالمناظرة التى جرت بينه وبين الربيع بن زياد فى مجلس النعمان بن المنذر ملك العرب ولها قصّة طويلة وتحرير المعنى ربّ

رب دار كثرت غاشيتها لان دور الملوك يغشاها الوفود وغربآؤها يجهل بعضها بعضا وترجى عطايا الملوك وتخشى معايب تلحق فى مجالسها ۞

غُلْبٍ تَشَذَّرُ بِالذُّحُولِ كَأَنَّهَا ۞ جِنُّ البَدِيّ رَوَاسِيًا أَقْدَامُهَا

الغلب الغلاظ الاعناق والتشذّر التهدّد والذحول الاحقاد والواحد ذَحْل والبَدِيّ موضع والرواسى الثوابت   يقول هم رجال غلاظ الاعناق كالاسود اى خُلقوا خِلقة الاسود يهدّد بعضم بعضا بسبب الاحقاد التى بينهم ثم شبّههم بجنّ هذا الموضع فى ثباتهم فى الخصام والجدال مدح خصومه وكلّما كان للخصم اقوى واشدّ كان قاهره اقوى وغالبه اقوى واشدّ ۞

أَنْكَرْتُ بَاطِلَهَا وَبُؤْتُ بِحَقِّهَا ۞ عِنْدِى وَلَمْ يَفْخَرْ عَلَىَّ كِرَامُهَا

بآء بكذا اقرّ به ومنه قولهم فى الدعآء ابوءُ لك بالنعمة اى اقرّ   يقول انكرت باطل دعاوى تلك الرجال الغلب واقررت بما كان حقّا منها عندى اى فى اعتقادى   ولم يفخر علىّ كرامها اى لم يغلبنى بالفخر كرامها من قولهم فاخرته ففخرته اى غلبته بالفخر   وكان ينبغى ان يقول ولم يفخر فى كرامها ولكنه للحق علىّ جلد على معنى ولم يتعالى علىّ ولم يتكبّر علىّ ۞

وَجَرُورِ أَيْسَارٍ دَعَوْتُ لِحَتْفِهَا ۞ بِمُعَالِقٍ مُتَشَابِهٍ أَجْسَامُهَا

الايسار جمع يسر وهو صاحب الميسر والمعالق سهام الميسر شبّهت بها لان بها يَغْلَق للخطر من قولهم غلق الرهن يَغْلَق غَلَقًا اذا لم يوجد له تخلّص وفكاك   يقول ورب جزور اصحاب ميسر دعوت ندمآئى لنحرها وعقرها بازلام متشابهة الاجرام وسهام الميسر يشبه بعضها بعضا   وتحرير المعنى ورب جزور اصحاب ميسر كانت تصلح لتقامر الايسار عليها دعوت ندمآئى لعلاكها اى لنحرها بسهام متشابهة   قال الائمّة يفتخر بنحره ايّاها من صلب ماله لا من كسب قماره والابيات التى بعد تدلّ عليه   وانما اراد السهام ليقرع بها بين ابله ايّتها ينحر لندمآئه ۞

أَدْعُوهُنَّ لِعَاقِرٍ أَوْ مُطْفِلٍ ۞ بُذِلَتْ لِجِيرَانِ الجَمِيعِ لِحَامُهَا

العاقر التى لا تلد   والمطفل التى معها ولدها   واللحام جمع لحم   يقول ادعو بالقداح لنحر ناقة

ناقة عاقر وناقة مطفل تبذل لحومها لجميع الجيران اى امّا اطلب القداح لانحر مثل هاتين وذكر العاقر لانها اسمن وذكر المطفل لانها انفس ۞

فَالضَّيْفُ وَالجَارُ الجَنِيبُ كَأَنَّمَا هَبَطَا تَبَالَةَ مُخْصِبًا أَهْضَامُهَا

الجنيب الغريب وتبالة وادٍ من اودية اليمن والهضم المطمئن من الارض والجمع الاهضام والهضوم يقول فالاضياف والجيران الغرباء عندى كانّهم نازلون هـذا الوادى فى حال كثرة نبات اماكنه المطمئنّة شبّه ضيفه وجاره فى الخصب والسعة بنازل هذا الوادى ايام الربيع ۞

تَأْوِى إِلَى الأَطْنَابِ كُلُّ رَذِيَّةٍ مِثْلَ البَلِيَّةِ قَالِصٍ أَهْدَامُهَا

الاطناب حبال البيت واحدها طُنُب والرذيّة الناقة التى تُرْذَى فى السفر اى تخلف لفرط هزالها وكلالها والجمع الرذايا استعارها للفقيرة والبليّة الناقة التى تشدّ على قبر صاحبها حتى تموت والجمع البلايا والاهدام الاخلاق من الثياب واحدها هِدم وقلصها قصرها يقول تأوى الى اطناب بيتى كل مسكينة ضعيفة قصيرة الاخلاق التى عليها لما بها من الفقر والمسكنة ثم شبّهها بالبليّة فى قلّة تصرّفها وعجزها عن الكسب وامتناع الرزق منها ۞

وَيَكْلُلُونَ إِذَا الرِّيَاحُ تَنَاوَحَتْ خُلُجًا تَمُدُّ شَوَارِعًا أَيْتَامُهَا

تناوحت تقابلت ومنه قولهم للجبالين متناوحان اى متقابلان ومنـه النواحُ لتقابلهن والخُلُج جمع خليج وهو نهر صغير يخلج من نهر كبير او من بحـر والخَلْج الجذب ثمّ تزاد وشرع فى المّاء خاصّة يقول ويكلل الفقراء والمساكين والجيران اذا تقابلت الرياح اى فى كلب الشتاء واختلاف هبوب الرياح جفانا تحكى بكثرة مرقها انهارا تشرع ايتام المساكين فيها وقـد كللت بكسور اللحم وتخليص المعنى ويبذل للمساكين والجيران جفانا عظاما مملوّة مرقا مكللة بكسور اللحم فى كلب الشتاء وضنك المعيشة ۞

إِنَّا إِذَا الْتَقَتِ المَجَامِعُ لَمْ يَزَلْ مِنَّا لَزَازُ عَظِيمَةٍ جَشَّامُهَا

رجل لزاز للخصوم يصلح لان يلزّم بهم اى يقرن بهم ليقهرهم ومنه لزاز الباب ولزاز للجدار يقول اذا

اذا اجتمعت الجماعات من القبائل فلم يزل يسودهم رجل يدفع منّا يدفع للخصوم عند الجدال وينجيتّم عظام للخصام اى لا تخلو الجامع من رجل منّا متخلّى بما ذكرهم قمع للخصوم وتكلّف للخصام ۞

وَنَقْسِمُ يُعْطِى ٱلْعَشِيرَ حَقَّهَا ۞ وَنَعْذُرُوٰٓجِ حَقُوٰقُهَا هَضَائُهَا

التغذمر والغذمرة التغضب مع مهمة   والهمّ الكسر والظلم   يقول يقسم الغنائم فيوفّر على العشائر حقوقها وينغضب عن اضاعة شىء من حقوقها ويهمّ حقوق نفسه   يريد ان السيّد منّا يوفّر حقوق عشائره بالهمّ من حقوق نفسه   وقوله لحقوقها اى لاجل حقوقها   وهضّامها اى هضّام لحقوق التى تكون له ۞

فَضْلًا وَذُوٰكَرِمٍ يُعِينُ عَلَى ٱلنَّدَى ۞ سَمَحٌ كَسُوبُ رَغَائِبِ غَنَّامُهَا

الندى الجود والفعل ندى يندى ورجل ندٍ   والرغائب جمع الرغيبة وهى ما رغب فيه من علق نفيس او خصلة شريفة او غيرها   والغنّام مبالغة الغانم   ثم يقول يفعل ما سبق ذكره تفضّلا ولم يزل منّا كريم يعين على اصحابه على الكرم اى يعطيهم ما يعطون جوّاد بكسب رغائب المعالى ويغنمها ۞

مِنْ مَعْشَرٍ سَنَّتْ لَهُمْ آبَاوُّهُمْ ۞ وَلِكُلِّ قَوْمٍ سُنَّةٌ وَأَمَامُهَا

يقول هو قوم سنّت لهم اسلافهم كسب رغائب المعالى واغتنامها   ثم قال ولكل قوم سنّة وامام يوتمّ به فيها ۞

لَا يَطْبَعُونَ وَلَا تَبُورُ فِعَالُـهُمْ ۞ إِذْ لَا تَمِيلُ مَعَ الهَوَى أَحْلَامُهَا

الطبع تدنّس العرض وتلطّخه والفعل طبع يطبع   والبوار الفساد فى الحكم والهلاك   والفعال فعل الواحد جميل كان او قبيحا كذلك قال ثعلب والمبرّد وابن الانبارى وابن الاعرابى   يقول لا يدنس اعراضهم بعار ولا تفسد افعالهم اذ لا تميل عقولهم مع اهوائهم ۞

فَاقْنَعْ بِمَا قَسَمَ المَلِيكُ فَإِنَّـهُ ۞ قَسَمَ الخَلَائِقَ بَيْنَنَا عَلَّامُهَا

يقول فاقنع ايّها العدوّ بما قسم الله فان تسّام المعايش والخلائق علّامها   يريد ان الله قسم لكل ما

ما استحقّـه مـن كمال ونقص وضعف ورفعـة والقَسْم مصدر قَسَم يَقسِم والقِسْم والقِسمة اسمان
وجمع القِسم اقسام وجمع القِسمة قِسَم   والمَلِك والمَلْيك والمليك واحد وجمع المَلِك ملوك وجمع المَلِيك
املاك ۞

وَإِذَا الأَمَانَةُ قُسِّمَتْ فِي مَعْشَرٍ   أَوْفَى بِأَوْفَرِ حَظِّنَا قَسَّامُـهَـا

معشر قوم   قَسَم وقَسَّم واحد   اوفى ووفى كمّل ووفّر ووفى يفى وُفياكمل   والوفور الكثرة باوفر
حظّنا اى باكثره   يقول واذا قسمت الامانات بين اقوام وقَرّ وكمّل قسمنا من الامانة اى نصيبنا
الاكثرة منها   يريد انهم اوفى الاقوام امانة والبأر فى قوله باوفر زائدة اى اوفى اوفر حظّنا ۞

فَبَنَى لَنَا بَيْتًا رَفِيعًا سَمْكُهُ   فَسَمَا إِلَيْهِ كَهْلُهَا وَغُلَامُـهَـا

يقول فبنى الله تعالى لنا بيت شرف عالى السقف فارتفع الى ذلك الشرف كهل العشيرة وغلامها
يريد ان كهولهم وشبابهم يسمون الى المعالى والمكارم   واذا روى هذا البيت قبل فاقنع كان المعنى
فبنى لنا سيّدنا بيت شرف ومحمد الى اخر المعنى ۞

فَهُمُ السُّعَاةُ إِذَا العَشِيرَةُ أُفْظِعَتْ   وَهُمْ فَوَارِسُهَا وَهُمْ حُكَّامُـهَـا

السعاة جمع الساعي   افظعت اصيبت بامر فظيع اى عظيم   يقول اذا اصاب العشيرة امر عظيم
سعوا فى دفعه وكشفه وهم فرسان العشيرة عند قتالها وحكّامها عند تخاصها   يريد رهطه
الأذَنـيـن ۞

وَهُمْ رَبِيعٌ لِلْمُجَاوِرِ فِيـهِـمْ   وَالمُرْمِلَاتِ إِذَا تَطَاوَلَ عَامُـهَـا

ارمل القوم اذا نفدت ازوادهم   يقول هم لمن جاورهم ربيع لعموم نفعهم واحيائهم ايّاه بجودهم كما
يحيى الربيع الارض   وتحرير المعنى هم لمن جاورهم وللنساء اللواتي نفدت ازوادهنّ بمنزلة الربيع
اذا تطاول عامها لسوء حالها لان زمان الشتة يستطال ۞

وَهُمُ العَشِيرَةُ أَنْ يُبَطِّئَ حَاسِـدٌ   أَوْ أَنْ يَمِيلَ مَعَ العَدُوِّ لِئَامُـهَـا

قوله ان يبطّئ حاسد معناه على قول البصريّين كراهية ان يبطّئ حاسد وكراهية ان يميل وعند
الكوفيّين

الكوفيين ان لا يبطئ حاسد وان لا يميل حاسد كقوله تعالى يبين الله لكم ان تضلّوا اى يبين الله لكم ان لا تضلّوا اى لئلّا تضلّوا ۞ بقول فهم العشيرة اى هم متوافقون متعاضدون فكنى عنه بلفظ العشيرة كراهية ان يبطئ حاسد بعضهم عن بعض اوكى لا يبطئ حاسد بعضهم من نصر بعض وكراهية ان يميل لئام العشيرة واخْيَارُها مع العدوّ اى ان تظاهر الاعدآء على الاقربآء ۞ وتحرير المعنى انهم يتوافقون ويتعاضدون كراهية ان يبطئ الحاسد بعضهم عن نصر بعض وميل لئامهم الى الاعدآء ومظاهرتهم ايّام على الاقارب ۞

تمّت